rororo

MIRIAM GEORG

Das Tor zur Welt
Hoffnung

Roman

Rowohlt Taschenbuch Verlag

12. Auflage Juni 2026
Veröffentlicht im Rowohlt Taschenbuch Verlag
Rowohlt Verlag GmbH, Kirchenallee 19, 20099 Hamburg

Originalausgabe
Zuerst veröffentlicht im Rowohlt Taschenbuch Verlag,
Hamburg, November 2022

Redaktion Hanne Reinhardt

Covergestaltung FAVORITBUERO, München
Coverabbildung Abigail Miles/Arcangel;
Richard Jenkins; Shutterstock;
Karte: Umgebung von Hamburg, 1906/Christian Terstegge;
Deutsches Historisches Museum/© DHM/Bridgeman Images
Umschlaginnenseite Luftbild Auswandererstadt
(nachträglich koloriert)/bildarchiv-hamburg.com
Satz aus der Minion Pro
bei Pinkuin Satz und Datentechnik, Berlin
Druck und Bindung CPI books GmbH, Leck
ISBN 978-3-499-00858-0

Kontaktadresse nach EU-Produktsicherheitsverordnung:
produktsicherheit@rowohlt.de

Für meine Schwestern

Wo findet die Seele die Heimat, die Ruh

Auszug aus einem Auswandererlied

DAS MEER

Es gab kein Zurück. Immer schneller pflügte das Tenderboot durchs Wasser. Der Wind zerrte an ihren Haaren, Gischt benetzte ihr Gesicht. Im Nebel wartete das riesige Schiff auf seine Passagiere. Möwen umkreisten die Schornsteine, kleine geisterhafte Schatten vor dem Hintergrund der noch aufgehenden Sonne. Die Dampfbarkassen, die den Ozeanriesen an der Elbmündung der Nordsee übergeben würden, lagen schon bereit.

Sie konnte Menschen auf dem Oberdeck sehen, Damen mit Hüten, winkende Kinder. Aber erst, als sie die Gangway betrat, das Vibrieren der Maschinen unter ihren Füßen spürte, konnte sie es wirklich glauben.

Was tun wir nur, dachte sie. Ein Schwindel erfasste sie. In diesem Augenblick spürte sie eine große, warme Hand an ihrem Rücken, und instinktiv lehnte sie sich haltsuchend in die Berührung. Zumindest war sie nicht allein.

Doch der Mann hinter ihr war der falsche Mann. Es war die falsche Hand, die falsche Berührung. Sie schloss die Augen und versuchte, ihren Atem zu beruhigen. Wie hatte alles so furchtbar schiefgehen können? In einem Anflug von Panik drehte sie sich um und blickte zurück in Richtung Hamburg. Doch er zog sie am Arm zum Oberdeck, und nach einem letzten inneren Aufbäumen, bei dem alles in ihr zu schreien schien, dass sie die falsche Entscheidung getroffen hatte, gab sie nach und folgte ihm.

Vielleicht war es gut so.

Vielleicht würde ihr Leben auf der anderen Seite des Ozeans endlich einen Sinn ergeben.

ALTES LAND

1963

Der Hof lag im Dämmerlicht. Es flimmerte durch die Blätter der Birken, sickerte wie Wasser über das moosbewachsene Reetdach, zog helle Streifen über den Stall und die Wiesen. Alles hier erzählte vom Verfall, von Jahren, die niemals wiederkehren würden. Die Trauerweide beugte sich über den Kräutergarten, als wollte sie darin versinken, das Haus mit seinem löchrigen Mauerwerk und den eingeschlagenen Fenstern schien, als würde es jeden Moment zu Staub zerfallen. Eine ganz besondere Ruhe lag über dem Bild. Eine Ruhe, die ihr sagte, dass niemand hier war. Schon lange nicht mehr. Und auch niemand mehr kommen würde. Höchstens, um den alten Bauernhof abzureißen.

Vielleicht wäre es das Beste, dachte sie, als sie am Zaun stehen blieb und dem Gefühl nachspürte, das der Anblick des Moorhofs in ihr aufsteigen ließ. Vielleicht muss man erst alle Spuren der Vergangenheit begraben, bevor man mit ihr Frieden schließen kann.

Die Wolken schwammen in einem riesigen blauen Ozean über ihrem Kopf. Im Alten Land hatte der Sommer schon immer eine besondere Weite, einen besonderen Geruch.

Auch hier, an seinen Rändern, tief im Moor. Als sie die Pforte aufdrückte und unwillkürlich tief einatmete, mischte sich der Duft des Flusses und der Wiesen mit Holz und Erde, mit Heu und Wasser aus den Marschgräben. Irgendwo hinter dem Grün lag der Deich. Und dahinter glitzerte die Este, die Lebensader der Elbmarsch. Es war so windstill, dass sie aus weiter Ferne die Klappermühlen in den Kirschbäumen hören konnte.

Ihre Hand zitterte, als sie das Seitentörchen aufdrückte und das hohe Gras sich gegen das Holz stemmte. Aber ihre Hand zitterte jetzt immer.

«Mama, ich helfe dir doch!» In der Stimme ihrer Tochter schwang Ungeduld.

«Ich habe dir gesagt, ich will das alleine machen.» Auch sie war angespannt. So lange hatte sie auf diesen Moment gewartet, ihn immer wieder hinausgezögert. Sie wusste nicht, was sie glaubte, hier zu finden. Antworten vielleicht.

Oder neue Fragen.

«Warte bitte beim Wagen.»

«Und wenn du hinfällst? Dort drinnen ist sicher alles morsch, ich kann doch …»

«Nein!» Sie fuhr herum, und ein Blick genügte, um Kat verstummen zu lassen. Inzwischen war sie vielleicht alt, die Hände zitterten, und die Beine wollten nicht mehr so, aber ihr Blick war noch genauso eindringlich wie früher.

«Schön, wie du willst. Aber dann lass die Tür auf, damit ich höre, wenn du durch den Boden brichst!» Kat rückte ihr scheußliches neumodisches Hütchen zurecht, das die grauen Haare auch nicht verdecken konnte, und ging zum Wagen. Eine fünfzigjährige Frau, bockig wie ein kleines Kind. Manche Dinge änderten sich nie.

Sie beobachtete, wie ihre Tochter sich, beim Wagen angekommen, sofort eine Zigarette anzündete, und konnte förmlich sehen, welche Gedanken dabei hinter ihrer Stirn vorbeizogen. Es war ihr egal. Schon lange hatte sie aufgehört, sich darum zu kümmern, was andere von ihr dachten, ob sie sie schwierig oder seltsam fanden. Sie drehte sich um und ging durch das Törchen.

Es war ein kleiner Hof. Hier gab es keine Brauttür, keine Giebelschwäne, keine Prunkpforte wie auf den meisten der restaurierten Anwesen im Herzen des Alten Landes, an denen sie in der letzten Stunde vorbeigefahren waren. Als sie näher kam, über die zugewucherten Steine schritt, hätte sie doch gerne Kats Arm zum Festhalten gehabt, der Boden war uneben und voller Stolperfallen. Aber sie würde sich nicht umdrehen und nach ihr rufen. Sie bat nicht gern um Hilfe. Und noch weniger gern gab sie zu, dass sie sich geirrt hatte. Der große Schlüssel wog schwer in der Tasche ihres Rocks, während der Fahrt hatte sie immer wieder ihre Finger darum geschlossen.

Einen Moment sah sie sich um. Am Horizont schwebten die Flügel einer Windmühle über den Bäumen.

Sie brauchte lange, um die Kette zu lösen, die die Türgriffe zusammenhielt, und als sie sie schließlich in den Händen hielt, wusste sie nicht, was sie damit tun sollte. Suchend sah sie sich um, und ihre Arme zitterten so stark, dass die Kette schließlich zu Boden glitt. Dabei streifte sie über ihr Kleid. «Verdammt!», seufzte sie, als sie die Rostflecken auf der zarten Schweizer Spitze sah.

Zögernd schloss sie die Finger um die kalte Klinke, drückte sie vorsichtig hinunter und stieß die Tür auf. Der Geruch war wie eine Wand. Alte Steine, moderndes Holz. Es war der Geruch einer anderen Zeit, den es heute nur noch an wenigen Orten zu finden gab. Stille schlug ihr entgegen. Auch hier zog das Nachmittagslicht schräge Streifen über den Boden. Die meisten Fenster waren mit Brettern vernagelt, aber das Licht reichte, um sich zu orientieren.

Sie trat über die Schwelle, und es schien ihr, als würde das Haus den Atem anhalten, sich leise knirschend zur Seite neigen und auf die alte Frau in der weißen Spitze lauschen, die plötzlich hier auftauchte, an einem sonnigen Samstag im Juni, und nach der Vergangenheit suchte.

Natürlich hatten andere Leute hier gelebt. Wie viele Familien gekommen und gegangen waren, wusste sie nicht, und es war auch egal. Sie würde nichts mehr von damals finden.

Aber darum war sie nicht hier.

Unsicheren Schrittes ging sie über die alten Dielen, ihre Fingerspitzen streiften über die Wände. Die Feuerstelle in der Flettwand zwischen der Wirtschaftsdiele und dem Wohnbereich war noch erhalten, wenn auch modernisiert und mit Kacheln eingerahmt. Alle Höfe im Alten Land waren ähnlich gebaut, ihr Grundriss war der eines anderen Jahrhunderts, den nun niemand mehr brauchte, den man aber auch nicht ändern durfte. Vielleicht stand der Hof deshalb leer. Oder vielleicht, weil es ein Unglücksort war. War es das, was sie hier spürte? Das Unglück, das sie alle heimgesucht hatte?

In der Kammer neben der Küche hatte die Großmutter geschlafen, bevor sie weggegangen waren und alles in sich zusammengebrochen war. Das winzige Fenster zeigte auf den Gemüsegarten hinaus. Sie schritt langsam über den dunklen Flur, öffnete eine Tür, dann eine zweite. Die kastenartigen Alkoven zwischen Diele und Wohnbereich hatten im letzten Jahrhundert den Mägden als Nachtlager gedient. Man konnte sich nicht richtig hinlegen, nur halb aufrecht sitzend schlafen. Später waren sie anscheinend als Schränke genutzt worden, jemand hatte Nägel in die Wände gehauen und Bretter darübergelegt. Lange starrte sie hinein. Dies war einst der Rückzugsort für ein sehr junges, sehr einsames Mädchen gewesen. Ein Mädchen, das vom Meer geträumt hatte, von weichen Kissen, gutem Essen und einem Leben ohne Schmerz. Ein Schrank, nicht größer als eine Besenkammer.

Langsam streifte sie weiter durch das Haus, öffnete sogar die Tür, die in den Stall führte. Die Kuhgeschirre hingen noch an den Eisenstangen, klirrten leise im Halblicht. Es war kühl hier drin.

Sie ging zurück in die Küche und sah sich um. Nun gab es keinen Raum mehr, den sie noch nicht gesehen hatte, so klein war der Hof. Eine Weile stand sie verloren da, drehte sich um sich selbst, aber ihre Augen fanden nichts, woran sie sich festhalten konnten, keinen Gegenstand, der ihr etwas sagte, keinen Hinweis, kein Zeichen.

Und da wusste sie es. Es hatte keinen Sinn mehr, sich weiter etwas vorzumachen.

Sie war das Unglück.

Sie war verantwortlich für das, was damals geschehen war. Egal wie lange sie in der Vergangenheit suchte, wie viele Geister sie rief.

Es gab nichts, das diese Tatsache ändern würde.

TEIL 1

1912
Hamburg

1

Sie tastete im Dunkeln umher. Einen Moment überkam sie die grauenvolle Gewissheit, dass sie blind war. Nie wieder würde sie Farben sehen, nie wieder das Gesicht ihrer Mutter. Die Panik packte sie so fest, dass sie aufschrie und sich mit den Händen über die Augen kratzte.

Da spürte sie den Verband.

Ava fiel wieder ein, was passiert war, und mit einem Stöhnen ließ sie sich in die Kissen zurücksinken. Sie war schweißgebadet.

Jedes Mal, wenn sie einschlief, erwachte sie danach voller Angst. Jedes Mal vergaß sie, dass ihre Augen nur verbunden waren. Dass sie noch sehen konnte.

«Ich nehme Ihnen die Binde ja gleich ab. So langsam sollten Sie sich daran gewöhnt haben, oder nicht? Dass Sie sich aber auch immer so anstellen müssen.» Die Stimme der Schwester klang ungeduldig, beinahe scharf.

Ava konnte es ihr nicht verdenken. Sie war eine undankbare Patientin. Drei Wochen war es nun her, dass man sie operiert hatte. Und noch immer musste sie so oft wie möglich mit Kräutern getränkte Umschläge auf die Augen legen, um zu verhindern, dass sie sich entzündeten. Damit die Umschläge nicht verrutschten, band man sie nachts fest.

«Haben Sie gehört, dass Sie bald entlassen werden? Es dauert nicht mehr lang.» Schwester Karla hob ihren Kopf vom Kissen und löste die feuchte Binde.

«Was?» Ava blinzelte, und die Erleichterung, die Farben und das Licht zu sehen, das Zimmer um sie her und sogar das verkniffene Gesicht der Schwester war wie jeden Tag so groß, dass ihr ein Gewicht von der Brust zu fallen schien. «Aber ich bin doch gar nicht gesund.» Plötzlich hämmerte ihr Herz. Allerdings nicht vor Freude. So ungeduldig sie auch war, endlich das Krankenhaus verlassen zu dürfen, endlich ins Leben zurückzukehren, so sehr fürchtete sie sich auch davor.

«Ein wenig müssen Sie auch noch warten, aber die Entzündung ist unter Kontrolle. Sie können dann von Ihrem Hausarzt weiter behandelt werden.»

Ava hätte beinahe laut aufgelacht. Aber natürlich wusste die Schwester nicht, warum sie hier war und wie lächerlich dieser Gedanke schien. «Gut», murmelte sie und sank wieder in ihr Kissen zurück.

«Ich dachte, Sie machen Luftsprünge. So lange wie Sie hatten wir schon ewig niemanden hier. Zumindest nicht mit einem Trachom.»

«Danke, dass Sie mich daran erinnern», murrte Ava, und Schwester Karla warf ihr erst einen missbilligenden Blick zu, schmunzelte dann aber. «Ich werde Sie vermissen.»

«Werden Sie nicht», erwiderte Ava, musste dann aber ebenfalls lächeln.

Sobald die Schwester gegangen war, stand Ava auf, griff nach ihrer Strickjacke und tappte langsam zum Spiegel an der Wand. Weil ihre Krankheit einen so unerwartet schweren Verlauf genommen hatte und so ansteckend war, hatte sie die meiste Zeit über ein Einzelzimmer bewohnt. Anfangs war sie dankbar dafür gewesen, doch irgendwann waren die Stille und die Einsamkeit über sie hergefallen wie unsichtbare Wölfe, hatten sie halb wahnsinnig werden lassen in der Dunkelheit. Sie hatte begonnen, sich Lieder vorzusingen, Gedichte von früher aufzusagen, an die sie sich nur noch halb erinnerte. Wann immer möglich hatte sie am offenen Fenster gesessen und auf die Geräusche der Stadt gelauscht, aber es war zu kalt gewesen, die Gefahr einer weiteren Entzündung zu groß. Irgendwann hatten die Schwestern die Tür zum Gang für sie offen stehen lassen, damit sie wenigstens etwas von draußen mitbekam. Sie konnte nicht lesen, sie hatte nichts, um sich abzulenken. Und niemand kam zu Besuch.

Denn niemand wusste, dass sie hier war.

Sie trat an den Spiegel und blickte auf ihre Füße, zögerte den Moment hinaus, in dem sie sich in die Augen schauen musste. Sie trug keine Strümpfe, ihre Zehen waren rot gefroren.

Langsam hob sie den Blick. Und als ihre honigfarbenen Augen im Spiegel auf ihr Ebenbild trafen, wurde sie von Ava zu Claire.

Ihr Mund begann zu zittern. Seit Wochen vermied sie den Blick in den Spiegel, so gut es ging. Ihre Augen waren gerötet, in den Winkeln hatten sich Krusten gebildet, die Wimpern waren verklebt. Über der linken Iris lag ein Schleier. Ein weißer Nebel. Hauchfein, aber deutlich.

Er würde ihr für immer bleiben.

Außerdem hatte sich das Lid leicht verkrümmt, sodass die Wimpern in eine Fehlstellung geraten waren. Ihre Sehkraft indes war noch genauso gut, wie sie immer gewesen war. Der Arzt hatte ihr erklärt, dass das andere Auge lernen würde, den Nebel auszugleichen. Der Anblick versetzte ihr trotzdem einen so brennenden Stich, dass sie ihr Spiegelbild am liebsten zerkratzt hätte.

Sie krallte die Hände um den kalten Rand des Waschbeckens und versuchte, den heißen Kloß herunterzuschlucken, der in ihrem Hals anschwoll. Sie musste dankbar sein. Dankbar, dass sie ihr Gesicht überhaupt sehen konnte. Aber es war so schwer, nicht damit zu hadern.

Nie wieder würde sie aussehen wie früher.

Wären Sie so gut, mir den Tee zu reichen?» Agatha lächelte mit blassen Lippen, man sah, wie viel Kraft es sie kostete, so zu tun, als wäre alles wie immer.

Ava ging zur Anrichte. Bedächtig schüttete sie den heißen Schwarztee in die zartgeblümte Porzellantasse von Oscar Schlegelmilch, die sicher mehr gekostet hatte als alles zusammengenommen, was sie besaß, und brachte sie an den Diwan, auf dem Claires Mutter saß.

«Soll ich die Vorhänge ein wenig zuziehen?» Sie sah, wie das grelle Licht des Vormittags Agatha in den Augen schmerzte.

«Vielleicht ein bisschen.» Ihre Stimme war kaum mehr ein Hauch. Agatha trank einen Schluck. Die Hand, die die Tasse zum Mund führte, zitterte ganz leicht.

Ava ging zum Fenster und zog die Gardine zu, schloss den kalten Hamburger Wintertag draußen aus. «Dann geht es Ihnen heute wohl nicht besser?», fragte sie, als sie sich wieder umdrehte.

Agatha schüttelte den Kopf. «Ich bin nur etwas geschwächt, machen Sie sich keine Gedanken. Es muntert mich immer auf, Sie zu sehen. Wie schön, dass Sie mich besuchen kommen.»

Ava lächelte. Sie goss sich ebenfalls eine Tasse Tee ein und versuchte, nicht aufzuschauen, denn sie merkte, wie Agathas

Blick auf ihr ruhte, tastend ihr Gesicht erforschte. Seit Wochen kam sie nun hierher, und immer noch sah Agatha sie so an.

Als könnte sie nicht glauben, dass Ava da war.

Als wäre sie jemand, den sie lange Zeit vermisst hatte.

Es klopfte, und Marie steckte den Kopf zur Tür herein. Ava wusste sofort, dass etwas nicht stimmte. «Madame, könnte ich Sie einen Moment sprechen?»

«Was gibt es, Marie?» Mit einem Klirren setzte Agatha die Tasse ab. «Nur zu, sprich ruhig, sprich.»

Ava war klar, dass auch Agatha sofort an Claire dachte. Wie könnte sie auch nicht. Sie alle dachten seit Wochen an nichts anderes.

Marie warf Ava einen zweifelnden Blick zu, dann trat sie ein und faltete die Hände vor der weiß geblauten Schürze. «Madame, ich war eben auf dem Markt, und ich habe dort … jemanden getroffen. Ein anderes Dienstmädchen.» Mit großen Augen blickte Marie zwischen ihnen hin und her, offensichtlich unsicher, ob sie reden durfte.

«Bitte, so sag doch», forderte Agatha sie auf, und Ava bemerkte, wie sich jeder Muskel in ihrem Körper anspannte. Auch sie umklammerte mit beiden Händen ihre Tasse.

Marie schluckte sichtbar. «Magnus Godebrink ist zurück.»

Agatha wich das Blut aus dem Gesicht, doch bevor sie reagieren konnte, fügte Marie hinzu: «Ich habe mit seiner Mamsell gesprochen. Er … er hat Claire nicht gesehen.»

Nachdem Agatha an jenem Tag, an dem ihrer aller Leben durch Claires Flucht aus den Angeln gehoben worden war, vor Avas Augen zusammenbrach und ins Krankenhaus kam, hatte Ava gemeinsam mit Wilhelm und Quint die Villa unverrichteter Dinge wieder verlassen müssen. Am folgenden Tag war sie nach Eppendorf gefahren, wo man sie zu ihrem Erstaunen auch tatsächlich sofort in das Privatzimmer geführt hatte, in dem Agatha Conrad nach ihrem Herzanfall lag.

Ava hatte erwartet, dass Claires Mutter sich erklären, irgendetwas darüber sagen würde, was geschehen war. Warum sie Ava angesehen hatte, als stünde der leibhaftige Tod vor ihr, und dann ohnmächtig auf den Teppich gesunken war.

Aber alles, was Agatha sagte, als Ava hereinkam und an ihr Bett trat, war: «Wissen Sie, wo meine Tochter ist?»

Die kranke Frau griff nach ihrer Hand und sah sie mit so riesigen, angsterfüllten Augen an, dass Ava am liebsten aus dem Raum gelaufen wäre. Sie hatte Angst, dass Claires Mutter erneut einen Schwächeanfall erleiden, ihr Herz die Nachricht nicht verkraften würde. Aber sie musste es schließlich erfahren. Sicher war nichts schlimmer, als in der Ungewissheit zu leben.

Also hörte sich Ava selbst dabei zu, wie die unglaublichen Worte aus ihrem Mund kamen. Sie erzählte, wie Claire in aufgelöstem Zustand zu ihr ins Gängeviertel gekommen war. Dass Claire daheim an der Tür gelauscht und gehört hatte, wie sich Dr. Schwab und Agatha besprachen, wie er plante, sie einweisen zu lassen oder sie andernfalls zu ehelichen, um sie vor rechtlichen Konsequenzen zu bewahren. Agatha blickte sie an, ohne einmal zu blinzeln, und Ava konnte an ihrer Miene nicht ablesen, ob sie das Gehörte begriff, ob sie verstand, was Claire getan hatte.

Auf ihre Erzählung folgte eine seltsame Stille. Agatha kniff ein paarmal die Augen zusammen, als fragte sie sich, ob sie wach war oder noch träumte. «Es ist meine Schuld», hauchte sie schließlich, so leise, dass Ava es kaum hörte. «Es ist alles meine Schuld. Ich wollte sie doch nur schützen.» Agatha schlug die Hände vor den Mund, sah Ava mit flackernden Augen an. «Sie muss solche Angst gehabt haben.»

«Ja», erwiderte Ava, und seltsamerweise spürte sie einen Moment des Mitgefühls für Claire, ein kurzes Flattern, ein Erweichen irgendwo in ihrer Brust. «Sie hatte große Angst.»

Ava war nach Eppendorf gekommen, um Geld zu fordern. Um Agatha zu sagen, dass Claire nicht nur ihr, sondern auch Ava das Herz gebrochen, ihr das Einzige genommen hatte, das ihr etwas bedeutete; ihren Traum von einem neuen Leben. Fest entschlossen war sie durch die Stadt marschiert, bis raus zum Krankenhaus.

Und dann brachte sie es nicht über sich.

Sie konnte Agatha Conrad nicht sagen, was ihre Tochter getan hatte. Nicht alles, nicht die kleinen, grausamen Details, die es so schlimm machten, die ihre Flucht zu einem Verrat werden ließen. Dass sie sie eingeschlossen, sich heimlich mit Avas Fahrkarte und all ihren Habseligkeiten davongeschlichen hatte. Genau wusste sie nicht, was sie davon abhielt, schließlich bedeutete Geld für eine Agatha Conrad nicht das Gleiche wie für sie selbst. Doch als sie in die schuldgeplagten Augen einer Mutter sah, die von der Sorge um ihre Tochter gepeinigt wurde, brachte sie nichts über die Lippen, das diese Sorge noch vertiefen würde. Ich sage es ihr an einem anderen Tag, nahm sie sich vor, als sie dort an Agathas Bett stand. Wenn es ihr ein wenig besser geht.

Aber eine Sache konnte sie nicht zurückhalten. «Verzeihen Sie, Madame Conrad», begann sie vorsichtig. «Gestern, kurz bevor Sie die … Schwäche befallen hat, da schien es mir, als würde ich Sie an jemanden erinnern. Sie haben mich so erschrocken angesehen. Und dann sagten Sie, ich sollte eigentlich tot sein.»

Agatha hielt noch immer die Hände vor den Mund gepresst und schüttelte den Kopf, als wollte sie die Neuigkeiten über

Claire einfach nicht wahrhaben. Sie hob den Blick, ihre Augen trafen sich.

Und Ava sah, dass sie sich erinnerte.

Sie sah, dass Agatha genau wusste, wovon sie sprach. Doch Claires Mutter schüttelte nur weiter den Kopf. «Ich … Sie haben mich an jemanden erinnert. Herrje, es tut mir leid, ich muss Sie zu Tode erschreckt haben.» Sie schloss einen Moment die Augen, das Gesicht unter den noch immer dunklen Haaren weiß wie das Kissen.

Ava spürte, wie sich ganz tief in ihr etwas verabschiedete. Zu Staub zerfiel. Der Glimmer einer irrwitzigen, unmöglichen Hoffnung, die sie sich niemals hätte erlauben dürfen. «Ach so», sagte sie leise.

«Ich war nicht bei Sinnen. Die Sorge um meine Tochter hat mir den Verstand geraubt. Claire war plötzlich einfach verschwunden, wissen Sie. Die Mädchen haben mir gestanden, dass sie an der Tür gelauscht hat. Ich … wir … Aber Sie wissen ja bereits alles. Dr. Schwab sah keine andere Möglichkeit. Wir wollten ihr nur helfen. Sie hat sich durch ihren Wahn für diesen Magnus Godebrink in eine unmögliche Lage gebracht. Wenn ich mir vorstelle, was alles hätte passieren können.»

Agatha schloss wieder die Augen. Eine Schweißperle rann ihr seitlich die Schläfe hinab, dabei war es nicht besonders warm im Zimmer. Unruhig blickte Ava zur Tür, voller Sorge, dass Agathas Herz einfach alles zu viel wurde.

«Sie hat sich vor Angst übergeben. Können Sie sich das vorstellen?», wisperte Agatha, und jetzt standen Tränen in ihren Augen. «Sie wissen ja nicht, wie stark sie ist, Claire kann nichts erschüttern. Dass sie solche Angst ausgestanden hat …»

Plötzlich streckte Agatha die Hand aus, eine zitternde, bleiche Hand, die Finger voll schwerer Ringe, die sie Ava Halt suchend entgegenstreckte. Nach einem Moment des Erstaunens ergriff Ava sie, ließ sich auf der Bettkante nieder, eine Situation, so absurd, dass sie beinahe aufgelacht hätte. Jemand wie sie am Bett einer reichen Dame.

Es war wie eine verkehrte Welt.

«Ich weiß», sagte sie. «Sie hat mir alles erzählt.»

Agatha richtete sich ruckartig ein Stück auf, als wäre ihr gerade erst klar geworden, dass sie mit der Person sprach, die Claire zuletzt gesehen hatte. Sie umklammerte Avas Finger so fest, dass es wehtat, zog sie unwillkürlich näher an sich. «Hat sie irgendetwas zu Ihnen gesagt? Wo genau sie hinwill? Wie man sie erreichen kann? Wann sie zurückkommen wird?»

Ob sie zurückkommen wird.

Ava sah die unausgesprochene Frage in Agathas Augen und zögerte. «Sie ist nach New York gefahren, so viel ist sicher», sagte sie, einen bitteren Geschmack auf der Zunge. «Mehr weiß ich leider nicht. Ich denke, sie wird dort Magnus treffen. Sicher müssen wir uns um Claire keine Sorgen machen, Sie sagen es ja selbst, sie ist sehr stark. Und Magnus wird für sie sorgen.»

Agatha nickte beklommen. «Aber Herrgott. Sie hatte doch gar nichts dabei, kein Geld, keine Kleider», stammelte sie. «Ihr hitziges Wesen hat sie ja schon oft in unangenehme Situationen gebracht, aber dass sie so etwas …» Jetzt begann sie zu weinen. «Wie kann sie nur einfach gehen, ohne ein Wort!», rief sie, zog ihre Hand aus Avas und wischte sich die Tränen von den Wangen. «Ich weiß ja, dass sie wütend war. Und verzweifelt. Aber ihr muss doch klar gewesen sein, was das für mich bedeutet. Was ich mir für Sorgen machen würde!»

«Sie *hatte* Kleider dabei», erklärte Ava tonlos. «Und ein wenig Geld. Von mir.»

Agathas Augen spiegelten ihre Verunsicherung. Sie wusste offenbar nicht genau, was sie von dieser Information halten, ob sie Ava Vorwürfe machen sollte. «Oh, das ist gut», sagte sie schließlich. «Ich danke Ihnen, es war sehr großmütig von Ihnen, dass Sie ihr geholfen haben.»

Das alles war nun Wochen her. Seit Avas Besuch im Krankenhaus hatte sich eine zarte, etwas befremdlich anmutende Freundschaft zwischen ihr und Agatha entwickelt. Lange hatte Ava damals noch an ihrem Bett gesessen, und irgendwann, nachdem die erste Sorge um Claire abgeklungen war, hatte Agatha begonnen, Ava verstohlen zu mustern, ihr Fragen zu stellen. Und die ganze Zeit über hatte Ava das Gefühl nicht losgelassen, dass hinter diesen Fragen etwas anderes steckte. Dass Agatha etwas ganz Bestimmtes von ihr erfahren wollte.

«Kommen Sie doch wieder, ja?», bat sie, als Ava nach ihrem ersten Besuch irgendwann aufbrechen musste. «Wenn Sie da sind, habe ich das Gefühl, noch eine Verbindung zu meiner Tochter zu haben.» Beinahe flehend gruben sich ihre Finger in Avas Unterarm. «Vielleicht gleich morgen? Ich zahle Ihnen selbstverständlich die Droschke hier heraus. Es würde mir so viel bedeuten. Sonst liege ich ja doch nur hier und mache mir Sorgen.»

Ava hatte zugesagt. Weil sie genauso eine Verbindung zu Claire brauchte wie Agatha.

Weil sie dem flehentlichen Blick nichts entgegenzusetzen hatte.

Und weil sie ganz tief in sich die Gewissheit spürte, dass da etwas war, das Agatha ihr nicht erzählte.

Sie sah es daran, wie Agatha jede ihrer Bewegungen verfolgte, als würde sie Ava mit etwas vergleichen. Wie sie sie beharrlich über ihr Leben ausfragte, mit diesem Blick, der sich veränderte, sobald ihre Augen sich trafen.

Und so war sie wiedergekommen, am nächsten Tag nach der Arbeit. Seitdem kam sie alle paar Tage, saß an Agathas

Bett, las ihr aus der Zeitung vor, beantwortete geduldig Frage um Frage über ihr Leben, die Agatha hinter ausgesuchter Höflichkeit versteckte, die aber viel zu präzise waren, um bloß Konversation zu sein.

Irgendwann war Agatha aus dem Krankenhaus entlassen worden, mit der Diagnose einer Herzschwäche und der strikten Anweisung, sich zu schonen und nicht aufzuregen. Froh, der harten Arbeit in der Ballinstadt, die sie nun wieder aufgenommen hatte, für eine Weile zu entgehen, begann Ava, den Besuchen erwartungsvoll entgegenzublicken. In der Villa bekam sie guten Kaffee, süßes Gebäck, das ihr auf der Zunge schmolz, und sie traf auf jemanden, der sich freute, sie zu sehen. Auch wenn sie Agathas Sorge um Claire nicht mildern konnte. «Noch immer nichts?», fragte Agatha, sobald Ava zur Tür hereinkam, und sah sie so hoffnungsvoll an, dass es ihr jedes Mal wehtat, wenn sie den Kopf schütteln und verneinen musste.

Immer noch nichts Neues von Claire.

Die lange Auffahrt auf der Uhlenhorst war auch im Dezembergrau beeindruckend. In der eleganten Kutsche der Conrads fuhr Ava an Wiesen und prachtvollen Pferden vorbei und fragte sich, wie es sein musste, hier zu leben. Die Luft roch nach Nebel, ein paar Raben krächzten in den kahlen Bäumen. Es war eiskalt, und als sie um eine Kurve bog, sah sie durch das Fenster, wie der Atem der Pferde in der Luft verdampfte.

Vor der Freitreppe hielten sie an. Ava schaute an der Fassade empor. Claire stand oben auf dem Balkon, hielt das Gesicht in die Sonne, glücklich über ihr neues Leben, das sie sich so lange erträumt hatte.

Aber nur für eine Sekunde.

Dann verpuffte das Bild, und der Balkon blickte leer und grau in den eisigen Nachmittagshimmel. Ava fröstelte. Sie fragte sich, ob wohl dort oben in dem Zimmer mit den vorgezogenen Gardinen das Kind gestorben war.

Sie klingelte, und ein streng blickendes Dienstmädchen mit hohen Wangenknochen öffnete ihr die Tür.

Sie schien irritiert, Ava am Haupteingang zu sehen, runzelte die Stirn, dann aber gewahrte sie die herrschaftliche schwarze Kutsche auf der Auffahrt und schien zu beschließen, erst einmal abzuwarten, bevor sie Ava rügte. «Ja, bitte?», fragte sie kühl.

«Ich komme im Auftrag von Frau Agatha Conrad», erklärte Ava höflich. «Ihre Tochter ist … eine gute Bekannte von Herrn Godebrink.»

«Wir sind im Hause vertraut mit Fräulein Conrad», erwiderte das Mädchen, und ihre Stimme verhärtete sich. «Sie war in der Vergangenheit oft hier zu Besuch.»

Ava nickte, und als sie sich ansahen, war beiden klar, dass die jeweils andere wusste, was sich bei Claires Besuchen abgespielt hatte.

«Wie Sie vielleicht wissen, ist Fräulein Claire seit einiger Zeit spurlos verschwunden. Sie wollte nach Amerika fahren, um dort Herrn Godebrink zu treffen, und seitdem hat niemand etwas von ihr gehört.»

Das Mädchen sah sie abwartend an. Ihr Blick hatte beinahe etwas Lauerndes. Sie erwiderte nichts.

«Madame Conrad hat mich gebeten, bei Herrn Godebrink vorzusprechen. Wir möchten gerne erfragen, ob er Informationen über Claires Aufenthaltsort hat.»

Das Mädchen sagte noch immer nichts, musterte Ava mit ihren schönen, stechenden Augen. Sie weiß etwas, zog es Ava durch den Kopf. Sie weiß etwas über Claire.

«Ich werde Sie anmelden», erwiderte das Mädchen in diesem Moment – und bevor Ava etwas erwidern konnte, drückte sie ihr die Tür vor der Nase zu.

Ava stand draußen in der frostigen Luft und zog ihr Schultertuch enger, drehte sich zum Hof und ließ den Blick über die Stallungen schweifen. Die Raben saßen jetzt in den kahlen Ästen der Kastanie, ihr anklagendes Krächzen erfüllte die Luft. Sie hatte das Gefühl, dass die Vögel sie beobachteten. Ihre Finger prickelten vor Kälte.

Endlich erklangen Schritte im Haus, und sie fuhr herum.

Das Mädchen streckte gerade einmal die Nasenspitze zu ihr heraus. «Bedauere, Herr Godebrink ist nicht zu sprechen», sagte sie und drückte die Tür so schnell wieder zu, dass Ava nur erstaunt blinzeln konnte.

Einen Moment stand sie da und beobachtete durch das Glas, wie das Mädchen durch die Halle davonschritt, ohne sich auch nur einmal zu ihr umzudrehen. Dann ging sie langsam zur Kutsche zurück. Doch als der Mann auf dem Bock mit rot gefrorenen Wangen heruntersprang und ihr die Tür aufhalten wollte, schüttelte sie den Kopf.

«Fahren Sie alleine.» Sie blickte zum Haus. «Es ist zu kalt, um zu warten. Ich komme zu Fuß nach.»

«Aber Fräulein Ava, der Weg ist doch viel zu weit», protestierte er. «Bei diesen Temperaturen.»

Ava lächelte. «Ich bin Laufen gewöhnt.»

Nach einigem Drängen ratterte er davon. Sie sah ihm eine Weile nach, dann drehte sie sich entschlossen um und ging die Stufen zur Haustür wieder hinauf.

Der Gong zitierte das Hausmädchen ein zweites Mal in die Halle. Als sie Ava sah, wurden ihre Augen schmal vor Zorn.

«Ich habe Ihnen doch gesagt …», begann sie wütend, aber Ava fiel ihr ins Wort.

«Ich werde mich nicht von hier fortbewegen, bis ich Herrn Godebrink gesprochen habe», sagte sie ruhig. «Richten Sie ihm das aus. Und richten Sie ihm auch aus, dass er gerne die Polizei rufen lassen kann, oder einen seiner Angestellten, der mich fortschickt, aber dann werde ich morgen wiederkommen. Und übermorgen. Und am Tag danach.» Sie lächelte. «Sagen Sie ihm das.»

Die Augen des Mädchens ruhten einen Moment forschend auf Avas Gesicht. Und zu ihrem maßlosen Erstaunen öffnete sie die Tür und trat zurück. «Das werde ich ganz sicher nicht ausrichten», sagte sie, mit einem Blick über die Schulter. Dann fixierte sie einen Punkt irgendwo neben Avas Stirn. «Aber da Sie die Tür offen vorgefunden haben und ich nicht zugegen war, konnte ich auch nicht verhindern, dass Sie ins Haus gelangen, nicht wahr?», sagte sie seltsam hölzern. «Sein Büro ist den Gang hinunter, rechts neben dem Kamin.»

Verblüfft betrat Ava das Haus und ging an ihr vorbei. Als sie dann doch einen Blick wechselten, fragte sie sich, wie viel das Mädchen damals mitbekommen haben mochte. Ob sie hier gewesen war, an dem Abend, als es passierte.

Der Kamin in der Halle wurde von Löwenstatuen umringt, ihr Brüllen in Stein gemeißelt. Der rot gemusterte Teppich verschluckte den Klang von Avas Schritten. Ob man sie dafür verhaften konnte, dass sie einfach so ein fremdes Haus betrat?

«Ja doch», rief eine dunkle Stimme voller Ungeduld, als sie schließlich an die Tür klopfte.

Ihr Herz hämmerte. Eben war sie noch fest entschlossen gewesen, doch jetzt bekam sie Angst. Er ist der Mann, den Claire liebt, beruhigte sie sich. So schlimm kann er nicht sein.

«Was ist denn nun schon wieder», tönte es ihr entgegen, während sie die Tür aufdrückte, die über den Teppich schabte. «Ich habe dir doch gesagt, du sollst sie weg…»

Er brach ab, starrte sie so ungläubig an, dass es der Situation beinahe eine gewisse Komik verlieh.

Ava schloss leise die Tür hinter sich und trat an den Schreibtisch. Magnus Godebrink war umgeben von Papierstapeln. Eine Zigarette qualmte neben ihm in einem silbernen Aschenbecher, und einen Moment war der wabernde Rauch, der in einer kleinen Säule davon aufstieg, die einzige Bewegung im Raum.

«Guten Tag», sagte Ava, als wäre nichts dabei, dass eine Fremde einfach so in sein Büro spazierte. «Entschuldigen Sie, dass ich unangemeldet erscheine. Die Haustüre war offen. Und ich muss dringend mit Ihnen reden.»

Seine Stirn zog sich zusammen. Noch immer hatte er sich nicht bewegt, keinen Ton gesagt, schien abzuwägen, musterte sie, ein Blatt Papier in den Händen, als könnte er sich nicht entscheiden, ob er sie angreifen oder weglaufen sollte. Sie sah an seinen Augen, dass er sich fragte, was sie wusste.

«Ich bin eine Freundin von Claire.»

Sein Gesicht veränderte sich. Kaum merklich. Aber sie sah es.

«Und im Auftrag ihrer Mutter hier», fügte sie hinzu.

Noch einige Sekunden lang hielt er die Stille. Dann war es, als legte sich eine Maske über seine Züge. Er lächelte und erhob sich. «Bitte entschuldigen Sie, dass ich Sie eben abweisen ließ, Sie sehen ja, ich *ertrinke* in Arbeit.» Mit großer Geste deutete er auf das Chaos auf seinem Schreibtisch. «Ich hoffe immer, dass sich die Probleme in meiner Abwesenheit in Luft auflösen, aber leider …» Er lachte auf. Es wirkte beinahe echt. Er hatte Charme, wenn er lachte. Sie konnte sehen, was Claire an ihm fand. Und gleichzeitig war da etwas an ihm, sodass sie sich fühlte wie ein Kaninchen vor einer Schlange.

«Bitte, setzen Sie sich doch.» Er wies auf zwei Sessel vor dem Kamin, und Ava ließ sich zögernd auf der Kante nieder, noch immer erstaunt darüber, dass es tatsächlich funktioniert hatte, sie tatsächlich hier war und mit ihm sprach.

«Bitte verraten Sie mir, warum ist Agatha nicht selbst gekommen?», fragte er, immer noch mit einem steifen Lächeln, das beinahe wie ein Zähnefletschen wirkte, nachdem er sich ebenfalls gesetzt und ein Bein über das Knie des anderen gelegt hatte, sodass sie seine teuren braunen Schuhe und einen Teil seines Strumpfhalters sehen konnte. «Warum hat sie nicht telefoniert, wenn es so dringend ist?»

«Frau Conrad ist leider seit einiger Zeit unpässlich», erwiderte Ava. Sie merkte, wie schwer es ihr fiel, seinen Blick zu halten. «Sie hatte einen Herzanfall, als sie erfuhr, dass Claire Hamburg verlassen hat.»

«Claire hat die Stadt verlassen?» Magnus runzelte die Stirn, schüttelte leicht den Kopf. «Davon hat Linda ja gar nichts erzählt. Ach, aber ich habe Ihnen gar nichts angeboten. Möchten Sie einen Kaffee?»

Überrascht blickte Ava ihn an. Sie war sich sicher, dass er log. Aber vielleicht stimmte es auch, vielleicht wusste er von nichts? Immerhin war er hier.

Und Claire nicht.

Vielleicht hatte sie ihn in New York nicht gefunden, vielleicht war unterwegs etwas passiert. Das Schiff war jedenfalls ohne Zwischenfälle angekommen. Es hatte während der Überfahrt ein paar Todesfälle gegeben, aber darunter war keine Frau in Claires Alter gewesen. Quint hatte bei der entsprechenden Besatzung nachgefragt.

«Nein, danke», erwiderte sie. «Es ist seltsam, dass Sie nichts von ihr gehört haben. Sie ist Ihnen nachgereist. Nur einen Tag nach Ihnen hat sie ein Schiff nach Amerika bestiegen. Sie hat sich nicht anders zu helfen gewusst.»

Einen kurzen Augenblick, einen Wimpernschlag nur, fiel die Maske von seinem Gesicht. Aber beinahe sofort hatte er sich wieder unter Kontrolle. «Aber das ist doch …» Magnus lachte auf, nahm das Bein herunter, lehnte sich zu ihr vor. «Das ist doch absurd, warum sollte sie *mir* hinterherfahren? Was meinen Sie damit, dass sie sich nicht zu helfen wusste?»

Ava dachte wieder, dass er ein sehr attraktiver Mann war, groß, schlank, mit welligem blondem Haar. Aber etwas in seinen Zügen gefiel ihr nicht. Es war wie bei einem Gemälde, dessen wahrer Charakter sich erst auf den zweiten Blick erschloss. «Herr Godebrink», sagte sie nachdrücklich und lehnte sich ebenfalls vor. «Bevor Claire das Schiff genommen hat, ist sie zu mir gekommen und hat mir erzählt, was an jenem Abend passiert ist. Ich weiß *alles*.»

Sie konnte dabei zusehen, wie ihm das Lächeln im Gesicht einfror. Er blickte zum Fenster. Es hatte zu regnen begonnen, die Tropfen wanden sich in dünnen, glitzernden Fäden am Glas hinab. Es war offensichtlich, dass er nach Worten suchte, nicht wusste, wie er sich geben sollte.

«Wir waren dumm», sagte er schließlich, nachdem er sich geräuspert hatte, begegnete ihrem Blick mit einem Lächeln, das sicherlich verschmitzt wirken sollte, aber schmerzhaft aussah, und wich Avas fragenden Augen gleich wieder aus. Er legte die Fingerspitzen aneinander, nur um sie dann nervös durch seine Haare fahren zu lassen. «Sie kennen Claire. Wer würde ihr nicht verfallen. Eine so schöne Frau.» Als würde er sich über seine eigene Dummheit wundern, schüttelte er den Kopf. «Ich habe mich … *hinreißen* lassen. Linda war schwanger und unpässlich, und Claire … nun. Wie Sie sicherlich wissen, sind wir uns schon länger bekannt. In einem anderen Leben wäre sie meine Frau geworden. Dann wäre nichts von alldem passiert», murmelte er wie zu sich selbst und rieb sich jetzt scheinbar erschöpft mit Daumen und Zeigefinger die Augenbrauen.

Ava runzelte die Stirn. In seinen Worten hörte es sich an, als hätte Claire ihn verführt. Als wäre er schwach geworden beim Anblick des Apfels, den die Schlange ihm vor die Nase hielt. Und warum hatte er Claire nicht einfach geheiratet, wenn er sie so umwerfend fand, wie er behauptete?

«Sie beide hatten ein Verhältnis», sagte sie nüchtern. «Ein *einvernehmliches* Verhältnis. Von dem Ihre Frau nichts wusste.»

Sein Unterkiefer zuckte, und seine Augen wurden hart. «Warum sind Sie hier?», sagte er, und alles an ihm, seine Mimik, seine Stimme, seine Körperspannung, veränderte sich. Von dem höflichen Gentleman, der ihr einen Sessel und etwas zu trinken angeboten hatte, war nichts mehr übrig. Feindseligkeit strahlte aus jeder Pore.

«Weil ich wissen möchte, wo Claire ist», erwiderte sie und war froh, dass man ihrer Stimme nicht anhörte, wie sehr dieser Mann sie einschüchterte.

«Und warum denken Sie, dass ich das weiß? Meinen Sie nicht, wenn eine vollkommen aufgelöste Claire bei mir in New York in mein Hotel eingefallen wäre, dann hätte ich ihre Mutter bereits benachrichtigt?»

Ava musterte ihn. Sie wusste nicht, was sie ihm glauben sollte. Dann erzählte sie ihm mit knappen Worten, was in der Villa Conrad passiert war, nachdem Dr. Schwab Claire von Magnus weggezerrt und sie mit der Kutsche zu Agatha gebracht hatte. Was Claire belauscht hatte. Welche Angst es ihr eingeflößt und in welch ausweglose Situation es sie gestürzt hatte. Ava konnte nicht sagen, ob es ihn überraschte.

«Sie verstehen also, warum wir uns an Sie wenden», schloss sie kalt. «Wären Sie nicht auf dem Weg nach New York gewesen, hätte sie sich niemals auf das Schiff begeben.»

Seine Lippen zuckten. «Ich weiß, wie es nach außen hin wirken muss», sagte er steif. «Und das ist alles sehr bedauerlich. Aber ich kann Ihnen nicht helfen.» Er stützte beide Ellbogen auf die Knie und sah sie mit durchdringendem Blick an. «Ich habe Claire nicht mehr gesehen seit dem Abend, an dem mein Sohn starb.»

Etwas in Ava wusste, dass er dieses Mal nicht log.

2

Will lag im Bett und hörte dem Regen zu, der gegen das Fenster trommelte. Die Tropfen liefen in schmalen Bahnen am Glas hinab. Er mochte den Gedanken, dass das Klima in Hamburg vom Atlantik bestimmt wurde. Wenn es im Winter stürmte, wusste er, dass der Luftdruck über der Nordsee rasch abgenommen hatte, während sich Kälte über dem Meer westlich von Norwegen zusammenballte. So erklärten sich die Maifröste und die häufigen Sommerregen von Juli bis September, die starke Bewölkung des oft ruhelosen Himmels über der Stadt, die hohe Luftfeuchtigkeit im Sommer, die milden Winter und das angenehme, selten bedrückende Klima in den warmen Monaten. Will wusste diese Dinge, weil er sein Leben damit verbracht hatte, die Welt um sich her so gut wie möglich verstehen zu wollen. Er wusste, warum es in Hamburg meist morgens oder nachmittags regnete und so gut wie nie um Mitternacht. Er wusste, warum es hier beinahe ausgeschlossen war, dass es wärmer als dreißig Grad Celsius wurde, und warum die Grundwasserspiegel in den Hamburger Brunnen genau wie das Wetter von meteorologischen Verhältnissen abhingen.

Was Will nicht wusste, war, wie er seine Frau wieder glücklich machen konnte.

Er hörte ihre Stimme bis in sein Zimmer herauf. Irgendwo unten im Haus rief sie den Jungs zu, dass sie sofort die Schlittschuhe aus dem Garten holen sollten, wenn sie kein Donnerwetter erleben wollten, und es lag eine Schärfe in ihrem Ton, die der Sache nicht angemessen war. Ihm war klar, dass diese Schärfe nicht den Jungs galt, sondern ihm.

Und dass er sie verdiente.

Will seufzte tief, blickte wieder aus dem Fenster in den wolkenverhangenen Himmel. Er musste aufstehen, lag schon viel zu lange hier. Aber es war mal wieder eine grauenvolle Nacht gewesen, eine ruhelose, peinigende Nacht, und er spürte jeden Knochen im Leib. Sein Kopf war wie in Watte gepackt, er hatte einen faden Geschmack im Mund. So kannte er sich nicht. Sein ganzes Leben lang war er morgens gerne aufgestanden, hatte den Tag voller Tatendrang begonnen, lieber angepackt, was es anzupacken galt, als sich vor schwierigen Aufgaben zu drücken. Und jetzt lag er hier, lauschte auf die vertrauten Geräusche seiner Familie und wollte nicht zu ihnen hinuntergehen. Er freute sich nicht auf das Frühstück, er freute sich nicht auf die Arbeit.

Er freute sich auf gar nichts.

Seit Wochen ging das nun so. Seit er sich eingestanden hatte, dass er Ava liebte. Und sie am selben Tag aufgehört hatte, mit ihm zu sprechen. Sie ignorierte ihn nicht, war immer noch höflich, immer noch freundlich, wenn sie sich zufällig auf dem Hof begegneten oder ihre Blicke sich trafen. Aber es war, als hätte sie eine unsichtbare Wand zwischen ihnen aufgebaut. Natürlich konnte er das verstehen. Manchmal schämte er sich so sehr, dass er seinem eigenen Abbild im Spiegel auswich. Er hatte es geschafft, zwei Frauen gleichzeitig zu täuschen, und auch noch sich selbst. Was für ein Kerl er doch war.

Wütend hob er den Kopf, zog das Kissen hervor, drückte seine Faust hinein und schob es wieder an seinen Platz. So war das also mit der Liebe. Endlich ergab alles einen Sinn, die Gedichte, die Lieder. Es erstaunte ihn zutiefst. Er liebte seine Kinder, aber schon immer hatten sie viel mehr zu Therese gehört als zu ihm. Er liebte seine Mutter, aber auf so eine andere Weise, dass man es nicht einmal vergleichen konnte. Und irgendwie, vermutete er, liebte er wohl auch seinen Vater. Sonst hätte er sicher nicht jede Minute seines Daseins damit verbracht, ihn stolz machen zu wollen. Er liebte Quint, er war sein Bruder und würde es immer sein. Und etwas in ihm liebte auch Therese. Doch seit er Ava kannte, fragte er sich, ob man jemanden lieben konnte, einfach nur, weil er so vertraut war. Weil er zum Leben dazugehörte. Weil man sich aneinander gewöhnt hatte.

Das, was er für Ava empfand, war anders. Tiefer. Alles erschütternd. Es war, als würden seine Gefühle plötzlich Dinge tun, die sie selbst nicht verstanden, als wäre etwas in ihm kaputtgegangen und funktionierte nun anders als vorher.

Will war klar, dass er vor einer Entscheidung stand. Und dass diese Entscheidung sehr vielen Menschen sehr wehtun könnte. Aber er wusste auch, dass er so nicht weitermachen konnte. Nichts war mehr wie früher.

Das ist also Liebe, dachte er. Zornig schlug er die Decke zurück und stand auf. Warum hatte ihm nur nie jemand gesagt, wie schmerzhaft sie sein konnte?

Im Bad erschrak er darüber, wie hohl seine Wangen aussahen, wie stumpf und freudlos er sich selbst aus dem Spiegel entgegenblickte. Aber es war ja auch kein Wunder. Jede Nacht wälzte er sich hin und her, wachte auf und wusste nicht, wo er war, träumte von ihrem Gesicht, ihrem Lachen. Meist stand er irgendwann in der Dämmerung auf, weil er es im Bett nicht mehr aushielt. Im dunklen Salon wartete er dann sehnsüchtig auf das Gefühl der Erleichterung, das die Morgendämmerung nach einer Nacht mit sich brachte, in der er von seinen eigenen Geistern heimgesucht worden war.

Seine Ehe war zu Ende. Er liebte eine andere Frau.

Und er konnte Therese nicht mehr ertragen.

In seinem Kopf war sie zum Sinnbild geworden für alles, was ihn von Ava trennte. Und sie spürte es. In jedem Wort, das er sagte, und fast mehr noch in jedem Wort, das er nicht sagte. Sie sah es in seinem Blick, wenn er sie musterte und sich wünschte, sie nie kennengelernt zu haben, hörte es an seiner Stimme, wenn er ruppig und kurz angebunden auf ihre Fragen antwortete, die ihm auf die Nerven gingen, weil sie ihn in seinem Grübeln unterbrachen.

Aber er liebte seine Kinder. Seine neue kleine Tochter war ein Wunder. So wie alle seine Kinder Wunder für ihn waren. Er war verrückt nach ihr, konnte nicht aufhören, sie anzuschauen, ihren Geruch einzuatmen, ihre winzigen Hände zu halten. Zart wie eine Rose war sie, und deswegen hatten sie sie auch so genannt. Rosa. Rosa, wie ihre winzigen, perfekten Zehen und die Spitzen ihrer kleinen Muschelohren. Er konnte sich nicht vorstellen, auch nur einen Tag seines Lebens ohne sie zu verbringen.

Und doch war er so grauenvoll unruhig. Jede Sekunde eines jeden Tages spürte er, dass etwas nicht stimmte.

Er verstand, dass die Unruhe in ihm Ava war. Und dass sie nicht weichen würde. Wie sehr er auch versuchte, sie zu verdrängen.

Als er zurück ins Schlafzimmer ging, um sich anzuziehen, erklangen Thereses Schritte auf der Treppe, und im Spiegel über dem Kamin erwischte er sich dabei, wie er eine Grimasse zog.

«Na endlich», sagte sie, als sie hereinkam und ihn neben dem Bett stehen sah. «Ich dachte schon, du stehst gar nicht mehr auf.» Sie musterte ihn so missbilligend, dass er unter ihrem Blick zu schrumpfen begann.

«Ich habe schlecht geschlafen», erwiderte er.

«Muss schön sein, wenn man nach einer schlechten Nacht einfach liegen bleiben kann. Soll ich dem Herrn vielleicht noch sein Frühstück im Bett servieren?», fragte sie mit harten Augen. «Ich habe übrigens auch schlecht geschlafen. Ich schlafe immer schlecht. Weil ich ein Neugeborenes habe, das ich fünf Mal in der Nacht stillen muss. Trotzdem stehe ich morgens auf. Weil wir noch andere Kinder haben, die frühstücken wollen, weil wir ein Haus haben, um das sich jemand kümmern muss.»

«Du wolltest ja keine Amme», murmelte er und wusste, noch während er es aussprach, wie erbärmlich er sich benahm.

«Wie bitte?», zischte sie auch sogleich. «Wir haben kein Geld für eine Amme, deswegen wollte ich keine. Wenn deine Eltern wüssten, dass du mich …»

«Herrgott, ja doch, lass mich doch erst mal wach werden!» Dass sie recht hatte, machte ihn bloß noch ungehaltener. Natürlich hatte sie recht. Mit allem.

Plötzlich wurde ihr Blick weicher. Sie sah ihn unschlüssig an, trat dann zwei Schritte zurück und schloss die Tür hinter sich. «Die Kinder spielen im Salon. Und Rosa ist noch mal eingeschlafen», erklärte sie, und der Klang ihrer Stimme kündigte an, was sie als Nächstes sagen würde. «Wir können uns auch zusammen noch einmal hinlegen.» Mit einem Lächeln ließ sie ihr Schultertuch fallen und knöpfte ihr Kleid auf.

Früher hätte er sie gepackt und spielerisch in den Hals gebissen, bis sie wonnevoll aufschrie, er hätte sie aufs Bett geworfen und ihren ganzen Körper mit Küssen bedeckt. Allein der Anblick ihrer Brüste hätte gereicht, um ihn alles andere vergessen zu lassen.

«Ich bin wirklich nicht in der Stimmung», murmelte Will, aber sie hörte gar nicht zu. Sie trug noch ihr weißes Spitzennachthemd und, weil es so kalt war, auch ihre wollenen Kniestrümpfe. Therese war schön, und in diesem Moment das Sinnbild der Verführung.

«Wir haben doch kaum noch Zeit für uns», schnurrte sie, ein verbissenes Lächeln auf dem Gesicht, an dem er registrierte, wie sehr sie sich bemühte, gute Miene zum bösen Spiel zu machen. Ihre Brüste waren riesig durch die Milch, und als sie auch das Nachthemd abstreifte und nur noch in Strümpfen dastand, auf ihn zutrat und seine Hände fasste, sie zu ihrem Hintern führte, reagierte sein Körper, wie er immer reagiert hatte. Sie schmeckte so vertraut, fühlte sich so richtig an. Trotzdem war nichts an ihr richtig.

Ich sage es ihr morgen, dachte er, als sie ihn zum Bett drängte und sich auf ihn setzte.

Er legte die Nadel auf, hielt mit der linken Hand die runde Scheibe fest und bediente mit der rechten behutsam die kleine Kurbel. Das Grammophon quietschte unwillig, doch nach ein paar Sekunden begann die Platte, sich zu drehen, und die ersten kratzigen Töne eines Walzers erklangen.

Dr. Schwab lächelte. Er wippte den Oberkörper im Takt, tappte von einem Fuß auf den anderen, drehte sich, als die Melodie erklang, einmal halb um die eigene Achse, hob die Arme, um seine Partnerin zum Tanz aufzufordern.

«Aber Herr Doktor», Claire lächelte katzenhaft und senkte

den Blick. Als sie ihn wieder hob, bohrten sich ihre honigfarbenen Augen in ihn hinein, und ihn überlief ein Schauder vom Scheitel bis in die Kniekehlen. Sie sank in seine Arme, schmiegte sich an ihn, und zusammen wiegten sie sich ein paar Schritte zur Melodie. Wie sie duftete, wie weich ihre Haut war …

Er stolperte über eine Teppichfalte, und der Zauber zerbrach.

Zurück blieben nur sein leeres Büro und die kratzige Musik, die ihm in den Ohren dröhnte. Er machte zwei ärgerliche Schritte, hob die Nadel hoch, und die Melodie brach ab.

Einen Moment stand er da und sah sich selbst in grausamer Desillusionierung. Ein alter Mann, der sich lächerlichen Tagträumen hingab und dabei über seine eigenen Beine stolperte.

Dann straffte er die Schultern, ging zurück zum Schreibtisch und zog die Unterlagen heran, die er studiert hatte, bis ihn der Gedanke an Claire ablenkte, wie so oft. Kopfschüttelnd drehte er die Lampe auf, lehnte sich im Stuhl zurück und las weiter in der Abhandlung; einer genauen Auflistung der verschiedenen Behandlungen, die bei Seelenstörungen Anwendung fanden. Aufmerksam studierte er den Bericht über die Heilanstalt in der *Neurologischen Wochenschrift*. Auch Kaltbadproceduren kamen langsam aus der Mode, aber noch vor wenigen Jahren waren sie bei Seelengestörten die Regel gewesen: Die Patienten wurden in eiskaltes Wasser getaucht, mit nassen Tüchern abgeklatscht, übergossen mit einer Regendouche, wobei das Wasser tröpfchenweise und mit wenig Druck über lange Zeit auf den Kopf appliziert wurde. Dann gab es noch die Strahldouchen, bei denen das Wasser durch lederne Schläuche geleitet wurde, wobei der Behandelnde mithilfe einer Handfeuerspritze Druck aufbaute, sodass man die Patienten damit abspritzen konnte. Besonders bei Tobsucht oder Melancholie waren diese Methoden vielseitig zur Anwendung gekommen – und sicherlich immer noch, es war unmöglich zu sagen, welche Anstalt mit welchen Mitteln arbeitete. Aber mittlerweile hatten sich vielerorts Heißwasseranwendungen durchgesetzt, und er fand sie faszinierend. Besonders das prolongierte Bad.

Abwesend strich er sich mit dem Zeigefinger zwischen den Augenbrauen entlang, wo sich ein kleiner, entzündeter Knoten gebildet hatte, den er während seiner Lektüre unablässig mit dem Finger malträtierte.

Es war wirklich ein gewagtes Unterfangen, die Erkrankten mussten teilweise über Wochen in den Bädern ausharren. In Riedstadt-Goddelau hatte man vor Kurzem eine moderne Dauerbadeanlage errichtet. Es gab sogar Abbildungen in der Zeitschrift, und gebannt beugte er sich vor, wobei er wieder einmal bemerkte, wie sein Rücken schmerzte. Er wurde alt, man konnte es nicht leugnen. Aber er schlief ja auch nicht gut, lag immer wach und grübelte über sie nach. Claire war wie vom Erdboden verschwunden, niemand hatte etwas von ihr gehört. Doch es war nur eine Frage der Zeit, bis sie zurückkommen würde, da war er sicher.

Und er bereitete sich darauf vor.

Mit einem Räuspern blätterte er eine Seite um. Einen ganzen Raum gab es in Riedstadt, nur für die Badewannen. Sie mussten so beschaffen sein, dass die Patienten darin schlafen und essen, sich aber nicht selbstständig aus ihnen befreien konnten. Die alten Holzdeckel waren inzwischen aus der Mode gekommen, stattdessen hatte man einen Segeltuchschuh erfunden. In den meisten Anstalten war man inzwischen von Fixierungen abgekommen, aber hier musste man die kranken Seelen eben für ihr eigenes Wohl in der warmen Wanne halten. Zwölf Tage, vierundzwanzig Stunden am

Stück. Er pfiff leise durch die Zähne. Das war sicherlich nicht einfach auszuhalten, Geisteszustand hin oder her. Wenn er allein daran dachte, wie sein Rücken protestierte, wenn er zu lange auf seinem scheußlichen Bürostuhl saß. Er fragte sich, ob die Kollegen wohl Sedativa verwendeten, fand aber keinen entsprechenden Eintrag.

Gedankenverloren gab er einen Löffel Zucker in seinen lauwarmen Tee, rührte langsam um, sodass sich die goldene Flüssigkeit in der Tasse drehte. Sein Blick verlor sich im Januargrau hinter den Fenstern. Und er erlaubte sich einen weiteren Moment des Träumens.

Er würde sie weit weg von hier bringen. Vielleicht nach Riedstadt, vielleicht an einen ähnlichen Ort. Anstalten gab es zuhauf, und viele von ihnen lagen abgeschieden im Nirgendwo. Man konnte sich dort wunderbar vor der Welt zurückziehen. Er selbst würde sich in der Nähe ein Zimmer anmieten und sie täglich besuchen. Vielleicht konnte er sich sogar für eine Studie in der Einrichtung bewerben und selbst mit ihr arbeiten. Er wäre ihr einziger Berührungspunkt mit der Außenwelt, ihre Stütze, ihr Mentor. Er sah es vor sich, wie sie gemeinsam lange Spaziergänge durch den Kurpark unternahmen, wie er ihr vorlas, bei den Mahlzeiten Gesellschaft leistete, wie ihre Seele sich langsam beruhigte. Und wie sie es ihm irgendwann danken würde. Eines Tages würde sie in ihm erkennen, was sie bisher nicht imstande war zu sehen.

Er seufzte tief, und die Bilder, die er vor seinem inneren Auge sah – Claire mit ihrer blütenweißen Haut in einer Badewanne, Claire im Morgenmantel auf einem Diwan, verzweifelt die Hände nach ihm ausstreckend – zerplatzten. Nun, es war ein Tagtraum, und er war sich bewusst, wie fern der Realität er war. Nicht nur Claire hatte in seinen Träumen stets eine vollkommene Wesensveränderung durchlebt, auch er war darin – das musste er sich zähneknirschend eingestehen – meist deutlich jünger und stattlicher als der Mann, den der Spiegel ihm morgens vorführte … Sei's drum. Er hatte es selbst gesehen, immer und immer wieder: Patientinnen, die sich in ihre Ärzte verliebten, Hysterikerinnen, die so sehr in der Fürsorge aufgingen, die ihnen zuteilwurde, dass sie sogar in den Verdacht der Simulation gerieten, weil sie alles dafür zu tun schienen, dass ihre Symptome nicht nachließen.

Dr. Schwab verschränkte die Hände im Nacken und lehnte sich im Stuhl zurück. Er musste nur ihr Vertrauen gewinnen. Wenn er sie erst wieder unter seiner Kontrolle hatte … Er war zu zögerlich vorgegangen, hatte es nicht gewagt, drastischere Maßnahmen zu ergreifen. Und nun wurde ihm erst richtig bewusst, wie verrückt er nach ihr war. Es war kaum zu ertragen, dass er nicht wusste, wo sie sich aufhielt, bei wem sie war, in welchem Bett sie schlief. Er würde es kein weiteres Mal dulden, dass sie sich seiner Kontrolle entzog.

Wütend schob er den Bericht beiseite und zog Breuers und Freuds Studien über Hysterie heraus. *Die Ehe bringt neue sexuelle Traumen. Es ist zu wundern, dass die Brautnacht nicht häufiger pathogen wirkt, da sie doch leider so oft nicht erotische Verführung, sondern Notzucht zum Inhalte hat. … Ich glaube nicht zu übertreiben, wenn ich behaupte, die große Mehrzahl der schweren Neurosen bei Frauen entstamme dem Ehebett.*

Breuer und Freud widersprachen sich in diesem Punkt, aber er musste sagen, dass er Breuer zustimmte, der Geschlechtsakt konnte bei Frauen ganz sicher tiefen Schaden anrichten, wenn er gewaltsam oder stümperhaft ausgeführt wurde. Und die meisten Männer wussten doch gar nicht, wo bei einer Frau oben und unten war. Wenn er daran dachte, dass Claire mit Godebrink das Bett geteilt, dass dieser Lump ihr ihre Würde genommen und sie für immer beschmutzt hatte … Es schnürte ihm geradezu die Luft ab. Wutentbrannt hieb er mit der Faust auf den Tisch und stieß dabei die Teetasse um, ihr Inhalt verteilte sich auf seinen Beinen, und ihm entfuhr ein ärgerliches Grunzen.

Plötzlich ruckte sein Kopf herum. Stirnrunzelnd sah er sich um. Ganz deutlich hatte er eine Stimme gehört, jemand hatte seinen Namen gesagt.

Doch sein Büro war leer.

Verwirrt huschte sein Blick über den Schreibtisch, den Schrank mit den Medikamenten, die Liege, die Bücher in den Regalen.

Er stand auf, ignorierte das Stechen im Rücken und ging zur Tür. Der Korridor lag verlassen vor ihm.

Es war eindeutig, er war überarbeitet.

Als er wieder hineinging, blieb sein Blick an dem kleinen Spiegel neben der Tür hängen, den er benutzte, um seinen Bart zu zwirbeln, bevor er hinausging. Es war nicht zu fassen, nun bekam er doch tatsächlich eine Haut wie ein pubertierender Jüngling, er hatte ja einen regelrechten Furunkel zwischen den Brauen. Ärgerlich ging er zum Schrank und holte eine Salbe heraus, tupfte sie sich sorgfältig auf die Stirn und zuckte zusammen, als sein Finger die empfindliche Stelle berührte. Nun, es war kein Wunder, dass seine Haut verrücktspielte, er verbrachte jede wache Minute bei seinen Patienten oder bei Agatha, der er in ihrem Elend – nicht ganz uneigennützig – zur Seite stand. Und jede schlafende Minute in unruhigen, peinigenden Träumen von Claire.

Aber er wusste, was er zu tun hatte. Er hatte einen Plan, hatte sich genau überlegt, wie ...

Er hielt inne, weil plötzlich ein leises Pfeifen in seinem linken Ohr entstand, legte erstaunt den Kopf schief, schlug mit der

Hand ein paarmal auf sein rechtes Ohr, wie um den Ton aus dem anderen herauszuschütteln. Das Pfeifen ebbte ab, und er schnalzte missbilligend mit der Zunge.

Es klopfte an der Tür.

«Du bist spät», schnauzte er, als Olga hereinkam.

Sie sah müde und abgekämpft aus, und er fragte sich kurz, ob er sie überhaupt noch wollte. Wenn sein Plan funktionierte, musste ihr Arrangement ohnehin bald ein Ende finden.

Sie ignorierte ihn, und er ging ans Fenster und zog die Vorhänge vor. Wortlos entledigte sie sich ihrer Kleidung. Und obwohl er ihren Körper immer gemocht hatte, konnte er an nichts anderes denken als an Claire.

Sie brachte ihn buchstäblich um den Verstand.

Sie hatten etwas Tröstliches, die Abläufe in der Ballinstadt, die ihr inzwischen so vertraut waren. Ava hätte nicht so genau benennen können, wie sie sich hier fühlte. Doch sie war kein unsichtbarer Geist wie bei den Plattmanns und auch keine Maschine wie in der Fabrik. Hier war sie eher ein Rädchen im Getriebe. Jeden Morgen zwischen sieben und neun wurden die Schlafsäle gereinigt. Große Teile des Personals frühstückten in den Hotels der Stadt, aber die meisten Frauen aßen im Speisesaal, bevor er geöffnet wurde. Es gab große Kessel mit gesüßtem Kaffee und Tee, riesige Mengen an Weißbrotsemmeln, Feinbrot mit Butter und immer auch eine große Schale mit Fruchtmus, das Ava besonders gern mochte. Sobald die Speisesäle sich mit den Durchreisenden aus der Auswandererstadt zu füllen begannen, fingen sie mit der Arbeit an, machten die Metallbetten sauber, brachten die Matratzen zum Desinfizieren, die nach jeder Abreise gereinigt wurden, spülten die Näpfe aus, die überall bereitstanden, damit die Leute in den Schlafsälen nicht auf den Boden spuckten. Um zwölf wurde der Mittagstisch ausgeteilt, es gab immer eine nahrhafte Suppe, Beilagen, so viel man wollte, und für jeden ein halbes Pfund Fisch oder Fleisch am Tag. Wann immer Ava ihren Teller entgegennahm, musste sie daran denken, wie Claire damals mit Kessie um die Menge gekämpft hatte, die ihr zustand.

Sie hatte viel gelernt bei diesem Streit.

Die jüdische Küche, in der sie an diesem Tag arbeitete, war genauso eingerichtet wie die christliche. Auch hier gab es vier Dampfapparate, die das Wasser in den riesigen, fünfhundert Liter fassenden Kesseln innerhalb von zwanzig Minuten zum Kochen brachten. Der einzige Unterschied zwischen den Küchen war, dass es hier einen Osterkeller mit einem Vorhängeschloss daran gab, der nur zum jüdischen Osterfest benutzt werden durfte. Er entfachte eine kindliche Faszination in Ava, die sich die fantastischsten Dinge dahinter ausmalte.

Die Küchen mochten gleich aussehen, aber die Essenszubereitung war es nicht. Alles stand hier unter der Aufsicht eines Beschauers, der vom Oberrabbiner ausgewählt wurde und peinlich genau darauf achtete, dass alles nach jüdischem Ritual ablief. Ava hatte inzwischen gelernt, dass Fleischgerichte und Milchspeisen in verschiedenen Töpfen zubereitet werden mussten und dass es ein spezielles Geschirr für jede Speise gab. Allen ausgeteilten Portionen lag ein kleiner Zettel bei, auf dem in hebräischen Buchstaben stand, dass es sich um koscheres Essen handelte. Die sehr frommen Juden speisten sogar in eigenen Räumen, und einer der Köche hatte ihr erzählt, dass die meisten von ihnen eher Hunger leiden würden, als etwas ohne dieses Koscherzeichen zu sich zu nehmen. Religion war ihr immer eher fremd gewesen, sie hatte sie nie wirklich verstanden, nie einen Zugang zu Gott gefunden, und es war daher umso faszinierender für sie, wie andere Menschen ihr Leben so sehr nach ihm ausrichten konnten.

Sie mochte alles in den beiden Küchen, die riesige Kaffeemahl- und die Kartoffelschälmaschine, die fünfundsechzig Kilo Kartoffeln in einer Viertelstunde schälen konnte. Sie mochte es, dass man hier wirklich versuchte, den Wünschen der Menschen nachzukommen, obwohl es so viele waren, obwohl die Angestellten täglich zehntausend Semmelbrötchen austeilten. Wenn besonders viele Ungarn hier waren, schnitten die Köche mehr Paprika in das Gulasch, und wenn besonders viele Schweden in der Stadt wohnten, war der Kaffee hell und süß und bestand zur Hälfte aus Milch.

Normalerweise hatte Ava in der Küche keine Zeit zum Nachdenken, es war immer laut und hektisch, man musste schnell reagieren und gut zuhören, sonst konnte man sicher sein, den geballten Zorn des Küchenchefs auf sich zu ziehen. Aber heute bekam sie Magnus' Gesicht nicht aus dem Kopf. Im Akkord zerteilte sie Fischleiber, während sie an seine Stimme dachte, daran, wie sich sein Gesicht verändert hatte, als sie ihm sagte, dass sie Bescheid wusste. Schwer atmend stampfte sie Kloßteig in riesigen Wannen und sah dabei seine kalten Augen.

Sie musste Quint so bald wie möglich darüber informieren, dass Magnus zurück war. Und ihr graute davor. Denn sie hatte keine Ahnung, wie er auf die Neuigkeit reagieren würde.

Quint entdeckte Ava durchs Fenster. Schon an ihrem Gang sah er, dass sie Neuigkeiten hatte. Er fluchte leise.

Vor seinem Büro trat sie unruhig von einem Fuß auf den anderen. Sie hob den Blick, ihre grauen Augen trafen auf seine, und ein giftiger Stachel schien sich in ihn hineinzubohren. Bitte nicht, dachte er. Bitte nicht.

Sie sah wohl die Angst in seinem Blick, als er die Tür öffnete, denn sie schüttelte sofort den Kopf. «Nein, das ist es nicht!», beruhigte sie ihn. Ava zögerte kurz und musterte ihn, als hätte sie Angst, wie er auf ihre Worte reagieren könnte, dann sagte sie: «Godebrink ist zurück.»

Er war zu ungeduldig, um auf eine Droschke zu warten, und der Zug kam erst in einer halben Stunde, also nahm er sich eines der Pferde von der Polizeistation und ritt in die Stadt. Sobald er die Zäune hinter sich gelassen hatte, drückte er leicht seine Fersen in die Flanke des Tieres, und es wechselte sofort gehorsam schnaubend in einen weichen Galopp.

Der Weg gab ihm Zeit, seine Wut unter Kontrolle zu bringen. In den letzten Wochen hatte er sich auf jede erdenkliche Art und Weise vorgestellt, wie er Magnus begegnen würde, und in den meisten Versionen war seine Faust dabei mitten in dessen Gesicht gelandet. Diesem widerlichen Gesicht, das er in den letzten Jahren zu hassen gelernt hatte.

So oft schon hatte er sich gefragt, wie sein Leben verlaufen, wo und wer er jetzt wäre, hätte er Magnus Godebrink niemals kennengelernt.

Sie waren sich auf einer Feier begegnet, damals, vor unendlich langer Zeit, wahrscheinlich auf einem Ball, einer Hochzeit, er wusste es nicht mehr. Hatten getrunken und gelacht, waren danach oft zusammen um die Häuser gezogen. Er war noch zu jung gewesen, um die Menschen zu verstehen, wie er es jetzt tat, zu jung, um Warnungen zu erkennen, um zu sehen, wer Magnus wirklich war. Godebrink hatte diese Art, dieses charmante Auftreten, mit dem er alle um den Finger wickelte, und es hatte eine Zeit gegeben, in der ihm auch Quint ins Netz gegangen war.

Und einmal eingesponnen gab es kein Zurück.

Im Nachhinein hatte er sich oft gefragt, wie Magnus ihn gelesen hatte, woher er wusste, dass Quint genau der Richtige war für den Job.

Er gab ein leises Schnauben von sich. Von wegen, er hatte seine Wut unter Kontrolle. Er sollte umdrehen und zurückreiten. Er war zu zornig, es würde nicht gut enden.

Aber schon klapperten die Hufe des Pferdes die lange Einfahrt hinauf, an kahlen Kastanienbäumen und Hannoveranern im Wintergeschirr vorbei. Die Villa mit ihren Giebeln und Bogenfenstern kam in Sicht, die Magnus von seinen Eltern geerbt hatte, wie er alles in den Schoß gelegt bekommen hatte. Männer wie Magnus wussten nicht, wie man arbeitete, sie wussten, wie man delegierte, wie man sich selber aus der Scheiße wand und anderen die Drecksarbeit überließ.

Für den Bruchteil einer Sekunde meinte er, oben auf dem Balkon eine Frau zu sehen. Eine junge Frau mit traurigem Lächeln, die im Morgenmantel an der Brüstung stand und zu ihm herunterschaute.

Sein Herz setzte aus.

Aber er blinzelte, und sie war verschwunden.

Quint runzelte die Stirn, zog die Zügel an, und das Pferd drehte sich unwillig einmal um sich selbst. Doch dann ließ er es gewähren, galoppierte bis vor die Treppe, sprang ab und warf dem überraschten Stallburschen das Zaumzeug zu, der in diesem Moment aus der Sattelkammer trat.

«Machen Sie sich nicht die Mühe, mir zu sagen, er wäre nicht hier.» Das Mädchen, das ihm öffnete, war sehr hübsch, und er hatte früher gerne mit ihr gespaßt, wenn er herkam. Aber jetzt war ihm nicht nach Spielchen.

Sie erwiderte nichts, nickte nur und ließ ihn eintreten.

Als er vor ihm stand, sahen Magnus und Quint sich einfach nur an. Es hätte so vieles zu sagen gegeben. Doch im Grunde konnten sie sich die meisten Worte sparen. Im Grunde wollte er nur eines wissen, musste es mit seinen eigenen Ohren hören, musste Magnus mit eigenen Augen ins Gesicht sehen, wenn er es aussprach: «Schwöre mir, dass du nicht weißt, wo sie ist», sagte er, ohne jede Begrüßung.

Magnus lächelte, doch das Lächeln geriet ihm zur Grimasse. Er gab ein Schnauben von sich. «Direkt zur Sache, was? Freut mich auch, dich zu sehen, Quint. Ich habe gerade wirklich andere Sorgen, mein Kind ist tot, mein Geschäft ist …»

Quint trat einen Schritt vor, und Magnus' Pupillen weiteten sich kaum merklich. Er wich nicht zurück, doch sein Körper versteifte sich, und er hob abwehrend die Hände, ließ sie aber sofort wieder sinken, als wäre es ihm peinlich. Quint war kleiner als er, aber wesentlich kräftiger. «Schwöre mir, dass du nicht weißt, wo sie ist», flüsterte er noch einmal.

Nun zuckte tatsächlich so etwas wie Furcht über Magnus' Gesicht.

Aber nur für eine Sekunde. Dann verschloss es sich wieder hinter der gewohnt überheblichen Maske.

«Glaub mir, wenn ich wüsste, wo sie ist, wäre sie jetzt bei mir.»

Quints Hand zuckte. Er hatte nicht gewusst, wie gleißend Wut sein konnte. In diesem Moment verspürte er nichts Geringeres als Mordlust. Er wollte Magnus an seinen blonden Haaren packen und ihm sein Grinsen aus dem Gesicht wischen.

Aber er konnte nicht.

Eines Tages, dachte er und spürte, wie heiße Wellen durch ihn hindurchpulsierten. Eines Tages werde ich es ihm heimzahlen.

«Du hast sie nicht gesehen seit jenem Abend in der Villa?»

Ganz augenscheinlich fragte Magnus sich, woher er seine

Informationen hatte. «Ich habe sie nicht gesehen seit jenem Abend in der Villa», wiederholte er verächtlich, als wäre Quint ein Kind, das ihm mit seiner Fragerei auf die Nerven ging.

«Seit du nach Amerika abgehauen bist und deine kranke Frau allein zurückgelassen hast», fügte Quint hinzu, und etwas Neues trat in Magnus' Blick. Es war nur ein Aufblitzen, aber Quint sah es. Scham.

«Sprich nicht über Dinge, von denen du keine Ahnung hast», zischte Magnus.

«Und du hast nichts von ihr gehört, du weißt nicht, wo sie hingegangen ist, und hast sie in Amerika nicht getroffen.»

«Ich habe sie verdammt noch mal nicht getroffen. Was meinst du, warum ich abgehauen bin!», brüllte Magnus. «Um die Wogen zu glätten, um von ihr wegzukommen!»

«Ausgezeichnete Idee.» Quint lachte auf. «Wie selbstlos. Lass mich raten, du hast dabei nur an die anderen gedacht.»

Magnus holte tief Luft und stieß sie langsam wieder aus. «Kann ich dir noch mit irgendwas helfen?», knurrte er dann. «Gibt es Probleme mit dem Geschäft?»

«Wenn es welche gäbe, wärst du der Letzte, der sie beheben könnte, machen wir uns nichts vor. Du weißt ohne mich ja nicht einmal, wie du zum Kontor kommst. Wenn es Probleme gibt, erledige ich das, so wie ich alles erledige.»

«Genau dafür wirst du bezahlt», erwiderte Magnus, mit nicht weniger Eiseskälte in der Stimme als er. «Ich bin das Hirn, du bist die Hand.»

Das hatte einmal gestimmt. Doch so war es schon lange nicht mehr. In den letzten zehn Jahren hatte Quint so gut wie alles geregelt, was mit der Organisation des Geschäfts zusammenhing. Magnus hatte die Profite eingeheimst – und ihn immer gut beteiligt, das konnte er ihm nicht absprechen –, aber man musste den Tatsachen ins Auge sehen, er hatte Quint abgerichtet wie einen Hund und sich selbst fast vollständig aus der Sache herausgezogen. Wahrscheinlich hatte er es von Anfang an genau so geplant. Und das war das Schlimmste daran. Quint drehte sich um. Er konnte ihn nicht länger ansehen, sonst hätte er ihm vor die Füße gekotzt.

Doch als er bereits zur Tür ging, sagte Magnus plötzlich: «Hast du wirklich geglaubt, dass sie sich für dich entscheidet?»

Langsam drehte er sich wieder um. Er hatte sich schon gewundert, dass Magnus gar nicht fragte, warum er sich so sehr für Claires Verbleib interessierte. Aber anscheinend wusste er, was zwischen ihnen passiert war, oder hatte es sich zusammengereimt.

«Hast du gedacht, dass du sie bekommst? Eine Frau wie Claire? Hast du gedacht, sie zieht zu dir in die Ballinstadt in deine Junggesellenbude? Und kocht und putzt für dich, hört sich deine Klagen darüber an, wie ungerecht das ist, was wir machen, wie du schon immer aussteigen wolltest und nie den Mut aufbringen konntest?» Magnus imitierte die weinerliche Stimme eines kleinen Kindes. «Du magst dich in Wills Familie eingeschlichen haben, aber jeder weiß, was du wirklich bist, wo du wirklich herkommst. So was wird man nicht los. Glaubst du, sie hätte sich mit dir in der Öffentlichkeit gezeigt, mit deinem lächerlichen Aufzug und deiner kindischen Weigerung, Jorgs Hilfe anzunehmen? Du bildest dir tatsächlich ein, dass du Ideale hast, oder?» Magnus lachte so abfällig, dass es seinem Gesicht etwas Diabolisches verlieh. «Dass du nur durch mich auf den falschen Weg geraten und im Grunde deines Herzens ein feiner Kerl bist. Ich sage dir mal was, Quint.» Er kam auf ihn zu. «Sie hat über dich gelacht. Sie hat mir erzählt, wie sehr du ihr auf die Nerven gehst. Wie du dich in alles einmischst und dich da drüben als großer Aufseher aufspielst. Über eine Handvoll Putzfrauen und Hausmeister.»

Quint spürte seine Kiefer nicht mehr, so heftig presste er die Zähne aufeinander.

Wenn er auch nur eine Sekunde länger blieb, würde dieser Tag ein böses Ende nehmen.

Ein wirklich, wirklich böses Ende.

Er hielt Magnus' Blick stand, bis er in dessen Augen ein unsicheres Flackern wahrnahm. Dann ging er ohne ein weiteres Wort hinaus und schlug die Tür so hart hinter sich zu, dass in der Halle ein Bild von der Wand fiel und auf den Teppich knallte.

Als er draußen die Stufen der Freitreppe hinunterlief, hatte er das Gefühl, keine Luft zu bekommen. Kleine rote Punkte tanzten in seinem Sichtfeld, Magnus' Spott hallte in seinem Kopf nach, brannte sich in ihn hinein. Aber er mochte diesen Mann noch so sehr hassen, über eines war er sich nach diesem Besuch sicher, und nichts anderes war jetzt wichtig: Er hatte nicht gelogen.

Magnus wusste nicht, wo Claire war.

3

Sie hatte wieder vom Meer geträumt. Seit damals zog es durch die Ränder ihres Bewusstseins, wie ein Lied, das einem nicht aus dem Kopf geht. Agatha erwachte, wie sie nun jeden Morgen erwachte, mit dem Wunsch, dem Tag nicht ins Gesicht sehen zu müssen. Ihre Glieder waren bleiern, ihr Kopf wie aus Watte. Müde blinzelnd betrachtete sie die Muster auf den zugezogenen Bettvorhängen. Es war wie ein seidener Käfig, ihr großes, leeres Bett. Auch ohne auf die Uhr zu schauen, wusste sie, dass sie mal wieder viel zu früh aufgewacht war. Es war noch dämmrig draußen, der Tag kroch sicher gerade erst über die Baumwipfel. Aber sie schlief nicht mehr gut, seit Claire fort war. Auch wenn sie sich abends nichts sehnlicher wünschte, als einfach den Kopf aufs Kissen legen und ihre Gedanken ausknipsen zu können, war ihr doch nie viel Ruhe gegönnt. So manches Mal war sie schon aufgestanden und in die Küche gewandert, doch sie wusste nicht, wie man sich dort zurechtfand, konnte sich ohne Jettes Hilfe nicht einmal eine Tasse Kaffee aufbrühen. Und der dunkle, stille Salon ängstigte sie in seiner Zwecklosigkeit. Sie war die Einzige, die ihn noch nutzte. Diese Tatsache war eine Belastung für sie, erschien ihr fast wie eine Erwartung, die das Haus an sie stellte. Ihre Existenz war nun alles, was den kleinen Kosmos der Villa zusammenhielt. Ihretwegen wurden morgens die Öfen angefeuert, wurde gekocht und geputzt, zum Markt gegangen, organisiert und geplant.

Dabei war sie doch so müde.

Ihr Herz flatterte, unruhig wie ein kleiner Vogel, der in ihrer Brust eingesperrt war. Sie stieß einen leisen, klagenden Laut aus.

Ihre letzte Hoffnung hatte sich zerschlagen. Magnus wusste von nichts. Niemand hatte auch nur den Hauch einer Ahnung davon, wo Claire war, wie es ihr ging. Auch wenn Agatha am liebsten selbst zu Magnus gefahren wäre und ihn geschüttelt und angeschrien hätte, dass er ihr ihre Tochter zurückbringen sollte, so gab es doch nichts, was sie tun konnte.

Zu dieser Stunde war im Haus noch alles still. Nicht einmal die Mädchen waren wach. Wenn sie jetzt klingelte, würden sie natürlich trotzdem kommen, blass unter ihren Nachthauben und mit dunklen Ringen unter den Augen. Auch dem Personal machten die vielen Veränderungen im Haus zu schaffen, besonders Marie litt unter Claires Abwesenheit. Agatha hatte irgendwann verstanden, dass sie sich sorgte, ob man sie in der Villa noch brauchte, und ihr versichert, dass sie hier immer eine Anstellung haben würde. Seitdem war sie nicht mehr ganz so verhuscht. Aber trotzdem, sie spürten es natürlich alle. Eine einsame, kranke Witwe, allein in einem Haus wie diesem, das war kein Zustand. Und sie war keine gute Herrin mehr, konnte sich nicht um die vielen Entscheidungen kümmern, die getroffen werden mussten, konnte nicht mehr führen. Die Weihnachtsausgaben, die Feuerung des Hauses, der Weinkeller, Equipage und Pferde … So viele Belastungen, so viele Entscheidungen.

Sicher war es nur eine Frage der Zeit, bis alles auseinanderbrach.

Agatha hob eine Hand und ließ die Finger im Halbdunkel vor ihren Augen durch die Luft wandern. Das Dämmerlicht ließ sie schwarz aussehen.

Ein Licht wie auf dem Grund des Meeres.

Aber vielleicht gab es dort unten gar kein Licht. Vielleicht war es einfach nur schwarz. Sie streckte den Zeigefinger aus und malte ein Gesicht in die Luft. Es war ein Wunder, dass sie Ava gefunden hatte, so unglaublich, dass es nur Schicksal sein konnte, göttliche Fügung, ein größerer Plan.

Ein Wunder, das die Kraft hatte, alles zu zerstören.

Agatha sollte sie fortschicken und vergessen, dass sie jemals existiert hatte.

Aber das brachte sie nicht über sich. Und was, wenn sie nicht mehr lange lebte, was, wenn Claire allein zurückblieb?

Sagen konnte sie es ihnen jedoch ebenso wenig. Claire würde es ihr niemals verzeihen.

Agatha schloss die Augen. Was sollte sie tun? Was sollte sie bloß tun? Sie verlor sich im Wirrwarr ihrer Gedanken, das Wasser des Atlantiks wogte in großen dunklen Wellen durch ihren seidenen Käfig, es füllte ihre Lungen, zog sie in seine Tiefen hinab. Sie spürte, wie sie wieder einschlief, und war dankbar dafür. Oft hatte sie sich gefragt, warum manche Menschen starben und andere überlebten. Warum ihr der Sohn genommen und dafür so viele Jahre mit Claire geschenkt worden waren. Warum eine schöne, starke Frau wie Katharina auf dem dunklen Grund eines endlosen Ozeans geendet war und eine schwache, unsichere Frau wie sie in dieser Villa, diesem Leben. Ob all das wirklich der Plan eines seltsamen, unergründlichen Gottes sein konnte? Oder ob dieser Gott vielleicht selbst nur dabei zuschaute, wie die Dinge sich entfalteten, und genau wie sie über die Ungerechtigkeit staunte, die Willkür.

Die Sinnlosigkeit.

Drei Stunden später saß Agatha im Frühstückszimmer über der Tageszeitung. Hinter ihr knisterte der Kamin, aus der Küche hörte sie gedämpft, wie Jette jemanden ausschimpfte, und als sie einen Schluck Kaffee trank, dachte sie, dass sie es vielleicht doch alles irgendwie schaffen würde. Es war immer wieder erstaunlich, wie die Dunkelheit die Gedanken niederdrücken konnte. Wenn sie allein in ihrem Bett lag, schienen ihr die Sorgen ausweglos und viel zu schwer. Aber nun, im Sonnenschein, mit dem Geruch der Druckerschwärze und der Zimtwecken in der Nase, spürte sie wieder einen Hauch von Lebensenergie. Einen Hauch von Hoffnung.

Vielleicht würde Claire ja doch irgendwann zurückkommen, würde wieder zu sich finden, und alles würde sich fügen. Und was Agatha zu tun hatte, war ebenfalls sonnenklar: Sie konnte Ava nichts sagen, natürlich nicht, und auch Claire nicht. Aber sie konnte sich dennoch auf den Ernstfall vorbereiten. Es war feige, das wusste sie. Die feige Idee einer feigen Frau. Aber Claire war so aufbrausend, so harsch in ihren Urteilen. Wenn sie ihr alles sagte, würde Agatha den einzigen Menschen verlieren, den sie wirklich aus tiefstem Herzen liebte.

Marie kam herein und knickste. «Madame, Besuch für Sie. Dr. Schwab wartet in der Halle.»

«Was? So früh? Leg rasch noch ein Gedeck auf.» Agatha wurde plötzlich hektisch, wischte sich die Krümel vom Mund und tastete nach ihren Haaren. Sie war frisch frisiert, doch sie wusste genau um die Spuren, die die letzten Wochen in ihrem Gesicht hinterlassen hatten. Sie war aufgedunsen und bleich, hatte Schatten unter den Augen und neue kleine Falten, die vorher nur Andeutungen gewesen waren und sich jetzt tief in ihre Züge eingegraben hatten.

«Bernd.» Sobald er mit schweren Schritten hereinkam, wurde ihr ein wenig leichter ums Herz. Es tat so gut, wenn jemand da war, der sich ihre Sorgen anhörte, ihr Rat gab.

«Rieche ich da etwa Koteletts aus der Küche?» Mit einem warmen Lächeln trat er näher. «Ich habe es Ihnen doch schon so oft gesagt, meine Liebe, Sie müssen mit dem Fleisch vorsichtig sein.»

Agatha lachte und machte eine wegwerfende Handbewegung. «Grünzeug essen nur die, die sich kein Fleisch leisten können! Sie sind doch selber ein Liebhaber der Rouladen, das haben Sie mir erst letzte Woche gestanden!»

Er nickte schmunzelnd und setzte sich. «In Maßen! Zu viel des Konsums steigert die Nervosität. Und das können Sie nun wirklich nicht brauchen, nicht wahr, meine Liebe?»

Agatha spielte ein indigniertes Schmollen und schaute zur Seite.

«Außerdem bringt man einen übermäßigen Konsum auch mit Gicht in Zusammenhang. Und mit einer Disposition zu Leber- und Nierenleiden.» Er tätschelte ihr den Arm. «Aber ich sage ja nicht, dass Sie ganz verzichten sollen. Maßhalten hat noch niemandem geschadet.» Lächelnd musterte er sie, wie immer mit dem prüfenden Blick eines Arztes, fühlte ihren Puls und ließ sie kurz nach links und rechts schauen, eine Prozedur, die sie seltsamerweise genoss. Aber sie hatte ja sonst auch niemanden mehr, der ihr ohne Bezahlung Aufmerksamkeit schenkte. «Wie geht es Ihnen heute Morgen?»

«Ein wenig besser. Auch wenn ich wieder kaum geschlafen habe.»

Er nickte bekümmert. «Sorge macht uns rastlos», murmelte er, und Agatha dachte, dass er selbst nicht gut aussah, seine Haut wirkte wächsern, die Augen waren rot, als hätte auch er nicht gut geruht, und ein kleiner Furunkel schien zwischen seinen Brauen zu sprießen.

«Was führt Sie zu so früher Stunde zu mir, Bernd?» Sie goss Kaffee ein, nachdem Marie für ihn aufgedeckt hatte. «Es gibt doch nicht etwa Neuigkeiten?», fragte sie, plötzlich erschrocken, und griff einem Impuls folgend nach seinem Arm.

Er senkte den Blick auf ihre Hand. Sie wollte sie zurückziehen, aber das wäre unhöflich gewesen, also drückte sie seinen Unterarm, mit einem Mal erfüllt von der Panik, er könnte herausgefunden haben, wo Claire war, dass er hier war, um ihr zu sagen, dass sie tot war, dass sie nicht mehr wiederkommen würde. Und obwohl sie wusste, dass er dann niemals über Koteletts geredet, sie niemals so lange hingehalten hätte, schnürte es ihr den Hals zu.

«Nein», sagte er ruhig.

Und dann hob er langsam die andere Hand und legte sie auf ihre.

«Nein, Agatha. Deshalb bin ich nicht hier.»

Seine Finger verschlangen sich mit den ihren, hielten sie fest. Und schwitzig oder nicht, ihr Herz schlug plötzlich schneller. Bildete sie es sich ein, oder war da ein Flimmern zwischen ihnen in der Luft, eine warme Welle, die vorher nicht da gewesen war?

Sie waren jetzt allein im Frühstückszimmer, Marie hatte die Tür diskret hinter sich geschlossen, und plötzlich war er kein Arzt mehr.

Plötzlich war er ein Mann.

«Agatha», sagte er leise und sah sie an. «Ich bin hier, weil ich Sie etwas fragen möchte.»

Er räusperte sich und schien doch tatsächlich nervös.

Es überraschte sie vollkommen, diesen ruhigen, immer so selbstsicheren Mann verlegen blinzeln zu sehen. Er schob seinen Stuhl zurück, sodass er ihr zugewandt war, und auch sie rückte zur Seite. Nun saßen sie sich gegenüber, die Hände ineinandergeschlungen.

Sie konnte kaum atmen.

«Agatha. Es mag überraschend kommen, und bitte hören Sie mich aus, bevor Sie antworten. Ich kann es nicht länger ertragen, Sie so zu sehen, allein in diesem großen leeren Haus. Es wäre eine … so elegante Lösung für alles. Ich würde mich zur Ruhe setzen, meine Arbeit in den Auswandererhallen aufgeben und mich nur noch den Studien widmen. Ich könnte Ihnen mit all den lästigen Dingen helfen, die eigentlich Ihr Mann erledigen sollte. Wir würden beide unseren Lebensabend nicht einsam beschließen, könnten die Sommer zusammen auf Sylt verbringen, nach Italien reisen. Und ich weiß doch genau, dass Sie schon immer einmal im Panhans logieren wollten.» Er lächelte voller Wärme.

Sie konnte nicht fassen, dass er sich das gemerkt hatte, dass er so gut zuhörte.

«Vielleicht könnten wir auch in ein Tiroler Bad reisen oder nach Gries, ins Grandhotel Austria. In Meran hat die Luft Heilkraft und …», er räusperte sich, weil er merkte, dass er vom Thema abkam.

Agatha schluckte, ihr Hals war immer noch staubtrocken. Wollte er sie wirklich heiraten? Sie verspürte das drängende Bedürfnis, ihre Hände aus seinem Klammergriff zu ziehen. Und doch … und doch dachte sie ernsthaft darüber nach.

«Aber ich …», stotterte sie, vollkommen überrumpelt. Ein Teil von ihr fühlte sich geschmeichelt, auch wenn sein Vorschlag mehr wie eine Geschäftsidee geklungen hatte als ein Heiratsantrag. Aber was war die Ehe denn schon großartig anderes als ein Geschäft? Sie hatte ihre romantischen Ambitionen bereits als junge Frau begraben, sie waren ihr spätestens im grauen, abweisenden New York abhandengekommen, als sie sich allein mit einem neugeborenen Säugling durchschlug und endlich begriff, dass der Mann, den sie liebte, sie verraten hatte. Romantik war etwas für junge, naive Menschen, die die Härte des Lebens noch nicht gekostet hatten und sich der Verblendung hingeben konnten.

Die Ehe war nicht romantisch.

Die Ehe war eine Zweckgemeinschaft. Und nichts brauchte sie mehr als das. Die Aussicht, dass morgens jemand mit ihr frühstückte, sonntags mit ihr ausfuhr, abends mit ihr in den Austernkeller ging … Plötzlich war es, als hätte ihr jemand Energie in den Körper gepustet. Das Einzige, was sie davon abhielt, sofort Ja zu sagen, war der Gedanke an Claire.

Ihre Tochter hasste Dr. Schwab. Dabei hatte er sich immer für sie eingesetzt. Er hätte sie sogar zur Frau genommen, nur um sie vor ihrer eigenen Dummheit zu retten. Das musste man sich einmal vorstellen.

Claire hatte alles aufs Spiel gesetzt, ihre Ehre, den Ruf ihrer Familie, ihre Zukunft. Und ganz sicher hatte sie dabei keine Sekunde an Agatha gedacht und daran, was das alles für sie bedeutete. Agatha hatte die letzten Jahrzehnte ihres Lebens alles getan, um dazuzugehören, zu lernen, sich anzupassen. Niemand außer Heinrich hatte davon gewusst, aber damals in New York, als er sich in sie verliebt hatte und sich abzuzeichnen begann, dass sie zusammenbleiben würden, dass er es wirklich ernst meinte, dass ein Mann wie er eine Frau wie sie wollte, hatte sie jeden Tag Benimmunterricht genommen. Hatte Stunde um Stunde geübt, wie man richtig aß, richtig saß, was man wissen und wie man sprechen musste. Natürlich war es trotzdem sofort aufgefallen, allen voran Laetitia, die sie von der ersten Sekunde an durchschaut hatte. Was die Damen der oberen Gesellschaft hatten, konnte man nicht lernen, es wurde einem in die Wiege gelegt, das hatte sie schnell einsehen müssen. Es war das Wissen um den eigenen Platz in der Welt, um die eigene Überlegenheit, das sie ausstrahlten. Diese Selbstverständlichkeit würde sie niemals besitzen, sie würde bis zum Tage ihres Todes fürchten, dass der ganze Schwindel ans Licht kam. Ihre ganze verlogene Existenz. Trotzdem hatte sie nie aufgegeben, hatte die Tränen heruntergeschluckt, die Herablassung ertragen, die Blicke und das Flüstern ignoriert und weitergelernt. Und Heinrich war immer so gut zu ihr gewesen, hatte sie in allem bestärkt, ihr immer gesagt, dass es nicht darauf ankam, wie man sich benahm, sondern wer man im Herzen war. Dass eine Frau wie Laetitia einen Sohn wie ihn großgezogen hatte, würde Agatha nie verstehen. Heinrich hatte das sanfteste Wesen, das sie sich vorstellen konnte, er konnte stundenlang im Garten herumlaufen und mit versonnener Miene Insekten und Vögel beobachten. Er sammelte Briefmarken und Meißener Porzellan, er hatte gute Laune, wenn die Sonne schien, und war melancholisch, wenn im Herbst die Kraniche zogen, er summte den ganzen Tag Melodien vor sich hin und hatte Claire viele Jahre lang jeden Abend vor dem Einschlafen vorgelesen und danach mit Agatha Tee getrunken und sich von ihr berichten lassen, was sie beschäftigte, was sie unternommen hatte, was im Haus los war. Er war ein durch und durch ehrlicher Mensch gewesen, ohne Hintergedanken und ohne jeden Hochmut. Sie hatte früh begriffen, dass es stimmte: Äußerlichkeiten bedeuteten ihm nichts. Trotzdem hatte sie ihr Leben damit verbracht, dazugehören zu wollen. Denn niemand wusste besser als sie, wie es war, wenn man nirgends mehr dazugehörte.

Und dann hatte Claire mit ihrer Selbstsucht beinahe alles zerstört.

Gott sei Dank hatte Linda geschwiegen. Gott sei Dank war bisher nichts herausgekommen über die ganze Sache. Das ist wahre Eleganz, Haltung im Angesicht der Erniedrigung, dachte Agatha jetzt, und ihre Lippen pressten sich zusammen.

Agatha war nur zu bewusst, dass Bernd sie erwartungsvoll ansah. Ihre Gedanken rasten von einer Richtung in die andere. Was, wenn Claire zurückkam und erfuhr, dass sie Bernd geheiratet hatte? Würde sie sich dann hier nicht mehr zu Hause fühlen? Aber was, wenn sie nicht zurückkam? Oder erst in ein paar Jahren, vielleicht mit einem neuen Mann an der Seite. Bei Claire musste man mit allem rechnen. Und sie? *Sie* wäre ganz allein, jeden Tag, jeden Abend. Würde den Rest ihres Lebens in Einsamkeit verbringen. Und sie hatte doch solche Angst um ihr Herz. Es flatterte jetzt oft so seltsam, polterte sogar, als stolperte es über seine eigenen Schläge. Nachts wachte sie manchmal auf und war kurz davor, nach Marie zu klingeln, damit sie ihr in ihrer Angst beistand. Wenn Bernd da wäre, er würde sie beruhigen, er würde wissen, was zu tun war. Sie könnte sich endlich wieder auf jemanden stützen.

Und trotzdem … Claire war und blieb das Wichtigste für sie. Sie durfte nichts tun, das sie noch weiter von ihr wegtrieb.

Agatha zögerte immer noch, viel zu lange schon. Verkrampft saß sie da. Würde er von ihr erwarten, dass sie ihre eheliche Pflicht erfüllte, schoss es ihr durch den Kopf, und unwillkürlich hielt sie den Atem an. In ihrem Alter … Das war undenkbar für sie. Schon bei Heinrich war es ihr immer so schwergefallen, aber mit Bernd. Sie konnte es sich nicht einmal vorstellen. Sicherlich konnte man da zu einer Absprache kommen, schließlich war er selbst nicht mehr der Jüngste.

Vielleicht hatte er gar kein Bedürfnis mehr danach. Sie sollte nicht aus diesen Gründen ablehnen.

«Ich fühle mich so geschmeichelt», hauchte sie schließlich und senkte den Blick. «Aber das alles kommt so überraschend. Würden Sie …», sie stockte. Vielleicht zeigte ihm die vertrautere Anrede, dass sie ihn nicht ablehnte, sondern nur unsicher war. «Würdest *du* mir ein wenig Bedenkzeit geben?»

Sie sah sofort, wie sich sein Gesicht verschloss. Gekränkt presste er den Mund zusammen. Er drückte noch einmal kurz ihre Hände, so fest, dass es beinahe schmerzhaft war, und ließ sie dann los. Räusperte sich, rückte seine Krawatte zurecht. «Selbstverständlich, meine Liebe. Ich weiß, was für eine schwere Zeit Sie gerade durchleben. Aber seien Sie versichert: Mit meinem Antrag möchte ich nichts anderes, als sie Ihnen leichter zu machen.»

Er stand auf, der Stuhl schabte über das Parkett. Sein Blick ging an ihrem vorbei. «Ich werde Ihnen Zeit und Raum geben, um nachzudenken.»

Sodann küsste er ihre Hand, schob die Brille nach oben und ging mit großen Schritten hinaus. Die Tür fiel hinter ihm ins Schloss, und das Kaffeegeschirr auf der Anrichte schepperte.

Agatha blickte auf ihre Hände. Seine Tasse war noch voll, er hatte nicht einen Schluck getrunken. Gedämpft hörte sie die Mädchen in der Halle, wie sie ihn hinausgeleiteten. Plötzlich fühlte sie sich schrecklich allein. Sie war hier drinnen, die anderen waren dort draußen, und so würde es immer sein. Dass sie in einem Haus mit vielen Angestellten lebte, änderte nichts daran, dass sie einsam war.

Agatha atmete tief ein, und als die Luft wieder aus ihr hin ausströmte, entfuhr ihr ein leiser Schluchzer. Ihre Hand zitterte, sie hob sie zum Gesicht, um die Tränen wegzuwischen, die ihr plötzlich über die Wangen liefen. Sie hatte schon einmal einen Mann geheiratet, den sie nicht liebte, um einem Leben zu entkommen, das sie nicht ertragen konnte. Und auch, wenn er ihr so vieles gegeben hatte, Jahre in Reichtum und Fülle, ein wunderschönes Haus, eine neue Heimat, hatte sie sich gefühlt wie eine leere Hülle, eine Puppe, die lebte, sprach, aß und doch nicht richtig da war. Sie hatte das alles für Claire getan. Für Katharina. Für ihren Sohn, der nur wenige Stunden alt geworden war.

Damit nicht alles umsonst gewesen war.

Sie hörte Marie durch die Halle laufen, die kleinen Absätze ihrer Schuhe klackerten laut auf dem Marmor, dann fiel die Tür zur Küche hinter ihr ins Schloss, und eine dröhnende Stille senkte sich auf Agatha.

Er hatte nicht mit einer Abfuhr gerechnet. Und er musste zugeben, dass er in seinem Stolz gekränkt war. Erheblich sogar. Mit großen Schritten durchquerte Dr. Schwab die Halle und nickte dem Mädchen zu, das ihm die Tür auf- und den Hut hinhielt. Dachte Agatha denn, dass die Männer Schlange standen? Bei einer Frau in ihrem Alter und mit ihrer Gesundheit? Sie ging inzwischen gewaltig auseinander, und ihre Haare waren mehr grau als dunkel. Er hatte sich eingebildet, sie sei seinem Charme erlegen, doch anscheinend hatte er ihre Blicke und ihr Erröten falsch gedeutet. Oder lag es an Claire, zögerte Agatha, weil ihre Tochter ihn nicht mochte?

Mit einiger Anstrengung stieg er in die Droschke, setzte sich und wischte sich die Hände am Hosenbein ab. Schrecklich schwitzig, Agathas Finger. Gut, so war das nun mal, wenn man es mit dem Herzen hatte. Furchtbar hatte sie heute ausgesehen, so aufgedunsen und bleich, sie war sicher fünf Jahre gealtert in den letzten Wochen. Aber sie würde schon noch zur Vernunft kommen. Sie würde sehen, dass ihre einzige Alternative Einsamkeit war.

Er lehnte sich zurück und atmete tief durch. Heinrichs Büro würde sein Studio werden. Er sah es bereits vor sich, der große Kamin, die getäfelten Wände. Ein Raum, der seiner Forschung würdig war. Den verhassten Posten in der Ballinstadt könnte er endlich an den Nagel hängen und sich ganz seinem Lebensinhalt widmen. Er wusste genau, wie es um die Familienkasse bestellt war, die Conrads gehörten zum Hamburger Uradel, und Heinrich hatte immer einen Sinn fürs Geschäft gehabt. Selbst wenn Agatha auf einer Vereinbarung bestand, um Claire ihr Erbe zu sichern, es würde ihm ein paar ruhige, ach was, ein paar mehr als bequeme Jahre bescheren, in einer Villa, von der er sonst nicht einmal zu träumen gewagt hätte. Der einzige Wermutstropfen war natürlich Agatha selbst. Einfach zu bedauerlich, dass sie so gar nichts von der Schönheit ihrer Tochter in sich trug. Plump und schwerfällig war sie. Nicht hässlich, das konnte man wirklich nicht sagen, aber nichts, was das Auge reizte. Ihre Stimme war penetrant, und sie war nun einmal ein nervöses, verhuschtes Lieschen. Aber besser so, dann konnte er mit fester Hand durchgreifen und musste nicht fürchten, dass sie sich ihm in den Weg stellte.

Die Allee zog am Droschkenfenster vorbei, sein Blick verlor sich in den kahlen Ästen der Pappeln, die noch vom morgendlichen Raureif bedeckt waren. Ewig hatte er gegrübelt, doch es schien ihm die beste Lösung zu sein. So konnte er Claire unter Kontrolle halten. Wenn er und Agatha erst verheiratet waren, unterstand sie seiner Verantwortung, und er musste nicht bei jeder Entscheidung mit ihrer Mutter feilschen.

Und irgendwann würde Agatha sterben.

Seit vielen Jahren begleitete er sie in ihrem langsamen Verfall. Ihr Herz war krank, sie aß ungesund, bewegte sich so gut wie gar nicht. Schon lange verschrieb er ihr blutverdünnende Medikamente. Der Schock über Claires Affäre und ihr Verschwinden hatte sie auf der Stelle ins Krankenhaus gebracht. Etwas Ähnliches, sollte es noch einmal geschehen, würde aller Wahrscheinlichkeit nach nicht so glimpflich ausgehen. Genau wie ihre Tochter hatte sie einen Hang zu Hysterie, Nervosität und Melodramatik, wie es bei Frauen oft der Fall war. Gift für ihre Nerven, Gift für das Herz. Er hingegen erfreute sich bis auf seine leidigen Rückenproblemchen bester Gesundheit, achtete auf seine Ernährung, und wenn er nach seinem Vater und seinem Großvater kam, hatte er noch beinahe ein gutes Vierteljahrhundert vor sich.

Er würde Claire bekommen, so oder so. Das war alles, was er wollte, alles, worüber er nachdachte. Ihr gequälter, aufmüpfiger Charakter war genau das, was ihn an ihr reizte. Und wenn sein Plan aufging, würde sie gesellschaftlich geächtet werden. Niemand würde auch nur in ihre Nähe kommen wollen. Er sollte nicht länger zögern. Dr. Schwab lächelte, als ihm klar wurde, dass der Schock Agatha ins Bodenlose stürzen würde. Und in ihrem labilen Zustand … Nun, vielleicht würde sich das Ganze schneller erledigen als gedacht.

Er könnte mit Claire ins Ausland gehen, ein neues Leben anfangen.

Manchmal hatte er Momente, da sah er, wie gefährlich seine Pläne waren. Wie größenwahnsinnig. Aber diese Momente waren kurz. Dann glitt der Schleier wieder über ihn, und er konnte an nichts anderes denken als an ihre blitzenden Augen, ihre helle Stimme, ihre warme, duftende Haut. Irgendwann würde Claire wieder auftauchen, es gab gar keine andere Möglichkeit. Und dann würde sie sich bei ihrer Mutter verkriechen. Ihm war klar, dass er Claire auf normalem Wege niemals bekommen würde, und er konnte es nicht riskieren, dass die beiden Frauen ihn ausschlossen, dass Claire ihren Einfluss auf ihre Mutter dazu benutzte, ihn aus ihrem Leben zu verdrängen. Er würde in ihrem Haus leben, ein Teil ihrer Familie sein, die Verantwortung tragen für ihre Finanzen und ihre Gesundheit. Und falls es irgendwann doch notwendig sein sollte, härtere Maßnahmen zu ergreifen, würde er mit Agatha zusammen bestimmen, was mit Claire geschah.

Er würde es zu verhindern wissen, dass sie einen anderen Mann fand. Er würde dafür sorgen, dass sie einsam war. Schutzlos. Hilfsbedürftig und verzweifelt.

Und dann wäre er da, um ihr beizustehen.

Eine Frau lief an ihrer Tür vorbei.

Linda Godebrink setzte sich hastig auf, hob die Hand, um ihre Augen gegen das Licht abzuschirmen. Stirnrunzelnd betrachtete sie die Tür, die sich ganz sacht im Luftzug bewegte. Von draußen war das übliche Klappern und Rumoren zu hören, das Murmeln eines geschäftigen Krankenhausalltags. Die Frau hatte ihr so ähnlich gesehen …

Linda ließ sich wieder in die Kissen zurückfallen. Wahrscheinlich war sie kurz weggedöst, ohne es zu merken, und hatte geträumt. Es war schließlich unmöglich. Claire war verschwunden, sie war untergetaucht. Wenn man dem Getuschel glaubte, das in Hamburgs Hautevolee hinter sehr vielen vorgehaltenen Händen die Runde machte, war sie nicht mehr in der Stadt. Natürlich wusste niemand, was vorgefallen war, niemand hatte auch nur den Hauch einer Ahnung, was Magnus und Claire getrieben hatten. Aber alle wussten, dass eine Frau wie Claire nicht ohne Grund vom einen Tag auf den anderen spurlos verschwand. Sicher gingen die meisten von einer ungewollten Schwangerschaft aus, die Claire irgendwo bei Verwandten auf dem Land oder hinter den Toren eines privaten Sanatoriums austrug. Es wunderte sie, dass Agatha den Gerüchten nicht entgegenwirkte und eine gute Geschichte erfand. Vielleicht hatte sie nicht die Kraft dazu. Vielleicht fand sie auch, dass ihre Tochter die Suppe, die sie sich eingebrockt hatte, selbst auslöffeln sollte.

Sicherlich hatte Claire sich irgendwo verkrochen, auf Sylt oder in den Bergen, und wartete ab, bis die Wogen sich glätteten. Außerdem hatte die Frau, die sie eben für den Bruchteil einer Sekunde an ihrer Tür hatte vorbeigehen sehen, einen einfachen Haarknoten getragen und die Kluft einer Arbeiterin. Niemals würde Claire in einer solchen Aufmachung herumlaufen.

Linda schüttelte missbilligend den Kopf. Aber es war ja kein Wunder, dass sie anfing, Gespenster zu sehen. Sie war besessen von Claire, dachte unaufhörlich über sie nach, sah ihr Gesicht in ihren Träumen, hörte ihr kaltes Lachen im Heulen des Windes, der in diesem schrecklichen, dunklen Januar unaufhörlich um das Krankenhaus pfiff.

Sie drehte den Kopf und blickte wieder an die Wand. Dieselbe Wand, an die sie schon seit Wochen starrte. Eine Fliege kroch seit geraumer Zeit zwischen den beiden Fenstern hin und her, und wie hypnotisiert verfolgte Linda ihren Irrweg mit den Augen. Das Insekt musste den Winter hier drinnen überlebt haben und fand nun nicht hinaus. Dabei stand eines der Fenster doch offen, die Fliege musste nur losfliegen, eine kleine Kurve drehen, und draußen erwartete sie die Freiheit. Aber für manche war es eben nicht so leicht, den richtigen Weg zu erkennen. Auch wenn er vor einem lag wie ein weit geöffnetes Fenster.

Es klopfte zaghaft an die offene Tür.

Linda löste den Blick nicht von der Fliege an der Wand.

An der Art, wie er hereinkam, konnte sie hören, dass er es war. Seit es passiert war, sprach seine Schuld aus jeder Geste, jeder Bewegung. So vorsichtig hatte er früher nie einen Raum betreten. Überhaupt hatte sie erst jetzt begriffen, wie einnehmend er gemeinhin war, wie wenig er darauf achtete, was andere wollten oder brauchten. Wie alle Männer war er natürlich von klein auf gewöhnt, dass seine Launen und Bedürfnisse Vorrang hatten, dass die Welt ihm zuhörte, auf ihn einging, ihm Platz machte. Aber vor der Hochzeit hatte er zumindest noch so getan, als wären ihm ihre Bedürfnisse auch wichtig gewesen. Danach hatte die Scharade sehr schnell nachgelassen, und irgendwann während der letzten Wochen, in denen sie hier gelegen und auf die seltsame Stille gehorcht hatte, die jetzt in ihr wohnte, hatte sie verstanden, dass er sie nie geliebt hatte. Vielleicht hatte sie es auch schon viel früher gewusst. Vielleicht, seitdem sie gemerkt hatte, wie er Claire ansah.

Er räusperte sich, und sie blinzelte wie in Trance, bewegte sich aber noch immer nicht. Die Fliege saß jetzt am Vorhang, ihre Vorderbeine raspelten gegeneinander, als würde sie ein unsichtbares Instrument spielen.

Manchmal dachte sie, dass sie vielleicht überhaupt nie wieder sprechen würde. Sie hatte keine Lust mehr darauf. Eigentlich hatte sie auf gar nichts mehr Lust, alles schien ihr grau und bedeutungslos. Warum sollte sie mit ihm sprechen? Warum sollte sie ihn überhaupt ansehen?

Sie hörte, wie die Tür geschlossen wurde und er auf das Bett zukam. «Linda, Liebling. Wie geht es dir?»

Sogar seine Stimme war anders. Unecht, heuchlerisch freundlich. Sie hasste es, wie er mit ihr sprach. Wie mit einem kleinen Kind, das man mit einer Süßigkeit manipulieren konnte. Nur hatte er nicht einmal eine Süßigkeit. Er ging einfach davon aus, dass er selbst genug war. Dass sie vergessen würde, was sie gehört hatte, vergessen würde, was passiert war, und sie so weitermachen konnten wie bisher. Weil er sie für dumm hielt. Auch das war ihr in den letzten Wochen klar geworden. Er hielt sie für dumm und manipulierbar. Für schwach.

Ein Stuhl schabte, etwas raschelte. Wahrscheinlich hatte er wieder Blumen mitgebracht. Die teuren Züchtungen aus dem Gewächshaus auf ihrem Nachttisch waren ein für alle sichtbares Zeichen des treu sorgenden Ehemanns. Bei jedem Besuch schleppte er welche an, und wenn sie später auf Toilette wankte, griff sie im Vorbeigehen nach dem Strauß, ohne ihn auch nur anzusehen, und warf ihn in den Mülleimer neben der Tür.

«Die Schwestern sagen mir, dass du noch immer nicht gut isst. Und dass du mit niemandem sprichst.» Seine Hand wanderte langsam über die Bettdecke, wollte nach der ihren greifen. Aber kurz bevor seine Finger sie erreichten, zog sie sie weg. Schon diese Geste schien ihr viel zu anstrengend, viel zu viel Mühe für ihn.

«Linda.» Er seufzte tief. «Denkst du denn, ich leide nicht auch? Es war auch mein Kind, mein Sohn.» Jetzt klang er ärgerlich. «Das musst du dir ab und an mal bewusst machen. Du bist nicht die Einzige, die an diesem Tag etwas verloren hat.»

Sie bewegte keinen Muskel.

«Was soll ich denn noch tun? Was willst du von mir hören? Ich musste fahren, das habe ich dir doch schon erklärt. Es war ein Notfall. Manchmal muss ein Ehemann eben Dinge tun, die seiner Frau falsch vorkommen oder die sie nicht nachvollziehen kann, weil er Verpflichtungen hat, von denen sie nichts weiß. Und hier konnte ich ohnehin nichts ausrichten.

Ich war doch hier im Krankenhaus, aber man hat mich weggeschickt und mir gesagt, dass ich dich nicht sehen darf. Ich war …» Er stockte, schien nach Worten zu suchen.

Es war eine bühnenreife Darbietung. Aber sie wusste, dass er Theater spielte. Wahrscheinlich hatte er daheim vor dem Spiegel geübt, wie er seine Miene besonders betroffen, die Stimme weinerlich wirken lassen konnte.

«Ich weiß, ich hätte niemals fahren dürfen. Kein Notfall der Welt, auch wenn es um noch so viel Geld geht, rechtfertigt ein solches Verhalten.» Er zog die Nase hoch, räusperte sich. Ob er noch Tränen herauspressen würde? «Aber du musst doch wissen … du musst doch wissen, dass ich einfach so durcheinander war. So schockiert. Ich brauchte Abstand. Es kam mir gerade recht, das gebe ich zu. Ich habe nur an mich gedacht und es einfach getan. Um dem ganzen Albtraum zu entfliehen. Ich weiß, dass das alles für dich noch viel schlimmer war. Aber Linda, langsam musst du wieder zu dir finden.»

Mit Genugtuung nahm sie wahr, wie nun echte Sorge in seiner Stimme mitschwang. Jedoch galt diese Sorge nicht ihr. Da machte sie sich keine Illusionen.

«Du musst weitermachen, wir müssen alle weitermachen. Frauen verlieren manchmal Kinder, es ist grauenvoll, aber es ist der Lauf der Natur.»

Linda atmete einmal tief ein und aus. Die Fliege war verschwunden, sie hatte doch noch den Weg durch das geöffnete Fenster gefunden und war in den eisblauen Hamburger Morgenhimmel entschwebt. Vorhin noch hatte Linda gedacht, dass sie einfach nie wieder den Mund öffnen würde. Dass sie dieser Welt nichts mehr zu sagen hatte. Aber als sie jetzt seine Stimme hörte, weinerlich und doch tatsächlich ein wenig anklagend, spürte sie, wie ihre Hände sich ins Betttuch krallten. Ihr ganzer Körper verkrampfte sich. Und sie dachte plötzlich, dass es durchaus noch wichtige Dinge in ihrem Leben gab, die gesagt werden mussten.

Linda drehte den Kopf, blickte direkt in sein schönes, verabscheuungswürdiges Gesicht. Und als sie sagte, was sie zu sagen hatte, und den Schock in seinen Augen sah, das ungläubige Erstaunen, spürte sie eine warme Welle über sich hinwegfluten. Es war das erste Mal seit Wochen, dass sie etwas fühlte.

«Ich will die Scheidung.»

4

Es war, als würde ihm jemand sanft über den Nacken streichen. Zwischen seinen Schulterblättern kribbelte es, wie von selbst drehte er den Kopf zum Fenster. Er wusste es einfach, jedes Mal. Sie schritt über den Hof, einen Korb in die Hüfte gestemmt, ein halbes Lächeln auf dem Gesicht, die dunklen Haare im Nacken verknotet. Ein paar Strähnen hatten sich aus der Frisur gelöst, wehten ihr um die Stirn, der Blick war ein wenig entrückt, wie so oft, wenn sie alleine war.

Es war schwer in Worte zu fassen, was er fühlte, sogar in seinen eigenen Gedanken. Ein dumpfer Druck von Verlust, gepaart mit einer seltsam formlosen Sehnsucht nach etwas, das er nicht genau definieren konnte, aber er wusste, dass es ihre Präsenz war, ihre Stimme, ihr Blick, eine Mischung aus all diesen Dingen, die er vermisste. Dazu kam ein nagendes Schuldgefühl, schwelende Scham, die ihn dazu brachte, so fest er konnte die Nägel in die Handflächen zu bohren.

Er blickte hinab auf den Tisch. Vor ihm lagen seine neuesten Werke ausgebreitet. Ballin war entzückt gewesen von den Bildern, geradezu begeistert. Will hatte ihm in einem Anflug von Größenwahn alles gezeigt, sowohl die geschönten, gestellten Aufnahmen, die sich großartig für die Werbung der HAPAG eignen würden, als auch die Bilder, die er nur für sich schoss, die rohen Momentaufnahmen der alleinreisenden Kinder, der verängstigten Frauen, der alten Menschen, die kaum noch den eigenen Körper tragen konnten, geschweige denn einen Koffer.

Ballin hatte verstanden, was er tat. «Machen Sie weiter, Wilhelm», hatte er gesagt, nachdem er eine Weile wortlos die Bilder betrachtet hatte, die auf seinem Schreibtisch aufgereiht waren, die Stimme belegt vor Rührung. «Fotografieren Sie weiter, was Sie sehen. Dies ist ein Teil der Geschichte Hamburgs, der Geschichte des Kaiserreichs. Wir sind das Tor zur Welt, das Tor zur Freiheit. Die Bilder zeigen so viel mehr als das, was man mit den Augen sehen kann. Wir können sie nicht für unsere Kampagne verwenden. Aber wir können sie für die Nachwelt aufbewahren.»

Es hatte so gutgetan, dass jemand den Wert seiner Arbeit erkannte. Für ein paar Tage hatte dieses Lob alles andere in den Hintergrund gerückt.

Will hatte sich in der Ballinstadt ein provisorisches Atelier mit angrenzender Dunkelkammer eingerichtet, nicht weit entfernt von Quints Wohnung, in einem leeren Hinterzimmer neben der Kirche. Albert Ballin hatte weitere finanzielle Mittel zu Verfügung gestellt und ihn beauftragt, zwei Monate lang alles festzuhalten, was er für würdig hielt, auf jegliche Art, die er angemessen fand, solange ein paar gute Werbeaufnahmen darunter waren.

Es bedeutete, dass er sich um Geld die nächsten Monate keinerlei Sorgen machen musste. Es bedeutete, dass er Ava jeden Tag sah.

Es bedeutete, dass er nachts nicht mehr schlafen konnte.

Durch das Fenster beobachtete er, wie sie neben dem Brunnen stehen blieb, Wasser hinaufzog. Dann hängte sie Wäsche an die Leine neben der Tür, wie immer auf diese ihr eigene Art, als würde sie bei der Arbeit nachdenken und sich trotzdem auf ihre Aufgabe konzentrieren. Sie nahm den Eimer, ein Zucken in ihrem Gesicht genau in der Sekunde, als sie ihn anhob, sagte ihm, wie schwer er wog, und drehte sich zur Tür. Rasch trat er einen Schritt zurück, aber er war sich sicher, dass sie durch die Scheibe nicht sehen konnte, dass er da war.

Als er dort stand, durchströmte ihn plötzlich ein seltsames Gefühl. Als gehörte sie zu ihm, als wären diese Bewegungen, Gesten und Blicke etwas, auf das er ein Recht hatte, genauso Teil von ihr wie von ihm, und dass sie ihm weggenommen worden waren, war eine große Ungerechtigkeit, ein Fehler, der nicht hätte passieren dürfen.

Wie konnte es sein, dass er hier drinnen war und sie dort draußen?

Mit dem Eimer voll Brunnenwasser stieg sie die knarzenden Stufen hoch. Dabei versuchte sie, das Pochen in ihrem Rücken zu ignorieren, das sie nach einem Arbeitstag stets begleitete. Ava war satt von Brot und Milch, sie war müde, und sie freute sich darauf, in ihrem kleinen Ofen ein Feuer machen zu können. Sie würde das Wasser darauf erhitzen und sich vor dem Schlafengehen damit waschen, sich ein Fußbad gönnen und fühlen, wie warme Schauer über ihren Rücken rannen.

Vor ihrer Tür lag etwas. Erstaunt ging Ava näher. Hier im Flur gab es kein Licht, und erst als sie sich bückte, sah sie, worum es sich handelte.

Quer durch Amerika. Mit Kamera und Feder durch die Welt.

Ava hob das dicke blaue Buch auf, und etwas in ihr begann leise zu vibrieren. Sie wusste natürlich, von wem es war. Und sie wusste auch, was es war. Eine Entschuldigung.

Unschlüssig stand sie einen Moment im dunklen Flur, den Wassereimer in der einen Hand, das Buch in der anderen.

Dann drückte sie mit dem Ellenbogen die Klinke herunter und betrat ihr Zimmer.

Vor langer Zeit hatte jemand die Wände primelgelb gestrichen. In den Ecken blätterte die Farbe, an manchen Stellen wölbte sich die Tapete von der Wand, als wäre Feuchtigkeit darunter. Es war ein winziges Zimmer in einer Reihe weiterer winziger Zimmer, die sich allesamt unter das Dach duckten. Hier wohnten Mitarbeiterinnen wie sie, die keine Familien in der Stadt hatten und auch an den Wochenenden blieben. Es war klein und feucht, aber sie sah die Baumwipfel des Kirchplatzes, sie bekam die Kohle für den Ofen gestellt, und abends hörte sie Kessie im Nebenzimmer rumoren und fühlte sich weniger einsam als in der Kellerwohnung des Gängeviertels. Und sie mochte das Gelb. Es erinnerte sie an den Frühling.

Auf dem Fensterglas bildeten sich bereits Eisblumen, obwohl die Sonne gerade erst untergegangen war. Ava machte sich eine Tasse Ersatzkaffee und trank ihn in langsamen Schlucken, am Fenster stehend, während sie darauf wartete, dass auch das Wasser zum Waschen sich erwärmte. Nach der Arbeit hatte sie nicht viel zu tun, und wenn es bereits am Nachmittag dunkel wurde, waren die Abende lang, egal wie sehr die Arbeit sie erschöpfte. Manchmal nähte sie ein bisschen, aber meistens wiederholte sie die englischen Vokabeln, die sie von Claire gelernt hatte, und ging dann früh zu Bett, um die Einsamkeit nicht fühlen zu müssen, die mit ihr in dem kleinen Zimmer wohnte.

Ava trank noch einen Schluck. Von ihrem Fenster konnte sie die Schlafsäle sehen, die kleine Kirche, und drüben am Platz Quints Wohnung über den Verwaltungsräumen. Draußen herrschte geschäftiges Treiben, die Schlafsäle waren noch erleuchtet, aber schon sehr bald würden die Lichter ausgehen, ein Schauspiel, das sie gerne von ihrem Dachfenster aus verfolgte. Es war ein friedlicher Anblick, wenn die Nachtruhe begann und Stille sich über die Ballinstadt senkte.

Quint war zu Hause, sie konnte beobachten, wie er sich in seiner Küche am Herd zu schaffen machte. Ava hatte sich angewöhnt, abends ab und an bei ihm vorbeizuschauen, die Sorge um Claire hatte sie einander nähergebracht. Sie mochte seine ruhige, gelöste Art, sein dröhnendes Lachen, und wenn sie zusammensaßen und redeten, fühlte sie sich, als würden sie sich schon ewig kennen.

Wie von selbst fanden ihre Augen einen Weg, den sie eigentlich vermeiden wollte. Ein Stück weiter rechts, gerade noch in ihrem Sichtfeld, sah sie Wilhelm in dem kleinen Atelier über seine Arbeit gebeugt, die Miene konzentriert, nachdenklich, vollkommen versunken, wie er es immer war, wenn er etwas tat, das er liebte.

Sie hatte das Buch auf den Stuhl neben ihrem Bett gelegt, immer wieder fiel ihr Blick darauf. Aber sie wollte die Vorfreude noch verlängern.

Inzwischen besaß sie zwei Nachthemden, eines zum Tragen und eines zum Wechseln, beide aus zweiter Hand auf dem Schaarmarkt gekauft. Sie wollte nie wieder in ihren Kleidern schlafen, nie wieder ungewaschen zu Bett gehen, nach dem eigenen Schweiß stinkend. Es war ihr Ritual geworden, abends auf ihrem kleinen Teppich vor dem Ofen zu sitzen, sich die Haare zu bürsten, den Schmutz des Tages abzuwaschen.

Ava trank den letzten Schluck, drehte sich um und betrachtete ihr kleines Reich. Sie hatte nun ein Zimmer ganz für sich allein, eine Matratze, die nicht nach Stroh und Schimmel roch, sondern nur entfernt nach Moder, aber es fühlte sich immer noch falsch an, als würde sie ein Leben leben, das nicht das ihre war.

Nachdem das Feuer heruntergebrannt war, zündete sie die kleine Kerze neben ihrem Bett an und stieg hinein. Es knarzte, die Laken waren kalt. Dann schlug sie das Buch auf.

Schilderung von Land und Leuten nach eigenen Reiseerlebnissen. Von Oswald Schröder, Inhaber der Kgl. Bayer. gold. Ludwigsmedaille für Kunst und Wissenschaft, Kgl. Sächs. und Kgl. Schwed. Hofphotograph etc.

Sie strich mit dem Finger über die Worte.

Es musste ein kostbarer Band sein, die Bilder waren koloriert gedruckt. Hinten im Buch fand sich eine heraustrennbare *Weltkarte der Schnell- und Postdampfer Linien des Norddeutschen Lloyd. Bremen.*

Das Meer war blau, das Land gelb, dazwischen markierten rote und schwarze Linien die Breiten- und Längengrade, die Seerouten und Eisenbahnlinien. Vorsichtig, nur mit den Fingerspitzen, trennte sie die Karte heraus, dann stand sie wieder auf, holte zwei Hutnadeln aus der Truhe und pinnte das Werk an die Wand über ihrem Bett. Sie hatte kein einziges Bild in ihrem primelgelben Reich. Wann immer sie jetzt abends in die Dachkammer kam, würde ihr Blick als Erstes auf ihre Weltkarte fallen.

Schließlich las sie jedes Wort in dem Buch. Und als sie fertig war, drehte sie es um und begann von vorne.

Als sie einschlief, rauschten Begriffe und Bilder durch ihre Träume, *Hudson River, Yellowstone Park*. Sie träumte von den *Big Trees* des *Yosemite Valleys*, von Chinesen in San Francisco, von der *Northern Pacific Railway Route*, von Geysiren und Straußenfarmen, von der Palmen-Avenue in Los Angeles und dem Feuersee auf Hawaii.

Ein paar Tage später lagen *Langenscheidts Taschen-Wörterbücher, Englisch* vor der Tür. Und eine Woche später eine *Anleitung zum Auswandern nach dem großen Nordwesten Amerikas.*

Ava wusste nicht, was Will wollte. Ob sie zu ihm gehen sollte oder nicht; ob sie sich nicht einfach nur selbst quälte und ihn bitten sollte, sie in Ruhe zu lassen. Sie war verwirrt.

Also schwieg sie. Und las.

Wie Linda erwartet hatte, lachte er sie zuerst aus. Als er aber bemerkte, dass sie es ernst zu meinen schien und ihn nicht nur provozieren wollte, wurde er weicher, versuchte, sie zur Vernunft zu bringen, bettelte fast. Als auch das nichts half, wurde er laut. Und Magnus konnte sehr laut werden. Diese Seite hatte er bisher zurückgehalten. Er schäumte und schrie, spuckte vor Wut. Sicher hätte er sie gerne gepackt und geschüttelt. Noch vor ein paar Wochen hätte sie das vollkommen verängstigt. Die alte Linda hätte alles dafür getan, dass er aufhörte, er hätte alles mit ihr machen können. Aber nun fühlte sie gar nichts.

Oder doch?

Linda horchte aufmerksam in sich hinein, während seine Worte an ihr abprallten wie Wasser an einem Felsen. Doch, da war etwas. Etwas, das unter der Oberfläche schwelte.

Wut. Rote, kochende Wut.

Und unter der Wut war Hass. Magnus wusste nicht, dass sie in den letzten Wochen ihrer quälenden Schwangerschaft wie ein ruheloser, aufgedunsener Geist durchs Haus gewandert war. Dass sie Claire keine einzige Sekunde getraut hatte, von Anfang an nicht. Wann immer es ihr schwerer Körper zugelassen hatte, war sie aufgestanden und nach unten geschlichen. Er hatte nicht die geringste Vorstellung, an wie vielen Türen sie gelauscht, welche Bilder sich nach und nach in ihrem Kopf zusammengesetzt hatten. Er hatte keine Ahnung, dass sie jedes Wort verstanden hatte, das er mit Dr. Schwab wechselte, während sie sich in schrecklichen Krämpfen wand, überzeugt, dass ihr Leben vorbei sei, dass niemand solche Schmerzen überstehen könnte.

Aber die Worte waren scharf und klar zu ihr durchgedrungen.

«Wenn du glaubst, dass ich einer Scheidung zustimme, bist du verrückt geworden.» Seine Stimme war so kalt, dass sie unwillkürlich zusammenzuckte, obwohl sie mit seinem Zorn gerechnet hatte. Plötzlich schnellte seine Hand vor, er packte sie am Arm, zog sie hoch und zwang sie, ihn anzusehen. «Jetzt hör mir mal genau zu», zischte er, so nah an ihrem Gesicht, dass sie seinen Atem roch, die kleinen Adern in seinen zornfunkelnden Augen sah. «Ich habe keine Geduld mehr für deine Spielchen. Du willst Aufmerksamkeit? Schön, die kannst du haben. Du wirst dich jetzt verdammt noch mal zusammenreißen, du wirst das Essen essen, das sie dir geben, die Medizin schlucken, die sie dir hinstellen, und dann wirst du aus diesem beschissenen Bett aufstehen, nach Hause kommen und wieder die Frau werden, die ich geheiratet habe. Hast du das verstanden?»

Er schüttelte sie.

Er hatte tatsächlich den Nerv, sie zu schütteln.

Ihr fielen die Haare ins Gesicht, eine Strähne blieb an ihren spröden Lippen hängen. Sie hob nicht die Hand, um sie zu entfernen. Sie sagte kein Wort, keinen einzigen Ton. Sie starrte ihn nur an – und in ihrem Blick schien er zumindest einen kleinen Teil davon zu sehen, was sie fühlte, diesen dunklen Abgrund aus Hass, der sich in ihr aufgetan hatte.

Plötzlich ließ er sie los, als hätte er sich an ihr verbrannt. Mit einem leisen Schnauben strich er sich durch die Haare, schüttelte den Kopf, stand auf und stieß dabei den Stuhl zurück, sodass er umfiel und krachend auf den Boden knallte.

Er machte sich nicht die Mühe, ihn aufzuheben. «Wenn ich morgen zurückkomme, bist du wieder normal», fauchte er. Dann nahm er seinen Mantel, warf ihr einen letzten abschätzigen Blick zu und stürmte aus dem Zimmer.

Sobald er gegangen war, setzte sie sich im Bett auf und strich die Decke glatt. Sie horchte noch einmal in sich hinein, dann nickte sie, als wollte sie ihre eigenen Gedanken bestätigen. Das erste Mal seit Wochen verspürte sie einen leichten Anflug von Hunger. Vielleicht würde das Leben nie wieder schön werden, vielleicht war ihre Welt jetzt grau und leer und würde es immer bleiben. Aber es gab auch in der Leere noch Dinge, für die es sich zu kämpfen lohnte. Zum Beispiel, ihrem Mann das überhebliche Lächeln aus dem Gesicht zu wischen. Zum ersten Mal, seit sie ins Klinikum Eppendorf eingeliefert worden war, griff Linda nach der kleinen Glocke neben ihrem Bett.

«Ich würde gerne etwas essen», sagte sie, als Augenblicke später eine Schwester mit verwunderter Miene den Kopf zur Tür hereinsteckte. «Und würden Sie nach meinem Vater telefonieren und ihn bitten, mich hier zu besuchen, sobald es genehm ist? Ich muss ihn dringend sprechen.»

Dr. Brunnenfeld kommt gleich zur Visite, er wird Ihnen erklären, wie Sie zu Hause auf sich achtgeben können.» Schwester Karla steckte den Kopf zur Tür herein.

Zu Hause, dachte Claire und drehte das Gesicht zum Fenster. Sie hatte kein Zuhause. Jedenfalls fühlte es sich nicht mehr so an.

Unzählige Male hatte sie sich in den letzten Wochen vorgestellt, wann und wie sie ihre Mutter wiedersehen würde, doch keines der Szenarien schien realistisch. Sie konnte ja nicht einfach in die Villa rauschen und verkünden, dass sie zurück war. Sie wusste nicht einmal, ob Linda sie angezeigt hatte, ob man ihr tatsächlich die Schuld am Tod des Kindes gab, was Magnus über sie erzählte, nicht, was Dr. Schwab vorhatte. Das Einzige, was feststand, war, dass sie von der Affäre wusste. Wenn Claire daran dachte, schüttelte es sie vor Scham. Agatha musste so enttäuscht von ihr sein. Und dabei konnte Agatha nicht einmal erahnen, wie Claire jetzt hier lag: allein, mittellos, entstellt, weder im Besitz von Geld noch ihrer eigenen Sachen, ganz zu schweigen von einem Plan, wie es weitergehen sollte. Es war wirklich unglaublich, wie sehr sich ein Leben innerhalb weniger Wochen ändern konnte. Wie sie es selbst zerstört hatte.

Weihnachten hatte Claire mutterseelenallein verbracht, hatte abends dagelegen, den verdammten Lappen über den Augen, während überall in der Stadt die Kerzen angezündet wurden, Menschen bei Gebäck und Pudding zusammensaßen, Lieder sangen, Geschenke tauschten. Sie hatte sich gequält mit der Frage, ob ihre Mutter an diesem Tag wohl ebenfalls ganz allein war. Ob Ava immer noch in ihrem feuchten Keller wohnte, dort an dem kleinen Herd saß und Claire verwünschte für alles, was sie ihr angetan hatte.

Claire war auch an Silvester allein gewesen, hatte sich mit blinden Augen zum Fenster getastet, es geöffnet und zugehört, wie Hamburg in ein neues Jahr glitt, wie die Menschen überall in der Stadt feierten und lachten, wie ein Summen die kalte Luft zu erfüllen schien. Es war das erste Feuerwerk, das sie nur hörte und nicht sah.

Sie hatte sich noch nie in ihrem Leben so einsam gefühlt.

Als Dr. Brunnenfeld hereinkam, sah sie auf, gefasst und ruhig, obwohl ihre Kehle vor Selbstmitleid brannte.

Er nahm einen Stuhl, setzte sich ihr gegenüber und musterte sie. Ein warmes Lächeln überzog sein Gesicht. Sie wusste, dass er sie mochte, sich fragte, warum sie niemanden hatte, keine Familie, keine Freunde. Warum sie hier lag, Woche um Woche, im tosenden Meer ihrer Gedanken, und einsam vor sich hin sang. «Endlich ist es so weit. Sie können es sicher nicht abwarten, von hier fortzukommen.»

Seltsamerweise stimmte das nicht. Obwohl sie das Krankenhaus hasste, hatte sie es nicht eilig, es zu verlassen. Denn dort draußen wartete nichts auf sie. «Ich bin froh, wieder genesen zu sein», erwiderte sie ausweichend.

Er nickte ernst. «Genesen heißt nicht gesund. Ich wiederhole mich, aber behalten Sie es im Kopf: Ihr Auge kann immer noch eitern. Die Dauer der Erkrankung ist nicht vorhersehbar.»

«Das weiß ich, Herr Doktor.»

«Ich habe einen Patienten, der seit fünfundzwanzig Jahren daran leidet.»

«Oh Gott», wisperte sie und hob unwillkürlich die Hände ans Gesicht.

«Deswegen ist es so wichtig, dass Sie gut auf sich achtgeben.» Der Arzt räusperte sich. «Auf der linken Seite hat die Krankheit, wie Sie wissen, leider auf den Augapfel übergegriffen. Ich bin nach wie vor der Meinung, dass es die Folge einer Fehlbehandlung ist. Aber leider können wir das weder nachweisen, noch können wir es rückgängig machen.»

Sie presste die Zähne so fest aufeinander, dass es wehtat.

«Auf dem Schiff war ein grauenvoller Arzt. Er hat sich überhaupt nicht für uns interessiert und kam nur einmal am Tag vorbei, um mir irgendeine Flüssigkeit ins Auge zu tröpfeln. Es hat alles nur noch schlimmer gemacht.»

Mit besorgter Miene notierte er etwas auf sein Klemmbrett. «Das ist nicht auszuschließen. Aber vielleicht war es besser so. Die Augenheilkunde ist eine sehr spezielle Wissenschaft. Nur wenige kennen sich wirklich aus. Hätte jemand chirurgisch eingegriffen und seine Sache schlecht gemacht, wer weiß, ob Sie heute noch sehen könnten. Die Körner auf Ihrer Bindehaut sind nun zu Narbengewebe geworden, und wenn Sie auch nicht geheilt sind, so sind Sie doch zumindest fürs Erste frei von Symptomen.» Er beugte sich vor und sah sie eindringlich an. «Das bedeutet aber nicht, dass Sie gesund sind. Viele machen den Fehler, die Behandlung auszusetzen, weil sie sich für geheilt halten. Sie sind einige Zeit ohne Beschwerden, und dann folgt unausweichlich das Rezidiv, und das ganze Spiel beginnt von Neuem. Ersparen Sie sich das, und kümmern Sie sich gut um Ihre Augen. Leider kann ich Ihnen keine Medikamente mit nach Hause geben, aber lassen Sie sich nicht mit minderwertigen Surrogaten abspeisen. Sie müssen mindestens einmal in der Woche zu einem Arzt gehen. Eine Behandlung durch einen Fachmann – und ich kann Ihnen jetzt schon sagen, dass sie unangenehm bleiben wird – ist unerlässlich.»

Sie nickte nur unbeeindruckt, zuckte nicht einmal mit der Wimper. Unangenehm war kein Ausdruck für das, was sie in den letzten Wochen erlitten hatte.

«Ich freue mich, dass unsere Behandlung hier abgeschlossen ist und Sie Ihr altes Leben wieder aufnehmen können.» Er stand auf und reichte ihr fast ein wenig feierlich die Hand. «Alles Gute für Sie, Fräulein Ava.»

«Danke», murmelte Claire. Ein Schauer lief ihr über den Rücken.

Zwei Stunden später trat Claire auf die Wiese vor dem Krankenhaus, die Entlassungspapiere und ihre Tasche in der einen Hand, den Koffer in der anderen. Sie sah sich um und spürte den Winter auf der Haut. Die Luft war eisig und klar, es roch nach Ruß und Schnee. Sie nahm alle Farben in nie gekannter Deutlichkeit wahr, hob den Kopf und beobachtete ein paar Möwen, die am Himmel kreisten, war einen Moment gefesselt von den knarzenden Ästen einer Kastanie.

Endlich war dieser Teil des Albtraums vorbei.

Sie stellte Tasche und Koffer ab, löste den Haarknoten, spürte, wie der Wind ihre Haare zerzauste.

Ihr Blick wanderte suchend umher, unentschlossen stand sie da und sah sich um. Es war typisch für sie: Seit Wochen wusste sie, dass dieser Tag kommen würde – und sie hatte keine Ahnung, wohin sie jetzt gehen sollte.

Endlich wieder unter ihrem richtigen Namen unterwegs zu sein, war ein befreiendes Gefühl. Gleichzeitig verlor sie nun den Schutzmantel, den Avas Identität ihr verliehen hatte. Jetzt musste sie nur noch die Kleider tauschen, und der Wandel wäre vollständig vollzogen.

Nur leider hatte sie keine Kleider.

Langsam ging sie in Avas löchrigen Schuhen, die sie vorne mit Zeitungspapier ausgestopft hatte, die Allee entlang.

Es war Zeit. Claire konnte nicht länger davonlaufen.

Sie musste sich ihren Geistern stellen.

5

Kommen Sie, kommen Sie, es gibt noch viel zu tun.» Dr. Schwab bedeutete Ava mit ausladender Geste und falschem Lächeln, an ihm vorbeizugehen.

Sie fühlte sich wie eine Maus in der Falle. Den ganzen Tag schon arbeitete sie an seiner Seite. Er war freundlich, väterlich beinahe, aber sie wusste zu viel über sein wahres Gesicht, um sich von seinem Gebaren täuschen zu lassen. Ava war ihm in der Villa begegnet, während eines ihrer Besuche an Agathas Krankenbett, und er hatte großes Aufsehen um sie gemacht, war so charmant gewesen, wie sie ihn noch nie erlebt hatte. In der Ballinstadt hatte er nie mehr als ein flüchtiges Grußwort an sie gerichtet. Jetzt auf einmal schien sie die wichtigste Person auf der Welt. Agatha hatte ihn gebeten, sich bei der Arbeit in der Auswandererstadt ein wenig ihrer anzunehmen, und er hatte es versprochen. Natürlich hatte Agatha es nur gut gemeint, aber Ava hätte lieber darauf verzichtet.

Zumindest lernte sie etwas, die Tätigkeit auf der Krankenstation war interessant und eine Abwechslung zu ihrem gewohnten Tagewerk.

Den ganzen Vormittag hatten Dr. Schwab und sie zusammen mit Kaisa Svarts an der Amöbenruhr Erkrankte behandelt. Sie bekamen Rizinusöl zur Entleerung des Darmes, wanden sich in Krämpfen und brauchten Stunden, manchmal Tage, bis sie alles von sich gegeben hatten. Wenn sie endlich entleert waren, verabreichten die Frauen ihnen Bismut in großen Dosen. Kaisa hatte Ava mit ihrer ruhigen Stimme alles erklärt und ihr die einzelnen Schritte gezeigt, bis sie sie selbst durchführen konnte, während Dr. Schwab zwischen den Betten hin und her gegangen war, Fragen gestellt und sich Notizen gemacht hatte. Nach dem Bismut wurden Rectum und Colon durch Eingießungen behandelt. Auch hieran hatte der Arzt sich nicht beteiligt, hatte nur zugesehen, wie sie arbeiteten, und ab und zu eine Anweisung gegeben. Die Tätigkeit war auch wirklich alles andere als appetitlich, viele Patienten vertrugen das Eingießen nicht und mussten zusätzlich mit Simarub- und Granatwurzelrinde behandelt werden. Die meisten Klagen gab es aber nicht wegen der Behandlungen, sondern über die strenge Diät, die die Erkrankten einhalten mussten. Eier, Tee, Milch, Bouillon und Wein, mehr gab es nicht, und zwischendurch etwas Eichelkakao. Brot, Kohl, Hülsenfrüchte, so gut wie alles Feste musste über Wochen vom Speiseplan gestrichen werden.

Ava bewunderte Kaisa, wie sie mit einem Lächeln auf den Lippen und einem freundlichen Wort die entwürdigendsten Prozeduren an den Patienten vollzog. «Es ist gut, dass Sie einmal hier reinschnuppern», sagte sie jetzt zu Ava und bedachte sie mit einem warmen Blick. «Das Reichs-Marine-Amt hat bereits Bestrebungen erkennen lassen, die gesamte Auswandererstadt in ein Marinelazarett umzuwandeln, falls es irgendwann zum Krieg kommen sollte. Und so, wie die Zeichen gerade stehen …»

Überrascht sah Ava sie an. Es war schockierend zu hören,

dass man über einen solchen Ernstfall nachdachte. «Und was wird dann aus uns?», fragte sie.

«Nun, das Personal soll dann umgeschult werden und im Lazarett weiterarbeiten. Sie wären wahrscheinlich eine Krankenschwester.» Kaisa lächelte. «Deswegen merken Sie sich gut, was Sie heute lernen. Krankenschwestern kann man im Ernstfall nie genug haben.»

Ava hätte gerne noch weiter an ihrer Seite gearbeitet, aber in diesem Moment rief Dr. Schwab ihren Namen: «Kommen Sie, ich muss weiter, das können die Frauen auch ohne mich», sagte er. «Und Sie wollen doch heute etwas lernen.»

In einem anderen Teil des Saales lagen ausschließlich junge Männer. Dr. Schwab machte vor den Betten halt und zog einen Vorhang vor, der diesen Bereich vom Rest des Saales trennte. Ava blieb neben ihm stehen, ein Tablett mit Medikamenten in der Hand.

«Ich bitte um Ihre Aufmerksamkeit, meine Herren.» Dr. Schwab hüstelte. «Sie alle werden bald an Bord eines Schiffes gehen, zumindest, sofern wir Ihrer vielfältigen Beschwerden Herr werden und Sie entlassen können. In den Überseehäfen blüht die Prostitution wie die Warze auf der Nase einer Hexe.»

Er lachte über seinen missratenen Scherz, und Ava wechselte einen überraschten Blick mit einem der Männer. In den Gesichtern der Patienten sah sie, dass sie nicht wussten, was sie von Dr. Schwab halten sollten.

«Die Gesundheitspolizei kommt nicht hinterher. Seemänner werden von Schiffsärzten über die Gefahren sexueller Infektionen aufgeklärt. Ich bin der Meinung, dass das nicht nur für Seemänner wichtig ist, also übernehme ich das bei Ihnen. Gonorrhoe beispielsweise. Die Krankheit gilt als harmlos, aber die Schäden zeigen sich meist erst nach Jahren, und dann erinnern Sie sich nicht einmal mehr an die Hure, die Sie im Bett hatten.» Er lachte wieder.

Avas Finger umklammerten das Tablett ein wenig fester.

«Wenn Sie irgendwann heiraten sollten, könnten Sie Ihrer Frau und auch Ihren Kindern sogar nach Jahren noch schwersten Schaden zufügen. Ferner gibt es Krankheiten, mit denen Sie die gesamte Belegschaft an Bord infizieren. Sie teilen sich das Waschwasser, und schon ist es passiert. Wenn jemand Tripper hat und Sie sich mit einem Tuch die Augen abwischen, mit dem der Kranke zuvor seine Geschlechtsteile gereinigt hat, können Sie blind werden, und zwar auf beiden Augen.»

Die jungen Männer starrten Dr. Schwab verblüfft an. Ava wusste nicht, wo sie hinschauen sollte. Ihre Wangen glühten. Sie fand es gut, dass er die Männer über die Gefahren aufklärte, aber musste er es so laut tun? Und musste sie wirklich dabei sein?

«Wenn Sie also an Bord oder im Hafen einer Hure in die Hände fallen, und so viel ist sicher, von denen wimmelt es überall, dann waschen Sie sich am nächsten Morgen, und zwar gründlich. Mit einer Geschlechtskrankheit werden Sie nämlich sofort wieder zurückgeschickt. Und dann habe ich Sie in ein paar Wochen wieder hier sitzen.»

Einige der Männer hörten ihm interessiert zu, andere schauten beschämt zu Boden.

«Seemänner haben immer Protargol vorrätig, womit sie sich nach dem Koitus desinfizieren können. Die Jungs wissen, wie schnell es gehen kann, und die Reeder wissen es auch, deswegen stellen sie es ihnen kostenlos zur Verfügung. Sollten Sie also nicht widerstehen können, dann fragen Sie bei der Besatzung nach. Vielleicht müssen Sie ein wenig Gespött ertragen, aber das ist besser als das, was Ihnen die Huren hinterlassen.» Er grinste in sich hinein. «Also, Achtung vor der Versuchung der Frau. Sie kann euch den Himmel auf die Erde herunterholen oder euch für immer in der Hölle schmoren lassen, merkt euch das und denkt an meine Worte. Ein Mann hat Bedürfnisse. Aber ein Mann muss sich auch zu schützen wissen.»

Ava konnte ihn nicht mehr anschauen. Sie hatte noch nie jemanden so offen über diese Dinge sprechen hören. Und noch nie so abfällig. Als sie weitergingen, konnte sie sich nicht zurückhalten. «Darf ich Sie etwas fragen?»

«Sicher, sicher, meine Liebe.» Dr. Schwab sah sie zerstreut an, als hätte er vergessen, dass sie da war.

Ava stockte. Es war ganz und gar unziemlich für eine Frau, über solche Themen zu sprechen. Aber sie war zu wütend, um nichts zu sagen. «Eine Prostituierte … *empfängt* an jedem ihrer Arbeitstage verschiedene Männer. Sind es dann nicht sie, die die Krankheiten verbreiten? Schließlich tragen die Frauen die Krankheit ja nicht von Natur aus in sich.» Sie machte eine kleine Pause. «So wie Sie es eben formuliert haben, schien es mir daher … nicht ganz korrekt.»

Dr. Schwabs Augenbrauen schossen in die Höhe. Er musterte sie entgeistert. «Nun, es gibt durchaus Annahmen und auch Untersuchungen zu der Frage, welche Frauen dazu neigen, diese Art der Berufung zu ergreifen», sagte er, sein Tonfall jetzt deutlich kühler. «Ich habe selbst vor einigen Jahren eine umfassende Studie zu dem Thema durchgeführt. Habe mich selbst in die Freudenhäuser begeben und Feldforschung betrieben, ich weiß also durchaus, wovon ich spreche. Schließlich ist es eine extreme Entscheidung, diese Art des Broterwerbs zu ergreifen, viele Frauen würden eher sterben, als sich in eine solche Lage zu begeben. Die Frage ist also: Was unterscheidet die Frauen, die so etwas tun, von denen, die es nicht tun? Ich gehe davon aus, dass es eine bestimmte hereditäre Voraussetzung gibt. Und ich bin damit nicht allein.»

«Hunger?», erwiderte sie. «Armut? Verzweiflung? Vielleicht unterscheidet sie das von den anderen.»

Dr. Schwab lachte abfällig in sich hinein. «Sie sind jung, und Sie wollen die Welt in einem bestimmten Licht sehen. Verstehen Sie mich nicht falsch, ich bewundere das, Ava. Aber glauben Sie mir: Eine Hure ist eine Hure. Und ein Mann muss wissen, wie er sich vor ihr schützen kann.»

Er ließ sie stehen und ging davon. Sein Nacken war rot angelaufen, und sein steifer Gang und das abgehackte Pendeln seiner Arme verrieten ihr, dass er wütend war.

«Kommen Sie!», rief er, ohne sich umzusehen.

Es war keine Bitte.

Therese betrachtete ihren Schwiegervater. Jorg Svarts hatte Haare in den Ohren und kleine schwarze Flecken auf der Stirn. Der sicher sündhaft teure Anzug und die goldenen Manschettenknöpfe ließen das Alter bei ihm distinguierter erscheinen als bei einem Mann auf der Straße, aber dennoch: Attraktiv war er nicht.

Gerade hatte er einen seiner trockenen Witze in die Runde geworfen, und wie so oft war er selbst der Einzige, der darüber lachte. Seine Zähne waren dunkel vom jahrzehntelangen Pfeifengenuss, und er fletschte sie beim Lachen auf eine Weise, die ihr einen Schauer über den Nacken schickte. Natürlich war er immer noch stattlich, hielt sich gerade, die Stimme war tief und dröhnend. Aber er war ein alter Mann, sicher zehn Jahre älter als Kaisa.

Langsam schob sie sich Erbsen auf ihre Gabel, achtete darauf, die Ellbogen nicht abstehen zu lassen und den Kopf nicht zum Teller zu neigen, ließ Jorg dabei aber nicht aus den Augen. Sie fragte sich, wie Kaisa es aushielt, mit ihm das Bett zu teilen. Dann fragte sie sich, ob sie es an ihrer Stelle könnte. Ob sie es an ihm riechen würde, das Alter. Oder ob es gar keinen großen Unterschied machte, ob man mit einem jungen Mann schlief, den man nicht liebte, oder mit einem alten. Vielleicht war es gar nicht so wichtig.

Man konnte ja das Licht ausmachen.

Obwohl … wenn sie sich so ansah, wie Kaisa und er miteinander umgingen, konnte sie zwischen ihnen jedenfalls nicht viel Feuer entdecken. Trotzdem, man wusste nie. Aber sicher würde man es fühlen, dachte sie und schauderte erneut, tupfte sich mit der riesigen goldbestickten Serviette die Lippen ab und trank einen Schluck Bowle. Auch im Dunkeln würde man die schlaffe Haut spüren, den sauren Atem riechen.

Kaisa sprach, und wie immer hingen ihre Söhne ihr an den Lippen. Therese konnte es durchaus verstehen, sie war eine beeindruckende Erscheinung. Vollkommen überschattet von ihrem lauten, herrischen Mann natürlich, wie die meisten Frauen. Dennoch – jeder, der Augen im Kopf hatte, merkte sofort, wie besonders sie war. In ihrer Gegenwart wurde Therese von Minderwertigkeitsgefühlen geradezu zerfressen. Kaisa bemühte sich stets, sie in ein Gespräch zu verwickeln, aber jenseits der Kinder hatten ihre Lebenswelten keinerlei Berührungspunkte.

Therese hörte mit halbem Ohr weiter dem Gespräch zu, sah sich dabei aber verstohlen im Speisezimmer um. Wenn sie im Hause ihrer Schwiegereltern war, konnte sie nicht fassen, wie reich die Svarts waren, in welcher Verschwendung, welchem Prunk sie lebten. Allein das Geschirr, von dem sie aßen, und das Silberbesteck waren wahrscheinlich so viel wert, dass sie und Will ein Jahr sorglos davon hätten leben können. Und dann erst Kaisas Geschmeide. Sie war keine protzende Frau, trug zurückhaltende Eleganz, doch die Ohrringe mit den Smaragden waren sicher Erbstücke, genau wie die Ringe und Armbänder.

Wie ungerecht das Glück auf dieser Welt verteilt war. Wenn man davon ausging, dass Geld und Glück zumindest teilweise das Gleiche waren.

Aber Therese war zu arm aufgewachsen, um daran auch nur eine Sekunde zu zweifeln. Wenn sie in Kaisas Augen blickte, sah sie jedoch auch die andere Seite. Wills Mutter erinnerte sie an einen Schwan in einem Käfig. Sie war elegant, klug und warmherzig, wunderschön. Doch mit jeder Geste war ihr der Widerwille gegen ihren Mann und seine Welt anzusehen. Therese konnte es ihr nachfühlen. Männer hatten viel zu viel Macht, das fand sie schon lange, dabei waren die meisten Frauen, die sie kannte, mindestens ebenso klug. Hätte sie die Mittel gehabt, sie hätte studiert, hätte sich der Frauenbewegung angeschlossen, würde jetzt Reformkleider tragen, rauchen und wichtige Bücher lesen. So zumindest stellte sie es sich vor, wenn sie nachts wach lag und mit schweren Lidern ihr viertes Kind stillte. Sie wusste nicht genau, was die Bücher beinhalteten oder was sie gerne studiert hätte, sie wusste nur, dass ihr Leben nicht so grauenvoll gewöhnlich verlaufen wäre.

Wenn sie eine Wahl gehabt hätte … Und Geld bedeutete immer eine Wahl. Geld war der Dreh- und Angelpunkt der Welt.

Ihr Blick glitt nach rechts zu ihrem schönen, klugen Mann, und etwas in ihr zog sich unwillkürlich zusammen. Therese wusste, dass Will sich innerlich von ihr zu verabschieden begann. Wann immer ihre Blicke sich kreuzten, schaute er hastig weg. Er war viel höflicher als sonst und dadurch schrecklich distanziert. In seinem Leben gab es eine andere, sie vermutete es schon lange. Aber Will war ein Mann von Integrität, eine einfache Affäre würde er niemals eingehen, es musste sich um etwas Ernsthaftes handeln. Und da er so gequält wirkte, war sie fast sicher, dass er seinen Gefühlen nicht nachgab, dass er noch um seine Ehre kämpfte. Sie konnte nur warten und hoffen, dass er sich am Ende für seine Familie entscheiden würde.

Dieser schreckliche Schwebezustand wurde nur von einer Tatsache erträglich gemacht: Sie hatte Will ebenfalls schon lange satt.

Zu Beginn ihrer Ehe hatte sie sich noch einreden können, dass sie ihn liebte. Es war nicht schwer, er hatte diese blauen Augen, in die sie sich hineinfallen lassen wollte, war groß, selbstsicher, gesegnet mit den schönen Zügen seiner Mutter. Wenn er lachte, strahlte sein ganzes Gesicht, und wenn er über seine Arbeit sprach, schien es, als gäbe es nichts Spannenderes auf dieser Welt als die Fotografie. Aber irgendwann hatte sie es nicht mehr hören können. Noch vor der Hochzeit hatte sie innerlich die Zähne zusammengebissen, wenn er wieder von irgendeiner Kamera anfing, mit irgendwelchen Schwafeleien über die Erhabenheit der Kunst, die Vergänglichkeit, die er mit seinen Bildern bekämpfen wolle. Sie mochte ihn, keine Frage. Aber geheiratet hatte sie ihn wegen seines Namens.

Außerdem war sie sicher gewesen, dass das Geld am Ende siegen würde. Geld siegte immer. Seine Überzeugungen waren ohne Frage edel, aber doch schrecklich verblendet. Dass er wirklich dachte, er könnte mit seinen lächerlichen Bildern eine Familie ernähren … Aber er hatte eben einen Dickschädel und nahm noch immer keinen Pfennig von seinem Vater an.

Deswegen hatte sie das übernommen.

Jorg steckte ihr seit Jahren Geld zu. Es hatte klein begonnen und sich dann gesteigert. Immer wieder hatte sie bei ihren Besuchen mit den Kindern über Will gejammert, seinen egozentrischen Stolz verflucht, der sie daran hinderte, ein sorgenfreies Leben zu führen. Jorg hatte zugehört und irgendwann sein Scheckheft gezückt, ihr bescheidene Summen gegeben, die trotzdem einen großen Unterschied machten. Natürlich unter der Voraussetzung, dass Will nichts davon mitbekam. Sie wusste genau, dass Jorg es genoss, seinen Sohn scheitern zu sehen. Trotzdem war auch ihm klar, dass Will niemals etwas von diesen kleinen Zuwendungen erfahren durfte. Ein einziges Mal hatte er ihrem Druck nachgegeben und das Geld für das Haus von Jorg angenommen. Es war ein Fehler gewesen. Das sah sogar sie ein. Wochenlang war er so gereizt, dass er bei jeder Kleinigkeit aus der Haut fuhr. Seither machte er sie dafür verantwortlich, dass sein Vater nun bis zum Ende seines Lebens über ihn triumphieren und ihm die Sache bei jeder sich bietenden Gelegenheit unter die Nase reiben würde. Dabei war das Haus ja nicht einmal groß. Die zwei Salons im Souterrain konnte man im Winter nicht nutzen, die Böden knarzten zum Gotterbarmen, und im Keller hatten sie Schimmel an der Decke.

Aber Geld nahm einem im Alltag so viele kleine Sorgen ab.

Sie hatte es geschafft, in eine der reichsten Familien der Stadt einzuheiraten. Und was bekam sie dafür? Nichts, rein gar nichts. Sie hatte nur zwei gute Kleider im Schrank.

Und sie hatte einen Mann, der eine andere liebte.

Will trank einen Schluck Wein. Es war absurd, wie das Glück auf dieser Welt verteilt war. Wenn man davon ausging, dass Geld und Glück zumindest teilweise das Gleiche waren. Aber er hatte in den letzten Wochen zu viel Elend und Armut gesehen, um an seiner alten, verblendeten Sichtweise festzuhalten, dass materieller Besitz keine Rolle spielte. Er war nicht alles, bei Weitem nicht. Aber wenn man nichts hatte, konnte ein gutes Essen doch alles bedeuten.

Insgeheim begann er, mit dem Gedanken zu spielen, ob er nicht an einer Fotomontage arbeiten könnte. Seine Eltern in ihrem Marmorpalast auf der einen Seite, wie sie zu zweit in einem Zimmer frühstückten, das für hundert Leute Platz geboten hätte. Auf der anderen der Speisesaal der Ballinstadt voller heimatloser Emigranten, die jeden Besitz aufgegeben hatten für die Hoffnung, dass es anderswo besser war, dass auch sie ein Stück vom Glück abbekommen konnten, wenn sie nur danach suchten.

Natürlich führte das zu nichts, die Welt war nun mal, wie sie war. Will tunkte ein Stück Brot in die Soße. Er fühlte sich unwohl, wie immer, wenn er hier war, es war ihm alles zu groß, zu unpersönlich. Der einzige Ort, wo er sich hier wirklich gerne aufhielt, war die Küche. Selbstverständlich wusste er, dass Kaisa, hätte sie es sich aussuchen können, ganz anders gelebt hätte. Er sah seine Mutter in einem kleinen hellen Haus in einem Vorort, umgeben von Grün. Sie hätte sicherlich überall Bilder avantgardistischer Künstler aufgehängt, die Wände wären voller Bücher, ihr Lesesessel im Salon neben dem Feuer. Auch hier im Haus hatte sie alles gegeben, hatte aus der ganzen Welt Inspirationen gesammelt und zu einem eigenen bunten Kunstwerk zusammengesetzt. Sie lenkte sich mit diesen Dingen ab, wie sie sich auch mit der Arbeit in den Auswandererhallen ablenkte. Sie war zu schlau für diese Welt, zu schlau für seinen Vater. Zu schlau für die Rolle, die sie an seiner Seite spielen musste. Manchmal sah Will seine Mutter an, und ihre Augen schienen leer.

Als hätte Jorg seinen Gedanken zugehört, sagte er jetzt:

«Wir waren letzte Woche bei den Budges. Will, du würdest es nicht glauben, das neue Musikzimmer sieht aus wie eine Bahnhofshalle, der Teepavillon – ein regelrechtes Mausoleum. Allein der Hauptgärtner und die Familie des Chauffeurs wohnen in einem kleinen Schloss. Sie haben sogar ein Nelkenhaus. Natürlich fahren sie nur Automobile, Pferde wirst du dort nicht finden. Und sogar der Chauffeur trägt Livrée.»

Will lächelte verkrampft. «Wunderbar», sagte er gedehnt.

Der Bart seines Vaters zuckte. «Passt dir etwas daran nicht?»

«Was sollte mir nicht passen?», gab Will zurück. «Solange ich so nicht leben muss …»

Er hatte es sich nicht verkneifen können. Aber noch während die Worte seine Lippen verließen, bereute er sie. Sofort verdunkelte sich der Blick seines Vaters, seine Mutter seufzte kaum hörbar. Quint zwinkerte ihm zu, halb warnend, halb amüsiert, und konzentrierte sich dann wieder auf seinen Braten.

«Und ihr wollt wirklich schon wieder die Handwerker ins Haus holen?», flötete Therese, die die Stimmung ebenfalls bemerkt hatte und ablenken wollte.

«Ach, wir renovieren nur das Musikzimmer und zwei kleine Räume im Souterrain.» Konzentriert spießte Jorg eine Frikadelle auf die Gabel, die das Dienstmädchen soeben serviert hatte. «Kein Grund, hysterisch zu werden. Die Budges haben zwanzig Bäder und ein eigenes japanisches Teehaus. Wir haben für uns ja nur dreißig Zimmer insgesamt. Diese … *empfindliche* Wirtschaftskrise macht sich schließlich auch bei uns bemerkbar.»

Will hätte gerne laut aufgelacht. Seine Eltern besaßen einen Festsaal, eine Blumenhalle, ein Obst- und ein Treibhaus, selbstverständlich eine umfassende Bücherei, einen Koi Teich, und im Keller gab es eine unterirdische Kegelbahn.

Jorg ließ immer weiter an- und umbauen, sodass er und Kaisa das halbe Jahr über im Hamburger Hof residierten. Sie gaben die rauschendsten Feste.

Er warf Quint einen Blick zu, doch Quint sagte nie etwas gegen Jorg. Obwohl es ihm leichtgefallen wäre, schließlich wusste er besser über diese *empfindliche* Wirtschaftskrise Bescheid als alle anderen hier am Tisch. Quint sah sich nicht in der Position, den Mann zu kritisieren, der ihm ein Heim gegeben hatte. Will konnte das natürlich verstehen. Aber er selbst hatte keine Kraft mehr, sich mit seinem Vater anzulegen, hatte sie, wenn man es genau nahm, nie gehabt. Er wünschte sich einfach nur, dass Jorg die Welt mit anderen Augen sehen könnte. Aber im Grunde wusste er, dass das niemals geschehen würde.

«Ich frage mich, wie das alles enden soll.» Wie immer bestritt Jorg die Unterhaltung so gut wie allein, er gab die Themen vor, verkündete mit dröhnender Stimme seine Meinung, entschied, wann jemand genug gesagt hatte und wann es Zeit war, den Nachtisch auftragen zu lassen. Jetzt war er mal wieder bei seinem Lieblingsthema gelandet: «Man muss den staatszersetzenden Tendenzen des Sozialismus endlich entgegenwirken.»

«Wenigstens tun sie etwas. Sie reißen die Bürger aus ihrer politischen Gleichgültigkeit», trug Quint nun doch etwas zum Gespräch bei.

Jorg prustete amüsiert in sein Glas. «Niemand hier ist gleichgültig, Quint, das kann ich dir garantieren. Du solltest die Männer im Klub einmal hören. Und dann auch noch diese schrecklichen Weibsbilder, die sich jetzt in alles einmischen wollen.»

Kaisa hob den Blick.

«Studieren wollen sie … Es ist zu absurd. Wenn Frauen zu

lange sitzen, können sie keine Kinder gebären! Aber das wollen diese Weiber wohl sowieso nicht.» Jorg grunzte unwillig, und Will beobachtete, wie die Mädchen, die am Buffet standen und darauf warteten, ob sie nachreichen sollten, einen Blick wechselten.

«Wusstet ihr, dass Knaben statistisch gesehen das schwächere Geschlecht sind? Sie sterben schneller und häufiger.» Kaisa hatte unaufgeregt gesprochen, wie immer, aber Jorgs Gesicht zog sich sofort zusammen, als hätte sie ihn angeschrien.

«Und wo hast du diesen Unsinn gehört?»

«Ich habe es gelesen», erwiderte sie und tupfte sich den Mund mit der Serviette.

«Du liest zu viel», knurrte Jorg.

Kaisa betrachtete ihn nachdenklich, dann senkte sie die Augen auf ihren Teller und nahm eine Gabel Erbsen.

«Wenn sie früher sterben, dann nur, weil sie sich einsetzen. Für ihr Land, für ihre Frauen. Weil sie rausgehen in die Welt, wo es gefährlich ist, statt im warmen Heim am Herd zu sitzen und sich um die Kinder zu kümmern.»

«Aber genau dort willst du uns doch.» Kaisas Ton war ungewohnt scharf, und Will stockte kurz der Atem.

Quint räusperte sich. «Man könnte auch argumentieren», sagte er leutselig und trank einen Schluck Wein, «dass die Frauen seit der Renaissance vorsätzlich aus allen Bereichen des öffentlichen Lebens gedrängt wurden. Himmel, da waren sie ja im Mittelalter weiter, als wir es jetzt sind. Die Entwicklung ist vollkommen rückschrittig.»

Will musterte Quint, und ein warmes Gefühl breitete sich in seiner Brust aus. Es gab nur einen Menschen auf dieser Welt, für den Quint sich mit Jorg angelegt hätte, und das war Kaisa.

Erstaunt sah Jorg Quint an. Er vergaß sogar, weiter zu essen, legte die Gabel, mit der er soeben eine Kartoffel aufgespießt hatte, wieder hin und faltete die Hände in der Luft über dem Teller. «Genau andersherum. Im Mittelalter hat man die wahren Verhältnisse vollkommen verkannt. Wie sagt man doch so schön? Die Frau ist Natur. Und der Mann ist Geist. Du kannst es nicht leugnen, Sohn, Frauen wurden nun einmal dazu geschaffen, Kinder zu gebären. Das ergibt eine bestimmte Aufteilung der Dinge, eine Aufteilung der Welt. Und es macht doch nur Sinn, dass diese Aufteilung sich in allen Bereichen des Lebens wiederfindet.»

Quint runzelte nachdenklich die Stirn. Will wusste genau, was in ihm vorging. Jorg nannte ihn nur dann Sohn, wenn er ihn auf seine Seite ziehen, sich mit ihm gegen jemand anderen verbrüdern wollte.

Jorg sah jetzt zu Will herüber. «Ihr haltet es doch daheim nicht anders. Oder möchtest du etwa, dass Therese plötzlich losrennt und ein Kontor eröffnet?»

Will blickte zur Tür, aber Therese war soeben aufgestanden, um sich um Rosa zu kümmern, die sich vom Hausmädchen nicht beruhigen ließ.

Jorg nahm endlich die Gabel wieder auf, warf seiner Frau einen lauernden Blick zu, doch sie erwiderte nichts, und Will merkte, wie das seinen Vater ärgerte.

Er schüttelte den Kopf. «Ich hätte nichts dagegen», sagte er. Vielleicht würde uns das einander sogar wieder näherbringen, fügte er im Kopf hinzu. «Unsere Sphären sind so weit voneinander entfernt. Manchmal habe ich das Gefühl, wir können uns gar nicht verstehen. Unsere Tage kreisen ja um vollkommen unterschiedliche Dinge.»

«Und genau so soll es sein.» Jorg wirkte sehr zufrieden mit sich.

Plötzlich konnte Will es nicht mehr ertragen. «Genau so soll es sein?» Er stieß einen verächtlichen Laut aus und warf die Gabel hin. «Sollte man sich nicht abends etwas zu erzählen haben? Interessen teilen? Sollte man nicht beim anderen Rat holen können, sich verstanden fühlen?»

«Du redest nicht von einer Frau, sondern von einem Freund.»

«Ich *rede* von einer Frau», zischte Will.

Die Stille, die auf seine Worte folgte, war dick wie Watte. Alle drei starrten ihn an, seine Mutter mit geweiteten Augen, Quint nachdenklich, Jorg mit hochgezogenen Augenbrauen. «Von *deiner* Frau?», fragte er.

Die wässrigen Augen unter den kritisch zusammengezogenen Brauen des alten Mannes bohrten sich in ihn hinein. Sie gehörten zu Wilhelm Svarts, Jorgs Vater, dessen riesiges Ölgemälde im Salon über dem Kamin hing. Quint schielte ein wenig, und das stirnrunzelnde Gesicht, das ihm seit seinem ersten Tag in der Familie genauso viel Misstrauen entgegengebracht hatte wie einst das des echten Wilhelm, verschwamm. So sah der Alte ein bisschen aus wie ein Truthahn. Quint prustete in sein Glas, und Will warf ihm einen fragenden Blick zu.

«Kneif mal die Augen zusammen und leg den Kopf schief.» Er nickte mit dem Kinn in Richtung des Bildes. Ich habe zu viel getrunken, dachte er gleichzeitig amüsiert. «Woran erinnert dich das?»

«Großvater, Gott hab ihn selig?» Will warf einen Blick auf das Gemälde und tat dann, wie ihm geheißen. Er lachte auf. «Truthahn, ganz klar!», stellte er fest, und Quint nickte zufrieden.

«Sei froh, dass du von diesem Teil der Familie nicht allzu viel abbekommen hast!»

«Mache jeden Tag drei Kreuze», brummte Will als Antwort. Sie tauschten einen amüsierten Blick.

Jorg und Kaisa waren nach dem Essen noch auf einen Tee mit ihnen in den Salon übergesiedelt, hatten sich aber nach einer halben Stunde für die Nacht zurückgezogen. Nun war es still geworden im Haus. Die Uhr auf dem Kaminsims zeigte kurz vor Mitternacht. Therese war schon lange mit den Kindern vorausgefahren, aber das Feuer strahlte eine so wohlige Wärme aus, dass Quint und Will sich nicht aufraffen konnten, in die Kälte hinauszugehen und den Abend zu beenden. Quint fühlte sich immer etwas seltsam, wieder in seinem Elternhaus zu sein. Seltsam, und auf gewisse Weise auch wehmütig. Es erinnerte ihn daran, dass sie nie wieder alle unter einem Dach wohnen würden.

«Das war haarscharf vorhin!» Er war schläfrig, wollte aber trotzdem das Gespräch nicht länger vermeiden, das er und sein Bruder seit Wochen führen mussten und doch stets umgingen.

Will machte eine unkoordinierte Handbewegung, und ein paar Tropfen Wein spritzten über den Rand des Glases auf den Teppich. «Hoppla!», murmelte er und stellte es beiseite. «Ich habe offenbar mehr getrunken, als ich erinnere. Es ist ja nicht so, dass es irgendetwas zu verbergen gäbe», fügte er dann hinzu, das Gesicht angespannt.

«Nicht?» Quint hob die Augenbrauen.

«Zumindest nichts außerhalb meiner Gedanken», murmelte Will.

Einen Moment schwiegen sie.

«Sie verachtet mich», sagte Will schließlich leise.

«Wer, Therese?»

«Ava. Sie muss mich verachten.» Er presste die Hände in die Armlehnen des Sessels, der Blick schwelte vor Selbsthass.

Quint schüttelte den Kopf. «Ich bin mir sicher, dass sie es versteht», sagte er sanft. «Das Leben ist eben manchmal verdammt kompliziert.»

Will hielt die Augen starr auf den Teppich gerichtet, und an seiner Miene konnte Quint ablesen, dass er sich keine Hoffnung machte.

«Wir reden manchmal», sagte Quint zögernd. Er war nicht sicher, wie sein Bruder auf diese Nachricht reagieren würde. «Ava und ich. Sie kommt nach der Arbeit rüber, und wir sitzen zusammen. Sie ist einsam, seit … nun ja.»

Überrascht sah Will auf, doch Quint lächelte ihn beruhigend an. «Ich verstehe, was du an ihr findest, sie ist … etwas Besonderes», fügte er hinzu. «Und sie hat nie auch nur ein einziges schlechtes Wort über dich verloren.»

Die Stille dehnte sich zwischen ihnen aus. «Was … sagt sie?», fragte Will nach einer Weile.

«Über dich?» Quint stand auf, nahm ein Scheit aus dem Feuerkorb und warf es auf die rot glühenden Kohlen. Es zischte, und kleine Funken stoben in die Höhe. Einen Moment blieb er vor den Kamin gebückt stehen und sah wie hypnotisiert hinein. «Gar nichts. Wir sprechen nur über Claire, Amerika, die Arbeit.»

Will nickte wieder, die Stirn gerunzelt, als wäre er sich nicht ganz sicher, was er davon halten sollte. «Hat sie die Bücher erwähnt?», fragte er dann vorsichtig.

Erstaunt sah Quint ihn an. «Bücher?»

«Ich habe … ach, egal. Es war sowieso eine dumme Idee.»

Quint musterte ihn schweigend. «Was hast du jetzt vor?»

Sofort verschloss sich Wills Gesicht. «Ich kann meine Familie nicht im Stich lassen», antwortete er schroff. Aber es klang, als würde er selbst an den Worten zweifeln. Er blickte auf. «Das geht doch nicht», murmelte er, und es war, als würde er fragen: Oder?

Quint setzte sich wieder und seufzte tief. «Aber du hast Gefühle für sie.»

Will gab keine Antwort. «Und du?», sagte er stattdessen.

Quint zuckte kaum merklich zusammen. «Nun ja, es gibt tatsächlich etwas Neues …», sagte er gedehnt. «Godebrink ist zurück.»

Will gab einen erschrockenen Laut von sich. «Und?», fragte er und lehnte sich gespannt vor. «Seit wann? Warum hast du davon kein Wort gesagt?»

Quint hob die Schultern. «Weil es eigentlich nichts zu sagen gibt. Er weiß nichts.»

Will schnaubte verächtlich. «Natürlich …»

«Tatsächlich glaube ich ihm.» Quint trank sein Glas leer, allmählich verschwamm sein Sichtfeld, auch wenn er nicht schielte, er musste ein bisschen aufpassen, aber Jorgs Whiskey war einfach unschlagbar.

Und ein Abendessen mit der ganzen Familie war ohne Alkohol kaum zu überstehen.

«Du hast dich schon immer von ihm einwickeln lassen.» Will klang nicht angriffslustig, eher nachsichtig, aber Quint spürte, wie Wut in ihm aufflackerte. «Ich finde ja schon lange, dass du aufhören solltest, für ihn zu arbeiten. Du hast es doch gar nicht nötig.»

Er biss die Zähne zusammen. Sie begaben sich auf gefährliches Terrain. Will glaubte, dass er Magnus beriet, was Seerouten und Schiffe anging, hatte aber natürlich keine Ahnung, was er wirklich für ihn erledigte.

Und *warum* er es tat.

«Ich sage dir, Godebrink hat krumme Dinger am Laufen. Ich habe schon öfter munkeln hören … egal. Halt dich lieber fern von ihm.» Will lachte plötzlich auf. «Irgendwann hängen sonst tatsächlich noch Steckbriefe von dir in der Stadt.»

Sein ganzer Körper schien einzufrieren.

«Das war schon komisch, was? Als deine Visage aus meiner Zeichnung herauskam. Habe selten so gestaunt.»

Quint schaffte ein schmerzhaftes Grinsen, kleine Schauer rannen ihm die Arme hinab. «Ich habe eben ein Allerweltsgesicht», murmelte er. Er hatte ziemlich erfolgreich verdrängt, dass sein Bruder vor nicht allzu langer Zeit für Hamburgs Polizeichef Karl Roscher eine Phantomzeichnung angefertigt hatte, die haargenau aussah wie er.

Und zwar aus gutem Grund.

«Nun ja. Das würde ich nicht unbedingt sagen. Mit *der* Nase.» Will grinste.

Quint knurrte etwas Unverständliches, und als er Wills fragenden Blick auffing, stotterte er hastig: «Können eben nicht alle von solchen Schönheiten abstammen», und nickte in Richtung Ölgemälde.

Will lachte, und das Misstrauen, das wahrscheinlich in Wahrheit ohnehin nur die Sorge gewesen war, ihn mit seiner Bemerkung verletzt zu haben, verschwand aus seinem Blick. «Schönheit wird völlig überbewertet.» Er leerte sein Glas.

«Du musst es ja wissen», brummte Quint.

Ganz sicher hatte Will keinen Verdacht geschöpft. Aber Quint durfte sich nun wirklich keinerlei Fehltritt mehr erlauben. Einmal war ein solches Vorkommnis mit dem Zufall zu erklären. Ein zweites jedoch würde sogar bei seinem gutgläubigen Bruder Fragen aufwerfen.

«Komm. Wenn wir jetzt nicht gehen, sitzen wir morgen früh noch hier.» Will stand auf und reichte ihm die Hand, um ihm aufzuhelfen.

«Das Frühstück hier ist auf jeden Fall besser als in der Ballinstadt.»

«Aber dort musst du für dein Rührei nicht mit Jorg über Frauenrechte diskutieren!»

«Auch wieder wahr.» Quint ließ sich hochziehen.

Arm in Arm stolperten sie durch den Salon, zogen sich tuschelnd in der Halle die Mäntel an und traten wenig später hinaus in die kalte Nacht.

Quint glaubte schon, sein Bruder hätte die schlechte Stimmung vom Essen überwunden, doch als er Will fragte, ob er ihn mit der Droschke daheim absetzen solle, runzelte der die Stirn.

Er blickte unentschlossen die Straße hinab, sein Atem dampfte in der Luft. «Ich laufe lieber», sagte er. Mit einem Mal stand tiefe Traurigkeit in seinen Augen. «Dann ist die Chance größer, dass Therese schon schläft.»

Herr Doktor, ich bin schon seit Jahren malariakrank.» Der junge Mann vor ihnen auf der Pritsche sah bleich aus und schwitzte. «Ich hatte es aber gemeldet, als ich hier ankam, ganz vorschriftsmäßig», fügte er hastig hinzu. «Ich war früher Seemann auf einem Tropenschiff, da hab ich's mir geholt. Es kommt und geht. Aber heute ist es besonders schlimm.»

Dr. Schwab nickte mit gerunzelter Stirn und notierte sich etwas auf seinem Klemmbrett. «Sie sind mit dem Zug hergekommen?»

Der Mann bejahte, offenbar genauso erstaunt über die Frage wie Ava, die Dr. Schwab einen Blick zuwarf. Sie begleitete ihn heute erneut, allerdings trat er ihr gegenüber deutlich kühler auf als beim letzten Mal.

«Warum ist das wichtig?»

«Nun, das viele Rütteln des Körpers während der langen

Fahrt kann bestimmte Krankheiten begünstigen beziehungsweise die Symptome verschlimmern», erwiderte Dr. Schwab, ohne sie anzusehen. «Was haben Sie sonst noch für Beschwerden?»

Der Mann sah aus, als wüsste er das selbst nicht genau. «Manchmal habe ich Schmerzen in der rechten Schulter. Und manchmal tut's mir am Bauch so weh, es drückt so, hier.» Er zeigte auf eine Stelle unterhalb der Rippen.

Dr. Schwab nickte wieder. «Was nehmen Sie dagegen?»

Der Patient überlegte und zuckte mit den Schultern. «Chinin, Arsen, Eisen … Alles, was der Doktor verordnet hat. Ich habe auch schon öfters mal ein Bad besucht, das soll ja gut sein.»

Er schwitzte immer mehr, er hatte sichtlich starke Schmerzen. Ava wünschte, Dr. Schwab würde sich beeilen. «Aber ich kann doch trotzdem fahren, oder nicht?», fragte er jetzt ängstlich. «Ich kann doch aufs Schiff?»

«Das werden wir sehen», murmelte Dr. Schwab. Er schaute in seine Unterlagen. «Wir haben Ihr Blut untersucht. Es gibt keinen Malariaparasiten.»

Der Kranke hob erstaunt den Kopf. «Aber ich habe doch immer wieder die Fieberschübe.»

Dr. Schwab schüttelte den Kopf. «Ihre großen mononukleären Leukozyten sind nicht vermehrt, der Hämoglobinhaushalt ist normal, genau wie die Anzahl der roten Blutkörperchen.»

Ava seufzte innerlich. Er wusste doch genau, dass keiner von ihnen mit diesen Informationen etwas anfangen konnte. Warum prahlte er mit seinem Fachwissen, anstatt ihnen einfach zu erklären, was der Mann hatte?

«Allerdings haben wir eine ausgeprägte Leukozytose gefunden. Das bedeutet, Sie haben mit hoher Wahrscheinlichkeit eine verborgene innere Eiterung. Ich vermute, Sie leiden öfter an Schlafsucht? An Kopfschmerzen und Appetitlosigkeit?»

Unsicher blickte der Mann zu Ava hinüber. Sie versuchte, ihn beruhigend anzulächeln, obwohl sie keine Ahnung hatte, was das alles für ihn und seine Zukunft bedeutete.

«Atmen Sie einmal tief ein und aus.» Dr. Schwab beugte sich vor, der Patient gehorchte, und er nickte zufrieden. «Das rasselt wie eine Kette. Vermutlich hatten Sie früher einmal Dysenterie?», fragte er streng, doch der Mann schüttelte verständnislos den Kopf.

«Ich weiß nicht, was das ist», murmelte er und wischte sich über die Stirn.

Dr. Schwab machte eine wegwerfende Geste. «Egal. Sie haben keine Malaria, junger Mann, Sie haben einen Leberabszess. Wahrscheinlich schon seit vielen Jahren. Auch ein Mitbringsel, sicher hatten Sie unbemerkt die Tropenruhr. Tut es weh, wenn ich hier drücke?» Ohne Vorwarnung legte er seine Finger auf den entblößten Bauch des Patienten und drückte zu.

Der Mann schrie auf.

Dr. Schwab schmunzelte zufrieden. «Wie ich vermutet habe. Wahrscheinlich sitzt er direkt unter der Oberfläche der Leber. Ich muss punktieren.»

Ein Schweißtropfen rann dem jungen Mann an der Schläfe entlang und über den Hals. «Punkt…?», fragte er.

«Keine Sorge. Es tut kurz weh, aber danach wird es Ihnen besser gehen. Ava, holen Sie mir ein Punktierbesteck und einen Eimer. Christina wird Ihnen alles fertig machen.»

Ava nickte wortlos und verschwand in den Nebenraum, wo sie eine Schwester nach den Dingen fragte, die er verlangte. Es war lächerlich, dass sie hier war, sie hatte keine Ahnung von

Krankheiten oder Patientenpflege, wusste nicht einmal, was Punktieren war.

Als sie zurückkam, lächelte Dr. Schwab. «Wunderbar, ich danke Ihnen. Wissen Sie, was auf Schiffen vor allem durch die Welt gefahren wird?», fragte er dann betont munter, während er alles für den Eingriff vorbereitete. «Krankheiten. Sie haben ja keine Ahnung, was Tag für Tag über die Weltmeere gondelt, und die Tropen sind natürlich eine besondere Brutstätte, von dort kann man gar nicht gesund zurückkehren. Parasiten, Würmer, Dengue, Lepra, Pest. Gelbes Fieber. Das kann ganze Schiffe auf einmal ausrotten, von Amerika nach Tropisch Afrika bis hinauf nach Quebec und sogar Buenos Aires ist die Seuche schon gewandert. Grausame Sache. Plötzlich kriegen Sie Fieber, Schüttelfrost, entsetzliche Kopfschmerzen, Stechen in der Rücken- und Lendengegend. Nach ein paar Tagen kollabieren Sie, und schließlich beginnt das Erbrechen.»

Er nahm eine große Nadel, stellte den Eimer neben die Pritsche und wies den Patienten an, sich auf die Seite zu legen. Ava und der junge Auswanderer starrten ihn entsetzt an, doch er erzählte vergnügt weiter, als handele es sich bei seinen Beschreibungen nur um ein Schauermärchen. «Unaufhörlich kommt eine schwarze Masse aus Ihnen heraus, grausig, sage ich Ihnen, grausig. Zersetztes Blut, daher die Farbe. Dazu gesellen sich Darmblutungen und Blutungen an Zunge und Zahnfleisch. Die inneren Schmerzen werden unerträglich, es kommt zum Delirium, die Patienten werden gelb und sterben in der Regel an schwersten Organschäden.» Er lachte. «Sie hatten also Glück, junger Mann. Sie hätten von Ihrer Zeit in den Tropen noch ganz anderes mitbringen können. So, ich steche in den Abszess und versuche, den Eiterherd zu finden. Es kann sein, dass es etwas dauert.»

Der Mann sah hilflos zu Ava auf, und sie versuchte, ihm

weiter beruhigend zuzulächeln, war sich aber sicher, dass es misslang.

«Man kann eine leichte Narkose verordnen, aber ein junger, starker Mann wie Sie hat das nicht nötig», verkündete Dr. Schwab und stach plötzlich und ohne Vorwarnung mit der Nadel in den Bauch des Mannes.

Der schrie überrascht auf, und seine Hände krallten sich in die Eisenstange über dem Bett.

Ava musste dem Drang widerstehen, Dr. Schwab die Nadel aus der Hand zu schlagen. Mit angehaltenem Atem sah sie zu, wie er sie langsam wieder herauszog.

Nichts geschah.

Er setzte sie ein Stück weiter rechts an und drückte erneut zu.

Der Malträtierte schloss die Augen und wimmerte.

«Sie haben in letzter Zeit nicht zufällig etwas von Claire gehört?»

Verdattert sah Ava den Arzt an. Im ersten Moment glaubte sie, sich verhört zu haben. Dr. Schwab hielt den Blick auf den Patienten gerichtet, die Nadel noch immer tief in seinem Bauch.

«Ich … was?», fragte Ava entsetzt. «Nein, habe ich nicht.»

Dr. Schwab nickte und zog die Nadel wieder heraus. «Noch immer nichts. Aber wir finden den Abszess schon, wir finden ihn schon. Nur Geduld», sagte er zu dem schwitzenden Mann, der die Augen so fest zupresste, dass man kaum mehr die Wimpern sah. «Zu bedauerlich», fuhr er übergangslos fort. «Sie würden es mir doch nicht verschweigen? Sie müssen wissen, ich mache mir große Sorgen um ihren Verbleib. Genau wie um das Wohl ihrer Mutter.»

Ava war plötzlich kalt, Gänsehaut kroch ihr über die Arme. Sie räusperte sich. «Ich … habe bisher kein Wort von ihr gehört und weiß genauso wenig wie alle anderen, wo sie sich aufhält», antwortete sie, den Blick auf Dr. Schwabs Hände gerichtet.

Der Patient röchelte leise.

«Nur ruhig. Die meisten Abszesse sitzen im oberen oder hinteren Teil des rechten Leberlappens», erklärte Dr. Schwab, und es war, als würde er das gequälte Stöhnen aus dem Mund des Mannes gar nicht wahrnehmen. «Was vermuten Sie, wo sie sich aufhält?», fragte er jetzt, noch immer, ohne sie anzusehen, und rammte die Nadel erneut ins Fleisch.

Ava kniff entsetzt die Augen zu. «Ich habe keine Ahnung!», rief sie, mit Panik in der Stimme.

«Wenn Sie etwas hören, würden Sie es mir auf der Stelle mitteilen, richtig?»

Ava schluckte und blickte nur noch starr auf seine Hand. «Natürlich», sagte sie tonlos.

Er zog die Nadel heraus und drückte sie sofort an einer anderen Stelle wieder hinein. «Ahhh, na da haben wir ihn ja!», rief er erfreut. Eine dunkelbraune Flüssigkeit quoll aus dem winzigen Loch, wo die Nadel die Haut penetrierte. «Holen Sie bitte eine Schwester, Ava. Ich muss aufschneiden.»

Langsam hob er den Kopf und sah sie an. Er lächelte. «Ich habe den Abszess gefunden. Er hatte sich versteckt. Aber irgendwann findet man ihn immer. Es ist nur eine Frage der Zeit.»

6

Magnus drückte dem Verkäufer einen Geldschein in die geöffnete Hand. «Wickeln Sie wenigstens noch Papier drum», blaffte er, als dieser ihm die tropfenden Blumen hinhielt. «Sonst wird ja alles nass.» Er wartete, bis er ihm die Restmünzen ausgezahlt hatte, und stiefelte davon.

Gott, war das laut hier. Er hasste die Altstadt mit den engen Gassen und den vielen stinkenden Menschen auf den Märkten. Der Kutscher wartete beim Jungfernstieg, und als Magnus an einer Konditorei vorbeikam und im Schaufenster Pralinen von Sawade ausgestellt sah, blieb er stehen. Ärgerlich kramte er die Restmünzen wieder hervor, die der zahnlose Alte ihm gegeben hatte, und betrat unter lautem Glockengebimmel den Laden.

Kurz darauf schritt er wieder hinaus, Pralinen und Blumen im Arm, blieb stehen und blinzelte in die Sonne. Er musste ein bisschen schwerere Geschütze auffahren, das war ihm jetzt bewusst geworden. Linda würde ihn für seinen Fehler leiden lassen, und das nicht zu knapp. Er hätte sie nicht so nachtragend eingeschätzt. Tatsächlich war er vollkommen überrumpelt gewesen von ihrer sturen Weigerung, mit ihm zu sprechen oder mehr als das Allernotwendigste an Nahrung zu sich zu nehmen. In dem Chaos der letzten Wochen war seine Frau das kleinste Ärgernis gewesen, das, woran er am wenigsten gedacht hatte. Irgendwie war er einfach davon ausgegangen, dass sie weitermachen würden wie bisher. Ein wenig hatte er vielleicht sogar erwartet, dass sie sich schuldig fühlte und seine Vergebung dafür erbitten würde, das Kind verloren zu haben. Schließlich war es ihre Aufgabe, ihm einen Erben zu schenken. Dass er nun als der alleinige Buhmann dastand, machte ihn wahnsinnig wütend. Er hatte auch seinen Sohn verloren, verdammt noch mal. Und tatsächlich hatte ihn das mehr aus der Bahn geworden, als er erwartet hätte. Der Anblick dieses kleinen, zerknautschten Gesichtchens, in dem er Züge seiner selbst und seiner Mutter zu erkennen glaubte, die winzigen hellen Wimpern, die kleinen blauen Fingernägel.

Und der Geruch.

Dieser Geruch nach Blut und Haut und etwas ganz und gar Neuem, der immer noch etwas tief in ihm zum Erzittern brachte, wenn er daran zurückdachte. Er träumte von ihm. Jede Nacht.

Von seinem kleinen, zarten Sohn, der durch das stille Haus lief, immer ein bisschen zu schnell. Ein Geisterkind in der Dunkelheit, dem er hinterherrannte und das er doch niemals zu fassen bekam.

Noch immer stand er vor dem Laden und spürte plötzlich, wie sein Unterkiefer zitterte. Er grub die Daumennägel so fest in die Haut zwischen den Augen, dass es wehtat, und holte zweimal tief Luft, die wie ein leises, ersticktes Keuchen wieder aus seinen Lungen drang.

Dann hatte er sich wieder gefasst, raschen Schrittes lief er weiter.

Vor Brahmfeld & Gutruf blieb er stehen. Vielleicht sollte er ihr eine Kette kaufen. Oder ein Armband. Etwas, das zeigte, wie ernst es ihm war. Sie liebte blaue Steine, alles, was ihren hellen Teint unterstrich und zu ihren Augen passte. Kurz huschte ihm der Gedanke an die Augen seines Sohnes durch den Kopf. Ob sie wohl auch blau gewesen waren? Er hatte sie nie gesehen. Magnus räusperte sich, als er spürte, wie sich sein Hals schon wieder verengte.

Unwirsch schüttelte er den Kopf, wie um die Gedanken loszuwerden, die ihn heimsuchten, und betrat den Laden. Er würde seiner Frau die teuerste gottverdammte blaue Kette kaufen, die sie hier hatten. Dann würde er ins Krankenhaus fahren und sie für überhaupt alles um Vergebung bitten. Denn das war es, was sie von ihm wollte. Es war ihm in der Nacht klar geworden, als er sich ruhelos in seinem großen, leeren Bett hin und her geworfen und abwechselnd an Claire und an Linda gedacht hatte. Sie wollte, dass er sich dafür entschuldigte, sie alleingelassen zu haben, als es ihr elend ging. Tatsächlich war ihm erst jetzt aufgefallen, dass er das nie getan hatte.

Er hatte erklärt, er hatte gelogen, er hatte auf Gott und die Welt geschimpft, hatte unendliche Trauer vorgeschoben.

Aber entschuldigt hatte er sich nicht.

Als er beim Krankenhaus ankam, hatte er schon viel bessere Laune. Linda würde nächste Woche nach Hause kommen, und sie konnten endlich von vorne beginnen. Vielleicht wäre sie ja schon bald wieder schwanger. Die Ärzte hatten gesagt, dass einem zweiten Kind aus medizinischer Sicht nichts im Wege stand, und er wollte es so schnell wie möglich wieder versuchen.

Ein zweites Kind würde die alte Linda hervorholen. Und

vielleicht würde ein zweites Kind, ein lebendiges Kind, ihn das Gesicht seines Sohnes vergessen lassen. Vielleicht würde der Geruch die Erinnerung überlagern und das kleine Geisterkind, das nachts durch seine Träume lief, würde endlich Ruhe finden.

Er hoffte es inständig.

«Karla. Einen guten Morgen. Sie sehen heute bezaubernd aus.» Strahlend lief er auf die Schwester zu, die soeben aus Lindas Zimmer trat. Seine Wirkung auf Frauen hatte ihn noch nie im Stich gelassen. Auf der Rückreise aus den Staaten hatte er etwas Farbe bekommen, ein positiver Nebeneffekt der stundenlangen Streifzüge auf Deck, wo er unruhig hin und her getigert war, zerrissen zwischen der Angst vor dem, was ihn in Hamburg erwartete, der Ungeduld, endlich anzukommen, und der Sehnsucht danach, einfach immer weiter übers Meer fahren zu können, durch dieses Niemandsland aus glitzerndem Wasser, wo alle Probleme kleiner schienen und alles Irdische seltsam unwirklich.

«Herr Godebrink?» Verwundert blieb Karla vor ihm stehen. «Was machen Sie denn hier?»

«Ich besuche selbstverständlich meine Frau.» Irritiert runzelte er die Stirn. Sie ging ja nicht einmal auf sein Kompliment ein. Dabei bekam sie sicher nicht oft welche, so verkniffen, wie sie aussah.

«Ihre Frau?» Karla stockte. «Aber sie wurde doch heute Morgen bereits entlassen.»

«Wie bitte?» Er schüttelte den Kopf. «Das kann nicht …» Mit einem Ruck riss er die Tür auf.

Das Zimmer war leer, das Bett abgezogen.

Er gab ein irritiertes Lachen von sich, das beinahe wie ein Krächzen klang.

«Ich habe soeben alles frisch gemacht.» Karla trat neben

ihn. «Aber ich verstehe das nicht. Warum hat man Sie denn nicht informiert?»

«Das frage ich mich in der Tat auch», schnappte er. «War jemand bei ihr, als sie ging?» Er stierte Karla so wütend an, dass sie sichtlich den Kopf einzog.

«Nun, ja. Natürlich. Sie wurde abgeholt», stotterte die Schwester. «Von ihrem Vater. Ich hatte angenommen, Sie wüssten das.» Magnus konnte direkt dabei zusehen, wie es hinter ihrer Stirn zu rattern begann. In zwei Stunden würde das ganze Krankenhaus darüber tratschen, dass er und Linda Eheprobleme hatten.

«Ach herrje. Ich bin ja so dumm.» Magnus rieb sich die Stirn und sah Karla zerknirscht an. «Der Stress mit den neuen Schiffen … Ich dachte …» Möglichst zerstreut schüttelte er den Kopf. «Ich dachte, es wäre erst morgen.» Hoffentlich sah sein Lächeln so peinlich berührt und gleichzeitig so charmant aus, wie es nur sein konnte.

Zu seiner Erleichterung sprang sie sofort darauf an. «Aber Herr Godebrink.» Mitfühlend legte sie den Kopf schief. «Das kann doch jedem mal passieren. Ein viel beschäftigter Mann wie Sie, dazu noch dieser Schicksalsschlag für Ihre Familie. Und dann konnten Sie nicht einmal bei Ihrer Frau sein, als alles passierte. Wie furchtbar das für Sie gewesen sein muss.»

Er nickte, tat einen Moment so, als müsse er seine Emotionen zurückhalten. «Es war keine leichte Zeit», antwortete er leise. Das stimmte schließlich. Magnus blickte auf die Blumen in seiner Hand. «Ich werde meiner Frau auf dem Nachhauseweg neue kaufen.» Mit einem jungenhaften, verschmitzten Lächeln überreichte er Karla den Strauß. «Vielen Dank, dass Sie sich so gut um sie gekümmert haben.»

Ein erstauntes Lächeln zog über ihr Gesicht. «Oh, vielen Dank», stotterte sie und sah blinzelnd zu ihm auf.

Frauen, dachte er im Gehen. Mit einem Zähneblitzen und einer Handvoll abgeschnittenem Grünzeug konnte man sie noch um das kleine bisschen Verstand bringen, das sie hatten.

Claire war stundenlang durch die Straßen gewandert. Irgendwann war ihr klar geworden, dass sie zum Klosterwall lief. Mit klopfendem Herzen blieb sie jetzt vor dem alten Steingebäude stehen. Irgendwo in der Nähe läutete eine Glocke, Möwen schrien über ihrem Kopf. Obwohl die Sonne schien, war es eiskalt, und sie zitterte in Avas viel zu dünner Jacke. Der sonst so blühende Garten lag kahl und von Raureif überzogen vor ihr. Hinter den alten Klostermauern saß ihre Großmutter auf seidenen Kissen, aß ihre geliebten Schuhsohlen, das Hamburger Spritzgebäck, das in der Familie nur ihr schmeckte, und scheuchte das Dienstmädchen herum, weil man Dienstboten ihrer Meinung nach immer scheuchen musste, sonst wurden sie faul und bequem.

Bei Laetitia war alles wie immer, da war Claire sich sicher. Und es war dieses *wie immer*, das sie so schmerzlich vermisste, das an ihr zog wie ein unsichtbarer Finger. Die Sehnsucht wurde so groß, dass sie ein Zittern in sich aufsteigen spürte. Aber sie konnte nicht hineingehen. Davon abgesehen, dass sie nicht wusste, was Agatha Laetitia erzählt hatte, würde ihre Großmutter die alte Claire erwarten, die schöne, selbstbewusste Claire. Diese Person war sie nicht mehr. Vielleicht hätte Laetitia sie am Ende nicht einmal erkannt.

Claire stellte sich vor, wie der Blick aus den hellblauen Habichtaugen ihrer Großmutter über sie hinwegglitt und sie dann an ihr vorbeiging, ohne sie wahrzunehmen, das Hörgerät unter dem Arm, Mimi an der Leine, einen zarten Duft nach Lavendel hinter sich herziehend.

Es waren zwei verschiedene Leben, ihr altes und ihr neues, die nicht mehr zueinanderpassten. Wenn sie irgendwann aufeinanderstießen, würde sie genug Kraft brauchen, um den Aufprall abzufedern.

Als sich im zweiten Stock eine Gardine bewegte, ergriff Claire die Flucht.

Sie stieg in einem schmutzigen Logierhaus am Hafen ab. Ihr Geld würde noch für ein paar Nächte reichen, ein paar Nächte nur, in denen sie sich sammeln konnte.

Während ihrer langwierigen Behandlung in Eppendorf hatte sie irgendwann angefangen, von der Villa zu träumen. Nachts lief sie über die dicken Perserteppiche der Flure, sie saß mit ihrer Mutter am Frühstückstisch und las Zeitung, tollte mit ihrem Vater durch den blühenden Garten, wieder ein Kind, umgeben von der schützenden Blase ihrer Eltern, ihrer Großeltern, ihres Namens und ihres Geldes. Der Duft von Schokolade wehte durchs Haus. Es war warm. Immer war es warm in ihren Träumen. Und immer gab es gutes Essen, das sie aber nie zu kosten bekam, weil vorher jedes Mal etwas passierte, das sie davon abhielt.

Auf dem Schiff hatte sie sich in den klammen Laken herumgewälzt, bibbernd die Decke enger um die Schultern gezogen, die Knie an den Bauch gedrückt und im Schlaf geweint um alles, was sie verloren hatte. Wenn das erste fahle Licht über die Wände kroch und sie das Brennen in ihren Augen kaum noch aushielt, lag sie mit knurrendem Magen da und verfluchte sich dafür, dass sie so viele Jahre ihres Lebens damit verschwendet hatte, alle Köstlichkeiten, die man ihr darbot, zu verschmähen, dass sie nie gewürdigt hatte, wie es war, gesund und ohne Schmerzen zu sein, in einem warmen Bett aufzuwachen und über nichts nachdenken zu müssen als die Auswahl der Garderobe für den Tag.

Claire wusste, dass jede Stunde, die sie verschwunden blieb, es schlimmer machte. Aber sie schaffte es einfach nicht zu gehen. Durch die verschlissenen Gardinen konnte sie auf den Zollkanal blicken. Stundenlang stand sie am Fenster, rauchte eine Zigarette nach der anderen, und ihre Gedanken wogten umher wie das dunkle, aufgewühlte Wasser der Elbe.

Sie kam sich vor wie ein Geist. Ein Geist, der kein Zuhause mehr hatte, keine Ruhe fand, nicht mehr wusste, wo er hingehörte.

Wie es mit ihm weitergehen würde.

Das Licht fiel schräg durch das Fenster und betonte ihre hohen Wangenknochen. Mit ausdruckslosem Gesicht betrachtete Linda sich im Spiegel. Sie hatte sich nie schön gefunden, aber immer gewusst, dass sie einem Ideal entsprach, dem viele Frauen nacheiferten. Ihre Haut war blass, ihre Lippen leuchteten rot. Wie Milch und Blut, sagte ihre Großmutter gerne und kniff sie liebevoll in die Seite. Die Haare fielen ihr glatt und dick über die Schultern, und wenn sie auch oft mit ihrem langen Hals gehadert hatte, so war doch stets von allen Seiten betont worden, wie elegant er sei. Wie zufrieden sie sein solle.

Aber sie war nie zufrieden gewesen, hatte sich immer hässlich und blass und viel zu dick gefunden, egal was die anderen sagten. Ihre Hüften waren einfach schrecklich breit, die Haut an ihren Oberschenkeln und ihrem Bauch schlaff und weich. Besonders jetzt, nachdem sie Mutter geworden war. Mutter geworden wäre.

Spätestens als Linda Claire zum ersten Mal gesehen hatte, wusste sie mit absoluter Sicherheit, dass die anderen logen. Sie war nicht schön.

Claire war schön.

Claire war so schön, dass die Gespräche im Raum eine andere Tonlage annahmen, wenn sie eintrat, weil die Hälfte der Anwesenden einen Moment mitten im Satz stockte, um sie anzusehen. Sie war so schön, dass Linda sie leidenschaftlich dafür hasste. Ein Gesicht wie das ihre war eine Eintrittskarte in die Herzen der Menschen. Mit einem solchen Gesicht musste man sich nicht mehr anstrengen, man konnte sich so gut wie alles erlauben.

Magnus jedoch hatte sie sich schön fühlen lassen. Ein paar wundervolle, süße Monate der Lüge hatte sie geglaubt, dass sie vielleicht doch genug sein könnte. Er war ihr so anders erschienen als die anderen Männer. Wenn er mit ihr sprach, machte er ihr keine Komplimente, und er versuchte auch nicht, sie heimlich zu berühren oder sie in langen Monologen davon zu überzeugen, wie intelligent er war, wie gut er schießen konnte, wie schnell er segelte. Er sah sie einfach an, hörte ihr zu, lächelte, dieser schöne, selbstsichere Mann, und in seinen Augen hatte sie zu sehen geglaubt, dass sie genug war. Dass er sie auserwählt hatte.

Sie hatte genau gewusst, wie sehr Claire ihn vergötterte, und dass er stattdessen *ihr* den Hof machte, war wie kühlende Salbe auf einer brennenden Wunde gewesen. Oh, die Genugtuung. Die süße, wohlige Genugtuung.

Wie blind sie machte.

Linda stieß leise die Luft durch die Nase aus und griff nach ihrem bestickten Kamm. Nach der Geburt waren ihr die Haare ausgefallen. An den Schläfen sah man es besonders. Doch zum ersten Mal in ihrem Leben war es ihr egal, wie sie aussah. Es war ihr egal, was die anderen von ihr dachten, und es war ihr egal, wie es mit ihr weitergehen würde.

Die dünnen Haare waren ein Zeichen dafür, dass es ihn gegeben hatte. Ihren Sohn. Ihren wunderschönen kleinen Sohn.

Genau wie die Streifen auf ihrem Bauch und ihre immer noch schmerzenden Brüste, ein Zeichen, dass sie ihn sich nicht eingebildet hatte.

Sie träumte von ihm. Jede Nacht. Von seinen winzigen hellen Wimpern, den kleinen blauen Fingernägeln.

Und dem Geruch. Diesem Geruch nach Blut und Haut und etwas ganz und gar Neuem, das immer noch etwas tief in ihr zum Erzittern brachte.

Sie träumte von ihrem kleinen, zarten Sohn, der durch das stille Haus lief, immer ein bisschen zu schnell. Ein Geisterkind in der Dunkelheit, dem sie hinterherrannte und das sie doch nicht zu fassen bekam.

Irgendwann hatte sie begriffen, dass Magnus niemals sie gewollt hatte, sondern das Geld und die Kontakte ihres Vaters. Und dass er Claire liebte, dass er sie genauso schön und unwiderstehlich fand wie alle anderen, dass Lindas Hals zu lang *war* und ihre Haut zu schlaff und dass sie niemals genug sein würde. Sie hatte es gesehen. Was zwischen den beiden war. Von da an hatte sie gelauscht. Sie war durchs Haus geschlichen, ruhelos und getrieben, hatte ihr Ohr an so viele Türen gepresst, dass sie irgendwann davon zu träumen begann.

Sie hatte alles verstanden. Damals schon hatte sie beschlossen, dass sie dieses Wissen hüten würde wie einen Schatz, bis irgendwann, eines schönen Tages, der Zeitpunkt gekommen war, um es zu nutzen.

Linda rief das Mädchen herein, und während es ihr ins Mieder half und das Kleid schnürte, betrachtete sie sich weiter stumm im Spiegel. Zum ersten Mal in ihrem Leben hörte sie nur auf sich selbst. Ihr Hals *war* zu lang, ihr Gesicht *war* gewöhnlich, und ihre Hüften *waren* zu breit. Es spielte keine Rolle. Sie wollte nicht mehr schön sein. Sie wollte nur noch eines.

Rache.

DAS MEER

Sie näherten sich dem riesigen Schiff. Mit starrer Miene betrachtete er die Schlepper, die sie aufs Meer ziehen würden. Sieben Barkassen benötigte es. Der Imperator war das größte Ozeanschiff auf der Welt. Ein fahrender Eisenpanzer, dem selbst die Urgewalt des Atlantiks nichts anhaben konnte.

Noch lag der Koloss ruhig in der Elbe, doch schon bald würde er sich in Bewegung setzen wie ein erwachender Riese und sie einem neuen Leben entgegentragen. Wilhelm II. hatte dem Schiff den Namen Kaiser des Ozeans gegeben. Ein Friedensschiff sollte der Imperator sein. Doch mit seiner stählernen schwarzen Außenwand, Hunderten Bullaugen, einer Länge von fast dreihundert Metern und dem bronzenen Adler, der mit seinem sechzehn Meter spannenden Fittichpaar auf dem Bug hockte, wirkte er wie ein Kriegsschiff, das nicht gegen den Menschen, sondern gegen das Meer kämpfte.

Die Augen des Vogels am Bug waren bereits zum Atlantik gerichtet, und einen Moment blickte auch er zum Horizont. Aber es war die andere Richtung, in die es ihn zog, die Vergangenheit und nicht die Zukunft, um die seine Gedanken kreisten. Er konnte es nicht fassen, dass sie Hamburg wirklich verlassen mussten. Sein Leben hier war vorbei. Alle Menschen, die er liebte, würden zurückbleiben.

Sie zögerte, blickte genau wie er noch vor wenigen Minuten zurück nach Hamburg. Er legte ihr eine Hand in den Nacken, spürte ihre warme Haut unter seinen kalten Fingern, schob sie nach vorne. Sie konnten jetzt nicht zurückschauen. Es war zu spät.

Einen Augenblick lehnte sie sich Halt suchend in die Berührung, dann drehte sie sich um und lief mit entschlossenem Blick die Gangway empor an Deck.

Sie war sehr stark. Auf eine Art vielleicht sogar stärker als er. Sie würde das schaffen, ob er hier war oder nicht. Sie brauchte keinen Schutz.

Statt zur Anmeldung bei der Rezeption gingen sie direkt hinauf aufs Deck, ohne sich absprechen zu müssen. Es war klar, dass sie dabei zugucken wollten, wie sie ablegten. Dass sie es mit eigenen Augen sehen mussten, um es zu begreifen.

Langsam trat er an das Geländer. Er spürte die Vibrationen des riesigen Ozeandampfers unter seinen Füßen und merkte, wie ein Teil der Anspannung von ihm abfiel. Er war davongekommen.

Doch welchen Preis er dafür zahlte, würde ihm sicherlich erst nach und nach bewusst werden.

Sie standen so hoch oben, dass die schäumenden Gischtkronen auf den Wellen wie weiße Striche wirkten. Der Nordwind zerrte an ihm, er hielt sein Gesicht in die Böen und spürte, wie gut die Kälte tat, seine Gedanken klarer machte, die wirbelnden Gefühle einfror. Er krallte die Hände in das Geländer des Schiffs. Zu seinem Entsetzen stellte er fest, dass er weinte. Er weinte nie. Aber jetzt stand er hier, an Deck des größten Ozeandampfers der Welt, und spürte kalte Tränen auf den Wangen. Mit beiden Händen fuhr er sich über das Gesicht, rieb sich die

Augen. Wie hatte das alles passieren können? Wie waren sie nur hier gelandet?

Um die Tränen wegzublinzeln, sah er nach oben. Im Krähennest, sicher vierzig Meter über dem Backdeck, saß eine Gestalt. Er beneidete den Mann. Von dort oben konnte man Hamburg vielleicht noch einmal sehen, die grünen Dächer, die Kirchen und Fleete. Zum vielleicht ersten Mal in seinem Leben begriff er, dass diese Stadt seine Heimat war.

Und dass er sie gerade verlor.

Stumm standen sie nebeneinander. Und als sich irgendwann der Horizont ganz langsam zu drehen begann, die Elbufer zurückwichen und sie Kurs aufs offene Meer, auf ein neues Leben nahmen, wusste er endgültig, dass es kein Zurück mehr gab. Dass er alles zerstört hatte mit seiner Gier, seiner Dummheit.

Er fasste mich am Ellbogen und schob mich zum Empfang. Nur gedämpft nahm ich wahr, was er an der Rezeption sagte, kurz darauf folgten wir einem Steward in Uniform über die Flure. Als er die Tür unserer Kabine öffnete, verschlug es mir die Sprache.

«Ihr Gepäck ist schon hier. Oh, aber da scheint mir noch etwas zu fehlen.» Stirnrunzelnd blickte der junge Steward auf unsere zwei kleinen Taschen. «Ich werde mich …»

«Wir reisen mit leichtem Gepäck», unterbrach er den Steward. «Unser Hausstand ist bereits in New York. Meine Frau möchte sich in den Boutiquen an Bord neu einkleiden.»

«Ah, ich verstehe.» Der Steward lächelte mir vielsagend zu. «Nun, da werden Sie voll auf Ihre Kosten kommen, Madame. Wir haben die neuesten Kollektionen von Poiret aus Paris an Bord.»

Stumm sah ich ihn an. Das alles war wie ein Traum. Nur war ich nicht sicher, wessen Traum.

«Wenn ich Ihnen nun alles zeigen dürfte.» Geschäftig ging er in dem Zimmer vor uns her. «Dies ist das Ensuite-Bad. Wir haben offene Waschtische, wie Sie sehen. Mit allem Raffinement ausgestattet und äußerst hygienisch. Die Glasplatten sind aus Alabaster, die Spiegel facettiert, selbstverständlich haben Sie warmen Wasserzufluss.»

Wir steckten die Köpfe zu ihm hinein und nickten im Takt, beeindruckt und doch unbeteiligt.

«Sie haben eine unserer besten Kabinen gebucht, eins der Kaiserzimmer.» Stolz schritt er zur Glasfront neben dem Bett. «Dazu gehört eine Privatveranda. Wenn Sie die Schiebefenster hier betätigen» – er tat, wie er gesagt hatte – «verwandelt Ihre Räumlichkeit sich in einen offenen Meeresbalkon.»

Stumm trat ich hinaus und sah das glitzernde Wasser unter mir. Die Fahrkarten hatten ein Vermögen gekostet. Aber ich konnte das alles hier nicht würdigen.

«Das ist einfach …», begann ich, als der Steward gegangen war, und er nickte.

«Unglaublich», beendete er meinen Satz. Er ging in der Kabine umher, strich mit dem Finger über die goldgemusterte Tapete. Unbegreiflich, welche Wendungen das Leben nehmen konnte.

«Wir müssen uns einkleiden.» Nachdem wir den spärlichen Inhalt unserer Taschen in die riesigen Schränke geräumt hatten, sah er mich an. Seine Augen waren gerötet. Ich zitterte selbst noch bei dem Gedanken an das, was wir gerade taten, die Konsequenzen waren mir noch überhaupt nicht bewusst. Und doch verbot ich mir jeden Gedanken an das, was wir zurückgelassen hatten. Denn ich wusste, dass ich es sonst nicht schaffen würde.

«Am besten sofort. Sonst haben wir zum Abendessen nichts

Anständiges. Und wir sollten auf keinen Fall durch unsere Garderobe auffallen.»

Erst nach dem Verlassen unseres Zimmers begriff ich, wie groß das Schiff war. In der ersten Cajüte gab es sogar Personenaufzüge.

Wir gelangten in eine kleine Stadt aus Geschäften, nur nicht unter freiem Himmel. «Kauf dir, was du willst», sagte er nachdrücklich. «Egal was. Geld spielt keine Rolle.»

Aber ich wusste nicht, was ich wollte. Es schien mir alles so überflüssig. «Schon bald wird es ja zu klein sein», flüsterte ich.

Er lächelte nur traurig. «Dann kaufen wir etwas Neues.»

Eine Verkäuferin bemerkte, wie verloren ich zwischen den Sachen umherging, mit den Fingern über die Stoffe fuhr. Doch sie war höflich genug, mir keine Fragen zu stellen.

«Meine Frau möchte sich neu einkleiden», sagte er, als ich nicht sprach, und warf mir einen besorgten Blick zu.

«Reiß dich etwas zusammen», raunte er mir zu, als wir weitergingen.

«Das tue ich doch!», erwiderte ich ruppiger als nötig.

Die Verkäuferin bemühte sich, unseren Wortwechsel zu überhören. «Wir haben Schneiderinnen an Bord, Sie suchen sich die Modelle aus, wir passen sie an und liefern sie morgen schon in Ihre Kabine. Wie wäre es zum Beispiel mit einem Poiret?»

«Ich hätte gerne etwas Schlichtes», sagte ich, denn ich wollte auf keinen Fall auffallen. Dann sah ich etwas weiter hinten auf einem Ständer einen Hut. Er war hellblau und mit kleinen Kirschen geschmückt. Langsam nahm ich ihn hoch.

«Oh, eine sehr gute Wahl für den Nachmittagsspaziergang an Deck», flötete sie. «Dazu haben wir einen wunderbaren Stoff, wir können Ihnen im Handumdrehen einen Rock nähen, passende Blusen liegen auch bereit. Darf ich behilflich sein?»

Sie nahm mir den Hut ab und steckte ihn mithilfe zweier Nadeln an meinem Haar fest. Ich sah an ihrem Gesichtsausdruck, dass sie sich über meine Frisur wunderte. Schnell überschlug ich im Kopf, wann ich mir das letzte Mal meine Haare gewaschen hatte. Aber sie sagte nichts, und ich schluckte und tat, als wäre alles normal.

Ich betrachtete mich im Spiegel. Mir blickte ein anderer Mensch entgegen. Und das lag nicht an dem Hut.

«Und, wie gefällt er Ihnen?», fragte sie mit einem etwas zu enthusiastischen Lächeln.

Ich nickte. «Ich nehme ihn.»

Es schien mir ein gutes Omen.

Sie zeigte mir ein dunkelblaues Modell mit Schleppe. «Es würde vorzüglich zu Ihren Haaren passen.»

Ich entschied mich trotzdem für ein enges Jackenkleid mit Korsett, das den Bauch verstecken würde, und zwei schlichte blassrosa Abendkostüme.

In der Herrenausstattung kaufte er sich zwei neue Anzüge, einen Zylinder aus hellgelbem Bast und Westen aus blaugrünem Atlas. Zu allem, was der Verkäufer ihm hinhielt, nickte er, offenkundig war es ihm egal. Es schien, als würden wir uns Verkleidungen kaufen. Eigentlich hätte ich Freude dabei empfinden sollen, mir diese schöne Kleidung auszusuchen. Doch als wir wieder nach oben gingen, um uns für das Abendessen fertig zu machen, musste ich erneut die Tränen unterdrücken. Ich wollte mich freuen. Aber es war alles zu unwirklich.

Beeindruckt sah ich mich in der Halle um. Palmen, Holzvertäfelungen, Kronleuchter. Es war wie die prunkvollste Villa – nur zwanzigmal so groß. Aufwendig frisiert von einem Mädchen, das der Empfang mir geschickt hatte – da unser eigenes leider kurz vor der Reise krank geworden sei, wie wir bekümmert er-

zählten –, ging ich an seinem Arm durch den Saal. Die Blicke, die man uns zuwarf, waren interessiert und wohlwollend. Ein vermögendes junges Paar; schlichter Geschmack, zurückhaltende Eleganz. Er schritt selbstbewusst durch die Menge hindurch, und seine Unbekümmertheit lenkte die anderen von mir ab.

«Du siehst wunderschön aus», flüsterte er mir zu, und sein warmer Atem so nah an meinem Hals verursachte mir Gänsehaut. Ich lächelte verkrampft.

Runde Tische waren auf goldenen Teppichen platziert, in einer Ecke spielte eine Kapelle. Das Imposanteste aber war der Oberlichtdom, eine riesige Glaskuppel, die tagsüber sicher das Sonnenlicht hereinließ. Ich stellte mir vor, wie es Muster auf den Boden und die Wände malte. Wie kann man solche Schiffe bauen, dachte ich.

«Sie sitzen dort drüben, neben der Palme.» Der Oberkellner am Empfang ging seine Liste durch und zeigte auf unseren Tisch. «Ihre Tischnachbarn sind Herr und Frau Oberleutnant Söderlund.»

Wir tauschten einen Blick.

Keiner von uns hatte bedacht, dass man hier die Namen würde laut verkünden, sich würde vorstellen müssen. Er zögerte, zog einen Geldschein aus der Tasche und lehnte sich diskret zum Kellner vor. «Wir möchten ein wenig unter dem Radar bleiben, Sie verstehen sicher. Ich will vermeiden, die ganze Zeit über die Titanic sprechen und aufgeregte Gemüter beruhigen zu müssen …» Er lächelte charmant. «Schließlich bin ich zum Vergnügen hier.»

Der Kellner verzog keine Miene. «Ich verstehe vollkommen, mein Herr. Eine schreckliche Katastrophe. Wir alle werden auch ununterbrochen damit behelligt. Die Leute sind vollkommen eingeschüchtert. Zu Recht, will man meinen.»

«Gott, ich habe nicht geahnt, dass wir Tischnachbarn haben würden. Morgen werde ich fragen, ob wir die Mahlzeiten auf dem Zimmer einnehmen können», flüsterte er mir zu, und ich nickte voller Angst.

Der Kellner ging uns voraus zum Tisch und zog mir den Stuhl hervor. Das ältere Ehepaar Söderlund saß bereits und sah sich aufmerksam um. Sobald wir eintrafen, stand Herr Söderlund auf, um sich vorzustellen.

Nun war es so weit. Wir mussten es riskieren.

Ich hielt den Atem an, als er unsere Namen sagte. Aber offenbar wussten die beiden nicht, welche Gesichter sie damit verbinden sollten, denn sie nickten nur freundlich, und langsam atmete ich wieder aus.

Frau Söderlund lächelte mir über die Speisekarte hinweg zu, und ich merkte genau, wie ihr Blick in Sekundenschnelle alles an mir erfasste und einem Urteil unterzog. Wie es jedoch ausfiel, vermochte ich nicht zu sagen, ihr Gesicht war wie eine Maske.

«Wie gut, dass es einen eigenen Kinder-Speisesaal gibt, nicht wahr?», raunte sie mir verschwörerisch zu, kaum dass ich neben ihr Platz genommen hatte. Die Federn in ihrer Frisur und das leicht hängende Kinn ließen sie aussehen wie ein Huhn. «So ist man doch ungestört und kann sich gepflegt unterhalten.»

Ich rang mir ein Lächeln ab. Mein Herz schlug mir bis zum Hals.

Sofort begann er eine laute, charmante Unterhaltung über Belanglosigkeiten und zog damit die Aufmerksamkeit der beiden auf sich. Ich hörte an seiner Stimme, dass er es für mich tat, und drückte kurz seine Hand, die ruhig neben seinem Teller lag.

«Kommen Sie doch nachher mit in den Rauchsaal.» Herr Söderlund hatte sofort Gefallen an ihm gefunden. «Die Damen wollen sich sicherlich ein wenig zurückziehen, und ich habe ge-

hört, er ist einem Tudorhaus nachempfunden. Alles aus Eiche, Steinkamine, Waffen und Geweihe an den Wänden. Ein wenig archaisch für ein Schiff, wenn Sie mich fragen. Aber unserem Abendschoppen wird es doch eine nachdenkliche Weihe verleihen, meinen Sie nicht?» Herr Söderlund lachte.

«Heinrich der VIII. hatte es sicher nicht luxuriöser als wir hier.» Er schmunzelte und warf mir einen Blick zu. Ich war mir sicher, dass niemand anderes es bemerkte. Doch ich sah seine Trauer in jeder Geste, hörte sie in jedem Wort. Höflich hob er sein Glas, ohne der Einladung zuzustimmen oder sie abzulehnen, und die Männer prosteten sich zu.

Frau Söderlund studierte die goldbedruckte Menükarte und runzelte missbilligend die Stirn. «Rochen in Senfsoße als Vorspeise. Für den ersten Abend. Nun, ich bin gespannt. Essen für so viele Leute gleichzeitig zuzubereiten, das kann ja nur schiefgehen.»

Die Menschen hier kannten sich. Die Jungfernfahrt des Imperator war ein Weltereignis, jeder wollte dabei sein, und anscheinend hatte nicht einmal die Katastrophe der Titanic die Menschen davon abhalten können, sich eine Fahrkarte zu kaufen. Wir waren offensichtlich die Einzigen, die ganz allein hier waren, die anderen verhielten sich wie auf einem vergnüglichen Gruppenausflug. Alle plauderten, standen beisammen, wanderten von Tisch zu Tisch. Mir wurde mit jeder Minute quälender bewusst, dass wir nur sicher waren, solange niemand nach unseren Namen fragte. Unsere Gesichter kannte man nicht, und so würde auch niemandem auffallen, dass wir nicht hier sein sollten. Die Namen jedoch … Meine Fingerspitzen prickelten.

Das Menü war eine Zusammenstellung der ausgefallensten Speisen. Willkommens-Essen stand unter dem Datum. Ich stu-

dierte die Karte, als hinge mein Leben davon ab, damit ich ja keine Konversation betreiben musste. Rochen, Kaviar, Markschöberlsuppe, Donaukuchen Maria Theresia, Steierische Erdäpfel, Rehschnitzel mit geröstetem Paradeis, gebackener Karfiol, Maronenfülle, Spargelköpfe ... Mir schwirrte der Kopf. Als Nachspeise geeiste Grapefruit, Mandelgebäck, Käse und Mocca.

Ich hob den Kopf und sah ihn an. Sein Blick ruhte auf meinem Gesicht, er lächelte wie jemand, der einem Kind dabei zusieht, wie es etwas Niedliches tut und sich dabei unbeobachtet fühlt.

Neben jedem Teller lag außerdem eine Karte für das Musikprogramm, das das Essen begleiten würde. Ich kann nicht glauben, dass ich hier bin, dachte ich. Ich kann nicht glauben, dass ich gestern noch ein vollkommen anderes Leben hatte.

Einer der vier Kapitäne des Schiffs hielt eine Ansprache, dann wurde die Vorspeise aufgetragen, dazu spielten die Musiker.

Die Gäste unterhielten sich laut, sie lachten und redeten, die Gläser klirrten und übertönten die Darbietung. Ich hatte mich auf die Musik gefreut, hatte gehofft, dass sie mich ablenken würde. Enttäuscht wandte ich mich wieder meinem Teller zu.

Da fing ich seinen Blick auf, ein seltsamer Ausdruck lag auf seinem Gesicht. «Ich werde dir drüben ein Grammophon kaufen», sagte er leise. «Dann könnt ihr Musik hören, wann immer ihr wollt.»

Ich war mir schon sicher, dass wir es geschafft hatten, dass alle überlistet waren und wir in diesem Meer aus Haarteilen, Zweireihern und Goldschmuck schwammen und niemandem auffiel, dass wir nicht hier sein sollten. Das Essen war vorzüglich, doch mein Hals war immer noch wie zugeschnürt, ich konnte einfach nichts schlucken. Die Nachspeise war sogar noch pom-

pöser als die Hauptgerichte, und langsam begann ich mich zu entspannen, konnte sogar einige kleine Happen zu mir nehmen.

Dann passierte es.

«Herr Godebrink?» Ein Herr in Weste und Gamaschen trat an unseren Tisch, ein Glas in der Hand.

Ich spürte förmlich, wie er neben mir zu Eis gefror. Panik kroch in seine Augen, seine Hand krallte sich unwillkürlich in die Serviette. Der Bissen des Gebäcks, das ich eben zum Mund geführt hatte, blieb mir im Halse stecken. Hilflos warfen wir uns einen Blick zu.

Eine Sekunde, eine ewig lange Sekunde schloss er die Augen, und ich glaubte, neben der Angst beinahe so etwas wie Erleichterung in seinen Zügen zu erkennen. Ich konnte es verstehen, auch wenn ich ihn kurz dafür verachtete.

«Magnus Godebrink, nehme ich an?»

EIFEL

1881

Der Schlaf brachte den Wolf zurück. Jede Nacht aufs Neue. Sein Schatten schlich durch die Träume des Jungen, sein wütendes Klagelied mischte sich mit dem Rauschen der Baumwipfel vor dem Haus. Das Heulen drang durch die Türen und Fenster, kroch mit der Dunkelheit in seine Kammer hinein und ließ den Jungen vor Angst erstarren.

Der Wolf blieb nicht vor dem Haus. Nachts waren seine gelben Augen überall. Sie lauerten hinter der Glut des Herdfeuers, in der Schwärze zwischen den Dachbalken, sie glommen unter seinem Bett. Warteten auf ihn. Der Junge wusste, warum der Wolf zurückkam, jede Nacht aufs Neue.

Er wollte sich rächen.

Und er bekam seine Rache. Denn seit dem Tag, an dem sie den Wolf gegessen hatten, konnte der Junge nicht mehr schlafen.

Er hatte erst spät begriffen, dass sie arm waren. Dass es Menschen gab, die anders lebten. Davor war es alles, wie es immer gewesen war: harte Arbeit im Sommer, Kälte und Hunger im Winter. Irgendwann stahl sich die schleichende Ahnung in ihn hinein, dass es auch leichter sein konnte, dass es Menschen gab, bei denen die Sorge nicht zu den Tagen und Nächten dazugehörte. Dass Orte auf dieser Welt existierten, an denen das Leben anders war.

Aber um das zu verstehen, musste er erst lernen, dass es ein Wort gab für das, was sie von den anderen unterschied.

Es gab Zeichen, die einen die Unterschiede erkennen ließen. Niemand im Dorf konnte sich ein Pferd leisten, das war unvorstellbar. Wer eines oder sogar zwei davon im Stall hatte, war reich. Pferde gab es in der Stadt oder auf den großen Höfen im Tal. Denn wofür brauchte man schon Pferde, sie konnten keinen Pflug ziehen und keine Milch geben, mussten dafür aber fressen und fressen und fressen. Pferde waren nur dazu da, das Leben bequemer zu machen. Solche Dinge hatte hier niemand.

Die meisten Menschen besaßen drei magere Kühe, manche vielleicht vier oder fünf, wenn es Gott gut mit ihnen gemeint hatte. Diese über den Winter am Leben zu halten, war schwer genug. Denn nicht nur die Kühe waren mager, sondern auch die Wiesen. Das lernte der Junge ebenfalls erst spät: dass eine Wiese nicht wie die andere war. Ochsen gab es, jedoch nur wenige, ein Ochse konnte den Pflug oder den Wagen ziehen, aber ein Ochse fraß sogar noch mehr als ein Pferd, und die Wiesen waren zu mager, um sie gut zu nähren. Wer einen Ochsen hatte, hatte daher genug Wiese oder genug Geld, um Stallfutter zu kaufen. Ein Ochse bedeutete, dass die Sorge kleiner war, am Tag und auch in der Nacht.

Es gab guten Boden. Es gab mageren Boden. Und es gab sehr mageren Boden. Es gab Eifel und Niederland, es gab die Menschen im Tal und die auf dem Berg. Es gab die, die in der

Nähe der Eisenbahn und der Straßen lebten, und die, die im Land und auf den Höhen zu Hause waren, abgeschnitten von den Verkehrswegen.

Es gab Unterschiede zwischen den Menschen.

Das alles lernte der Junge im Laufe der Jahre. Mit den Wörtern erkannte er die Unterscheidungen, auch wenn er sich hinterher nicht entsinnen konnte, wo das Wissen um diese Dinge hergekommen war und warum er sie jetzt erst sah, obwohl sie doch immer schon da gewesen waren. Niemand hatte es ihm erklärt, und doch war es irgendwann einfach klar, öffnete seinen Blick für anderes, das er zuvor nicht wahrgenommen hatte. Nachts lag er in seiner Kammer unter dem Dach, starrte an die Deckenbalken, lauschte auf die Geräusche im Haus, und die Gedanken drehten sich in seinem Kopf. Wer bestimmte, wie man war? Und warum war seine Familie, wie sie war, und andere waren anders?

Irgendwann sah er die Zeichen überall. Und er begann zu ahnen, dass Geld alles veränderte. Geld bedeutete, dass die Sorge kleiner wurde.

Am Tag, und auch in der Nacht.

Später, als die Worte nicht mehr nur in seinem Kopf, sondern auch auf dem Papier Sinn ergaben, erfuhr er viel aus den Zeitungen. Er erfuhr, dass es Namen gab für die schlimmsten Zeiten, die sie ausstanden. Hungerwinter. Weißer Tod. Sibirische Kälte. Er mochte es, wie die Worte die Dinge in seinem Kopf veränderten, wie sie ihnen neue Bedeutungen gaben. Früher hatte es nur Hunger gegeben, der stark war oder weniger stark. Kälte, die beißend war oder erträglich. Nun gab es Kälte, die sibirisch war, es gab Hunger, der schwarz war. Es gab Schnee, der den Tod brachte.

Der Junge hatte furchtbare Angst vor dem Tod. Die kleine Kapelle im Dorf, in der die Leichen aufgebahrt wurden, bevor man sie begrub, tauchte beinahe jede Nacht in seinen Träumen auf. Wenn im Herbst der Wind um den dunklen Dachfirst heulte, zog er sich das Federbett über die Ohren und stellte sich vor, wie die Toten auf dem Friedhof wieder aus der Erde krochen und zurück zu ihren Häusern liefen. Manchmal glaubte er, im Wind ein Klopfen zu hören, und er wusste, dass es der Großvater war, der zu ihnen hereinwollte. Denn warum sollte er auf dem kalten Friedhof bleiben, wenn es daheim die warme Stube gab?

Er war das fünfte Kind. Daher kam sein Name. Das hatte ihm der Vater einmal erzählt, als er abends am Feuer Branntwein getrunken hatte und sein Blick glasig und die Stimme rau geworden war. Aber fünf waren sie trotzdem nie gewesen. Er hatte zwei große Brüder, doch die Schwester, die nach ihnen kam, starb kurz nach der Geburt, und auch der nächste Bruder lebte nur drei Monate. Manchmal besuchte er im Sommer mit der Mutter zusammen ihr Grab. Und manchmal, wenn der Wind nachts besonders laut heulte und er sicher war, das Klopfen zu hören, stellte er sich vor, wie der Großvater draußen stand und die beiden an der Hand hielt, seinen Bruder und seine Schwester, die er nie kennengelernt hatte, die aber trotzdem durch seine Träume spukten und deren Haarlocken in Mutters Kommode unter den Leinentüchern lagen, mit einem roten Band zusammengehalten, das ganz schwach nach Bienenwachs roch.

Aber er und seine großen Brüder lebten. Sie wuchsen zu dritt auf, und für eine lange Zeit war alles, wie es sein sollte, wie es immer gewesen war. Und der Junge lebte in der Gewissheit, dass es auch so bleiben würde.

Dann gingen seine Brüder fort.

Erst der eine, auf Wanderschaft, um sich als Knecht verdient zu machen. Dann der andere, um sich auf einem großen

Hof zu verdingen. Der große ging freiwillig, aber der mittlere wollte nicht fort.

«Wir haben nicht genug für euch alle», erklärte der Vater mit harten Augen, als der Bruder weinte und sich an ihn klammerte. «Dort hast du es besser.» Aber seine Stimme war nicht hart, als er das sagte. Sie brach mitten im Satz, und er schob seinen Sohn von sich, als könnte er es nicht ertragen, ihn so nah bei sich zu haben. Er ging davon und knallte die Tür hinter sich zu, dass die Milchkannen im Regal schepperten.

Die Mutter weinte viele Tage lang. Sie versprachen dem Bruder, dass sie ihn besuchen würden, dass er an Weihnachten kommen könne. Trotzdem weinte auch er. Der Junge hörte ihn und hätte ihn gerne getröstet, aber sein Hals war wie zugeschnürt. Er verstand nicht, warum der Bruder gehen musste. Sie hatten doch bisher genug gehabt für sie alle.

Irgendwann nahm der Vater den Bruder einfach mit, und er war fort.

Er kam wirklich wieder, an Weihnachten. Aber nur einmal. Und da war er so gewachsen, sah so anders aus, dass der Junge ihn kaum erkannte und ihn immerzu anschauen musste, um sicherzugehen, dass er es auch wirklich war.

«Was starrst du so?», fuhr der Bruder ihn an.

Da wusste der Junge, dass er es wirklich war, dass aber die Zeit in der Fremde ihn verändert hatte. Er gehörte jetzt nicht mehr hierher.

Danach kam der Bruder nicht mehr. Die Mutter weinte zwei Wochen lang wieder bei allem, was sie tat, dann hörte sie auf. Sie redete auch kaum noch von ihm. Es war, als dürfte man die Namen der Brüder nicht aussprechen. Die Namen erinnerten einen daran, dass nicht alles so war, wie es sein sollte, nicht so, wie es immer gewesen war. Die Namen erinnerten daran, dass etwas fehlte.

Der Älteste besuchte sie ein paar Mal. Er schrieb auch, aber er konnte die Buchstaben nicht gut, und so stand nicht viel drin in den Briefen, und der Vater hatte kein Geld, um das Porto zu bezahlen, und musste bei den Nachbarn etwas leihen. Sie wurden Fremde, mit der Zeit. Nur noch die Erinnerung war da, und der Junge war beim Abschied zu klein gewesen, um mehr als flüchtige Bilder von den Brüdern im Kopf zu behalten. Irgendwann hatte er ihre Gesichter vergessen.

Lange lebte er in der Angst, dass auch er würde gehen müssen. Aber einmal hörte er, wie die Mutter zum Vater sagte: «Ich geb nicht noch einen her. Eher sterb ich.» Als er ihr Gesicht sah, wusste er, dass sie es ernst meinte, und fühlte sich leichter ums Herz. Das Haus und die Scheune, seine kleine Kammer unter dem Dach, das Dorf hinter dem Hügel waren alles, was er kannte, und er wollte es nicht anders.

Hunger war auch alles, was er kannte. Satt waren sie nie, höchstens voll. Aber voll konnte man auch sein, wenn die Brühe so viel Wasser enthielt, dass man drei Teller essen musste und der Bauch danach spannte. Trotzdem sehnte man sich immer nach mehr. Auch der Junge sehnte sich nach mehr, jedoch nicht danach, dass der Hunger aufhörte, denn er wusste gar nicht, dass Hunger aufhören konnte. Er gehörte zum Leben dazu. Darum wünschte er ihn auch nicht weg.

Das änderte sich allerdings.

Denn irgendwann verstand der Junge, dass es Hunger gab, der so groß wurde, dass er alles andere überdeckte, der einen nicht denken und nicht lachen ließ, der einem alle Kraft nahm und die Menschen ganz langsam von innen auffraß.

Der Junge liebte den Sommer. Die Arbeit war dreifach hart, aber im Sommer fror man nicht, der Himmel war hoch und blau, und die Wiesen dufteten, dass man hineinbeißen wollte. Er liebte das Rascheln der Buchenblätter im Wind und das Kreischen des Rotmilans über dem Vulkanmaar. Im Sommer trieb er die Schweine auf die Eichelwiesen, er fing Krammetsvögel und Lerchen, angelte an den langen hellen Abenden Lachse und Flussaale, während die Pollen um ihn herumflogen wie Schnee und die Nachtigall nur für ihn sang.

Sein Vater schimpfte im Sommer oft und viel über die Fichten, die die Preußen hier überall hochgezogen hatten. Der Junge verstand nicht viel davon, worüber der Vater schimpfte, aber er wusste, dass die Preußen schlecht waren, dass Fichten hier nicht hergehörten und dass man katholisch sein musste und nicht protestantisch, auch wenn ihm nicht genau klar war, worin der Unterschied bestand.

Außerdem wusste er jetzt, dass es woanders besser war.

In der Nähe des Dorfes lag ein anderes Dorf, ein Stück weiter links hinter dem Fluss. Kaum eine Handvoll Häuser, die sich um eine Kirche scharten. Dort wohnte niemand mehr. Sie waren alle übers Meer gegangen, «einer nach dem anderen», sagte der Vater, und manchmal stellte der Junge sich vor, wie sie in einer langen Schlange über das Wasser spazierten, ihre Bündel über den Schultern, Koffer in den Händen, die muhenden Kühe hinter sich herziehend.

«Warum sind sie weg?», fragte der Junge.

«Weil's überall besser ist als hier», erwiderte der Vater mit flackerndem Blick. «Weil Gott uns hier vergessen hat. Weil's ihm scheißegal ist, ob wir hier verrecken.»

Einmal gingen sie nachts in das Dorf und schauten in den Häusern des leeren Dorfes nach Sachen, die dageblieben waren. Sie waren ihm unheimlich, diese verlassenen Stuben. Da standen ja noch die Bilder auf der Kommode, und die Vorhänge hingen vor den Fenstern. Wozu brauchte man Bilder, wenn keiner da war, um sie anzuschauen?

«Man kann nicht viel mitnehmen, es ist zu teuer. Man kauft alles drüben neu», erklärte ihm der Vater, als er danach fragte.

Drüben.

Er lernte, dass «drüben» hinter dem Meer bedeutete. Dass es andere Länder gab, nicht nur das, in dem sie lebten. Dass nicht alle Menschen dort sterben wollten, wo sie geboren waren, wie die Großmutter es immer sagte. Oder vielleicht wollten sie es. Aber sie gingen trotzdem.

«Warum gehen wir nicht auch?», fragte er.

«Hier haben wir Eigentum. Wer weiß, was dort ist», brummte der Vater. Aber seine Augen flackerten wieder unruhig hin und her, und wenn er abends ins Feuer starrte, wusste der Junge, dass er sich fragte, ob es drüben nicht doch besser war. Ob es Gott drüben nicht egal war, ob man verreckte.

Die Leute, die gingen, fehlten. Die Felder konnten nicht ordentlich bestellt werden, denn sogar die, die nicht nach Amerika wollten, zogen zum Mähen und Dreschen in die Rheinebenen oder ins Ruhrgebiet als Bergleute. Hier waren die Löhne zu gering. Wenn der Vater im Sommer die Wiesen machen musste, die überall verteilt und schlecht zu erreichen waren, fand er nicht genug Hilfe. Und wenn im Herbst die Hirsche brüllten und das Klappern des Schwarzstorchs über die Baumwipfel zog, war viel von dem, was sie eigentlich hätten schaffen müssen, nicht getan, und die Augenbrauen des Vaters zogen sich noch ein wenig sorgenvoller zusammen, und er redete noch ein bisschen weniger als ohnehin schon.

Sie bauten Spelz an, Mais und Buchweizen, Wacholder, Mohn und Kardendisteln für die Wollweber. Als in einem Jahr der Mohn nicht wuchs, sagte die Mutter, dass sie ihn im nächsten Jahr weglassen sollten, aber der Vater meinte, im nächsten Jahr würde er schon wachsen, und dann fehle er ihnen, wenn sie ihn jetzt wegließen.

Und er wuchs auch.

Aber dafür blieb der Buchweizen aus.

Er erfror ihnen im Mai, winzige kleine Körner blieben in der Hand des Jungen. Sie hatten Äpfel, aus denen machten sie Viez, und als der Großvater noch lebte Kirschwasser aus den kleinen schwarzen Kirschen im Hain. Aber von Viez und Kirschwasser konnte man nicht leben, und von winzigen kleinen Buchweizenkörnern auch nicht.

Das Heu war nicht gut, der Dünger war nicht gut, die Wiesen waren nicht gut, die Ernte war nicht gut. Die Bodenpreise waren nicht gut, die Arbeitskosten nicht und die Getreidepreise auch nicht. Bei den Körnerfrüchten bekamen sie nie mehr als das Zehnfache der Aussaat, manchmal nur das Vierfache. In schlechten Jahren nicht einmal das. Und schlechte Jahre gab es viele, als der Junge klein war.

Die Wiesen waren versumpft, und die Ödlandflächen der Gemeinde konnten höchstens alle fünfzehn Jahre bestellt werden. Dann verbrannten sie alle zusammen das Gestrüpp, bauten erst Roggen an, dann Hafer, dann Kartoffeln. In diesen drei Jahren bekamen alle Bauern aus der Gegend gleichmäßig davon ab. Doch danach lag das Land wieder brach. Der Junge hatte gerade zum ersten Mal die drei Erntejahre erlebt. Wenn es das nächste Mal so weit sein würde, wäre er ein Mann.

Der Vater sprach oft vom Getreide aus dem Ausland, das besser war als ihres und daher eher gekauft wurde, und er sprach von den Steuern, die immer weiter stiegen.

«Es gibt hier keine Zukunft», sagte die Mutter. «Nicht, wenn man mehr will als das, was wir haben. Wir sollten auch gehen, es gehen doch so viele, alle reden darüber. Thelens haben schon wieder einen Brief vom Neffen bekommen, er schreibt …»

«Wer will denn mehr?», unterbrach sie der Vater, sanft, aber bestimmt. «Wir haben es bisher doch auch geschafft.»

Der Junge sah in den Augen der Mutter, dass sie durchaus mehr wollte. Dass sie an seine Schwester und den Bruder dachte, die es nicht geschafft hatten. Die nachts mit dem Großvater vor dem Haus standen, wenn der Wind besonders laut heulte, und zu ihnen hereinwollten.

Ihre Kühe waren klein und knochig, sie hatten krumme Hörner und magere Beine. «Das ist eben die alte Rasse», erklärte der Vater mit scheelem Blick, als sie im Dorf wieder zwei Bullen aus dem Westerwald bekamen, die groß und breitschultrig waren und sich vermehren sollten. «Was sollen wir mit den Kühen von den Preußen, die sind doch nicht für das Land hier gemacht. Wie sollen die hier genug Futter finden.»

Trotz allem überlegte auch der Vater, ob sie gehen sollten. Dem Jungen sagte er es nicht, doch er hörte es. Etwas in seiner Stimme ließ ihn aufmerken, wenn die Eltern sich abends flüsternd darüber stritten.

«Hier wird alles immer so bleiben», sagte die Mutter, «vielleicht ist es dort ja besser.»

Der Vater tat sich schwerer. Er war hier geboren, und er würde hier sterben, sagte er, und mit jedem Mal, mit dem er es wiederholte, wurde seine Stimme fester. Der Junge begriff, dass der Vater es mochte, wenn die Dinge so blieben, wie sie waren. Dass er Angst davor hatte, sie könnten sich verändern.

Und es wäre alles anders gekommen, wären die Dinge so geblieben, wie sie waren.

Aber das taten sie nicht.

Sie wurden schlimmer.

Die Mutter ging immer vornübergebeugt, und wenn sie die Hände frei hatte, was nicht oft vorkam, stemmte sie die Arme in die Hüften, als wollte sie sich an sich selbst festhalten. «Das kommt vom Säen», sagte sie, als der Junge sie fragte, warum ihr Rücken rund war, und lächelte auf eine Weise, die ihn verstehen ließ, dass ein Lächeln nicht immer bedeutete, dass man sich freute. Er sah, dass es nicht nur vom Säen kam. Es kam auch vom Rupfen, vom Kneten, vom Holzsammeln, vom Flicken und vom Wasserholen. Bei allem, was die Mutter tat, musste sie sich nach vorne beugen.

Der Vater war so groß, dass er im Haus bloß gebückt gehen konnte. Immer trug er den blauen Kittel und die blaue Schirmmütze. Außer der Fellkappe im Winter und seiner Festtagskleidung sah man ihn nie in etwas anderem, und der Junge war immer ein wenig durcheinander, wenn sie in die Kirche gingen, und musterte ihn von der Seite, weil er sich fragte, ob der Vater noch der Vater war, wenn er nicht aussah wie der Vater.

Auch er mochte es, wenn alles war wie immer.

Die Großmutter hatte keine Haare mehr und trug tags wie nachts ihre schwarze Strickhaube. Sie schlief in der Kammer gleich neben der Eingangstür, und als sie irgendwann nicht mehr aufstand, schoben sie ihr Bett in die Stube ans Feuer. Abends machten sie ihr in der Glut einen Backstein warm, den sie ihr unter das Flockenbett legten. Auch ihr Brot und ihre Milch nahm sie im Liegen zu sich, ein Kissen in den Nacken geschoben, mahlte sie mit dem fast zahnlosen Kiefer und schien dabei tief in Gedanken versunken, als bräuchte es all ihre Konzentration, die Nahrung in ihren Körper aufzunehmen. Der Junge mochte es, dass sie nun abends bei ihnen in der Stube war, er saß meist zu ihren Füßen, splitterte mit einem Messer Anzündspäne von einem Brett oder spielte mit seinen Schnappsteinen, kleinen Fußknöchelchen vom Schwein, die er im Laufe der Jahre gesammelt hatte. Sie waren sein größter Stolz.

«Gut», sagte die Großmutter jedes Mal, wenn sie mit dem Essen fertig war. «Gut.» Sie zog das U lang, bis es auf ihren Lippen erstarb, und schloss für einen Moment die Augen.

Das schwarze Brot war trocken und die Milch verdünnt. Aber wenn er das sagte, wurden ihre Augen zu kleinen schwarzen Perlen. «Du weißt ja nicht, wie es war», rief sie dann jedes Mal, und er hörte an ihrer Stimme, dass sie jetzt erzählen würde.

Er liebte ihre Geschichten, manchmal sagte er absichtlich Dinge, die sie zum Reden bringen würden. Die Erzählungen über die große Hungersnot webten sich wie ein unsichtbares Netz durch seine Kindheit. Die Großmutter erzählte an den langen dunklen Winterabenden, wenn der Schnee fiel, aber oft wurden auch die Abende im Sommer, wenn sie Ernte hatten, begleitet von ihren mahnenden Worten. Sie erzählte, damit sie nicht vergaßen, damit sie dankbar blieben für das wenige, das sie hatten. Denn selbst das wenige, auch das lernte der Junge irgendwann, war nicht selbstverständlich.

Die Großmutter blickte ins Feuer, und als sie zu sprechen begann, war ihre Stimme klar. Die Mutter, vornübergebeugt auf ihrem Stuhl, rieb das Messinggeschirr mit Asche blank, aber der Junge wusste, dass sie zuhörte. Ein seltsamer Ausdruck stahl sich auf ihr Gesicht, wann immer die Großmutter von früher begann, und ihre Hände bewegten sich langsamer, als würde etwas in den Worten sie nachdenklich stimmen.

«Wir hatten bis in den Juni Schnee. Schnee im Sommer, kannst du dir das vorstellen?» Die Großmutter sah ihn nicht an, sondern blickte ins Feuer. «Er hat uns alles genommen. Alles. Und Anfang November ging es wieder los. Erst im

September hatten wir das Heu eingescheuert, das Korn sogar noch später. Nichts wurde reif. Und was reif wurde, verdarb. Wir mussten die Kartoffeln mit dem Schlitten einholen. Steif gefroren lagen sie unter dem Schnee. Wir haben sie trotzdem gegessen, gierig sogar. Monatelang. Oh, ich erinnere mich an ihren Geschmack. Sie waren faulig, lila und schrumpelig.» Die Großmutter verzog das Gesicht, bewegte die Lippen, als könnte sie es noch heute schmecken. «Aber sie waren auch gut, mein Junge. Sie waren so gut.» Sie nahm seine Hand, strich mit ihrem zarten Daumen über seine Haut und umklammerte seine Finger. «Weil es sonst nichts gab. Kuchen haben wir daraus gebacken. Aber das waren keine Kuchen, das war ein Graus. Und wir haben sie gefroren gegessen, das hat im Mund geschabt, und im Magen lag es wie ein Klumpen Eis. Manchmal spür ich sie noch wie kalte Steine im Bauch. Es war das Jahr ohne Sommer …»

Immer beendete sie ihre Erzählung mit diesem Satz. Und immer hatte sie dabei diesen Ausdruck in den Augen, dieses dunkle Glimmen, als könnte sie es bis heute nicht richtig glauben. Dass der Sommer nicht gekommen war. Dass es so etwas gab, eine Jahreszeit, die einfach ausblieb.

An diesem Tag jedoch war ihre Geschichte mit diesem Satz noch nicht zu Ende, heute wollte sie weitersprechen. Ihre Hand umklammerte immer noch die des Jungen, und er spürte, wie warm sie innen war, unter der eiskalten Haut.

«Wir hatten doch keine Vorräte mehr, die Russen haben uns alles genommen, als sie heimgezogen sind. Würmchen und Schneckchen haben wir in der Pfanne gebraten, die Rinde von den Bäumen gekratzt. Grassuppe hat meine Mutter gekocht. Oh, mein Magen wollte sie einfach nicht bei sich behalten, es hat so wehgetan. Ich musste mich zu jedem Löffel zwingen. Nessel und Hahnenfuß hat's gegeben zum Mittag.

Wir haben den Kühen das Futter weggegessen, so schlimm war es.» Ihre Stimme wurde leiser, als sie das sagte, sie blickte wieder ins Feuer, und der Junge fragte sich, was sie sah. Wo sie wohl war, in ihren Gedanken. «Und dann haben sie im Dorf von dem Wolf erzählt.»

Sie redete nicht oft vom Wolf. Jedes Mal wartete er angespannt, ob dieser Teil der Geschichte kommen würde. Wenn er kam, spürte er ein Prickeln zwischen seinen Schulterblättern.

«Im Hochgewälds hatten sie einen Kadaver entdeckt, unter dem Schnee.» Sie nickte, wie um sich selber zu bestätigen, dass es so und nicht anders passiert war. «Wir sind hoch, meine Mutter und ich, noch in derselben Nacht. Die Kühe starben ja auch, aber wir durften sie nicht essen, darauf stand Gefängnis. Also sind wir in den Wald. Wir mussten nicht lange suchen. Es war eine sternklare Nacht.» Die Großmutter konnte schlecht sprechen, weil ihr die Zähne fehlten, doch sie malte mit ihren fuchtelnden Händen zu den Sätzen Bilder in die Luft.

Der Junge verstand jedes Wort.

«Die Zunge hing ihm aus dem Maul, dem Isegrim. Er stank schon. Aber wir haben sein Fleisch trotzdem genommen. Und wir waren nicht die Einzigen, die kamen, um sich was von ihm zu holen.» Die Großmutter brach ab, starrte einen Moment gedankenverloren an die Decke. «Wir waren nicht die Einzigen …»

Draußen ließ der Wind das Dach wackeln, und die Balken knackten. Der Junge hob den Kopf. Hatte er eben ein Klopfen gehört?

«Seither hab ich immer von ihm geträumt. Seine Augen standen offen, und mir war, als würde er mich anschauen, als meine Mutter an ihm herumsäbelte. Wölfe sind nicht zum

Essen gedacht», murmelte die Großmutter leise. «Das weiß jeder. Das vergessen sie einem nicht. Wenn du was von ihnen nimmst, kommen sie zurück und holen sich was von dir.»

«Jetzt ist aber Schluss.» Er war froh, dass die Mutter einschritt, denn das Prickeln hatte sich mittlerweile von den Schulterblättern über den Rücken und die Arme ausgebreitet. Trotzdem mochte er die Geschichten der Großmutter.

An diesem Abend setzte sich auch der Vater zu ihnen, später, als er mit allem fertig war, und rauchte seinen dunklen Tabak, der im Tal angebaut wurde. Er nagelte seine kaputten Schuhe, und blauer Dunst sammelte sich unter den Deckenbalken.

«Später war's auch nicht viel besser», sagte er irgendwann. Der Junge wusste, dass er nun auch erzählen würde, und seine Arme kribbelten sacht.

«Das Vieh hatte die Lungenseuche. Allein bei uns im Kreis starben fast alle Tiere daran. Im nächsten Jahr waren die Kartoffeln faul. Im Jahr drauf gab's kein Getreide. Und im nächsten Jahr war's im ganzen Land so kalt, dass sogar der Rhein zugefroren ist. Weißt du, was damals in der Zeitung stand? Im Dorf haben sie's überall erzählt.» Die Augen des Vaters wurden dunkel, dabei war er damals noch ein kleiner Junge gewesen. «Wir sollen doch Froschschenkel essen statt Brot. Aber das haben sie schön bereut hinterher. Die Revolution ham sie sich selbst eingebrockt.» Der Vater schleuderte einen Ast ins Feuer. Er musste sehr wütend sein, denn das Feuer brannte schon hoch, und sie sparten Holz, wo sie konnten.

Der Junge hatte zu dieser Zeit nur eine nebelhafte Vorstellung davon, was eine Zeitung war, und das Wort «Revolution» hatte er noch nie gehört, aber aus dem Tonfall des Vaters schloss er, dass es etwas Gutes sein musste. Und so arm sie auch waren, so hart die Winter auch wurden, so verregnet und kalt die Sommer, einen Frosch hatte er noch nie essen müssen.

«Sieben Jahrzehnte Preußen», murmelte der Vater und starrte ins Feuer. «Und was haben wir davon?»

«Hunger», antwortete die Mutter, die gerade hereingekommen war, und der Vater hob den Kopf und sah sie mit warmem Blick an.

Dass der Vater und die Mutter einander liebten, war für den Jungen eine Tatsache. Ihre Liebe war wie das Grün der Wiesen im Sommer und das Rauschen des Bachs hinter dem Haus: Sie war einfach da, sie war Natur, sie war nicht wegzudenken.

Erst im Spiegel der anderen begann er zu begreifen, dass diese Liebe etwas Besonderes war. Man hatte hier keine Zeit für diese Art von Liebe, keinen Sinn, keine Kraft. Sie war etwas für die Jugend, etwas Flüchtiges, das einem, wenn man Glück hatte, für kurze Zeit geschenkt wurde und sich dann davonstahl. Eines Tages wachte man auf, sie war fort und man sah die Welt wieder, wie sie war.

Aber der Vater wachte nicht auf. Und die Mutter auch nicht. Ihre Liebe blieb. Sie wuchs mit der Zeit, wurde größer und stärker.

«So was ist wichtig», sagte die Großmutter manchmal und nickte zufrieden, wenn die beiden sich ansahen, mit diesem Blick, den sie nur füreinander hatten. «So was bringt einen durch alles.»

Und der Junge dachte, dass sie recht hatte. Denn wenn die Eltern sich ansahen, schien es ihm, als gäbe es nichts Sichereres auf der Welt als diesen Blick, den sie nur füreinander hatten, und als diesen Ort, an dem sie gemeinsam waren und an dem ihre Liebe sie durch alles Schlechte tragen würde. Wenn der Vater die Mutter ansah, lächelte er fast immer. Und wenn die Mutter lächelte und der Vater sie dabei beobachtete, dann wurden seine Augen ganz weich, und der Junge konnte sehen, wie froh er war, dass die Mutter froh war.

Aber irgendwann begann das Unglück.

Es schlich sich in der Nacht ins Haus wie ein listiger Geist und wollte einfach nicht wieder gehen.

Und als es einmal da war, war es diese Liebe, diese große, starke Liebe, die alles unerträglich machte.

Die Schafe hatten Lämmer bekommen. Ihr Blöken wanderte in den ersten warmen Nächten wie ein Schlaflied durch die laue Luft zu dem Jungen in die Dachkammer. In den Fichtenwäldern lag noch der Schnee, während im Tal bereits die Narzissen die Wiesen in ein gelbes Meer verwandelten. Als die Küchenschellen blühten, fiel ihm auf, dass die Mutter sich verändert hatte. Es war ihm nie in den Sinn gekommen, dass es noch einen Bruder oder eine Schwester nach ihm geben könnte. Dass zu den toten und den fehlenden Geschwistern noch ein neues dazukommen würde. Aber als das Scharbockskraut aufging, erklärte ihm der Vater, dass die Mutter guter Hoffnung war.

«Sie ist zu alt, sie sollte keine Kinder mehr bekommen», hörte er die Großmutter murmeln.

«Jetzt ist es ja aber in ihr drin», gab der Vater scharf zurück. «Und ob es richtig ist, entscheidet Gott, nicht du.»

Doch im Ton des Vaters schwang etwas mit, das der Junge nur selten hörte. Auch in seinen Blick schlich es sich mehr und mehr, als der Bauch der Mutter mit den Wochen wuchs und sie immer blasser und stiller zu werden schien.

Angst.

Im April kam der Nordwestwind so eisig aus den Bergen geweht, als wäre es Dezember. Die Narzissen verloren ihre Blütenblätter, und die Lämmer drückten sich frierend gegen die Bäuche der Muttertiere. Es war Zeit für die Saat, aber man konnte sie nicht ausbringen. Die Kartoffeln mussten in die Erde, doch der Vater bekam den Kaasch für die Furchen nicht tief genug in den Boden. Der Junge spürte, wie die Eltern sich sorgten. Doch nach den Eisheiligen und der Kalten Sophie wurde es besser, und sie schöpften neue Hoffnung. Die Kartoffeln wurden eingebracht, und der Winterroggen zeigte sich endlich, auch wenn im Vorjahr die Saat um diese Zeit schon zwei Handbreit hoch gestanden hatte.

Im Sommer wurde die Mutter so rund, dass ihr jede Bewegung schwerfiel. Der krumme Rücken schmerzte so sehr, dass sie sich eine Binde umwickelte, um ihn zu halten. Die Haare gingen ihr aus, das Gesicht veränderte sich, wurde zugleich runder und seltsam eingefallen. Sie klagte über Zahnschmerzen und stand nachts so oft auf, um den Topf zu benutzen, dass keiner im Haus mehr ruhig schlief.

Ende Juli wurde es wieder kalt, das Heu auf den Wiesen faulte. Der Junge wusste, dass der Vater sich Sorgen machte. Wenn der Vater sich Sorgen machte, dann lasteten diese Sorgen wie eine Decke auf dem Haus, und der Junge spürte ihr Gewicht bei jeder Bewegung.

Eines Tages saß er vor dem Haus und kratzte mit einem Hölzchen die schwarze Grütze aus dem Topf, die der Mutter am Morgen angebrannt war, als ein Schatten auf seine Hände fiel. Der Junge sah auf und blickte in die Augen eines Mannes, den er nie zuvor gesehen hatte.

«Guten Tag.» Der Mann lüftete seinen Hut.

Der Junge wusste sofort, dass er nicht von hier sein konnte, er sprach so anders, dass er ihn kaum verstand. «Sind deine Eltern daheim?»

«Sie sind auf dem Feld. Nur die Großmutter ist hier», antwortete er, und an der Miene des Mannes sah er, dass auch er Schwierigkeiten hatte, ihn zu verstehen.

«Ah, die Großmutter», erwiderte der Mann. «Nun, sie ist sicher zu alt. Weißt du, wann deine Eltern wiederkommen?»

«Etwa wenn die Sonne dort steht.» Der Junge zeigte auf die Zweige des schiefen Pflaumenbaums.

Der Mann nickte. «Verstehe. Dann werde ich morgen noch einmal vorbeischauen.»

Er drehte sich um, aber als er schon ein paar Schritte gegangen war, hielt er inne. «Hast du schon einmal etwas von Amerika gehört?»

Der Junge nickte. «Drüben», sagte er. «Hinter dem Meer.»

Der Mann lächelte erfreut. «Ganz genau.»

Am nächsten Tag kam der Mann wieder, als der Vater und der Junge gerade die Tiere versorgt hatten. Der Vater schickte den Jungen weg, aber er schlich in den Stall und blickte durch die Ritzen zwischen den Brettern.

«Es ist der Ruf der Zeit!» Der Mann redete und machte große Gesten. «Ich bin mir sicher, Sie kennen viele, die ihm schon gefolgt sind. In ganz Europa hört man ihn, die Dörfer leeren sich. Meinen Sie nicht, es hätte sich schon herumgesprochen, wenn das alles nur ein großer Irrtum wäre?»

Die Kleidung des Mannes war so anders als die des Vaters oder der Männer aus dem Dorf. Er trug einen Hut mit einer Feder, Stiefel, eine seltsame Jacke.

Der Vater blickte zum Haus, er hatte wohl sicher Angst, die Mutter könnte herauskommen. «Wir brauchen keine Fahrkarten», sagte er und trat einen Schritt zurück. «Uns geht es hier sehr gut.»

Der Mann ließ einen zweifelnden Blick über den kargen Hof und das schiefe Haus schweifen. «Sicher», sagte er. «Aber drüben wird es Ihnen noch besser gehen. Wir werden alles für Sie organisieren, wir holen Sie an der Haustüre ab und bringen Sie aufs Schiff, begleiten Sie bei jedem Schritt. Es kann gar nichts schiefgehen. Drüben wird man sich ebenfalls sofort Ihrer annehmen, Sie bekommen dort Land und Geld für die ersten Jahre.»

Der Vater schwieg. Dann spuckte er auf den Boden. «Scheren Sie sich weg», sagte er leise. «Und kommen Sie nicht wieder.»

Der Körper seines Bruders war klein, der Kopf viel zu groß. Er war bedeckt von einer weißen Kruste. Der Junge fand, dass er aussah wie ein heller Frosch mit dünnen Armen. Er musste ihn ständig ansehen. Der Vater jedoch blickte nicht den Bruder an, sondern die Mutter. «Jetzt hast du es geschafft», sagte er immer wieder. «Jetzt hast du es geschafft.» Und er küsste ihr verschwitztes Haar und ihre Wangen, hielt ihre Hand und löste seinen Blick nur von dem ihren, wenn er seinem neugeborenen Sohn kurz über den Kopf streichelte.

Der Junge hatte seinen Vater noch nie so glücklich gesehen.

Sie nannten den Bruder Tünn, und der Junge dachte, dass er sich immer an ihn erinnern würde, auch wenn er wieder ging, auch wenn der Großvater ihn nachts in den Armen halten würde, wenn der Wind heulte. Sein Gesicht würde er nicht vergessen.

Tünn schrie nie. Lag nur stumm da und betrachtete die Welt durch seine viel zu großen dunklen Augen, als wäre er sich nicht sicher, ob er hier bleiben wollte. Wenn er weinte, riss er seinen zahnlosen Mund auf, kniff die Augen zusammen, ballte die Hände wütend zu Fäusten und machte nur ab und an ein ersticktes Geräusch, das einem durch Mark und Bein ging, weil er so hilflos schien. Und zugleich so wütend.

«Kleiner Frosch, hat keine Kraft zu schreien», sagte die Großmutter, und die Mutter verzog jedes Mal ärgerlich die Stirn und machte ein schnalzendes Geräusch mit der Zunge. Er bewegte sich auch nicht viel, hob nur manchmal eine Hand, wie um etwas in der Luft zu greifen, oder strampelte mit den Beinen, als wüsste er nicht, wozu sie überhaupt an seinem Körper hingen.

Bei der Großmutter fühlte er sich am wohlsten. Er schlief und schlief, an ihren Hals geschmiegt, und der Junge dachte, dass es ihm im Traum wohl besser gefiel als hier bei ihnen. Die Großmutter streichelte Tünn mit ihren krummen Fingern und drückte ihn an sich, und auf seltsame Weise war es, als hätten sie schon immer so zusammengelegen.

Einmal ertappte der Junge den Vater dabei, wie er an dem Bett haltmachte und auf die beiden hinabblickte. Der Großmutter war im Schlaf das Kinn auf die Brust gesackt, der Mund stand offen, und durch ihre fahle Haut hindurch konnte man die Adern auf ihren Wangen sehen. Plötzlich schnarchte sie laut und öffnete die Augen. Als sie den Vater sah, murmelte sie: «Nimmer lang jetzt.»

Der Vater fuhr zusammen. Seine Augen wurden schmal. Dann trat er ans Bett. «Aber den Kleinen lässt du hier», zischte er, nahm Tünn hoch, ging hinaus und warf die Tür hinter sich zu.

Die Großmutter grunzte leise, schloss die Augen, als wäre nichts gewesen, und kurz darauf hörte der Junge an ihrem Atem, dass sie wieder eingeschlafen war.

Die Großmutter hatte keine Angst vor dem Tod. Manchmal schien es ihm fast, als wartete sie nur darauf.

«Ich will nicht, dass du stirbst», sagte der Junge, wenn sie wieder davon redete, wie alt sie war, wie weh ihr alles tat. «Dann bist du ja nicht mehr hier.»

«Ach schhh, natürlich bin ich hier», antwortete sie dann ungeduldig. «Wo soll ich denn sonst sein. Ich bleib doch immer hier.» Sie tippte ihm mit ihrem krummen, kalten Finger gegen die Brust und machte dabei eine grimmige Miene, weil er nicht verstand. «Hier und da treff ich meine Mutter, wenn ich schlaf», flüsterte sie. «Es ist jetzt alles ein bisschen gemischt, die Zeiten, die Menschen.»

Manchmal kam der Junge an ihr Bett, und sie sah ihn an, als wäre sie überrascht, dass es ihn gab. Dann wusste er, dass sie in Gedanken wieder im Früher gewesen war.

«Es ist auch nicht mehr so wichtig», sagte sie manchmal und machte eine wegwerfende Handbewegung. «Es ist alles eine weite Flur. Die Toten sind da, genau wie die Lebenden, ich weiß nicht mehr genau, wann ich wen gekannt hab, aber gekannt hab ich sie alle. Verstehst du, mein Junge? Und wenn ich die Augen zumach, sind sie alle wieder da.»

Die Großmutter konnte alleine nicht mehr aufstehen, und so konnte sie Tünn auch nicht füttern. Die Mutter musste wieder arbeiten, es gab zu viel zu tun, und sie hatten schon so vieles nicht geschafft. Morgens machte sie einen Saugbeutel für Tünn zurecht, den sie der Großmutter neben das Bett legte. Dort in den Leinenbeutel hinein mischte sie gekautes Brot und Mohn, wenn sie hatten auch zuckrigen Branntwein. Tünn nuckelte gierig und schlief danach tief, sodass die Mutter arbeiten konnte und die Großmutter ihre Ruhe hatte.

Aber irgendwann begann er doch zu weinen. Als die Mutter keine Milch mehr hatte.

Erst bekam sie eine Entzündung in der Brust, die sie nachts wimmern ließ vor Schmerzen. Dann verschwand die Entzündung, aber mit ihr ging die Milch.

Sie hatten im Frühjahr eine trächtige Kuh geliehen und, nachdem sie gekalbt hatte, den ganzen Sommer über von ihrer Milch mitgetrunken. Aber der Verleiher hatte sie vor ein paar Wochen wieder abgeholt, wie es üblich war, und das Kalb hatte er auch mitgenommen. Ihre eigenen Kühe waren so mager, dass die Milch gerade für die Großmutter reichte und ab und an für das Abendessen. Der Vater bat den Verleiher, die Kuh noch ein wenig länger behalten zu dürfen, aber ohne das Kalb, das er zum Tausch aufgezogen hatte, hätte er für die Kuh bezahlen müssen. Und das konnte er nicht.

Die Großmutter trank Wasser und Brühe, Vater und Sohn aßen weniger, damit die Mutter wieder kräftiger werden konnte, doch sie blieb schwach, und das Gesicht wollte nicht wieder runder werden. Tünn bekam Mehlsuppe und Milchwasser, aber auch er blieb schmächtig, und seine dunklen Augen schienen immer größer zu werden. Vielleicht war es auch sein Gesicht, das kleiner wurde.

Im Herbst schlich sich die Dunkelheit immer früher über die Wiesen an das Haus heran, schien sich schon am Nachmittag wie ein Tuch über sie zu legen. Sie hatten nicht ausreichend eingemacht, die Felder waren längst nicht alle bestellt, aber dem Winter war das egal, der Winter wusste nicht, dass es eine Zeit gab, in der er noch nicht kommen durfte, dass jeder Tag wichtig war, den er dem Hause fernblieb.

«Die Luft riecht nach Schnee», sagte der Vater abends und trat vor die Tür, um mit sorgenvoller Miene den Himmel zu betrachten. «Es ist noch zu früh.»

Doch auch der Schnee wusste nicht, dass jeder Tag wichtig war, den er dem Haus fernblieb.

Er kam.
Viel zu früh.
Und viel zu stark.

Der Frost war so klirrend, so unerbittlich, dass er den Boden über Nacht zu Stein werden ließ, der Schnee fiel und fiel und machte es unmöglich, mit dem Schlitten zu den Garben zu gelangen. Sie hatten die Kartoffeln noch nicht ausgemacht, die Hafergarben standen noch auf dem Feld. Nicht nur ihre Familie hatte zu wenig in diesem Winter. Tag für Tag kamen Bettler an die Tür, sie zogen in Scharen durchs Land und lebten von den Almosen der Menschen, doch niemand konnte mehr als eine Handvoll geben. Die Kornkammern waren nicht gefüllt, die Heuböden leer und die Futterraufen auch.

«Es wird wie damals werden», flüsterte die Großmutter, wenn sie abends zusammensaßen und ins Feuer starrten.

Das Brot begann seltsam zu schmecken, und die Suppe bestand aus sehr viel Wasser und sehr wenig Grün. Sie aßen Kartoffeln aus dem Keller, bei denen sich die Keime wie dünne weiße Würmer aus der fauligen Schale wanden.

Nachdem es wochenlang klirrend kalt geblieben war, ging der Vater ins Dorf. «Siebenundvierzig Familien haben nichts zu essen», erzählte er, als er wiederkam. «Nur zwölf haben gemeldet, dass ihre Vorräte reichen.» Er ließ sich auf einen Stuhl fallen, die Wangen rot gefroren, die dunklen Augenbrauen vereist. Müde rieb er sich das Gesicht. «Die Tochter vom Brands ist gestorben.»

Die Augen der Mutter wurden ganz rund. Erschrocken wartete der Junge, dass sie fragte, woran die Tochter vom Brands gestorben war. Aber die Mutter sagte kein Wort. Sie sah ihn nur an, und dann strich sie ihm mit der Hand über die Wange.

Der Vater seufzte schwer. «Sie haben begonnen, Spenden zu sammeln.»

«Hoffen wir, dass sie rechtzeitig kommen», sagte die Mutter und ging zu Tünn in die Stube, der angefangen hatte zu weinen.

Tünn schrie und schrie, und wenn er nicht schrie, dann schlief er, die Fäuste geballt und mit rotem Gesicht. Der Junge verstand, dass sein Bruder wütend war, weil er Hunger hatte. Irgendwann hatte Tünn keine Kraft mehr, um wütend zu sein.

Dann war er nur noch hungrig.

«Wir müssen Gottvertrauen haben», sagte der Vater immer wieder.

«Gott war noch nie viel hier in der Gegend unterwegs», murmelte die Mutter.

Sie gaben Tünn nun auch oft einen Saugbeutel, wenn sie daheim waren, einfach, damit er aufhörte zu weinen. Stumm lag er da, nuckelte, und sein Blick wurde glasig. Dann schlief und schlief er.

Der Junge lag nachts wach und dachte nach, als er zum ersten Mal das Rufen vernahm. Er setzte sich auf, lauschte, war sicher, sich geirrt zu haben. Aber dann begann es wieder, fern, ganz fern, wie ein leiser Klagelaut hinter den Hügeln.

In der nächsten Nacht war es wieder da. Näher diesmal.

Wölfe.

«Sie jagen nicht, wenn sie heulen», beruhigte ihn der Vater. «Du musst keine Angst haben, wenn du sie hörst.»

«Es gibt hier doch gar keine Wölfe mehr», erklärte die Mutter kopfschüttelnd, als der Junge ihr davon erzählte. «Die wurden doch alle erschossen und erschlagen, seit die Preußen Gelder auf sie ausgesetzt haben.»

«Sie kommen, weil's so kalt ist», mischte sich die Großmutter ein. «Sie kommen aus den Bergen. Weil sie Hunger haben.»

Sie kamen aus den Bergen. Und sie hatten Hunger. Nachts schlichen sie durch das Dorf, witterten die Schafe im Stall, die unruhig zu blöken begannen, fraßen einen Hund, der in seiner Hütte gesessen hatte und nicht herausgekommen war, rissen eine Kuh, deren Gatter nicht fest genug verschlossen gewesen war. Der Nachtwächter sah sie auf seinen Runden und schloss sich zitternd in der Kirche ein.

Auch für die Wölfe kam der Winter viel zu früh.

Bald hörten alle das Heulen, auch die Eltern. «Der Isegrim», sagte die Großmutter mit dunklen Augen. «Macht nur ja die Tür gut zu.»

Eines Nachts ging der Vater fort. Der Junge hörte seine schweren Schritte auf der Treppe, der Wind heulte an diesem Abend noch lauter als die Wölfe, und er traute sich nicht, aufzustehen und aus dem Fenster zu schauen, aus Angst davor, was er dort unten sehen würde.

Er wartete und wartete. Irgendwann musste er eingeschlafen sein, denn als er am nächsten Morgen in die Küche kam, saß der Vater wie immer am Tisch. Seine tropfenden Stiefel standen wie immer auf der Matte neben der Tür. Daneben lehnte die Kugelbüchse.

«Geh nicht hinaus», sagte der Vater, und der Junge fragte sich verwundert, was er draußen machen sollte, es schneite doch noch immer. Er versorgte die Tiere im Stall, wie es seine Aufgabe war. Aber als er fertig war, zog ihn die Neugier hinaus, er lief den Pfad entlang, den der Vater auf dem Hof geschaufelt hatte, und spähte um die Ecke.

Er hing an einem Pfahl. Der Wind zauste sein Fell, sodass an manchen Stellen die Haut zu sehen war. Schneeflocken fingen sich in den Härchen, und weil sie nicht schmolzen, wusste er, dass der Wolf tot war. Die Zunge hing ihm aus dem Hals, die Zähne waren gefletscht, als wollte er noch im Tod seinen Angreifer abwehren. Der Junge wollte wegrennen, aber er konnte nicht anders, als in die gelben Augen zu starren, die sich noch im Tode in ihn hineinbohrten.

Der Vater trat aus dem Haus, und der Junge beobachtete ihn genau, die zusammengezogene Stirn, die schnellen Bewegungen, mit denen er das Fell abzog, die Innereien in den Eimer warf. Plötzlich wusste er, dass dieser Winter schlimmer werden würde als alle zuvor.

«Ich hab gesagt, du sollst im Haus bleiben», knurrte der Vater. Sonst sagte er nichts weiter. Vielleicht war ihm klar, dass er es ohnehin nicht würde verstecken können. Fleisch gab es ein, vielleicht zwei Mal im Jahr, der Junge hatte den Geschmack schon fast vergessen. Der Vater hätte es ohnehin erklären müssen.

Die Großmutter wollte nichts davon wissen, als sie ihr den Teller hinstellten, sie drehte den Kopf zur Seite und presste die Lippen zusammen wie ein bockiges Kind.

«Wenn du es nicht isst, dann stirbst du», sagte der Vater zornig.

«Dann sterb ich», erwiderte sie ruhig.

Zuerst wollte auch der Junge nicht essen. Aber es roch zu gut, der Duft erfüllte ihn, überlagerte nach und nach all seine Angst. Es war, als würde sein Körper plötzlich wieder zum Leben erwachen, sein Mund prickelte, seine Zunge schien anzuschwellen, er aß so gierig, dass er sich verschluckte und husten musste.

Die Großmutter beobachtete ihn von ihrem Bett aus, wütend und besorgt. «Hungrig wie ein Wolf. Jetzt weißt du, warum sie das sagen», murmelte sie.

Aber er konnte nicht anders.

Er musste essen.

Irgendwann kaute er langsamer. Zu den letzten Bissen musste er sich zwingen, sie schwollen in seinem Hals an und machten ihm das Atmen schwer. Schließlich saß er da und starrte schweigend auf seinen Teller. Der Magen tat ihm weh.

Seit diesem Tag kam der Wolf zurück. Immer und immer wieder, jede Nacht aufs Neue. Sein Schatten schlich durch die Träume des Jungen, sein wütendes Klagelied mischte sich mit dem Rauschen der Baumwipfel vor dem Haus. Seine gelben Augen lauerten überall, hinter der Glut des Herdfeuers, in der Dunkelheit zwischen den Dachbalken. Er saß unter seinem Bett.

Wartete auf ihn.

Der Junge fragte sich, was der Wolf im Tausch gegen sein Fleisch von ihnen nehmen würde.

Die Kälte wurde schlimmer, und mit ihr der Hunger. Die Mutter konnte den Sauerteig nicht am Leben halten, weil es nichts gab, um ihn zu füttern, und der Vater ging noch oft hinaus, nachts, wenn der Schneefall ein wenig nachließ, doch er fand keine Wölfe mehr. Sie liefen vor seiner Büchse davon, versteckten sich zwischen den Felsen des Hochgebirges, und alles, was er fand, waren ihre Spuren im Schnee.

Tünn bewegte sich nicht mehr viel. Er starrte stundenlang vor sich hin, als sähe er etwas in der Luft, das niemand außer ihm wahrnehmen konnte. Sie gaben ihm jeden Schluck Milch und jeden Löffel Mehlsuppe, den sie hatten, doch er erbrach alles wieder, spuckte stundenlang in kleinen Blasen, die aus seinem Mund quollen, sah sie dabei mit hilflosem Blick an.

Er begann wieder zu schreien. Koliken, erklärte die Mutter,

sie trug ihn und klopfte seinen Rücken, massierte den Bauch und versuchte, ihn zu beruhigen. Sie wickelten ihn in Schaffelle und legten ihn so dicht ans Feuer, wie es ging, aber immer häufiger waren seine kleinen Lippen blau und die Finger eiskalt.

Eines Nachts wachte der Junge schweißgebadet auf. Halb im Traum gefangen, halb wach lag er da, als er plötzlich Geräusche im Haus hörte. Er stand auf, schlich auf den Flur und bemerkte, dass unten noch Licht brannte. Erleichtert ging er in die Stube. Doch als er die Eltern sah, blieb er stehen.

Tünn lag in den Armen des Vaters. Seine zarten Finger suchten nichts in der Luft, und seine kleinen Beine strampelten nicht. Er sah aus wie eine Puppe aus Wachs. Der Junge verstand, aber er konnte es trotzdem nicht begreifen.

Plötzlich hob die Mutter den Kopf und sah ihn an. Der Junge hätte sie beinahe nicht erkannt, so dunkel waren ihre Augen. Tränen liefen ihr die Wangen hinab. Als ihre Blicke sich trafen, erklang draußen ein Heulen in der Nacht.

Da wusste der Junge, dass der Wolf sich im Tausch für sein Fleisch seinen kleinen Bruder geholt hatte.

Die Großmutter starb zwei Wochen später. Als sie morgens hinunterkamen, war das Feuer im Kamin erloschen, und das Glimmen in ihrem Blick war es auch. Ihr Gesicht war zur Tür gerichtet, als warte sie darauf, dass jemand hereinkam.

«Sie wollte uns keine Bürde mehr sein.» Die Stimme des Vaters war rau. «Sie wusste, dass wir nicht genug für uns alle haben.»

Im Winter fiel es besonders auf, wenn jemand fehlte, weil man auch die hellen Stunden drinnen verbrachte. Sie hatte schon lange nicht mehr gehen können, aber ihre kleinen runden Schuhe standen trotzdem noch auf der Matte neben der Küchentür, und dort blieben sie. Der Vater, der noch keinen Tag seines Lebens ohne die Großmutter verbracht hatte, konnte sich nicht überwinden, ihr Bett wegzuschieben, und so ließen sie es in der Stube. Die Mutter legte ein kleines Kreuz auf ihr Kissen. Tünns Wiege blieb ebenfalls nah am Feuer, und einmal ertappte der Junge die Mutter dabei, wie sie das hölzerne Möbel gedankenverloren mit dem Fuß hin und her wippte.

«Mama», sagte er leise, und als sie aufblickte und merkte, was sie tat, fiel ihr Gesicht in sich zusammen. Der Junge wünschte sich, er hätte nichts gesagt.

Der Boden war hart gefroren, sie konnten sie nicht beerdigen, und so lagen sie beide in der Kapelle, dicht beieinander, so wie sie auch im Haus immer gelegen hatten, bis der Frost nachließ.

Der Junge vermisste Tünn, doch mehr noch vermisste er die Großmutter. Es war ihm unbegreiflich, dass sie fehlte. Die Welt sah jetzt anders aus, wenn er morgens die Augen aufschlug, sie roch anders, sie fühlte sich anders an, und sie funktionierte nach anderen Regeln. Er war so traurig, dass er eine Zeit lang sogar den Hunger vergaß. Aber mit jedem Tag wurde es ein wenig leichter, und solange er dort war, wo Vater und Mutter sich ansahen, mit diesem Blick, den sie nur füreinander hatten, wo das Lächeln der Mutter das Lächeln des Vaters veränderte, so lange konnte er jeden Schmerz aushalten.

Doch für die Mutter wurde es nicht mit jedem Tag ein wenig leichter. Sie sank mit jedem Tag weiter in sich zusammen. Sie lächelte nicht mehr. Und so konnte ihr Lächeln das Lächeln des Vaters auch nicht mehr verändern.

Der Vater schob all sein Essen auf ihren Teller, und der Junge versuchte, es ihm gleichzutun, aber sie schob das Essen wieder zurück. Der Vater ging ins Dorf und fragte nach den Spenden. Manchmal bekam er ein Brot, manchmal ein Stück Speck oder eine Ration Mehl. Aber die Mutter wurde trotzdem immer blasser. Sie saß in der Stube und starrte auf die Wiege. «Er ist unseretwegen gestorben», sagte sie leise. «Weil wir nicht gehen wollten.»

«Er ist gestorben, weil Gott es so entschieden hat», erwiderte der Vater, aber es war ihm anzuhören, dass er selbst nicht an seine Worte glaubte.

Irgendwann stand die Mutter nicht mehr aus dem Bett auf. Sie starrte an die Decke, und wenn sie nicht an die Decke starrte, schlief sie. «Mir ist kalt», murmelte sie, wenn der Junge sie besuchen kam, und sie nahm seine kleinen Hände und drückte sie. «Ich werde nicht mehr warm.»

Der Vater sprach nicht mehr. Er ging in den Wald und schoss Vögel, sammelte auf den Wiesen im Tal Gräser unter dem Schnee und versuchte, Suppe und Grütze draus zu kochen, aber die Mutter konnte es nicht bei sich behalten, und der Junge bekam schlimme Krämpfe und brennenden Durchfall, sodass sie es nach einer Weile sein ließen und bloß noch die Vögel aßen.

Als die Mutter starb, heulte der Wolf nicht.

Der Junge hatte es nicht kommen sehen, obwohl er im Nachhinein dachte, dass die Zeichen deutlich gewesen waren. Er war doch so gut darin geworden, Zeichen zu lesen und Zusammenhänge zu verstehen, aber niemals hatte er es für möglich gehalten, dass ein Tag kommen konnte, an dem die Mutter nicht mehr bei ihnen war.

Er stand an ihrem Bett und starrte auf ihr Gesicht, das der

Tod verändert hatte, und in seinem Kopf drehte sich die Welt in einem Strudel aus Angst und wollte nicht stillstehen.

Vater und Sohn beerdigten sie zu dritt, im Frühling, als der Schnee endlich schmolz und der Boden wieder umgegraben werden konnte. Die Wochen davor, die endlosen Tage, die er mit dem Vater allein verbrachte, mit nichts als dem fallenden Schnee und dem Heulen des Windes vor den Fenstern, brannten sich dem Jungen unauslöschlich ins Gedächtnis.

Bei der Beerdigung hörte er im Dorf das erste Lamm blöken.

«Quint», sagte der Vater, und in seinen Augen sah der Junge das Fehlen der Mutter, den tiefen Schmerz, der dem Vater für immer bleiben würde. «Quint, hier gibt es nichts mehr, das uns hält. Wir gehen in die Stadt und suchen uns ein Schiff nach drüben. Jetzt haben wir nur noch uns beide auf dieser Welt.»

Der Vater und der Junge machten sich auf in die große Stadt, deren Namen der Junge erst ein einziges Mal gehört hatte, aus dem Mund des Mannes, der eines Tages einen Schatten auf seine Hände geworfen hatte. Weit weg gingen sie, weit weg vom Dorf, von den Bergen, von allem, was er kannte, von allem, das war, wie es immer gewesen war. Der Junge stellte sich vor, wie sie nachts vor dem Haus standen, seine Mutter, seine Geschwister, der Großvater und die Großmutter. Wie sie durch die Fenster hereinblickten, wenn der Wind besonders laut heulte, und wie niemand ihr Klopfen hörte. Er fragte sich, ob sie mit ihnen kommen würden, nach drüben übers Meer. Ob sie auch dort vor den Fenstern stehen würden. Oder ob die Toten immer da blieben, wo man sie zurückgelassen hatte.

Als der Junge in das Gesicht des Vaters sah, das er kaum

noch erkannte, so sehr hatte ihn der Kummer verändert, da dachte er sich insgeheim, dass es doch besser war, wenn die Liebe nicht so groß wurde.

Dann tat es nicht so weh, wenn sie einem genommen wurde.

TEIL 2

1912
Auswandererstadt der HAPAG,
Hamburg

1

Man sah den Menschen den Abreisetag immer an. Die Anspannung stand ihnen ins Gesicht geschrieben, Freude und Erwartung mischten sich mit Angst. Der Einschiffungsprozess war lang und anstrengend, jeder war gut beraten, am Tag der Abreise genug zu frühstücken, um durchzuhalten.

Ava und die anderen Frauen standen in ihrer Pause wie gewöhnlich zwischen den Häusern auf dem Hof und tranken Kaffee. Die anderen interessierten sich nicht für die Prozeduren, die sich hier jeden Tag wiederholten, doch für Ava war es jeden Tag aufs Neue faszinierend. Die Passagiere für ein ganzes Schiff hatten sich auf dem Platz neben dem Musikpavillon versammelt. Sie würden noch heute aufbrechen, sicherlich nach Amerika, wie die meisten hier. Die Menschen mussten sich nach Geschlechtern getrennt aufstellen und wurden noch ein letztes Mal von zwei Ärzten untersucht. Ava sah zu, wie eine alte Frau ausgemustert wurde, ebenso zwei junge Männer. Die Frau begann zu weinen, die Männer sahen sich betroffen um, sie verstanden offensichtlich nicht, was vor sich ging. Die drei taten Ava leid, doch es war nur eine Frage der

Zeit, bis auch sie ein Schiff betreten konnten. Man kümmerte sich hier gut um die Menschen, das konnte niemand abstreiten. Die anderen erhielten ihr Gepäck, das gereinigt und mit den gelben Desinfektionszetteln markiert worden war.

Der Beamte, der die Schiffspapiere und die Fahrkarten austeilte, stellte sich mitten im Hof auf einen Sockel, und nun begann die quälend lange Prozedur des Aufrufens. Er musste jeden einzelnen Namen nennen. Praktischerweise merkte man so auch gleich, ob jemand im Schlafsaal zurückgeblieben war. Das kam beinahe jedes Mal vor, obwohl es strengste Vorschrift war, sich hier zur gebotenen Zeit zu versammeln. Doch bei so vielen unterschiedlichen Sprachen, Nationalitäten und Gemütern lief nie etwas reibungslos.

Die Leute traten einzeln vor, zeigten ihre Papiere und bekamen die Karten. Zur besseren Übersicht hatten sie verschiedene Farben, die für Männer waren grün, die der ledigen Frauen gelb, und Familienkarten waren weiß. Schnell ging es trotzdem nicht, viele versuchten, mit dem Beamten zu diskutieren oder ihm Fragen zu stellen, alle redeten durcheinander, sodass man die aufgerufenen Namen oft nicht verstand, dann wiederum mischten sich Leute unter die Menge, die mit dem Schiff gar nichts zu tun hatten, und immer entstand ein heilloses Durcheinander. Es wunderte Ava jedes Mal, dass überhaupt jemand es aufs Schiff schaffte.

Eine junge Familie stand eng beisammen, drei kleine Kinder schmiegten sich an die Beine der Mutter, der Mann hielt die Hand seiner Frau und schaute sorgenvoll zu dem Beamten, als hätte er Angst, dass ihre Namen nicht aufgerufen würden. Doch dann stellte die Mutter mit den Kindern sich plötzlich in die Reihe für alleinreisende Frauen, der Vater sich zu den Männern.

Ava stupste Olga an, die sich neben ihr mit Kessie unterhielt. «Ist das erlaubt, dass man es nicht angibt, wenn man eine Familie ist?»

«Ach.» Olga grinste, als sie mit dem Blick Avas ausgestrecktem Zeigefinger folgte. «Wahrscheinlich brennen sie zusammen durch. Hier müssten sie den aufwendigen und entwürdigenden Prozess einer Scheidung durchmachen, aber wenn sie erst drüben sind …» Sie zuckte mit den Schultern und hob vielsagend die Augenbrauen. «Drüben können sie einfach heiraten. Das nennt man dann kalte Scheidung. Zehn Tage auf dem Meer, und schon bist du deine bessere Hälfte für immer los. Und sie dich auch.»

Erstaunt ließ Ava ihren Blick wieder zu der Stelle schweifen, wo das junge Paar gestanden hatte, aber sie waren in der Menge verschwunden. Stattdessen sah sie eine Frau mit missmutiger Miene, die ein kleines Mädchen an der Hand hinter sich herzerrte. Das Mädchen folgte ihr willig, stolperte aber immer wieder über die eigenen Füße. Etwas stimmte nicht mit ihrem Gesicht, ihr Mund stand offen, und das linke Augenlid hing ein wenig. Offenbar reisten die beiden allein, denn die Frau stellte sich in die entsprechende Schlange. Wie mutig von ihr, ganz allein mit einem kleinen Kind diese Reise zu unternehmen, dachte Ava.

Die Pause war vorbei, ehe sich die Tore der Auswandererstadt für die Reisenden öffneten, um sie in Richtung Schiff zu entlassen, und mit leichtem Bedauern ging Ava wieder an die Arbeit. Die Musikkapelle begann, zum Abschied zu spielen. Nun würden alle loslaufen, zu den Passagierhallen am großen Grasbrook, wo ein Tender wartete, der sie an Bord nahm und zu den Dampfern fuhr, die weiter draußen auf Reede lagen. Was für ein Gefühl mochte es sein, wenn man es endlich geschafft hatte?

Natürlich wusste sie, dass es mit dem Verlassen der Stadt

noch nicht getan war, der Fußmarsch zum Hafen war weit, und obwohl Automobile das sperrigere Gepäck für die Leute beförderten, mussten sie ihre Handkoffer selber tragen. Besonders für Kinder und alte Leute war der Weg manchmal kaum zu bewältigen.

Ava und ihre Kolleginnen begannen damit, die Schlafsäle der Abgereisten zu reinigen, ein ewiger Kreislauf, der sich jeden Tag wiederholte. Im Aufnahmebereich saßen schon wieder Dutzende Neuankömmlinge, die auf ihre Betten warteten. Während der Arbeit sah Ava gedankenverloren aus dem Fenster. Von hier aus blickte man auf den Zollhafen hinter dem Zaun. Sie hielt mitten in der Bewegung inne, einen Kissenbezug in der einen, eine Decke in der anderen Hand. Draußen vor dem Tor stand das Mädchen, das sie vorhin mit der jungen Mutter beobachtet hatte. Tränen strömten dem Kind über die Wangen. Es sagte etwas, aber Ava war zu weit weg, um seine Worte zu verstehen.

«Warum ist sie zurückgekommen?», flüsterte Ava erschrocken.

«Hm?», Olga, die gerade das Bett nebenan abzog, sah sie fragend an. «Was sagst du … Oh», entfuhr es ihr, als auch sie die Kleine entdeckte. Einen Moment musterte sie sie durch das Fenster hindurch, und ihr Blick verfinsterte sich. «Ich hatte es befürchtet.»

Verständnislos drehte Ava sich zu ihr um. «Was hast du befürchtet?»

«Sie ist … nun ja, du weißt doch. Blöde …», sagte Olga leise und verzog das Gesicht. «Behindert. Sie muss bei der Kontrolle im Hafen aufgefallen sein. Ich hatte mich sowieso gewundert, dass sie sie mitlassen wollten.»

Ava brauchte einen Moment, bis sie begriff. In den Passagierhallen am Hafen angekommen, mussten die Leute noch eine letzte Untersuchung über sich ergehen lassen, bevor sie aufs Schiff gelassen wurden. Das amerikanische Konsulat überprüfte dort die in der Ballinstadt ausgestellten Papiere, und ein staatlicher Arzt untersuchte noch einmal auf Augen- oder Hautkrankheiten. Wer es geschafft hatte, durfte auf das Tenderboot. Verdächtige Personen bekamen einen roten Zettel auf ihr Gepäck geklebt, auf dem *Inspected* stand, und mussten zurück in die Stadt.

«In den Passagierhallen achten sie nicht nur auf Augen und Haut. Menschen wie sie wollen sie in Amerika nicht. Hätten sie das Mädchen aufs Schiff gelassen, würde es auf Ellis Island ausgesondert und auf Kosten der HAPAG wieder zurückgeschickt.»

Avas Blick hing an dem Kind. Sie erwartete, jeden Moment die Mutter zu sehen, reckte den Hals, um sie zu entdecken.

«Wahrscheinlich hat sie die Kleine hier irgendwie durchgeschmuggelt, und als sie im Hafen dann gemerkt hat, dass es noch eine weitere Kontrolle gibt und sie vielleicht selbst nicht mitfahren darf, wenn sie erwischt werden …» Olga stockte, als sie Avas Blick sah. «Ich schätze, sie hat sie dagelassen.»

«Sie hat sie dagelassen?», wiederholte Ava tonlos. «Du meinst …» Einen Moment war sie sprachlos vor Entsetzen. «Du meinst, sie ist einfach ohne sie gefahren?»

Olga nickte. «Ziemlich sicher.»

«Du sagst das, als wäre das etwas Selbstverständliches.» Ava drehte sich zu ihr um. «Als wäre es normal.»

Olga zuckte bei ihrem ungewohnten Ton ganz leicht zurück. «Natürlich nicht», erwiderte sie beschwichtigend. «Ich erkläre dir nur, was ich denke. Ich glaube, die Mutter hat gemerkt, dass es für das Mädchen keine Chance gibt, es jemals nach drüben zu schaffen. Und dann hat sie eben entschieden …»

«Wir müssen sie reinholen.» Ava konnte die Augen nicht von dem Mädchen nehmen. «Wir müssen sie sofort reinholen.» Ihre Stimme hatte einen schrillen Unterton angenommen, den sie selbst von sich nicht kannte.

Olga nickte und warf ihr einen Blick zu. «Ich gebe Bescheid, dass sie das Tor öffnen sollen. Nur muss sie dann natürlich noch einmal zum Baden und …»

Ava rannte bereits aus dem Schlafsaal, lief auf den Hof hinaus und auf das große Tor zu, das sich nur öffnete, wenn ein Schiff abfuhr. Es war nicht dazu da, die Reisenden festzuhalten, sondern vielmehr um zu verhindern, dass jemand von draußen hereinkam. In der Ballinstadt wurde keiner eingesperrt, die Menschen waren freiwillig hier, aber die strikten Hygienevorschriften ließen es nicht zu, dass jemand auf die reine Seite kam, ohne vorher alle nötigen Prozeduren durchlaufen zu haben. Und etwas sagte ihr, dass das Kind keine Papiere bei sich haben würde. Ganz sicher hatte die Mutter dafür gesorgt, dass man ihre Tochter nicht so leicht identifizieren konnte.

«Wir müssen das Schiff stoppen», rief sie über die Schulter. «Wir müssen die Behörden benachrichtigen. Das ist eine Straftat.» Sie war so wütend. So rasend wütend. Schäumend vor Zorn fuhr sie zu Olga herum, die ihr nachgelaufen war. «Sie müssen diese Frau verhaften, sie kann doch nicht einfach …»

Olga hob eine Hand, um sie zu stoppen, sah sie ruhig an, und Ava konnte schon an ihrem Blick erahnen, was sie gleich sagen würde. «Das hat keinen Sinn, Ava. Sie werden das Schiff nicht stoppen, es ist ein viel zu großer Aufwand, die Mutter würde sich ja doch nicht zu erkennen geben. Du weißt selbst, wie viele Menschen da an Bord sind. Wie lange würde es dauern, sie alle zu kontrollieren? Da kommt es billiger, das Mädchen einer Hilfsorganisation zu übergeben und das Schiff ziehen zu lassen. Und selbst, wenn die Mutter verhaftet wird, bald wäre sie wieder draußen. Man kann sie nicht zwingen, sich um das Kind zu kümmern.»

«Aber sie ist ihre Mutter!» Avas Brust war plötzlich viel zu eng, das Atmen fiel ihr schwer.

Inzwischen waren sie beim Tor angelangt, und Ava konnte das Mädchen nun hören. Sie weinte leise vor sich hin, sah sich mit verschleiertem Blick um, zwei Finger im Mund. Ihr Gesicht war rot und verquollen. Sie trug eine Puppe mit einem verkratzten Holzgesicht unter dem Arm und eine kleine Tasche über der Schulter.

Ava konnte es kaum ertragen, sie anzusehen.

«Lasst sie durch, wir holen die Kleine wieder rein, sie ist vom Hafen zurückgekommen. Ich garantiere dafür, dass sie direkt ins Bad geschickt wird», sagte Olga zu dem Sicherheitsbeamten vor dem Tor.

Der schüttelte den Kopf. «Das geht nicht.»

«Nun, dann kümmern Sie sich darum, dass jemand zu ihr rausgeht, sie nach vorne bringt und …»

«Das dauert zu lange. Ich hole Quint.» Ava konnte es nicht aushalten, auch nur eine Minute zu verlieren, sie drehte sich um und rannte davon.

In seinem Büro war er nicht. Mit keuchendem Atem hetzte sie weiter in das Verwaltungsgebäude. Von dort schickte man sie zu den Sickergruben, wo er mit ein paar Arbeitern zusammenstand und etwas besprach.

«Verdammt», murmelte er, als sie hastig erklärte, was passiert war. «Nicht schon wieder.»

Er kam sofort mit, und keine zwei Minuten später öffnete sich das Tor. Zu dritt gingen sie vorsichtig auf das kleine Mädchen zu, das immer noch unaufhörlich vor sich hin stammelte.

«Sie sagt: ‹Mama hat mich vergessen›», flüsterte Olga. Sie ging in die Knie und sprach auf Polnisch mit dem Mädchen, das sie ängstlich anstarrte.

Anfangs war sie misstrauisch, schüttelte immer wieder den Kopf und wich zurück, wenn Olga sich ihr nähern wollte. Aber irgendwann nahm sie doch ihre Hand. Wahrscheinlich war sie zu erschöpft, um weiter zu kämpfen, und ging mit ihnen durch das Tor zurück in die Stadt.

«Ich benachrichtige den St.-Raphaels-Verein», murmelte Quint. «Die werden sie nehmen.»

«Ich kümmere mich darum, dass sie gebadet wird und etwas zu essen bekommt», sagte Olga, und er nickte.

«Bring sie später zur Kirche, dort werden sie sie in Empfang nehmen.»

Ava wäre gerne mit dem Mädchen mitgegangen, hätte sie gerne selbst so gut versorgt, wie sie konnte. Aber sie sah ein, dass es besser war, wenn Olga ging, die mit ihr reden konnte.

Quint und sie blickten den beiden nach, wie sie sich langsam in Richtung Empfangsgebäude entfernten. Das Kind weinte noch immer, es hatte jetzt Schluckauf, und Ava hörte, wie es ununterbrochen nach seiner Mutter rief.

«Ich kann das einfach nicht glauben.»

Quint betrachtete sie, sichtlich erstaunt darüber, wie aufgewühlt sie war.

«Sie ist einfach gefahren und hat sie alleingelassen. Sie wusste doch nicht einmal, ob wir sie finden würden.»

«Ja», sagte er, und sie hörte am Klang seiner Stimme, dass ihn die Sache ebenfalls mitnahm, auch wenn er äußerlich ruhig blieb. «Das passiert leider manchmal. Aber um ehrlich zu sein, vielleicht ist es besser so. Die Leute vom St. Raphael sind gut, sie werden einen Platz für sie finden. Du musst dir keine Sorgen machen. Bei jemandem, der so etwas tut, war sie ohnehin nicht gut aufgehoben.»

Die Worte brannten sich in Ava hinein, rührten an etwas, an das sie jetzt wirklich nicht denken wollte. Es mochte sein, dass es dem Kind woanders besser ging, vermutlich bekam sie gute Kleidung und mehr zu essen. Trotzdem fühlte es sich falsch an. «Sie ist doch ihre Mutter», murmelte sie.

Quint nickte. Aber nach einer kleinen Pause sagte er: «Das muss nicht unbedingt etwas Gutes bedeuten.»

Während der Arbeit sah sie den ganzen Tag den ängstlichen Blick des Mädchens vor sich, die verkratzte Puppe, die Augen, die suchend umherirrten und nach einer Mutter Ausschau hielten, die nicht kommen würde. Am Ende des Tages schleppte sie sich die Treppe zu ihrem Zimmer hinauf. Dort angekommen, stand sie einen Moment mitten im Raum und wusste nicht, was sie mit sich anfangen sollte.

Dann begann sie zu weinen.

Sie presste die Hände vor den Mund, damit Kessie sie im Nebenzimmer nicht hörte, aber sie weinte so sehr, dass erstickte Schluchzer aus ihrer Kehle drangen. Ihre Nase lief, sie wischte sie an ihrem Rock ab. Zitternd setzte sie sich auf ihr Bett, zog die Knie an und weinte, bis sie keine Tränen mehr in sich hatte. Wann hört das endlich auf, dachte sie. Wann hört diese Trauer endlich auf.

Irgendwann stand sie auf und trat ans Fenster. Draußen war es dunkel, aber bei Wilhelm brannte Licht, wie so oft. Sie fragte sich, ob er gar nicht mehr nach Hause ging. Eine Weile starrte sie auf das leuchtende Viereck und wünschte sich, er würde ans Fenster kommen. Sie wollte heute Abend nicht allein sein, sie hätte alles gegeben, um ihren eigenen Gedanken zu entkommen.

Ava wusch sich das Gesicht, ihre Haut war heiß unter dem kühlen Wasser, sie wechselte die Uniform gegen eines der beiden schlichten neuen Kleider, die sie sich gekauft hatte, als Claire alle ihre Sachen mitgenommen hatte, und stieg die Treppe hinab.

Unten kam der Hof langsam zur Ruhe, gerade wurde noch ein Abendgottesdienst abgehalten, Gesang drang aus der Kirche zu ihr heraus, so schön, so intensiv, dass sie eine Gänsehaut überlief. Es schien ihr oft, als ob die Menschen hier besonders laut sangen.

Ava lief über den Hof, es war kalt, und es roch nach Regen. Vor Wilhelms Fenster hielt sie inne. Er stand an einem Tisch, ein Vergrößerungsglas in der Hand, betrachtete voll Konzentration eine Fotografie. Wie so oft trug er ein weißes Hemd und braune Hosenträger, hatte das lange braune Haar im Nacken zusammengebunden. Das Zimmer war durch mehrere Lampen erleuchtet und daher viel heller als der dämmrige Hof. Obwohl es auch draußen nicht ganz dunkel war, bemerkte er sie nicht.

Es schmerzte, wie vertraut er ihr war. Dabei waren sie doch Fremde geworden, wechselten kaum noch ein Wort miteinander. Trotzdem hatte sie das Gefühl, alles an ihm genau zu kennen. Als sie hier stand, vor seinem erleuchteten Fenster, hatte sie plötzlich ein seltsames Gefühl. Als gehörte er zu ihr, als wären seine Bewegungen, Gesten und Blicke etwas, auf das sie ein Recht hatte, genauso Teil von ihm wie von ihr, und dass sie ihr weggenommen worden waren, war eine große Ungerechtigkeit, ein Fehler, der nicht hätte passieren dürfen.

Wie konnte es sein, dass sie hier draußen war und er dort drinnen?

Ava fühlte eine tiefe, unbestimmte Sehnsucht in sich aufsteigen. Sie schnürte ihr buchstäblich den Hals zu. Krampfhaft schluckte sie, einmal, zweimal, drehte sich mit einem Ruck um, ging mit geballten Fäusten ein paar Meter weiter, stieg die Treppe ins Obergeschoss hinauf und klopfte an.

«Ich habe mir schon gedacht, dass du heute noch kommst.» Quint lächelte warm. Es duftete nach Essen, aber wie immer arbeitete er nach Feierabend weiter. Hier oben war es fast genauso chaotisch wie in seinem Büro unten, überall stapelten sich Papiere und Teller. Man sah auf den ersten Blick, dass er Junggeselle war. Und man sah auf den ersten Blick, dass er vor der Einsamkeit davonlief, dass er sich vergrub in seiner Arbeit.

«Hast du noch Hunger?», fragte er und holte schon Teller aus dem Schrank.

Ava lächelte, weil er bereits wusste, was sie sagen würde. «Immer», erwiderte sie und setzte sich auf ihren üblichen Platz auf dem Sofa. Im Kamin brannte ein Feuer, es war warm, viel wärmer als in ihrem kleinen Zimmer, und sofort fiel ein Teil der Anspannung von ihr ab.

Er schenkte ihnen zwei Gläser Wein ein, brachte dampfende Teller mit Ei, Kartoffeln und Käse. Früher hätte Ava nie Alkohol getrunken, aber Quint hatte ihr bei ihrem ersten Besuch, ohne zu fragen, ein Glas gereicht, und sie hatte bemerkt, dass sie den Geschmack mochte und auch die Wärme, die sich danach von ihrem Bauch aus in ihrem ganzen Körper ausbreitete. Sie trank jedoch nie viel. Dafür wusste sie zu gut, was Alkohol anrichten konnte.

Sie aßen schweigend, doch es war kein unangenehmes Schweigen. Ava mochte Quint. Wie sein Bruder hörte er immer genau zu, war interessiert an ihrer Meinung und ihren Fragen. Anders als Wilhelm lachte er oft laut und dröhnend, machte Späße, die sie nicht verstand, schlug mit der flachen Hand auf den Tisch, wenn ihn etwas aufregte. Manchmal hörte sie einen Akzent in seinen Worten, so schwach, dass er kaum wahrnehmbar war. Quint hatte schnell verstanden, dass sie von Politik und Weltgeschehen nichts wusste, aber daran interessiert war, und redete mit ihr darüber, ohne sie zu belehren.

Als sie die Teller beiseitestellten, musterte er sie. Sicher sah er ihr an, dass sie geweint hatte. «Du siehst müde aus», sagte er, und sie verzog das Gesicht zu einem schiefen Lächeln.

«Danke, gleichfalls.»

Er schmunzelte. «Wir haben das Mädchen einer Frau vom Verein für alleinreisende Katholiken übergeben. Sie ist eine warmherzige Person. Ich bin nicht unbedingt ein Anhänger der Katholiken, wenn ich das sage, meine ich es also. Sie wird sich gut um sie kümmern», sagte er nachdrücklich. Es war ihm anzuhören, dass er begriffen hatte, wie wichtig ihr das war.

Ava spürte, wie ihre Kehle sich schon wieder verengte, ihr Hals anzuschwellen schien. «Gut», sagte sie nur. «Das ist gut.»

Sie mochte es an ihm, dass sie ruhig sein konnte, wenn sie es wollte, dass sie nicht das Gefühl hatte, lustig oder unterhaltsam auftreten zu müssen. Sie konnten zusammensitzen und schweigen, sie konnten leise und mit gedämpften Stimmen reden, sie konnten lachen. Bei ihm war alles natürlich. Sie verstand, was Claire an ihm mochte.

«Ihr Schicksal geht dir nah», sagte er.

Es war keine Frage, also antwortete sie nicht.

Eine Weile schwiegen sie beide, nur das Knacken des Kamins war zu hören, und draußen das Gemurmel der Menschen, die von der Kirche in ihre Schlafsäle strömten.

«Ich … nun, ich habe etwas Ähnliches erlebt. Als ich noch sehr jung war.» Ava war sich einen Moment nicht sicher, ob sie das wirklich gesagt hatte. «Zwei Mal, um genau zu sein.»

Quint erwiderte nichts, sah sie nur an, einen Ausdruck von Erstaunen in den grünen Augen. Etwas in seinem Blick sagte ihr, dass sie weitersprechen konnte. Sie musste lernen, sich Menschen mehr zu öffnen, das hatte sie sich fest vorgenommen. Ihr ganzes Leben lang war sie auch deshalb so einsam geblieben, weil sie andere nie an ihrem Schicksal teilhaben ließ. Man konnte einander nur wirklich nahekommen, wenn man Dinge miteinander teilte. Das hatte sie inzwischen verstanden.

Stockend erzählte sie. In seinem Gesicht spiegelte sich erst Schock, dann Unglaube, dann Mitleid. Wie schon damals bei Claire tat es gut, zu sprechen, zugleich fühlte es sich an, als ließe sie etwas in die Welt hinaus, das besser vor ihr verborgen geblieben wäre. Vielleicht kann es nicht anders sein, dachte sie. Vielleicht wird es immer eine Mischung aus beidem bleiben.

Nachdem sie geendet hatte, schwieg er wieder eine Weile. «Darum willst du unbedingt weg», sagte er dann. «Ich habe es damals nicht verstanden … Ich dachte, es wäre wegen Will.»

Ava presste die Hände in den Stoff des Sofas. Er hatte es also doch gewusst. Sie war sich nicht sicher gewesen.

«Es war auch wegen Wilhelm», antwortete sie schließlich. «Zumindest, dass es dann plötzlich so schnell gehen sollte. Ich … Mir war nicht klar, dass er eine Familie hat.»

Quint nickte. «Und Claire hat das alles gewusst?»

Es fiel ihr schwer, aber sie konnte es nicht verleugnen. «Ja», erwiderte sie leise. «Das hat sie.»

«Sie ist trotzdem gefahren», murmelte er und schüttelte den Kopf.

«Sie hatte große Angst.» Von sich selbst überrascht, verteidigte sie Claire. Es war wirklich seltsam, wie viele verschiedene Blickwinkel es auf eine Situation geben konnte.

«Ich weiß», sagte er nur. «Trotzdem hätte sie das nicht tun dürfen.»

Ava starrte ins Feuer. Sie wusste, dass Quint Claire liebte. Dass er unglaublich wütend darüber war, was sie getan hatte, und dass er sie trotzdem liebte, dass es ihn wahnsinnig machte, nicht zu wissen, wo sie war und wie es ihr ging, genau wie es sie selbst wahnsinnig machte.

«Ich komme eigentlich aus der Eifel.»

Erstaunt sah sie hoch.

Er lächelte gequält. «Manchmal hört man es mir noch an. Obwohl ich sehr hart daran gearbeitet habe, es loszuwerden.»

«Wie war es dort?», fragte sie vorsichtig. Auch er öffnete sich selten, er redete gern, doch immer über allgemeine Themen, Politik, die Menschen in der Stadt, den Kaiser und dessen Sucht nach Anerkennung.

Nie über sich selbst.

Ihr wurde erst in diesem Augenblick klar, wie ähnlich sie sich in dieser Hinsicht waren.

Es schien, als würde er die richtigen Worte suchen. Oder vielleicht fiel es ihm genauso schwer, an die Vergangenheit zu denken, wie ihr.

«Es war … Wie soll man es beschreiben?» Seine Stimme klang plötzlich anders. «Der Boden war schlecht. Das Klima war extrem. Eisige Winter, verregnete Sommer, dann wieder Hitze, Schnee im Juni. Man wusste nie, was kommt. Die Höhen dort sind steinig und rau. Es gab keinen Dünger. Wir kannten es nicht anders, aber aus heutiger Sicht … Dort werden immer noch die Felder mit Sense und Pferdepflug bestellt, kannst du dir das vorstellen? Hier in Hamburg baut man Schiffe mit Schwimmbädern, es gibt Lichtspielhäuser, Telefone, Automobile, und dort, wo ich herkomme, leben die Menschen wie im Mittelalter. Aber für mich war es normal, ich habe erst spät verstanden, dass es andere Leben gibt, andere Länder, andere Sprachen, andere Möglichkeiten. Wir konnten die Waren nicht transportieren, denn wir besaßen keine Pferde und auch keinen Ochsen, es gab oft nicht einmal Straßen. Wir waren isoliert, abgeschnitten von den Netzen, die sich über das Land spannten.» Er brach ab und schüttelte den Kopf. «Wir hatten keine Chance», sagte er leise. «Die Menschen hatten diese ausgehöhlten Wangen, diese stechenden Hungeraugen. Diese gelbe Haut, die an den Knochen klebt wie welkes Laub.» Wieder stockte er. «Ich habe Berichte gelesen … Als mein Vater klein war, waren nur zehn Prozent der Männer aus seiner Gegend für den Heeresdienst brauchbar. Die anderen waren zu schwach. Zehn Prozent», sagte er leise und schüttelte erneut den Kopf. «Die Häuser waren nur mit Stroh bedeckt, oft gab es Brände. Die Menschen verloren alles, und niemand konnte etwas tun, wir hatten doch selbst nichts. Ganze Dörfer sind abgebrannt. Und manchmal sind ganze Dörfer gegangen. Weil es keine Hoffnung gab. Einmal hat ein Gewitter im Sommer die komplette Ernte vernichtet. Alles weg, innerhalb von zwei Stunden. Man konnte nicht einmal mehr erkennen, was dort vorher gewachsen war, solch ein Gewitter war das. Es war, als wäre Gott selbst vom Himmel gestiegen und hätte in rasender Wut alles kurz und klein geschlagen. Nur verstand ich einfach nicht, warum er so wütend war auf uns. Was hatten ihm die Menschen dort getan, dass er sie wieder und wieder so bestrafte, mit den schrecklichen Wintern, den kargen Sommern, dem Hunger, den Feldern, auf denen nichts wuchs? Manchmal denke ich, dass es Orte gibt, an denen das Unglück wohnt.»

Er blickte zum Fenster hinaus, als sähe er die Vergangenheit dort draußen in der Dunkelheit wabern. «Weißt du, wie man unsere Gegend in der Zeitung genannt hat? Ich werde es nie vergessen, es hat sich in mein Gedächtnis eingegraben.»

Sie schüttelte stumm den Kopf.

Quint nahm sein Glas hoch und betrachtete, wie der Schein des Feuers sich in der Flüssigkeit spiegelte. «Das Grab im Schnee», sagte er leise. «Und das war es auch für uns. Sie sind alle gestorben. Meine ganze Familie.»

Ava betrachtete ihn erschrocken. In seinen Worten erkannte sie sich selbst, in seinen Zügen den Schmerz, der auch sie ihr Leben lang begleitet hatte. Trotz des Schreckens breitete sich eine seltsame Wärme in ihr aus, die nicht vom Wein kam. Sie fühlte sich ihm in diesem Moment näher, als sie sich seit Langem irgendjemandem gefühlt hatte. Manchmal war es nicht Blut, das einen verband, sondern die Geschichte; das, was man gesehen und gespürt hatte. Das, was andere nicht verstehen konnten, weil sie es nicht gesehen und gespürt hatten.

Orte, an denen das Unglück wohnt. Sie lauschte dem Nachhall seiner Worte in ihr. Diese Orte gab es.

Niemand wusste das besser als sie.

Quint blickte in Avas große graue Augen. Er erzählte alles, alles, was er noch nie jemandem erzählt hatte. Nicht nur von seiner Kindheit, auch davon, was danach gekommen war, den dunklen Jahren. Und dann von den besseren Jahren bei Kaisa und Will, denen aber immer, bis zum heutigen Tag, ein Schatten anhaftete, den er einfach nicht loswurde. Von dem niemand wusste.

Als er merkte, dass sie zuhörte, ohne ihn zu verurteilen, fühlte er sich verstanden. Er fühlte sich gesehen. Er fühlte, dass sein Schmerz auch ihrer war. Sie gehörte nicht dazu, wandelte zwischen den Menschen wie ein freundlicher, heimatloser Geist, der seinen Platz nicht fand.

Genauso hatte er sich immer gefühlt.

Er würde immer anders sein als die anderen. Was er erlebt hatte, hatte sich in ihn eingegraben. Er hatte es akzeptiert, sich damit abgefunden, sein Leben entsprechend eingerichtet. Trotzdem überraschte ihn das Gefühl, diese Bürde plötzlich mit jemandem teilen zu können.

Sie war wie er. Sie hatte keine Familie, kein Zuhause. Er hatte es schon manchmal gesehen, in ihrem Blick, in der Art, wie die anderen mit ihr umgingen.

Quint betrachtete Ava, und sie schien sich vor seinen Augen zu verwandeln, plötzlich sah er sie viel genauer als vorher.

Sie war warmherzig und klug, er hatte ihre tiefe Stimme schon immer gemocht. Es machte Spaß, sich mit ihr zu unterhalten, sie war auf eine angenehme Art wissbegierig, stellte viele, manchmal etwas seltsame Fragen, hörte immer genau zu. Wenn sie sprach, schluckte sie oft mitten im Satz, und ihre Wimpern waren am Ansatz ganz dunkel, wurden dann heller und bogen sich am Ende wie durchsichtiges Gold.

Im Dämmerlicht wirkte ihr Gesicht wie gemeißelt. Sie war eine so schöne, traurige Frau.

Mit einem Mal konnte er sehen, warum sein Bruder sich in sie verliebt hatte. Anders als Claire, deren Charme einem geradezu ins Gesicht sprang, näherte Ava sich einem beinahe unsichtbar, und plötzlich fragte man sich, wie man so lange nicht hatte erkennen können, was sie war.

Sie sah ihn an, lächelte, als hinge ein unsichtbares Verständnis zwischen ihnen in der Luft, auf das sie ihn aufmerksam machen wollte.

Er wusste nicht, ob er sich vorgelehnt hatte oder sie, wie es begonnen hatte.

Plötzlich küssten sie sich.

Es war anders als mit anderen Frauen, anders als mit Claire, hatte etwas Hungriges, beinahe Verzweifeltes. Er wusste, dass es falsch war. Aber er spürte es auf eine Weise, die ihm nicht erlaubte, nach diesem Wissen zu handeln und sich zu stoppen. Es war wie ein schwelender Brand, ein Gewitter, das sich am Horizont zusammenballte. Alles war ihm egal.

Als er Avas Kleid aufschnürte und es ihr über die Schulter streifte, als er mit dem Mund über ihr Schlüsselbein fuhr und sie leise keuchte, wusste er instinktiv, dass er für eine Nacht, eine einzige Nacht nur, nicht einsam sein würde. Dass er sie mit jemandem teilen würde, der genauso fühlte wie er. Und das war genug, um ihn alles andere vergessen zu lassen. Er spürte, dass es ihr genauso ging. Keine einzige Sekunde stand eine Frage in ihrem Blick, keine einzige Sekunde ein Zweifel. Ihre Haare rochen nach Ruß und Seife, ihre Haut war warm und auf seltsame Weise fremd und vertraut zugleich. Ihr Mund war süß, rau, und er konnte nicht genug von ihm bekommen.

Es war, als würde er mit jemandem schlafen, den er schon sehr lange kannte.

2

Der Himmel waberte wie graue Suppe über den Dächern der Stadt. Bald würde es regnen, er musste sich beeilen, sonst war ihm der Rückweg abgeschnitten.

Quint stand auf der kleinen Brücke über dem Fleet und blickte in den Schlamm unter sich. Bilder von der letzten Nacht blitzten vor seinem inneren Auge auf, und so schön es gewesen war, so sehr schmerzten sie.

Er liebte Claire.

Und er konnte nicht fassen, was er getan hatte. Natürlich wusste er weder, ob er sie jemals wiedersehen würde, noch, ob sie seine Gefühle auch nur im Ansatz erwiderte.

Dafür wusste er nur zu gut, was sein Bruder für Ava empfand. Und er fragte sich, wie er ihm jemals wieder ins Gesicht sehen sollte.

Sobald er sicher war, dass ihn niemand beobachtete, stieg er die verwitterte Eisenleiter hinunter, die auf den Grund des nun leeren Wasserlaufs führte.

Der Weg, den er gehen musste, war zu Fuß nur bei Ebbe passierbar.

Unter der Brücke watete er an den Hauswänden entlang

durch den stinkenden Schlamm. Jeder Schritt verursachte ein Geräusch, als würde der Untergrund dagegen protestieren, dass er seinen Fuß wieder hergeben sollte. Etwa zwanzig Meter legte Quint so zurück, dann stieg er an einer Hausmauer drei Stufen wieder hinauf, streifte so gut es ging die Schuhe an den Steinen ab und bückte sich in den niedrigen Eingang des verfallenen Kontorlagers.

Der alte Mann lag zusammengekauert auf der Pritsche in der Ecke, wie meistens, wenn Quint herkam. Der Geruch war wie eine Wand. Überall lag Müll, der Großteil verkrustet von dem gleichen Schlamm, durch den er eben gewatet war. Dinge, die die Hamburger in den Fleeten versenkt hatten, einzelne Schuhe, ein Eimer, Hufeisen, Konservendosen, eine kaputte Spieluhr. Quer durch den Raum hing eine Wäscheleine, daran ein paar zerfledderte Kleidungsstücke, kaum als solche erkennbar. Es war entsetzlich feucht und entsetzlich kalt.

«Hallo, Vater», sagte Quint leise.

Der Mann auf der Pritsche reagierte nicht.

Er trat näher, haderte einen Moment damit, ob er ihn rütteln sollte, kniete sich hin und stupste ihn an der Schulter.

Sein Vater gab ein leises Schnauben von sich und begann sich zu regen, langsam, qualvoll, als bestünden seine Glieder aus Holz.

Es war ein schleichender Prozess gewesen, der langsame Zerfall ihrer Bindung. Genauso schleichend war auch der Hass gekommen, den er irgendwann in den Augen seines Vaters erkannte, wann immer sie auf die seinen trafen. Unzählige Male hatte er darüber nachgegrübelt, eine Erklärung gesucht. Schließlich war er sich sicher gewesen, dass sein Vater ihn hasste, weil er sein Leben nicht beenden konnte, solange es Quint gab. Wahrscheinlich hätte er es sonst getan, noch am selben Tag, an dem seine Frau gestorben war. Das Leben, ohnehin immer schwer, immer voller Leid, voller Sorge, ergab für ihn ohne sie keinen Sinn mehr. Aber er hatte ja noch einen Sohn, er musste sich kümmern. Sein Vater war immer ein verantwortungsbewusster Mann gewesen, der vor keiner Aufgabe zurückschreckte. Seine Frau hätte es ihm nie verziehen, wenn er Quint alleingelassen hätte.

Als deutlich wurde, dass sie das Geld für die Überfahrt nach Amerika niemals zusammenbekommen würden, waren sie trotzdem nicht in ihr Dorf zurückgekehrt. Sie hatten in immer schlimmeren, dreckigeren Logierhäusern und schließlich in einem Keller gewohnt, in einer Gasse, so dunkel und eng, dass nie ein Sonnenstrahl den Boden streifte. Schimmel wuchs an der Decke, es war immer feucht und kalt. Sein Vater blieb oft tagelang fort, suchte Arbeit, trank immer öfter. Wenn er bei Quint war, sprach er nicht viel. Quint erinnerte sich nicht mehr an besonders viel, er wusste nur noch, dass er schreckliche Angst hatte. Immer. Dass er seine Mutter und sein Zuhause unerträglich vermisste. Dass er hoffte, seine Großmutter hatte recht, und man begegnete sich eines Tages im Tode wieder, auf einer weiten Flur, wo die Zeit keine Rolle spielte und alle da waren, die man einmal gekannt hatte.

Nie hatte er sich so allein gefühlt wie in dieser ersten Zeit in Hamburg.

In einem besonders kalten Winter begann der kleine Zeh an seinem linken Fuß zu brennen, und irgendwann verlor er jedes Gefühl darin. Ihm fielen drei Backenzähne aus, und einmal hatte er so schlimm die Krätze, dass er tagelang weinte, weil sein ganzer Körper in Flammen zu stehen schien.

Aber Kinder waren anscheinend sehr zäh. Jedenfalls erinnerte er sich auch, dass es gelegentlich gute Dinge gab. Freunde, die er auf der Straße kennenlernte. Nette Menschen, die ihm etwas schenkten, eine alte Frau, bei der er ab und an unterkam, wenn es draußen allzu kalt wurde. Sein Vater fand ihn immer irgendwann. Die Gänge- und Hafenviertel waren groß, doch wenn man herumfragte, bei allen Lumpensammlern, Fleetenkiekern und Bettlern, wusste meistens jemand irgendetwas. Man kannte sich in diesem Teil der Stadt. Quint fiel auf durch seine grünen Augen, die dunklen Haare und durch seinen Dialekt.

Der Hunger und die Einsamkeit waren zu groß, sie ließen ihn erfinderisch werden. Quint hatte begonnen, eigenes Geld zu verdienen, als er sieben, vielleicht acht Jahre alt war. Hatte auf Fischkuttern geholfen und in Lagerhäusern, die Arbeit so hart, dass ihm abends jeder Knochen im Leib brannte, er hatte Felle gegerbt und Schweine ausgenommen, er hatte gestohlen, was nicht niet- und nagelfest war, er hatte gegessen, was auch immer man essen konnte – und auch vieles, das man nicht essen konnte. Aber hatten er und sein Vater anfangs noch zueinandergehört, so schlich sich mit der Zeit eine Ahnung bei ihm ein, dass sein Vater sich von ihm zu entfernen begann. «Du bist jetzt groß genug und musst anfangen, für dich selber zu sorgen.» Dass sein Vater diese Worte in seinen Bart nuschelte, wann immer sie sich sahen, war nur der Anfang. Im Nachhinein konnte er sich nicht mehr entsinnen, wie er so zäh geworden, wann der ängstliche kleine Junge verschwunden war und dem Straßenkind Platz gemacht hatte. Jenem Straßenkind, das damals dabei zusah, wie Will verprügelt wurde. An jenem schicksalhaften Tag, der ihm eine neue Familie und ein neues Leben bescherte.

Und ihm zugleich seinen Vater nahm.

Zu dieser Zeit hatten Quint und er bereits nur noch alle paar Wochen Kontakt. Aber mit seinem Einzug in die Villa riss er ganz ab. Anfangs fand er den Vater noch ab und an, suchte nach ihm, wann immer er sich davonstehlen konnte. Doch die Regeln im Hause Svarts waren streng, immer wusste jemand, wo er war oder wo er zu sein hatte. Quint schaffte es immer seltener, seinen Vater zu suchen, und wenn er ihn fand, hatte er jedes Mal das Gefühl, dass sein Vater sich darüber ärgerte.

«Dir geht's also gut, du hast was gefunden, wo du bleiben kannst?», fragte er immer, und wenn Quint nickte und ihm von der Villa erzählte, diesem Märchenland aus Wärme und gutem Essen, sah er Erleichterung in den Augen seines Vaters.

Du musst mich nicht suchen, ich komme zurecht, ich passe nicht in dein neues Leben, ließ er Quint wissen, zwar nicht mit Worten, doch es lag in den Zwischentönen seiner gebrummten Bemerkungen, die Quint nur allzu deutlich verstehen ließen, was er meinte.

Quint konnte sich nicht erinnern, was er damals gefühlt hatte, als ihm klar wurde, dass sein Vater ihn nicht mehr bei sich haben wollte. Was er aber nie hatte abschütteln können, war das Gefühl, dass seine Herkunft eine Schande war, ein dunkler Fleck, den er um jeden Preis verheimlichen musste und der doch für immer ein Teil von ihm sein würde.

Es waren die Wechsel der Jahreszeiten, die ihn die Verbindung zu seiner Herkunft am deutlichsten spüren ließen. Jedes Mal, wenn ihm bewusst wurde, dass schon wieder Monate vergangen waren, ohne dass er seinen Vater gesehen hatte oder dass er überhaupt wusste, ob er noch lebte, kam ein leises, drängendes Flüstern in ihm auf. Es begann unauffällig mit ein paar flüchtigen Gedanken, wurde von Tag zu Tag lauter, ließ ihn abends nicht mehr einschlafen, bis er es irgendwann nicht mehr aushielt und sich davonstahl, log, die Schule schwänzte, durch den Hafen und die Gänge irrte.

Der Mann, den er fand, war jedes Mal ein anderer.

Mal ging der Verfall schleichend vor sich, dann wieder erschreckend schnell. Anfangs hatte Quint noch versucht, ihm Dinge aus der Villa zu bringen, die er verkaufen und zu Geld machen konnte, aber sein Vater hatte ihn jedes Mal angebrüllt, dass er seine Sachen nicht wollte. Es war kein Stolz, sondern vielmehr die Sorge, dass sein Sohn sich das neue Leben durch die Diebstähle ruinieren und wieder zu ihm zurückkehren würde. «Such mich nicht mehr», sagte er. «Mir geht's schon gut. Ich brauche nichts.»

An einem klirrend kalten Tag im Januar fand Quint seinen Vater in einem Hinterhof, mit ein paar anderen Männern an einem Feuer in einer alten Blechtonne. Quint bog um die Ecke, und im ersten Moment erkannte er ihn nicht, so wild war sein Bart, so blau seine Lippen. In diesem Moment begriff er endlich, dass sein Vater ein Obdachloser war, eine verlorene Seele. Und dass nichts, was Quint tat, das ändern würde. Sein Vater hätte zurück ins Dorf gehen können, er war Landwirt, er konnte arbeiten wie ein Tier, wusste, wie man seine eigenen Schuhe klopfte, wie man ein Schwein schlachtete und ein Feld bestellte. Aber er wollte all das nicht mehr.

Quint hasste seinen Vater dafür, aber er kam nicht von ihm los. Manchmal stellte er sich vor, wie er ihm Hände und Füße zusammenband, ihn in ein Boot warf und in eine neue Wohnung schleifte, ihn in eine Badewanne steckte, all den Schmutz und das Elend von ihm abschrubbte und ein neuer Mann dem Schaum entstieg wie die Venus der Muschel. Doch er hatte Ähnliches schon versucht. Von seinem ersten selbst verdienten Geld hatte er ihn in ein Hotel gebracht. Sein Vater hatte es beinahe willenlos mit sich geschehen lassen, hatte ihn zwischendurch angesehen, als fragte er sich, warum Quint ihn nur so quälen musste, und war dann schnurstracks zurückmarschiert unter die Treppen, in die Hinterhöfe und Hauseingänge.

Niemand wusste von ihm, nicht einmal Will. Und etwas Seltsames war passiert: Mit den Jahren war es schwerer geworden statt leichter. Wie eine unsichtbare Bürde, die ihm jemand auf den Rücken geladen hatte und die jede Nacht ein wenig wuchs. Irgendwann hatte er gewusst, dass es egal war, dass Will und Kaisa ihn liebten, wie er sie liebte, dass er zu ihnen gehörte und dass sie ihn nicht wieder weggeben würden. Und trotzdem hatte er es nicht über sich gebracht.

Zum größten Teil aus Scham.

Aber zu einem kleinen Teil auch, weil etwas in ihm immer wusste, dass es keinen Sinn hatte. Niemand musste von ihm wissen. Es machte keinen Unterschied.

Und das war vielleicht das Schlimmste von allem.

Quint räusperte sich, kniete einen Moment lang reglos da und kämpfte gegen das übermächtige Verlangen, einfach wieder zu gehen.

Der Mann vor ihm blinzelte, öffnete die Augen und sah ihn an. Es stand kein Erkennen in seinem Blick, keinerlei Emotion. Dann, nach ein paar Sekunden, veränderte sich etwas in seinen Augen, kaum merklich, wie ein Tropfen Wasser, der auf die spiegelnde Oberfläche eines Sees traf. Als er sich aufsetzte, war sich Quint für den Bruchteil einer Sekunde nicht sicher, ob er es wirklich war. Es erstaunte ihn immer wieder, was der Blick ausmachte. Er konnte einen Menschen völlig verändern.

«Hallo, Vater», sagte er noch einmal und streckte dem Mann die Hand entgegen, um ihm aufzuhelfen. Aber sein Vater starrte sie an, als wüsste er nicht, was er damit anfangen sollte.

Quint seufzte leise. «Ich habe dir Essen gebracht.» Er dachte an Claire und was sie sagen würde, wenn sie jetzt hier wäre. Der Lagerraum war kaum besser als eine Höhle.

Früher hatte er noch gedacht, dass sein Vater sich bestrafen wollte und in einer Art Märtyrerwahn der Ungerechtigkeit, die ihm widerfahren war, eine äußere Entsprechung zu geben versuchte. Irgendwann jedoch hatte er verstanden, dass es für das, was mit seinem Vater nicht stimmte, keine Heilung gab. Er hatte im Laufe der Jahre einiges über Krankheiten der Seele gelesen, hatte einmal sogar, Gott bewahre, Dr. Schwab um Rat gefragt. Eine richtige Erklärung hatte er erst bei Emma Wilson gefunden, einer Bekannten seiner Mutter. Wie es schien, gab es Ereignisse, die einen Menschen für immer zerstören konnten. Man wusste nicht, warum, oder was man dagegen tun konnte.

«Melancholie», hatte Emma damals gesagt. «Der Begriff geht weit in die antike Medizin zurück und bedeutet ‹schwarze Galle›. Sie füllt den Körper auf eine Art völlig aus, und er kann sich nicht davon befreien. Heute nennt man dieses Phänomen auch Depression. Diese Krankheit kann so stark werden, dass manche Menschen beschließen, sich das Leben zu nehmen.»

Wenn er seinen Vater ansah, dann wusste er, dass die Depression ihn ergriffen hatte. Seine Seele war zerstört, angefüllt mit schwarzer Galle. Er war noch hier und war es gleichzeitig nicht mehr. Vielleicht trug auch sein Vater einen Raum voller Dunkelheit in seinem Inneren, wie er selbst. Nur war bei ihm die Tür kaputt, ließ sich nicht schließen, so wie seine eigene, an der er einen dicken Eisenriegel angebracht hatte und die sich nur ab und zu im Schlaf kurz öffnete und ihn einen Blick auf das erhaschen ließ, was dahinter lag.

Sein Vater war verrückt, man konnte es nicht leugnen. Er

schnitt sich den Bart mit einem stumpfen Messer, er sammelte Müll und stellte ihn an den Wänden aus wie Kunst, er hortete leere Dosen und einzelne Schuhe, die er in den Fleeten fand. Seine Tage und Taten folgten einer Ordnung, die niemand außer ihm verstand. Er aß, was immer ihm zwischen die Finger kam.

Früher hatte sein Vater morgens vor dem winzigen rostigen Spiegel im Flur gestanden und die Enden seines Barts mit Schuhfett gezwirbelt. Wie lange war das her.

Einmal hatten seine Eltern zusammen getanzt. Sie hatten eine Kuh verkauft und einen guten Preis erzielt, und für einen Tag nur, einen einzigen, warmen Tag, war das Leben leicht gewesen, die Sorge, die immer da war, am Tag und auch in der Nacht, war für einen winzigen Augenblick geschmolzen wie Butter in der Sonne. Damals hatte er die beiden mit großen Augen angesehen, und erst da hatte er verstanden, dass diese zwei Menschen nicht nur seine Eltern waren, sondern dass es ein Leben vor den Kindern gegeben hatte. Und dass es wahrscheinlich auch jetzt eines gab, das nur den beiden gehörte. Dass sein Vater seine Mutter liebte, egal wie mürrisch er meist war, wie laut er schrie, wenn er heimkam und die Jungs ihre Sachen nicht weggeräumt hatten, egal wie sehr die Eltern darüber stritten, ob es daheim besser war oder drüben hinter dem Meer.

«Ich bin es», sagte er und musste schlucken, weil ihm plötzlich ein Kloß in der Kehle saß. «Papa, ich bin es. Quint.»

Sein Vater nickte stirnrunzelnd, als wäre er ärgerlich darüber, dass er ihm das erklärte. «Ich wusste nicht, dass du kommst», brummte er und versuchte aufzustehen. Er schaffte es nicht.

Quint verachtete sich selbst dafür, dass ihn ein Anflug von Ekel überkam, als er ihn packte und hochzog. Sein Vater roch nach Pisse und nach Exkrementen, seine Hand klebte, sie war eiskalt und so knochig wie ein Ast.

Große Männer bewegten sich meist schwerfällig, sie wussten nicht, wie man richtig in die Hocke ging, hatten Schwierigkeiten, sich die Schuhe zu binden. Sein Vater war einmal ein großer Mann gewesen. Jetzt ging er seinem Sohn kaum mehr bis zur Schulter und bewegte sich wie ein Tier, dem Boden näher als der Decke, als würde ihn ein unsichtbares Gewicht nach unten ziehen. Als er endlich stand, war sein Körper so gebeugt, dass Quint einen Moment fürchtete, er würde wieder umfallen. Er fragte sich, wie sein Vater es schaffte, die Leiter hinaufzuklettern, wie er auf die Toilette ging, wie er überhaupt zurechtkam, mit diesem Körper, der ihm nicht mehr gehorchte.

«So, und warum kommst du?», fragte der alte Mann vor ihm, der einmal mit seiner Mutter durch die Küche getanzt war, und schlurfte zu der Wäscheleine in der Ecke. Er nahm etwas herunter, was entfernt an eine Jacke erinnerte, die Quint ihm einmal gebracht hatte, und zog sie sich über. Seine Finger zitterten dabei so sehr, dass er sie zweimal fallen ließ.

«Ich habe etwas zu essen dabei», erklärte er noch einmal.

Es war ein sinnloses Unterfangen, sein Vater brauchte so gut wie nichts mehr, um zu überleben. Er würde es trotzdem immer weiter tun, weil es das Einzige war, das er noch tun konnte. Sein Vater hatte sein Geld nie gewollt, und er wollte auch das Essen nicht, das er ihm brachte. Er wollte gar nichts mehr. Trotzdem konnte Quint nicht aufhören, herzukommen.

Und er konnte vor allem nicht aufhören, Geld zu horten. Seit er als kleiner Junge angefangen hatte zu arbeiten, war er besessen von dem übermächtigen Wunsch nach Geld. Kaisa hatte ihm und Will immer etwas Taschengeld zugesteckt, und während Will sich dafür Zinnsoldaten und Süßigkeiten kaufte, hatte Quint seines gehortet, nie auch nur einen Pfennig ausgegeben. So war es auch heute noch, er brauchte es einfach, er musste wissen, dass es da war. Das Einzige, was er sich wirklich wünschte – dass es seinem Vater besser ging –, konnte er nicht kaufen. Aber er sparte weiter und wusste nicht, was er mit dem Geld anfangen sollte. Irgendwo in seinem Kopf tanzten seit Jahren Bilder von Amerika. Vielleicht war er schon zu lange im Auswanderergeschäft, hatte zu viel gehört, zu viel gesehen, um nicht angesteckt worden zu sein vom Fieber. Er wusste, dass er sich irgendwann weit weg zur Ruhe setzen musste, wo der Arm des Gesetzes ihn nicht erreichen würde. Vielleicht würde er sich eine kleine Farm kaufen dort drüben, Rinder züchten oder Schafe …

Quint hatte Kohle mitgebracht, öffnete die Tür einen Spalt und entfachte ein kleines Feuer in der Ecke, denn hier drinnen war es kalt wie in einem Grab, aber er hatte den Eindruck, dass sein Vater die Wärme gar nicht spürte, dass Kälte für ihn normal geworden war. Quint redete so lange auf ihn ein, bis er ein wenig Räucherfisch aß. Ihm lief die Nase, er schien es nicht zu bemerken, und als Quint ihm ein Taschentuch hinhielt, starrte sein Vater es so lange verwundert an, bis er es wieder einsteckte.

Er wusste, dass sein Vater ihn hier nicht wollte. Er war ein Fremder für ihn geworden, der ab und an vorbeikam und ihn daran erinnerte, was er verloren hatte. Quint sah aus wie seine Mutter, und sein Vater hasste ihn dafür. Ohne ihn hätte er sie vielleicht vergessen können.

Als er wenig später den Heimweg antrat, fror er so sehr, dass er glaubte, nie wieder warm werden zu können. Es hatte zu regnen begonnen, natürlich hatte es zu regnen begonnen, wie hätte es anders sein können an einem Tag wie diesem.

Quint watete durch den Schlamm des sich langsam wieder füllenden Fleets zurück zur Leiter und kämpfte mit dem einzigen Gedanken, der ihn beherrschte, für den er sich schämte und den er doch nicht abschütteln konnte: Sein Vater war nichts weiter als eine Bürde. Und er hoffte, dass er starb.

Die Leichen begannen schon zu schimmeln. Der Gestank war so grauenvoll, dass er sich fragte, warum die Nachbarn die beiden erst jetzt gefunden hatten. Doch wenn man sich das Drecksloch von Haus ansah, in dem sie lebten, war das wohl nicht weiter verwunderlich. Die Wohnung selbst war ordentlich, das Paar hatte sich augenscheinlich Mühe gegeben, ein Heim zu schaffen. Aber das änderte nichts daran, dass die beiden in den Gängevierteln gewohnt hatten. Auch wenn der Senat hier in den letzten Jahren abgerissen und neu gebaut hatte, so viel er konnte, war es noch immer ein Slum. Nur zwanzig von hundert Wohnungen verfügten über ein Bad. Und die Bäder, die es gab, verdienten kaum den Namen. Die meisten Leute wuschen sich noch immer in der Küche mit Waschlappen über der Zinkwanne wie im Mittelalter. Wenn sie sich überhaupt wuschen.

Schon im Flur hatte er einen Würgereiz unterdrücken müssen. Die offenen Austritte waren eine Zumutung, wie es hier im Sommer stinken mochte, wollte er sich gar nicht erst vorstellen. Abseits von den Villen und Geschäften der Kaufleute, ihren Promenaden und Prunkhäusern war Hamburg auch jetzt noch ein Bild des Elends. Die Speicherstadt hatte an der Situation nicht viel geändert. Seit der Cholera bekämpfte die Stadt die Gängeviertel. Hier lebten Menschen ohne Zukunft, ohne Hoffnung. Die Häuser hatten so viele Stockwerke, dass man beim Zählen durcheinandergeriet, waren aber so schmal, dass sie nur aus Türen zu bestehen schienen. Immer wieder ließ man einzelne Straßenzüge abreißen, wurden Sanierungsgebiete ausgewiesen. Doch es gab immer mehr Menschen in der Stadt, und die mussten irgendwo wohnen. Die modernen Häuser, die anstelle der abgerissenen errichtet worden waren, konnte sich niemand hier leisten. Nur noch ein Zehntel der Menschen lebte deshalb in der Innenstadt. Jeden Morgen flutete die arbeitende Bevölkerung zusammen mit den ersten Sonnenstrahlen die Stadt, mit Schiffen, Eisen- und Straßenbahnen kamen sie aus den Vororten. Aber manche lebten noch immer hier, mittendrin, wo die Mieten in manchen Wohngebieten achtmal teurer waren als in anderen.

Karl Roscher merkte, wie sich sein Magen hob. Die Haut der Frau schimmerte bereits wächsern, ihr Kopf war grotesk angeschwollen, der Mund stand offen. Ihr Mann sah auch nicht besser aus.

Seine Augen tränten. Es war eiskalt hier drinnen, trotzdem schmeckte er den Gestank sogar auf der Zunge. Himmel, dachte er und presste sich eine Hand auf den Magen. Er durfte sich auf gar keinen Fall übergeben, nicht hier vor seinen Männern. Nicht schon wieder! Sie würden sich wochenlang die Mäuler zerreißen. Plötzlich drehte sich Ewald um, der eben noch über den Leichen gekniet hatte, und stürmte zum Fenster, das Gesicht grau wie Asche.

«Nicht nach draußen!», brüllte Karl, aber es war schon zu spät, Ewald erbrach einen dicken Strahl in die Gasse unter ihnen.

Und auf seine Jacke.

Es platschte, und von unten kam erbostes Gebrüll. Karl wischte sich die Stirn. Das half nun wirklich nicht, um seinen eigenen Magen zu beruhigen.

Er merkte, wie sein Hals sich verengte. Zum Glück hatte er eine sehr einfallsreiche Ehefrau. Rasch holte er das Tuch aus der Westentasche, das Edeltraud mit seinen Initialen bestickt und mit ihrem Duftwasser getränkt hatte, und presste es sich gegen die Nase. Der Trick war zwar schlau, aber er hatte auch einen sehr unangenehmen Nebeneffekt. Der Duft seiner Frau, die er sehr liebte, vermischte sich nun mit dem der Leichen. Beim letzten Mal war er nach Hause gekommen, hatte Traudel umarmt und einen durchgeschnittenen Hals vor sich gesehen, geronnenes Blut, blau angelaufene Hände. Er nahm das Tuch daher nur heraus, wenn es absolut nicht anders ging. Jetzt war einer dieser Momente, in denen es eben nicht anders ging.

Er atmete tief ein und aus, der Duft von Lavendel füllte seine Nase, vertrieb für ein paar gnädige Augenblicke den Leichengestank. Wenn du durchhältst, geht's heute Abend in den Austernkeller, versprach er sich selbst und seinem verkrampften Magen. Vielleicht nicht die beste Idee, dachte er zwei Sekunden später, als eine schleimige Auster vor seinem inneren Auge aufblitzte und er gerade noch so ein Würgen unterdrücken konnte. Kurz horchte er in sich hinein, und als er sicher war, dass er nicht über die Leiche kotzen würde, kniete er sich hin und betrachtete die Frau.

«Klarer Fall, was?» Ewald wischte sich das Kinn, dann stieß er auf und hielt sich die Hand vor den Mund.

«Wenn noch mehr kommt, dann verzieh dich gefälligst nach draußen!», brummte Karl. «Und nein», er betrachtete das Paar, dann sah er sich im Raum um. «Kein klarer Fall.»

Ewald runzelte die Stirn und wechselte einen Blick mit dem Sergeanten, der sich bisher im Türrahmen herumgedrückt hatte und nicht viel besser aussah, als Karl sich fühlte. Karl stand auf und ging langsam im Raum umher, betrachtete das Bett, den Tisch, die Kommode, die gepackten Koffer neben der Tür. Trotz des Zustands der Leichen war es ein rührender, beinahe schmerzhafter Anblick. Die beiden waren vielleicht um die dreißig – und sie trugen ihre Hochzeitsausstattung. Sie ein schlichtes weißes Kleid mit Puffärmeln, Blütenschmuck im Haar und Brautschuhe, er einen dunklen Anzug und Wollsocken. Aneinandergeschmiegt lagen sie auf dem gemachten Bett.

Beide hatten ein Loch im Kopf.

Die Waffe in den Händen der Frau war ein silbernes Kleinkaliber. Die Kissen unter ihnen waren blutgetränkt, ebenso wie die Wand dahinter, die über und über bespritzt war. Kleine Stücke Gehirnmasse waren an der Tapete eingetrocknet, und als ihm klar wurde, was er da sah, musste er wieder das Tuch gegen die Nase pressen.

Manchmal dachte er, dass er den falschen Beruf gewählt hatte. So bekannt er in ganz Hamburg und darüber hinaus für seine Kriminalarbeit war, so verlacht war er auch für seinen empfindlichen Magen.

«Sie haben sich suizidiert. Ist doch eindeutig! Sie hat erst ihn erschossen und dann sich.» Ewald hatte sich wieder gefangen, langsam kehrte die Farbe zurück in sein Gesicht.

Karl warf ihm einen strengen Blick zu. «Wenn du es unter meiner Leitung zu was bringen willst, musst du lernen, genauer hinzuschauen. Und zwar schnell!» Mit dem Zeigefinger winkte er Ewald heran. «Schau hier.» Er deutete auf die Waffe, dann auf die Einschusslöcher. «Die Frau hat die Waffe in der rechten Hand, richtig? Warum ist das Loch in seinem Kopf dann ebenfalls auf der rechten Seite? Hat sie ihn von der anderen Bettseite aus erschossen, sich dann neben ihn gelegt und sich selbst getötet?»

Ewalds Blick folgte dem seinen. Er hob die Augenbrauen. «Kann doch sein!»

«Ich denke nicht. Aber die größere Frage ist …» Karl beugte sich über das Bett und betrachtete die Hände der Frau. «Warum liegt die Waffe in ihrem Schoß?»

Ewald öffnete den Mund, als wollte er etwas sagen. Er stockte, überlegte kurz und schloss ihn wieder.

Nun verließ auch Hans seinen Posten an der Tür und trat näher. «Wenn sie sich selbst erschossen hätte, müsste die Pistole dann nicht neben dem Kopf auf dem Kissen liegen?»

Karl nickte. «Sehr richtig. Ist es unmöglich, dass der Schuss das Hirn nur streifte, sie noch ein paar Augenblicke lebte und ihre Position änderte? Nein. Aber mit dieser Waffe, aus diesem Abstand ist es dennoch extrem unwahrscheinlich. Die Kugel dürfte ihren Kopf von innen zu Brei zermalmt haben. Ich würde sagen, wir benötigen keine Obduktion, um zu wissen, dass hier ein Mord vorliegt und kein erweiterter Suizidfall. Denn nehmen wir mal an, es war so. Nehmen wir an, sie hat noch gelebt und ihre Hände in den Schoß legen können …» Er zog seine Lederhandschuhe aus der Weste, streifte sie über und drehte behutsam den Kopf der Frau ein Stück zur Seite. Ihre Zunge bewegte sich, und er zuckte kaum merklich zusammen. Er gab den beiden Männern einen Augenblick Zeit, selbst auf die Lösung zu kommen, aber als keiner von ihnen etwas sagte, erklärte er: «Die Kugel ist auf der falschen Seite ausgetreten. Außerdem …», er drehte den Kopf wieder zurück, «… trägt sie keinen Schmuck. Keine Ohrringe. Keine Kette. Ich frage euch: Warum sich die Mühe machen, die Hochzeitskleider anzuziehen, um dann den Brautschmuck wegzulassen? Und wo sind die Eheringe?»

Er trat vom Bett zurück und zog die Handschuhe wieder aus, warf einen Blick auf das Gepäck neben der Tür. «Wenn wir die Koffer durchsuchen, finden wir garantiert weder ihr Schmuckkästchen noch sonst irgendwelche Wertgegenstände. Sie waren nicht wohlhabend, das ist ersichtlich, aber nicht so arm, dass die Dame ganz ohne Schmuck geheiratet hätte.» Er nickte Hans zu. «Baut das Stativ auf. Ich will Fotos von jedem Detail. Und wir nehmen Fingerabdrücke in der ganzen Wohnung.»

Hans zögerte eine Sekunde. Dann nickte er und machte sich an die Arbeit.

Karl jedoch prägte sich diese Sekunde sehr genau ein. Er brauchte keine Untergebenen, die seine Autorität infrage stellten. «Warum die Koffer?», murmelte er und starrte gedankenverloren vor sich hin. Das fragte er sich schon, seit sie hereingekommen waren. Eine Hochzeitsreise? Das war natürlich möglich, doch er glaubte nicht daran. Langsam ging er zum Schrank und öffnete ihn, zur Kommode und zog die Schubladen heraus. Sie waren leer, das Papier auf den Brettern sorgfältig gewischt. In der Wohnung stand nur noch das Nötigste, zwei helle Flecken an den Wänden verrieten, dass dort vor Kurzem noch Bilder gehangen hatten. Er ging zur Handtasche der Frau, die auf einem Stuhl lag, und kramte darin herum. Geld war noch da, zumindest etwas, eine unbedeutende Summe, sicher nur dagelassen, um auf die falsche Fährte zu locken.

«Also, ich versteh das nicht», brummte Ewald, und Karl seufzte leise. Er war in die Knie gegangen, um die Handtasche zu durchsuchen, und richtete sich nun mit knackenden Gelenken wieder auf.

«Ich schon», sagte er, denn in seinem Kopf hatten sich die Verbindungen gerade eben gefügt.

Die Männer sahen ihn überrascht an.

«Sie waren offensichtlich kurz davor zu verreisen, wahrscheinlich sogar auszuwandern. Bei einem Umzug hätten sie nicht Koffer und Taschen gepackt, und sie hätten die Möbel mitgenommen. Etwas Geld ist noch hier, ebenso ihre persönlichen Sachen. Die Diebe wollten uns verwirren, sie wollten uns an einen Selbstmord glauben lassen. Warum, frage ich euch.»

Hans und Ewald warfen sich einen Blick zu, und es war mehr als deutlich, dass sie keine Antwort auf seine Frage hatten.

«Weil ...», begann Karl langsam, «... weil sie nicht wollten, dass wir nach ihnen suchen. Und weil wir auch nicht nach *ihnen* suchen sollten.» Er zeigte auf das Paar auf dem Bett.

Jetzt hatte er die beiden vollkommen verwirrt. Ewalds Mund klappte ein Stück auf. «Aber ... sie sind tot», sagte er. «Sie liegen doch hier. Warum sollten wir nach ihnen suchen?»

Karl seufzte tief. Gut, er hätte es auch etwas einfacher erklären können.

«Wir gehen alle Passagierlisten von vor drei Wochen bis in einem Monat durch. Jedes scheiß Schiff, das den Hamburger Hafen verlassen hat oder verlassen wird, hört ihr? Selbst die kleinste Jolle. Ich wette meinen Arsch darauf, dass wir ihre Namen auf einer der Listen eines Überseedampfers finden. Und ich wette meinen Arsch darauf, dass jemand unter ihrem Namen und mit ihren Fahrkarten an Bord gegangen ist – oder das vorhat.»

Der verständnislose Ausdruck in den Augen der Männer wandelte sich langsam in Bewunderung. «Genial», murmelte Ewald. «Da wäre ich im Leben nicht drauf gekommen.»

Karl seufzte, weil er wusste, dass das stimmte.

Und weil er ebenfalls wusste, dass sie nun viel Glück brauchten, wenn sie die Mörder fassen wollten. Sollten sie schon vor längerer Zeit gefahren sein, während der Tage, in denen die Leichen hier vor sich hin verwesten, und sollten sie bereits im Zielhafen eingetroffen sein, dann wäre es unmöglich, sie noch aufzuspüren. Bis in die Neue Welt reichte der Arm des Gesetzes nicht, erst angekommen, konnte man dort problemlos ein neues Leben beginnen. War jemand vom Schiff, verlor sich die Spur schneller, als man spucken konnte. Sicherlich würde sich das bald ändern, es gab Pläne, internationale Fahndungen auch über den Ozean auszudehnen. Aber für ein mittelloses Paar aus den Gängevierteln würde niemand die entsprechenden Gelder zur Verfügung stellen, jetzt nicht und auch in Zukunft nicht, das wusste er nur zu gut. Da musste schon der Kaiser höchstpersönlich ermordet werden, damit die Zusammenarbeit mit den Behörden in Amerika besser funktionierte.

Der Tod war eben nicht für jeden das Gleiche.

Claire lief durch die engen Gassen der Altstadt und umklammerte ihr Gepäck mit beiden Händen. Es war zu voll, zu laut, es stank trotz der Kälte, und überall lagen Müll, Hundekot und Pferdeäpfel. Jetzt, da sie nicht mehr ihr Ecrukostüm und den kleinen Federhut trug wie das letzte Mal, als sie sich hier durch die Gassen gefragt und nach dem richtigen Haus gesucht hatte, war es ein vollkommen anderes Erlebnis. Dieses Mal konnte sie in die Menge eintauchen und darin verschwinden.

Claire hatte immer schon um ihre Wirkung auf Menschen gewusst. Nicht nur auf Männer, auch auf Frauen. Selbstbewusstsein und Arroganz machten Eindruck. Gepaart mit Schönheit waren sie ein Garant für Aufmerksamkeit. Sie hatte sie geliebt, diese kleinen Zeichen der Nervosität. Männer, die sich rasch durch das Haar strichen, bevor sie auf sie zutraten, die nicht wussten, was sie mit ihren Händen tun sollten, wenn sie mit ihr sprachen, kurz ihr Spiegelbild in einer Fensterscheibe überprüften. Frauen, die über sie tuschelten, die sie dabei ertappte, wie sie sie über ihren Teller hinweg anstarrten, neidisch ihre Züge oder ihr Kleid musterten. Es war immer so deutlich gewesen, sie hätten ihr die Missgunst auch direkt ins Gesicht spucken können.

Die Blicke blieben nicht mehr an ihr hängen. Sie wusste nicht, ob es an ihren Kleidern lag, den Haaren, dem Auge, dem vor Kälte geröteten Gesicht, den eingefallenen Wangen, oder ob es eine Mischung aus allem war. Sie konnte durch eine Menschenmenge hindurchgleiten, und niemand beachtete sie. Manchmal blieb der Blick eines Mannes länger an ihr hängen als nötig, aber darin fehlte die Ehrfurcht, die sie immer für selbstverständlich gehalten hatte. Ohne den Puder sah man deutlich die kleinen Pusteln an ihrem Kinn, ihre Lippen waren spröde und aufgesprungen, kein Lippenrot der Welt hätte etwas daran ändern können. Ihre Haare waren eine Katastrophe, die Farbe war inzwischen nur noch in den Spitzen sichtbar und hatte dort einen seltsamen Grünstich angenommen. Sie ließen sich einfach nicht bändigen, und Claire hatte schnell gemerkt, dass sie zum Frisieren keinerlei Begabung besaß. Marie hatte stets die kunstvollsten Frisuren gezaubert, und Claire musste mit Erschrecken feststellen, dass der einfache Haarknoten, den sie selbst als Einziges zustande brachte, ihr Gesicht seltsam spitz und langweilig aussehen ließ. Vielleicht, dachte sie manchmal, hatte das, was sie getan hatte, sich irgendwie in ihre Züge gestohlen. Vielleicht sah man es ihr an.

Oder waren es immer nur die Kleider gewesen, die Hüte und Perlen, die Korsetts, die ihren Körper in wespenhafte Kurven pressten? Nein, es war ihre Selbstsicherheit, die verschwunden war. Als sie sich jetzt durch die matschigen Straßen der Gängeviertel drängte, Handkarren und Straßenkindern auswich und ihr Spiegelbild in der Scheibe einer Bäckerei auffing, erkannte sie sich selbst kaum wieder.

Es dauerte ewig, bis sie die richtige Gasse fand. Das Sonnenlicht kam nicht bis hier herab, die Wände waren grün vor Algen, der Boden war von einer dünnen Schicht Eis bedeckt. Claire tastete sich vor, glitt beinahe auf einem frischen Hundehaufen aus. Die klamme Kälte war schon hier draußen kaum zu ertragen. Wie muss es erst in den Wohnungen sein?, überlegte sie.

Schließlich sah sie die schiefen Stufen, die krumme kleine Tür, und Erleichterung durchflutete sie. Gleichzeitig war die Beklemmung so stark, dass ihr übel wurde. Sie blieb stehen, versuchte, ihren Atem zu beruhigen.

Das Fenster war noch immer von innen mit Zeitung verhängt. Hier hatte sich anscheinend nicht viel geändert. Sie konnte sich nicht bewegen, schluckte hastig, starrte die Tür an.

Plötzlich wurde von innen der Schlüssel im Schloss gedreht, und jemand drückte die Klinke herunter. Bevor sie reagieren konnte, ging die Tür auf.

Claire stockte der Atem, als ihr große graue Augen entgegensahen.

Dann ließ sie die Luft langsam wieder aus den Lungen.

Der Mann in der Tür runzelte die Stirn. Hinter ihm erschien ein kleiner Junge auf der Schwelle, dann ein anderer. Sie trugen keine Schuhe, ihre Gesichter waren rot gefroren.

«Kann ich helfen?», sagte der Mann unfreundlich, und Claire zuckte zusammen.

«Ja, ich … Wohnt hier nicht mehr Fräulein Ava de Buur?», fragte sie so höflich sie konnte.

Er schüttelte den Kopf. «Hier wohnen nur wir», erwiderte er, die Tür wurde weiter geöffnet, und eine Frau mit einem Säugling auf dem Arm schaute zu ihnen heraus.

«Was ist denn?», fragte sie ruppig. «Wir kaufen nichts.» Sie musterte Claire feindselig, ihr Blick glitt über ihren Körper, und dann zog sie ihren Mann ganz leicht am Ärmel zurück.

Nun, dachte Claire mit einem Anflug von Selbstironie, ich bin vielleicht nicht mehr so attraktiv wie früher, aber es reicht immer noch, um andere Ehefrauen nervös zu machen.

«Sie wissen auch nicht, wo sie ist?», erkundigte Claire sich mit enger Kehle, sah den Mann an und ignorierte die bösen Blicke der Frau. «Ich muss sie dringend finden.»

Der Mann schüttelte den Kopf. «Nie gehört den Namen.» Er kam die Treppe herauf, Claire musste zur Seite weichen, um ihm Platz zu machen. Er musterte sie, und sie meinte, dass sein Blick an ihrem Auge hängen blieb. Sie wollte ihm sagen, dass er gefälligst nicht so starren sollte, aber ihr kam kein Ton über die Lippen. «Danke», erwiderte sie nach einer Pause. «Dann muss ich mich wohl geirrt haben.»

Langsam ging sie die glitschige kleine Gasse entlang zurück auf die Hauptstraße. Jetzt gab es nur noch einen Ort, wo sie Ava suchen konnte. Und an diesem Ort war jemand, dem sie in ihrem Zustand auf keinen Fall ins Gesicht sehen wollte. Aber Stolz konnte sie sich jetzt nicht mehr leisten. Sie blinzelte die Tränen weg, die ihr plötzlich in den Augen brannten, und schloss die Finger enger um den Griff der Tasche.

Stolz war etwas für die alte Claire.

Als er auf der Wache an der Stadthausbrücke eintraf, war ihm noch immer übel. «Schon wieder ein Raubmord», verkündete er und ließ sich schwer auf seinen Schreibtischstuhl fallen. Die Sekretärin warf ihm einen mitleidigen Blick zu und brachte ihm einen Kaffee. Karl dachte, dass sie schon viel früher mehr Frauen hätten einstellen sollen, sie waren effizienter, schneller, sie merkten, wann man einen starken Kaffee brauchte. Und sie dufteten gut.

«Klären Sie ihn auf, und vielleicht kommt die Beförderung von ganz alleine.» Erika lächelte warm.

Es tat gut, sie lächeln zu sehen. Wenigstens ein freundliches Gesicht in dem Meer aus Schnauzern und Spitzhelmen. Karl wusste, dass er nicht beliebt war. Weder bei den Arbeitern noch bei seinen Kollegen und schon gar nicht in der Hamburger Unterwelt. Doch das war ihm egal. Ein Polizeichef war nicht dafür da, beliebt zu sein. Hauptsache, er stand bei Erika hoch im Kurs. Er war nun fast sechzig, und vor seiner Pensionierung wollte er Polizeipräsident werden. Dafür musste ihm ein großer Coup gelingen. Den Fall von heute würde er abgeben, das war klar. Natürlich hielt er seine Hand darüber, aber die Jungs mussten schließlich auch was lernen, und er hatte ihnen heute alle Hinweise gegeben, die sie brauchten. Hoffentlich fanden sie vernünftige Fingerabdrücke. Karl war an anderem interessiert.

Am organisierten Verbrechen.

In Hamburg stellten brutale Gewalttaten ein großes Problem dar, ein riesiges, wenn man ehrlich war. Fast jeden Tag wurde ein neuer Mord gemeldet, irgendwo wurde jemand mit zerschmettertem Gesicht und fehlender Brieftasche gefunden, Leichen wurden aus der Elbe gefischt oder lagen morgens einfach irgendwo in einem Hauseingang. Die Stadt explodierte, quoll aus allen Nähten. Die Prostitution nahm überhand, immer mehr immer jüngere Mädchen kamen aus dem Osten und verkauften hier für ein paar Pfennige ihre Körper. Und nicht nur Frauen aus armen Ländern saßen hinter den Scheiben, eine Näherin in Hamburg verdiente gerade einmal so viel, dass sie sich die Miete leisten konnte, nicht aber etwas zu essen oder Kleidung – obwohl sie zwölf bis vierzehn Stunden täglich arbeitete. In anderen Berufen war es das Gleiche. Kellnerinnen bekamen oft keinen festen Lohn, sondern waren auf Trinkgelder angewiesen. Wie sollte man davon überleben? Hamburg hatte jetzt eine Million Einwohner, dreißigtausend neue Leute pro Jahr, es war ja klar, dass es da langsam eng wurde, nicht nur in den Gängevierteln. Preußen gab keinen einzigen Quadratmeter her, ohne dafür einen hamburgischen zu fordern, Steinwärder und Peute konnten keine neuen Betriebe mehr aufnehmen und die Werften den Bedarf an Seeschiffen schon lange nicht mehr decken. Revolution lag in der Luft. Wenn die Reichen immer reicher wurden und die Armen immer ärmer, und wenn die Reichen den Armen auch noch ihre Wohnviertel unter dem Hintern abrissen, ohne sich darum zu scheren, wo sie hinsollten, dann wurde es erst recht hitzig.

Obwohl er die Fahndungsmethoden immer weiter verbessert hatte, seine Jungs mit der neusten Fototechnik arbeiteten, in der sein Freund Wilhelm Svarts sie unterwies, war die Erfolgsquote entmutigend niedrig. Und das lag an einer sehr einfachen Tatsache: Die meisten Verbrechen waren einmalige Taten, der Verzweiflung und dem Hunger geschuldet. Dieser Art von Delikten würde man niemals Herr werden. Nicht, solange das Elend die Stadt fest im Griff hatte. Da musste man schon auf anderer Ebene ansetzen. Doch die Männer in Hamburg, die wirklich etwas hätten ändern können, scherten sich nicht um Kommunalpolitik. In Börse und Handelskammer hatten sie Ämter von höchster Wichtigkeit inne und nutzten ihre Machtpositionen aus, ohne sich von Senat und Bürgerschaft stören zu lassen, immer so, wie es dem eigenen Geldbeutel am besten passte.

So änderte sich natürlich gar nichts.

Karl schlenderte ans Fenster und schaute auf die Straße hinunter. Ihm tat der Rücken weh, und immer wieder blitzte die Zunge der toten Frau vor seinem inneren Auge auf. Das

Paar war ermordet worden für zwei Fahrkarten in ein neues Leben. So teuer war die Überfahrt, dass es sich lohnte, dafür das Leben eines anderen auszulöschen, so rosig die Aussicht, drüben etwas Besseres zu finden als hier.

Er schüttelte den Kopf. Der Kaffee war stark und süß, genau wie er ihn mochte, und er vertrieb die Bilder aus seinem Kopf. Er schaute auf die Straße hinunter und dachte an seine Pensionierung. Daran, dass er vielleicht noch fünf Jahre hatte, die er auf keinen Fall weiter mit schimmeligen Leichen zubringen wollte. Dafür war sein Magen einfach nicht gemacht. Er brauchte jetzt internationale Aufmerksamkeit, sonst würde er niemals Präsident werden.

Sie hatten kein Gesicht. Es war, als würden sie ein Phantom jagen. Er wusste nicht, wo er ansetzen sollte, die Netze waren so weit verzweigt, erstreckten sich von hier bis in die hintersten Karpaten. Auch wenn der Kopf von alledem in Hamburg sitzen *musste*, hatte er keine Ahnung, wo und wie er ihn suchen sollte. Man musste sich die ganze Organisation vorstellen wie eine Schlange im hohen Gras. Ab und zu sah man ein paar Schuppen aufblitzen, einen Teil ihres gefräßigen Leibes, der sich zwischen den Halmen hindurchwand. Man konnte nur schätzen, wie groß sie war, sie verschmolz mit ihrer Umgebung, bewegte sich zu schnell, war mehr eine Ahnung als eine Gewissheit. Man konnte sie nicht fassen, weil man nicht wusste, wo man zupacken sollte.

Weil man nicht wusste, wo sich der Kopf befand.

Und ob sie sich nicht von hinten auf einen stürzen würde, wenn man am falschen Ende zupackte.

3

Anfangs hatte er Therese nicht sonderlich leiden können. Sie war gewöhnlich, keine Frau für seinen Sohn. Schön natürlich, das konnte man ihr nicht absprechen. Nicht so schön wie Kaisa, aber wer war das schon. Trotzdem sehr attraktiv, sogar jetzt noch, nach all den Kindern, wenn ihre Augen auch tiefer lagen als früher und die Wangen nicht mehr ganz so voll waren. Nachdem feststand, dass Will seine Meinung nicht ändern und sie tatsächlich heiraten würde, hatte er nur einmal seinem Sohn gesagt, was er von ihr hielt, niemals aber ihr persönlich. Trotzdem war sie selten hier, vermied die Besuche. Kaisa litt darunter, sie liebte ihre Enkelkinder und warf ihm vor, das Familienklima zu vergiften, Therese absichtlich vom Hause fernzuhalten. Dabei stimmte das wirklich nicht. Nach der Heirat hatte er sich mit ihr abgefunden. Natürlich hatte Will ohnehin nicht auf ihn gehört, sein Sohn lebte in der Überzeugung, er sei ein alter Schwätzer, ein in die Jahre gekommener Neurotiker der alten Schule, den man nicht ernst nehmen musste. Sicherlich war er nicht der Einzige. Er sah die Blicke, die die anderen sich zuwarfen, wenn er sprach, er sah den Widerwillen in den Augen seines Sohnes.

Nein, man konnte ihm wirklich keine Feindseligkeit gegenüber seiner Schwiegertochter vorwerfen, im Gegenteil, Therese gegenüber hatte er sich mit der Zeit erweichen lassen. Das lag vor allem an Kaisa. An der Kälte, die sie ausstrahlte. Therese war warm, sie lächelte, wann immer ihre Augen sich trafen, sie war herzlich und interessiert, gab sich immer große Mühe, ihnen zu gefallen. *Ihm* zu gefallen.

Jorg war natürlich klar, dass sie darauf hoffte, Will und er würden wieder zueinanderfinden, sodass sie endlich vom Familiennamen – und von allem, was dazugehörte – profitierte.

Jorg saß an seinem Schreibtisch, eine Tasse Kaffee vor sich, und starrte gedankenversunken auf die Fotografie von sich und seinem Sohn. Er besaß sie seit bestimmt zwanzig Jahren, mindestens einmal am Tag fiel sein Blick darauf, und ihn durchzuckte eine seltsame Form von Wehmut. Als wäre es heute gewesen, erinnerte er sich an jenen Sommertag. Wenn es das Bild nicht gegeben hätte, der Tag wäre irgendwo in den Tiefen seines Gedächtnisses verschwunden wie so vieles andere auch, verschmolzen mit der Masse an Erinnerungen. Das war das Wunderbare an Fotografien, da hatte sein Sohn schon recht. Trotzdem fand er nicht, dass das rechtfertigte, dieser Sache sein Leben zu widmen.

Damals waren sie bei Bekannten zu Besuch gewesen, hatten eine Partie Fußball gespielt, der Rasen war noch nass vom Regen und sie beide vollkommen mit Schlamm bedeckt. Er war nie sportlich gewesen, doch an diesem Tag hatte ihn etwas angespornt, er hatte vor den Augen seines Sohnes eine gute Figur machen wollen und hatte alles gegeben, auch wenn er danach keuchte wie ein alter Mann und zwei Wochen lang jeden Knochen im Leibe spürte. Sie hatten gewonnen. Er hatte das entscheidende Tor geschossen. Will blickte auf dem Bild zu ihm auf, eine Mischung aus Ehrfurcht und Begeisterung in den Augen. Jorg stand neben ihm, die Hand auf seine Schulter gestützt, den Mund leicht geöffnet, sodass man beide Zahnreihen sah, den Blick voller Stolz auf Will gerichtet.

Manchmal fragte er sich, wo sie hin war, die Liebe, die sie früher füreinander empfunden hatten. Die Bewunderung in den Augen seines Sohnes. Sie waren sich doch einmal nahe gewesen, oder nicht? Erinnerte er sich so wenig? Nun ging es in ihren Gesprächen bloß noch darum, sich gegenseitig von den eigenen Idealen zu überzeugen und die des anderen schlechtzumachen. Aber er wusste nicht, wie er das hätte ändern sollen, ohne alles zu verraten, woran er glaubte.

Ohne wie ein Idiot dazustehen.

Seit vielen Jahren hatte er das unbestimmte Gefühl, Will hätte ihn verraten. Ähnlich ging es ihm mit seiner Frau. Sie war klüger als er, er hatte es bereits vor der Hochzeit gemerkt, aber damals noch geglaubt, es würde kein Problem sein, war heimlich sogar stolz gewesen auf sie. Dann war es natürlich doch zum Problem geworden.

Weil sie nicht nur klüger war, sondern er sich ihr unterlegen fühlte. Niemals hätte er es ausgesprochen. Aber es stimmte. In ihrer Gegenwart fühlte er sich nicht so, wie ein Mann sich mit seiner Frau fühlen sollte.

Vielleicht ist das an Therese anders, überlegte er jetzt, als er langsam den letzten Schluck Kaffee trank und das Petit Four verspeiste, das neben der Tasse lag. Bei ihr fühlte er sich nicht unterlegen. Im Gegenteil. Sie stellte seine Autorität nicht infrage, hätte niemals über ihn gelacht. Sie benahm sich angemessen, devot beinahe, und dadurch fühlte er sich gut. Ärgerlich schüttelte er den Kopf. Es war absurd, dass Frauen eine solche Macht über ihn hatten. Allein durch ihre Reaktion auf seine Anwesenheit brachten sie seine Gefühle durcheinander.

Er stützte sich an der Sessellehne ab und stand auf, trat

ans Fenster, blickte hinunter auf die breite Straße. Kutschen und Automobile zogen vorbei wie immer. Manchmal hatte er das Gefühl, jeder Tag war gleich. Nichts war mehr spannend, nichts mehr aufregend. Bald würde er sich vollkommen zur Ruhe setzen, und was hatte er dann noch, worauf er sich freuen konnte? Er ließ den Blick über die Dächer schweifen. Seine Stadt hatte sich in den letzten Jahren so sehr verändert. An der Ringbahn wurde ohne Unterlass gebaut. Und erst der Elbtunnel. Mehr als zehneinhalb Millionen Mark ... Die Überfahrt nach Steinwärder und zu den linken Norderelbufern war nun um einiges leichter. Die Elbbrücken waren auch erweitert worden, riesige unterirdische Stammsiele gebaut, eine zweistöckige Norderelbbrücke, die Sylter und Helgoländer Allee hatten Teile des alten Stadtgrabens und den Festungswall verdrängt, und das neue Gewerkschaftshaus am Besenbinderhof veränderte die gutbürgerliche Gegend auf dramatische Weise. Der Jungfernstieg war unaufhaltsam im Wandel, neue Anlegestellen für die Alsterdampfer wurden gebaut. Er hasste die eisernen Galgen, an denen die Oberbeleuchtungen und die Leitungen für die Straßenbahnen befestigt waren. Sie verschandelten das Stadtbild. Manchmal hatte er das Gefühl, dass die Stadt sich unter seinen Blicken wandelte und wandelte und nur noch Bruchstücke von der Welt übrig ließ, in der er aufgewachsen war. Manchmal fühlte er sich regelrecht entwurzelt, dabei war er doch immer hier gewesen.

Und nicht nur die Architektur der Stadt änderte sich, auch die Menschen taten es. Die Zahl der in Handel und Büros berufstätigen Frauen hatte sich in den letzten fünfzehn Jahren verdreifacht. Durch die verdammten Schreibmaschinen waren sie über Banken, Büros, Behörden und Versicherungen hergefallen, Kontoristinnen, Sekretärinnen, Buchhalterinnen ... Seiner Meinung nach hatten Frauen außer in der

Musik und in der Pflege nichts zu suchen. In den Fabriken und auf den Märkten brauchte man sie selbstverständlich gezwungenermaßen, aber in den Kontoren? Nein, das war ein Bild, an das er sich nie gewöhnen würde. Er hatte Kaisa nur erlaubt, wohltätig zu arbeiten, weil er befürchtete, ohne sinnvolle Beschäftigung würde sie den Verstand verlieren. Es war eine dunkle Zeit gewesen, als beide Söhne aus dem Haus waren und Kaisa mehr und mehr verstummte, blasser und kränker wurde. Sie war zu schlau, um untätig herumzusitzen, es tat ihr nicht gut, fast war es schon zu spät gewesen, als er es endlich bemerkte. Auch wenn es ihm ganz und gar nicht passte, dass sie so viel Zeit in der Ballinstadt verbrachte, so wusste er doch, wie die Alternative aussah, und ließ sie gewähren.

Sein Blick wanderte von den Häusern in den grauen Hamburger Himmel, der wie so oft einen dünnen Nieselregen auf die Dächer und Straßen ergoss.

Es war schwer, sich einzugestehen, was er fühlte, doch er war einsam. Schrecklich einsam. Die Einsamkeit begann, ihn von innen aufzufressen. Kaisa redete nicht mehr mit ihm, jedenfalls nicht wie früher. Sie war immer freundlich, kümmerte sich um alles im Haus, erlaubte sich so gut wie nie einen Fehltritt, sorgte dafür, dass gute Anzüge in seinem Schrank hingen, sein Lieblingstee vorrätig war und seine Tabakdose gefüllt. Wenn sie ausgingen, betrieb sie tadellos Konversation, und wenn er sagte, dass sie einmal wieder einladen mussten, kaufte sie sich ein neues Kleid und organisierte alles, von der Auswahl der Gäste über das Essen bis zur Musik und Unterhaltung.

Aber sie sah ihm kaum noch in die Augen.

Manchmal wurde er so zornig auf sie, dass er sie beim kleinsten Anlass schüttelte, sie anschrie, um eine Reaktion zu provozieren. Sie blieb immer sachlich, immer ruhig. Hinterher schämte er sich, aber entschuldigt hatte er sich nie, es war sein Recht als Ehemann, von ihr mehr zu fordern als nur die nötigste Fürsorge, oder nicht?

Es klopfte, und das Mädchen steckte den Kopf zur Tür herein. «Ihre Schwiegertochter ist jetzt da», sagte sie und knickste leicht.

Er nickte zerstreut. «Gut, gut, führ sie herein.»

Als sie eintrat, sah sie sich wie immer im Raum um, als suchte sie nach etwas. Jorg lächelte steif. Er hatte sie an Wills Seite akzeptiert, und er musste sich eingestehen, dass er ihre Gesellschaft schätzte. Dennoch blieb natürlich die Tatsache bestehen, dass sie es gewagt hatte, ohne seinen Segen seinen Sohn zu heiraten, und dieser Makel würde ihr immer anhaften. Ganz zu schweigen von dem gesellschaftlichen Unterschied zwischen ihnen, den es nun einmal gab. Doch sie war die Mutter seiner Enkelkinder, und Jorg liebte seine Enkel, egal was Kaisa dachte. Besonders die kleine Rosa, dieses liebliche Geschöpf, an dem er sich nicht sattsehen konnte.

«Therese», sagte er und bedeutete ihr, sich in einen der Sessel vor dem Kamin zu setzen. «Was kann ich für dich tun?»

Therese setzte sich, tastete nach ihrem Haar, das der Hut ein wenig platt gedrückt hatte. Er fand ihr Kleid unpassend schlicht und ihr Dekolleté zu groß. Der Blick musste ja geradezu daran hängen bleiben. Wassertropfen perlten von ihren Schultern.

«Nun, ich … Danke, dass du mich empfängst», sagte sie, und er nickte ungeduldig. «Es geht um Will», stieß sie dann hervor.

Er hob die Augenbrauen.

Therese zögerte. «Ich weiß, dass ich mit der Tür ins Haus falle …» Tatsächlich fiel sie keineswegs mit der Tür ins Haus, sondern redete und redete, druckste herum, bis er sich ungeduldig räusperte.

«Komm zur Sache, Therese.»

Sie brach ab, straffte die Schultern. «Dieses Mal geht es nicht darum, dass er knauserig ist oder spart oder mir nichts geben will …» Sie brach ab, schien nach Worten zu suchen. «Er ist hoch verschuldet.»

Es traf ihn wie ein Blitz. Schwerfällig erhob er sich und ging zum Fenster zurück, wo der Himmel noch immer grau war und der Regen unaufhörlich auf die Dächer fiel. «Ich habe es gewusst», murmelte er und presste die linke Hand gegen das kühle Glas, zwei Finger der rechten gegen die Schläfe, die plötzlich zu pochen begann. «Ich habe es gewusst, es konnte nicht gut gehen. Diese verdammte Fotografie.»

«Er würde niemals darum bitten», sagte sie leise.

Das stimmte. Will wäre eher verhungert, als ihn noch einmal nach Geld zu fragen. Daran war er selbst wohl nicht ganz unschuldig; immer wieder hatte er davon angefangen und ihn damit aufgezogen.

Vielleicht saß ihm deshalb an diesem Tag die Feder besonders locker, als er die Summe aufschrieb und Therese das Scheckheft wortlos über den Tisch schob.

Ihre Augen weiteten sich, als sie die Zahl sah. «Sag ihm nichts davon», mahnte er. Es war ein Spiel mit dem Feuer, er wusste, wie das alles enden konnte. «Teile es dir ein. Er darf es niemals erfahren.»

Als sie ging, saß Jorg noch lange an seinem Schreibtisch und fragte sich, ob er einen Fehler gemacht hatte. Wie sollte sie eine solche Summe vor ihm verstecken? Was sollte sie überhaupt damit anfangen? Frauen besaßen kein eigenes Geld, Will würde es erfahren, er konnte gar nicht so blind sein.

Plötzlich fing sein Herz an, schneller zu klopfen, und erstaunt hob er eine Hand an die Brust. Ob Will ihm verzeihen würde? Er war so schrecklich stolz, sein Sohn. Beinahe genauso stolz wie er selbst. Er betrachtete noch einmal das Bild, das auf seinem Schreibtisch stand, Wills Lächeln. Und fühlte sich noch einsamer.

Therese saß in der Droschke und blickte auf den Scheck in ihrer Hand. Sie konnte es nicht fassen, dass er ihr wirklich so viel gegeben hatte. Eigentlich hatte sie nicht einmal damit gerechnet, dass er sie empfangen würde. Und nun das. Sie war wirklich die geborene Schauspielerin. Ein bisschen verzweifeltes Seufzen, ein paar Augenaufschläge, ein hilfloses Händeringen, und schon fraßen ihr die Männer aus der Hand. Nur bei ihrem eigenen klappte es nicht mehr. Aber das war wahrscheinlich auch der Grund, warum es zwischen ihnen nicht mehr funktionierte.

Das und die andere Frau.

Doch was sollte sie tun? Sollte sie arbeiten gehen? Sie hatte nur eine Ausbildung als Hauswirtschaftlerin absolviert. Dort hatten sie neben Wursten, der Zubereitung von Kinderkost und Krankenpflege auch Themen wie «der wohl eingerichtete Wäscheschrank» behandelt. Das staatliche Examen hatte sie aber schon nicht mehr abgelegt, da war sie bereits schwanger gewesen. Hausarbeit und Beruf schlossen sich nicht mehr aus, wie das noch in ihrer Jugend der Fall gewesen war. Aber sie würde in der Armut enden, wenn sie nichts unternahm. Sie konnte doch nichts.

Anfangs, als sie verstand, was mit ihm los war, hatte sie nachts wach gelegen und an die Decke gestarrt, jede seiner Regungen beobachtet, jedes Wort von ihm interpretiert und umgedreht. Doch irgendwann – es erstaunte sie, wie schnell es gegangen war – war der Zorn gekommen. Die Kälte. Es war nur eine Frage der Zeit, bis ihnen ihre Ehe um die Ohren flog. Sie konnte nichts daran ändern, und diese Hilflosigkeit war das Schlimmste. Therese blickte auf den Scheck in ihrer Hand. Ganz so hilflos, wie sie gedacht hatte, war sie vielleicht gar nicht. Sie konnte Will nicht darauf ansprechen. Sie konnte nicht einfach gehen, wo sollte sie hin, mittellos mit einem Haufen Kinder.

Aber sie konnte sich vorbereiten.

Magnus lief die Treppe hinunter, den Geschmack der Zahnpasta noch im Mund, die seine Haushälterin vor Kurzem gekauft hatte. Ein wenig befremdlich, aber durchaus frisch, fand er. Die Absätze seiner neuen italienischen Schuhe klackten auf dem Marmor, aus der Küche drang gedämpftes Rumoren. Es duftete bereits nach Kaffee. Er musste sagen, dass er es genoss, morgens das Haus für sich zu haben, in Ruhe seine Zeitung lesen zu können. Seine Mutter war am Morgen immer grauenvoll gesprächig und gut aufgelegt gewesen, er und sein Vater hatten meist mürrisch dagesessen und schweigend ihren Kaffee getrunken, während sie auf sie einplauderte, ihnen von ihren drögen Freundinnen und ihren Salon-Problemchen berichtete. Bei Linda war es ähnlich gewesen. Auch sie wollte morgens den Tag besprechen, seinen Rat zu diesem und jenem einholen, schlug die Augen auf und war wach, voller Tatendrang. Er brauchte seine Zeit, um von der Nacht zum Tag überzugehen. Morgens war er froh, dass sie nicht da war.

Aber abends fehlte sie ihm seltsamerweise.

Abends saß er im Salon, ein Glas Whiskey in der Hand, schaute in den knisternden Kamin und grübelte. Das Haus war immer viel zu still um diese Zeit. Was sollte man am Abend tun, wenn niemand da war?

Im Laufen presste er eine Hand auf den Magen. In letzter

Zeit hatte er Geschwüre entwickelt, musste ständig sauer aufstoßen, jeder Schluck Kaffee brannte. Er wusste auch warum. Zu all dem Ärger mit Linda kam etwas hinzu, das ihn nachts um den Schlaf brachte, mehr noch als seine Scheidung, mehr noch als die Sache mit Claire.

Er hatte die Reederei heruntergewirtschaftet.

Man konnte es nicht anders sagen. Vielleicht lag es an der empfindlichen kleinen Wirtschaftskrise, unter der sie seit nunmehr drei Jahren litten, vielleicht an der verdammten HAPAG, die ihnen das Geschäft mehr und mehr streitig machte. Ballin war einfach zu gerissen, zu weitsichtig. Die Konkurrenz schlief nicht. Letztes Jahr waren weit über hundertfünfzigtausend Menschen über Hamburg emigriert. Für die HAPAG kamen noch die normalen Passagiere dazu, an denen sie ebenfalls verdiente. Die Reederei beförderte mittlerweile neunundneunzig Prozent des gesamten Auswanderer- und Passagierverkehrs der Stadt. Sie allein zahlte fast eineinhalb Millionen Mark an Steuern jedes Jahr, das musste man sich mal vorstellen. Er schnaubte leise durch die Nase, als er daran dachte. Ballin hatte eine verdammte Goldgrube geschaffen – nicht nur für sich, auch für die Stadt, für den gesamten deutschen Schiffsbau. Der Konkurrenz jedoch schaufelte er das Grab.

Dann war da auch noch die Karsten-Reederei, die nun vom Sohn geführt wurde und ebenfalls ohne Ende expandierte. Franz machte keine halben Sachen, und Magnus konnte nicht anders, als ihn zu bewundern. So sah ein Sohn aus, der es wert war, in die Fußstapfen des Vaters zu treten: Er übernahm das Geschäft, drückte ihm seinen eigenen Stempel auf und machte es größer und profitabler denn je, sodass jeder neidlos anerkennen musste, dass er sich nicht einfach ins gemachte Nest gesetzt hatte. Franz Karsten war ein verstockter, jähzorniger Mensch, dem Magnus aus dem Weg ging, so gut er konnte, doch es stand außer Frage: Er hatte geschafft, was alle Welt von Magnus erwartete.

Aber er konnte es nicht.

Er hatte nie wirklich Interesse an der Reederei gehabt. Wenn er damals nicht erkannt hätte, welche Möglichkeiten die dunklen Seiten des Fahrkartengeschäfts boten, die Reederei wäre schon vor Jahren pleite gewesen.

Er hatte immer gewusst, dass er nicht gemacht war für die Arbeit als Reeder, und er musste zugeben, dass er das Ganze unterschätzt hatte, man brauchte Weitsicht und gute Beziehungen, musste das Geschäft leben, sich ihm ganz hingeben. Dass er es aber in so kurzer Zeit schaffen würde, aus einem blühenden Unternehmen eine bankrotte Zeitbombe zu schaffen, überraschte selbst ihn. In den letzten Jahren, seit seine Eltern nach England gegangen waren und sein Vater nicht mehr eine schützende Hand über alles hielt und seine Beziehungen spielen ließ, war ihm die Sache immer mehr entglitten.

Er ging ins Frühstückszimmer. Draußen lag Raureif über den Wiesen, die kahlen Äste glitzerten. Magnus warf nur einen flüchtigen Blick hinaus und zog den Stuhl zurück. «Ich nehme heute Rührei. Und Fisch», sagte er, ohne aufzusehen, während das Mädchen ihm Kaffee einschenkte.

«Sehr wohl, Herr Godebrink», erwiderte sie, ging aber nicht zur Anrichte, um das Essen zu holen, sondern blieb neben ihm stehen und räusperte sich. Irritiert sah er auf. Sie war sehr hübsch, hatte hohe Wangenknochen und einen blassen Teint. Normalerweise schaute er sie gerne an, hatte sie auch schon das eine oder andere Mal auf seinen Schoß gezogen, wenn er abends zu tief ins Glas geschaut hatte. Aber jetzt hob er ärgerlich die Augenbrauen. «Ja?», fragte er, und sie blinzelte nervös.

«Es ist nur. Herr Godebrink. Es steht etwas in der Zeitung. Über Sie.» Ihre Augen waren ganz groß, und zu seiner Überraschung merkte er, dass sie Angst hatte. Vor ihm.

Er legte die Serviette wieder hin, die er sich gerade über den Schoß hatte breiten wollen. «Über mich?», fragte er irritiert und griff nach der Zeitung.

Das Mädchen trat zurück, als hätte er versucht, sie zu schlagen. «Der Stallmeister hat es gelesen und der Köchin erzählt. Also haben wir nachgeschaut und dachten, wir sagen es Ihnen besser, damit Sie nicht überrascht werden.»

Er schlug die erste Seite auf, und der vertraute Geruch der Druckerschwärze flog ihm entgegen. Mit zitternden Fingern blätterte er, konnte aber nichts entdecken.

«Dort», rief das Mädchen plötzlich und deutete auf eine Stelle im Gesellschaftsteil.

Er zuckte zusammen und hätte ihr in diesem Moment gerne eine Schelle verpasst. «Verdammt, schrei nicht so!», brüllte er. Sein Herz pochte.

Dann sah er es.

Ein Rauschen dröhnte in seinen Ohren. So laut, dass es sogar die nächsten Worte des Mädchens übertönte. Er hörte gar nichts mehr, sah nichts mehr außer den schwarzen Buchstaben vor sich.

Es konnte nicht sein.

HAMBURG

1902

Olga starrte an die Decke und wartete, bis der Mann auf ihr eingeschlafen war. Dann schob sie ihn mit einem leisen Ächzen von sich hinunter. Als sein schlaffes Glied aus ihr herausglitt, verzog sie das Gesicht. Sie ging in die Hocke und presste den Schwamm heraus, den sie sich eingeführt hatte, wischte sich mit einem Tuch die Oberschenkel ab. Dann betete sie wie immer ein stummes Gebet, sie möge nicht schwanger geworden sein. Der Mann grunzte im Schlaf und kratzte sich den haarigen Rücken. Er stank, aber wer tat das nicht. Sogar die Pfeffersäcke stanken, nur war es eine andere Art von Gestank, überdeckt von Haarpomade und Pfeifentabak.

Seufzend bückte sie sich und hob ihr Kleid vom Boden auf. Alles tat ihr weh, besonders der Hinterkopf, der in den letzten endlosen Minuten immer wieder schmerzhaft gegen die Bettkante gestoßen war. Sie hatte den Verdacht, dass der Mann es bemerkt und absichtlich weitergemacht hatte, und sie widerstand nur mit Mühe dem Drang, ihm in sein schlafendes Gesicht zu spucken.

Im flackernden Licht einer Kerze kleidete sie sich so leise wie möglich an. Beim Blick in den kleinen rostigen Spiegel presste sie die Lippen zusammen. Ihr einst rundes Gesicht war eingefallen, die Augen lagen tief in den Höhlen. Obwohl sie jetzt mehr Essen hatte als früher, war sie in den letzten Jahren so stark gealtert, dass sie sich manchmal selbst nicht wiedererkannte. Sie war doch noch nicht einmal dreißig. Ihre hellen Locken waren fettig und stumpf, mehrere Zähne hatte sie verloren im letzten Jahr, und ihre Rippen standen hervor. Kein Wunder, dass sie Schwierigkeiten hatte, überhaupt Freier zu ergattern, die Konkurrenz wurde immer größer, immer jünger, immer frischer. Es kamen mehr und mehr Mädchen in die Stadt, viele wie sie aus Galizien oder der Bukowina, die nichts hatten außer den Kleidern auf dem Leib und die alles mit sich machen ließen, das ihnen irgendwie das Überleben sicherte. Zugleich wurde auch das Chinesenviertel immer größer und beliebter. Überhaupt quoll die Stadt über, Hamburg wurde lauter und voller, die Menschen strömten von überall in Scharen hierher.

Und alle mussten sie arbeiten.

Deswegen hatte Olga den Mund gehalten, als ihr Kopf gegen das Holz knallte, und mit noch mehr Eifer als sonst so getan, als empfände sie so etwas wie Vergnügen an dem, was passierte.

Ihr Blick fiel auf die Hose des Mannes, die zusammengeknüllt auf dem Boden lag. Plötzlich kribbelte es in ihrem Nacken. Er war betrunken … Mit etwas Glück würde er es erst bemerken, wenn er wieder daheim war. Eine Frau wie sie musste jede Gelegenheit nutzen, die sich ihr bot. Wenn sie allerdings ihre Arbeit verlor … Hin- und hergerissen starrte sie auf das Kleidungsstück. Was, wenn es viel war? Er hatte im Voraus bezahlt, würde wahrscheinlich einfach auf die Straße stolpern und erst daheim oder sogar am nächsten Tag wieder nach seiner Börse greifen. Sie wusste, dass er ein gutes

Auskommen hatte, sich um nichts sorgen musste. Aber was, wenn er noch etwas trinken wollte, in die Wirtschaft ging und den Verlust direkt bemerkte?

Der Mann gab ein leises Knurren von sich. Olga warf ihm einen wachsamen Blick zu, dann schlich sie zu der Hose, hob sie lautlos auf und zog die Geldbörse heraus. Wenn sie nur ein bisschen stahl, würde es nicht auffallen. Sie nahm die Augen nicht von seinem schlafenden Gesicht, ihre Hände ertasteten ein paar Münzen, sie steckte drei in ihre Rocktasche, dann legte sie alles wieder genau so zurück, wie sie es vorgefunden hatte. Das Ganze hatte nicht einmal zehn Sekunden gedauert, trotzdem hämmerte ihr Herz zum Zerspringen. Aber sie musste essen. Und sie musste etwas zurücklegen für die Zeit, die nur allzu bald kommen würde. Wenn niemand sie mehr wollte, wenn die Falten um ihre Augen und auf ihrer Stirn sich eingegraben hatten, ihre Lippen farblos und dünn geworden waren. In spätestens zehn Jahren würde es so weit sein. Und wenn sie bis dahin noch lebte und nichts angespart hatte, würde sie im Armenhaus enden.

Falls sie Glück hatte.

Deswegen war sie mitgegangen, als letzte Woche dieser seltsame Mann vor der Tür gestanden hatte. Natürlich war es ihr absolut verboten, außerhalb zu arbeiten. Aber er hatte ihr versprochen, dass er nur reden wolle. Hatte ihr ein paar Münzen zugesteckt und gesagt, dass dort, wo sie herkamen, noch weitere zu finden seien. Sie hatte gezögert, doch der Mann sah gepflegt aus, er schien wohlhabend zu sein. Und sie war so überrumpelt gewesen von seiner höflichen Art, dass sie plötzlich in seiner Kutsche saß. Am kommenden Morgen würde sie noch einmal zu ihm gehen. Auch wenn er sie unsicher gemacht hatte: Die Dinge, die er wollte, hatten nicht wehgetan.

Das Mieder wurde vorne geschnürt, und als sie gerade ihre Brüste wieder unter das Einstecktuch geschoben hatte, klopfte es an der Tür, und ein Schlüssel drehte sich im Schloss.

«Zeit ist um!», brüllte Erich, und sie zuckte zusammen. Der Mann auf dem Bett fuhr in die Höhe und wischte sich mit dem Handrücken über den Mund.

«Wir müssen wieder runter.» Olga rang sich ein schiefes Lächeln ab. «Ich wollte dich nicht wecken.»

Er nickte nur. «Gib mir die Hose!» Mit grimmiger Miene wies er auf das Kleidungsstück, während er sich, noch auf dem Bett sitzend, mit beiden Händen die Haare glatt strich und herzhaft gähnte.

Hol sie dir selber, dachte Olga, aber gehorsam ging sie durch das Zimmer, hob die Hose auf, die viel näher bei ihm gelegen hatte als bei ihr, und reichte sie ihm.

«Wenn du mich geweckt hättest, hätte die Zeit für ein zweites Mal gereicht!», schnauzte der Mann. Er hatte für eine halbe Stunde bezahlt.

Olga schoss das Blut ins Gesicht. Welche Hure weckte schon freiwillig einen schlafenden Freier, damit er noch mal über sie herfallen konnte. Außerdem war der Mann nun wirklich nicht mehr der Jüngste, glaubte er wirklich, eine halbe Stunde hätte ihm für ein zweites Mal gereicht? Beinahe hätte sie gelacht, aber seine düstere Miene mahnte sie, vorsichtig zu sein. «Die meisten Männer mögen es nicht, wenn man sie direkt danach aufweckt», erklärte sie deshalb leise und schlug die Augen nieder.

Es schien zu funktionieren, er grummelte etwas Unverständliches, zog sich die Schuhe an und ging ohne ein weiteres Wort an ihr vorbei zur Tür. Die ganze Zeit über stand sie stumm an die Kommode gelehnt. Sie musste wachsam sein. Wenn er sie schlug oder wütend wurde, würde niemand kommen, um ihr zu helfen. Hier bezahlten die Männer dafür, alles tun zu dürfen. Vor zwei Monaten erst hatte es einen Vorfall gegeben, der ihnen allen wieder ins Bewusstsein rief, wie ausgeliefert sie waren. Monikas Schreie waren durch das ganze Haus gehallt. Die Frauen, die gerade nicht arbeiteten, waren nach und nach verstummt, hatten mit großen Augen zur Decke geblickt und nervös gewartet, dass Erich oder einer der Männer hinter der Bar etwas unternahmen. Aber die hatten einfach weiter Gläser gespült, hatten nicht einmal zu erkennen gegeben, dass sie etwas hörten. Es kam immer wieder vor, dass es lauter wurde auf einem der Zimmer. Bessere Werbung gab es nicht: Es sprach sich schnell herum, wenn einem im Bordell freie Hand gelassen wurde.

Nach ein paar Minuten hatten zwei der Frauen es nicht mehr ausgehalten und waren nach oben gestürmt. Ihnen war noch am selben Abend gekündigt worden. Monika sollte wiederkommen, sobald sie sich erholt hatte. Das war nun über zwei Monate her. Olga hatte munkeln hören, dass sie noch nicht wieder aufgestanden sei, bei ihrer Mutter in der Dachkammer lag und ihren Mund nicht mehr richtig schließen konnte.

Sie atmete auf, als die Tür hinter dem Freier ins Schloss fiel. Langsam zählte sie bis zehn, dann verließ auch sie das Zimmer und stieg die knarzende Treppe hinab in den Schankraum. Sie hasste den Geruch hier, sie hasste es, wie dunkel und eng alles war, wie ausgeliefert sie sich fühlte, sobald sie nur in die Gasse einbog und das Schild über der Tür sah. Ihr Magen knurrte, doch sie würde erst morgen früh wieder etwas zu essen bekommen. Als sie den Tresen umrundet hatte, sah sie, wie der Mann bei Erich stand und die beiden miteinander diskutierten. Erschrocken duckte sie sich hinter einen der großen Holzpfeiler, die die krumme Decke des alten

Schankraums hielten. Über die Stimmen der wenigen Gäste hinweg hörte sie, dass der Mann sein Geld zurückverlangte.

Ihr wurde übel.

Vorsichtig lugte sie um die Ecke, und Erichs Blick traf sie. Sie zuckte zurück, aber da er sie nun schon gesehen hatte, ging sie langsam zu einem der Tische und ließ sich auf die Bank sinken. Sie sah, wie Erich dem Freier auf die Schulter klopfte und ihn zum Tresen führte. Kurz darauf bekam er einen Lütt un Lütt serviert. Sicher ging der aufs Haus und wurde ihr später vom Lohn abgezogen. Sie seufzte. Gut, dass sie am nächsten Tag etwas extra verdienen konnte.

Plötzlich spürte sie eine schwere Hand im Nacken.

Erichs Mundgeruch drang ihr in die Nase, sein Atem strich an ihrem Hals entlang. «Du musst gleich ins Fenster. Und das dort geht auf deine Kappe. Es gab schon wieder Ärger wegen dir.»

Als sie nur nickte, verstärkte sich der Druck an ihrem Hals. «Ja!», sagte sie eilig. «Ich gehe sofort.»

«Jetzt!», schnappte er und ließ sie los, aber nicht ohne ihren Kopf mit der Hand nach vorne zu stoßen, sodass sie fast mit der Stirn auf die Tischplatte geknallt wäre.

«Ich muss noch was trinken.» Sie wusste nicht, woher sie den Mut nahm. Es gab eine Zeit, da war sie bekannt dafür gewesen, dass sie sich von nichts und niemandem hatte einschüchtern lassen. Manchmal glomm dieser alte Funke in ihr noch auf, auch wenn sie sich an die junge Frau, die sie vor all dem hier gewesen war, manchmal kaum noch erinnerte. «Ich war schon drei Mal oben heute. Ich kippe sonst um.»

Erichs dicke Nase zuckte. Stirnrunzelnd blickte er sie an, als wäre er nicht sicher, ob er nachgeben sollte. Dann nickte er. «Aber beeil dich», knurrte er und stiefelte davon. Der Schlüsselbund an seinem Gürtel klirrte bei jedem Schritt. Die

Frauen wurden hier mit ihren Freiern in den Zimmern eingeschlossen.

Olga holte sich ein Bier und ging zurück zum Tisch. In der benachbarten Nische saßen zwei Männer und beobachteten rauchend die Frauen am Tresen und in den Fenstern, vor ihnen standen mehrere leere Schnapsgläser. Olga trank in kleinen Schlucken. Das Bier war angenehm kühl, sie genoss es, jeden einzelnen Schluck ihre Kehle hinunterlaufen zu spüren. Sie legte die Wange an den Becher und schloss für einen Moment die Augen. Sie war so müde, und immer noch tat ihr alles weh. Zwischen ihren Beinen brannte es. Am Montag musste sie wieder zum Physicus für die vorgeschriebene Untersuchung aller Prostituierten, die sie durchweg hassten wie die Pest. Obwohl sie dort schon wiederholt erzählt hatte, dass sie sich nicht gut fühlte, oft Gliederschmerzen und Fieber hatte, zuckte man nur mit den Schultern. Wahrscheinlich hörten sie das den ganzen Tag.

Gesprächsfetzen der Männer am Nachbartisch wehten zu ihr herüber, und sie öffnete die Augen. Unauffällig rutschte sie tiefer in ihre Nische, sodass sie nun Rücken an Rücken mit den beiden saß.

«Bist du sicher? Das ist doch bloß Gerede! Ihm untersteht doch jetzt die ganze verdammte Auswandererstadt, was soll der da auch noch mitmischen?»

«Ich sag nur, was ich gehört hab!» Der eine drückte seine Zigarette am Tischbein aus. Dann lachte er grimmig. «Wahrscheinlich ist es Schwachsinn. Aber wäre es nicht genial? Über die Jahre könnte er so Millionen einsacken.»

«Morris?» Der andere schnaubte. «Ein Winkelagent? Na, er säße ja direkt an der Quelle. Ich hab gehört, die haben inzwischen halb Russland übers Meer geschickt, dort gibt es ganze Dörfer, die komplett verlassen sind. Vielleicht sollte mal jemand auf die Stadthausbrücke gehen und ihn verpfeifen.»

Sie wusste nicht, von wem die Männer sprachen, trotzdem zog sich ihr Magen zusammen. Sie kannte dieses Geschäft nur zu gut, schließlich war sie selbst hier gelandet, weil sie den falschen Menschen vertraut hatte.

Olga trank ihr Bier aus und ging zu ihrem Platz im Fenster. Sie bediente noch drei weitere Freier in dieser Nacht. Als sie im Morgengrauen vor die Tür trat, konnte sie kaum die Augen offen halten. Doch sie durfte noch nicht nach Hause. Fröstelnd zog sie ihr Tuch enger um Haar und Schultern und schlug einen Weg ein, den sie nur selten ging, durch die Stadt in Richtung Alsterviertel, im Magen ein Loch so groß wie ganz Hamburg, zwischen den Beinen ein immer stärker werdendes Brennen.

Wenig später klopfte sie an die Hintertür eines doppelstöckigen Stadthauses. Die Köchin, die ihr öffnete, musterte sie wie eine Küchenschabe, die an ihrem Schuh klebte. «Hier gibt's nichts zu betteln!», blaffte sie.

«Ich muss zu Dr. Schwab.» Olga schob ihren Fuß in den Türspalt und funkelte die Köchin herausfordernd an. Der Duft, der aus der Küche strömte, war so herrlich, dass ihr schwindelte. «Er erwartet mich. Ich bin hier für die Studie.»

Die Köchin gab ein kehliges Brummen von sich, ließ sie aber herein. «Er frühstückt noch. Sie müssen im Gang warten.»

Olga stand im Flur an die Wand gelehnt, bis er sie endlich hereinrief. Sie war so müde, dass sie kaum denken konnte, aber sie hatte ihr Geld für das letzte Mal noch nicht erhalten, und wenn sie wieder nur Fragen würde beantworten müssen, war es leicht verdient.

Sie setzte sich auf die Liege und ließ ihn die seltsamen

Dinge tun, die er für seine Studie brauchte. Er war nicht unfreundlich, behandelte sie aber auf eine Weise, die ihr das Gefühl gab, einer anderen Spezies anzugehören. Einer anderen Art Mensch, die der seinen von Natur aus unterlegen war.

Seine Hände waren schwitzig, und er roch ein bisschen wie ein modriger Keller, aber das war nichts im Vergleich zu dem Freier vom vorigen Abend. Mit konzentrierter Miene maß er ihren Kopf, einmal von der Stirn bis zum Nacken und dann den Umfang. Er stellte ihr Fragen zu ihrer Familie, und während sie antwortete, spürte sie Tränen hinter den Lidern aufsteigen. Sie vermisste sie so, trotz allem.

Er befragte sie auch über ihre Gesundheit, doch sie hatte gelernt, diese Dinge für sich zu behalten. Huren durften nicht krank werden. Ihr Körper war ihr Kapital. Also erzählte sie nichts von dem kleinen tropfenden Abszess, den sie im letzten Jahr bekommen hatte, nichts von dem Schwindel, der sie so oft überfiel, dem Fieber und den Gliederschmerzen, die sie auch jetzt gelegentlich bekam.

Sie lächelte und antwortete, dass sie stets bester Gesundheit gewesen sei und sich bisher zum Glück nicht angesteckt habe, sich gut wasche und vorsichtig sei.

Er nickte, als wäre er über diese Auskunft erfreut.

Sie fragte nicht, wofür die Studie war. Das hatte sie beim letzten Mal schon versucht, und er hatte ihr ruppig zu verstehen gegeben, dass sie das ohnehin nicht begreifen würde.

Als er ihr das Geld reichte, hielt er plötzlich inne. «Gefällt dir die Arbeit im Bordell?»

Olga sah ihn irritiert an. Erwartete er darauf wirklich eine Antwort? Sie hätte beinahe gelacht.

«Falls nicht, hätte ich einen Vorschlag.» Sein Lächeln hatte etwas Lauerndes «Ich kann dir eine … *normale* … Arbeit besorgen, gut bezahlt, sicher, deinen Fähigkeiten entsprechend.» Er nahm die Brille ab und sah sie an. Ihm gingen langsam die Haare aus, und auf seinen Händen zeigten sich ein paar dunkle Flecken, aber er war attraktiv für sein Alter. Sie schätzte ihn auf Mitte fünfzig. Er war Junggeselle, trug keinen Ring am Finger. «Du kannst dort sogar wohnen und essen, sie kochen gut, es gibt mittags warme Küche. Im Gegenzug vereinbaren wir ein kleines … Arrangement.»

Träumte sie? Olga räusperte sich, ihr Hals war plötzlich belegt. Im Bordell mussten sie dem Wirt die Kleidung abkaufen, die er ihnen zu völlig überzogenen Preisen überließ, und er berechnete sowohl die Zimmer als auch alles, was sie an Essen und Trinken während der Arbeitszeit zu sich nahmen. Ihr blieb so wenig, dass sie keine Wahl hatte, als weiter zu arbeiten. Aber immer, wenn sie dachte, dass sie es nicht mehr aushielt, dass sie jetzt einfach in den Fluss springen und dieses elende Leben beenden würde, das doch nichts bedeutete außer Einsamkeit und Schmerz, dann kam ihr Galizien in den Sinn. Die harten Winter. Die Kinder ohne Schuhe. Die Luftmenschen. Sie musste dankbar sein, dass sie es überhaupt rausgeschafft hatte. Hatte sie nicht ein Bett, hatte sie nicht Essen und Kleidung? In Hamburg im Bordell ging es ihr immer noch besser als damals daheim, wenn sie nun auch eine andere Art von Schmerz ertrug, einen Schmerz, von dem sie früher nicht einmal gewusst hatte, dass es ihn gab.

Den Schmerz der Scham.

Sie schluckte. «Ich würde alles tun für eine normale Arbeit.»

TEIL 3

1912
Auswandererstadt der HAPAG,
Hamburg

1

Quint betrachtete die vielen übereinandergestapelten Käfige. Die Mäuse hinter den Stäben quietschten und wimmelten, versuchten voller Panik, sich aus ihren Gefängnissen hinauszubeißen.

«Ihr seid also bald fertig, ja?», rief er einem der Arbeiter zu und bekam ein Nicken als Antwort, denn der Mann war offensichtlich zu faul, seine Zigarette aus dem Mund zu nehmen.

«Hier wird nicht geraucht.» Quint konnte es nicht fassen, kapierte der Kerl nicht, was er hier tat? «Das Gas ist hochentzündlich.»

Der Mann verdrehte die Augen und warf die Zigarette über die Reling ins Wasser.

«Das Schiff muss nächste Woche bewohnbar sein.» Quint trat näher und musterte ihn. «Wir sind schon in Verzug.»

«Immer mit der Ruhe. Sind ja fast durch», brummte der Mann. «Es wird schon gelüftet, gleich lassen wir die Mäuse runter.»

Quint seufzte tief. Aber die trägen Bewegungen seines Gegenübers verrieten ihm, dass er ihn nicht zur Eile würde antreiben können.

Mit grimmiger Miene schritt Quint über das Deck des Dampfers. Es stank sogar bis hier. Alle Schiffe stanken, das war nichts Neues, in der Bilge sammelte sich im Laufe der Jahre Wasser, das dann an den Innenwänden des Schiffs nach unten sickerte. Leckwasser, Schmutzwasser, Ausdünstungen der Passagiere und der Mannschaft, verunreinigt durch undicht verpackte Ladung, durch Ratten und Ungeziefer, eine schwarze, faulige Brühe, die sich in Pfützen auf dem Boden sammelte und nie vollständig ausgepumpt werden konnte. In den Heizräumen entleerten die Trimmer und Heizer außerdem ihre Blasen und im Zweifelsfall auch ihren Mageninhalt einfach in die Bilge, weil sie während der Arbeit keine Zeit hatten, um auszutreten. Im Sommer wimmelte das Wasser von Larven. Eine stinkende Jauche, deren Fäulnisgase zuweilen so schlimm wurden, dass sie in Schwaden durch das ganze Schiff zogen und es mit entsetzlichem Gestank erfüllten. Regelmäßig kippten Männer, die zum Abpumpen der Bilgen an Bord geordert wurden, beim Kontakt mit den Gasen um, ab und an kam es sogar zu Todesfällen. Man sagte, dass die Abwässer alle Arten von Krankheiten enthielten, Pest, Cholera, Skorbut, Schiffstyphus … Er hatte sich oft gefragt, wie viele Seuchen wohl im Bilgewasser der Schiffe um die Welt reisten und sich in anderen Ländern verbreiteten.

Quint versuchte, vorsichtig durch den Mund zu atmen. Noch nie waren so viele Menschen ausgewandert wie jetzt, und wenn er mit seiner Schätzung richtiglag, würden es noch mehr werden. Für die HAPAG war das natürlich bestens. Einen Nachteil gab es jedoch: Sie bekamen die Menschen in der Ballinstadt nicht mehr untergebracht. Deswegen hatten sie nicht nur zusätzlich ausgemusterte Schiffe wie dieses hier beantragt, auf denen die Menschen übernachten konnten wie in einem schwimmenden Schlafsaal, sondern planten, am

Sieldeich und am Zollhafen Holzbaracken auszubauen, um die Stadt zu erweitern.

Als ob er nicht genug zu tun hätte.

Aber die viele Arbeit kam ihm gelegen, sie lenkte ihn ab, sie ließ ihn, wenn er Glück hatte, tief und traumlos schlafen.

Auf dem Schiff, an dessen Deck er stand, hatte es bei der letzten Überfahrt einen Pestfall gegeben. Bei der Reinigung des Schiffsbauches hatte man Fässer mit gärender Melasse gefunden. Und neben diesen Fässern haufenweise tote Ratten. Der Kapitän behauptete zwar, dass sie durch die Kohlensäure getötet worden seien, die der Melasse entströmte, aber genauso gut konnte es der Pesterreger gewesen sein.

Er würde auf Nummer sicher gehen.

Tote Ratten bedeuteten nie etwas Gutes. Die Biester waren schwer kaputt zu kriegen.

Deshalb hatte er angeordnet, das Schiff zu behandeln, bevor sie es zu einem Schlafsaal umbauten, und die verbleibenden Ratten an Bord zu töten. Ein extrem aufwendiges Verfahren. Doch es musste sein, Ratten fanden immer einen Weg. Inzwischen waren die Männer auch relativ routiniert. Vor ein paar Jahren hatte man noch versucht, in den Bilgeräumen der Schiffe Apparate aufzustellen, in denen sich aus Karbonaten und Säure Kohlensäure entwickelte, der sich dann langsam im Schiff verteilte. Mithilfe von Kerzen wurde nach ein paar Stunden der Sauerstoffgehalt in der Bilge überprüft. Doch eine Flamme erlosch bereits in einer Luft mit zwölf Prozent Kohlenstoff. Ratten konnten stundenlang bei einem dreimal so hohen Wert überleben, wenn auch mit starker Atemnot. Sie verkrochen sich in Ritzen und Winkel, es dauerte ewig, sie zu töten, und immer entwischten ein paar, versteckten sich in den Tiefen des Schiffsbauches und warteten dort, bis das Gas wieder verschwunden war. Daher verwendeten sie in Hamburg nun Koks. Wenn man ihn auf bestimmte Weise vebrannte, entstand eine Mischung aus Kohlensäure, Kohlenoxid und Stickstoff. Das Gas war geruchlos, es griff die Ladung nicht an, und es war so giftig, dass es selbst in geringen Mengen den Ratten sehr schnell den Garaus machte, sie lähmte und daran hinderte, sich zu verstecken.

Das Problem war nur, dass es das auch mit Menschen tat.

Gleich würden sie in jeden Raum einen Käfig mit Mäusen bringen. Wenn die Mäuse überlebten, konnte man das Schiff sicher wieder betreten.

«Ich lass jetzt die Käfige an den Tauen durch die Ventilatoren in die Laderäume runter», brummte der Mann. «Ihr könnt dann heute Nachmittag mit dem Reinigen anfangen.»

Quint nickte. «Wenn die Mäuse noch leben.»

Der Mann grinste und entblößte eine Reihe schwarzer Zähne. «Wenn sie krepieren, würde ich es nicht empfehlen.»

Quint grinste nicht. «Gut, dann sage ich Bescheid, dass die neuen Matratzen heute geliefert werden können. Sie liegen schon im Kaischuppen.»

Das Ausräuchern hatten die Männer übernommen. Das tote Ungeziefer aus dem Schiff zu holen, war nun die Aufgabe der Frauen aus der Ballinstadt. Sie mussten die Betten herrichten und dafür sorgen, dass der Standard auch hier zumindest einigermaßen dem Rest der Stadt entsprach, so schwer das auch war auf einem alten, rattenverseuchten Schiff. Immerhin bezahlten die Menschen für ihren Aufenthalt. Er verzog das Gesicht, als er wieder den Gestank wahrnahm. Auswandererschiffe durften nach dem Gesetz keine schlecht riechende Ladung mehr aufnehmen, und falls sie es doch taten, mussten die Schiffe nach dem Löschen sehr gründlich gereinigt werden. Aber daran hielten sich nicht viele.

Er tippte sich an die Mütze und ging mit großen Schritten die Gangway hinab. Gott, hatte er heute schlechte Laune. Aber in letzter Zeit hatte er eigentlich immer schlechte Laune. Wie könnte er auch nicht, die Ballinstadt platzte aus allen Nähten, und es war seine Aufgabe, die Menschen irgendwie unterzubringen; an seinen Vater durfte er gar nicht erst denken; Claire blieb wie vom Erdboden verschluckt, und er wusste nicht, ob er sie jemals wiedersehen würde; sein Bruder war melancholisch und in eine Frau verliebt, in die er nicht verliebt sein sollte.

Quint fuhr sich müde mit beiden Händen über das Gesicht.

Und *er* hatte mit dieser Frau geschlafen.

Wie hatte das nur passieren können. Wie hatte er es zulassen können? Keine einzige Sekunde hatte er dabei an Wilhelm gedacht. Niemals hätte er willentlich etwas getan, das seinen Bruder verletzte. Aber wo war sein Wille gewesen, als es passierte? Schließlich hatte ihn niemand dazu gezwungen. Und, Herrgott, er hatte es genossen. Sehr sogar.

Will würde es nicht verstehen. Wie sollte er auch, er verstand es ja selber nicht. Wenn er nur an ihn dachte, zog sich alles in ihm zusammen. Der gute, treue Will, der ihn vom ersten Tag an als seinen Bruder angenommen und der ihm niemals, nicht eine einzige Sekunde lang das Gefühl gegeben hatte, er wäre etwas Besseres.

Und was tat er?

Quint hatte seine trostlose Einsamkeit, die Sackgasse, in die sein Leben geraten war, für einen Abend vergessen wollen und nicht nachgedacht.

Er spürte eine tiefe, warme Zuneigung zu Ava, und seit sie ihm erzählt hatte, was ihr widerfahren war, auch eine neue Nähe – und eine Verantwortung. Als wären sie zusammengeschweißt durch das, was ihnen geschehen war, jedem von ihnen, durch den ganz besonderen Schmerz, den andere Menschen nicht nachvollziehen konnten.

Aber mit ihr zu schlafen war ein Fehler gewesen.

Er liebte Ava nicht.

Er liebte Claire.

Die schwierige, verwöhnte, anmaßende Claire Conrad, mit ihren strafenden Honigaugen, die immer genau zu wissen schien, welche Knöpfe sie bei ihm drücken musste, um ihn zur Weißglut zu bringen. Dass er immer noch nicht wusste, wo sie war, brachte ihn langsam, aber sicher um den Verstand.

Ava war an dem Tag im Morgengrauen aufgestanden und hatte sich hinausgeschlichen. Er war aufgewacht, als die Tür hinter ihr zufiel, hatte sich herumgewälzt und auf die Uhr geschaut. Es war kurz nach vier.

Es war besser gewesen, dass sie gegangen war. Aber trotzdem mussten sie reden über das, was passiert war. Darüber, was es bedeutete. Oder vielmehr nicht bedeutete.

Mit einem großen Schritt trat er von der Gangway wieder auf festen Boden. Er fühlte sich so miserabel wie schon lange nicht mehr. Wo er auch hinsah, schien er kleine Feuer austreten zu müssen, die er durch sein dämliches Verhalten verursacht hatte.

In Gedanken versunken ging er die zwei Kilometer vom Anleger zurück zur Ballinstadt. Es war kalt und grau an diesem Tag, Wolken hetzten über den Himmel, der schwer über der Stadt hing. Er trug hohe Stiefel und eine Jacke mit eingenähtem Fell, trotzdem fror er. Er fror jetzt immer. Er würde frieren, solange sie weg war, solange er nicht wusste, ob es ihr gut ging.

Seit ein paar Jahren besagte eine Vorschrift, dass jeder Schiffsführer ein Tagebuch schreiben musste, über Erkrankungen, Unfälle oder Todesfälle an Bord, zumindest bei Überfahrten, bei denen sich ein Schiffsarzt an Bord befand. Gab es keinen, wurden auch keine Aufzeichnungen vorgenommen. Die Todesfälle mussten dann den Behörden gemeldet werden.

Er hatte nachgefragt. Hatte sich extra die Aufzeichnungen zeigen lassen, natürlich mithilfe von ein bisschen Schmiergeld an den richtigen Stellen. Es war grauenvoll gewesen, die Namen durchzugehen, jede Sekunde damit zu rechnen, Avas zu lesen.

Todesfälle hatte es einige gegeben, verursacht durch Auszehrung, Fieber, Wassersucht und Herzschlag. Beim Kohleneinnehmen war ein Mann verschüttet worden, außerdem hatte es einen Selbstmord unter den Heizern gegeben, keine Seltenheit, wie er wusste, die Männer arbeiteten unter den grausamsten Bedingungen.

Avas Name war nicht dabei gewesen.

Claire musste also noch leben. Sie war in Amerika angekommen.

Aber was tat sie dort, ohne Geld, ohne Kontakte? Die Ungewissheit fraß ihn von innen auf.

Als er zurück in der Auswandererstadt über den Hof lief, trat Kessie ihm in den Weg. «Hast du es schon gesehen?», fragte sie, und überrascht hielt er inne.

«Was?»

Sie streckte ihm eine Zeitung entgegen. «Seite sechs.»

An ihrem zufriedenen Grinsen konnte er sehen, dass es nichts Gutes bedeuten konnte.

Er hatte ihre Beziehung nach jener Nacht sofort beendet. Es war von beiden Seiten nie mehr gewesen als ein belangloses Abenteuer. Trotzdem war sie natürlich verletzt gewesen, vor allem, weil es um Claire ging.

«Ich habe es immer gewusst, dass sie ein großes Maul hat und selber ein Flittchen ist.» Kessie sah so glücklich aus, dass sich sein Magen zusammenzog. «Aber ich muss sagen, das hätte ich nicht mal ihr zugetraut.»

Sprachlos starrte Quint auf das Bild, überflog die Zeilen. Da stand es, schwarz auf weiß. Er las, so schnell es seine Augen zuließen. Dann knüllte er die Zeitung zusammen. «Wo ist Ava?», knurrte er.

«Woher soll ich das wissen?» Irritiert sah Kessie ihn an.

«Ihr arbeitet im gleichen Trupp.»

«Ich habe Pause. Wenn du wissen willst, wo sie ist, dann schau auf den Plänen nach und geh sie suchen», erwiderte sie schnippisch, drehte sich um und ging mit wiegenden Hüften davon.

Quint sah ihr einen Moment kopfschüttelnd nach. Dann tat er, was sie ihm geraten hatte.

Olgas Trupp arbeitete an diesem Tag in der Badeanstalt, dort konnte er Ava nicht einfach herausholen. Er musste erst eine andere Frau hineinschicken, damit sie in die Nassräume ging und Bescheid gab, dass er draußen wartete.

Als sie endlich auf den Hof trat, kringelten sich ihre dunklen Haare vom Dampf feucht geworden um ihr Gesicht. Er fand sie auf eine Weise schöner als früher, doch ihre Beziehung hatte sich verändert. Man sah einen Menschen immer mit anderen Augen, nachdem man mit ihm geschlafen hatte, und er wusste instinktiv, dass es ihr ebenso erging. Trotzdem lächelte sie, ein wenig scheu vielleicht, und trat auf ihn zu.

Er hielt ihr die Zeitung hin, sie las mit gerunzelter Stirn, dann schlug sie eine Hand vor den Mund, als sie verstand. «Um Himmels willen, warum?», flüsterte sie. «Wer tut so etwas?»

«Das würde ich auch gerne wissen.» Grimmig blickte er auf das Bild in der Zeitung. «Woher haben sie das überhaupt?»

«Linda», sagte Ava, ohne zu zögern, und er nickte.

«Sie muss sie wahnsinnig hassen, wenn sie dafür ihre eigene Schande öffentlich macht.»

«Hier steht nicht nur, dass sie eine Affäre unterhielten, sondern auch, dass Linda sich scheiden lässt.»

Er nickte. «Magnus hat es mir bestätigt.»

«Und dass die Reederei in Schwierigkeiten ist.»

«Nun, wenn sie es vorher nicht war, dann ist sie es jetzt. So was ist Gift fürs Geschäft, sicher werden sich Investoren zurückziehen.»

«Ich kann es nicht fassen», murmelte Ava, und er beobachtete, wie ihre grauen Augen erneut über die Zeilen flogen, wie sie alles in sich aufnahm. «Claire wird toben, wenn sie zurückkommt.» Unsicher flackerte ihr Blick zu seinem Gesicht, offenbar durchzuckte sie der gleiche Gedanke wie ihn.

Wenn sie zurückkommt.

«Agatha wird ... Ich kann mir nicht vorstellen, wie sie das aufnimmt», sagte Ava leise. «Es wird sie bis ins Mark treffen. Und Dr. Schwab wird es nur noch mehr Veranlassung geben, Claire für verrückt zu erklären, oder was auch immer er denkt, das mit ihr nicht stimmt.»

«Seltsam, dass er gekündigt hat, oder nicht?», murmelte Quint.

Ava sah ihn an, und einen Moment schien es ihm, als wüsste sie etwas, als wäre sie nicht sicher, wie viel sie ihm sagen konnte. «Ja», erwiderte sie langsam. «Aber ich glaube, niemand hier beschwert sich.»

Quint schnaubte. «Im Gegenteil. Wir sollten ein Freudenfest veranstalten.» Sie lächelten beide, doch als sich ihre Augen trafen, erstarb das Lächeln.

«Sie dürfen es niemals erfahren», sagte Ava ruhig, und er war so erleichtert, dass sie es aussprach, dass er spürte, wie sich ein unsichtbares Gewicht von seinen Schultern zu heben schien. Sie war so anders als die anderen Frauen, die er kannte, so vollkommen ohne Koketterie. Sie spielte nicht, sie täuschte nicht vor, sie versteckte nicht. Sie sagte es einfach, wie es war. «Es würde sie nur verletzen.»

Er nickte. Einen Moment schwang etwas zwischen ihnen in der Luft, und ihm wurde klar, dass es Zuneigung war. Tiefe, warme, menschliche Zuneigung. Er mochte sie. Er wollte ihr das Leben leichter machen. Er fühlte sich wohl bei ihr.

Nachdem Ava wieder an die Arbeit gegangen war, lief er zum Bahnhof und fuhr in die Stadt. Es war das Letzte, wonach ihm der Sinn stand, aber er musste Gewissheit haben, musste herausfinden, was das alles für die Reederei bedeutete. Denn wenn die Reederei unterging, konnte sich das auch auf ihr Geschäft auswirken.

Das Mädchen schien weder erstaunt noch erfreut, ihn zu sehen. Sie senkte den Blick, deutete einen Knicks an, sagte kein Wort und führte ihn in Magnus' Büro.

Magnus saß am Schreibtisch, rauchte und telefonierte. Er sah erbärmlich aus, im Zimmer herrschte das reinste Chaos. Vor ihm aufgeschlagen lag die Zeitung. «Ich will verdammt noch mal wissen, was Sie sich rausnehmen!», brüllte er gerade in die Sprechmuschel, das Mädchen schluckte sichtlich und verschwand lautlos zur Tür hinaus.

Magnus warf ihm einen Blick zu, und wenn es überhaupt möglich war, verdüsterte sich seine Miene noch weiter. «Wie meinen Sie das, Ihre Quellen sind sicher? Das gibt Ihnen noch lange nicht das Recht … Wissen Sie eigentlich, wer ich bin?» Leises Gemurmel kam aus dem Hörer. Dann schrie Magnus: «Ich werde Sie verklagen, Sie und die ganze verdammte Redaktion. Sie werden nie wieder auch nur einen …»

In der Leitung knackte es, und Magnus starrte einen Moment sprachlos auf den Hörer. Dann schmetterte er ihn auf die Gabel, sodass das ganze Telefon umfiel, vom Tisch rutschte und mit einem lauten Krachen auf dem Teppich landete. Die Handkurbel an der Seite brach ab und rollte über den Teppich. «Scheiße», rief Magnus, sprang auf und trat danach.

Quint hatte ihn noch nie so aufgelöst gesehen. Magnus stand immer über den Dingen, war immer kühl, immer ganz Herr seiner selbst. Aber verwunderlich war es nicht, schließlich hatte der Zeitungsartikel nicht nur seine Affäre mit Claire und die bevorstehende Scheidung von Linda offenbart, sondern auch die finanzielle Schieflage, in der sich die Reederei befand.

Quint schmeckte die Genugtuung auf der Zunge.

Er knallte Magnus die Zeitung vor die Brust, sodass dieser ein Stück zurücktaumelte. «Was soll das?»

«Das fragst du mich?» Magnus schleuderte die Zeitung von sich, die sich auffaltete und raschelnd im Zimmer verteilte. «Das fragst du verdammt noch mal *mich*? Frag doch meine Frau! Frag sie doch, was sie sich dabei denkt.» Jetzt brüllte er. «Ob es nicht reicht, dass unser Kind gestorben und unsere Ehe vorbei ist. Anscheinend will sie mich so richtig in die Scheiße reiten.» Magnus fuhr sich mit beiden Händen durch die blonden Haare, bis sie wild von seinem Kopf abstanden. «Ich wusste ja, dass sie eine dämliche, verzogene, rachsüchtige Kuh ist, die den Hals nicht vollkriegen kann, aber dass sie so weit …»

Quint unterbrach ihn. «Was ist mit der Reederei?»

Magnus' ganzes Gesicht schien sich zu verändern, es zog sich zusammen, als hätte er in etwas Fauliges gebissen. Dann plötzlich stand blanker Hass in seinen Augen. «Wenn es Probleme mit dem Geschäft gibt, sage ich es dir. Alles andere geht dich einen feuchten Scheißdreck an.»

«Aber wenn …»

«Ich habe alles unter Kontrolle», schrie Magnus. «Dein elender Boss rafft eben alles an sich, was er kriegen kann. Gegen Ballin und die HAPAG anzukommen ist buchstäblich unmöglich, es ist, als würde man gegen Windmühlen anrennen. Aber ich habe einen Plan, ich habe vorgesorgt, ich lasse mich nicht abziehen. Kümmer du dich um deinen Scheiß, ich kümmere mich um meinen.»

Quint wollte ihm glauben. Er hatte keine Kraft, sich auch noch damit auseinanderzusetzen. «Schön», sagte er schroff und drehte sich um. «Sag mir gefälligst Bescheid, bevor du unser Geschäft auch noch in den Dreck ziehst.»

«Ich weiß, was ich tue», brüllte Magnus ihm hinterher, als er aus dem Büro trat.

Der verzweifelte Unterton in seiner Stimme entging Quint nicht. «Das sieht man», erwiderte er, warf einen letzten Blick auf die am Boden verteilte Zeitung. Und als er dieses mal die Tür hinter sich schloss, tat er es leise.

2

Der Schock war so groß, dass sie einen Moment lang vergaß zu atmen. Dann drang die Luft mit einem Keuchen zurück in ihre Lungen.

«Um Himmels willen, geht es dir nicht gut?» Bernd ließ die Gabel mit dem Stockfisch sinken, die er gerade zum Mund geführt hatte, und sah sie erstaunt an.

Agatha zitterte so sehr, dass die Zeitung laut raschelte. «Nein, nein, nein», murmelte sie. «Nein, nein, nein, es darf nicht wahr sein.»

Das lächelnde Gesicht ihrer Tochter blickte sie aus der Zeitung heraus an. Sogar in Schwarz-Weiß war Claire wunderschön. Viel zu schön, viel zu verführerisch, viel zu kokett, als dass jemand die Affäre, von der der Artikel handelte, auch nur für eine Sekunde anzweifeln würde. Sie blickte in die Kamera, als würde sie den Fotografen herausfordern. Agatha fragte sich, woher das Bild stammte. Sie fragte sich, ob es erlaubt war, so etwas zu drucken. Sie fragte sich, was sie jetzt tun sollte.

In ihrem Kopf rasten die Gedanken, sie presste eine Hand auf den Magen, wo sie plötzlich ein Stechen fühlte, so scharf, als hätte ihr jemand ein Messer hineingerammt. Alle würden es erfahren. Alle würden es wissen.

Laetitia würde es lesen.

Ihr wurde schwarz vor Augen. Halt suchend presste sie beide Hände auf die Tischplatte.

«Herrje, Agatha!» Bernd wischte sich den Mund mit der Serviette, stand auf und ging hinaus. Gleich darauf hörte sie seine Schritte zurückkehren, und jemand legte ihr einen kalten Lappen in den Nacken. Langsam kam sie wieder zu sich. «Geht es?», fragte er, und sie nickte mit geschlossenen Augen.

«Nur der Schreck», flüsterte sie.

Er hielt mit einer Hand den Lappen in ihrem Nacken fest und fühlte mit der anderen ihren Puls. Dann nahm er ihr die Zeitung ab, las nun selbst mit gerunzelter Stirn. «Also, das ist doch …», murmelte er und sah sie entsetzt an. Langsam ließ er das Blatt sinken. «Verdammt noch eins. Das hat uns wirklich noch gefehlt.»

Eine Weile starrten beide stumm auf den Artikel, lasen noch einmal Wort für Wort die Ungeheuerlichkeit. «Was meinst du, warum … wer …?», stotterte Agatha und spürte, wie der Schwindel zurückkam.

«Linda, nehme ich an», erwiderte er und blickte nachdenklich auf Claires Gesicht. «Sie will sich rächen. Claire hat ihre Ehe zerstört, und, nun ja, du weißt ja …»

«Du hast selber gesagt, es war ein unglücklicher Zufall.» Zornig sah Agatha ihn an. «Sie hätte ihr diesen Saft niemals gegeben, wenn sie gewusst hätte, welche Wirkung er hat.»

Ruhig erwiderte er ihren Blick. «Es bleibt die Tatsache, dass sie äußerst skrupellos gehandelt hat.»

Dem konnte sie nichts entgegensetzen. «Sie wird außer sich sein», flüsterte Agatha. «Das ist ihr gesellschaftlicher Ruin.»

«Und deiner», fügte er mit harter Stimme hinzu. Erstaunt

sah sie ihn an. «Verzeih.» Sofort griff er nach ihrer Hand. «Ich will dir nur vor Augen führen, was sie alles riskiert hat.» Vorsichtig nahm er den Lappen von Agathas Nacken, der sich inzwischen an ihre glühende Haut angepasst und die kühlende Wirkung verloren hatte. «Geht es?»

Sie nickte schwach. Ihr war immer noch schwindelig, doch das Flimmern vor den Augen war verschwunden.

«Dass sie willentlich auch dein Leben und deinen Ruf aufs Spiel gesetzt hat, den Ruf der Familie», fügte er hinzu. «Herrje, es wird ihrer … instabilen Gemütsverfassung sicherlich nicht guttun. Welche Blamage.»

Plötzlich war sie verunsichert. «Das ändert doch nichts, oder?», fragte sie leise. «Du wirst es dir doch nicht anders überlegen?»

Er lachte leise auf, zog ihre Finger zu sich heran, sodass er sie mit beiden Händen umschließen konnte. «Aber ich bitte dich, Agatha. Was denkst du von mir», sagte er mit warmer Stimme.

«Nun …» Einen Moment war sie tatsächlich verunsichert gewesen. Und hatte sie nicht allen Grund dazu? So eine Sache war nun wirklich keine Lappalie. «Du hast schließlich auch einen Namen.»

Er küsste sanft ihre Hand. «Dem wird Claire nichts anhaben können, mach dir keine Gedanken. Ich behandle nur noch in Familien, zu denen ich bereits seit Jahren gehe, teilweise seit Jahrzehnten. Und ich will mich doch ohnehin der Forschung widmen. Ich freue mich auf einen ruhigen Lebensabend. Mir sind die Meinungen der anderen vollkommen gleichgültig.»

Sie lächelte, und es ging ihr schon ein wenig besser, auch wenn sie spürte, wie ihr das Herz in der Brust flatterte. Mit einem Mal war sie wahnsinnig müde, obwohl sie doch erst beim Frühstück saß. Sie war ja kaum zwei Stunden wach. Ihre

Beine waren schon wieder so schwer, sie würde Marie bitten, sie nachher zu massieren, seit Wochen kämpfte sie mit einem Salzfuß, sicher hatte sich wieder Wasser eingelagert.

Dr. Schwab studierte erneut die Zeitung, blickte auf Claires Gesicht, als würde sie jeden Moment anfangen zu sprechen. Agatha wünschte, es wäre so. Sie wünschte, Claire käme zur Tür herein, würde sich wahnsinnig über den Artikel aufregen, dann mit ihr zusammen frühstücken, das Essen auf ihrem Teller hin und her schieben und mit dem üblichen Funkeln in ihren Augen den neuesten Klatsch verkünden. Wann würde ihr Leben nur endlich wieder normal?

Sie drückte seinen Arm. «Du weißt, dass ich mit der Hochzeit warten möchte, bis sie wieder da ist?»

Kurz hatte sie Angst, er würde es ihr ausreden wollen. Aber sie hatten sich darauf geeinigt, es war ihre einzige Bedingung gewesen, und zu ihrer Erleichterung streichelte er ihr sanft mit dem Finger über die Wange.

«Aber natürlich, meine Liebe. So, und jetzt fahre ich besser, ich habe um elf Uhr einen Patienten. Nicht dass man uns noch nachsagt, wir würden in wilder Ehe leben.» Er zwinkerte, stand auf und küsste sie aufs Haar.

Sie schloss einen Moment die Augen, und als sie sie wieder öffnete, war er fort.

Agatha ließ sich im Stuhl zurückfallen und atmete aus. Sie hatte gar nicht gemerkt, dass sie die Luft angehalten hatte.

Er war ein guter Mann, da war sie sicher. Ein fürsorglicher Mann. Streng bisweilen, verbohrt vielleicht in manchen Ansichten, aber er wollte ihr Bestes. Und sie mochte ihn, sie mochte ihn immer mehr. In letzter Zeit hatte er jede freie Minute bei ihr verbracht, und es war so schön, nicht mehr alleine im Speisezimmer zu sitzen. Er gab den Mädchen bereits Anweisungen, was sie kochen sollten – natürlich nur im

Hinblick auf ihre herzfreundliche Diät –, er hatte schon einige Bücher in Heinrichs Büro gebracht und schloss sich gerne ab und zu dort ein, er hatte Pläne, was den Garten anging. Sie sprachen bereits über eine erste Reise.

Er hatte sogar schon einige Male in ihrem Haus genächtigt.

Sie mussten natürlich aufpassen. Marie war absolut diskret, aber Hulda traute sie nicht. Obwohl es in ihrem Alter und in ihrer Situation, noch dazu mit einer Verlobung im Hintergrund, niemand *wirklich* verwerflich finden würde, wenn sie sich bereits nahekamen, so musste eine Übernachtung im Hause natürlich absolut geheim gehalten werden. In einem solchen Fall war alles akzeptiert, solange niemand etwas aussprach, alles erwartet, aber nichts offiziell geduldet. Sie achtete strikt auf die Etikette. Er war ein alter Freund der Familie und ihr Arzt, er sorgte sich um ihr Herz, deswegen blieb er manchmal länger als nötig und manchmal eben auch über Nacht.

Im Gästezimmer, verstand sich.

Bisher zumindest.

Am vorigen Abend jedoch hatte er an ihre Tür geklopft. Sie war noch wach gewesen, hatte den neusten Marlitt-Roman gelesen und war erstaunt zusammengezuckt. Als sie ihn hereinrief, verspürte sie den Impuls, die Decke an sich zu raffen. Er kannte sie natürlich intimer als jeder andere, aber es war doch etwas völlig anderes, in der Stille ihres Schlafzimmers, nur mit einem Nachthemd bekleidet. Hier war er kein Arzt mehr, er war ein Mann.

Er setzte sich auf die Bettkante, und sie redeten, vertraulich und mit gedämpften Stimmen, wie junge Liebende, die sich heimlich in einem Alkoven trafen. Irgendwann legte er sich neben sie, und sie waren beide eingeschlafen, während sie noch miteinander sprachen, Pläne für die Zukunft schmiedeten. Im Morgengrauen war er zurück in sein Zimmer geschlichen.

Agatha lächelte, wenn sie daran zurückdachte. Es war so unschuldig. Und dadurch auf eine ganz eigene Weise romantisch. Dass gleichzeitig so viel Schreckliches und so viel Gutes in ihrem Leben geschah …

Sie hörte, wie draußen die Kutsche über die Steine rumpelte, stand auf und ging ans Fenster.

Bernd wusste nicht, dass es für sie noch eine weitere Bedingung gab. Eine, die absolut und unverrückbar feststand.

Agatha sah der Kutsche nach, wie sie hinter den kahlen Bäumen der Einfahrt verschwand, und krallte eine Hand in den Vorhangstoff. Sie würde eisern bleiben, sie würde sich nicht von ihm drängen lassen, auch wenn sie diese Hochzeit wollte, wirklich, wirklich wollte. Claire ging vor, Claire würde immer vorgehen. Als sie sich umdrehte und ihr Blick wieder auf die Zeitung fiel, sprang ihr das schöne Gesicht ihrer Tochter entgegen, das schöne, stolze Gesicht, das ganz sicher anders schauen würde, wenn Agatha ihr erzählte, dass sie sich mit Bernd verlobt hatte. Sie setzte sich wieder, strich mit dem Finger vorsichtig über Claires Lächeln, das sie so sehr vermisste. Die Ungewissheit war unerträglich, wie eine schwelende Wunde in ihrem Inneren.

Nein, dachte sie und faltete mit einem Ruck die Zeitung zusammen. Sie blieb dabei.

Sie würde ihn nur heiraten, wenn Claire ihren Segen dazu gab.

Er hatte sich die Zeitung noch einmal gekauft. Noch zweimal, um genau zu sein. Weil er sich das Bild von ihr ausschneiden wollte. Für den Fall, dass sie nicht zurückkam und er vergaß, wie sie aussah.

Als er durch die Seiten geblättert hatte, war sein Blick an einem anderen Artikel hängen geblieben. «Es gibt schon wieder einen Prozess gegen einen Emigrationsagenten.» Quint schob Hatt die Zeitung hin und reichte mit der anderen Hand Rolf die acht Pfennige für Kümmel und Bier über den Tresen. Es war laut und voll in Rolfs Kneipe, und Quint dröhnte der Kopf, aber eigentlich hatte er es hier noch nie anders erlebt.

Hatt nickte und trank einen Schluck aus seinem Krug. «Reine Abschreckung. Das System ist sicher.»

Genau so war es. Trotzdem bereitete ihm der Bericht ein flaues Gefühl. Das System basierte auf einem einfachen Prinzip: Jeder, der involviert war, kannte immer nur das nächste Glied der Kette, den nächsthöheren Beteiligten, von dem er oder sie bezahlt wurde. So konnte niemand alle verraten. Außerdem waren so viele Beamte und Staatsdiener mit an Bord, besonders in den extrem armen Gebieten, wo so gut wie jeder bestechlich war, dass niemand in den betroffenen Ländern daran interessiert war, die Dinge an die große Glocke zu hängen.

Auch dieses Mal war ein hoher Verwaltungsbeamter auf Bezirksebene, der ihre Agentur seit Jahren unterstützte und mehr als großzügig dafür entschädigt wurde, in die Angelegenheit verwickelt. Natürlich wusste auch dieser Mann nicht, wer hinter dem Decknamen steckte, auf den die Agenturen eingetragen waren. Er hatte alle Anzeigen aus dem Kreis verschwinden lassen, die an ihn weitergeleitet worden waren. Dafür erhielt er von ihnen ein monatliches Gehalt – so wie unzählige andere, die wiederum anderen ihre Gehälter auszahlten. Jeder in der Kette bekam eine Provision, die Liste war endlos, ihre Finger reichten bis in die entlegensten Winkel, ihre Augen waren überall. Sie hatten Beziehungen zu Vertretern der Staatsmacht und pflegten diese mit äußerster Sorgfalt. Auch in den wenigen bisher angestoßenen Prozessen waren die verhängten Strafen lächerlich gering ausgefallen, meist wurden sie ohnehin irgendwann verkürzt oder die Betroffenen ganz freigesprochen. Die Behörden erhofften sich jedes Mal, den Menschen durch die Berichterstattung über die Prozesse die Lust an der Auswanderung zu nehmen. Doch gegen Hunger und Armut kam eben niemand an.

«Es ist in Galizien, Quint. In Galizien. Sie wissen nichts, sie haben keinerlei Spur, kein Gesicht, keinen Namen.»

Eine Weile tranken sie schweigend, die Zeitung zwischen sich auf dem Tresen.

Plötzlich stand ein bulliger Mann neben ihnen und deutete auf den Artikel. «Unfassbar, wie viel Ärger es damit gibt, was? Ich frag mich immer, wie die das überhaupt machen. Wie betrügt man mit Fahrkarten?» Er lachte.

Quint und Hatt tauschten einen Blick. «Wahrscheinlich genau wie mit allem anderen.» Quint lachte ebenfalls. «Man muss immer nur einen Dummen finden, dem man sie andrehen kann.»

Die Kutsche ruckelte durch die Innenstadt, aber Magnus nahm nichts wahr außer seinem eigenen Gesicht. Wie hypnotisiert starrte er auf sein Hochzeitsfoto, das ihm aus der Zeitung entgegenleuchtete.

Der Niedergang einer Hamburger Familie.

Er las die Zeilen nun schon zum hundertsten Mal. Es war eines der Klatschblätter, das Linda abonniert hatte, normalerweise hätte er keinen Blick hineingeworfen, und er wusste auch, dass keiner der ihm bekannten Männer solchen Schund las.

Aber die Frauen lasen es. Die Frauen lasen es alle.

Er fragte sich, warum sie das getan hatte. Es war für sie doch genauso demütigend wie für ihn.

Noch bevor sie richtig hielt, sprang er aus der Kutsche, die Zeitung unter den Arm geklemmt, und flog die Stufen hinauf, klingelte und trommelte gleichzeitig gegen das Fenster, nahm den Löwenmaulklopfer in beide Hände und schlug ihn so hart gegen das alte Holz der Tür, dass es protestierend knirschte. Die Oldenburgs lebten in einem Stadthaus in der Nähe des Jungfernstiegs, über ihm ragten fünf beachtliche Stockwerke in den diesigen Himmel. Ganz oben zerschnitt ein kunstvoll geschnitzter Giebel die Wolken. Durch die Scheiben konnte man in die Marmorhalle blicken, die auf ihn immer eher wie das Entrée eines Museums als das eines Wohnhauses gewirkt hatte.

Ein Butler kam gemächlich auf ihn zu, öffnete ohne jede Hast die Tür. «Bedaure, Herr Godebrink, ich habe leider keine Befugnis, Sie einzulassen», sagte er freundlich mit einem angedeuteten Diener – und verstellte ihm doch tatsächlich den Weg.

Einen Moment war er sprachlos. «Sie sind nicht zu Hause?»

«Oh doch.» Der linke Mundwinkel des Mannes zuckte. «Aber sie wünschen Sie nicht zu sprechen.»

Magnus war unfähig, auf diese Ungeheuerlichkeit zu reagieren. Plötzlich gewahrte er eine Bewegung in der Halle. Lindas blasses Gesicht spähte um eine Säule. Ohne nachzudenken, schob er den Butler beiseite, drängte sich an ihm vorbei ins Haus und rannte auf sie zu. «Wie konntest du das tun?» Er knallte die Zeitung vor ihr auf den Boden. Sie zerflatterte genau wie vorhin bei Quint theatralisch in ihre Einzelteile und unterstrich damit seine Empörung. «Wie konntest du?»

«Schon gut, Andre.» Linda lächelte dem Butler, der hinter ihm hergeeilt war, mit blassem Gesicht zu und hob einen Finger als Zeichen, dass er nicht eingreifen musste. Sie war vollkommen ruhig, gänzlich unbeeindruckt von seiner Wut.

Und das machte ihn noch rasender.

«Warum hast du das getan?», brüllte er noch einmal, und jetzt blinzelte sie, ein kleiner Schauer schien über sie zu huschen, aber das war die einzige sichtbare Reaktion.

«Ich verstehe, dass du verletzt bist, aber das ist einfach …»

«Herr Godebrink, ich muss Sie bitten, sich zusammenzureißen.» Der Butler versuchte, ihn am Arm zu fassen, und plötzlich verlor Magnus jeden Rest an Selbstbeherrschung, er fuhr herum und versetzte ihm mit dem Unterarm einen Stoß vor die Brust.

«Scheren Sie sich zum Teufel», zischte er.

Der Mann stolperte zurück und wäre beinahe gestürzt.

Linda ging um Magnus herum, fasste den Butler am Arm und half ihm, seine Haltung wiederzufinden. «Bitte lassen Sie uns allein, Andre», sagte sie ruhig.

«Aber Madame», stotterte er, mit einem fassungslosen Blick in Magnus' Richtung.

«Es besteht kein Grund zur Sorge.» Linda lächelte, immer noch mit dieser seltsamen Ruhe, die Magnus ganz aus der Fassung brachte. «Ich rufe Sie, falls ich etwas benötige.»

Der Butler warf ihm einen letzten vernichtenden Blick zu, konnte sich der Anweisung aber schlecht widersetzen. «Ich bin auf der anderen Seite dieser Tür, Madame», sagte er eindringlich zu Linda, und sie nickte dankbar.

Dann drehte sie sich zu Magnus um, der noch immer dastand, die Zeitung zu seinen Füßen, und sich fühlte wie ein kleiner Junge, der gerade eine Dummheit begangen hatte und nun von seiner Mutter gerügt werden würde.

«Es tut mir leid.» Er fuhr sich mit beiden Händen durch die Haare. «Entschuldigen Sie», knurrte er zum Butler, der ihn jedoch ignorierte, seine Jacke richtete und davonschritt. Er würde noch durchdrehen. Was war nur aus seinem Leben geworden? «Ich verstehe es nicht», sagte er dann leiser zu Linda. Langsam fand er seine Fassung zurück. Schon bald würde er bei dem Gedanken daran, wie er sich eben aufgeführt hatte, mit den Zähnen knirschen. «Warum machst du so etwas? Es geht doch auch um deinen Namen.»

Linda faltete die Hände vor dem Bauch, sah aus wie eine Marienstatue, wie sie so dastand zwischen den Marmorsäulen, und musterte ihn, als fragte sie sich, wann er endlich erwachsen werden würde. Plötzlich musste er daran denken, wie sie das erste Mal miteinander geschlafen hatten. Die Hochzeitsnacht war scheußlich gewesen, erst hatte ihnen jemand einen Streich gespielt und Wasser ins Bett gekippt, was seiner Stimmung nicht gerade zuträglich war, und dann hatte Linda sich ausgezogen wie eine Frau, die ein Bad nehmen wollte, mechanisch und steif, ohne jeden Reiz. Die ganze Zeit hatte sie die Augen weit aufgerissen, und abgesehen von einem leisen Laut des Schmerzes, als er in sie eindrang, hatte sie kein Geräusch von sich gegeben. Danach hatte es sich gebessert, Linda war ein wenig aufgetaut, sie hatten einen Rhythmus gefunden. Trotzdem wusste er, dass es ihr nie wirkliches Vergnügen bereitet hatte. Aber so war es nun mal oft in der Ehe, man konnte nicht erwarten, dass die äußeren Bedingungen passten und dann auch noch eine körperliche Anziehung hinzukam, die Scham und Keuschheit überwinden konnte.

So etwas musste man woanders suchen.

Trotzdem vermisste er mit einem Mal ihren Körper. Es war absurd, sie stand vor ihm, so abweisend, wie man nur sein konnte, und er dachte daran, wie ihre Haut roch, wenn sie schwitzte. Er kämpfte gegen den Drang, sie in seine Arme zu ziehen. Sie war seine Frau, und er durfte sie nicht anfassen.

Wie hatte es nur so weit kommen können.

«Ich habe damit nichts zu tun, Magnus.»

Sie wirkte so ernst, dass er ihre Worte keine Sekunde infrage stellte. Verdattert stand er da. «Was?»

«Ich war heute Morgen genauso überrascht wie du.» Sie sagte es mit Nachdruck, trotzdem war ihr keinerlei Emotion anzuhören. Es schien, als wäre es ihr im Grunde vollkommen egal. «Mein Vater tobt, wie du dir denken kannst.»

«Zu Recht», erwiderte er gepresst.

«Er denkt, du hast das alles eingefädelt.»

«Ich?!», brüllte er, nachdem er vor Empörung zusammengefahren war. «Warum sollte *ich* so etwas tun? Das ist vernichtend fürs Geschäft, vernichtend für meinen Namen.»

«Das hättest du dir vielleicht vorher überlegen sollen», gab sie zurück, immer noch eisig, immer noch viel zu ruhig. «Ich glaube, er denkt, es ist dein verschrobener Versuch, mich zurückzugewinnen», erklärte sie dann, und jetzt spielte fast so etwas wie ein Lächeln um ihre Lippen. «Mich unter Druck zu setzen.»

«Aber das ist doch Schwachsinn», bellte er. Es war einfach absurd. Oben im Haus rumorte etwas, und unbehaglich sah er die Treppe hinauf. Er hoffte, dass Lindas Vater nicht herunterkommen würde, um sich persönlich einzumischen.

«Das ist doch Schwachsinn», wiederholte er dann leiser. «Ich habe es mit der Reederei so schon schwer genug. Das hier …», er deutete auf die Zeitung zu ihren Füßen, «das ist der Todesstoß für mich.»

Als er das aussprach, wurde ihm klar, dass es wirklich stimmen konnte, und sein Magen zog sich zusammen. Dieser Skandal konnte ihm das Genick brechen. Es war keine Seltenheit, dass Affären wie diese in der Klatschpresse ausgeschlachtet wurden, auch wenn so etwas eher bei Politikern üblich war. Man musste eben aufpassen. Die meisten Männer, die er kannte, hatten Geliebte, Techtelmechtel. Allerdings mit

Dienstmädchen oder Huren, nicht mit den Freundinnen ihrer Frauen.

Zumindest nicht so, dass es herauskam.

Er ging ein paar Schritte in der Halle umher, rieb sich die Schläfen. «Aber wer würde so etwas tun? Wer hat ein Interesse daran, dass wir … Und wer hat es überhaupt gewusst?»

Linda zuckte die Achseln. «Dein Personal?»

Magnus schüttelte den Kopf. «Niemals», sagte er mit Nachdruck. «Sie sind diskret.»

Linda schürzte die Lippen. «Stimmt», erwiderte sie knapp, und er ballte halb verärgert, halb schuldbewusst die Hände zu Fäusten. «Meinst du, es war Claire?», fragte Linda dann, und er blieb ruckartig stehen. Daran hatte er noch gar nicht gedacht.

«Aber ihr Name wird genauso in den Schmutz gezogen wie unserer.» Er schüttelte den Kopf. «Was hätte sie davon?»

Linda zuckte die Achseln. «Ich habe sie noch nie verstanden», sagte sie dann. «Rache? Oder vielleicht denkt sie, wenn wir uns scheiden lassen, kann sie dich doch irgendwann bekommen? *Ganz* bekommen, meine ich.»

Er biss die Zähne aufeinander.

«Sie weiß ja nicht, dass dieser Artikel dazu gar nicht nötig gewesen wäre.» Linda lachte leise. «Ich gebe dich nur zu gerne wieder her.»

Er konnte nicht glauben, was da aus ihrem Mund gekommen war. «Linda», sagte er und trat auf sie zu, wollte ihre Hände nehmen.

Aber sie wich zurück, schüttelte den Kopf. «Wenn du mich anfasst, schreie ich», zischte sie, und das erste Mal war so etwas wie Emotion in ihrer Stimme zu hören.

«Lass uns doch wenigstens noch einmal in Ruhe über alles reden», rief er beinahe flehentlich.

«Es gibt nichts mehr, worüber wir reden müssten. Diese Sache hier ist unglücklich, ja, aber es wird schon bald Gras darüber wachsen.» Es schien Magnus, als würde sie sagen: Das Wetter ist schlecht heute, und das ist beklagenswert, aber morgen wird es sicher wieder schön.

Er ließ die Arme sinken, die er nach ihr ausgestreckt hatte. Er schauderte, als er in ihre eisblauen Augen blickte, die ohne jeden Ausdruck auf ihm ruhten. Er verstand, dass sie nicht mehr die Frau war, die er geheiratet hatte. Und es auch nie wieder sein würde.

Wie konnte das passieren, verdammt?» Karl Roscher blickte kopfschüttelnd auf Ewald hinunter. Dessen Gesicht war vollkommen entstellt, seine Augen angeschwollen, der Mund blutig verkrustet. «Du solltest dich doch nur ein bisschen umhören. Warst doch kaum 'ne Stunde da drin, wie hast du es geschafft, in dieser kurzen Zeit jemanden so gegen dich aufzubringen? Und das schon wieder?»

Ewald stöhnte leise und nahm dankbar den mit warmem Wasser getränkten Lappen entgegen, den Erika ihm hinhielt.

Vor dem Fenster von Karls Büro war pechschwarze Nacht, und sein dämlicher Offiziant versuchte ihnen zu erklären, warum er so aussah, als hätte man ihn soeben aus der Elbe gefischt. «Danke, Erika, Sie können jetzt gehen», sagte Karl. «Und dass Sie morgen nicht vor elf Uhr hier auftauchen, haben Sie gehört?»

Erika lächelte fürsorglich. «Soll ich Ihnen nicht lieber schnell noch einen Kaffee machen? Oder einen Scotch bringen?»

Ewald nickte sofort, aber Karl winkte ab. «Der braucht keinen Scotch, der braucht ein Bad!» Tatsächlich war Ewald klatschnass. Und er stank. Die Männer, die ihn so zugerichtet hatten, hatten ihn in ein Fleet geworfen und waren dann davongerannt, während er wieder hinauskrabbelte.

Nachdem Erika die Tür hinter sich zugezogen hatte, verschränkte Roscher die Arme der vor Brust. «Erzähl schon», sagte er ruppig. Es war nicht auszuhalten, alles musste man selber machen.

«Ich weiß auch nicht, was passiert ist.» Mit leidender Miene betupfte Ewald seine blutende Lippe. «Ich bin raus, um zu piss… ich meine, um mich zu erleichtern. Und plötzlich höre ich ein Geräusch hinter mir, und bevor ich mich umdrehen kann, habe ich einen Sack über dem Kopf, und dann knallt es nur noch!»

Roscher atmete tief ein und aus. «Du hast also nicht gesehen, wer es war?»

Ewald schüttelte trotzig den Kopf. «Sag ich doch.»

Roscher trat ans Fenster und blickte auf die Straße hinunter. «Erzähl mir alles. Hast du mit jemandem gesprochen?»

«Hab mit welchen getrunken. Aber die waren es nicht, da bin ich sicher. Warum sollten sie auch. Die waren hinter meiner Uhr her.»

Roscher schnaubte leise. «Deine Uhr. Ja, genau.»

«Es war eine Omega!», brummte Ewald und legte den Kopf in den Nacken, weil seine Nase schon wieder zu bluten anfing.

«Und was für ein Zufall wäre das bitte? Dass du wegen einer Armbanduhr überfallen und ausgeraubt wirst, genau in den zwei Stunden, in denen du undercover arbeitest.»

«Underwas?»

«Verdeckt!», schnauzte Roscher. «Nie im Leben. Du musst da drin irgendwas gesagt haben.» Je länger er darüber nachdachte, desto mehr ergab es Sinn. Vielleicht war es tatsächlich Zufall, das konnte man natürlich nicht ausschließen. Aber viel wahrscheinlicher war doch, dass der Übergriff auf Ewald eine Warnung sein sollte.

Vielleicht hatten sie in ein Wespennest gestochen.

«Na ja …» Etwas kleinlaut putzte Ewald sich die Nase und schob das rot verschmierte Stofftuch zurück in die Jackentasche. «Ich habe schon ein bisschen was angedeutet. Sonst kriegt man ja nichts raus, wenn man nicht stochert. Ich kann ja schlecht warten, bis sie ganz von alleine auf die richtigen Themen kommen.»

Roscher blinzelte. «Und was hast du *angedeutet*?», fragte er und bemühte sich um einen ruhigen Tonfall. Ewald war weder der Hellste noch der Schnellste.

«Hab nur über den Artikel in der Zeitung geredet. Wollte hören, wie sie reagieren.»

«Und? Wie haben sie reagiert?»

«Nicht groß.» Ewald zuckte die Achseln. «Hat sie nicht besonders interessiert.»

Roscher versuchte, die Informationen zusammenzubringen. Eine Weile stand er einfach da und sah Ewald an, während es in seinem Kopf ratterte. «Du hast also einfach so den Artikel in das Gespräch einfließen lassen. Und sie haben nicht groß reagiert, dann bist du raus zum Pissen, und dann …»

«Haben mir welche eins übergezogen.»

Roscher nickte. Er trat vor und drehte Ewalds Gesicht ins Licht. «Das ist lange nicht so übel, wie es hätte sein können. Sie hätten dir auch einen Knüppel über den Kopf ziehen können. Das hier sind ja nur Platzwunden, ein blaues Auge, ein paar Prellungen.» Ewald wollte entrüstet protestieren, doch Karl unterbrach ihn mit einer ungeduldigen Handbewegung. «Nicht, dass es nicht ordentlich brennt, schon klar», sagte er. «Aber für ihre Verhältnisse haben sie dich mit Samthandschuhen angefasst. In dieser Stadt wird beinahe jeden Tag jemandem das Fell über die Ohren gezogen, und oft für weit weniger als eine Omega-Uhr. Sie wollten dir nur einen Schrecken einjagen. Glaub mir. Sonst säßest du jetzt nicht hier und würdest mir die Ohren vollheulen. Der letzte Kollege, der verdeckt ermittelt hat, sah ganz anders aus.»

Ewald verzog schmollend den Mund. Karl ging zum Schreibtisch, nahm das dicke schwarze Buch aus dem Regal dahinter und warf es vor Ewald auf den Tisch. «Durchschauen!»

Ewald stöhnte laut. «Jetzt? Meine Birne hämmert, und mein Mund fühlt sich an wie rohes …»

«Ja, jetzt!», sagte Roscher scharf. Dann seufzte er. «Du schaust durch, ich hol dir einen Kümmel.»

Ewald brummte etwas, zog das schwarze Buch aber gehorsam zu sich heran und schlug es auf. *Anarchisten-Album der Polizei-Behörde Hamburg* stand auf dem Umschlag. Darin waren, hübsch nummeriert und katalogisiert, alle Fotos von Hamburger Anarchisten und sonstigen Delinquenten, die sie je aufgenommen hatten. Sie gingen inzwischen in die Hunderte.

Man wusste ja nie, vielleicht fand sich jemand. Vielleicht war das endlich das Wespennest, nach dem er schon so lange suchte. «Jedes Bild! Und zwar ganz genau!», blaffte er. «Und danach die Steckbriefe!»

Ewald presste sich ein neues Stofftuch gegen die Nase und begann ergeben, die Seiten umzublättern. Eine halbe Ewigkeit und drei Kümmel später schlug er das Album zu. «Nichts», verkündete er. «Sie sind nicht dabei.»

3

Sie merkte erst jetzt, wie weit der Weg von der Stadt hinaus zur Veddel war. In Hamburg gab es zu viele Kanäle und Fleete, zu wenige Brücken, ständig musste man Schlangenlinien laufen. Die Stadt schien ihr anders als früher. Aber vielleicht lag das daran, dass die Stadt in ihr jetzt eine andere sah. Hamburg schien die Erinnerung an die alte Claire abgeschüttelt zu haben wie einen Wassertropfen. Als Mitglied der Hautevolee stand man unter Beobachtung, sobald man das Haus verließ. Jetzt passierte, was sie schon in den Gängevierteln bemerkt hatte: Sie verschmolz mit den Straßen, mit den anderen Menschen. Niemand beachtete sie.

Nachdem Claire die Veddel überquert hatte, schmerzte ihr ganzer Körper. Es war ein so weiter Weg, und noch nie hatte sie ihn zu Fuß zurücklegen müssen. Wie hat Ava das nur jeden Tag zweimal geschafft und nie ein Wort darüber verloren?, dachte sie atemlos. Trotz der Kälte schwitzte sie, die Arme pochten vom Tragen des Gepäcks. Bestimmt fünf Mal hatte sie eine Pause einlegen müssen, und als die Ballinstadt jetzt vor ihr auftauchte, der hohe Zaun, der Kirchturm, die vielen Schlafpavillons, hielt sie ein weiteres Mal an, ließ Tasche und Koffer auf den Boden fallen und stemmte die Arme in die Hüften. Sie atmete so schwer, dass ihr die Lungen zu klein vorkamen für all die Luft, die sie brauchte. Wie hatte sie gehofft, diese vermaledeite Stadt nie wiedersehen zu müssen.

Claire fühlte sich seltsam taub. Gleichzeitig war sie unendlich angespannt. Obwohl sie hier war, um Ava zu sehen, konnte sie an nichts anderes denken als an ihn.

Jede Faser ihres Wesens sehnte sich nach ihm.

Trotzdem war es, als würde ein unsichtbares Gewicht sich gegen sie stemmen, sie daran hindern, weiterzulaufen. Claire wusste genau, was es war.

Das Gewicht der Scham.

Es hätte sie beinahe in die Knie gezwungen. Aber nur beinahe.

Sie presste die Zähne so fest aufeinander, dass ihre Wangen bebten, nahm Tasche und Koffer wieder auf und ging weiter. Sie musste sich zu jedem einzelnen Schritt zwingen.

Man kannte sie und ließ sie fraglos ein, als sie behauptete, dass sie mit Quint verabredet sei. Natürlich bemerkte sie das Stirnrunzeln, die vielen fragenden Blicke, das Flüstern hinter vorgehaltenen Händen. Sie sah anders aus als früher, und sie hatte damit rechnen müssen, dass die alten Kollegen reden würden. Aber so schlimm hatte sie es doch nicht erwartet. Sie spürte, wie ihre Wangen zu brennen begannen, als alle, aber auch wirklich alle, die sie hier kannte, sie beobachteten.

Mit steifem Nacken schritt sie durch die Stadt, versuchte, nicht nach rechts und links zu blicken. Schert euch um euren eigenen Kram, verwünschte sie sie im Stillen. Trotzdem konnte sie nicht verhindern, dass ihre Unterlippe zitterte.

Wenn sie als Erstes Kessie begegnete oder einer der anderen Frauen? Dazu hatte sie jetzt keine Kraft, sie wollte mit niemandem reden, hätte sich am liebsten verkrochen. Starrte eigentlich jeder hier auf ihr Auge? Verloren ging sie über den Hof, wie immer waren zu viele Menschen in der Stadt, tummelten sich auf den gepflasterten Straßen zwischen den Pavillons. Die Kinder spielten mit dem großen Pendelspiel, das Claire schon immer auf die Nerven gegangen war, weil die riesenhafte Kugel, die an einem Seil hing und die man mit möglichst wenigen Schwüngen in die vorgesehenen Lücken befördern musste, solch hämmernde Geräusche machte. Es war ein gutes Spiel für einen Ort wie diesen, da es keinerlei sprachlicher Verständigung bedurfte. Trotzdem war diese Ecke der Stadt immer besonders laut. Hier hat sich anscheinend gar nichts verändert, dachte sie, während sie an den Kindern vorbeiging, die schreiend den Jungen anfeuerten, der gerade an der Reihe war.

Plötzlich sah sie ihn.

Mit großen Schritten kam er über den Hof, rief einem der flanierenden Sicherheitsleute etwas zu, blickte auf einen Zettel in seiner Hand. Er wirkte ernst, als würde ihn etwas beschäftigen. Bei seinem Anblick krampfte sich alles in ihr zusammen, sie musterte sein Gesicht und spürte, wie ihr Körper auf seine Anwesenheit reagierte, als würde er sie mit einem unsichtbaren Netz zu sich ziehen.

Claire holte tief Luft. Sie fasste die Tasche. Dann trat sie aus dem Baumschatten, in dem sie stand.

Er sah sie nur aus dem Augenwinkel. Trotzdem musste sie nicht rufen. Quint blieb abrupt stehen, als wäre er gegen eine unsichtbare Wand gelaufen, auf dem Gesicht einen Ausdruck des Unglaubens. Dann drehte er sich zu ihr um, langsam, unglaublich langsam.

Als wäre er nicht sicher, ob er genau hinsehen wollte.

Und als ihre Augen sich trafen, sich endlich, endlich wieder trafen, war es, als würde ein Finger langsam ihren Nacken hinabfahren.

Er drehte sich um, und da stand sie.

Einen Augenblick war es, als sähe er einen Geist. Viel zu oft hatte er es sich vorgestellt, jeden Tag, jede Stunde. Zumindest am Anfang. In den letzten Wochen hatte es nachgelassen, die Anspannung hatte einer dumpfen Taubheit Platz gemacht. Es war, als hätte sein Körper einfach keine Kraft mehr gehabt, ständig an sie zu denken. Er hatte zu akzeptieren begonnen, dass er sie vielleicht niemals wiedersehen würde.

Und jetzt war sie da. Sah ihn an. Unsicherheit in ihrem Blick, aber auch etwas anderes. Diese gewisse Dreistigkeit, die ihr schon immer eigen gewesen war. Beinahe wirkte ihr Blick herausfordernd. Und da war Leid. Er sah Leid in ihren Augen, stummes Leid, das ihn geradezu anschrie.

Er musterte ihr Gesicht und spürte, wie sein Körper auf ihre Anwesenheit reagierte, als würde sie ihn mit einem unsichtbaren Netz zu sich ziehen. Erst jetzt bemerkte er, dass etwas mit ihr nicht stimmte. Ihr linkes Auge war von einem leichten Schleier überzogen, das Lid geschwollen.

Sie lächelte, ganz leicht, und dann verschwand das Lächeln beinahe sofort wieder, als hätte sie Angst, dass er es ihr übel nehmen könnte.

Langsam ging er auf sie zu, blieb einige Schritte vor ihr stehen.

«Hallo», sagte sie. Mehr nicht. Als würde das reichen, nach so langer Zeit. Als wäre das eine angemessene Begrüßung nach allem, was geschehen war.

Aber auch er selbst war unfähig, Worte zu finden. Deswegen erwiderte er nichts, sah sie nur stumm an, wie er sie schon so oft stumm angesehen hatte, wenn sie etwas Schockierendes gesagt hatte, wenn sie laut auflachte, wie er noch nie jemanden hatte lachen hören, wenn sie ihn anfauchte und er einfach nicht fassen konnte, wie unverschämt sie war.

Wie schön.

Er sah sie an, sie blickte zurück, und ihn durchzuckte der Gedanke, dass sie ewig hier stehen könnten, und keiner von beiden würde nachgeben oder einen echten Anfang machen.

Claire hielt seinen Blick nicht mehr aus. Rückwärts trat sie wieder in den Schatten. «Dr. Schwab darf mich nicht sehen.»

Quint bewegte sich keinen Millimeter. «Er ist nicht hier», erwiderte er nach einer Ewigkeit, in der so viele Emotionen über sein Gesicht zogen, dass sie schon glaubte, er würde gar nicht mehr antworten.

Überrascht blickte sie in Richtung der Krankenstation.

«Er hat von einem Tag auf den anderen fristlos gekündigt.» Quint wirkte wie versteinert, er starrte sie immer noch an, als könnte er nicht fassen, dass sie wirklich vor ihm stand.

«Oh», sagte sie nur, und warme, erlösende Erleichterung durchflutete sie. «Das ist gut.»

Quint nickte kaum merklich. «Du musst dich also nicht verstecken», sagte er mit rauer Stimme, in der jetzt ganz eindeutig Ärger mitschwang. Tiefer, dunkler Ärger.

Claire schluckte, dann ging sie auf ihn zu, blieb direkt vor ihm stehen, hielt es aus, dass er sich noch immer nicht bewegte. Nicht auf sie zutrat. Nicht lächelte. Nicht zu erkennen gab, ob er in den letzten Wochen auch nur eine Minute an sie gedacht hatte.

«Ich verstecke mich nicht.»

Es begann zu regnen. Schwere Tropfen klatschten auf sie herunter, schneidend und eiskalt. Claire rührte sich nicht, auch nicht, als sie auf ihrem Gesicht landeten, blinzelte bloß und drückte die Arme schützend an den Körper. Es zuckte in seinen Fingern, er konnte sich in letzter Sekunde davon abhalten, die Hand auszustrecken und ihr die Tropfen von der Wange zu wischen.

«Es regnet», sagte er und war überrascht, wie wütend er klang. Er verstand selbst nicht genau, wo die Wut plötzlich herkam, aber sie war da, siedend kroch sie durch seinen Körper.

Sie nickte, als wollte sie es ihm überlassen, was sie jetzt mit dieser Information anfingen.

Um sie her begann hektisches Rufen, die Menschen suchten Unterschlupf in Aufenthaltsräumen und Schlafsälen, zwei Frauen rannten zu den Wäscheleinen neben dem Musikpavillon und rissen die Bettlaken herunter. Er stand weiter einfach da, unfähig, einen klaren Gedanken zu fassen, spürte, wie seine Brust sich hob und senkte, weil er auf einmal viel zu viel Luft in seine Lungen sog.

Innerhalb weniger Momente waren sie vollkommen durchnässt. Endlich löste sich sein Körper aus der Starre. Als er sich umdrehte und losging, folgte sie ihm wortlos.

Er hatte das schon einmal erlebt. Sie in seiner Wohnung, durchnässt vom Regen, die dunklen Wolken vor den Fenstern, die den Tag zur Nacht machten. Auch damals war er wütend auf sie gewesen, er war ständig wütend auf sie, wie konnte er auch nicht. Aber heute ging die Wut tiefer, schwelte in seinem Inneren, wie in einem schwarzen Schlot, mischte sich mit anderen Dingen, die er nicht richtig benennen konnte, die in ihm hin und her flirrten wie Licht auf der Oberfläche eines schäumenden Flusses. Er musste wissen, wo sie gewesen, was passiert war. Gleichzeitig konnte er nicht fassen, dass sie es wagte, hier einfach aufzutauchen, ohne Vorwarnung, ohne ein Lebenszeichen, einfach dazustehen und ihn anzusehen, als wäre sie kurz zum Markt fort gewesen. Ihm war klar, dass ein Teil seiner Wut ihm selbst galt. Ganz hinten in seinem Kopf mahnten ihn Avas fragende graue Augen, er fühlte noch ihre warme Haut, spürte ihren Atem an seinem Hals, ihre Finger auf seinem Rücken. Warum war es passiert, warum hatte er das zugelassen? Warum war Claire nicht früher gekommen, musste jetzt hier auftauchen, mit diesem Blick, dem er nichts entgegenzusetzen hatte. Jetzt, wo er alles kaputt gemacht hatte, das vielleicht noch hätte sein können.

Er musste es ihr sagen.

Aber als er sie ansah, fand er sich unfähig zu sprechen.

Claire zitterte, sie schloss die Tür hinter sich, ließ ihre Tasche und den Koffer fallen, wischte sich die Tropfen aus dem Gesicht, sah sich um. Eine Strähne ihrer nassen Haare hing an ihren Lippen. Sie strich sie beiseite, und er merkte, dass sie seinen Blick vermied.

Einen Moment standen sie sich im Halbdunkel seiner Wohnung gegenüber. Die Wut nahm ihm die Fähigkeit, einen klaren Gedanken zu fassen.

«Hast du … ein Handtuch?», fragte sie, beinahe vorsichtig. Quint hatte sie noch nie zaghaft sprechen hören.

Er schüttelte den Kopf. «Nein», sagte er so abweisend, dass ihre Augen sich erstaunt weiteten.

Dann trat er auf sie zu, zog sie an sich und presste seinen Mund auf ihren.

Es war, als hätte sie nur darauf gewartet, als wäre sie genauso wütend auf ihn gewesen wie er auf sie. Ihr Körper war kalt, gleichzeitig schien ihre Haut zu brennen. Sie küssten sich so intensiv, dass ihr ein leiser Laut des Schmerzes entfuhr. Draußen wurde der Regen stärker, er trommelte auf das

Dach, verschluckte alle Geräusche. Es kam Quint vor, als wäre ihm etwas zurückgegeben worden, von dem er erst jetzt wirklich merkte, wie sehr es seinem Körper gefehlt hatte. Wie ein Phantomschmerz, der plötzlich gestillt wurde. Mit einem Mal fühlte sich alles wieder so an, wie es sollte. Und gleichzeitig war nichts mehr wie vorher.

Er schaffte es, Ava aus seinen Gedanken zu verdrängen, aber die Scham, die er gar nicht fühlen sollte, weil er Claire keinerlei Rechenschaft schuldete, war trotzdem da, bohrte sich wie ein Stachel in ihn hinein und machte ihn noch wütender.

Einem Impuls folgend drückte er Claire gegen die Wand. «Mach das nie wieder», sagte er gegen ihren Mund. Er musste nicht aussprechen, was er meinte: dass sie nie wieder einfach gehen sollte, ohne sich zu verabschieden, ohne dass er wusste, wo sie war, ohne dass er sie erreichen konnte. «Egal was ist», sagte er und drückte fester, sodass sie leise aufkeuchte. «Egal wie wütend du bist.»

Ihr Atem mischte sich.

«Nie wieder.»

Sie nickte.

Er war immer allein geblieben, hatte nie echte Gefühle für jemanden zugelassen. Hatte die Liebe vermieden wie eine ansteckende Krankheit. Damit er nicht erleben musste, was sein Vater erlebt hatte. Damit er nie diesen brennenden Schmerz im Blick haben würde. Aber er begann sich zu fragen, ob es das wert war. Ob man nicht für die schönen Gefühle auch die schlechten in Kauf nehmen musste.

Ob es nicht besser war, als gar nichts zu fühlen.

Und wie lebte man mit seiner Vergangenheit, wenn man sie ebenso wenig zuließ wie Liebe und Schmerz? Langsam begriff er, dass sie sich nicht verleugnen ließ, sich in die Gegenwart fraß wie ein Geschwür.

Quint schlug die Augen auf. Der Gedanke durchfuhr ihn, wie oft Claire wohl schon so neben Magnus gelegen hatte, und er spürte den Drang, sie zu schütteln. Hatte sie denn gar keinen gesunden Menschenverstand. Sah sie nicht, wer Magnus war. Wie konnte sie sich so von einer schönen Oberfläche blenden lassen?

Oder ließ er sich auch von der ihren blenden?

Kurz war er eingeschlafen, nun starrte er an die Decke, lauschte ihrem Atem. Die Frage, ob sie mit Magnus anders war, ließ ihn nicht los. Immer noch brodelte in ihm diese Wut, die sich nicht legen wollte. Er hatte es ja erlebt, wie sie so sein konnte, geradezu unverfroren in ihrer katzenhaften Koketterie. Quint hasste es, wenn sie so war, ihre Stimme veränderte sich, ihre Augen bekamen etwas Lauerndes, als wartete sie nur darauf, in den Worten und Blicken des Gegenübers ihre Attraktivität gespiegelt zu bekommen. Dabei hatte sie das doch gar nicht nötig, er verstand nicht, wo das herkam, dieser Drang nach Anerkennung und zugleich dieser Stolz, mit dem sie jedem ins Gesicht lachte, der sich weigerte, sie ihr zu geben. Als habe sie einen Anspruch darauf, dass jeder ihr zu Füßen lag. Warum war sie so angriffslustig, so unangepasst. So anstrengend.

Er betrachtete ihr Profil. Claire schlug die Augen auf, und ohne dass sie ihn ansah, merkte sie, dass er sie beobachtete. Er erkannte es daran, wie sie sich unwillkürlich versteifte. Sie sah anders aus, wenn sie sich unbeobachtet fühlte. Mit weit geöffneten Augen lag sie da und starrte an die Decke.

«Ich weiß, es ist nicht schön.» Es lag keine Rechtfertigung in ihrer Stimme, keine Scham. Es war nur eine Feststellung.

Er hätte ihr sagen können, dass sie für ihn immer schön

sein würde, egal wie sie aussah. Dass ihr Blick, ob verschleiert oder nicht, ihn immer um den Verstand bringen würde.

Dass es ihm nie um ihr Äußeres gegangen war.

Aber etwas in ihm war einfach noch zu wütend. Er hatte Angst, was er sagen würde, wenn er anfing, über diese Dinge zu sprechen. Deswegen sagte er stattdessen:

«Du hast Hunger.»

«Ich habe Hunger?» Mit erstaunter Miene stützte sie sich auf die Ellbogen.

«Dein Magen hat geknurrt.» Er konnte nicht anders, als zu lächeln. Eigentlich wollte er sie wieder schütteln, ihr einhämmern, dass sie nicht einfach verschwinden und dann Wochen später wieder auftauchen konnte, hungrig und verletzt, mit diesem Blick. Aber ein anderer Teil von ihm wollte ihr versichern, dass alles wieder gut werden würde. Wollte sie in eine Decke wickeln, ihr warmes Essen geben, das Leid, das in ihren Augen lag, das Zittern ihrer Hände zum Verschwinden bringen.

Sie ließ sich wieder zurückfallen und starrte an die Decke, als würde sie in sich hineinhorchen. «Ja, wahrscheinlich habe ich Hunger.» Sie sah aus, als wäre es ihr egal.

Beinahe war es wie damals. Und doch war es, als säße dort eine andere Frau auf dem Sofa, so wenig hatte sie gemein mit der alten Claire. Sie sah ihm zu, die Haare wirr, das Kleid einfach und zerschlissen. Sie fragte nicht nach Kessie. Er konnte nicht einschätzen, ob es sie nicht interessierte oder ob sie nicht wusste, wie sie es ansprechen sollte. Sie fragte nicht, was er wusste, und auch nicht, wie es ihm ergangen war. Stumm wartete sie, bis er fertig war, und aß dann alles schweigend auf, bis auf den letzten Bissen.

Später liebten sie sich noch einmal. Es war genauso gut wie

das erste Mal, schöner sogar, weil seine Wut jetzt abgeflaut war und er sich besser kontrollieren konnte. Sie küsste wie jemand, der schon oft geküsst, und sie liebte wie jemand, der schon oft geliebt hatte. Seltsam für eine junge, unverheiratete Frau. Doch er wusste natürlich, wo diese Erfahrung herkam, auch wenn er sich einzureden versuchte, dass es zwischen ihnen eben einfach natürlich war, dass es immer gut war, wenn man Gefühle füreinander teilte. Aber er wusste es besser. Und das machte ihn wahnsinnig.

Immer noch hatten sie kaum gesprochen, sie war so ungewohnt still. Sie hatte ihm knapp umrissen, was passiert war, wo sie die ganze Zeit gesteckt hatte. Vielleicht wusste sie genauso wenig wie er, wie sie die wirklich wichtigen Dinge ansprechen sollte, ohne sich zu verletzbar zu machen. Draußen war es dunkel geworden, und sie hatten kein Licht gemacht, sodass nur der Schein der Straßenlaternen zu ihnen hereinfiel und schräge Streifen auf die Wände und an die Decke zeichnete.

Sie lag in seinen Armen, er hatte die Nase in ihrem Nacken vergraben und fragte sich, wie etwas, das man zum ersten Mal miteinander tat, sich so vertraut anfühlen konnte.

Plötzlich bewegte sie sich, und ohne, dass er es wollte, verstärkte sich sein Griff um ihren Körper. «Was ist?», fragte er und klang dabei so besorgt, dass er sich innerlich verfluchte. Wenn er so weitermachte, würde sie gleich wieder weglaufen.

«Ich muss nur …», sie brach ab, stockte, schien nach Worten zu suchen.

Erstaunt runzelte er die Stirn.

«Ich muss mir die Nase pudern», sagte sie trocken.

Quint musterte ihr Profil. «Die Nase pudern?» Plötzlich musste er grinsen. Es fühlte sich an wie etwas aus einem anderen Leben, das ihm früher einmal sehr vertraut gewesen war und das er in den letzten Wochen verlernt hatte. «Unter dem Bett steht ein Nachttopf.»

Sie drehte sich zu ihm um, sah ihn an, als hätte er den Verstand verloren. «Eher sterbe ich», sagte sie mit solchem Nachdruck, dass er laut auflachte. Empört versetzte sie ihm einen Stoß gegen die Brust, stand mit roten Wangen auf und stampfte aus dem Zimmer, die Decke um sich gerafft wie einen Umhang.

Er lachte so sehr, dass er husten musste. Sie hatte sich unglaublich verändert in den letzten Wochen. Aber es gab wohl immer noch Dinge, die eine Claire Conrad niemals tun würde.

Als sie wiederkam, waren ihre Wangen noch immer gerötet, aber er sah, dass auch sie sich ein Grinsen verkneifen musste. «Hör auf, über mich zu lachen.» Sie warf die Decke auf ihn. «Immer lachst du über mich.»

«Ich lache nicht», protestierte er und lachte gleichzeitig so sehr, dass er kaum atmen konnte. Verdammt, fühlte sich das gut an. «Es ist einfach komisch, dass Damen nicht darüber sprechen können, wenn sie sich erleichtern müssen.»

«Sei doch still», rief sie erschrocken, und er lachte wieder. «Darüber spricht man nicht. Außerdem, sehe ich vielleicht aus wie eine Dame?», sagte sie dann ernster und kletterte wieder ins Bett, zog die Decke über sich.

Ihre Körper fanden sich wie von selbst, und ihm kam der Gedanke, dass er alles Geld, das er angehäuft hatte, ohne zu zögern, hergeben würde, wenn ihm dafür jemand versprechen würde, dass sie bei ihm blieb. Der Gedanke war so roh, so verzweifelt, dass plötzlich auch die Angst wieder da war. Eine kalte Hand krallte sich um sein Herz, der Rest des Lachens, das ihm noch um den Mund tanzte, fror ein.

Er sah den Schmerz in den Augen seines Vaters, der nie wieder verschwunden war. Sein Vater war noch immer genauso verwundet und verzweifelt wie am ersten Tag. Vielleicht war der Schmerz sogar mit den Jahren größer geworden, mit jedem Tag, an dem er morgens die Augen aufschlug und ihm bewusst wurde, dass sie nicht mehr auf der Welt war. Quint war nicht naiv, und er kannte sich selber gut. Für die Menschen, die er liebte, würde er sterben, auf der Stelle und ohne zu zögern. Für Will, Kaisa, früher auch für seine Mutter, seine Familie. Wenn er liebte, liebte er intensiv und bedingungslos. Für immer.

Und er hatte gesehen, wo das enden konnte. Er dachte an den gebrochenen alten Mann, der an die Stelle des großen, starken Vaters getreten war. Was würde Claire sagen, wenn sie jemals herausfand, wo er herkam?

«Ava ist hier, oder?», fragte sie plötzlich, scheinbar beiläufig, aber er spürte an ihrer Anspannung, wie wichtig die Antwort war. Sofort schoss ihm die Frage durch den Kopf, ob sie nur wegen Ava hergekommen, ihm nur zufällig begegnet war. Sein Kiefer verkrampfte. Was war nur mit ihm los? Langsam verlor er alle Rationalität.

«Nun ja, sie wohnt jetzt hier.» Er konnte den leisen Zynismus nicht aus seiner Stimme verdrängen.

Natürlich hörte sie es sofort, und ihr Körper versteifte sich noch mehr.

«Sie hatte kein Geld, um die Miete ihrer Wohnung weiter zu zahlen.» Er konnte es sich einfach nicht verkneifen. Plötzlich stand ihm wieder in aller Deutlichkeit vor Augen, was Claire getan hatte. Nicht nur, was sie ihm angetan hatte, sondern Ava, dieser selbstlosen, freundlichen Frau, die ohnehin nichts besaß. Claire, die alles hatte, war nicht davor zurückgescheut, Ava ihren Traum zu nehmen, um die eigene Haut zu retten.

Um Magnus hinterherzureisen.

Magnus.

Seine Hände, die auf ihren Armen lagen, schlossen sich wie von selbst noch fester um ihre Haut. Dann ließ er sie los. *Reiß dich zusammen*, dachte er.

«Und du hast sie natürlich sofort gerettet», sagte sie sarkastisch und setzte sich auf, fuhr sich durch die Haare. Rückte von ihm ab.

«Selbstverständlich», sagte er ruhig und ignorierte das leise Flattern in seiner Brust. «Hätte ich das nicht tun sollen?»

«Du bist nicht dafür verantwortlich, meine Probleme zu regeln.»

«Es war nicht dein Problem», knurrte er fassungslos. «Es war *ihr* Problem. Du hast es nur verursacht. Durch dein selbstsüchtiges, grausames Verhalten.»

Sie starrte ihn so ungläubig an, dass er sicher war, gleich ihre Nägel im Gesicht zu haben. Mit einem Ruck stand sie auf, ließ das Laken fallen, ging nackt, wie sie war, ins Nebenzimmer, wo ihr Kleid lag, und schmiss die Tür hinter sich zu, dass die Fensterrahmen schepperten.

Kopfschüttelnd saß er da und versuchte, sich zu beruhigen, aber genauso gut hätte er versuchen können, siedendes Wasser allein mit seinem Blick zum Erkalten zu bringen. Er sprang aus dem Bett, riss die Tür auf. «Was? Ist es zu schwer, die Wahrheit zu hören? Kannst du es nicht ertragen, einmal nicht angehimmelt zu werden?»

«Du weißt doch gar nicht, was passiert ist», schrie sie, ihr Gesicht glühte. Sie raffte ihr Kleid an sich und sammelte die Strümpfe vom Boden auf.

«Natürlich weiß ich es!», brüllte er zurück. «Ava hat mir alles erzählt.»

«Sie hat …» Claire stockte mitten in der Bewegung. Damit

hatte sie anscheinend nicht gerechnet. «Aber ... ihr kennt euch doch gar nicht richtig», sagte sie leise. «Warum sollte sie?»

Quint dachte an Avas keuchenden Atem an seinem Hals. Daran, wie gut sie sich inzwischen kannten. Seine Hände zuckten.

«Sie wusste nicht, zu wem sie gehen sollte.» Er verschränkte die Arme vor der Brust, versuchte, die Stimme zu senken, sie nicht mehr anzubrüllen. «Wie du dich vielleicht erinnerst, hat sie keine Familie und niemanden hier, dem sie vertraut.»

Und sie weiß, dass ich dich liebe, fügte er in Gedanken hinzu. Dass ich alles über dich erfahren musste. Niemals hätte er das laut ausgesprochen. Nicht, wie die Dinge jetzt zwischen ihnen standen.

Ihr Blick flackerte, er sah, wie sie schluckte, einmal, zweimal, dass sie nicht überlegte, was sie erwidern sollte, sondern einfach nur erstaunt war darüber, wie die Situationen sich in ihrer Abwesenheit verändert, neue Bindungen sich ergeben hatten.

«Nun, dann weißt du ja, dass ich keine Wahl hatte», sagte sie schließlich abweisend, setzte sich aufs Sofa und rollte die Strümpfe über die Knie, befestigte sie an den Haltern und angelte nach ihren Schuhen.

Er schnaubte nur.

«Was?», rief sie.

«Natürlich hattest du eine Wahl.»

Sie stand auf, ihre Augen waren plötzlich dunkel. «Lass mich mal nachdenken», sagte sie, so gefährlich leise, dass ihn eine Gänsehaut überkam. «Ich stand im Verdacht, absichtlich den Tod eines Kindes und seiner Mutter in Kauf genommen zu haben. Meine Affäre mit einem verheirateten Mann war gerade aufgedeckt worden. Mein Arzt wollte mich zwingen, ihn zu heiraten, andernfalls hätte er mich in eine Anstalt eingewiesen. Und meine Mutter hatte sich mit ihm gegen mich verbündet, ohne mich auch nur anzuhören. Meine einzige Freundin war im Begriff, für immer wegzugehen.» Sie legte mit vor Zorn funkelnden Augen den Kopf schief, und er wusste, was jetzt kommen würde. «Warte, ach ja, doch, es gab da jemanden, von dem ich gehofft hatte, er würde mir helfen. Aber er war leider zu beschäftigt mit der nackten Frau, die auf ihm saß.»

Reflexartig öffnete er den Mund, um sich zu verteidigen, aber kein Wort kam heraus. Stumm schloss er ihn wieder. Natürlich hatte es irgendwann zur Sprache kommen müssen, aber doch nicht so. Es gab nichts, womit er sich verteidigen konnte. Hilflos sah er zu, wie sie sich bereit machte, wieder fortzugehen.

Sie hatte jetzt die Schuhe an, wickelte sich in ihren viel zu dünnen Mantel, warf ihm einen triumphierenden Blick zu, eindeutig zufrieden damit, ihn von seinem Ross heruntergeschleudert zu haben, und griff nach ihrem Gepäck.

Es kostete ihn alle Kraft, sich ihr nicht in den Weg zu stellen. «Wo willst du denn hin?», fragte er, zumindest äußerlich jetzt wieder ganz ruhig.

Wortlos ging sie an ihm vorbei auf den Flur hinaus und donnerte zum zweiten Mal innerhalb weniger Minuten die Tür hinter sich zu. Er hörte ihre Schritte auf der Treppe. Dann umfing ihn dröhnende Stille.

Quint schloss die Augen und fluchte leise und ausgiebig.

In dieser Nacht stand er lange bewegungslos am Fenster und starrte in die Dunkelheit. Doch es war nicht die Dunkelheit draußen, die ihm entgegenstarrte. Es war eine andere, viel schwärzere, viel zu vertraute Dunkelheit.

Es ist doch besser, wenn die Liebe nicht so groß ist, dachte er und spürte einen brennenden Schmerz in sich. Dann tut es nicht so weh, wenn sie einem genommen wird.

Sie hatte wieder vom Meer geträumt. Seit sie denken konnte, waberte es an den Rändern ihres Bewusstseins entlang, wie ein Lied, das einem nicht aus dem Kopf geht. Ava setzte sich blinzelnd auf und roch den Regen. Es war noch früh am Abend, nass und erschöpft war sie in ihr Zimmer gekommen, hatte den Ofen angemacht und sich vom Feuer trocknen lassen, war aber von der Wärme so müde geworden, dass sie sich angekleidet aufs Bett gelegt hatte und sofort in Träumen versunken war. In Träumen von hohen, donnernden Wellen, von einem Schiff, das durch ein sturmgepeitschtes Meer glitt, von Wasser, so dunkel, so endlos, dass es sich bis ans Ende der Welt zu erstrecken schien. Irgendwo in dem Traum war ein Bild gewesen. Ein Mann und eine Frau standen vor einem Haus, eine Gardine wehte im Wind, es roch nach frischem, hellem Brot …

Ein Klopfen an der Tür schreckte sie auf. Schatten tanzten durchs Zimmer, der Regen hatte nachgelassen, trommelte aber noch immer leise auf das Dach. Sicher war es Kessie, die ihre Laken holen wollte. Als es vorhin zu regnen begonnen hatte, hatte Ava die Wäsche vor dem Haus schnell heruntergerissen und in einen Korb gestopft. «Moment, ich komme», rief sie, nahm den Korb und ging zur Tür.

Sie öffnete, und da stand sie.

Es war, als sähe sie einen Geist. Viel zu oft hatte sie sich diese Szene vorgestellt. In ihrem Blick lag etwas Unsicheres, beinahe Angstvolles. Etwas stimmte nicht mit ihrem Gesicht, das linke Auge war von einem milchigen Schleier überzogen, das Lid leicht geschwollen.

Ava wusste nicht, was sie sagen sollte. Sie hatte so viel Wut in sich angestaut, so viel Verzweiflung. Doch als sie Claire sah, wie sie vor ihr stand, im dunklen Flur, nass vom Regen, unsicher und ängstlich, da verpuffte diese Wut einfach im Nichts. Sie ließ den Wäschekorb fallen, trat auf die Freundin zu und schloss sie in die Arme. Und als sie Claires Kinn an ihrer Schulter spürte, ihren warmen Atem an ihrem Hals, da wusste sie, dass es egal war, was geschehen war. Menschen machten schlimme Dinge, sie taten einander weh, sie waren selbstsüchtig und handelten, ohne nachzudenken. Sie verließen einen.

Aber solange sie wieder zurückkehrten, war es egal.

«Wo warst du denn nur?», rief sie, nachdem sie sich voneinander gelöst hatten und sie Claire eine Armeslänge von sich hielt, um sie anzuschauen. «Wo um Himmels willen bist du gewesen?»

Sie schüttelte sie sanft, und Claire begann zu weinen, so heftig, dass ihr ganzer Körper bebte.

Ava drückte sie wieder an sich, hielt sie fest, spürte den kalten Regen auf ihrer warmen Haut, und mit einem Mal durchströmte sie das Gefühl, dass etwas in ihr, zumindest ein kleiner Teil, ein wichtiger Teil, an seinen Platz fiel und sich wieder so anfühlte, wie er sollte.

Vorsicht doch!» Claire schrie auf, als die kalte Schere ihren Nacken berührte.

«Ich habe ja noch nicht einmal geschnitten.» Ava lachte tief und echt.

«Sie ist ganz stumpf, es wird scheußlich aussehen.»

«Ich kann auch das Messer nehmen.» Ava ging zum Schrank.

«Auf keinen Fall!» Claire wedelte mit der Hand. «Mach schnell, bevor ich den Mut verliere.»

«Braun steht dir sowieso besser, du wirst froh sein.» Ava nahm eine Strähne von Claires Haaren, setzte die Schere über den hellen Spitzen an und schnitt beherzt drauflos, ehe Claire noch einmal protestieren konnte.

Beim Ratschen, mit dem die stumpfe Schere durch ihre Haare fuhr, zuckte Claire zusammen. Mit gesenktem Kopf saß sie da, blickte auf den Boden und beobachtete, wie rings um sie her die hellen Spitzen auf die Dielen fielen, Strähne für Strähne. Eine seltsame Andacht ergriff sie. Es war, als würde etwas von ihr abfallen, das sie viel zu lange mit sich herumgeschleppt hatte, ein Überbleibsel aus einem alten Leben, das nun nur noch Ballast war. Es war nur ein Haarschnitt; zwei Frauen, die im Kerzenschein in einer kleinen Dachkammer standen und etwas ganz und gar Unbedeutendes taten.

Und doch bedeutete es alles.

«So», vorsichtig blies Ava ihr die kleinen Härchen aus dem Nacken, klopfte sie ihr von den Schultern. Sie nahm einen rostigen Spiegel von der Fensterbank und hielt ihn ihr hin. «Nun bist du wieder ganz die Alte.»

Claire betrachtete sich in dem kleinen Oval, und es war das erste Mal seit der Überfahrt, dass ihr der Anblick ihres Gesichts nicht die Brust zusammenschnürte. Sie wusste nicht, woran es lag, sicher hatte es etwas damit zu tun, dass Äußerlichkeiten in Avas Gegenwart nichts zu bedeuten schienen. Sie sah so viel mehr als andere Leute. Dafür sah sie anderes nicht.

«Nein», sagte sie leise und befühlte ihr neues Haar. Sie mochte, was sie sah. Sie war schön, egal in welchem Licht. Sie würde immer schön sein, für die Menschen, auf die es ankam. «Nicht die Alte. Die Neue.»

Sie lächelten sich im Spiegel an. Es klopfte an die Tür.

Ava warf Claire einen fragenden Blick zu, doch sie hob die

Augenbrauen, als Zeichen, dass sie auch nicht wusste, wer das sein konnte. Ava legte die Schere beiseite und öffnete.

Draußen stand Quint.

Sie hatte ihr also verziehen. Natürlich hatte sie das, es lag nicht in ihrer Natur, nachtragend zu sein. Trotzdem überraschte es ihn, wie schnell es gegangen war, wie Claire es immer wieder schaffte, Menschen um den Finger zu wickeln. Das Zimmer leuchtete im goldenen Licht der Kerzen, das Feuer im Ofen in der Ecke flackerte, es roch nach Tee. Er sah die Haarsträhnen auf dem Boden, und ihn packte die Eifersucht auf die Vertrautheit der beiden, darauf, dass Ava es im Gegensatz zu ihm geschafft hatte, sie nicht anzugreifen. Claire sah anders aus, jünger, wieder ein bisschen mehr wie sie selbst.

«Sie kann hier nicht bleiben», sagte er hart.

Claires Augen weiteten sich erstaunt.

«Das ist kein Hotel. Es gibt Regeln.»

«Was, soll ich bezahlen?», fragte sie ungläubig, und er hätte ihr am liebsten eine Ohrfeige verpasst.

«Natürlich nicht», gab er scharf zurück. «Aber ich kann hier nicht einfach jemanden wohnen lassen, noch dazu jemanden, den alle kennen.» Nach einer Pause fügte er hinzu: «Und der mit allen Probleme hat.»

Ihre Augen wurden schmal.

Kessie schlief direkt nebenan, und als er in ihrem Zimmer ein leises Rumoren hörte, nickte er noch einmal nachdrücklich. Das konnte er jetzt wirklich nicht gebrauchen. «Dann wollen plötzlich alle ihre Freunde hier unterbringen.» Er atmete einmal tief durch. «Das versteht ihr hoffentlich.»

Sie schwiegen. Ava nickte mit bekümmerter Miene, Claire starrte auf den Boden, den Mund zusammengepresst.

«Heute Nacht kann sie hier schlafen, aber am Morgen muss sie gehen», sagte er mit fester Stimme. «Am besten, ohne dass Kessie dich sieht», fügte er an Claire gewandt hinzu.

Jetzt hob sie den Blick, und er war erstaunt, dass sie nicht länger wütend schien, sondern traurig. «Gut», sagte sie tonlos. «Ich passe auf, dass sie mich nicht sieht.»

«Gut», sagte er ebenfalls.

Er zögerte, begegnete Avas Blick. Sie hatte Claire nichts gesagt, sonst wäre diese Unterhaltung anders verlaufen. Er konnte nur hoffen, dass sie es auch nicht tun würde. Nicht nur seinetwegen. Er war immer für die Wahrheit, aber man musste abwägen, wann es galt, das eigene Gewissen zu erleichtern, und wann man lügen musste, um andere zu schützen. Er drehte sich um, und Ava schloss hinter ihm die Tür.

Kopfschüttelnd blieb er im dunklen Flur stehen. Er sollte wieder hineingehen und ihr sagen, dass sie bleiben konnte. Dass es egal war, die Regeln, das Gerede der anderen. Er wusste, dass sie niemanden hatte, dass sie nirgendwohin gehen konnte. Trotzdem schaffte er es nicht, sich umzudrehen.

Langsam schritt er durch den dunklen Flur, blickte zögernd noch einmal auf den leuchtenden Spalt unter der Tür.

Dann lief er die Treppe hinunter und nach draußen in die Nacht.

Sie setzten sich vor den Ofen. Ava wollte die Öllampe andrehen, doch Claire bat sie, es nicht zu tun, und so waren ihre Körper ins Zwielicht getaucht, und die Gesichter glühten rötlich im Schein des Feuers. Ava dachte, dass es Claire vielleicht leichter fallen würde, zu sagen, was sie zu sagen hatte, wenn es dunkel war.

Sehr lange schwiegen sie.

«Es tut mir leid», flüsterte Claire irgendwann. Sie hatte

die ganze Zeit in die Flammen geblickt, jetzt drehte sie den Kopf und sah Ava an, legte die Wange auf die herangezogenen Knie. Sie streckte eine Hand nach ihr aus. Ava reichte ihr die ihre, und Claires Finger schlossen sich darum. «Ich weiß nicht, was ich sagen soll. Es hat mir jede Minute leidgetan, die ich fort war.»

«Ich weiß», erwiderte Ava nur.

«Ich habe deine Sachen dabei.» Claire zeigte auf die Tasche und den Koffer. «Die Röcke musste ich mir umnähen. Du bist zu groß.»

Ava lachte leise. Es war einfach zu absurd, sie konnte ihr nicht böse sein. «Wie schön, ich dachte schon, ich würde meine verschlissenen Lumpen nie wiedersehen.»

Ein Lächeln huschte über Claires trauriges Gesicht.

«Quint hat mir Geld geliehen. Ich habe mir schon neue Kleider gekauft», berichtete Ava dann, und Claires Augen verengten sich.

«Das war sehr … nett von ihm», antwortete sie, mit einem Hauch von Widerstand in der Stimme. «Ich werde es ihm ersetzen, sobald ich kann.»

Ava sagte nichts.

«Und deine Fahrkarte natürlich auch», versicherte Claire rasch. «Sobald alles wieder …» Sie brach ab.

Ava fragte sich, ob jemals alles wieder so werden würde, wie es einmal gewesen war. War das überhaupt möglich?

«Was ist mit Wilhelm?» Vorsichtig sah Claire sie an.

Ava hatte gewusst, dass die Frage kommen würde. Doch es gab keine richtige Antwort. «Er ist noch hier, in der Stadt», sagte sie langsam. «Aber wir sprechen nicht viel miteinander.» Sie hätte noch so viel mehr erzählen können, von den Büchern, von seinen Blicken, die sie so verwirrten, weil sie so traurig waren, so verloren. Davon, dass sie jeden Tag am

Fenster stand und zu ihm hinunterschaute. «Tatsächlich ist er häufiger hier denn je, Ballin war anscheinend begeistert von seinen Bildern und will mehr davon. Das sagt zumindest Quint.»

Claire sah auf. «Ihr versteht euch gut», stellte sie fest. «Du und Quint.»

Ava grub ihre Nägel in die Haut ihrer Unterarme. «Er … hat sich um mich gekümmert, hat mir meine Arbeit zurückgegeben. Er ist viel allein, genau wie ich. Ich mag ihn sehr.» Sie stockte.

Claires Kopf ruhte noch auf den Knien, ihre Augen lagen im Dunkeln, nur ihre Wange wurde von der Glut beleuchtet, aber sogar so sah Ava ihren intensiven, aufmerksamen Blick. «So alleine ist er nicht», murmelte sie. «Er hat immerhin Kessie.»

«Er war krank vor Sorge um dich, Claire», sagte Ava leise. «Und Kessie wohnt nebenan, sie ist jeden Abend auf ihrem Zimmer. Ich glaube nicht, dass …»

Claire wandte mit einer schnellen Bewegung den Kopf zurück zum Feuer, und es war klar, dass sie nicht mehr hören wollte. Nach einer Weile stützte sie wieder das Kinn auf die Knie und starrte in die knackenden Flammen. «Ich mag dein Zimmer.»

Ava grinste. «Es ist besser als der Keller, so viel ist sicher. Du hast also nicht nur Schaden angerichtet.» Erleichtert sah sie, dass Claire über den Scherz lächelte, auch wenn es kein freudiges Lächeln war.

«Erzähl mir, was passiert ist», bat Ava, als sie merkte, dass Claire auf ihre Ermutigung wartete.

Und endlich begann Claire zu sprechen. Sie erzählte von der Überfahrt, von der Enge, dem Gestank, dem Ungeziefer. Von Ellis Island und ihrer Krankheit. Von Magnus. «Er hat so getan, als würde er mich nicht kennen», murmelte sie, und immer noch hörte Ava den Unglauben in ihrer Stimme.

Ava runzelte die Stirn, weil sie nicht verstand.

«Als ich auf Ellis Island wegen des Trachoms aufgehalten wurde, habe ich ihm geschrieben. Er hat geantwortet, er wüsste nicht, wer ich bin.»

Eine böse Ahnung kroch durch Avas Körper. «Also hat er doch gelogen», flüsterte sie.

Claire fuhr in die Höhe. «Du hast ihn gesehen? Er ist wieder hier?»

Ava nickte. «Seit Kurzem erst. Ich war da, in der Villa. Deine Mutter wollte, dass …»

«Du hast *meine Mutter* gesehen?» Claire griff nach ihrem Arm, die Augen aufgerissen. «Aber wie das? Warum? Ihr kennt euch doch gar nicht. Wie geht es ihr?»

Ava stockte wieder, unsicher, wie viel sie erzählen sollte. «Ich … Es hört sich vielleicht seltsam an, aber ich war in der letzten Zeit oft bei deiner Mutter.»

Unter Claires verdattertem Blick erzählte nun Ava von Agathas Herzanfall, von ihrer seltsamen Freundschaft und den vielen Tagen, die sie an Claires Stelle an ihrem Bett gewacht hatte.

Claire hörte ihr stumm zu, einen gequälten Ausdruck in den Augen. «Danke, dass du dich um sie gekümmert hast», sagte sie schließlich und klang, als versuchte sie, nicht zu weinen. «Also hat niemand etwas wegen des Kindes gesagt?»

Ava schüttelte den Kopf. «Niemand hat auch nur ein Wort von Linda gehört», sagte sie. «Sie ist verschwunden, genau wie du. Bis auf …»

«Was?» Claire musste an ihrem Tonfall gehört haben, dass etwas nicht stimmte – aber Ava konnte ihr nicht auch noch den Zeitungsbericht zumuten.

«Als wir erfahren haben, dass Magnus zurück ist, hat Agatha mich gebeten, mit ihm zu sprechen. Ich bin auf die Uhlenhorst gefahren, aber er hat mir geschworen, dass er nicht weiß, wo du bist!»

Claire fauchte leise. «Nun, das war nicht gelogen. Er findet immer einen Weg, sich herauszureden. Dieser elende Feigling.» Hass lag in ihrer Stimme.

«Claire, ich muss dir noch etwas sagen.»

Erschrocken setzte Claire sich auf. «Was?», hauchte sie, und an dem Glimmen in ihren Augen konnte Ava sehen, dass sie zumindest etwas ahnte.

Zögernd begann sie zu sprechen, denn es gab ja noch so viel mehr, das Claire erfahren musste. «Dr. Schwab, er ist deiner Mutter in der letzten Zeit sehr – nahegekommen. Ich fürchte, dass sie ihm immer noch voll und ganz vertraut.»

Claire nickte, als hätte sie es schon befürchtet. «Warum arbeitet er nicht mehr hier?»

«Das weiß niemand so genau. Aber ich kann nicht sagen, dass ich traurig darüber bin.» Sie erzählte von ihren Begegnungen, der Art, wie er sie behandelt hatte, wie er Claires Namen sagte. «Er ist grausam», schloss sie. «Und nicht normal.»

Claire nickte düster. «Mit ihm stimmt etwas ganz und gar nicht.»

Sie legten sich zusammen in ihr schmales Bett, und Claire fuhr mit dem Finger die Linien der Landkarte nach, die Ava darüber aufgehängt hatte. «So groß, dieses Land», murmelte sie. «Willst du da wirklich hin?»

Ava zog die Decke über sie, das alte Bett knarzte. «Ich muss», sagte sie schlicht.

«Hm.» Claire sah sie an, dann drehte sie sich auf die Seite und schloss die Augen. «Ich weiß.»

Es klopfte.

Beide setzten sich gleichzeitig auf.

Rasch lief Ava zur Tür.

«Du kannst hierbleiben, wenn du arbeitest», sagte Quint ohne Begrüßung in Richtung Bett.

Claire stand auf, warf sich eine von Avas Strickjacken über, trat ebenfalls an die Tür und sah ihn an.

«Wir sind überbelegt und brauchen jede Hand, du kannst morgen anfangen.» Er hielt Claire etwas hin, und als sie mit überraschter Miene die Hand ausstreckte und es entgegennahm, erkannte Ava, dass es ein Schlüssel war. «Einen Flur weiter ist ein Zimmer frei, ich habe eben nachgesehen, es ist sauber, und du hast Blick auf den Fluss.»

Claire erwiderte nichts, sah auf den Schlüssel in ihrer Hand und dann auf Quint.

«Was sagst du?», drängte er schließlich ungeduldig, da nun auch Ava sich mit fragenden Augen zu ihm umwandte.

«Danke», murmelte Claire zögernd. Es klang ehrlich, aber auch verhalten, so als wüsste sie nicht, ob sie ihm trauen konnte oder was er mit dieser Geste bezweckte. Ihr Blick flackerte unsicher, ein Ausdruck, den Ava selten an ihr gesehen hatte.

Sie merkte, wie Claires Zögern ihn verletzte.

«Willst du heute schon dort schlafen?», fragte er und klang noch etwas kühler als zuvor.

Claire schüttelte den Kopf. «Ich bleibe heute Nacht hier», erwiderte sie.

Auch das schien ihn zu verletzen.

Er nickte und drehte sich um. «Du bist wieder in Olgas Trupp, Ava wird dir alles zeigen», sagte er über die Schulter.

«Ich habe hier schon gearbeitet. Ich weiß, wie das geht», erwiderte Claire ruppig.

«Wunderbar», schnappte er zurück, dann ging er über den dunklen Flur davon, und wenig später hörten sie, wie sich seine schweren Schritte auf der knarzenden Treppe entfernten und unten eine Tür zuschlug.

Er hatte ihr Wasser geholt. Claire stand im Morgengrauen in ihrem neuen Zimmer, das beinahe genauso aussah wie Avas – nur ohne die primelgelben Wände –, und sah sich um. Er hatte nicht bloß Wasser geholt, er hatte am Abend wohl auch ein Feuer gemacht. Sie trat an den Ofen und legte eine Hand darauf. Er war noch warm. Auf dem Bett lagen frische Laken und Handtücher.

Sie spürte in sich hinein, versuchte vergeblich herauszufinden, was sie fühlte.

«Ist doch ein guter Anfang.» Ava war hinter ihr eingetreten. «Vielleicht können wir die Wände streichen.»

Claire lächelte. «Auf keinen Fall primelgelb», sagte sie. «Das sieht aus wie Pudding.»

Es roch ein wenig nach Moder und feuchtem Holz, aber Claire war so erleichtert, dass sie einen Platz hatte, wo sie vorerst bleiben konnte, ein Zimmer ganz für sich allein, dass es ihr vollkommen egal war. Sie war hier, Ava war wieder in ihrem Leben, und sie hatte ihre Scham und ihren Stolz überwunden.

Alles andere würde sie auch noch schaffen.

Lächelnd drehte sie sich um. «Ich habe Hunger», sagte sie, und Avas Augen leuchteten erstaunt auf.

Als Ava und Claire den Flur entlangliefen, öffnete sich eine Tür. «Pass doch auf!», zischte Kessie, als sich Claires Ellbogen in ihre Seite bohrte. Dann erst bemerkte sie, wer da vor ihr stand, und ihr Mund öffnete sich zu einem stummen O.

Sie starrten sich an, und Claire war klar, dass sie in Sekundenschnelle alles an ihr wahrnahm: Avas zu große, verschlissene Kleidung, die dunkleren Haare, das eingefallene Gesicht. Ihr Auge.

«Ja, sieh mal einer an.» Kessie stemmte die Arme in die Hüften. «Du bist also zurück. Als wir uns das letzte Mal gesehen haben, sahst du irgendwie anders aus.»

«Als wir uns das letzte Mal gesehen haben, warst du zu beschäftigt, deine Brüste wieder in dein Kleid zu stopfen», schnappte Claire. Neben ihr sog Ava scharf die Luft ein. «Ich glaube kaum, dass du dich daran erinnerst, wie ich aussah.»

«Und wie ich das tue.» Kessies Stimme triefte vor Genugtuung. «Du hast geheult wie ein kleines Mädchen und bist dann wütend aus dem Zimmer gestampft, als du gesehen hast, dass er dich nicht will. Übrigens klopft man an, bevor man bei fremden Leuten in die Wohnung kommt.»

«Ich merke es mir fürs nächste Mal», erwiderte Claire ruhig. Sie sah, wie Ava neben ihr sich über ihre Reaktion wunderte, erstaunt darüber, dass sie Kessie nicht mehr in ihre Schranken wies, wie sie es früher getan hätte.

«Und, wie fühlt es sich an?», fragte Kessie plötzlich.

Claire sah Avas erschrockenen Blick. «Was?», zischte sie.

«Na, in die Zeitung zu kommen? Das Bild muss schon älter sein, es hat nicht viel Ähnlichkeit damit, wie du heute aussiehst.»

«Halt den Mund, Kessie», fauchte Ava, und Claire drehte sich überrascht zu ihr um. Sie hatte Ava noch nie jemanden so zurechtweisen hören. «Sie weiß es noch nicht!»

«Ohhh!» Kessie sah aus, als hielte ihr jemand einen Teller voll Honig unter die Nase. «Das müssen wir doch ganz schnell ändern.» Sie verschwand wieder in ihrem Zimmer.

«Ich wollte es dir sagen, aber ich dachte …», erklärte Ava

hastig, doch Kessie war schon zurück und hielt ihr eine Zeitung entgegen.

Claire sah ihr eigenes Gesicht und verstand nicht. Sie nahm Kessie die Zeitung ab und trat ans Fenster, denn auf dem Flur gab es kein Licht. Draußen war es fast noch dunkel, doch es reichte, um zu lesen, was sie vor sich hatte. Ganz langsam sickerte der Inhalt des Artikels zu ihr durch. «Ach», flüsterte sie.

Seltsamerweise galt ihr erster Gedanke ihrer Mutter. Agatha hatte selbst jeden Morgen über den Klatschzeilen gesessen und Claire beim ersten Kaffee mit funkelnden Augen erzählt, was es Neues gab. Die Schmach, nun selbst zum Gespött der Stadt geworden zu sein, musste sie zerfressen.

Kessie grinste so vergnügt, dass ihre Augen nur noch wie kleine Schlitze aussahen.

Claire spürte ein Ziehen im Magen. Sie las den Artikel, sorgsam, jedes Wort, während die anderen neben ihr standen, Ava händeringend, Kessie genüsslich beobachtend. Dann faltete sie die Zeitung zusammen. «Nun, wie sagt man doch so schön: Wenn sie nicht über dich reden, hast du was falsch gemacht.»

Kessies Grinsen fiel in sich zusammen.

Claire lächelte kühl. «Sag Bescheid, wenn du es auch in die Zeitung geschafft hast. Oh, warte. Das wird niemals passieren. Weil niemand in dieser Stadt einen feuchten Kehricht auf dich gibt.»

Sie knallte Kessie die Zeitung vor die Brust und lief dann leichtfüßig die Treppe hinunter. Unten im Hof holte sie tief Luft. Ihr war schwindelig.

«Dieses Biest», murmelte Ava, sobald sie hinter ihr zur Tür herauskam. «Es tut mir leid, ich hätte es dir sagen sollen. Ich dachte, es ist zu viel für den ersten Abend.»

Claire zuckte mit den Schultern. Natürlich war sie geschockt, aber dann berührte der Artikel sie auch wieder nicht so tief, wie man hätte annehmen können. Sie verstand es selbst nicht. «Das war das Allerschlimmste, weißt du. Dass es ausgerechnet mit ihr war», sagte sie, und Ava nickte.

Claire sah zum Flurfenster hinauf. Kessie stand dort oben und schaute mit ihren brennenden Augen zu ihnen herunter.

«Er kann sie haben, wenn er sie will.»

Ava warf ihr einen Blick zu und schüttelte den Kopf. «Claire.» Sie lächelte sanft. «Mach es ihm nicht so schwer.»

Erstaunt blieb Claire stehen. «Du findest, dass ich es ihm schwer mache?»

Ava musterte ihr Gesicht, hob dann eine Hand und strich ihr eine Haarsträhne hinters Ohr. «Du machst es immer allen schwer», sagte sie liebevoll. «Ganz besonders dir selbst.»

4

«Wo genau möchten Sie hin?»

Die alte Frau sah sie mit großen Augen an. «Na, nach drüben», erklärte sie. «Wo alle hinwollen.»

Claire seufzte leise. «Nach Amerika also?», fragte sie, und die Frau nickte eifrig. «Richtig.»

«Und wohin genau?»

«Da, wo die anderen aus unserem Dorf sind.»

Claire schnalzte mit der Zunge. «Das kann ich hier leider nicht eintragen. Haben Sie einen Namen für mich?»

Quint hatte sie für den Anfang im Aufnahmebureau eingeteilt. Zuerst hatte sie ihn gleich wieder anfauchen wollen, dass sie keine Sonderbehandlung brauchte, aber dann hatte sie an Avas Worte gedacht und geschwiegen. Es stimmte ja. Sie machte es immer allen schwer.

Achtundzwanzig Dolmetscher arbeiteten hier, übersetzten den ganzen Tag die schwierige Aufnahmeprozedur ins Russische, Hebräische, Polnische, Ungarische und in andere Sprachen. Aber es wanderten doch auch immer wieder Leute über die Ballinstadt aus, die Deutsch oder Englisch sprachen. Diese Aufgabe war allemal besser, als Rüben zu schälen oder

Bettwäsche auszukochen. Doch sie wusste, dass sie hier nicht auf Dauer würde arbeiten können, dafür gab es zu wenig für sie zu tun. Er hatte mal wieder eine Arbeit für sie erfunden, wie es seine Spezialität war. Und das gefiel ihr genauso wenig wie früher, auch wenn sie sicher war, dass gute Absichten dahinterstanden.

Die Frau kramte jetzt einen Brief aus ihrer Tasche und hielt ihn Claire hin, deutete mit einem dreckigen Fingernagel auf den Namen einer Stadt.

«Ah, Chicago.» Claire trug es ein.

Ihr Gegenüber sah aus, als verstünde sie nicht.

«Chi-ca-go. Wenn Sie dort leben wollen, sollten Sie es schon aussprechen können.»

Die Frau ahmte die Laute nach, und Claire musste trotz ihrer schlechten Laune lächeln. «Sehr gut. Sehen Sie, ist doch gar nicht so schwer. Also, machen wir weiter. Reisen Sie allein?»

Die Frau nickte, und Claire setzte ein Kreuz vor die entsprechende Antwort.

«Und wovon wollen Sie in Chicago leben? Welche Qualifikationen haben Sie?»

Natürlich verstand die Frau nicht, wovon sie sprach.

Claire blies sich eine Haarsträhne aus der Stirn. Es fiel ihr schwer, ruhig zu bleiben. Sie wusste, dass die komplizierten behördlichen Vorschriften in der Ballinstadt für die Auswanderer ein großes Hindernis darstellten. Vielen jagten sie regelrecht Angst ein. Im Aufnahmebureau, in das alle Ankömmlinge geführt wurden, sobald sie am Bahnhof aus dem Zug gestiegen waren, wurden als Erstes die Schiffspapiere geprüft. Wer keine vorweisen konnte, durfte nicht in die Stadt. Dann mussten die Leute ihr Gepäck abgeben und die gesamte Prozedur des Auswanderer-Protokolls über sich ergehen lassen, das von Amerika verlangt wurde. Neunundzwanzig Fragen mussten die Ankömmlinge beantworten.

Claire brauchte fast eine halbe Stunde, bis sie mit der Frau alle Fragen durchgegangen war. «So, für den Reisepass benötigen wir jetzt noch Ihre Größe, bitte einmal aufstehen, ich muss Ihren Körper messen», sagte sie schließlich.

Die Frau tat, wie ihr geheißen, Claire maß sie mit einem Band und trug die Zahl in das Protokoll ein.

«Wie groß bin ich?»

Verwundert sah Claire sie an. «Das wissen Sie nicht? Was sagen Sie denn dann der …» *Schneiderin,* hatte sie sagen wollen, doch sie brach in letzter Sekunde ab. «Sie sind einen Meter und sechsundfünfzig Zentimeter», erklärte sie lächelnd, und die Frau machte eine erstaunte und zufriedene Miene.

«Ach, so groß?»

Claire musste es einfach bewundern, wie tapfer die Menschen waren, die hierherkamen, ihr Leben aufgegeben hatten und einer ungewissen Zukunft entgegenfuhren. Wie sie ihre Laune behielten.

«Eine sehr gute Größe», bestätigte sie, und die Frau strahlte.

«Jetzt bekommen Sie von mir Ihren Kontrollschein. Auf den müssen Sie gut aufpassen, hören Sie?»

Die Frau nickte eifrig, sah sich aber im Raum um, abgelenkt von dem Gewusel um sie her.

«Hallo?» Claire schnipste einmal mit dem Finger vor ihrer Nase. «Es ist wirklich wichtig. Ohne diese Karte bekommen Sie hier nichts zu essen und auch kein Bett», erklärte sie langsam und betonte jedes Wort.

Die Frau nickte wieder. «Verstehe, verstehe», murmelte sie, und Claire konnte nicht anders, als zu schmunzeln. Auf den

Kontrollscheinen wurden Name und Bestimmungsland notiert, Datum der Ankunft in der Stadt, Nationalität und die verschiedenen Stadien, die die Ausreisenden bei der ärztlichen Untersuchung zu durchlaufen hatten.

«Wenn Sie das hier verlieren, bekommen Sie Ihre Schiffskarte nicht», sagte sie eindringlich, griff über den Tisch nach der Hand der Frau, die schon wieder zerstreut wirkte, und drückte sie leicht. Sie ist doch zu alt, um das hier alleine zu schaffen, dachte sie. Zu alt für die lange Reise, zu alt, um ein neues Leben in einem fremden Land zu beginnen. «Die Schiffskarten gibt es zu ganz bestimmten Zeiten in Ihrem Wohnhaus hier in der Stadt. Sie müssen pünktlich da sein, um sie zu bekommen.»

Noch einmal nickte die Frau. «Gut, gut», sagte sie freundlich.

Claire ließ ihre Hand nicht los. «Und wenn Sie die Schiffskarte haben, dann müssen Sie sofort zum Einschiffungsplatz. Mit Ihrem Handgepäck.»

Sie fragte sich, wie diese alte Frau den Weg zum Hafen bewältigen sollte. Sie konnte doch kaum noch laufen. «Wenn Sie nicht zur Einschiffung gehen und hier in der Stadt bleiben, verlieren Sie die Hälfte Ihres Seefahrtgeldes, verstehen Sie das?», fragte sie eindringlich. «Die *Hälfte.*»

Die Frau lächelte unbekümmert. «Ich werde da sein, ich werde da sein», rief sie, legte ihre andere Hand auf Claires und drückte sie beschwichtigend. «Es ist alles so aufregend hier.»

«Gut.» Claire hoffte, dass die Frau ihr Wort würde halten können. «Ihr Gepäck wird gerade desinfiziert, Sie müssen jetzt Ihre Kleider ebenfalls abgeben, und dann müssen Sie sich waschen.»

Das Lächeln verschwand aus dem Gesicht der Frau, als

hätte jemand eine Kerze ausgepustet. «Waschen?», fragte sie. «Vor den anderen?»

Claire kannte das bereits. Diese Leute nahmen für die Reise die schlimmsten Strapazen auf sich, sie ließen alles zurück, was sie kannten, und verloren trotzdem nicht den Mut. Aber wenn es darum ging, dass sie sich baden und desinfizieren sollten, hörte der Spaß auf. So gut wie alle versuchten, um die Prozedur herumzukommen, sie erfanden religiöse Feiertage, die es ihnen nicht erlaubten, oder Krankheiten, die sich mit Wasser nicht vertrugen. Die Angestellten hier hatten daher ihrerseits jede Menge Strategien entwickelt, um die Ankömmlinge zu beruhigen.

Besänftigend schüttelte Claire den Kopf. «Es ist kein richtiges Bad, Sie müssen sich nur ein klein wenig mit Seife einreiben, ganz sacht. Das Wasser ist warm, und es geht ganz schnell.»

Das war eine Notlüge, die meistens half. Das Wasser *war* warm, aber schnell ging es nicht, und einmal kurz mit Seife einreiben reichte auch nicht. Dass während dieses Bades auch die erste ärztliche Untersuchung stattfinden würde, verschwieg sie lieber ganz, sonst würde sie sich am Abend noch mit der Frau herumschlagen.

«Danach fühlen Sie sich wie neugeboren», versicherte sie.

Die Frau hatte die Arme vor der Brust verschränkt und schüttelte trotzig den Kopf. «Ich zieh mich nicht aus. Nicht wenn die alle gucken. Ich brauch kein Wasser, ich bin sauber.»

Claire seufzte. Wie oft hatte sie das schon gehört. «Es ist ganz einfach: Ohne Bad kommen Sie nicht auf die reine Seite der Auswandererstadt. Heute Mittag gibt es Frikadellen im Brötchen. Hamburger nennen sie das hier, eine Spezialität vom Koch. Und ich sage Ihnen, sie ist köstlich. Also, wenn Sie essen wollen, gehen Sie jetzt baden.»

Wortlos stand die Frau auf, schob ihren Stuhl mit einem Ruck zurück und ging in die Richtung, die Claire ihr wies.

«Ihnen auch vielen Dank!», rief Claire erbost, musste aber gleichzeitig grinsen. Die Dame ließ sich nichts gefallen.

Claire ließ sich im Stuhl zurücksinken und schloss kurz die Lider. Als sie sie wieder öffnete, begegnete ihr ein kritisch blickendes grünes Augenpaar.

Wie damals, an ihrem ersten Tag hier, stand er an die Wand gelehnt, hielt die Arme verschränkt und betrachtete sie nachdenklich. Als wäre sie ein Rätsel, das er nicht lösen konnte.

Mit einem Ruck fuhr Claire in die Höhe. Dann sammelte sie sich und ging langsam zu ihm hinüber. «Hast du Angst, dass ich meine Arbeit nicht richtig mache?»

«Ehrlich gesagt, ja.»

Vor ihm blieb sie stehen und legte den Kopf schief. Es fühlte sich so unwirklich an, dass sie ihn anschauen konnte, dass er tatsächlich vor ihr stand. Sie hatte sein Gesicht vermisst. Hatte seine Stimme vermisst, seinen intensiven Blick. «Warum schickst du mich her, wenn du es mir nicht zutraust?»

«Ich traue dir alles zu», erwiderte er sachlich. «Hat jemand nach deinem Auge geschaut?»

Erstaunt hielt sie inne. Dann erinnerte sie sich, dass sie ihm erzählt hatte, dass sie immer noch behandelt werden musste.

«Noch nicht.»

«Du kannst Pause machen und in den Krankenflügel gehen.»

«Das kann ich mittags machen.»

«Mittags musst du essen.»

Sie schnaubte leise. «Dann mache ich es abends.»

«Da sind die Ärzte nicht mehr da.»

«Ich bin kein Kind mehr, ich passe schon auf mich auf.»

«Das sieht man», sagte er, und sie presste die Lippen aufeinander.

Sie fragte sich, ob es jetzt immer so sein würde zwischen ihnen. Ob sie einander einfach nicht verzeihen konnten. Offensichtlich versuchte er auf seine Art, wiedergutzumachen, was geschehen war, doch sie konnte nicht aufhören, an die beiden zu denken. Daran, wie gut sie sich gefühlt hatte bei ihm, wie leicht alles gewesen war, wie vertraut, als gäbe es ein unsichtbares Band, das sie zueinander hinzog. Und dann hatte sie feststellen müssen, dass er ganz anders empfand.

Dass eine Frau wie Kessie für ihn genau das Gleiche bedeuten konnte wie sie.

«Bitte», sagte er, und jetzt war jede Wut aus seiner Stimme verschwunden, er klang müde. «Du warst wochenlang im Krankenhaus, du hattest keine gute Nacht, du bist abgemagert und geschwächt. Bitte geh und lass dich anschauen.»

«Warum hast du es mir nicht erzählt?»

«Was?» Er stockte, seine Augen weiteten sich. «Wovon sprichst du?»

Bildete sie es sich nur ein, oder war er plötzlich nervös? «Von der Zeitung natürlich.» Sie zog ihn in eine Ecke, denn schon wieder hafteten die Blicke an ihr. Jetzt wusste sie, warum man sie bei ihrem Eintreffen hier so gemustert hatte. Es lag nicht an ihrem Auge oder ihren Kleidern. Sie war öffentlich als Ehebrecherin gebrandmarkt worden.

«Ach, das!» Er wirkte eindeutig erleichtert. Claire spürte tief in sich ein alarmierendes Kribbeln. «Ich wollte dich nicht gleich damit überfallen.»

«Schönen Dank auch. Das hat Kessie an deiner Stelle übernommen.»

Er trat einen Schritt zurück. «Scheiße», sagte er, und es klang ehrlich betroffen. «Das tut mir leid.»

«*Das* tut dir leid?», fragte sie.

Er sah sie an, öffnete den Mund, schloss ihn wieder, verzog das Gesicht. Seine Wangen bebten, als würde er die Zähne aufeinanderpressen. Sie sah an seinen angespannten Schultern, wie schwer es ihm fiel, seine Gefühle zurückzuhalten. «Ja», antwortete er gepresst. «*Das* tut mir leid.»

Als sie nichts erwiderte, wie sie es schon so oft getan hatte, drehte er sich um und ließ sie stehen, wie er es schon so oft getan hatte. Schon im Gehen sagte er: «Du bist hier für heute fertig. Ich habe dich in einer Viertelstunde beim Arzt in Zimmer zwei angemeldet. Geh hin oder lass es bleiben, der Termin steht.»

Claire beendete ihre Schicht, dann trat sie hinaus auf den Hof, zündete sich eine Zigarette an und atmete tief ein.

Sie ging nicht in Zimmer zwei.

Sie hatte sich lange genug von Männern herumkommandieren lassen. Obwohl sie wusste, dass er es gut meinte, dachte sie gar nicht daran, sich vorschreiben zu lassen, wann sie zum Arzt zu gehen hatte. Sie stiefelte hinauf in ihr Zimmer, legte sich auf das verschlissene Laken, starrte an die Decke, zündete sich noch eine Zigarette an, und für eine lange Zeit war der Rauch, der sich um die Dachbalken kräuselte, die einzige Bewegung im Raum.

Sie hatte kein Zuhause. Das Gefühl überrollte sie mit unerwarteter Intensität. Sie hatte nicht gewusst, wie sehr sie ein Zuhause brauchte, einen Ort, der ihr gehörte und zu dem sie gehörte. Der selbstverständlich ihre Anwesenheit akzeptierte, ja, verlangte, weil er sonst nicht war, was er war. Die Villa kannte sie, kannte alles an ihr, war Zeugin ihrer privatesten

Momente gewesen. Sie seufzte und sah sich um. In diesem Zimmer würde sie sich niemals zu Hause fühlen.

Claire hatte nicht mit der Feindseligkeit gerechnet, die ihr in der Ballinstadt entgegenschwappte. «So eine sollten sie gar nicht erst hier arbeiten lassen!», wisperte jemand unüberhörbar, als sie am nächsten Morgen in den Umkleideraum trat.

«Dass die überhaupt einer wollte, mit dem Auge», hörte sie, während sie ihre Schürze aus dem Spind nahm. Wütend knallte sie die Tür zu, aber sie wusste nicht, wer gesprochen hatte.

Niemand außer Olga und Ava begrüßte sie, niemand würdigte ihre Anwesenheit auch nur mit einem Nicken. Sie sahen sie nicht an, vermieden ihren Blick, als wäre er ansteckend. Es wurde ein langer, zermürbender Tag in der Küche, den auch Olgas und Avas Versuche, mit ihr fröhliche Konversation zu betreiben und so zu tun, als wäre alles wie immer, nicht wirklich aufheitern konnten. Trotzdem rechnete sie es den beiden hoch an.

Abends zitierte Quint sie in sein Büro. «Wir haben ein Problem», sagte er, sobald sie vor seinem Schreibtisch stand.

«Ach ja?», fragte sie. Sie ahnte bereits, was er sagen würde.

Quint schob ein paar Papiere zur Seite und massierte sich die Schläfen, als hätte er Kopfschmerzen. «Die anderen wollen nicht mit dir arbeiten.»

Claire stieß die Luft aus. «Warum?» Damit hatte sie nun doch nicht gerechnet.

Er sah sie an. Dann wanderte sein Blick zu der Zeitung,

die auf einem Stapel auf dem Schreibtisch lag. «Das ist keine Kleinigkeit, Claire. Sie sagen, dass du Unruhe in die Gruppe bringst, die Moral gefährdest, mit den Männern kokettierst.»

«Was?», rief sie aufgebracht. «Ich habe doch nicht …»

Er hob eine Hand, und sie verstummte. «Ich muss mir was überlegen», murmelte er.

Still stand sie da und wartete. Die Angst, dass er sie fortschicken würde, wurde stärker, mit jeder Sekunde, in der er nichts sagte. Er hatte sich auch verändert in den letzten Wochen, war kälter und verschlossener geworden. Sie wusste einfach nicht, was in ihm vorging.

Er seufzte. «Du arbeitest vorerst mit Will.»

Claire lachte laut auf. «Niemals.»

Sein Blick verdunkelte sich. «Das war keine Bitte, Claire.»

«Wilhelm hasst mich!», rief sie. Und ich ihn auch, wollte sie hinzufügen, erinnerte sich aber im letzten Augenblick daran, dass er Quints Bruder war und die beiden sich gegenseitig vergötterten. Das konnte er doch nicht ernst meinen. «Quint, ich kann doch einfach in einen anderen Trupp, mit anderen Frauen …», flehte sie.

«Da wäre es genau das Gleiche!» Er schlug mit der flachen Hand auf den Schreibtisch, sodass sie erschrocken zusammenfuhr. «Es liegt an dir, verstehst du das nicht? Es ist egal, wo du hingehst.»

Sie erwiderte nichts. Die Scham pochte in ihren Wangen. Trotzdem versuchte sie, so unbeeindruckt zu wirken, wie sie eben konnte.

«Du gehst direkt zu ihm. Ich werde nicht mehr darüber diskutieren.»

Sie wussten beide, wie die Alternative aussah. Also nickte sie nur.

In der Tür drehte Claire sich noch einmal um, die Klinke in der Hand. «Wer war es?», fragte sie und sah die Antwort sofort in seinem Gesicht.

«Wer hat sich bei dir beschwert?», fragte sie noch einmal, als er nichts erwiderte, sie nur müde ansah.

«War es Kessie?», fragte sie, lauter diesmal, um ihm zu zeigen, dass sie weiterfragen würde, bis er es zugab.

«Unter anderem», erwiderte er nach einer Pause, und sie ging ohne ein weiteres Wort nach draußen.

Will hatte so schlechte Laune, dass er am liebsten irgendetwas gepackt und auf den Boden geworfen hätte. Er hasste diese Frau. Doch sosehr er sie auch verachtete: Was man ihr hatte anhängen wollen, hielt er für absoluten Schwachsinn. Quint hatte ihm alles erzählt. Claire war nicht hysterisch und auch nicht verrückt, in seinen Augen war sie einfach nur wahnsinnig anstrengend. Er hatte selbst Fotografien aus der Salpêtrière gesehen, dem berühmten Pariser Irrenhaus, in dem man die Frauen auf einer Bühne vorgeführt hatte. Die Bilder zeigten sie in beinahe frivolen Posen, die Körper verkrümmt, meist mit verzücktem Ausdruck im Gesicht. Oft waren sie auf Betten festgebunden, die Kleidung verrutscht, Beine und manchmal sogar Schultern entblößt. Er hatte viel nachgedacht über diese Bilder. Und er kannte die Thesen, denen zufolge diese Frauen nur simulierten, sich so verhielten, wie der Arzt es von ihnen erwartete, damit sie weiterhin behandelt würden und das öffentliche Interesse an ihrem Leiden, die Fürsorge nicht nachließen. In einigen der Bilder hatte er es auch gesehen … Das Wissen der Frauen um die Kamera, ihr Bewusstsein darüber, gerade zum Objekt der Fotografie zu werden. Wenn man weiß, dass man fotografiert wird, verstellt man sich unwillkürlich, man kann es gar nicht verhindern, dachte er, man kalkuliert schon im Voraus das Bild und verhält sich entsprechend.

Hysterie ließ keinen Platz zum Kalkulieren, sie war der Verlust jeglicher Kontrolle. Und er hatte noch nie jemanden erlebt, dessen Verhalten so voller Kalkül war wie das von Claire.

Wilhelm sah auf, als sie hereinkam, durchbohrte sie mit seinem Blick. Offenkundig hatte sich seine Antipathie in ihrer Abwesenheit nicht gelegt.

Nun, ihr ging es da nicht anders.

Er sagte nichts, nickte nur, und es war mehr als deutlich, dass er Quint für diese unfreiwillige Zusammenarbeit genauso verfluchte wie sie.

«Ich bin hier. Was soll ich tun?», fragte sie spitz. Bei ihm hatte sie keinerlei Probleme, zu ihrem alten Selbst zurückzufinden. Es war plötzlich einfach wieder da.

Stumm ging er zu einem Stuhl voller Sachen, räumte ihn frei und deutete darauf. «Es dauert noch eine Weile, hier drinnen können Sie mir nicht helfen.»

«Ich soll einfach rumsitzen?»

«Sie können auch gerne nach draußen gehen und rauchen oder Kaffee trinken», antwortete er kalt. «Ihre Spezialität, nach allem, was man hört.»

Claire setzte sich, faltete die Hände im Schoß und sah ihm zu.

Eine Weile arbeitete er stumm, schaute mit einem Vergrößerungsglas Bilder an und machte sich Notizen. Er sah sie nicht an. «Wie war es in Amerika?», erkundigte er sich schließlich in einem Tonfall, den sie noch nie an ihm gehört hatte.

«Ich wurde nicht eingelassen», erwiderte sie knapp.

Jetzt sah er auf und musterte sie interessiert. «Ach?», sagte er. «Warum nicht?»

Claire hob die Schultern. «Ich hatte mich auf dem Schiff mit einer Augenkrankheit infiziert.»

Sein Blick glitt über ihr Gesicht. «Also war das ganze Drama umsonst», bemerkte er mit unverhohlener Bitterkeit in der Stimme.

Claire bohrte den Nagel ihres Mittelfingers in die Haut des Daumens. «Wie geht es Ihrer neuen Tochter? Rosa heißt sie, richtig?»

Augenblicklich verhärteten sich seine Züge. Er fragte sich sicher, woher sie Rosas Namen kannte.

«Bestens», erwiderte er schlicht, doch sie hörte, wie er dabei die Zähne zusammenpresste.

«Und Ihrer Frau?»

Er hatte gerade einen Stapel Bücher hochgenommen, den er jetzt mit einem Knall auf den Boden fallen ließ.

Claire sah ihn unbeeindruckt an und lächelte. «Hat sie die Geburt gut überstanden?»

«Ihr geht es ebenfalls bestens», erwiderte er, und seine Abneigung gegen sie schien in dunklen Wellen durch den Raum zu schwappen.

«Wunderbar!», flötete Claire. «Ich muss sagen, wir waren alle sehr überrascht, von ihr zu hören. Ich hatte angenommen, Sie seien Junggeselle, wie Ihr Bruder. Nach Ihrem Benehmen zu schließen …»

Er holte tief Luft, setzte zu einer Antwort an, überlegte es sich dann anders, knurrte etwas Unverständliches und drehte ihr den Rücken zu.

«Wie bitte?», fragte Claire betont freundlich.

«Ich habe gesagt, wir gehen jetzt zum Desinfizieren.»

Claire stöhnte auf. «Dort arbeiten heute Olga und Ava und die anderen. Genau ihnen soll ich doch aus dem Weg gehen.»

Er packte ein paar Sachen in eine Tasche und reichte sie ihr.

«Ich kann meinen Arbeitsplan leider nicht daran anpassen, wer Sie hier alles nicht leiden kann, Fräulein Conrad. Dann könnten wir auch gleich hierbleiben. Sie müssen ja mit niemandem reden.»

Claire stapfte hinter ihm her über den Hof. Sie arbeitete nicht gerne auf der unreinen Seite der Stadt. Und sie arbeitete auch nicht gerne mit Frauen, die sie denunzierten und in ihr eine wandelnde Sittengefahr sahen.

Unter den strengen Blicken des Oberdesinfektors desinfizierten die Frauen mithilfe zweier Schimmel'scher Apparate der Firma Bon & Rath, großen, eisernen Kästen in Form von Zylindern. Die Apparate waren in die Wand eingemauert, damit sie vom Nebenraum luftdicht abgeschlossen werden konnten. Die Arbeiterinnen packten alles, was die Auswanderer mitgebracht hatten – Matratzen, Kleidung, Koffer, Taschen, Schuhe, Bettzeug – auf einen Wagen, schoben ihn in den eisernen Zylinder hinein und schlossen die Tür. Dann wurde über Rohre heißer Dampf eingeführt, und sein Inhalt wurde auf einhundertzehn Grad erhitzt und mit Hochdruck desinfiziert. Nach etwa einer halben Stunde war der Vorgang beendet, und man informierte das Personal im Nebenraum mithilfe einer Klingel, dass die Sachen herausgenommen werden konnten. Auf der anderen Seite öffneten die Kolleginnen den Apparat, holten den Wagen heraus und fuhren ihn in einen weiteren Raum, wo die frisch desinfizierten Sachen ihren Besitzern zurückgegeben wurden. In einer separaten Maschine reinigten sie Gegenstände, die keiner großen Hitze ausgesetzt werden durften, wie Pelze oder Stiefel. Dazu benutzten sie Formalin und Wasserdampf. Natürlich durfte zwischen den Arbeitsgruppen auf beiden Seiten der Desinfektionsanlage keinerlei Kontakt bestehen. Wenn der Ansturm besonders groß war, konnten sie auch noch einen dritten Apparat einsetzen, aber meist fehlte dafür das Personal.

Alle Köpfe hoben sich, als Will und Claire hereinkamen. Avas Blick fiel auf Will, sie blickte gleichzeitig alarmiert und betroffen. Beinahe augenblicklich bildeten sich zwei rote Kreise auf ihren Wangen.

«Ich dachte, wir könnten heute in Ruhe arbeiten», fauchte eine der Frauen Olga zu.

Die lächelte Claire an, dann erwiderte sie gut hörbar: «Sei nicht immer so melodramatisch, Gesa. Wenn du sie nicht dauernd anstarrst, werden wir vielleicht sogar rechtzeitig fertig.»

Auf dieser Seite der Stadt fühlte Claire sich schmutzig. Wer wusste schon, was in den Sachen der Menschen alles hauste, Flöhe und Milben, Zecken und Läuse ... Die Pelze ekelten sie besonders. Außerdem roch es hier seltsam, chemisch und sauer. Die Badeanstalt der Männer befand sich in der Nähe, auch von dort zogen strenge Geruchssalven zu ihnen herüber. Die Aborte der Männer in der gesamten Ballinstadt waren zum Defaecieren im Stehen –, da Menschen aus weniger kultivierten Gegenden mit einem Wasserklosett nichts anzufangen wussten. Man musste selbst nachspülen, mit einem Eimer. Leider vergaßen das viele, und wo auch immer ein Klosett in der Nähe war, roch man es. Sie hoffte nur, dass Will hier nicht zu lange brauchen würde.

Aber da Ava anwesend ist, wird er wahrscheinlich jede Minute auskosten, die er sie unter dem Vorwand der Arbeit anstarren kann, dachte sie sauer.

«Was soll ich tun?» Claire stellte die Kameratasche ab, die sie getragen hatte.

Er sah sie nicht einmal an. «Wenn ich es Ihnen sage, öffnen Sie die Tasche und geben mir, was immer ich brauche. Ansonsten können Sie machen, was Sie wollen.»

Claire stellte sich neben der Tür in eine Ecke und sah zu, wie die anderen arbeiteten. Als sie hereingekommen waren, hatten sich alle laut unterhalten, doch nun waren die Gespräche zu einem geflüsterten Gemurmel abgeflacht. Immer wieder trafen sie Blicke. Es lag keine Sympathie darin. Sie rollte mit den Augen.

Will lief im Raum umher und schoss Fotos von den Desinfizierapparaten, von den Taschen und Koffern, die die Frauen in die Wagen legten, von dem Gepäck, das sich stapelte und immer mehr wurde, je länger sie arbeiteten, weil zu viele Menschen ankamen und die Apparate zu langsam arbeiteten, um alles zu reinigen. Ein kleiner Koffer, wohl das Gepäck eines Kindes, schien es ihm besonders angetan zu haben. Ein Stofftier war daran festgebunden, schmutzig und verschlissen hing es mit traurigem Blick am Griff.

«Wenn Claire mit an den dritten Apparat geht, können wir ihn noch anschalten», bemerkte Olga irgendwann gegenüber Will, der gerade ein Stativ aufbaute, weil er, wie er sagte, das Licht auf eine besondere Art einfangen wollte.

Will blickte zu Olga. «Meinetwegen kann sie das machen, ich brauche sie ohnehin nicht.» Die anderen lachten. Ava warf ihm einen stirnrunzelnden Blick zu.

Olga sah Claire fragend an.

«Sicher», sagte sie ruhig.

Als sie an Kessie vorbeiging, um den dritten Apparat anzuschalten, wich diese vor ihr zurück, als hätte sie Sorge, sich etwas von ihr einzufangen. «Keine Angst, Ehebruch ist nicht ansteckend», fauchte Claire, die allmählich die Nase voll hatte. «Aber was rede ich da, keine von euch ist verheiratet, ihr müsst euch also keine Sorgen machen, dass euch die Männer weglaufen.»

Die Frauen starrten sie feindselig an.

Olgas Mundwinkel zuckten.

Ava arbeitete stumm weiter, tauschte aber mit Claire einen amüsierten Blick.

«Ich habe sie dir extra zugeteilt, damit sie von den anderen ferngehalten wird!»

Quint hatte Claire und Will nach der Mittagspause zu sich zitiert. Aufgebracht lief er vor ihnen auf und ab. Natürlich, vermutete Claire, waren Gesa und Kessie schnurstracks zu ihm marschiert und hatten sich beschwert, welch eine Zumutung es sei, wieder mit ihr zu arbeiten.

«Tut mir leid.» Will verschränkte die Arme vor der Brust und wirkte kein bisschen so, als würde ihm irgendetwas leidtun. «Diese Woche ist die Desinfizieranstalt dran. Ich kann meine Pläne nicht einfach für sie umwerfen. Es wird schon genug Wirbel um sie gemacht, findest du nicht?»

Quint sah ihn müde an. «Doch, finde ich», sagte er, jetzt wieder ruhig, und Claire schnaubte leise durch die Nase.

«Das Ganze ist doch lächerlich», platzte es plötzlich aus ihr heraus. «Als ob es ihnen wirklich um den Anstand ginge. Kessie weiß doch nicht mal, wie man das schreibt.»

Quints Augen wurden schmal.

«Oder siehst du das anders?», fragte Claire trocken.

Er seufzte nur noch einmal. «Mir wurde berichtet, du hättest sie provoziert.»

«Ich habe ihnen erzählt, wo sie sich ihre falsche Anstellerei und ihre Moralpusseligkeit hinstecken können», erwiderte Claire ungerührt. «Wenn du das provozieren nennen willst …»

«Claire!», grollte er empört. Einen Moment sahen sie sich in die Augen.

«Was soll ich denn deiner Meinung nach tun?», fragte sie,

leiser jetzt, gefasster, weil sie merkte, dass sie ihn nur so erreichen konnte.

Will hielt noch immer die Arme vor der Brust verschränkt und war ein paar Schritte zurückgetreten. Er zeigte deutlich, dass dies hier nicht sein Problem war und er es auch nicht dazu machen würde.

«Soll ich mich von ihnen beleidigen lassen? Ich habe einen Fehler gemacht, aber ich dachte, dass ich diesen Mann liebe, ich dachte …»

Etwas veränderte sich in Quints Blick.

«Ich dachte … ich …» Claire begann zu stottern. «Wenn ich alles ungeschehen machen könnte, würde ich es tun. Wenn ich die Zeit zurückdrehen könnte, ihm nie begegnet wäre, ich würde alles dafür geben!», rief sie, weil sie plötzlich verstand, worum es hier ging und dass sie es ihm sonst niemals würde sagen können. Sie würde es einfach nicht über sich bringen, ihr Hochmut stand ihr im Weg, ihre Angst, ihre Unsicherheit.

Sie erkannte plötzlich, als sie in seine besorgten grünen Augen blickte, dass sie wie diese Elizabeth Bennet enden würde, in diesem schrecklich langweiligen Buch, das Marie ihr letztes Jahr gegeben hatte, in dem alle immer nur aneinander vorbeiredeten und sich gegenseitig das Leben schwer machten. *Stolz und Vorurteil*, so hieß es. Genau so erschien es ihr jetzt. Zu viel Stolz, zu viele Annahmen, zu viel Unklarheit.

Sie liebte ihn. In diesem Moment konnte sie es sich das erste Mal eingestehen. Sie liebte ihn. Schon lange. Zu dem Mann, den sie liebte, würde sie es nicht sagen. Aber gegenüber dem Quint, der jetzt vor ihr stand, ihrem Vorgesetzten, noch dazu mit Wilhelm daneben, der dem Ganzen eine offizielle Note verlieh, war es nicht mehr so schwer.

«Ich hasse ihn», sagte sie aus tiefstem Herzen. «Ich habe alles falsch gemacht. Ich erkenne die Claire von damals nicht wieder.» Ihre Stimme wurde wieder klarer, während sie sprach. «Ich wollte ein anderes Leben, und ich dachte, er könnte es mir geben. Als er sich für Linda entschied, konnte ich nicht … Ich konnte mich einfach nicht von meinem Traum verabschieden. Ich hatte so große Hoffnungen, dass alles anders würde, und dann …» Sie schloss einen Moment die Augen.

Als sie sie wieder öffnete, hatte sich sein Blick verändert. Er war weicher geworden. Nun, nachdem sie einmal angefangen hatte, sprudelten die Worte nur so aus ihr heraus.

«Ich habe nur an mich gedacht, ich war … so egoistisch, wie man nur sein kann. Ich verstehe, dass die anderen mich hassen, ich tue es ja selbst. Aber was geschehen ist, kann ich nicht rückgängig machen.» Sie holte tief Luft. «Ich werde mich nicht verstecken, und ich werde auch nicht so tun, als sei das alles nicht passiert.»

Quint tauschte einen Blick mit Will. Der senkte die Arme. «Ich denke, ihr braucht mich hier nicht mehr», sagte er, aber seine Stimme war nicht mehr so hart wie zuvor. Er ging hinaus, und als die Tür hinter ihm zufiel, breitete sich eine beinahe greifbare Stille im Raum aus.

Claire schluckte, angespannt stand sie da und wartete auf seine Reaktion.

«Ob du es glaubst oder nicht, ich wollte es damit dir leichter machen und nicht ihnen.» Quints Blick war so warm, dass sich ihre Brust zusammenzog.

Claire nickte. «Das musst du nicht. Mit den Schnepfen komme ich zurecht, das war nie ein Problem.»

Er lächelte. «Ich hatte schon Angst, du hättest deinen Biss verloren. Aber wie ich sehe, muss ich mir diesbezüglich keine Sorgen machen.»

«Überhaupt keine», erwiderte sie und musste ebenfalls lächeln. Auch wenn es nicht stimmte. Sie hatte so vieles von ihrem alten Selbst verloren. Aber langsam kehrte er zurück, der Wille, sich zur Wehr zu setzen, für sich einzustehen.

Er nickte. «Gut.»

Sie wartete.

«Gibt es noch etwas?»

Erstaunt schüttelte sie den Kopf. «Ich … Was soll ich …?»

«Na, du sagtest doch, du wirst mit ihnen fertig.» Er erhob sich, stand auf und ging zur Tür, hielt sie ihr auf.

«Also kann ich wieder … bin ich wieder …», stotterte sie.

«Wie gesagt, es ging mir um dich, nicht um sie.» Er lächelte wieder, als sie vor ihm stand, und auch wenn es ein trauriges Lächeln war, so war es doch echt und voller Wärme.

Sie hatte das Gefühl, dass er noch mehr sagen wollte.

Sie wollte noch mehr sagen.

«Wann gehst du zu deiner Mutter?», fragte er plötzlich und überraschte sie damit ein weiteres Mal.

Claire zögerte. «Heute», sagte sie schließlich. «Heute Nacht fahre ich nach Hause.»

5

Claires Atem hing wie eine weiße Dunstwolke vor ihrem Gesicht. Unwillkürlich zog sie Avas Mantel fester um sich. Er war dünn und ausgewaschen, wärmte sie nicht einmal annähernd genug. Wenn das alles hier vorbei war, dieser lange, seltsame Traum, in dem sie seit Wochen gefangen war, würde sie ihrer Freundin einen richtigen Mantel kaufen. Sie würde ihr überhaupt alles kaufen, alles, was sie sich wünschte, sie würde sie in die teuersten Restaurants einladen und zusehen, wie sie alles aß, worauf sie Lust hatte. Sie konnte immer noch kaum glauben, dass Ava ihr einfach verziehen hatte, dass sie wieder Freundinnen waren, sie wieder einen Menschen hatte, zu dem sie gehen konnte.

Es war ein unwirkliches Gefühl, sich wie eine Diebin in ihr eigenes Haus schleichen zu müssen. Dunkel lag die Villa da, nur aus den Schornsteinen quoll Rauch in den sternenüberzogenen Hamburger Winterhimmel. Wie Ava mit Marie besprochen hatte, war das Tor offen und die kleine Tür neben dem Rosenstrauch nicht abgeschlossen. Claire trat in die Kammer neben der Küche. Als Erstes sah sie den Eisschrank. Die Erinnerung durchfuhr sie, so lebendig, dass es wehtat. Eigentlich hat an diesem Tag alles angefangen, dachte sie und strich kurz mit zwei Fingern über das kantige Möbelstück, das nun mit geöffneter Tür verlassen dastand und einen seltsamen Geruch verströmte. Es war ein trauriger Anblick. Agatha hatte sich damals so über ihre neuste Errungenschaft gefreut. Sicher wurde jetzt niemand mehr eingeladen, dem man aufwendige Kaltspeisen hätte servieren können. Oder vielleicht wurden noch Gäste eingeladen … aber sie kamen nicht mehr.

Sie schlich durch die dunkle Küche, in der dieses Mal kein Geruch nach Schokolade in der Luft hing, und ging auf leisen Sohlen durch die Halle und die große Treppe hinauf. Die Tür zu ihrem Zimmer schabte über den Teppich, Claire gab ein ersticktes Geräusch von sich, als der Geruch sich wie ein Tuch um sie legte. Sie hatte nicht gewusst, dass ihr Zimmer einen eigenen Geruch hatte, bemerkte erst jetzt, wie vertraut er war, eine Mischung aus den getrockneten Blüten auf dem Kaminsims, den Parfums und Pudern auf der Konsole, den Hautcremes, die ihre Mutter ihr bestellt hatte, und etwas ganz Eigenem, das sie nicht zuordnen konnte. Vielleicht war es der Geruch ihres alten Lebens.

Die Konsole mit dem zerbrochenen Spiegel war an die Wand gerückt, ein paar Scherben hingen noch im Rahmen wie schimmernde Eiszapfen. Im Regal standen die Ratgeber, die Agatha ihr so gern gekauft hatte – und auf einem Bügel am Schrank hing das Schwimmkostüm, das Claire sich für Sylt bestellt hatte, in einer anderen Zeit. Für eine andere Claire.

Sie ging in ihr Ankleidezimmer und nahm eine Tasche aus dem Vertiko. Es gab nicht viel hier, das sie gebrauchen konnte, ihre Kleider waren alle viel zu fein, viel zu teuer für das Leben, das sie nun führte. Zögernd packte sie zwei Mäntel hinein, ein paar Schnürschuhe, einige ihrer Hauskleider und einen Stapel Wäsche.

Auf der Spiegelkonsole lehnte ein geöffneter Umschlag am Rosenwasser, die Verlobungskarte von Magnus und Linda. Als Claire sie aus dem Couvert zog, fiel die Fotografie von Magnus und Linda heraus und segelte lautlos auf den Teppich.

Claire hob sie auf, drehte die kleine Glaslampe an, betrachtete in ihrem Schein die Gesichter und fragte sich, wie alles so weit hatte kommen können.

«Oh Gott, es tut mir so leid», flüsterte sie, als sie Lindas strahlendes Lächeln sah. All die Wochen hatte sie es verdrängen können, doch bei Lindas Anblick traf es sie mit voller Wucht.

Sie war schuld an ihrem Unglück. Sie war schuld an überhaupt allem.

«Claire.»

Sie fuhr herum.

Marie stand im Türrahmen, das Gesicht genauso weiß wie die Nachthaube.

Einen Moment lang starrten sie sich an, Claire erschrocken, Marie angstvoll. Dann lagen sie sich in den Armen. «Oh Claire, wir haben uns solche Sorgen um dich gemacht!» Sie war überrascht, wie sehr Marie weinte. «Das Haus ist nicht mehr dasselbe ohne dich.»

Claire hielt Marie fest, atmete den Duft ihres Haars ein. Wie seltsam es doch war, dass sie sich so lange und gut kannten und sich noch nie umarmt hatten. Sie selbst weinte nicht, war zu angespannt, um mehr zu fühlen als Sorge. An der Hand führte sie Marie zu den Sesseln beim Kamin.

«Ich musste gehen», sagte sie. «Ich habe keine Ahnung, wie viel du weißt, aber …»

«Ich weiß genug.» Noch nie zuvor hatte Marie sie unterbrochen. Aber Claire hatte sie auch noch nie zuvor so aufgewühlt gesehen. «Ich lausche an den Türen, wenn der Arzt kommt», fügte sie hinzu, plötzlich mit grimmigem Gesichtsausdruck, trotz der Tränen. Sie reckte ihr Kinn vor, und Claire musste lächeln.

«Sehr gut», sagte sie.

Marie zog ein Tuch aus dem Ärmel ihres Nachthemdes und schnäuzte sich. «Claire, er redet ihr Sachen ein, die nicht stimmen, Sachen über dich, und manchmal denke ich … manchmal denke ich, dass er an ihr interessiert ist. Du weißt schon. *Romantisch.*»

Sie hauchte das Wort mit großen Augen, die Angst davor, dass Dr. Schwab in einer böswilligen Fügung des Schicksals gar ihr neuer Hausherr werden könnte, deutlich in ihren Zügen erkennbar. «Du müsstest mal hören, wie er mit uns spricht.»

Entsetzt sah Claire sie an, diese Möglichkeit war ihr nie in den Sinn gekommen. Aber als ihre Gedanken sich jetzt überschlugen, wurde ihr klar, wie naheliegend es war. Ihre Mutter war reich, sie war allein, sie war schwach. Claire war sich nicht sicher, ob es Dr. Schwab automatisch zu ihrem Vormund machen würde, wenn er Agatha heiratete. Und sie wollte es lieber nicht herausfinden.

«Nicht auch das noch ...», murmelte sie bestürzt. «Aber das würde sie nicht tun, nie im Leben. Papa ist doch noch gar nicht lange tot. Und Dr. Schwab ist so scheußlich, sie würde sich niemals in ihn verlieben, wie könnte sie.»

«Du hast sicher recht. Aber er drängt sich ihr regelrecht auf. Er hat sogar schon hier übernachtet …» Marie blickte zur Tür, als erwartete sie, er könnte jeden Moment hereinkommen.

«Er hat … *was*? Wie meinst du das?» Claire verstand nicht,

wovon sie sprach. «*Hier?* Im Haus?», rief sie dann, und Marie presste ihr erschrocken einen Finger auf die Lippen.

Sie nickte hektisch. «Im Gästezimmer. Er macht sich Sorgen um den Gesundheitszustand der Madame, er meint, dein Vater würde es ihm nie verzeihen, wenn ihr etwas zustößt, deswegen bleibt er manchmal hier, wenn es ihr nicht gut geht.»

«Ich kann es nicht fassen», murmelte Claire. Sie hatte sich nachts ins Haus schleichen wollen, damit die Angestellten nichts mitbekamen und Gerede vermieden wurde. Aber nie hätte sie damit gerechnet, dass es noch einen anderen guten Grund gab, um besser im Schutze der Dunkelheit herzukommen. Plötzlich fühlte die Villa sich fremd an, beinahe feindselig. «Meine Mutter war schon immer zu gutgläubig. Wie kann sie nur nicht sehen, was er ist?»

«Oh, deine Mutter ist eine so gute Seele, sie sieht nur das Beste in jedem!», sagte Marie ernst.

Claire gab einen missbilligenden Laut von sich. «Sie sieht jeden Fehler, den man nur haben kann, und sei er auch noch so klein.»

Ein wehmütiges Lächeln spielte um Maries Mund. «Sie wartet auf dich. Es geht ihr nicht gut, Claire», sagte sie leise. «Es ist ihr Herz, das alles hat ihr sehr zugesetzt.»

Da war keinerlei Vorwurf in Maries Stimme, nur Sorge. Aber Claire fühlte die Schuld wie ein Gewicht, das jemand ihr auf die Schultern gelegt hatte. Sie hatte überall um sich herum Chaos angerichtet, hatte so viele Menschen verletzt, so viele Brücken abgebrochen. Nun musste sie sich zu ihrer Mutter ins eigene Haus schleichen, um aus ihrem eigenen Schrank zu stehlen.

«Du weißt, dass du niemandem etwas sagen darfst? Vor allem nicht Hulda?» Claire nahm Maries Hände und drückte sie fest, um ihre Worte zu unterstreichen.

«Natürlich nicht.» Marie schüttelte den Kopf. «Ich kann sie ohnehin nicht leiden.» Trotzig schürzte sie die Lippen. «Sie ist ein Biest. Als du weg warst, hat sie ganz schrecklich über dich gesprochen. Wir schlafen jetzt in getrennten Kammern. Ich habe der Madame gesagt, wenn ich weiter mit der ein Bett teilen muss, gehe ich woandershin, und sie hat mir das alte Bügelzimmer gegeben. Ich habe jetzt sogar eine eigene Waschschüssel, und es ist wunderbar warm, weil der Abzug vom Küchenherd an meiner Wand vorbeigeht. Ich will mir noch Vorhänge nähen und vielleicht einen kleinen Teppich. Ein Zimmer ganz für mich allein, das muss man sich mal vorstellen.»

Maries Augen leuchteten bei diesen Worten auf, und Claire wurde mit einem Mal qualvoll bewusst, wie blind sie gewesen war. «Das freut mich sehr», sagte sie mit belegter Stimme.

Ihre loyale, immer höfliche, immer gut gelaunte Marie. Claire hatte sie gesehen wie einen freundlichen Geist, ein Möbelstück, das einfach dazugehörte, dessen Funktion es war, dafür zu sorgen, dass es ihr an nichts fehlte. Sie hatte sich gar nicht dafür interessiert, wie Marie bei ihnen lebte, war einfach davon ausgegangen, dass das schon geregelt sei. Sie konnte sich nicht einmal entsinnen, wann sie das letzte Mal oben bei den Dienstboten vorbeigeschaut hatte. Ihr Blick fiel in den zerschmetterten Spiegel, der ihr Gesicht in jeder einzelnen Scherbe zu ihr zurückwarf. Es war wohl kein Wunder, dass niemand die alte Claire gemocht hatte. Sie mochte sie ja selbst nicht.

Lautlos schlich sie über die Flure, wo das Licht des Mondes Schatten auf die dicken Perserteppiche malte. Irgendwo hatte sie einmal gelesen, dass in den meisten Theaterstücken Flure und Durchgänge für Verwandlung standen, dass die größten Veränderungen, die die Figuren in den Stücken durchlebten, in diesen Zwischenräumen geschahen. Claire horchte in sich hinein, aber sie spürte nichts, keine Verwandlung, keine Eingebung.

Nur Angst.

So leise, dass es bloß jemand wahrnehmen würde, der darauf wartete, klopfte sie an Agathas Tür. Claire hörte ihren Herzschlag in den Ohren donnern. Die Antwort ihrer Mutter kam sofort, ein gehauchtes «Herein», dem Claire sogar durch die Tür hindurch die Anspannung und Erwartung anhörte.

Sie umklammerte den Knauf, schloss die Augen und wünschte sich ein Jahr zurück, in ihr oberflächliches, verschwenderisches, normales Leben.

Dann trat sie ein.

Agatha saß wie eine Statue in ihrem Himmelbett, umgeben vom Schein der Nachttischlampe, den Oberkörper erwartungsvoll zur Tür gerichtet, die Augen so groß in ihrem bleichen Gesicht, dass sie Claire beinahe fremd erschien. Sie erschrak, wie anders ihre Mutter aussah, wie dünn und eingefallen. Wie krank. Aber als sie blinzelte, war die alte Agatha wieder da, genau wie sie sie in Erinnerung hatte, nur ein wenig schmaler.

«Claire», stieß Agatha hervor und machte Anstalten, aufzustehen.

Mit wenigen Schritten war Claire an ihrer Seite. «Bleib liegen. Bleib liegen, Mama.»

Wie sie ihre Mutter vermisst hatte! Wie sehr sie ihr gefehlt hatte. Agatha und sie waren immer wie zwei gleiche Pole gewesen, die sich abstießen, zwei Katzen, die einander umkreisten, sich aneinander rieben und sich anfauchten.

Wie falsch sie gelegen hatte mit ihrer Angst. Ihre Mutter war nicht böse auf sie, sie war nicht entnervt oder wütend. Sie war traurig.

Agatha umklammerte ihre Hand, musterte sie mit tränenverschleiertem Blick. Ihr ganzes Gesicht schien zu beben, so schwer fiel es ihr, die Fassung zu wahren. Sie umarmten sich, lang und fest, Claire hörte die unterdrückten Schluchzer ihrer Mutter an ihrem Hals, und sie fühlte so viel auf einmal, Liebe, Sorge, Verwirrung, Reue, Bitterkeit. Alles war da, und alles hatte seine Berechtigung.

Nun liefen auch ihr die Tränen über die Wangen, und sie wischte sie hastig mit dem Handrücken beiseite. «Mama, wie geht es dir?»

«Ja wie siehst du denn aus?», Agatha hielt sie fest, betrachtete erst jetzt ihr Gesicht. «Was ist dir denn nur passiert?» Sie schlug die Hände vor den Mund, und Claire musste den Impuls unterdrücken, sie anzufahren, dass sie ihr nicht noch unter die Nase reiben musste, wie schlimm sie aussah. Agatha meinte es nicht böse. Sie hatte es nie böse gemeint.

«Es ist, ich war … ich war krank, eine Augensache. Dann wurde ich falsch behandelt, auf dem Schiff, von einem Stümper von Arzt, der nicht erkannt hat, wie entzündet es war. Und nun ja. Das Lid wird sich im Laufe der Zeit normalisieren, aber …» Sie stockte, es wollte ihr nicht über die Lippen. Doch dann setzte sie sich gerader hin und räusperte sich. «Der Schleier wird mir bleiben. Für immer.»

Agatha blickte so entsetzt drein, dass Claire Angst hatte, sie würde gleich ohnmächtig darniedersinken. Dann zog sie die Nase hoch, wischte sich die Augen und machte eine wegwerfende Geste mit der Hand. «Dich kann nichts entstellen, Claire», sagte sie, beinahe streng, und Claires Hals verengte sich. «Du warst immer schön, und du wirst immer schön sein. Da müsste dir schon der Kopf abfallen, damit sich das ändert.»

Claire wusste, dass das nicht stimmte. Aber sie wusste auch, dass ihre Mutter es ehrlich meinte. Für Agatha würde sie immer schön sein.

«Und du, Mama, was machst du denn für Sachen? Was ist mit deinem Herzen?» Besorgt musterte sie Agatha. Ihre Haut wirkte gelblich im Licht der kleinen Nachttischlampe, die Augenlider waren geschwollen, der Hals merkwürdig dick, gerade im Gegensatz zum Rest ihres Körpers, sie hatte sicher einiges an Gewicht verloren.

«Ach, du weißt ja, ich hatte es schon immer mit den Nerven.» Mit einem halben Lächeln verzog Agatha das Gesicht, strich mit den Händen über die Bettdecke. «Ich … war früher einmal sehr krank. Masern. Als … bevor es dich gab. Dr. Schwab sagt, es könnte damit zusammenhängen. Mein Herz hat sich damals entzündet, wie es scheint, ohne dass man es bemerkt hat, und jetzt ist es schwächer, als es sein sollte.»

Mit der Erwähnung seines Namens war es, als striche ein eisiger Hauch durch das Zimmer. Claire versteifte sich. Ihre Mutter sah es sofort.

«Claire, er wollte dir immer nur helfen. Er wollte dich beschützen», sagte sie eindringlich, und ihre Augen wurden wieder ganz groß. Sie fasste erneut nach ihrer Hand.

Claire zog sie weg. «Er wollte mich für verrückt erklären und in eine Anstalt einweisen.»

«Du hattest eine Affäre mit einem verheirateten Mann», sagte Agatha. «Er …» Sie brach ab, schüttelte den Kopf. «Lass uns jetzt nicht über ihn reden. Ich kann nicht glauben, dass du wieder hier bist. Ich kann es nicht glauben.» Mit den Fingern fuhr sie die Konturen ihres Gesichts nach, als hätte sie vergessen, wie es aussah. «Wo warst du denn nur, was hast du erlebt?» Sie zog Claire neben sich und drückte ihren Arm.

Während sie erzählte, nahm Agatha die Augen keine Sekunde von ihr. Claire berichtete alles, in gedämpftem Flüsterton, von dem Moment, in dem sie entschieden hatte, zu gehen, bis zu ihrer Ankunft in New York und Magnus' Brief. Nur dass sie Ava bestohlen hatte, erzählte sie nicht. Sie konnte einfach nicht.

Agathas Miene wechselte zwischen Schock, Staunen und Unglauben hin und her, immer wieder stieß sie mitfühlende Laute aus, stellte Fragen über Fragen. «Ich konnte ihn noch nie leiden!», stieß sie aus, als Claire berichtete, wie Magnus sie verleugnet hatte. «Er war nie gut genug für dich.»

Es kam Claire so unwirklich vor, dass sie hier saß, in dem vertrauten Zimmer ihrer Eltern, und an all das zurückdachte, was in den letzten Wochen geschehen war.

«Du siehst anders aus», stellte Agatha schließlich fest und strich ihr sanft über die Stirn, über die Augenbrauen. «Gott, was hast du nur mitgemacht. Ich meine nicht das Auge, du siehst … einfach anders aus.»

«Du auch», entgegnete Claire leise und musterte ihr Gesicht, das aussah wie immer und doch ganz verändert.

«Warum kommst du in der Nacht?» Agatha schob sich in den Kissen wieder ein Stück hoch. «Claire, du musst keine Angst mehr haben, es ist nichts passiert, keine Anzeige, keine Vorwürfe. Ich meine, außer …» Ihr Blick flackerte unruhig zum Nachttisch, und Claire entdeckte die Zeitung.

«Ich weiß davon.»

«Oh!» Agatha schien erleichtert.

«Was hat Laetitia gesagt?» Claire war sich nicht sicher, ob sie die Antwort hören wollte. «Weiß sie es?»

«Sie weiß es!», erwiderte Agatha, und ihre Lippen wurden schmal. «Natürlich weiß sie es, dem Drachen entgeht doch nichts. Sie hat getobt, kam in ihrer Kutsche angerauscht, um mich zur Rede zu stellen. Kannst du dir das vorstellen? Sie hat ihr Kloster doch seit zehn Jahren nicht verlassen. Ich habe mich tot gestellt und ihr ausrichten lassen, ich sei zu schwach, um sie zu empfangen.» Agatha kicherte. «Aber das Gekeife aus der Halle war bis hier oben zu hören.»

Claire war vollkommen verblüfft über die Reaktion. «Ich hatte gedacht, du würdest ebenfalls toben.»

«Es war ein Schock!» Agatha faltete die Hände über der Decke. «Aber Claire. Ich wusste nicht, wo du bist, ob du noch lebst, ob du jemals wiederkommen würdest. Alles andere verblasst dagegen.»

Claire zog die Nase hoch, plötzlich überwältigt von ihren Gefühlen, und Agatha griff zum Nachttisch und reichte ihr ein Taschentuch. «Es tut mir leid, Mama», murmelte sie. «Es tut mir leid, dass du dir solche Sorgen gemacht hast. Ich hatte Angst, dass ...»

«Mir tut es leid», unterbrach Agatha sie. «Ich bin überzeugt, dass Bernd nur dein Bestes wollte. Aber wir hätten nicht ... nun, ich hätte nicht über deinen Kopf hinweg entscheiden dürfen. Ich verstehe, dass du Angst hattest.»

Ungläubig ließ Claire das Taschentuch sinken. Wie es schien, war sie nicht die Einzige hier, die eine Verwandlung durchgemacht hatte.

«Versprich mir einfach, dass du nie wieder weggehst, ohne mir zu sagen, wo ich dich finden kann», bat Agatha jetzt. «Dann ist alles vergessen.»

«Ich verspreche es», erwiderte Claire leise, nach einem Moment, in dem sie vor Rührung nicht sprechen konnte.

Agatha nickte mit feierlicher Miene. «Gut!» Sie lächelte. «Dann ist es jetzt vorbei. Dieser Albtraum ist vorüber. Hast du deine Sachen schon mitgebracht?» Sie sah zur Tür, als erwartete sie, dort einen Koffer stehen zu sehen.

Claire erstarrte. «Ich werde nicht zurückkommen, Mama. Zumindest vorerst nicht.»

«Aber …» Entgeistert hob Agatha die Hände, doch Claire hielt sie fest.

«Mama», sagte sie eindringlich. «Ich weiß, dass du glaubst, Dr. Schwab will nur mein Bestes. Angenommen, es wäre wirklich so: Kannst du mir versichern, dass er mich wirklich nicht mehr ändern oder behandeln will?»

Agathas Blick wurde unruhig.

«Er geht hier immer noch ein und aus, nicht wahr?», fragte Claire.

«Er … Ja, natürlich, er ist mein Arzt, und er … nun, er kümmert sich um mich, er sorgt sich um mich und …»

«… und das ist wunderbar. Ich bin froh, dass du nicht allein bist und dass er deine Gesundheit so ernst nimmt. Und ich verstehe, dass du ihm vertraust, er war schließlich ein Freund von Papa. Aber *ich* vertraue ihm nicht!» Claire drückte Agathas kalte Finger. «Ich möchte ihm nicht begegnen. Ich weiß nicht, was er dann tut, verstehst du?»

«Aber Claire, wir können doch über alles reden, wir können alle gemeinsam besprechen, was passieren soll!», wisperte Agatha hektisch. «Du *musst* wieder hier wohnen, hier ist doch dein Zuhause.» Rote Flecken bildeten sich auf ihrem Gesicht, und Claire musterte sie besorgt.

«Mama, reg dich nicht auf, bitte. Vielleicht lässt er sich darauf ein, vielleicht auch nicht. Ich habe inzwischen verstanden, wie viel Macht er besitzt. Wie viel Macht alle Männer besitzen. Sie entscheiden. Und wenn sie entschieden haben, können wir nichts tun, verstehst du? Ich habe eine gute Bleibe gefunden, ich habe eine Arbeit, du musst dir um nichts Sorgen machen. Es geht mir gut.»

«Aber, das ist doch kein Zustand!», rief Agatha, jetzt vollkommen aufgelöst. «Du kannst doch nicht immer vor ihm davonlaufen.»

«Nein, das kann ich nicht. Aber vorerst möchte ich nichts mit ihm zu tun haben. Bestimmt geht es dir bald besser und du brauchst ihn nicht mehr so oft. Vielleicht kannst du dann zu einem neuen Arzt wechseln, und dann …»

«Claire.» Agatha schüttelte den Kopf. «Du verstehst nicht …» Sie starrte sie mit so bekümmerter Miene an, dass Claire mit einem Mal ganz kalt wurde. «Bernd und ich, nun, wir sind uns nähergekommen. Auf andere Art.» Agatha zog die Schultern hoch, als hätte sie Angst vor ihr.

Claires Herz begann zu klopfen, dumpf und schnell. Maries Worte hallten in ihrem Kopf wider.

«Er hat um meine Hand angehalten.»

Einen Moment fühlte sie gar nichts. Dann ließ sie langsam Agathas Hände los. «Er hat was?», fragte sie tonlos.

Agatha versuchte, nach ihr zu greifen, aber sie wich zurück und versteckte die Arme hinter dem Rücken. «Du meinst, Dr. Schwab wird bald mein Stiefvater sein?»

«So weit ist es doch nicht!», rief Agatha hastig. «Es ist ja noch nichts entschieden, Claire.»

«Was meinst du, es ist noch nichts entschieden? Hat er um deine Hand angehalten oder nicht?»

«Nun. Das hat er.»

«*Deswegen* hat er gekündigt.» Claire stand auf, lief im Zimmer umher wie ein Tiger im Käfig. «Er will sich mit Papas Geld einen schönen Lebensabend machen. Vielleicht war das von Anfang an sein Plan. Vielleicht hat er das alles nur mit mir angestellt, um an unser Geld heranzukommen.»

«Also wirklich!» Agatha schlug mit der flachen Hand auf die Bettdecke. «Das hat er nun wahrlich nicht nötig.»

«Ach nein?», rief Claire. «Was glaubst du, worum es ihm sonst geht?»

«Um mich?», rief Agatha empört, und Claire holte tief Luft.

«Als ich euch das letzte Mal zusammen gesehen habe, hat er nicht besonders verliebt gewirkt», fauchte sie, und die roten Flecken auf Agathas Wangen breiteten sich weiter aus.

«Es hat sich eben einiges geändert, seit du das letzte Mal hier warst», gab sie zurück, nicht minder scharf. «Er war für mich da, als niemand sonst es war. Ich war ganz allein, verstehst du das überhaupt?» Agatha senkte den Blick auf ihre Hände. «Und ich werde auch allein sein, wenn du wieder gehst.»

Claire war am Fenster stehen geblieben und blickte in die tiefschwarze Nacht.

«Claire, in unserem Alter ist das eben anders. Wir sind nicht schrecklich verliebt, das nicht, aber wir mögen einander. Wir haben bereits Pläne, wir wollen reisen, vielleicht ein Sommerhaus kaufen, Italien sehen. Es ist … Es wäre doch schön. Wenn ich jemanden hätte.»

Claire spürte plötzlich einen dumpfen Druck auf der Brust. Natürlich hatte Agatha recht. Natürlich wäre das schön. Aber doch nicht so. «Mama», sagte sie flehentlich. «Doch nicht mit ihm.»

«Siehst du hier vielleicht andere Bewerber Schlange stehen?» Agatha tupfte sich mit der Bettdecke die Augen. Die roten Flecken waren jetzt bis zum Hals gewandert. «Ich bin eine tatterige alte Witwe mit einem schwachen Herzen. Wer will mich denn noch?»

«Sag das doch nicht!», rief Claire. «Natürlich findest du wieder jemanden!» Doch sie wusste, dass es nicht stimmte. Sie weinte jetzt auch, schüttelte unaufhörlich den Kopf.

Agatha winkte sie zu sich heran, und Claire setzte sich wieder neben sie. «Es würde mich so glücklich machen, wenn ihr euren Zwist begraben könntet. Aber ich werde nicht einwilligen, wenn du dich gegen ihn stellst.» Sie legte einen Arm um den Rücken ihrer Tochter. «Nimm dir ein bisschen Zeit, um darüber nachzudenken, Claire. Das ist alles, worum ich dich bitte. Ich werde ihn nicht heiraten, wenn du nicht einverstanden bist.»

Erleichterung flutete durch Claire hindurch. Himmlische, süße Erleichterung. «Versprichst du es?», fragte sie.

Agatha nickte. «Ich verspreche es», sagte sie fest.

Claire atmete langsam wieder aus. Sie würde ihnen niemals ihren Segen geben.

Um keinen Preis der Welt.

Woran denkst du?» Kaisa legte die Gabel neben den Teller und tupfte sich den Mund, sah Will mit ihren warmen Augen an, und ihr Blick versetzte ihm einen Stich. Weil sie so vieles sah. Und er sich ihr doch nicht anvertrauen konnte.

Will wurde von einem seltsamen Gefühl durchflutet. Sorge, gemischt mit Dankbarkeit und einem Anflug von Melancholie, weil er so wenig von ihrem Leben mitbekam, sie immer nur flüchtig sah.

Sie aßen zusammen zu Mittag, im Speisesaal des Hotel Nord, wo seine Mutter meistens ihre Mahlzeiten zu sich nahm, wenn sie in der Auswandererstadt war. Alle bessergestellten Mitarbeiter der Ballinstadt aßen hier, es gab ein Buffet und Tischbedienung. Kaisa hätte auch in den großen Speisesälen gegessen, doch sie tat alles, um zu vermeiden, dass sein Vater an ihrer Arbeit hier Anstoß nahm.

Will hob die Schultern. Frauen redeten immerzu über alles miteinander, sie schrieben einander seitenlange Briefe, vertrauten sich Tagebüchern an, gingen im Garten spazieren und flüsterten, saßen im Salon, und ihre gedämpften Stimmen schwebten durch das Haus. Er beneidete sie darum. Von Männern erwartete man, dass sie mit allem allein fertigwurden, dass sie die Dinge gar nicht erst so tief empfanden wie Frauen und daher gar nicht das Bedürfnis hatten, eingehend darüber zu sprechen oder nachzudenken. Was sollte man tun, wenn man fühlte, dass etwas absolut und unumgänglich notwendig war, es aber einfach nicht möglich schien.

Was sollte man dann bloß tun.

Wenn er es mit jemandem teilte, wenn er es laut aussprach, dann wusste er nicht, was das in ihm lostreten würde.

«Oh», erwiderte er deshalb nur. «Die Kinder.»

Ein trauriges Lächeln umspielte ihre Lippen. Ihr musste klar sein, dass er log. Trotzdem nickte sie. «Die meisten Kinder sind nur Besucher im Leben eines Mannes. Es hat mich immer so gefreut, dass das bei dir anders ist.»

Ein Brennen stieg in seinem Magen auf. «Du redest von ihm?», fragte er, und es war, als legte sich ein Schatten über ihre Züge.

Will sah es plötzlich so deutlich, dass es ihn wie ein Stockhieb traf: Sie teilten dasselbe Schicksal. Sie waren beide in einer Ehe gefangen, die sie unglücklich machte.

Seine Mutter war eine wunderschöne Frau mit messerscharfem Verstand. Sie sprach fließend Englisch und Französisch, hatte eine hervorragende Ausbildung in der Schweiz genossen. Will hatte ihre gerade Nase und die hellblauen Augen geerbt, aber während er Gedichte bevorzugte, liebte sie gesellschaftskritische moderne Dramen von Sudermann, Ibsen und Hauptmann. Sie hielt Séancen ab, lud avantgardistische Künstler ein und weigerte sich seit Jahren hartnäckig, ein Klavier auch nur zu berühren, obwohl angeblich niemand so gut Brahms spielte wie sie. Er hatte sie niemals weinen oder nach einem Riechtuch greifen sehen, sie war noch nie in Ohnmacht gefallen, und als sich im vergangenen Jahr ihre Köchin aus Versehen mit dem Fleischmesser den Finger abgesäbelt hatte, war sie selbst mit ihr ins St. Georg gefahren, den Finger in ein Küchentuch gewickelt. Sie konnte es an Intelligenz mit jedem einzelnen Mann in dieser Stadt aufnehmen, und wahrscheinlich sogar mit einigen von ihnen zusammen. Ganz sicher an Charme und Esprit. Aber Kaisa hatte verstanden, dass ihre Talente, ihr Geist, ihre Meinung nicht gewollt waren.

Sie war eine Frau.

Sein Vater hatte immer hart daran gearbeitet, ihr das im Bewusstsein zu halten. Die wenigsten Menschen kannten die echte Kaisa. Für die Gesellschaft hatte sie sich eine Persona zugelegt, sie spielte eine Rolle.

Will fragte sich manchmal, wie sie ihr Leben aushielt, und er heiligte die seltenen Momente, in denen er mit ihr allein war und sie zeigte, wie sie wirklich war, was sie wirklich dachte, und wieder zu der warmherzigen, unbekümmerten Mutter seiner Kindheit wurde.

«Warum gehst du nicht?», fragte er und überraschte sich damit selbst. «Warum bist du noch bei ihm?»

«Ach, Wilhelm.» Sie kämpfte sichtlich mit den Tränen, auch wenn ihre Augen noch klar waren. «Schau dir Ibsen an. Du hast *Nora* nicht gelesen, sonst wüsstest du, wie es Frauen ergeht, die sich außerhalb der Gesellschaft bewegen.» Sie blickte ihn an, und auf einmal stand eine tiefe Traurigkeit in ihren Augen. «Was bliebe mir denn? Welche Chancen hätte ich außerhalb der Ehe?»

Will öffnete den Mund, um etwas zu sagen, aber die Worte

blieben ihm im Hals stecken. Er hatte keine Antwort auf diese Frage.

«Wusstest du, dass das Ende für die Erstaufführung in Hamburg umgeschrieben wurde?» Sie blinzelte, schluckte und legte die Gabel nieder.

Er schüttelte stumm den Kopf.

«*Mit Rücksicht auf die Institution der Ehe*», erklärte sie, und es war klar zu hören, was sie davon hielt. «Sie verlässt ihren Mann, weißt du? Im Stück verlässt sie ihren Mann. Aber das wollte man nicht auf die Bühne bringen. Und so bleibt sie. Der Kinder wegen. Zumindest in Hamburg. In München haben sie sich getraut, sie gehen zu lassen.» Sie verzog das Gesicht. «Hier in Hamburg bleiben die Frauen bei ihren Männern, in ihren Ehen, die sie krank machen, in ihren leeren Tagen, die sie langsam von innen auffressen.»

«Bist du auch wegen der Kinder geblieben?», fragte er vorsichtig. Er konnte nicht glauben, dass sie hier saßen, in einem Restaurant, an einem der ersten sonnigen Tage des Jahres, und ein solches Gespräch führten. Er hatte nicht gewusst, wie schlecht es ihr ging, war nur mit sich selbst beschäftigt gewesen, wie so oft.

Kaisa sah aus, als kämpfte sie mit ihren Gedanken. Sie wiegte den Kopf. «Damals schon. Ich hätte euch nie wiedergesehen, er hätte all seine Macht eingesetzt, um mir zu nehmen, was möglich gewesen wäre. Andererseits seid ihr schon lange groß.» Sie richtete den Blick zum Fenster hinaus. «Und ich bin noch hier.»

«Seinetwegen?», fragte er und hoffte, dass er nicht zu weit ging, ihr nicht zu viel Ehrlichkeit abverlangte.

Langsam wandte sie sich wieder Will zu. «Nein», sagte sie, und jetzt hatten die Tränen ihre Augen erreicht. Sie holte tief Luft. «Ich habe mich ganz einfach nie getraut.»

Da war noch etwas in ihrem Blick. Etwas, das immer darin mitschwang, seit er sich erinnern konnte, das er aber jetzt zum ersten Mal benennen konnte. Resignation.

Karl Roscher starrte mit vorgeschobener Unterlippe auf das Chaos vor sich. Er hob eine Hand und zwirbelte wie in Trance eine Spitze seines kleinen Kaiserbarts. Draußen hatte sich die Nacht bereits über die Straßen gesenkt, der Lärm, der das Revier an der Stadthausbrücke tagsüber umgab, war abgeflaut, die Menschen saßen zu Hause beim Abendessen oder begossen in den Wirtschaften ihren Arbeitstag. Ab und an nur hörte man das Rattern einer vorüberfahrenden Kutsche oder das Röhren eines Automobils. In der Stadt durften Fahrzeughalter mit einer Höchstgeschwindigkeit von zwanzig Kilometern pro Stunde fahren, und wenn man ihn fragte, war das viel zu viel. Der Lärm war eine Zumutung.

Die Nachtschicht klapperte im unteren Stockwerk auf den Schreibmaschinen herum. Hier oben jedoch war alles dunkel und still. Nur er war noch übrig, wie so oft.

Roscher stieß einen Laut aus, halb Seufzen, halb Grunzen, und zwirbelte das Bärtchen nun auch mit der anderen Hand. Die Lampe neben ihm warf einen Kreis goldenen Lichts auf die Papiere, die sich vor ihm stapelten.

Es *musste* einen Kopf des Ganzen in Hamburg geben, daran führte kein Weg vorbei. Akribisch ging Roscher noch einmal alles durch, was sie hatten. Seine Frau hätte es halb liebevoll, halb tadelnd «pedantisch» genannt. Und es stimmte. Er war pedantisch. Besessen geradezu. Wenn er sich festbiss, ließ er nicht locker. Es mochte Bereiche geben, in denen das unangemessen war – wie zum Beispiel im Garten daheim, den er in seiner Freizeit mit an Perfektionismus grenzender Hingabe pflegte. Dort war es wohl übertrieben, wenn er die Rasenkanten mit der Küchenschere schnitt, das sah er ein, auch wenn er trotzdem nicht anders konnte. Obwohl niemand schönere Rudbeckien hatte als er, verstand er doch, dass er Edeltraud mit seiner Unbedingtheit manchmal in den Wahnsinn trieb. Besonders, weil er ohnehin sehr wenig freie Zeit hatte – und einen Gärtner. Aber es gab auch Bereiche, in denen Genauigkeit unabdingbar war. Nur wegen seiner berühmten Pedanterie war er schließlich so erfolgreich. Roscher stand auf und lief zum Schrank, zog bedächtig ein paar Akten hervor, schlug sie auf, pinnte zwei Steckbriefe an die Wand.

Doch die Männer, deren Visagen ihm vom Papier entgegenglotzten, hatte er schon mehrfach unter die Lupe genommen. Sie hatten mit der Sache nichts zu tun. Obwohl er sie nur zu gerne trotzdem eingebuchtet hätte, denn Dreck am Stecken hatten sie allemal, das war sicher.

Roscher stemmte die Hände in die Seiten. Er wäre in seiner Laufbahn nicht so weit gekommen, wenn er nicht diese Hartnäckigkeit hätte, diese Angewohnheit, jeden Stein zweimal umzudrehen, noch einmal dort zu schauen, wo andere längst aufgegeben hatten. Irgendwo *musste* es etwas geben. Irgendwann würde er es finden. Wahrscheinlich lag es die ganze Zeit direkt vor seiner Nase. Er grunzte noch einmal, dachte an die Erbsensuppe, die es heute geben sollte und die seine Frau jetzt gerade alleine aß, und entschied, dass es für heute genug war.

Und dann sah er das Bild.

Es war halb unter einen Stapel Akten gerutscht, nur eine verknickte Ecke ragte heraus. Mit gerunzelter Stirn zog er es hervor, strich es glatt und legte es auf den Schreibtisch in den goldenen Schein der Lampe. Es war nichts. Nicht einmal eine

Spur. Nur der Hauch einer Möglichkeit. Aber es war alles, was er momentan hatte.

Roscher setzte sich wieder, griff nachdenklich nach seiner Tasse inmitten der Papierstapel, hob sie an die Lippen und verzog das Gesicht, als der kalte Kaffee seine Zunge berührte. Er spuckte ihn wieder zurück und griff stattdessen nach einem Karamellbonbon aus der Schale, das er langsam zerkaute. Dabei gab er schmatzende Geräusche von sich, aber Erika war schon lange gegangen, und so konnte er das klebrige Karamell in aller Ruhe genießen.

Der Hauch einer Möglichkeit ist immer noch besser als der dunkle Schlund, vor dem wir mit den Ermittlungen im Moment stehen, dachte er und betrachtete mit zusammengekniffenen Augen das Gesicht vor sich auf dem Schreibtisch. Es war immerhin etwas. Aber er konnte ja schlecht in der Ballinstadt aufkreuzen und nachfragen, ob der Bruder seines Freundes in einen der größten Betrugsfälle des Landes verwickelt war.

Oder doch?

Er entschied, trotzdem hinzufahren. Einfach mal vorbeizuschauen, sich einen Eindruck zu verschaffen. Irgendwo musste er schließlich anfangen. Aber jetzt, jetzt würde er erst mal nach Hause gehen, zu seiner liebevollen Frau, die er diese Woche viel zu wenig gesehen hatte. Und zu einem warmen Teller Erbsensuppe. Er löschte das Licht, und der goldene Kreis verschwand. Im Halbdunkel betrachtete er das etwas wilde, aber durchaus attraktive Gesicht und schüttelte den Kopf. Es war absurd.

Aber immerhin war es etwas.

6

Es roch seltsam, Zigarettenqualm hing unter der Decke. Jemand hatte sich irgendwann einmal bemüht, das Foyer mit Pflanzen auszustatten, aber die meisten waren braun und vertrocknet und neigten sich in ihren Töpfen dem Boden zu.

Sie war noch nie zuvor in einer Zeitungsredaktion gewesen. Ava trat an den marmornen Empfangstresen.

«Nun, wir sind immer rechtlich abgesichert. Unsere Quellen sind verlässlich», sagte der Mann, nachdem sie ihm erklärt hatte, warum sie hier war.

«Ich bin nicht hergekommen, um mich zu beschweren. Ich möchte nur mit dem Verfasser reden.»

«Sie können es versuchen, aber ich weiß nicht, ob er mit *Ihnen* reden wird.» Er musterte sie einen Moment, seufzte dann aber resigniert. «Herr Wüst, Zimmer …» – er schaute auf einen Zettel an der Wand – «zweihundertvier. Die Treppe rauf, zweite Etage links.»

Ava bedankte sich und ging in die Richtung, die er ihr wies.

Die Tür des Büros mit der Nummer zweihundertvier stand offen, und als sie vorsichtig um die Ecke spähte, erblickte sie zu ihrer Überraschung eine Frau. Sie trug ein merkwürdig formloses Kleid, saß tief über den Schreibtisch gebeugt, in ihrer Hand ein Blatt Papier, die Stirn zusammengezogen. Neben ihr stand ein Aschenbecher mit einer glühenden Zigarette. Erstaunt stellte Ava fest, dass der Frau die wilden rotgrauen Locken nur bis zur Schulter reichten, obwohl sie nicht aufgesteckt waren. So etwas hatte sie noch nie gesehen. Es war befremdlich und zugleich faszinierend.

Plötzlich sah die Frau auf und lächelte. «Oh, entschuldigen Sie, ich habe Sie nicht gehört. Herein, immer herein!» Sie winkte. «Ich war ganz versunken. Eine sehr interessante Abhandlung über Sprachskepsis.»

Überrumpelt trat Ava ein. «Sprachskepsis?»

Die Frau nickte. «Hofmannsthal, Rilke … Sie sagen, es bestehe eine Kluft zwischen der Realität und der Sprache, die wir niemals überwinden können. Dass man die Realität nicht in Worte fassen könne. Diese Zweifel gab es natürlich schon immer, seit der Antike, soweit ich weiß. Spätestens seit Platon. Aber in dieser radikalen Form ist es eine Bewegung der letzten Jahre, und ich habe sie mit großer Aufmerksamkeit verfolgt.»

Sie machte eine Pause, schien zu überlegen, ob sie weitersprechen sollte. «Denn auch ich habe mein Leben lang unter meiner eigenen Sprachskepsis gelitten.» Sie schien es mehr zu sich selbst zu sagen als zu Ava, schien einen Moment auf ihre eigenen Worte zu lauschen. Dann lächelte sie, aber es war ein trauriges Lächeln. «Ich hatte immer das Gefühl, ich könnte nicht richtig ausdrücken, was ich fühle und sehe. Dass dabei immer etwas fehlt», erklärte sie nachdenklich und strich mit dem Finger über den Schreibtisch vor sich, als würde sie ein Wort malen. «Und dass ich aber ebenso wenig ausdrücken könnte, dass es fehlt, und was dieses Fehlen in mir auslöst.»

Sie stockte einen Moment, ihr Blick wurde glasig, schien ganz weit weg auf etwas zu sehen, das nur sie wahrnahm.

«Und dass ich außerdem jeden Tag meines Lebens etwas vermisse und ich nicht einmal beginnen könnte, mit Worten zu beschreiben, wie sich diese Leere anfühlt», murmelte sie.

Ava starrte sie an. Noch nie hatte eine Frau so mit ihr gesprochen. Entweder war sie ein bisschen komisch oder sehr, sehr schlau. Oder beides. Sie fragte sich, was es wohl war, das ihr so sehr fehlte.

Unvermittelt atmete die Frau einmal tief ein und schien wieder aus ihrer Gedankenwelt aufzutauchen. «Aber es geht nicht nur um die Sprache. Es geht um die Frage, ob die Wörter, die wir für die Dinge erschaffen haben, ihrem Wesen entsprechen.» Sie sah, dass Ava nicht verstand, und bemühte sich, es noch einmal zu erklären. «Was sind Wörter schließlich anderes als Verabredungen zwischen den Menschen? Dass wir einen Baum ‹Baum› nennen, muss nicht sein, nicht wahr? Wenn wir ihn fortan ‹Apfel› nennen würden und allen Menschen Bescheid sagten, wäre der Baum ein Apfel. Aber wenn die Wörter nur Erfindungen der Menschen sind, wie können sie dann das Wesen der Dinge beschreiben?»

«Und was soll man dann tun?», fragte Ava erstaunt.

Die Frau bedeutete ihr lächelnd, sich zu setzen, und Ava tat es, ohne auch nur eine Sekunde darüber nachzudenken. «Das ist die Frage. Manche Dichter haben tatsächlich aufgehört zu schreiben. Aber sie werden dafür kritisiert. Wer soll es schließlich versuchen, wenn nicht sie? Die Flucht in den Elfenbeinturm bringt letztlich niemandem etwas, denken Sie nicht auch? Ich halte es da mehr mit Lessing, auch wenn man mich dafür rückschrittlich nennen kann: *Die Sprache kann alles ausdrücken, was wir deutlich denken; daß sie aber alle Nuancen der Empfindung sollte ausdrücken können, das ist ebenso unmöglich, als es unnötig sein würde.* Es gibt mir Ruhe, daran zu glauben.»

Plötzlich lachte sie laut. «Oh Gott, was rede ich nur? Was denken Sie jetzt wohl von mir? Unser Verleger sagt mir immer, ich soll mit dem Zitieren aufhören. Es lässt mich altklug wirken, meint er. Sicher hat er recht. Ich bin Lily Karsten.» Sie streckte Ava die Hand hin. «Wie kann ich Ihnen helfen?»

Ava blinzelte. Sie wusste nicht, wer Lessing oder was ein Elfenbeinturm war. Aber sie fand, dass Lily Karsten wunderschön aussah, wenn sie lachte, und traurig, wenn sie nicht lachte. Sie dachte, dass sie noch nie jemanden so interessant darüber hatte sprechen hören, wo Wörter herkamen. Sie dachte, dass sie am liebsten für immer auf diesem Stuhl sitzen bleiben würde, um zu erfahren, was diese Frau über die Welt zu sagen hatte.

«Was halten Sie von dem Ganzen?» Lily Karsten sah aus, als erwartete sie tatsächlich, dass Ava etwas Sinnvolles zu dieser Fragestellung beitragen könnte.

Ava überlegte. «Ich weiß nichts über Sprache», antwortete sie langsam. «Ich kann nicht gut lesen. Aber mir hat einmal jemand gesagt, dass es in der Kunst so ähnlich ist. Dass es nicht die eine Realität gibt, die man malen kann …» Sie hielt inne, versuchte, die richtigen Worte zu finden. «Sondern immer nur das, was der Maler sieht. Wenn er kein Rot sehen kann, dann malt er die Farbe, die er stattdessen sieht.» Und wenn er die Frau liebt, die er malt, dann malt er sie viel schöner, als sie eigentlich ist, dachte sie, und es war, als presste jemand ganz fest eine Faust auf ihre Brust. Ein echter, körperlicher Schmerz für das, was in ihrer Seele passierte. Auch darüber hätte Lily Karsten sicher Interessantes zu sagen, dachte sie. Dass unsere Gedanken uns Schmerzen zufügen können.

«Das ist wahr. Faszinierend, nicht? Diese Kluft zwischen der Wahrnehmung und der Realität.»

Ava nickte. «Ich arbeite in der Auswandererstadt», sagte sie unvermittelt. «Sie kennen sie sicher, draußen auf der Veddel.» Warum erzählte sie das? Etwas in Lily Karstens erwartungsvollem Blick ließ die Worte einfach aus ihr heraussprudeln. «Für die Menschen dort ist es das Gleiche: Sie sind alle am selben Ort, fast alle haben dasselbe Ziel, aber für jeden ist die Realität eine andere. Für Juden ist sie anders als für Christen, für Frauen anders als für Männer, für Kinder anders als für Erwachsene. Jeden Tag beschwert sich jemand über etwas, das für einen anderen selbstverständlich ist. Manche freuen sich auf die Abreise, andere haben wahnsinnige Angst davor. Und wenn sie über Amerika sprechen, klingt es bei jedem Einzelnen anders. Sie haben alle den gleichen Weg vor sich, und doch … ist es nicht das Gleiche.»

Lily Karsten nickte langsam. «Wir sehen, was wir sehen wollen, denke ich. Was wir uns wünschen. Und unsere Sicht auf die Dinge hängt davon ab, was wir wissen, wie viele und welche Informationen wir haben.» Plötzlich veränderte sich ihr Blick, wurde scharf und fokussiert. «Es tut mir leid. Wenn mich etwas interessiert, beiße ich mich fest und vergesse alles andere. Wie heißen Sie?», fragte sie, schob die Papiere vor sich zur Seite und lehnte sich vor. «Und warum sind Sie hier?»

Ava erklärte ihr etwas kleinlaut, dass sie eigentlich Herrn Wüst suche, und Lily Karsten lachte auf. «Oh, da haben Sie sich im Zimmer geirrt. Herr Wüst ist in der zweihundertfünf.»

Als Ava sich entschuldigen wollte, winkte sie ab. «Kein Problem. Was genau brauchen Sie denn, vielleicht kann ich Ihnen trotzdem helfen?»

In knappen Sätzen erklärte sie ihr Anliegen, und Lily Karstens Gesicht verfinsterte sich. «Ach herrje. Ich fürchte, dass er seine Quelle nicht offenbaren wird. Sie glauben gar nicht, wie oft jemand von uns vor Gericht gezerrt wird, und sogar dann gibt es Mittel und Wege, um einer Offenlegung zu entgehen.»

Ava hob resignierend die Schultern, sie hatte es sich schon gedacht. «Einen Versuch war es wert», sagte sie enttäuscht und machte Anstalten, aufzustehen.

«Verzeihen Sie, wenn ich frage …» Jetzt loderte Neugier in Lily Karstens Blick. «Was genau haben Sie mit dem Fall zu tun?»

Ava setzte sich wieder und erzählte es ihr, und während sie sprach, merkte sie, wie diese Redakteurin ihr ganz genau zuhörte. Sie unterbrach sie kein einziges Mal.

Als Ava fertig war, lehnte sie sich zurück, legte einen Finger an die Lippen und die Stirn in tiefe Falten. «Zuerst muss ich Ihnen sagen, dass ich mit dieser Art der Berichterstattung ganz und gar nicht einverstanden bin», sagte sie. «Eine Schande für die ganze Branche. Aber leider sehr einträglich. Wir haben von dieser Ausgabe ungewöhnlich viele Exemplare verkauft.»

Sie stand plötzlich auf. «Wenn ich einmal nachfrage? Bloß für mich, und Ihnen dann ganz zufällig erzähle, was ich herausgefunden habe … Sie würden es nur für private Zwecke nutzen? Wegen eines Enthüllungsartikels über einen großen Opiumhändler hier in der Stadt habe ich große Schwierigkeiten, ich darf mir gerade keinen Patzer mehr erlauben.» Sie lächelte so warm, dass Ava wie von selbst zurücklächelte.

«Natürlich», sagte sie rasch. «Wir wollen nur wissen, wer es war.»

Lily Karsten stand auf und ging ohne ein weiteres Wort aus dem Raum. Dann steckte sie den Kopf noch einmal zur Tür hinein. «Es kann einen Moment dauern, er ist ein bisschen verstockt», wisperte sie. «In der Schale auf der Anrichte ist Spritzgebäck, meine Tochter hat die Schuhsohlen selbst gebacken. Ein bisschen trocken, aber nicht schlecht!»

Ava nahm sich einen Keks und wartete. Es vergingen vielleicht zehn Minuten, bis Lily zurückkam, ein triumphierendes Lächeln spielte um ihre Mundwinkel.

«Er hatte nicht den geringsten Verdacht», sagte sie und drückte die Tür hinter sich zu. «Und wenn Sie mich fragen, er hätte es Ihnen vielleicht sogar selbst gesagt, es scheint mir nämlich, als fände er den Kerl, von dem er seine Informationen hat, höchst unsympathisch.»

Atemlos sah Ava sie an. «Wer?», fragte sie und stand auf. «Es war also ein Mann?»

Lily Karsten nickte. «Ein gewisser Doktor Bernd Schwab. Sagt Ihnen der Name etwas?»

«Aber warum? Ich verstehe es nicht, was um alles in der Welt hat er davon?» Claire lief in ihrem Zimmer auf und ab und knetete die Hände.

«Ich kann es mir auch nicht erklären.» Ava saß auf dem Bett und verfolgte ihren Irrweg mit den Augen. «Vielleicht wollte er deine Mutter noch verzweifelter machen? Sie noch weiter ins Abseits drängen, damit sie seinen Antrag auf jeden Fall annimmt?»

Claire blieb stehen. «Ja, das muss es sein», wisperte sie, die Augen aufgerissen. «Du hast recht, das ist die einzige Erklärung. Wir müssen es ihr sagen!»

Ava betrachtete sie nachdenklich. «Ich weiß nicht», erwiderte sie langsam, und Claire warf ihr einen irritierten Blick zu.

«Was? Natürlich müssen wir, sofort.»

«Claire!» Ava fühlte einen Hauch Frustration in sich aufsteigen. «Er wird es abstreiten. Er wird wieder behaupten, dass du fantasierst, dass du alles tust, um ihn und deine Mutter auseinanderzubringen. Wie willst du es denn beweisen, ich habe die Information vertraulich bekommen, und es klingt einfach vollkommen absurd. Ich kann es eigentlich selbst nicht fassen.» Sie schüttelte den Kopf. «Niemand wird es uns glauben!»

«Aber wenn du auch sagst, dass du es gehört hast!», rief Claire.

«Du kennst ihn doch», unterbrach Ava sie. «Er wird behaupten, dass ich für dich lüge, dass du mich manipuliert hast, dass wir zusammenarbeiten, um ihm zu schaden. Er ist gefährlich, Claire. Und er ist stärker als wir. Wir müssen uns gut überlegen, was wir tun.»

Olga trat aus dem dunklen Schiffsrumpf hinaus in den Nieselregen, fluchte leise und streckte ihre schmerzenden Glieder. Dieser Dampfer war ein einziges Rattenloch. Es stank zum Himmel, überall krabbelte Ungeziefer umher, das Holz war marode und schimmelte ihnen unter den Füßen weg. Selbst die eisernen Wände waren in den Ecken rot angelaufen und vom Rost zerfressen. Als Notunterkunft würde es ausreichen, da hatte Quint recht, es musste reichen, die Ballinstadt platzte aus allen Nähten.

Natürlich war es wie immer Aufgabe der Frauen, das neue Logierschiff zu reinigen und für den Gebrauch als schwimmendes Hotel herzurichten. Wobei «Hotel» ein hochgestochener Begriff war für das, was man hier bekam. Sie zündete sich eine Zigarette an und trat an die Reling. Alles tat ihr weh. Der Rücken besonders. Aber das war sie gewohnt, sie kannte es kaum noch anders. Manchmal war es, als wäre ihr Kopf zu schwer für den Hals, als könnte der Nacken ihn nicht mehr stemmen. Sie war Ende dreißig, wirklich nicht mehr die Jüngste. Da war es klar, dass ein Körper, der sein ganzes Leben lang malträtiert worden war, sich langsam bemerkbar machte. Wenn sie abends im Bett lag, pochten ihr die Knie, morgens schmerzten Rücken und Beine, sie knirschte nachts so stark mit den Zähnen, dass es ihr am Morgen manchmal schwerfiel, die Kiefer zu öffnen. Aber in den letzten Wochen war noch etwas Neues dazugekommen.

Anfangs hatte sie es nicht einmal bemerkt, es war untergegangen in dem Meer aus Schmerz, das sie jeden Tag begleitete. Sie hob einen Finger und betastete gedankenverloren den rechten Mundwinkel. Eine kleine Kruste hatte sich dort gebildet, ein Hügel, kaum wahrnehmbar. Allein wäre es nichts gewesen, sie hätte es nicht einmal beachtet, morgens ein bisschen Butter draufgeschmiert und ihren Tag begonnen. Aber es war nicht alles. Wenn sie schluckte, tat ihr die Speiseröhre weh, und sie spürte einen Fremdkörper, hinten am Gaumen. Manchmal schien etwas in ihrer Kehle zu sitzen, etwas, das langsam größer wurde und verhinderte, dass sie genug Luft durch die Nase bekam. Außerdem schmerzten die Oberschenkel, immer schmerzten die Oberschenkel. Und manchmal hatte sie seltsame Krämpfe, die aus dem Nichts kamen und einfach wieder verschwanden. Als sie eben die Matratzen aus den oberen Betten hatte heben wollen, hatte sie vor Schmerz leise gewimmert, so sehr zog es ihr in den Gelenken, sie hatte es nicht unterdrücken können. Sie sah noch Avas erschrockenen Blick vor sich.

Olga zog an ihrer Zigarette, der Wind riss an ihren Haaren, und sie hob eine Hand, um sie sich aus dem Gesicht zu halten. Sie wusste, was das bedeuten konnte. Es war doch einfach nur der blanke Hohn des Schicksals, dass es sie jetzt erwischte. All die Jahre war sie davongekommen. Hatte so viele Ängste, so viele Untersuchungen durchgestanden, nur um verwundert festzustellen, dass sie verschont geblieben war. Natürlich hatte sie Sachen gehabt, wenn man als Hure arbeitete, war das eine Selbstverständlichkeit, viele Sachen, ekelhafte, unangenehme, schmerzhafte Sachen. Aber um die eine war sie doch immer herumgekommen.

Stumm blickte sie auf das trübe Wasser des Zollkanals, zündete sich noch eine Zigarette an, weil das immer ein wenig beruhigte, ein wenig gegen die Schmerzen half. Sie war Dr. Schwab dankbar, dass er sie damals aus dem Bordell geholt hatte, auch wenn es ihm dabei nicht um Nächstenliebe gegangen war, sondern einzig und allein um seine eigenen Interessen. Sie mochte ihre kleine Dachkammer, sie mochte die Tagesabläufe und die anderen Frauen. Seit sie hier arbeitete, fühlte sie sich wie eine von ihnen. Mit einem traurigen Lächeln dachte sie an ihr Zimmer. Sie hatte ein Frankfurter Bad – eine kleine Waschecke mit Klosett, die vom Rest des Zimmers durch eine Schiebetür getrennt war –, und für Olga war das der größte Luxus, den sie sich vorstellen konnte. Seit ihrer Kindheit hatte sie sich nur mit einem Lappen gewaschen. Eine Badewanne, in der man richtig sitzen konnte, gab es natürlich auch hier nicht. Aber man musste ja auch noch Träume haben. Den ganzen Körper in warmes Wasser versenken zu können … Das war fast zu dekadent, um es sich zu wünschen. Wenn sie es sich vorstellte, überlief sie ein wohliger Schauer. Sie kannte das Gefühl noch von früher, als ihre Mutter zu besonderen Gelegenheiten die Kinder eines nach dem anderen in der Zinkwanne abgeschrubbt hatte. Sie schloss die Augen, als die Erinnerung zu schmerzhaft wurde.

Sie hatte immer davon geträumt, einen Mann zu finden, einen anständigen, lieben Kerl, der über ihre Vergangenheit hinwegsehen konnte. Er musste nicht gut aussehen und auch nicht viel Geld verdienen, sie wollte nur jemanden, um den sie sich kümmern konnte und der sich um sie kümmerte. Und sie wollte Kinder haben, eine Familie. Sie hatte es sich nie wirklich eingestanden, doch wenn Olga ganz tief in sich hineinhorchte, auf ihre geheimsten, schmerzhaftesten Sehnsüchte lauschte, dann wollte sie ein Kind. Ein kleines Mädchen, dem sie Bänder ins Haar flechten konnte und das zu ihr gelaufen kam, wenn es getröstet werden wollte. Das sie Mama nannte. Deswegen gab sie sich morgens immer besondere Mühe, sich zurechtzumachen, sich Hals und Gesicht zu waschen, und sie hielt ihre Kleidung so rein sie konnte. Man konnte ja nie wissen.

Olga hatte vor langer Zeit aufgehört zu träumen, aber manchmal kamen sie noch durch, die Hoffnungen. Sie spürte, wie sich ihr Hals verengte, wie ihr heiße Tränen kamen, die sie wütend wegwischte. Jemand wie sie hatte eben nicht zu träumen, was dachte sie sich auch dabei. Sie war zu alt für ein Kind, sie war zu alt für einen Mann. Und nun war sie zu krank für Träume.

Langsam ging sie wieder hinein und betastete mit der Zunge den kleinen Knoten an ihrem Gaumen. Sie fragte sich, ob er bald so groß sein würde, dass sie nicht mehr schlucken konnte. Ob es sich auch auf andere Teile ihres Körpers ausbreiten würde.

Sie konnte mit niemandem darüber sprechen.

Wenn sie nicht mehr arbeiten konnte, wenn sie kein Geld mehr verdiente, was würde dann mit ihr geschehen? Wer sollte das Krankenhaus bezahlen, wer die Medizin? Würde man sie behandeln, auch wenn sie nicht dafür aufkommen konnte, oder würde man sie fortschicken? Sie fragte sich so viele Dinge, dass sie Ava nicht einmal bemerkte, bis sie direkt vor ihr stand.

«Du hast Schmerzen.»

Olga wollte abwehren, den Kopf schütteln und lächeln, auf Polnisch fluchen, wie sie es immer tat, wenn ihre Gefühle sie übermannten. Aber es tat zu weh.

Sie nickte nur.

Ava sah sie an, dann drückte sie ihren Unterarm. «Geh», sagte sie schlicht und betrachtete sie mit diesen großen grauen Augen, die immer so viel mehr zu sehen schienen als andere. «Wir schaffen das auch ohne dich. Geh zurück und leg dich hin.»

Sie meldete sich niemals krank. Niemals, egal, wie schlecht es ihr ging. Eine Grippe oder eine Fleischwunde, so wie letztes Jahr, als ihr das Hackmesser ausgerutscht war, waren ein Anlass zu fluchen und auf fantasievollste Weise das Schicksal zu beschimpfen, aber kein Grund, die Arbeit niederzulegen. Arbeit war alles, was sie hatte. Alles, was sie am Leben hielt. Sie wusste, dass sie sich vielleicht ihr eigenes Grab schaufelte, doch sie schüttelte den Kopf.

«Wir müssen das Schiff heute fertig haben», sagte sie mit fester Stimme. «Morgen kommen zwei Züge aus Ungarn.»

Ava nickte. «Das weiß ich. Wir schaffen das.»

Olga fragte sich, woher sie wusste, wie schlimm es war. Ob man es ihr ansah? «Nein», sagte sie entschieden. Und dann hatte sie plötzlich keine Kraft mehr. «Aber ich setze mich einen Moment hin.»

Ava nickte besorgt, während Olga einen Eimer umdrehte und sich darauf fallen ließ, sich schwer gegen die Wand lehnte und ein Aufstöhnen gerade noch unterdrücken konnte. Warum nur war es heute so schlimm?

Claire kam herein, ein Tuch um den Kopf gebunden, das Gesicht vor Ekel verzogen. «Dieses Schiff stinkt zur Hölle. Wie kann man nur Leute hier unten einsperren? Das ist eine Zumutung. Geht es dir nicht gut?», fragte sie besorgt, als sie Olga sah, und kniete vor ihr nieder. «Du bist ja ganz blass.»

«Ich muss mich nur kurz ausruhen», sagte Olga erschöpft

und strich Claire dankbar über den Arm. Alle hackten immer auf ihr herum, aber Olga hatte sie von Anfang an gemocht. Sie war eigensinnig und stark, freundlich nur dann, wenn sie es wirklich meinte, nicht, um jemandem zu gefallen.

«Du solltest besser in den Krankenflügel gehen.» Ava schaute besorgt auf sie herunter.

Claire nickte. «Und jetzt, wo Dr. Schwab weg ist und jemand halbwegs Kompetentes an seiner Stelle, kann man dir dort vielleicht sogar wirklich helfen», sagte sie mit einem Grinsen.

Olga schnaubte leise und spürte sogar dabei die Schmerzen. «Ein Glück, dass er weg ist», murmelte sie. Die beiden konnten nicht ahnen, wie ernst sie das meinte.

«Für die Ballinstadt auf jeden Fall», seufzte Claire und erhob sich. «Aber ich muss sagen, ich hätte ihn lieber hier als im Haus meiner Mutter.»

Olga sah zu ihr auf. «Was?», fragte sie alarmiert.

Claire verzog das Gesicht. Sie ging in die Ecke, in der die Thermoskannen mit Tee und ein Teller mit Brötchen standen, füllte einen Becher und reichte ihn Olga. «Die beiden sind *verlobt.*» Sie würgte das Wort geradezu hervor. «Er ist ein alter Freund meines Vaters und hat meine Abwesenheit genutzt, um sich an sie ranzuwanzen.»

«Oh Gott», flüsterte Olga. Sie begann zu schwitzen, in ihrem Kopf rasten die Gedanken. Sie musste es Claire sagen, musste sie warnen. Doch wenn sie es ihr sagte, dann wussten alle, was sie war. Sie würde ihre Stelle verlieren, sie würde alles verlieren. «Du musst das verhindern!», rief sie, plötzlich panisch, und fasste Claire am Arm. «Du musst das um jeden Preis verhindern. Er ist ein grauenvoller Mensch.»

Claire nickte und sah sie fragend an. «Das weiß ich», sagte sie. «Meine Mutter hat mir geschworen, dass sie ihn nur mit meinem Segen heiratet. Und den werde ich ihnen niemals geben.»

Olga lehnte sich zurück, und ihr Herz, das angefangen hatte, in ihrer Brust zu wummern, beruhigte sich wieder ein wenig. «Gut.» Sie atmete aus. «Das ist gut. Glaub mir, ich kenne ihn schon sehr lange. Jemanden wie ihn willst du nicht in deiner Familie haben.»

Claire nahm sich ein Rundstück und biss herzhaft hinein. «Ich werde das nicht zulassen», sagte sie mit so viel Nachdruck, dass Olga ihr vertraute.

Trotzdem wusste sie, dass sie handeln musste. Sie konnte die Sache nicht einfach sich selbst überlassen. Es stand zu viel auf dem Spiel.

Sie kam wieder im Schutze der Dämmerung. Die Nachbarn sollten sie nicht sehen, sie wollte ihrer Mutter die Schande ersparen, dass alle über sie tuschelten. Erleichtert stellte Claire fest, dass keine Kutsche vor der Tür stand, er war also nicht hier. Bevor sie klingeln konnte, entdeckte sie Marie, die gerade um die Hausecke kam, einen Korb mit Hühnerfutter im Arm und statt der Haube ein Tuch über den Haaren.

«Oh, Claire!» Ein strahlendes Lächeln überzog ihr Gesicht.

Claire ging über den Kies auf sie zu, und sie umarmten sich. «Ich wollte mit meiner Mutter sprechen.» Sie spürte, wie der Druck auf ihren Schultern bei diesen Worten schwerer wurde. Sie war hier, um ihrer Mutter zu sagen, dass sie einer Hochzeit mit Dr. Schwab niemals zustimmen würde. Unter keinen Umständen. Sie würde Agatha erzählen, was Ava herausgefunden hatte, ob sie ihr glaubte oder nicht, dann war wenigstens ihr Gewissen erleichtert, und sie hatte es versucht. Letztlich lief es auf eine Entscheidung hinaus: sie oder er. Und Claire war sich nicht sicher, wie das Ergebnis ausfallen würde.

Marie stellte den Korb ab. «Du kommst zu einem schlechten Zeitpunkt.» Sie sah zum Haus hinauf. «Er ist hier.»

Claire stöhnte auf. Doch sie konnte es wohl nicht für immer hinausschieben, irgendwann musste sie ihm unter die Augen treten. Sicher würde er vor ihrer Mutter nichts tun, das sie sofort wieder in die Flucht schlug.

Claire spürte Angst in sich aufsteigen. Langsam ging sie an Maries Seite auf die Küchentür zu. Ihre Gedanken überschlugen sich, alles in ihr schrie ihr zu, dass sie ihm nicht begegnen, ihm keine Chance geben sollte, sie wieder in seine Fänge zu bekommen. Doch er war nun einmal ständig bei ihrer Mutter. Irgendwann würde es ohnehin passieren.

Leise lief sie durch die Halle und über den Flur auf den Salon zu.

Die Tür war nur angelehnt. Einem Instinkt folgend blieb Claire stehen, drückte sie einen Spaltbreit auf und spähte ins Zimmer. Was sie sah, brachte all ihre Wut zum Schweigen, ihre Pläne ins Wanken, es ließ ihr die Worte im Halse stecken.

Ihre Mutter lächelte.

Sie lächelte so glücklich und gelöst, wie Claire sie schon seit Jahren nicht mehr hatte lächeln sehen. Agatha und Dr. Schwab saßen nebeneinander auf der Couch, er hielt eine ihrer Hände umfasst und sprach leise auf sie ein. Sie wirkten wie Frischverliebte. Agatha sah wie verwandelt aus, ihre Wangen waren von einer zarten Röte überzogen, und sogar ihre Stimme klang anders, höher und melodischer.

Claires Hand schloss sich fester um den Türknauf. Nur weil sie selbst Dr. Schwab hasste, weil sie ihn abstoßend und unsympathisch fand, hieß das nicht, dass er nicht gut für ihre Mutter sein konnte. Ja, er war schrecklich zu ihr gewesen. Aber hatte sie seine Absichten vielleicht doch fehlgedeutet? Hatte er ihr vielleicht wirklich nur helfen wollen?

Verunsichert stand sie da.

Immerhin war er ein guter Freund ihres Vaters gewesen. Agatha war einsam, sie war überfordert mit ihrem Leben, mit dem Haus, mit den Angestellten, den Ansprüchen der Gesellschaft. Claire würde irgendwann – sofern Gott doch noch ein Einsehen hatte – ihre eigene Familie haben. Und in Dr. Schwab hätte Agatha jemanden, der sie aus ihrer Isolation befreite und ihr zudem bei ihren medizinischen Problemen zur Seite stehen konnte.

Durfte Claire ihr das wirklich verweigern? War sie dabei, das einzige Glück zu zerstören, das ihrer Mutter noch geblieben war?

Zum zweiten Mal.

Sie schluckte und drehte sich um. Doch plötzlich stutzte sie. Sie hatte ihren Namen gehört.

«Nun, du weißt ja, dass sie mir nicht gesagt hat, wo sie untergekommen ist, aber ich bin sicher, dass sie bald wieder heimkommt.» Ihre Mutter klang jetzt nervös.

Claire bewegte keinen Muskel.

«Und dann musst du mich unverzüglich rufen, Agatha. Das weißt du, oder?»

«Ja, Bernd. Aber ich will sie doch nicht verschrecken, und …»

«Du tust ja so, als wollte ich ihr Böses, Agatha!» Er klang so väterlich besorgt, dass Claire es beinahe selbst geglaubt hätte. «Ich mache mir doch nur Gedanken, ich will euch helfen. Sie ist so unberechenbar, du hast es ja selbst erlebt, sie ist von einem Moment auf den nächsten auf ein Schiff gesprungen und davongefahren, als wäre es ein Sonntagsausflug, sie ist nachts in dein Haus geschlichen wie eine Diebin. Sie ist nicht normal, Agatha!»

Er sprach so eindringlich und selbstgerecht, dass Claire an

sich halten musste, um nicht ins Zimmer zu stürmen und ihn anzuschreien.

«Wir müssen ihr helfen, verstehst du? Deswegen ist es unerlässlich, dass du mich informierst. Ich will sie nur untersuchen, und dann schauen wir zu dritt, wie es weitergeht.»

Claire hatte genug gehört. Sie schluckte die heißen Tränen der Wut hinunter, die ihr in die Augen schossen, drehte sich um und schlich geräuschlos durch die Halle zurück.

Als sie Marie begegnete, die vor der Küchentür stand und ihr entgegensah, schüttelte sie den Kopf. «Heute nicht», wisperte sie.

Dann lief sie durch die Küche, nahm die Hintertür nach draußen und rannte über den dunklen Hof auf die Straße, dass der Kies unter ihren Schuhen hervorspritzte.

Wie ein eingesperrtes Tier lief sie auf und ab. «Ich kann nirgendwohin. Meine Mutter hat er unter Kontrolle, sie frisst ihm aus der Hand, denkt, sie hat nur mein Bestes im Sinn, und merkt nicht, was sie tut. Ich habe kein Geld für einen Anwalt. Und Frau Wilson hat gesagt, dass es ohnehin nichts bringen würde, die Männer halten alle zusammen, es würde sich niemand auf meine Seite schlagen. Hierbleiben kann ich auch nicht, hier findet er mich, es ist nur eine Frage der Zeit. Und wenn ich …»

Quint stand an seine Küchenzeile gelehnt, die Arme verschränkt, das Gesicht verschlossen, und beobachtete sie stumm. Jetzt trat er vor und hielt sie fest, stoppte sie in ihrer Lauferei.

«Ich weiß eine Lösung», sagte er beruhigend. «Auch wenn sie dir sicher nicht gefällt. Ich denke, dass es eine gute Lösung wäre. Eine sichere Lösung.»

«Ach ja?» Sie sah ihn an, so erstaunt und hoffnungsvoll,

dass er gegen den Drang kämpfen musste, sie in den Arm zu nehmen. Aber Claire Conrad war niemand, den man einfach in den Arm nahm.

«Du heiratest.»

Sie lachte auf, so abfällig, dass er sie am liebsten von sich gestoßen hätte. Sie hatte einfach keine Ahnung, was sie in ihm anrichtete.

Er nickte langsam, ließ sich nichts anmerken. «Du heiratest. Dann kann er dir nichts mehr tun. Wenn er dich für unmündig erklärt, wird dein Mann automatisch der Vormund und nicht er.»

Sie lachte wieder, er sah an ihrem Gesicht, dass sie keine Sekunde ernsthaft darüber nachdachte. «Ach, und wen soll ich bitte heiraten?», schnappte sie und begann schon wieder, auf und ab zu laufen, die Absätze ihrer Stiefeletten knallten wie kleine Pistolenschüsse auf den Holzdielen, ihre Hände zitterten vor Anspannung. «Siehst du hier vielleicht eine Schlange von wartenden Männern, die sich um diese Ehre reißen? Hast du mich mal angeschaut?»

«Mich», sagte er ruhig, und sie blieb stocksteif stehen und starrte ihn an, mit ihren honigfarbenen Augen, die auch jetzt noch so schön waren, dass ihn ein Schauer überlief.

«Dich?», fragte sie nach einer Weile, in der sie keinen Laut von sich gegeben, ihn nur angesehen hatte, als suchte sie in seinem Gesicht nach einem Hinweis, ob er sich über sie lustig machte.

Dann lachte sie wieder, aber diesmal klang es nicht kalt oder abfällig, sondern verzweifelt. «Das ist nicht komisch», sagte sie, und er schloss die Augen.

«Ich mache ja auch keine Scherze», erwiderte er gepresst. «Ich frage dich, ob du mich heiraten willst.»

Sie sah es natürlich nicht, wenn jemand ihr den Arm ausstreckte, ihr seine Hilfe anbot. Es war für sie selbst eine so seltene Geste, dass sie sie auch von anderen nicht erwartete. «Aber … bist du denn verrückt?», rief sie und schüttelte wieder den Kopf. «Ich kann dich doch nicht einfach … ich kann doch nicht … ich muss doch.»

Plötzlich sah er etwas in ihrem unsicheren, angstvollen Blick, das gleißende Wut durch ihn hindurchjagte. «Du denkst immer noch an ihn», sagte er leise. «Du denkst immer noch an *Magnus Godebrink.*» Der Name kam wie ein Fluch über seine Lippen. «Nach allem, was er dir angetan hat. Nach allem, was er seiner Frau angetan hat!» Er brüllte jetzt, spuckte vor Wut, und sie trat unwillkürlich zwei Schritte zurück.

Nach allem, was er mir angetan hat.

«Nein!» Hastig schüttelte sie den Kopf und kam jetzt wieder auf ihn zu, aber er wich zurück. In diesem Moment hätte er sich lieber verbrannt, als von ihr angefasst zu werden.

«Wie könnte ich!», rief sie, brach ab, suchte nach Worten. «Ich denke nicht mehr an ihn», sagte sie schließlich. «Oder nein, das stimmt nicht. Ich denke noch an ihn, manchmal, ich versuche zu begreifen, warum ich so vernarrt war in einen Mann, den ich überhaupt nicht kannte. Den es nicht einmal gab. Denn der Magnus, in den ich einmal so verliebt war, hätte niemals getan, was er getan hat.» Sie brach ab, und ihre Stimme wurde leise. «Ich muss mich … einfach noch verabschieden, von allem, was ich mir immer vorgestellt habe. Von meinen … Träumen.»

Auf eine merkwürdige Weise verstand er sie. Trotzdem tat es so weh, dass er an sich halten musste, um nicht einfach davonzurennen und die Tür zwischen ihnen beiden für immer zuzuschlagen.

Er hatte zu viel Angst davor, was aus ihm herauskommen

würde, wenn er den Mund öffnete, starrte auf den Boden und versuchte, die Wut und die Traurigkeit zu unterdrücken, die ihn durchströmten.

«Du würdest mich wirklich heiraten?», fragte sie zögernd, trat noch einen Schritt auf ihn zu und sah ihn mit wachen Augen an.

Wie gerne hätte er ihr gesagt, dass ihn ihre Abwesenheit innerlich aufgefressen hatte. Dass er sich all die Wochen gefühlt hatte, als wäre die Welt von einem Grauschleier verdeckt. Aber er konnte nicht. Die Chance, dass sie ihm ins Gesicht lachte, war ihm immer noch zu groß.

«Ich bin alleinstehend und habe keine Pläne, das jemals zu ändern», sagte er kühl. «Die Ehe bedeutet mir nichts, wie ich dir schon damals auf der Hochzeit gesagt habe, ich halte es da mit Schiller. Es wäre also eine reine Formsache, wir können sie annullieren lassen, sobald sich die Wogen geglättet haben. Ja, ich würde dich heiraten», sagte er. «Das Angebot steht. Überleg es dir.»

Sie sah ihn mit einer Mischung aus Verwirrung und Verständnislosigkeit an, die ihn gleich noch wütender machte. Er war ein solcher Narr, sie liebte Magnus, und das würde sich nicht einfach ändern, weil sie miteinander geschlafen hatten. Wahrscheinlich war sie damals bloß durcheinander gewesen. Tief in seinem Inneren wusste er, dass das nicht stimmte. Aber er war zu verletzt, um diesen Gedanken auch nur zuzulassen.

Er ging hinaus und warf die Tür hinter sich zu. Draußen musste er sich einen Moment zwingen, ruhig zu atmen, er hatte die Hände so fest zu Fäusten geballt, dass es schmerzte.

7

Natürlich hatte sie es von Anfang an gemerkt. Frauen merkten es immer, wenn ein Mann sie attraktiv fand. Wann genau der Plan begonnen hatte, in ihr Gestalt anzunehmen, wusste sie nicht mehr genau. Vielleicht, als er ihr bei einem Abendessen aus dem Mantel half, ihn mit einer Hand an den Butler weiterreichte und die andere etwas zu lang und etwas zu tief auf ihrem Rücken ruhen ließ. Warm und schwer hatte sie dagelegen und Therese die Möglichkeiten offenbart, die in der Luft schwirrten und die er in diesem Moment vielleicht selbst noch nicht begriffen hatte. Ein paar Sekunden nur. Es war auch nicht wirklich ein Plan, mehr eine verzweifelte Rettungsaktion, ein Versuch, in aller Eile ein Netz zu spannen, das sie auffangen würde, wenn Will ging.

Denn dass er gehen würde, stand fest. Er konnte nicht mehr schlafen, er hatte keinen Appetit, er war ungeduldig mit den Kindern, abwesend und kurz angebunden zu ihr. Oft starrte er ins Leere, ohne es zu merken, und schien aus einem Traum zu erwachen, wenn sie ihn anstieß oder ihn mit einer schneidenden Bemerkung in die Realität zurückholte.

Sie lag nachts genauso wach wie er, ertrug sein Gezappel,

sein Hin- und Hergewälze und fragte sich, wie sie wohl aussah. Was es war an der anderen, das ihn so verrückt machte.

Es war nur eine Frage der Zeit, bis er es nicht mehr aushielt, sie machte sich keinerlei Illusionen. Sie würde zurückbleiben mit vier Kindern, in einer Welt, die geschiedene Frauen verachtete.

Therese stieg die Treppe hinauf und fuhr sich mit den Fingern über die Frisur. Natürlich war es egal, Männer achteten nicht auf Haare, aber es gab ihr Selbstvertrauen, zu wissen, dass sie gut aussah, dass zumindest von außen niemand etwas beanstanden konnte, da sie doch das, was gerade in ihrem Inneren vorging, nicht einmal vor sich selbst mehr schönreden konnte.

Sie klingelte, der Gong verhallte irgendwo in den Fluren dieses lächerlich riesigen Marmorpalastes. Die Einzelheiten hatte sie noch nicht ausgeklügelt, sie wusste nicht genau, was sie erwartete. Sie wusste nur, dass ein verliebter Mann, der den Kopf verlor, bereit war, Dinge zu tun, die er sonst nicht einmal für möglich gehalten hätte. Besonders, wenn es sich um einen einsamen Mann handelte, der dieser Einsamkeit überdrüssig war.

Und sie wusste außerdem, wie man einen Mann dazu brachte, den Kopf zu verlieren.

«Frau Svarts, wir haben Sie gar nicht erwartet.» Die Hausdame begrüßte sie mit einem fragenden Blick.

«Ich habe mich nicht angekündigt.» Sie trat ein, bevor sie dazu aufgefordert worden war, nahm die Handschuhe ab und sah sich um. «Ist der Hausherr zu sprechen?»

Es war immer ein seltsames Gefühl, nach Hause zu kommen. Sie gehörten zu ihm, und doch taten sie es nicht.

Manchmal fühlte er sich wie ein Fremder im eigenen Heim – und manchmal, wenn er die Tür aufschloss und die Kinder ihm schreiend entgegenrannten und seinen Namen riefen, meinte er, vor Glück zu platzen. Wenn er die Nase an den Kopf seiner neugeborenen Tochter drückte und ihren warmen, süßen Duft einatmete, gab es für ihn nichts Wichtigeres, als sie zu beschützen. An anderen Tagen, wenn er in seiner Dunkelkammer ein ganz besonderes Bild entwickelt oder den letzten Pinselstrich auf ein Gemälde gesetzt hatte und danach erfüllt nach Hause ging, spürte er mit jedem Schritt, den er sich den erleuchteten Fenstern näherte, wie die Freude von ihm abfiel. Denn er wusste genau, dass es hinter der Tür niemanden gab, der sie mit ihm teilen würde.

Dann erschrak er so sehr über sich selbst, dass er den ganzen Abend kein Wort mehr sagen konnte. Er konnte sich doch ein Leben ohne sie nicht vorstellen. Wie sollte das auch gehen. Ein Vater verließ nicht einfach so die Mutter seiner Kinder. Ein Vater verliebte sich nicht einfach in eine andere Frau.

Gundel stand in der Küchentür, und erstaunt sah sie zu ihm herüber, als er das Haus betrat. «So früh heute?», fragte sie, ein Kartoffelschälmesser in der Hand, der Duft nach Möhrengemüse drang hinter ihr aus der Küche.

Er lächelte. «Ich habe zeitig Feierabend gemacht, um Therese zu überraschen», sagte er und legte die Jacke ab.

Der Frühling schickte schon die ersten Vorboten, doch die Abende waren noch eisig. Er legte die Pralinen, die er Therese mitgebracht hatte, auf den kleinen Tisch im Flur. «Das duftet ja herrlich hier!»

Mit einer Hand wehrte er die Kinder ab, die ihn umsprangen, mit der anderen holte er die Papierwindmühlen hervor, die er ihnen auf dem Markt gekauft hatte – nicht ganz uneigennützig, ließen sie Therese und ihm doch immer ein wenig

Ruhe, wenn er sie mit etwas ablenkte. Wie auf Kommando sprangen sie kreischend davon und stritten sich darum, wer das schönste Windrad abbekommen hatte. «Sie sehen doch alle gleich aus!», rief er ihnen hinterher, lächelte und trat in die Küche.

«Therese ist noch nicht zurück.» Gundel beugte sich schon wieder über die Kartoffeln.

«Wo ist sie denn?», fragte er überrascht, und sein Blick fiel auf Rosa, die in ihrer Wiege in der Ecke lag und schlief. Ein halb leeres Fläschchen stand neben ihr auf dem Tisch. Will runzelte die Stirn. «Sie bekommt Fläschchen?»

Gundel zuckte die Achseln. «Ab und an, wenn Frau Therese nicht da ist», erwiderte sie und sah ihn dabei nicht an, schien sich mit einem Mal sehr auf die brodelnden Töpfe konzentrieren zu müssen. «Ich hab Fenchelöl zur Kondensmilch gemischt, das mag sie sehr.»

«Ist sie denn oft nicht da?», fragte er, mit einem Mal seltsam alarmiert.

Sie war selbst überrascht, wie leicht es gegangen war. Und wie schuldig sie sich fühlte.

Als sie nach Hause kam und schon vor dem Gartentor die Stimmen der Kinder hörte, schien sich ein Gewicht auf ihre Schultern zu senken. Mit schweren Schritten ging sie an den kahlen Beeten im Vorgarten vorbei und schloss die Tür auf. Natürlich kamen alle sofort angerannt. Als sie die Papierwindmühlen in ihren Händen entdeckte, hielt sie überrascht inne.

«Oh, wo habt ihr denn …?» Dann sah sie seine Jacke am Haken, die Pralinen auf dem kleinen Tisch. Alles in ihr versteifte sich. Ausgerechnet heute, dachte sie. Ausgerechnet jetzt erinnert er sich, dass er noch eine Familie hat.

Entschlossen straffte sie den Rücken, fuhr sich durch die

Haare, setzte ein Lächeln auf und ging in die Küche. «Will», sagte sie.

Er saß am Tisch, hielt Rosa auf dem Schoß, gab ihr das Fläschchen, von dem er bislang gar nichts gewusst hatte. Langsam hob er den Blick und sah sie an.

«Du bist so früh zurück?» Sie ging zu ihm und hauchte ihm einen Kuss auf die Wange. «Na, mein Röschen, ist das nicht schön, wenn der Papa dich auch mal füttert? Oh, wunderbar, Möhrengemüse. Vergiss den Zucker nicht, Gundel», flötete sie viel zu fröhlich.

«Wo warst du denn?» Wills Stimme war anklagend und sie spürte ihren Herzschlag bis in den Bauch.

«Hm? Oh, erzähle ich dir gleich. Ich muss mich erst mal frisch machen», antwortete sie im selben unechten Singsang wie eben.

Er öffnete den Mund, runzelte die Stirn, aber im selben Moment spuckte Rosa ihr Fläschchen aus und begann zu schreien.

«Na, na, nun gib sie mir mal, ich nehme sie rasch mit nach oben und lege sie hin.» Sie lächelte so liebevoll sie es eben zustande brachte, nahm ihm Rosa aus dem Arm und trug sie die Treppe hinauf. Dabei spürte sie seinen Blick im Nacken.

Zitternd legte sie die Jacke ab, setzte sich in den Sessel und begann, Rosa zu stillen, die immer noch wimmerte, sich aber schnell beruhigte. Natürlich waren nach wenigen Minuten seine Schritte auf der Treppe zu hören. Fieberhaft dachte sie nach. Ich hätte mich darauf vorbereiten, mir irgendetwas zurechtlegen sollen, dachte sie, wütend auf sich selbst. Aber gut, nun musste es eben so gehen. Will war auf eine gewisse Weise gutgläubig und naiv, er würde sich täuschen lassen. Sie musste nur überzeugend sein.

Als er klopfte und eintrat, lächelte sie. «Es regnet schon wieder», sagte sie und nickte mit dem Kopf zum Fenster.

Er erwiderte nichts, warf nur einen flüchtigen Blick nach draußen. «Ist alles in Ordnung?» Mit fragendem Blick verschränkte er die Arme vor der Brust und lehnte sich gegen die Kommode. «Wo warst du denn? Und seit wann bekommt Rosa ein Fläschchen? Das ist doch viel zu früh.»

Therese blickte auf ihre Tochter hinunter, deren Lider schon wieder zufielen. «Will», sagte sie dann, sah zu ihm auf, und ihre Stimme verhärtete sich. «Ich weiß, du denkst, du bist ein guter Vater. Und das bist du auch. Wenn du hier bist. Aber die meiste Zeit bist du eben nicht hier.»

Sie stand auf, Rosa noch an der Brust, und trat auf ihn zu, damit sie nicht so laut sprechen musste. Es war schwerer, wenn sie ihm nah war, aber Rosa wäre sonst wieder aufgewacht, und sie wollte diese Sache jetzt aus der Welt schaffen. «Ich …» Sie stockte und spürte, dass ihr vielleicht die Tränen kommen würden. Gut, das war gut. Es würde helfen.

«Du weißt nicht, wie sie sind», brach es aus ihr heraus, und sah das Erstaunen in seinem Blick. «Du weißt nicht, wie anstrengend es ist. Sie machen mich wahnsinnig!» Ihre Stimme zitterte. «Ich muss manchmal raus, verstehst du? Ich halte es manchmal einfach nicht mehr aus, und dann gehe ich. Damit ich sie nicht anschreie. Ich bin …» Sie zögerte, biss sich auf die Lippen. «Ich bin kein geduldiger Mensch. Ich bin nicht sehr liebevoll …»

Er wollte etwas sagen, aber sie sprach rasch weiter. «Doch, es stimmt, ich weiß es. Und wenn es mir hier zu viel wird, dann bin ich erst recht schnippisch. Und ich … In letzter Zeit, ich weiß nicht, du bist oft so distanziert.» Sie sah ihn mit großen Augen an und erkannte den Schrecken in seinem Blick. «Die Arbeit macht dir viel Mühe», sagte sie schnell. «Aber du kommst jetzt noch später, gehst noch früher.»

«Du gehst also einfach raus …?», fragte er und wusste offenbar nicht, was er mit dieser Information anfangen sollte. «Um von den Kindern wegzukommen?»

«Ich gehe spazieren, ja, oder in die Stadt, um mir die Schaufenster anzuschauen.»

Schuld spiegelte sich in seinem Gesicht. Es war ein altes, immer wiederkehrendes Thema, dass sie so viele Sachen gerne hätte und er sie ihr nicht kaufen konnte. «Manchmal gehe ich auch zu einer Freundin zum Tee. Mareike, du kennst sie, die mit den seltsamen Schläfenlocken.»

Er nickte, und einen Moment grinsten sie sich an, weil sie früher des Öfteren gemeinsam über Mareike gelästert hatten. «Sie glaubt, dass ihr Mann in eine andere verliebt ist.»

Jetzt zuckte er so heftig zusammen, dass es schon fast komisch war. «Wirklich?», fragte er betroffen, und sie nickte heftig.

«Oh, es ist scheußlich, es geht ihr so schlecht, sie hat solche Angst, mit den Kindern allein zurückzubleiben.»

Er konnte sie nicht mehr ansehen.

«Jedenfalls tröste ich sie, wir gehen spazieren, trinken Tee. Ich sage ihr immer, dass sie sich keine Sorgen machen soll, welcher Mann verlässt denn die Mutter seiner kleinen Kinder? Immer nur kurz natürlich, bitte denk nichts Falsches, ich war noch nie mehr als zwei Stunden weg.»

Plötzlich lächelte er, sah sie so liebevoll an, dass ihre eigene Schuld wie ein Knall zurückkam. «Es tut mir leid!», sagte er bekümmert. «Ich bin immer so mit der Arbeit beschäftigt. Ich wollte dir keine Vorwürfe machen, natürlich hast du das Recht, aus dem Haus zu gehen, und ich verstehe, dass es viel ist. Himmel, wenn sie abends im Flur über mich herfallen, halte ich es manchmal keine zwei Minuten aus. Tu, was du tun musst, um hier nicht verrückt zu werden.» Er zog sie an sich und hielt sie fest.

Im Spiegel über der Kommode sah sie sich selbst in die Augen, sah seinen breiten Rücken, ihr Kinn an seinen Hals geschmiegt, zwischen ihnen Rosa, die kleine, unschuldige Rosa, die noch von nichts eine Ahnung hatte.

«Du bist eine so gute Mutter!», murmelte er in ihr Haar.

Therese lächelte ihrem Spiegelbild zu, und eine wunderbare Sekunde lang fühlte sich alles richtig an, alles wie immer, wie früher. Und dann erstarrte sie.

Die Kette.

Sie hatte sie vollkommen vergessen.

Eine Gänsehaut überfuhr sie von Kopf bis Fuß, und die Härchen an ihren Armen stellten sich auf.

Sie löste sich von ihm. «Ich bin froh, dass du mir nicht böse bist», murmelte sie.

«Natürlich nicht, dazu gibt es doch keinen Grund!», sagte er, und als er ihr die Haare aus dem Gesicht strich und sie küsste, erinnerte er sie so sehr an den jungen Mann, den sie damals kennengelernt hatte, der ihre Hoffnung auf ein anderes, ein besseres Leben verkörperte, dass es fast körperlich wehtat. Es ist doch seltsam, dachte sie und spürte dem Schmerz nach, der in ihrer Brust pulsierte. Dass unsere Gedanken und Erinnerungen uns so wehtun können.

«Jetzt helfe ich Gundel besser beim Möhrengemüse. Sie nimmt nie genug Zucker. Legst du sie hin? Sie schläft», flüsterte sie.

Er nickte, und vorsichtig tauschten sie das kleine schlafende Bündel von ihren Armen in seine.

Im Flur blieb sie einen Moment stehen und presste die Hand gegen die Brust. Ihr Herz wummerte zum Zerspringen.

Mit zitternden Fingern nahm sie die Kette ab und ließ sie in die Tasche gleiten. Gott sei Dank hatte sie einen Mann, der an nichts anderes dachte als an sich selbst und seine Geliebte.

Der nichts sah und mit Scheuklappen durch die Welt lief. An allen anderen Tag trieb es sie zur Weißglut.

Heute hatte es sie gerettet.

Es ist unglaublich, wie reich manche Menschen in dieser Stadt sind, dachte Olga, als sie an der Fassade der Villa emporschaute. Sie sah die kleinen Erker, die Türmchen, die Buntglasfenster, und hinter der Veranda lag der langsam erwachende, riesige Garten. Irgendwo in der Nachbarschaft schrie ein Pfau.

Sie straffte die Schultern und ging über den Kies auf die Freitreppe zu. Ihre Hände zitterten. Sie spürte die Krankheit bei jedem Schritt. «Bitte mach, dass er nicht da ist», schickte sie ein Stoßgebet zum Himmel, der heute ausnahmsweise nicht grau war, sondern blau mit kleinen weißen Tupfern. Einmal, ein einziges Mal nur, konnte das Schicksal ihr doch wohlgesinnt sein.

Sie zögerte kurz, ob sie nicht doch lieber am Personaleingang klingeln sollte, doch dann stieg sie die Treppe hinauf. Vorne war die Chance größer, dass die Madame etwas mitbekam und man Olga nicht einfach abwimmelte.

Ein freundlich aussehendes Dienstmädchen kam auf ihr Klingeln hin durch die Halle gelaufen und öffnete die Tür. «Kann ich helfen?», fragte sie, eine Spur Misstrauen im Ton.

Olgas Blick huschte an ihr vorbei ins Haus, aber von ihm war nichts zu sehen oder zu hören. Vielleicht hatte sie wirklich Glück. «Es klingt sicher seltsam», begann sie. «Aber ich bin eine Kollegin von Claire. Eine Freundin. Und ich muss ihre Mutter sehr dringend in einer privaten Angelegenheit sprechen.»

«Oh!» Die freundlichen Augen des Mädchens wurden schmal. «Die Madame ruht», sagte sie und blickte auf die Uhr hinter sich. «Sicher noch eine ganze Weile. Wenn Sie vielleicht an einem anderen Tag …»

«Ich kann warten!», sagte Olga hastig. «Ich warte hier draußen, das ist kein Problem. Es ist wirklich dringend», fügte sie hinzu.

«Sie können sich auch in den Salon setzen», bot das Mädchen schließlich nach kurzem Zögern an und öffnete die Tür. «Kommen Sie herein.»

Sie war so erleichtert, dass sie das Mädchen am liebsten umarmt hätte. «Danke», sagte sie leise. «Vielen Dank.»

Der Salon war so groß, so voller Dinge, dass Olga sprachlos in der Tür stehen blieb. Noch nie war sie in einem Haus wie diesem gewesen, noch nie hatte sie so viel Reichtum, so viel Verschwendung auf einem Haufen gesehen. Plötzlich erklangen Schritte hinter ihnen, und erschrocken fuhr sie herum. Aber es war nur ein weiteres Hausmädchen in Kleid und Schürze, das sie fragend ansah.

«Besuch für die Madame», erklärte das Mädchen, das sie hereingeführt hatte. Die andere wirkte nicht im Mindesten so freundlich, ganz im Gegenteil, sie hatte ein mürrisches Gesicht und musterte Olga mit offenem Misstrauen.

«Bitte, setzen Sie sich.» Das freundliche Mädchen wies auf das Sofa. «Kann ich Ihnen einen Tee bringen für die Wartezeit, oder einen Kaffee? Etwas Gebäck?»

Olga schluckte. Sie konnte sich nicht erinnern, wann das letzte Mal jemand angeboten hatte, ihr etwas zu bringen. «Nein, vielen Dank, das ist nicht nötig», erwiderte sie, und das Mädchen lächelte und ging zur Tür.

«Wer ist das?», hörte Olga die andere zischen, lauter als nötig.

«Eine Kollegin von Claire. Sie möchte die Madame sprechen.»

«Und du lässt sie einfach ins Haus?»

«Warum nicht?», zischte das Mädchen zurück, jetzt ganz und gar nicht mehr freundlich.

«Wir können sie nicht einfach hier allein lassen, das Silber liegt in der Vitrine!»

Olgas Ohren wurden heiß. Sie bemühte sich, auf ihre Hände zu blicken, auf den Boden, irgendwohin, nur nicht zu den beiden. Es passte nicht zu ihr, aber hier fühlte sie sich plötzlich schüchtern, ihre sonst so ruppige, direkte Art war verschwunden.

«Scht! Hulda, wirklich!», flüsterte das nette Mädchen und drehte sich zu Olga um. «Ich lasse die Tür einen Spalt auf, damit wir hören, falls Sie etwas brauchen.» Es lag so etwas wie eine Entschuldigung in ihrem Blick. «Dort auf dem Tablett steht eine Klingel, zögern Sie nicht, zu läuten.»

Olga nickte, dankbar und beschämt zugleich.

Die Schritte der beiden entfernten sich, und sie bekam nur noch mit, wie das Mädchen sagte: «Du bist unmöglich, sie hat dich doch gehört, was soll sie nur denken?»

Ich verstehe es, dachte Olga, und das tat vielleicht am meisten weh. An ihrer Stelle wäre ich auch misstrauisch, wenn eine wie ich an der Tür klingelt.

Still saß sie da und traute sich nicht, sich zu bewegen. Ihr Blick wanderte über die geblümte Tapete, die Vitrinen, das Piano in der Ecke. Das Schlimmste war, dass sie tatsächlich daran dachte: Wenn sie das Silber mitnahm und sich hinausschlich, oder vielleicht eine der Kristallvasen auf der Anrichte – sie könnte sich eine Fahrkarte nach Hause leisten, vielleicht sogar ein neues Kleid. Aber es war nur eine Träumerei, ein Gedankenspiel. Sie hätte niemals etwas von Claires Mutter genommen.

Plötzlich erklangen laute, schnelle Schritte in der Halle,

und sie fuhr zusammen. Er war es. Sie hörte es an der Art, wie die Hacken auf dem Boden aufschlugen. Die Schritte näherten sich zielstrebig der offenen Salontür.

Er wusste, dass sie hier war.

Hastig erhob sie sich, doch im selben Moment stand er schon in der Tür.

Ungläubig starrte er sie an. «Ja bist du verrückt geworden?», flüsterte er. «Bist du von Sinnen?» Er trat ein und schloss die Tür hinter sich.

Olga spürte, wie Angst ihren ganzen Körper lähmte.

«Was machst du hier?» Er kam auf sie zu, Wut und Staunen im Blick. Und – sie erkannte es erst, als er schon nahe bei ihr war – Angst. Panik fast. Seine Augen flackerten unstet hin und her, suchten in ihrem Gesicht nach einer Erklärung.

Bevor sie etwas sagen, auch nur den Mund öffnen konnte, war er schon bei ihr. «*Sie* hat dich geschickt», schleuderte er ihr entgegen. «Sie hat dich hergeschickt, damit du ihrer Mutter von uns erzählst. Oh, wie schlau, wie gerissen, die kleine Schlange. Sie denkt, so kann sie uns auseinanderbringen!»

«Claire weiß nicht …», begann sie, doch bevor sie den Satz zu Ende bringen konnte, holte er aus, und seine Faust traf sie mitten ins Gesicht.

Sie stürzte zu Boden, und das Letzte, was sie dachte, bevor er ihr mit dem Fuß in den Magen trat und der Schmerz so gleißend durch ihren Körper schoss, dass er alles andere ausblendete, war, dass sie ihn unterschätzt hatte.

Sie hatte nicht verstanden, wie wahnsinnig er wirklich war.

8

Claire hatte immer ein gerafftes Kleid mit Schleppe tragen wollen. Einen Myrtenkranz im Haar, einen langen Schleier – oder vielleicht sogar einen Hut zum Brautkleid, wie manche Frauen in Paris es jetzt taten. Sie saß Quint gegenüber in der Kutsche, in einem schlichten, dunklen Kostüm, das Kaisa ihr geliehen hatte. Seine Mutter war eingeweiht und hatte ihnen ihren Segen gegeben, aber weil Jorg das niemals getan hätte und sie außerdem jede unnötige Aufmerksamkeit vermeiden wollten, nahm Kaisa nicht teil.

Ava saß neben Claire, ebenfalls in einem ausgeborgten, schlichten dunklen Kostüm, und hielt ihre Hand, die, wie Claire beim Einsteigen in die Kutsche erschrocken festgestellt hatte, ein wenig zitterte. Will bemühte sich sichtlich, aus dem Fenster zu schauen, sein Blick glitt jedoch unablässig zu Ava hinüber. Er sah aus, als wünschte er sich ganz weit weg. Ava und Will waren als Trauzeugen mitgekommen, und die Spannung, die zwischen ihnen herrschte, erschien Claire sogar noch größer als die Spannung zwischen ihr und Quint. Langsam verlor sie die Geduld mit Will, sie hätte ihm gerne entgegengeschleudert, dass er endlich ein Mann sein und etwas unternehmen sollte. Doch gerade hatte sie wirklich genug eigene Sorgen. Und natürlich wusste sie, dass Ava ihre Einmischung ganz und gar nicht gutheißen würde.

Die Kutsche rumpelte an der Petri-Kirche vorbei, und unwillkürlich drehte Claire den Kopf. Gerade jetzt kam ein Brautpaar heraus, sie in einem wunderschönen weißen Kleid mit Schleier, er, über das ganze Gesicht strahlend, in einem Zweireiher mit Zylinder. Sie wurden von einer jubelnden Menge empfangen, und Claire konnte nicht anders, sie musste die beiden anstarren, sich vorbeugen und sie im Blick behalten, bis sie außer Sichtweite waren. Religion hatte bei ihr zu Hause keine Rolle gespielt, ein Großteil der Hamburger Gesellschaft hatte sich inzwischen von der Kirche entfernt und suchte das Gotteshaus nur noch zu besonderen Gelegenheiten auf, und genauso hatten ihre Eltern es auch gehalten. Claire hatte das immer modern und praktisch gefunden.

Aber zu Hochzeiten gehörte es einfach dazu.

«Kirchliche Hochzeiten sind nur eine Einnahmequelle für den Staat.» Quint hatte sie beobachtet. Die ganze Fahrt schon trommelte er mit den Händen auf den Knien herum, mit angespannter Miene, mürrisch beinahe. Aber als ihre Blicke sich trafen, wurde sein Ausdruck sofort weicher. «Ich habe dir gesagt, dass wir auch in einer Kirche …»

«Es geht dabei doch nicht ums Geld», protestierte Claire, die Brauen ärgerlich zusammengezogen. Sie war so nervös, dass ihr ganzes Gesicht zu prickeln schien. «Steckt denn gar keine Romantik in dir?»

«Natürlich», erwiderte er mit einem halben Lächeln. «Ich bin sogar ein großer Romantiker. Wenn die Umstände es erlauben.»

Aber er lächelte, um ihr zu zeigen, dass er sich über ihre gemeinsame Situation lustig machte und nicht etwa über sie, und nach einem Moment lächelte sie etwas verkrampft zurück.

Sie hatten in den letzten Tagen zu einem neuen Umgang miteinander gefunden. Freundlich, höflich beinahe, sehr angespannt. Aber wohlwollend. Sie konnte noch immer nicht fassen, dass er das hier für sie tat. Nach vielen Stunden quälender Grübelei hatte sie eingesehen, dass es wirklich eine gute Lösung war. Eine Lösung, die, zumindest für den Moment, Ruhe in ihr Leben bringen würde. Auch wenn sie nicht wusste, was zwischen ihnen beiden war, welche Gefühle er für sie hegte, vertraute sie ihm vollkommen. Zumindest in dieser Hinsicht. Er würde niemals absichtlich etwas tun, das ihr schadete, und er würde die Macht, die ihm die Ehe über sie verlieh, nicht ausnutzen.

Außerdem liebte sie ihn.

Es war eine so schlichte wie überwältigende Tatsache. Sie liebte ihn auf eine neue, unsichere Art, die ihr Angst einjagte. Anders als Magnus, anders, als sie es bisher gekannt hatte. Seit sie es sich eingestanden, es zumindest in Gedanken formuliert hatte, wusste sie nicht mehr, was sie denken sollte. Es war eine Liebe ohne Erwartungen. Bei Magnus hatte sie immerzu geträumt, sich Dinge ausgemalt, der Zukunft entgegengefiebert. Bei ihm tat sie das nicht. Bei ihm war es einfach eine Tatsache, so wie der Himmel blau war und die Elbe grün.

Bei ihm tat es weh.

Es tat weh, dass er eigentlich gar nicht hier sein wollte, dass sie gezwungen waren, diesen Schritt zu gehen. Dass er es nur machte, weil er es als seine Pflicht sah und ihm die Ehe nichts bedeutete.

Vor dem Standesamt hielten sie an. Es gab keine Kleiderordnung für eine solche Zeremonie, die Feier fand normalerweise erst bei der kirchlichen Trauung statt, und die meisten Leute, die hier heirateten, mussten sofort nach der Vermählung wieder an die Arbeit und erschienen daher in ihrer alltäglichen Kleidung, allenfalls mit einer kleinen Blume oder einer adretten Frisur und einer guten Jacke.

Quint hatte alles arrangiert, es war ihr ein Rätsel, wie er es so schnell auf die Beine gestellt hatte, er schien die halbe Stadt zu kennen. Sie wusste nur, dass es die traurigste Hochzeit war, die sie je gesehen hatte. Niemand war da, nur Ava und Wilhelm. Sie trug ihr geliehenes Kostüm und Quint denselben schlecht sitzenden Anzug, in dem sie ihn kennengelernt hatte.

Claire konnte nicht anders, vor ihrem inneren Auge erschienen immer wieder Szenen von Lindas Hochzeit, wie sie gestrahlt hatte in ihrem cremefarbenen Kleid, wie die Kirche geschmückt gewesen war, wie halb Hamburg dem Paar bei seinem Glück zugesehen hatte. Sie hatte immer geglaubt, ihre eigene Hochzeit würde der schönste Tag ihres Lebens werden, die Erfüllung all ihrer Sehnsüchte, der Beginn eines neuen Abenteuers.

Es fühlte sich an wie ein Ende.

Das reicht auch wirklich?», fragte sie leise und lehnte sich zu ihm hinüber, sodass er ihren Duft einatmete. Sie hatte sich mit irgendetwas besprüht, und obwohl es angenehm roch, mochte er es nicht.

«Für den Staat sind wir verheiratet, sobald der Beamte es verkündet», gab er flüsternd zurück. «Der feine Herr Doktor kommt dann nicht mehr an mir vorbei.»

Sie sah ihn an, kaute auf ihren Lippen, furchtbar blass unter ihrem kleinen Hut.

«Möchtest du es wirklich tun?», fragte er, und sie nickte.

Er hätte sie gerne geküsst.

«Es ist die beste Lösung», erwiderte sie und sah dabei so traurig aus, dass es ihm einen Stich versetzte.

In einem gerechteren Leben, dachte er, wäre sie jetzt glücklich. Es fühlte sich schrecklich an, dass er der Grund für ihre Anspannung, die Trauer in ihrem Gesicht war.

Der Standesbeamte hielt eine kleine, sehr allgemeine Ansprache und ging dann zur Zeremonie über, so schnell, dass Quint der Schweiß ausbrach. Plötzlich verließ ihn seine Ruhe, er hätte die Zeit gerne langsamer gedreht. Nicht, weil er sie nicht heiraten wollte. Sondern weil er sich mit einem Mal fragte, ob es sie nicht am Ende vielleicht sogar noch weiter voneinander entfernen würde. Das war das Letzte, was er wollte.

Blass und still stand Claire neben ihm, und es war verstörend, sie so ruhig zu erleben. Ava hatte ihr die Haare am Hinterkopf aufgesteckt, und ihr schlichtes dunkles Kleid ließ ihre Augen noch heller erscheinen. Sie hielt den Blick starr nach vorne gerichtet, und er hätte ihr gerne ein Zeichen gegeben, dass sie ihn anschauen sollte, doch sie schien ihn gar nicht wahrzunehmen. Er strich ihr mit zwei Fingern über den Ellenbogen, ganz sacht, sodass der Standesbeamte nichts merkte, und sie blinzelte, schaute erst hinunter auf seine Hand und dann zu ihm hoch. Claire lächelte nicht, sah ihn nur an, und er versank in ihren Augen, gab sich einen Herzschlag lang der Illusion hin, sie wäre aus freien Stücken hier. Für ihn.

Wie sich das wohl anfühlen würde. Er konnte es sich nicht vorstellen.

Als er nichts sagte, wandte sie das Gesicht wieder nach vorne. Aber nach ein paar Sekunden griff sie nach seiner Hand. Und als er sie festhielt, drückte sie sie kurz.

Als wollte sie ihm Mut machen.

Sie unterschrieben die Urkunde, zuerst Claire, und als er seinen Namen auf das Papier setzte, war er sich kurz nicht sicher, ob er vielleicht träumte. Dann unterschrieben auch Will und Ava, sie ruhig, aber mit unsicherer Hand, der man ansah, dass sie selten einen Stift hielt, dann er, schnell, hastig beinahe, als wollte er es hinter sich bringen.

«Schaut zu mir, bitte!» Sie waren vor dem Standesamt auf die Straße getreten, und Will zog eine kleine Handkamera aus der Tasche. Quint spürte, wie Claire sich neben ihm versteifte, wie plötzlich ein Abstand zwischen ihnen entstand, der vorher nicht da gewesen war.

«Ich weiß nicht, ob wir davon ein Bild brauchen», sagte sie zweifelnd.

«Machen wir doch das Beste draus!» Quint war so durcheinander, dass er Claire, einer plötzlichen Eingebung folgend, einfach hochhob, als wären sie wirklich ein frisch vermähltes, glückliches Ehepaar und als wollte er sie über die Schwelle ihres neuen Zuhauses tragen.

Sie schrie erschrocken auf, krallte sich in seine Arme, aber dann brach sie urplötzlich in Gelächter aus. Und als sie lachte, dieses echte, überraschte Lachen, das ihr ganzes Gesicht veränderte, so nahe an ihm, dass ihr Atem seinen Hals streifte, passierte etwas. Es war ein kurzes Zucken. Eine Verschiebung seiner Wahrnehmung. Ein gläserner Moment, der ihm klarmachte, wie tief er gefangen war.

Wie groß die Liebe bereits war.

Verdammt, dachte er. Verdammt, von hier gibt es kein Zurück.

Will schoss ein Bild und bedeutete dann Ava, sich zu ihnen zu stellen. Sie zögerte, aber Claire lehnte sich in Quints Armen vor, streckte die Hände nach ihr aus und zog sie energisch an sich heran, legte ihr den Kopf auf die Schultern und drückte ihre Wange gegen Avas. Quint schaffte es nur mit größter Mühe, sein Lächeln zu halten, als ihm plötzlich beide gleichzeitig so nah waren. Als Ava viel zu steif dastand und nicht zu wissen schien, was sie mit ihrem Gesicht machen sollte, knuffte Claire sie in die Seite, kitzelte sie, bis sie protestierend quietschte und schließlich auch lachen musste. Es hatte zwar etwas Verzweifeltes an sich, aber auch sie schlang nun ihre Arme um Claire, und beide strahlten ein etwas zu breites, etwas zu starres Lächeln in die Kamera. Will machte mehrere Aufnahmen, bis Quint Claire wieder auf die Füße stellte.

Und dann küsste er sie.

Er konnte einfach nicht anders.

«Tut mir leid», sagte er sofort, erschrocken über sich selbst. Aber sie schüttelte den Kopf, richtete etwas verlegen ihr Haar.

«Das muss es nicht», sagte sie leise.

«Noch mal. Langsamer», befahl Will mit seiner konzentrierten Fotografenstimme.

Stirnrunzelnd warf Claire ihm einen Blick zu. Dann sah sie zu Quint, schien zu überlegen, schließlich legte sie ihre Hände in seinen Nacken und küsste ihn.

Langsam.

Danach war er so verwirrt, dass er nicht mehr sprechen konnte.

Ava war so verwirrt, dass sie nicht sprechen konnte. Was ist das für ein seltsamer Tag, dachte sie, während sie abwechselnd Claire beobachtete, die plötzlich rote Wangen bekommen hatte und gelöster wirkte, beinahe glücklich aussah, die Niedergeschlagenheit abgelegt hatte. Quint, der wohlweislich ihren Blick vermied, und Wilhelm, der ihm genauso auswich, jedoch aus anderen Gründen.

Auf der Treppe erschien plötzlich ein Standesbeamter, der ihnen zuwinkte und Quint hineinrief, weil er die Papiere hatte liegen lassen.

«Herrje, meine Frau bringt mich jetzt schon um den Verstand.» Quint zwinkerte Claire im Vorbeigehen zu, und sie verzog das Gesicht. Aber sie lachte.

Ava trat zu ihr und umarmte sie. «Er tut das nur für dich», flüsterte sie, als Claire sie an sich drückte. «Das weißt du, oder? Nicht, weil es das Richtige ist oder eine gute Lösung.»

Verwirrt öffnete Claire den Mund, schloss ihn dann wieder.

«Geht es dir gut?», fragte Ava. «Wie fühlt es sich an?»

«Seltsam», antwortete Claire. Sie lösten sich voneinander, aber Claire hielt ihre Finger fest. «So seltsam!»

Ava nickte. Und sie konnte nicht anders, als zu Wilhelm zu blicken. Er wirkte so unglücklich. Während sie sein Gesicht musterte, spürte sie, wie etwas in ihr sich erweichte. Als würde sie ein Stückchen näher an ihn heranrücken. Sie wusste nicht, warum, es gab keinen Anlass.

Aber es war da.

Claire war so durcheinander, dass sie nicht sprechen konnte. Gleichzeitig verspürte sie das dringende Bedürfnis, Ava in eine Ecke zu ziehen und alles mit ihr zu bereden, was in der letzten Stunde in ihr vorgegangen war, die Gipfel von Gefühlen, die sie überquert hatte, die Täler und Abgründe. Diese neue Wärme, die plötzlich in ihr war. Es konnte eigentlich nicht sein, was machte es schon für einen Unterschied, vier Unterschriften auf einem Blatt Papier – aber sie fühlte sich anders als vorher. Vor allem fühlte sie sich sicher. Seit langer Zeit zum ersten Mal wieder richtig sicher. Alles würde gut werden. Sie hatte ihre beste Freundin zurück, sie hatte sich mit ihrer Mutter versöhnt, Dr. Schwab konnte ihr nichts mehr anhaben, Quint und sie würden diese merkwürdige Situation meistern, und irgendwie würde sich alles fügen. Das Schicksal hatte sich die längste Zeit einen Spaß mit ihr erlaubt, aber nun würde es sie in Ruhe lassen.

Sie wusste es einfach.

So, was machen wir jetzt?», fragte Will, während er seine Kamera einpackte. «Ein bisschen feiern sollten wir trotz allem, oder nicht?»

Quint nahm wahr, wie Ava bei diesen Worten unbehaglich von einem Fuß auf den anderen trat. Zwischen ihr und Will waren die Dinge noch immer so ungeklärt wie eh und je. Außerdem war es ihr sicher genauso unangenehm wie ihm, vor den anderen verheimlichen zu müssen, was zwischen ihnen geschehen war. Trotzdem nickte er, weil auch er den traurigen Unterton aus dem Tag verjagen wollte.

«Ich habe im Austernkeller einen Tisch für uns reserviert.»

«Wunderbar, ich brauche nur eine Minute.» Will kämpfte damit, die Kamera im Stehen wieder in die Hülle zu bugsieren.

Ava trat vor, nahm sie und hielt sie fest. Wills Gesicht veränderte sich, er blinzelte, schlug die Augen nieder, und als er die Kamera immer noch nicht in die Hülle bekam, nahm Ava sie ihm aus der Hand und packte sie mit zwei sicheren Griffen ein. «Darin habe ich schließlich Übung», erklärte sie, und ihre Mundwinkel zuckten.

Will schien es die Sprache verschlagen zu haben. Stotternd bedankte er sich, konnte sie noch immer nicht ansehen.

Herrje, zwischen den beiden ist es wirklich noch komplizierter als zwischen uns. Und das will etwas heißen, dachte

Quint halb amüsiert, halb bedauernd und sah Claire an, die das kleine Zwischenspiel ebenfalls beobachtete.

Er seufzte. Bei so etwas half nur noch Alkohol, um die Stimmung zu lockern, er würde im Restaurant auf jeden Fall ein paar Flaschen Wein bestellen.

Suchend sah er über den Platz, hielt Ausschau nach einer Droschke. Sein Blick blieb an einer Gestalt hängen, die langsam und gebückt zwischen zwei Bänken umherschlich.

Dann begriff er.

Und sein Körper wurde zu Eis.

Sein Vater entdeckte ihn im selben Moment. Quint hielt inne, unsicher, ob er es wirklich war. Mit dem verfilzten Bart, dem in alle Richtungen abstehenden Haar und der dicken Ruß- und Schmutzschicht auf der Haut hätte er ihn beinahe nicht erkannt. Ihre Blicke bohrten sich ineinander, die Augen seines Vaters schienen ihm in diesem Moment so klar wie seit Jahren nicht.

Er erkannte ihn.

Er wusste, dass es sein Sohn war, der dort stand und ihn anstarrte.

Langsam hob sein Vater eine Hand.

Später würde er sich oft fragen, was es gewesen war, welcher Teil seiner Persönlichkeit, seiner Seele, in diesem Moment das Kommando übernahm. Er handelte im Bruchteil einer Sekunde, fasste Claire an der Schulter und drehte sie um, rief den anderen zu, dass sie sich beeilen sollten. «Kommt!», rief er viel zu laut, ein Lächeln wie festgeklebt auf dem Gesicht.

Ava sah ihn verwundert an, Claire runzelte die Stirn. Will warf ihm einen Blick zu, aber sie schoben sein eigenwilliges Verhalten wahrscheinlich auf diesen seltsamen Tag und fragten nicht, sondern wandten sich in die Richtung, die er ihnen wies.

Sein Nacken war schweißnass, er fürchtete, seinen Vater jeden Moment nach ihm rufen zu hören, sah es vor sich, wie er ihnen nachhumpelte und ihn am Ärmel fasste, wie Claire ihn erblickte und verstand, dass Quint nicht zu ihrer Welt gehörte.

Es war lächerlich, niemand war so fest davon überzeugt, dass Menschen nicht durch ihre Herkunft definiert wurden, wie er.

Trotzdem konnte er es einfach nicht. Er konnte die Vergangenheit und die Gegenwart nicht vermischen.

Kurz bevor sie um die Ecke bogen, drehte er sich noch einmal um.

Sein Vater war stehen geblieben. Die Hand hatte er nicht mehr erhoben. Sie baumelte nutzlos an seiner Seite. Der Blick, mit dem er ihn ansah, war immer noch klar. Er verstand genau, was geschah.

Quint würde den Ausdruck auf seinem Gesicht niemals vergessen.

DAS MEER

Langsam drehte er sich um, eine Hand um die Serviette gekrallt.

«Magnus Godebrink?»

Ich konnte mich nicht bewegen.

Doch etwas Seltsames geschah. Es gab kein Geschrei, keinen Lärm, nichts von dem, was ich erwartet hatte.

«Ich hörte, dass Sie an Bord sind, und habe mich nach Ihrem Tisch erkundigt, wir wurden uns noch nicht vorgestellt. Rudolph mein Name, Alois Rudolph. Das Personal hat leider keine Ahnung von diesen Dingen, aber ich brenne darauf, mehr zu erfahren. Sie kennen sich doch aus. Nach der Titanic ist man natürlich misstrauisch. Ich habe gehört, wir werden von einem unmagnetischen Kompass geleitet? Wie kann das gehen? Sie als Fachmann wissen sicher mehr. Ist es gesichert, dass das Schiff bei jedem Wetter an sein Ziel kommt? Dass sich die Katastrophe der Briten nicht bei uns wiederholt? Nicht, dass ich Ballin infrage stellen würde, oder gar den Kaiser, Gott bewahre, man will nur sichergehen, nicht wahr? Man will sichergehen. Die Titanic galt schließlich auch als unsinkbar.»

Die Erleichterung schien mir fast greifbar, eine warme Welle, die über uns beide gleichzeitig hinwegflutete. Er war nicht unseretwegen hier. Er wollte nur über das Schiff reden.

«Nun, das ist in der Tat ein interessantes Sujet.» Er stand auf, reichte dem Herrn die Hand. «Ich verstehe Ihre Sorge durchaus, wer würde sich keine Gedanken machen. Durch drahtlose Telegraphie bleiben wir stets mit anderen Schiffen und sogar mit dem Festland in Verbindung. Es gibt Antennen für die Tagesneuigkeiten und Antennen für Notrufe, mit getrennten Empfangsapparaten. Außerdem befindet sich eine elektrische Reservekraftquelle an Bord, soweit ich weiß. Und wir senden und empfangen natürlich mittels der submarinen Telephonie Unterwasserschallsignale, um vor entgegenkommenden Schiffen oder nahenden Küsten gewarnt zu sein.»

«Äußerst interessant.» Herr Rudolph trank nachdenklich einen Schluck aus seinem Glas. «Und was passiert bei schlechtem Wetter? Nebel zum Beispiel?»

Er lächelte zuversichtlich. «Ebenfalls eine berechtigte Sorge. Doch ich kann sie Ihnen nehmen. Lotmaschinen bestimmen die Wassertiefe.» Mittlerweile hatte er auch die Aufmerksamkeit des Ehepaars Söderlund auf sich gezogen. Ich sah an ihren Mienen, wie sich Interesse und Anerkennung mischten, und spürte, wie Sorge und Erleichterung in mir kämpften. Erleichterung, weil er sie mit jedem Wort davon überzeugte, dass er wusste, wovon er sprach, und damit unsere Anwesenheit rechtfertigte. Sorge, dass Alois nicht der Einzige war, der mitbekommen hatte, dass Magnus Godebrink sich an Bord befand.

Ich wünschte, er würde aufhören zu sprechen.

«Bei unsichtigem Wetter werden die elektrischen Lotmaschinen aktiviert. Vorne auf der Back sendet dann ein Offizier dem wachhabenden Kapitän auf der Brücke und sogar dem Ingenieur im Maschinenraum Hör- und Lichtsignale, wenn sich Gefahr voraus befindet. Außerdem gibt es ja noch das Krähennest.

Auch dort oben befindet sich ein Lautsprechtelephon, das mit der Kommandobrücke verbunden ist.»

«Also, ich könnte niemals so hoch hinaus.» Frau Söderlund warf mir einen verschwörerischen Blick zu. «Vor Schwindel wüsste ich nicht mehr, wo mir der Kopf steht.»

«Ich ebenso wenig.» Ich lächelte, wir nickten uns zu und stießen mit einem Likör an, verbündet im gegenseitigen Verständnis, dass Damen wie wir für so etwas ganz und gar ungeeignet waren.

Vielleicht kann ich es, dachte ich. Vielleicht kann ich es spielen.

«Sollten alle Stricke reißen, und wir kollidieren doch, sagen wir, mit einem Eisberg zum Beispiel ...» Jetzt war er in seinem Element, plötzlich sprühte er nur so vor Energie. Oder vielleicht lenkte es ihn auch einfach ab, und es tat ihm gut, einmal nicht nachdenken zu müssen.

«Eine Verletzung des Bodens bedeutet noch kein ungehindertes Eindringen des Wassers. Ein zweiter Boden zieht sich durch das gesamte Schiff. Außerdem gibt es Längs- und Querwände in den Wellentunneln und im Maschinenraum, wasserdichte Quer- und Collisionsschotten.»

«Also, ich verstehe kein Wort», raunte mir Frau Söderlund zu und kam dabei etwas zu nahe, sodass ich ihren Liköratem roch. Sie kicherte, als wäre sie ein wenig stolz darauf, nichts zu verstehen, und die Haut an ihrem Kinn wackelte.

«Das ist ja nicht zu glauben.» Herr Rudolph schüttelte anerkennend den Kopf. «Dann stimmt es wohl, was man sagt. Der Imperator ist unsinkbar.»

«Unsinkbar würde ich nicht sagen.» Er lächelte, sah mich an. «Aber es müsste schon einiges zusammenkommen, um ihn in die Knie zu zwingen. Zur Not befinden sich aber ja auch noch Rettungsboote an Bord. Und zwar in ausreichender Zahl. Ein

Fehler wie bei den Briten wird sich nicht wiederholen, dafür wurde gesorgt. Sie können heute Nacht ruhig schlafen. So viel sei Ihnen versichert.»

«Und falls wir Schiffbruch erleiden und orientierungslos auf dem Meer treiben, wie diese armen Menschen …» Er ließ nicht locker. «Ich kann einfach nicht aufhören, daran zu denken.» Voller Anspannung presste ich die Zähne aufeinander. Ich hätte Alois Rudolph gerne am Kragen gepackt und aus dem Raum geschleift.

Es ist verständlich, dass er angesichts der Katastrophe der Titanic voller Sorge ist – aber jemand wie er muss sich doch ohnehin keine Gedanken machen, dachte ich zornig. Der Anteil der Menschen aus der zweiten und dritten Klasse, die im eisigen Meer vor Grönland ertrunken waren, war dreimal so hoch wie der aus der ersten Klasse. Außerdem hatte sicher niemand Alois Rudolph gezwungen, überhaupt auf ein Schiff zu steigen.

Aber er lächelte nur. «Soweit ich weiß, haben wir fünfundvierzigtausend Pfund frisches Fleisch an Bord. Damit können wir in einem solchen Fall eine ganze Weile überleben, will ich meinen.»

Sogar ein Gewächshaus gab es an Deck. Ein Gärtner züchtete dort Palmen und Hortensien für den Ballsaal. Ich wanderte oft zu ihm hin, schnupperte an den Blumen, er schenkte mir jedes Mal eine besonders leuchtende Blüte, die ich mir hinters Ohr klemmte, um einen Moment so zu tun, als wäre das Leben leicht.

Am Ende eines meiner vielen Rundgänge über die Oberdecks spähte ich neugierig in den Empfangsbereich der Schwimmhalle.

«Madame, wie kann ich Ihnen behilflich sein?» Ein Mäd-

chen, dessen Uniform sie als Angestellte des Imperator auswies, kam breit lächelnd auf mich zu.

«Oh, ich schaue mich nur um», sagte ich hastig und wollte mich zurückziehen, aber sie sprach schon weiter, begierig, mich für ihr Angebot zu begeistern.

«Wir haben ganz herrliche Ruhe- und Leseräume. Wenn Sie mit dem Bade fertig sind, können Sie dort am Kamin entspannen. Außerdem gibt es natürlich verschiedenste medizinische Anwendungen, Heißluft, Dampf- oder Vollbad, Duschen jeder Art. Auch ein Lichtbad haben wir und einen Massageraum.» Sie guckte so stolz, als hätte sie alle diese Besonderheiten persönlich erschaffen. «Heute sind noch ein paar Anwendungen frei, wenn Sie mögen, buche ich Sie gerne ein.»

Sie schien mein Zögern falsch zu deuten. «Es gibt natürlich auch ein Frisieratelier, niemand geht mit nassen Haaren zu seiner Kabine zurück. Dann muss Ihr Mädchen sie zum Diner auch nicht mehr flechten.» Sie lachte, trat hinter den hohen Marmortresen und nahm einen Stift zur Hand. «Und, habe ich Sie überzeugen können?»

«Ich habe keine Badekleidung bei mir», erklärte ich. «Mir war nicht bewusst, dass es hier an Bord eine Schwimmhalle geben würde.»

«Oh, aber das ist doch überhaupt kein Problem, Sie können bei uns alles erwerben. Ich trage es auf Ihren Namen ein, und Ihr Mann kann die Rechnung später begleichen.»

Ihr Mann.

Alles in mir verkrampfte sich. Ich war jetzt seine Frau.

Sie strahlte mich an, den Stift bereits gezückt.

Ich zögerte viel zu lange. «In Ordnung, ich versuche es.»

«Wunderbar. Möchten Sie nach dem Bade auch eine Massage erhalten? Wir haben Bademäntel vorrätig. Aber ich zeige Ihnen nun am besten erst einmal unsere Kostüme.»

Langsam folgte ich ihr. Irgendwie mussten wir die Tage hier ja herumkriegen, die vielen Stunden, in denen ich bisher nur auf das glitzernde und tosende Wasser des Atlantiks gestarrt und mich gefragt hatte, wie es weitergehen sollte.

Also ging ich mit.

Es war wie eine Boutique nur für Badebekleidung. «Diese Kostüme sind nach der allerneuesten Mode aus Paris. Manche lassen sogar die Knie frei.» Sie schüttelte den Kopf mit einem Lächeln, das eindeutig sagte: Was es nicht alles gibt.

Und plötzlich fiel es mir wieder ein.

Fassungslos stand ich da und spürte, wie die Angst durch mich durchsickerte. Ich hatte es vergessen. Einfach vergessen. Die Stimme in mir schrie, dass ich es schon immer gewusst hatte, dass ich einfach nicht dafür gemacht war und auf eine Katastrophe zusteuerte.

Ich räusperte mich. «Ich … bin mit Kind», krächzte ich.

Ihre Augen wurden groß. «Oh. Madame, herzlichen Glückwunsch.» Sofort glitt ihr Blick zu meinem Bauch, aber wegen der Kleider sah man es nur, wenn man es wusste. «Dann kommt die Schwimmhalle natürlich nicht infrage.» Sie wirkte irritiert, sicher wunderte sie sich, warum ich sie dann so lange hatte reden lassen. «Aber ein warmes Sitzbad wäre dann vielleicht genau das Richtige für Sie?»

Ich nickte und spürte, dass ich zu schwitzen begonnen hatte. Was tat ich hier nur?

«Dieses Kostüm mit den Rüschen wird es bedecken. Probieren Sie es doch einmal an, wir haben dort hinten geräumige Kabinen.»

Ich nahm das Rüschenkleid, das sie mir hinhielt, und ging mit tauben Beinen in die Richtung, die sie mir wies. Zum ersten Mal hatte ich jemand Fremdem von dem Kind erzählt. Und plötzlich fühlte es sich schrecklich real an. Ich würde bald Mut-

ter sein. Ein Schwindel überkam mich, ich blieb stehen, das Kostüm glitt mir aus den Händen.

«Madame, ist Ihnen nicht gut?» Mit einem Aufschrei war sie bei mir.

«Es ist nur ... das Kind», murmelte ich. Sie konnte ja nicht wissen, was ich meinte. Dass mit dem Kind alles in Ordnung war. Aber dass ich es nicht haben durfte. Dass es das falsche Kind war, im falschen Körper, vom falschen Vater.

Bei der falschen Mutter.

«Ich rufe den Arzt. Setzen Sie sich.»

Das Behandlungszimmer befand sich im Zentrum der Schiffsstadt und war beinahe genauso luxuriös wie der Tudorsaal. Aber es roch wie in jeder anderen Praxis. Ich wurde auf einem fahrenden Stuhl hineingerollt, vor den Augen aller, dabei betonte ich immer wieder, es ginge mir gut. Ich glühte vor Scham. Die Empfangsdame vom Schwimmbad musste ihnen gesagt haben, dass ich ein Kind erwartete, denn sie behandelten mich mit äußerster Umsicht und reagierten auf meinen Protest nur mit Lächeln.

«Schauen Sie mich an und folgen Sie mit den Augen dem Lauf meines Fingers.» Der freundliche Arzt, der eben meinen Puls gefühlt hatte, ließ seinen Zeigefinger von rechts nach links wandern. «Wunderbar. Ist Ihnen übel? Heiß? Kalt? Was haben Sie heute Morgen gespeist?»

Ich hatte noch immer so gut wie nichts zu mir genommen. Jeden Tag an Bord war mein Magen wie zugeschnürt. Die herrlichsten Speisen türmten sich vor mir auf, und alles verwandelte sich in Pappe in meinem Mund. Er saß neben mir und beobachtete mich, seine warmen Augen verfolgten jeden meiner Bissen. Natürlich war ihm klar, was in mir vorging. Sicher sah es in ihm kaum anders aus. «Du musst an das Kind denken», hatte er erst heute Morgen gesagt, mit so viel Sorge im Blick, dass ich verdrossen ein wenig Oatmeal mit Zimt heruntergewürgt hatte, auch wenn jeder Löffel mir wie ein unmögliches Unterfangen schien.

«Nun, Sie müssen besser essen, wenn Sie wollen, dass das Kind gesund und stark wird», erklärte der Arzt väterlich tadelnd, nachdem ich ihm erzählt hatte, dass ich keinen großen Appetit verspürte.

«Lassen Sie sich aus der Küche kommen, worauf Sie Lust haben, es muss ja nicht vom Buffet sein, gehen Sie doch in unser Ritz-Restaurant. Im Grillraum oder im Wintergarten können Sie à la carte bestellen. Sogar koscher. In der Konditorei wird man Ihnen alles zubereiten, worauf Sie Appetit haben. In der Schwangerschaft überkommen einen zuweilen seltsame Gelüste, aber Ihnen muss es hier an nichts mangeln. Hauptsache, Sie essen. Körperlich scheint mir alles in Ordnung, ich denke, es liegt an der fehlenden Kraft.»

«Vielleicht bin ich ja auch seekrank», murmelte ich, damit er aufhörte, vom Essen zu reden. Allein der Gedanke daran verursachte mir Übelkeit.

Er lachte. «Seekrankheit ist unmodern, Madame. Die gibt es auf unserem Schiff nicht.»

Verwirrt sah ich ihn an. Er ließ ein paar Tropfen aus einer braunen Flasche in ein Glas mit Wasser fallen und reichte es mir. «Schön austrinken», mahnte er, und ich setzte es gehorsam an die Lippen.

«Das Schiff ist zu groß für die Seekrankheit», erklärte er, während er zusah, wie ich Schluck für Schluck die bittere Flüssigkeit trank. «Auch bei starkem Seegang spürt man so gut wie nichts. Ein Sturm könnte vielleicht dem einen oder anderen doch zum Verhängnis werden, aber wir haben Frahm'sche Schlingertanks an Bord.»

«Was ist das?», fragte ich, um Zeit zu gewinnen und langsamer trinken zu können.

«Fünfhunderttausend Liter Seewasser-Medizin für das Schiff.» Mit einem leichten Nicken ermunterte er mich noch einmal, das Glas zu leeren. «Im Bauch des Schiffes schaukelt es in riesigen Tanks hin und her, und die Bewegung – genauestens berechnet, muss man hinzufügen – wirkt dem Wogendruck von außen entgegen und macht ihn unschädlich. Sie sehen also, Seekrankheit ist bei uns nicht vorgesehen.» In seinen Augen leuchtete der gleiche Stolz wie schon vorhin bei der Dame in der Schwimmanstalt. Als hätte er das Schiff eigenhändig gebaut. «Falls sie Sie doch überfällt, sind drei Ärzte, zwei Gehilfen und eine geprüfte Krankenschwester an Bord und natürlich eine Apotheke.»

«Dieses Schiff ist unglaublich», murmelte ich, weil er es sicher so erwartete.

«Das können Sie laut sagen. Wir haben ein richtiges kleines Hospital hier, ein Operationszimmer und zweiundsechzig Betten. Natürlich noch kein einziges belegt, aber ich beschwere mich nicht, so habe ich genügend Zeit, um …»

Plötzlich ging die Tür auf, und er kam hereingestürmt. «Ist alles in Ordnung? Wie geht es dem Kind?», rief er panisch und war mit zwei Schritten bei mir.

«Nun aber immer mit der Ruhe. Es geht den beiden bestens, sie sind hier in guten Händen», brummte der Arzt, lächelte aber weiterhin gutmütig. «Sie werden zum ersten Mal Vater?», fragte er wissend.

Wir tauschten einen Blick.

«Ja», sagte er und räusperte sich.

«Das erklärt wohl, warum Sie meine Praxis stürmen wie die Pariser die Bastille.» Der Arzt notierte mit einem Schmunzeln etwas auf einem Klemmbrett. «Sie müssen sich keine Gedanken

machen. Aber sorgen Sie doch dafür, dass Ihre Frau mehr zu sich nimmt. Sie ist entkräftet und hat wenig Appetit.» Durch seine Brille warf er mir einen Blick zu. «Denken Sie immer an das Kind. Sie essen jetzt für zwei.»

TEIL 4

1912
Auswandererstadt der HAPAG,
Hamburg

1

Sie hatte sich gerade an ihr kleines Zimmer gewöhnt. Daran, abends mit Ava vor dem Ofen auf dem Boden zu sitzen und zu reden, mit den anderen Frauen Brötchen und Fruchtmus zu frühstücken, tagsüber bis zum Umfallen zu arbeiten und nachts tief und traumlos zu schlafen, morgens mit Eisblumen an den Fenstern aufzuwachen und für die ersten Sekunden nicht zu wissen, wo sie war.

Ihre Mutter hatte ihr nach ihrem ersten Treffen Geld in die Hand gedrückt, es ihr geradezu aufgedrängt, und nach kurzem Zögern hatte sie Agatha um die ganze Summe für Ava gebeten. Sie hatte Angst gehabt, Ava das Geld zu geben, Angst davor, dass sie sich sofort einen Fahrschein kaufen und aus ihrem Leben verschwinden würde. Sie hätte nicht gewusst, wie sie die Tage ohne sie überstehen sollte. Doch seltsamerweise sagte Ava nichts davon, dass sie bald fahren würde. Sie bedankte sich, steckte das Geld in ihre Dose, stellte sie oben auf den Schrank in ihrem primelgelben Zimmer und erwähnte das Ganze nie wieder. Claire wagte nicht zu fragen, aus Furcht vor der Antwort.

Beinahe schüchtern betrat sie seine Wohnung.

«Ich weiß, es ist eigenartig», sagte er entschuldigend. «Aber es geht eben nicht anders.»

«Es ist …», begann sie und brach dann ab. «Es tut mir leid, dass du mich jetzt am Hals hast.»

Quint öffnete den Mund, sah sie so traurig an, dass sie ihre Worte sofort bereute. «Ich schlafe auf dem Sofa. Du kannst das Zimmer haben.»

«Auf keinen Fall. Ich nehme das Sofa, ich bin schließlich …»

«Das kommt nicht infrage.»

«Aber …»

«Nein!», sagte er so fest, dass sie nicht noch einmal widersprach.

«Ich habe dir Platz gemacht in der Kommode im Schlafzimmer.» Er ging zur Tür. «Ich muss weiterarbeiten. Aber fühl dich … wie zu Hause.» Er stockte. «Du *bist* jetzt hier zu Hause. Alles gehört auch dir. Und wenn du etwas brauchst, weißt du, wo ich bin.»

Sie nickte. «Danke», sagte sie leise.

Nachdem er gegangen war, lief sie in der kleinen Wohnung umher. Er hatte aufgeräumt, es war deutlich zu sehen, er hatte das Bett frisch bezogen, im Bad ein Regal freigeräumt. Sie stand davor, und ihr wurde bewusst, dass sie nichts besaß, um es zu füllen, außer einem Kamm, ein paar Haarnadeln und ihrer Zahnbürste. Sie stellte sich vor, wie das Regal noch vor ein paar Monaten ausgesehen hätte, voller Parfums, Cremes, Tiegel und Fläschchen – damals hatte sie nicht gewusst, wie man sich alleine anzog, wie man Kaffee aufbrühte, wie man einen Tag ohne Hilfe überstand.

Sie setzte sich an den Küchentisch, blickte auf den Ring an ihrem Finger. Sie war verheiratet. Es war nicht zu fassen.

Er kam erst zurück, als sie schon im Bett lag, es war dunkel draußen, und sie hörte ihn in der Küche, wie er sich bemühte, leise zu sein. Mehr schlecht als recht hatte sie etwas aus den Vorräten in der Kammer zusammengerührt – zum ersten Mal in ihrem Leben hatte sie einen Herd benutzt – und ihm die Reste auf dem Tisch stehen lassen.

Sie starrte an die Decke. Er hatte sie noch nicht um Entschuldigung gebeten. Und sie hatte ihm zwar gesagt, dass sie sich in Magnus geirrt hatte, trotzdem blieb die Tatsache bestehen, dass sie mit ihrer Affäre ihren Ruf, ihre Zukunft, einfach alles riskiert hatte. Nur für ihn.

Das vergaß man nicht einfach so. Quint war so unglaublich wütend gewesen, bei ihrem Wiedersehen … Es stimmte nicht ganz, was Ava gesagt hatte: Er mache es nur für sie – er hatte es auch gemacht, um das Richtige zu tun. Weil er Dr. Schwab kannte und wusste, wie viel Angst sie vor ihm hatte. Weil er helfen wollte. Das hieß nicht, dass er vergessen hatte oder dass er sie weniger schwierig fand als früher.

Claire hielt die Luft an, ließ sie dann langsam aus dem offenen Mund strömen, starrte verloren an die Deckenbalken. Ihr Innerstes fühlte sich an wie ein zerbrochener Spiegel, den jemand mit Mühe und Not wieder zusammengefügt hatte. Sie musste sehr gut darauf aufpassen, den Spiegel nicht wieder fallen zu lassen.

Offensichtlich war er ihr gegenüber nicht gleichgültig. Aber was genau er empfand, war ihr ein Rätsel. Manchmal hatte sie das Gefühl, dass er es selbst nicht wusste.

Es muss aber doch auch nicht die eine, große, alles verzehrende Liebe sein, dachte sie, während sie begann, sich unruhig hin und her zu wälzen, mit der Faust auf das Kissen klopfte, die Decke wegstrampelte und gleich darauf wieder an sich zog. Schließlich war sie der schon einmal hinterhergerannt.

Es musste nicht sein wie in den Romanen, die sie ohnehin immer blödsinnig und unrealistisch gefunden hatte.

Sie setzte sich auf, blickte unsicher zur Tür. Es konnte doch auch etwas dazwischen geben, oder nicht? Etwas, wobei man trotzdem sein Herz noch schützte, aber nicht allein war. Bei dem der Spiegel nicht Gefahr lief, wieder auf dem Boden zu zerschellen.

Sie stand auf und tappte im Nachthemd über die Dielen zur Tür.

Er hatte das Licht gelöscht, sie war sich nicht sicher, ob er schon schlief. Doch als sie leise auf ihn zuschlich, richtete er sich auf.

«Alles in Ordnung? Geht es dir gut?», fragte er hastig.

Sie setzte sich neben ihn auf die Sofakante. Es war leichter im Dunkeln. Sie spürte die Wärme seines Körpers an ihrem Bein. «Ich möchte nicht, dass du hier schläfst.»

Er verstand falsch.

«Du fühlst dich hier nicht wohl. Ich hätte nicht …», begann er, doch sie lehnte sich vor und unterbrach ihn, indem sie ihren Mund auf seinen drückte. Wenn sie sprachen, stritten sie immer. Missverstanden sich, provozierten sich. Vielleicht sollten wir einfach mal nicht sprechen, dachte sie.

Und er schien nichts dagegen zu haben.

Zügig lief Kaisa Svarts auf die Buchhandlung zu. Als die Glocke über der Tür bimmelte und der vertraute Geruch sie umhüllte, atmete sie auf. Bücher waren für sie wie nach Hause kommen.

Man kannte sie hier, begrüßte sie stets zuvorkommend. Heute stand allerdings nicht der Buchhändler selbst hinter dem Tresen, sondern seine Tochter, die hier ab und an aushalf.

«Wunderbar, dass ich Sie hier antreffe, meine Liebe.» Kaisa streifte ihre Handschuhe ab. «Ich suche ein Geschenk zur Vermählung …»

«Oh, da sind wir bestens ausgestattet», unterbrach die junge Frau sie strahlend. «Zu Hochzeiten werden meist Ratgeber verschenkt, wäre das etwas für Sie? Wir haben hier zum Beispiel *Das goldene Buch des Weibes*», las sie vor. «*Frauenschatz, Frauenrat, Hausschatz; Des Weibes Glück; Katechismus der Toilettenkunst und des guten Geschmacks …*»

«Genug, genug!» Kaisa hob lachend die Hand. «Vielen Dank. Ich suche etwas, das ein wenig … progressiver ist?»

Die junge Frau hob die Augenbrauen. «Wenn es ein Hochzeitsgeschenk sein soll, muss es ja für beide Brautleute passen, ich schlage vor, es mit etwas für den Herrn zu kombinieren? Da hätten wir zum Beispiel: *Anleitung zum imponierenden Auftreten im gesellschaftlichen, öffentlichen und geschäftlichen Leben*; *Der vollendete Weltmann* oder *Der Salon-Löwe*.»

«Nein, Sie verstehen nicht, ich suche etwas Modernes.»

«Hm, vielleicht Marie von Lindemann? Sie vertritt sehr interessante Thesen darüber, warum Frauen vom Universitätsbesuch dringend abzuraten ist.»

Kaisa blinzelte. «Das ist genau das Gegenteil von dem, was ich suche», erklärte sie galant.

Verwirrt lächelte die junge Frau. «Es ist schon richtig, dass ein Studium allen offenstehen sollte, wie es jetzt der Fall ist. Andererseits brauchen wir die Frauen nun einmal, um die Häuslichkeit aufrechtzuerhalten, nicht wahr?»

Einen Moment lang war es ihr, als würde sie nicht mit der jungen Verkäuferin reden, sondern mit Jorg. Sie bemühte sich sehr, ihren ruhigen Ton beizubehalten. «Wir leben im zwanzigsten Jahrhundert. Frauen und Mädchen sind noch immer von der Öffentlichkeit ausgeschlossen, unselbstständig und abhängig vom Mann, wirklichkeitsfremd und ahnungslos. Und Sie wollen mir Bücher verkaufen, die genau diese Dinge weiter fördern?» Kaisa lehnte sich vor, stemmte die Hände in das Holz des Tresens. Aller Bemühung zum Trotz war ihre Stimme scharf geworden. «Ich frage Sie, was machen denn die Frauen, die keinen Ehemann finden? Wir haben im Reich einen extremen Frauenüberschuss. Lange nicht jede wird also einen *Versorger* finden, wie die Männer sich so gerne selbst betiteln. Sollen diese bürgerlichen Frauen dann verhungern? Unfähig, sich selbst zu ernähren, weil sie keinen Beruf erlernen dürfen?»

Erstaunt sah die Verkäuferin sie an. Ihr Blick huschte beinahe ängstlich in Richtung des Nebenraums, wo ihr Vater gerade eine andere Kundin beriet. «Aber Frau Svarts, die Heirat ist und bleibt nun einmal Traum und Ziel einer jeden Frau», sagte sie leise, jedoch eindringlich und mit großen Augen, lehnte sich nun ebenfalls ein Stück über den Tresen. «Das können wir ihnen doch nicht nehmen, nur weil es einigen wenigen nicht gelingen wird, dieses Ziel zu erreichen. Die Frauen, die übrig bleiben, können sich doch dann der weiblichen Erziehung widmen, wie sie es schon immer getan haben.»

Sie wusste selbst nicht, was heute mit ihr los war. Die junge Frau wiederholte nur das, was man ihr ein Leben lang eingetrichtert hatte. Und trotzdem war es wahnsinnig frustrierend. «Sie arbeiten doch selber!», rief Kaisa und hätte sie am liebsten geschüttelt.

«Madame, ich helfe nur aus!» Indigniert fasste sich die Tochter des Buchhändlers an die Brust. «Ich bin verlobt.»

Natürlich war sie das. Kaisa hätte ihr gerne gesagt, dass sie die Beine in die Hand nehmen und davonlaufen sollte, so schnell sie nur konnte.

Du bist doch noch so jung, dachte sie traurig. Lass dir doch ein bisschen Zeit, um herauszufinden, was du willst. Aber das hätte ja auch nichts genutzt. Frauen hatten nichts zu wollen.

«Bitte verzeihen Sie mir, aber einen Beruf auszuüben ist und bleibt eine Gefahr für das Weibliche. Es gibt doch Gründe, warum Damen der gehobenen Schichten sich von der Arbeitswelt fernhalten. Diese Dinge sind ja erwiesen. Zu weit darf die Emanzipation eben nicht gehen. Ein Mannweib mag niemand. Es gibt genügend Tätigkeiten, die die Weiblichkeit nicht in Gefahr bringen: Gesellschafterin, Erzieherin, Lehrerin ... Ich habe ja den ganzen Tag mit Büchern zu tun, und ich sage Ihnen: Die falsche Lektüre verwirrt den Kopf.»

«Sie würden meinen Kopf also als verwirrt bezeichnen?» Kaisa erschrak selbst über ihren harten Ton.

Die Frau riss die Augen auf. Eine Sekunde schien es ihr die Sprache verschlagen zu haben, ihre Wangen liefen feuerrot an. «Aber mitnichten, Madame Svarts, Sie verstehen mich vollkommen falsch. Ich meinte doch nur, in jungen Jahren, wenn der Geist noch nicht gefestigt ist und beeinflusst werden kann ...» Sie brach ab, als sie Kaisas Blick auffing. «Wenn Sie etwas anderes suchen, schlage ich ein Poesiealbum vor», rief sie hastig. «Davon hat der Mann ja auch etwas, wenn die Braut darin ihre Hochzeitserinnerungen verewigt. Oder etwas Schöngeistiges.»

Kaisa zwang sich zur Ruhe, bedankte sich höflich und verließ den Laden. Draußen blickte sie einen Moment in den Himmel und bemühte sich, ihren Atem wieder tiefer werden zu lassen. Sie hatte wahrhaftig nicht mit einer Diskussion wie dieser gerechnet. Langsam ging sie weiter, der Fahrer hatte das Automobil um die Ecke geparkt, und sie war dankbar, dass sie sich einen Moment sammeln konnte.

Jorg hatte ihr verboten, gewisse Dinge zu lesen, besonders Schiller oder Hauptmann sah er gar nicht gerne. Natürlich tat sie es trotzdem. Sie würde sich ihre Lektüre von niemandem vorschreiben lassen. Doch immer wieder über die gleichen Dinge diskutieren zu müssen, nagte an ihr, es höhlte aus.

«Ihr könnt inniger lieben, ihr seid uns in Milde, Sanftmut und Wärme überlegen. Das weibliche Geschlecht hat etwas so Edles, Frommes. Warum ist dir das nicht genug? Warum bist du immer so zänkisch? Welche Tätigkeit ist erfüllender als die der Gattin und Mutter? Siehst du nicht, dass du dich gegen alle Vernunft stellst, alle guten Werte? Willst du etwa eine *Emancipierte* werden?» Er hatte das Wort förmlich ausgespien.

Es war der erste Streit von unzähligen gewesen, damals, vor so vielen Jahren. Sie erinnerte sich, als wäre es gestern gewesen, seine Worte klangen ihr noch in den Ohren. Nach der Hochzeit war sie aufgewacht und hatte festgestellt, dass das nun ihr Leben war. Dass sie einen Mann geheiratet hatte, der sich eisern an eine versinkende Welt klammerte, an Ideale aus einer anderen Zeit. Manchmal tat er ihr leid, Regeln waren sein Halt, ohne sie wusste er nicht, wer er sein sollte.

Aber *mit* ihnen wusste sie nicht, wer *sie* sein sollte.

Oder besser, sie wusste es genau. Doch sie konnte mit der Kaisa, die er an seiner Seite haben wollte, nichts anfangen. Sie war eine Illusion, ein Theaterstück, eine Rolle.

Sie kannte viele Eheleute, die wesentlich moderner lebten. Immerhin war ein neues Jahrhundert angebrochen, die Dinge wandelten sich rasant. Aber nicht bei ihnen im Haus. Selbst für Hamburg waren sie rückschrittlich. Und sie hatte gelesen, dass es in Amerika noch ganz anders zuging. Dass man dort selbst bestimmen konnte, wer man sein wollte. Dass das Geschlecht nicht so viel zählte. Dort adelte die Arbeit. Und die Frau war zu jeder Arbeit berechtigt, zu der sie befähigt war. Kaisa verschlang über die Neue Welt, was immer sie in die Finger bekam. Amerika war längst zu einem inneren Zufluchtsort für sie geworden. Sie machte sich keine Illusionen darüber, dass sie sich Träumereien hingab. Was blieb einem denn, außer seinen Fantasien? Natürlich war ihr bekannt, dass es in Amerika auch ganz andere Strömungen gab, sehr rückwärtsgewandte, bis hin zu extremem Pietismus. Doch meistens träumte sie jetzt ohnehin von gar nichts mehr. Ein Leben leben nach eigenem Gefallen … Wie sehr hatte sie sich das als junge Frau gewünscht. Als sie gesehen hatte, wie ihre Brüder in die Welt zogen und später ihre Söhne, war sie eifersüchtig gewesen, oh, so eifersüchtig. Warum durften Männer alles und Frauen nichts? Sie verstand es einfach nicht.

Oft fragte sie sich, ob sie es anders gemacht hätte, hätte sie eine Tochter gehabt. Ob sie die Kraft besessen hätte, für eine Tochter das zu tun, was sie für sich selbst nicht gekonnt hatte: sich gegen ihren Mann aufzulehnen und die Grenzen ihrer Welt zu verschieben.

Die grausame Antwort war: wahrscheinlich nicht. Die gesellschaftlichen Konventionen waren so fest gemauert, das System so klug aufgebaut, dass jedem, der dagegen rebellierte, automatisch alle Mittel entzogen wurden, um für sich zu sorgen. Und auch wenn es heute mehr Möglichkeiten gab als früher, die Denkmuster, denen diese Möglichkeiten unterlagen, waren noch die gleichen.

Sie wusste genau, was Jorg von ihr erwartete: das, was man von allen Damen erwartete, die nicht als exzentrisch und schwierig gelten wollten. Einen unterwürfigen, fragenden Ton und ein leicht entrücktes Lächeln, ein tadelloses Äußeres und einen reibungslosen Ablauf von Alltag und Festlichkeiten. Sie hatte einmal auf seinem Nachttisch ein Buch gefunden. Im Kapitel *Umgang mit Frauen* hieß es:

Die Unterhaltung mit letzteren ist eine schwerere, denn sie erfordert mehr Feingefühl und Rücksicht; und zugleich eine leichtere, d. h. das Objekt der Unterhaltung ist leichterer oder doch weniger ernster Natur. Demzufolge wird Damen gegenüber auf gewisse Gesprächsthemata von vornherein verzichtet werden müssen.

Es war erstaunlich gewesen, so etwas einmal aus der Perspektive eines Mannes zu lesen. Wurde ihnen als Frauen meist gesagt, dass gewisse Dinge nicht ihrem Naturell entsprachen, so stand hier schwarz auf weiß, dass sie schlicht zu dumm seien, um sie zu durchschauen.

Sie konnte es ihm nicht einmal übel nehmen, er verhielt sich so, wie er es gelernt hatte, und erwartete von ihr das Gleiche.

Und sie folgte. Sie ertrug seine Launen, lächelte, wenn es von ihr verlangt wurde, gab rauschende Feste, war immer tadellos und nach der neuesten Mode gekleidet. Sie las heimlich, was auf dem Kaffeetisch nicht geduldet wurde. Sie spendete anonym dem Frauenverein und der SPD, sie dekorierte, richtete ein, baute das Haus um und rettete sich in ihre wohltätige Arbeit.

Und sie litt. Jede einzelne Minute ihres Lebens.

Als sie eine halbe Stunde später nach Hause kam, hatte sie sich ein wenig beruhigt.

«Oh, Madame, zu schade, dass Sie aus waren, Sie haben Ihre Schwiegertochter verpasst.» Line half ihr aus dem Mantel.

«Therese war hier?», fragte Kaisa erstaunt.

Line nickte und hielt ihr das Tablett für die Handschuhe hin. «Sie kommt in letzter Zeit ab und an», sagte sie und sah sie dabei so seltsam an, dass Kaisa verwirrt den Kopf schüttelte.

«Tatsächlich?», fragte sie und nahm den Hut ab. «Das hat

Jorg gar nicht erzählt. Seltsam, nun, mein Mann ist ja ganz verrückt nach der kleinen Rosa. Zu schade, dass ich so viel arbeite.»

«Ja.» Line nahm den Hut entgegen. «Das ist wirklich zu schade.»

Wie meist um diese Zeit saß er im Wintergarten unter den Palmen und las Zeitung. Er hob den Blick und sah ihr an, dass etwas nicht stimmte, denn eine seiner Augenbrauen schob sich fragend nach oben. «Alles in Ordnung?»

«Natürlich, mein Lieber!» Kaisa lächelte, ging zu ihm und hauchte ihm einen Kuss auf die Wange, beinahe ohne ihn dabei zu berühren. «Ich war nur ausgefahren, um ein Geschenk zu kaufen, und habe nichts Passendes gefunden.»

«Eine Hochzeit?»

Sie nickte. «Wir sind nicht eingeladen, sie feiern im kleinen Kreis. Ich wollte dennoch etwas schicken, aber jetzt bin ich wirklich spät dran.»

Jorg verzog das Gesicht, und sie merkte, dass er schon das Interesse verlor. «Nicht sehr umsichtig von dir», murmelte er.

Einige Sekunden lang schwieg sie. «Nein, du hast recht», erwiderte sie dann. «Ich hätte früher darüber nachdenken sollen.»

Er nickte nur und blickte wieder in die Zeitung. Kaisa betrachtete ihren Mann, seinen Schnurrbart, die grau melierten Haare, die altersfleckigen Wangen und fragte sich, wann sie begonnen hatten, einander zu hassen.

Soll ich nicht doch mitkommen?» Quint lehnte sich vor. Er hatte den Vorhang beiseitegeschoben und sah aus dem Kutschfenster an der Fassade der Villa empor. Der Mond stand über den Erkern und ließ sie silbern leuchten.

«Damit ihr euch prügeln könnt?» Claire lächelte, trotz der absurden Situation. «Ich hoffe ja, dass ich ihm gar nicht begegne. Außerdem kann ich doch nicht einfach abends einen fremden Mann mit in das Schlafzimmer meiner Mutter bringen.»

Sie sah, wie er das Gesicht verzog. «Das wäre in der Tat nicht die feine Art. Obwohl ich eigentlich eher meinte, dass ich in der Halle warten kann.» Er ließ den Vorhang wieder los. «Sie konnte mich von Anfang an nicht leiden.»

«Das ist wahr. Sie fand dich unverschämt und deinen Bart zu wild.»

«Sie hat ein Gespür für Menschen.» Quint grinste, dann wurde er sofort wieder ernst. «Ich traue ihm nicht.»

«Ihm ist nicht zu trauen», sagte sie leise. «Aber er wird mich nicht betäuben und über Nacht in eine Anstalt verschleppen.» Beruhigend drückte sie seinen Arm. «Es wird nichts passieren.»

«Man weiß nie», knurrte Quint, doch er lehnte sich wieder zurück. «Mach nicht zu lange. Sonst komme ich rein und hole dich.»

«Mama?» Claire klopfte leise und betrat dann unaufgefordert den kleinen Salon neben dem Schlafzimmer.

Überrascht sah Agatha auf. Unter einem rosa bestickten Morgenmantel trug sie bereits ihr Nachthemd, sie saß auf der Chaiselongue, ein Buch in den Händen, vor sich eine Tasse Tee. «Claire!» Sie fuhr in die Höhe, und ihre Augen leuchteten auf.

«Mama, ich muss mit dir reden.» Sie trat auf ihre Mutter zu und umarmte sie.

«Du weißt, dass er hier ist?», fragte Agatha alarmiert mit einem Blick zur Tür. «Bernd, meine ich. Er arbeitet noch.»

Sie nickte. «Marie hat mich vorgewarnt. Ich war ganz leise.»

Agatha schürzte bekümmert die Lippen. «Vorgewarnt … Also wirklich, Claire. Irgendwann müsst ihr euch doch wieder in die Augen sehen. Er ist so um dich besorgt, du schätzt ihn ganz falsch ein, er …»

«Mama», unterbrach Claire sie entschieden und zog Agatha zurück auf die Chaiselongue, setzte sich neben sie. «Ich bin hier, weil ich dir sagen will, dass ich …»

Sie kämpfte gegen den Widerwillen an, der sich in ihrem Hals sammelte, sprach dann die Worte aus, die sie auf keinen Fall sagen wollte und die ihr schwer wie Blei auf der Zunge lagen.

«… dass ich euch meinen Segen gebe.»

Agathas Gesicht wurde vor Erstaunen ganz rund. Sie hob eine Hand zum Mund, griff dann nach Claires Arm und umklammerte ihn. «Wirklich?»

Claire zögerte, wappnete sich für die Konfrontation. «Unter einer Bedingung.»

«Natürlich, natürlich!», rief Agatha hastig. «Alles, was du willst.»

«Ich möchte, dass du dich rechtlich absicherst. Dass du, falls du dich doch scheiden lässt, dein Geld schützt, so gut es geht.»

Agathas eben noch so freudig erleichtertes Gesicht fiel in sich zusammen. «Du denkst, dass er mich wegen des Geldes heiratet», sagte sie dumpf.

Claire schüttelte den Kopf. «Ich will nur, dass du dich schützt.»

«Wenn du wegen deines Erbes besorgt bist, das Geld ist …»

«Darum geht es mir nicht», schnappte sie zornig. «Was denkst du von mir!»

«Ich meinte doch nur, dass …», entgegnete Agatha sofort,

doch in diesem Moment erklangen Schritte draußen auf dem Flur.

Sie erstarrten beide, sahen sich erschrocken an, und einen Wimpernschlag später wurde die Tür aufgerissen.

Dr. Schwab trug einen Morgenmantel. Und nach einem Augenblick des Entsetzens erkannte Claire ihn als den ihres Vaters, und sie durchzuckte eine so gleißende Wut, dass sie ihm am liebsten ins Gesicht gespuckt hätte.

Er trat ein, langsam, einen Ausdruck von Unglauben in den Augen. «Das Mädchen hat mich darüber informiert, was hier nachts vor sich geht», sagte er und zog die Tür hinter sich zu. Dr. Schwab musterte Claire mit seinem stechenden Blick, den sie so gut kannte, und wie immer war es, als würde er direkt in sie hineinschauen. «Nun, ich erkenne Sie kaum wieder, Fräulein Conrad.» Erst dann wandte er sich ihrer Mutter zu. «Ich bin höchst erstaunt über dein Verhalten, Agatha. Du weißt doch um Claires Zustand und verheimlichst mir, dass sie …»

«Bernd, sie ist gerade erst angekommen.» Agatha erhob sich und trat auf ihn zu. «Wir wollten eben einen Moment unter uns sprechen, das musst du doch verstehen», sagte sie beschwichtigend, aber Claire hörte mehr als deutlich, wie angespannt sie war.

«Meine Mutter muss sich schonen.» Claire stand ebenfalls auf und trat zwischen die beiden. Sie war erleichtert, wie fest und stark ihre Stimme aus ihr herauskam. «Es gibt keinen Grund, dramatisch zu werden. Das hier geht Sie nicht das Geringste an. Wenn Sie uns also bitte allein lassen würden?»

Sein Hals wurde flammend rot, er gab ein leises Keuchen von sich. Die Empörung schwappte geradezu aus ihm heraus. «Dramatisch? Ich? Allein lassen?», rief er. «Was nehmen Sie sich heraus, Fräulein Conrad? Als ob Sie wüssten, wie es Ihrer Mutter geht. Sie waren doch nicht hier. *Ich* habe mich gekümmert, *ich* war jeden Tag an ihrer Seite, *ich* habe …»

«Genau deshalb ist sie ja gekommen, Bernd.» Agathas ruhige Stimme drang durch seinen Zorn. Erstaunt hielt er inne. Agatha fasste seine Hand und lächelte. «Claire hat uns soeben ihren Segen gegeben. Für die Hochzeit.»

Stille folgte auf ihre Worte. Claire hörte die schwere Standuhr im Flur ticken. Sie registrierte genau, wie überrascht Dr. Schwab über diese Wendung war. Seine Augenbrauen zuckten. «Nun, das … freut mich zu hören», sagte er schließlich und hüstelte. «Nicht, dass wir ihn bräuchten. Aber das ist …»

«Unter einer Bedingung.»

Erschrocken presste Agatha die Lippen zusammen.

«Ich will, dass meine Mutter einen Ehevertrag aufsetzen lässt, in dem sie für den Fall einer Scheidung ihr Vermögen schützt.»

Seine Augen wurden schwarz vor Zorn. «Was erlauben Sie sich!» Er ließ Agathas Hand fallen und trat auf Claire zu. «Welch unglaubliche Frechheit, welche Anmaßung! Glauben Sie, ich würde Agatha wegen ihres Geldes heiraten? Glauben Sie, ich habe kein eigenes Vermögen? Ich bin einer der angesehensten Experten auf meinem Gebiet, ich …»

«Ich glaube gar nichts», unterbrach Claire ihn kalt. «Aber wenn es Ihnen nicht ums Geld geht, kann es Ihnen ja egal sein.» Sie lächelte zuckersüß. «Oder nicht?»

Er fletschte die Zähne wie ein wütender Hund, und kurz fürchtete sie, er würde ihr eine Ohrfeige verpassen. «Was ist denn mit Ihrem Gesicht passiert?», fragte er plötzlich, runzelte die Stirn, und jetzt erhob er wirklich die Hand und kam auf sie zu.

Claire wich zurück. «Fassen Sie mich nicht an!», fauchte sie.

Seine Hand blieb in der Luft hängen. Mit verwundeter Miene drehte er sich zu Agatha. «Siehst du, Liebes? Siehst du, wie sie mit mir ist? Ich mache mir doch nur Sorgen. Ich bin Arzt, Claire, ich will Ihnen helfen, ich …»

Claire versuchte, das Zittern zu beruhigen, das in ihr aufstieg. Sie durfte sich nicht provozieren lassen. «Meinem Auge geht es gut, es wird bereits behandelt.»

«Aber genau darum geht es doch, Sie sind allein, Sie haben niemanden, der sich um Sie kümmert, und mit Ihrem Gemüt …»

«Das entspricht nicht ganz den Tatsachen», unterbrach Claire ihn wieder. Jetzt kam der wirklich heikle Teil des Gesprächs. Sie hätte es lieber mit ihrer Mutter allein geführt. «Ich bin nicht allein. Nicht mehr. Mein Mann kümmert sich ganz wunderbar um mich.»

Sie hörte, wie Agatha hinter ihr aufkeuchte.

Dr. Schwab schien vor ihren Augen zu einer Wachsfigur zu erstarren. «Ihr … *Mann*?»

Claire ignorierte ihn und drehte sich um. «Auch deswegen bin ich hier, Mama», sagte sie zaghaft und streckte ihre Hand aus, an der der schmale Ehering steckte. «Ich habe geheiratet.»

Der Schock schien in Wellen durch die Luft zu wabern. «Aber …», stotterte ihre Mutter, «… aber. Du hast … wen? Wann?»

Claire lächelte. «Vor ein paar Tagen. Du kennst ihn flüchtig. Kaisa Svarts' Sohn.»

«Und du … aber … *Wilhelm*?» Die Fassungslosigkeit veränderte Agathas ganzes Gesicht.

«Nein.» Claire schnaubte. «Nicht Wilhelm. Quint. Quint

Morris. Ich habe damals auf der Hochzeit mit ihm getanzt … sehr zu deinem Missfallen.»

«Dieser ungehobelte Mann mit dem wilden Bart?», schrie Agatha nun fast, und Claire musste ein Lächeln unterdrücken.

«Genau der.»

Es dauerte lange, bis sie alles erklärt hatte. Ihre Mutter wurde erst so blass, dass Claire schon fürchtete, ihr stünde ein neuer Herzanfall bevor, Agatha rief eine Frage nach der anderen in den Raum, doch als sie verstanden hatte, dass es sich bei Quint tatsächlich um Kaisas Ziehsohn handelte, wurde sie allmählich ruhiger.

«Und du … liebst ihn?», fragte sie mit matter Stimme, zog ein Tuch aus dem Ärmel ihres Morgenmantels und tupfte sich die Stirn. Noch vor ein paar Wochen wäre eine Nachricht wie diese im Hause Conrad ein Weltuntergang gewesen. Aber die Dinge hatten sich nun einmal auch in dieser Hinsicht geändert.

Claire schluckte und setzte ein breites Lächeln auf. «Wir sind sehr glücklich.»

Dr. Schwab war noch bleicher als Agatha. Mit verschränkten Armen stand er da, sein Blick zuckte zwischen Claire und Agatha hin und her. «Das ist doch typisch», blaffte er und schien mit einem Mal rasend vor Zorn. «Siehst du jetzt, was ich meine? Impulsiv, unüberlegt, verantwortungslos. Welche junge Frau, die etwas auf sich hält, heiratet einfach still und heimlich einen Mann, ohne dass sie …»

«Von nun an müssen Sie sich keine Gedanken mehr um mich machen.» Claire hoffte, dass er ihr nicht ansah, wie nervös sie war. Wie sehr er sie einschüchterte. «Ich weiß, dass Sie immer Sorge hatten, ich würde niemanden für die Ehe finden. Aber mein Mann kennt mein impulsives Wesen und sieht es nicht als Problem an. Im Gegenteil.»

«Richtig, Bernd», rief Agatha, «du hast doch immer gesagt, dass niemand sie heiraten würde und dass wir deshalb …»

«Natürlich, das auch», unterbrach er sie brüsk. «Aber diese Frage war zweitrangig, in erster Linie ging es doch immer um ihre Gesundheit, um ihr Seelenheil und …»

«Da müssen Sie sich ebenfalls keine Gedanken mehr machen. Mir geht es wunderbar.»

«Nun, das ist erfreulich zu hören. Ich erinnere Sie aber daran, dass Sie das auch früher schon behauptet haben. Und im nächsten Moment hatten Sie wieder einen Ihrer berüchtigten Gefühlsausbrüche. Alle Patientinnen mit Ihren Symptomen beteuern, es ginge ihnen gut. Bis sie dann wieder eine Episode heimsucht. Nein, ich werde Sie untersuchen und dann feststellen, ob …»

«Ich fürchte, da wird mein Mann sich querstellen.» Sie lächelte ihrer Mutter entschuldigend zu. «Er hält nicht viel von den modernen Methoden.» Dr. Schwab blinzelte verblüfft, setzte an, etwas zu sagen, aber Claire sprach schon weiter, wollte es so schnell wie möglich hinter sich bringen. «Er möchte außerdem nicht, dass ich von einem Arzt behandelt werde, den er persönlich so gut kennt.» Wieder sah sie zu Agatha. «Das findet er nicht schicklich.»

«Nun, das kann ich allerdings durchaus verstehen …», setzte ihre Mutter an, aber Dr. Schwab fuhr empört dazwischen.

«Also das ist doch vollkommener Quatsch –»

«Bernd, ich denke, wir müssen uns in dieser Angelegenheit den Wünschen ihres Mannes beugen.» Agatha trat zu ihm und fasste seinen Arm. «Ich weiß es wirklich zu schätzen, dass du Claires Gesundheit so wichtig nimmst», sagte sie sanft. «Irgendwann wird Claire einsehen, dass du dich verantwortlich fühlst und nur ihr Bestes willst. Aber wir müssen jetzt nichts überstürzen und können alles in Ruhe angehen.»

Sie neigte den Kopf zur Seite und sah ihn bittend an. «Würdest du uns einen Augenblick geben? Ich verstehe, dass es dir nicht gefällt, aber ich muss einen Moment mit meiner Tochter unter vier Augen sprechen. Wir haben doch so viel nachzuholen.»

Claire sah den Widerwillen in seinem Gesicht. Den Hass auf sie. Noch immer starrte er sie an, und wie so oft unter seinem bohrenden Blick schien es ihr, als wäre ihr Kleid aus Wasser.

Doch er nickte steif. «Natürlich, Liebes. Wie du möchtest.» Er wandte sich an Claire. «Es freut mich, dass Sie anscheinend zur Vernunft kommen, Claire. Auch wenn eine derart überstürzte Entscheidung nicht unbedingt dafür spricht, dass sich Ihr impulsives Wesen beruhigt hat.»

Claire erwiderte nichts.

«Bernd», sagte Agatha mahnend.

«Schon gut, schon gut.» Er setzte ein Lächeln auf. «Wir können ja morgen in Ruhe über alles reden. Nun, da Sie wieder hier sind, Claire.»

«Natürlich.» Sie lächelte so falsch zurück, dass es ihr in den Wangen brannte.

Nachdem er gegangen war, sahen sie sich einen Moment an. «Ich bin schockiert.» Agatha schüttelte den Kopf, Tränen in den Augen. «Ich kann es nicht fassen. Aber du wirst dich nie ändern, ich muss es wohl langsam akzeptieren, und nun, da ich dich wiederhabe, ist mir alles andere auch fast gleich. Wenn du glücklich bist … Ich kann nicht glauben, dass ich nicht dabei war. Dass du jetzt eine Frau bist.»

«Mama, wir haben doch nur standesamtlich geheiratet. Bei der kirchlichen Trauung bist du natürlich eingeladen. Aber wir dachten, nun, unter den Umständen … Wir warten, bis sich das Gerede gelegt hat, und dann planen wir beide zusammen das große Fest.» Sie ergriff Agathas Hände. «Aber jetzt geht es erst einmal um eure Hochzeit.»

Sie sprachen lange an diesem Abend. Obwohl Agatha immer wieder müde blinzelte, rief sie jedes Mal, dass Claire noch bleiben solle, wenn diese Anstalten machte, aufzustehen. Claire musterte ihre Mutter besorgt. Sie wirkte so blass, so unruhig.

«Geht es dir auch wirklich gut?», fragte sie mehrmals, aber Agatha bejahte mit fester Stimme.

«Jetzt, da du zurück bist, geht es mir bestens», sagte sie und drückte ihren Unterarm. «Jetzt, wo alles gut wird und wir endlich wieder eine Familie sind.» Claire nickte unsicher.

«Ich muss jetzt wirklich gehen», stellte sie irgendwann mit einem Blick zum Fenster fest. «Quint wartet auf mich.»

«Ich kann es immer noch nicht glauben», murmelte Agatha schon wieder und wischte sich Tränen aus den Augenwinkeln. «Es ist alles so anders gekommen, als wir dachten. Schau uns nur an.»

«Ich weiß!» Claire sah zum Kaminsims, wo das Bildnis ihres Vaters stand. «Ich weiß, Mama.» Sie stand auf. «Aber jetzt wird alles wieder gut.»

Agatha nickte lächelnd. «Wir schaffen das, oder?», flüsterte sie. «Wir drei? Du, Bernd und ich?»

Es war so viel Hoffnung in ihrem Blick.

In diesem Moment wusste Claire, dass sie das Richtige getan hatte, als sie ihnen ihren Segen gab. «Ja, Mama. Es wird ein bisschen dauern, wir müssen uns erst aneinander gewöhnen, aber das wird schon werden, da bin ich mir sicher.»

Agathas Miene entspannte sich. «Gut», seufzte sie. «Wann kommst du wieder?»

Claire küsste sie aufs Haar. «Bald. Jetzt weißt du ja, wo du mich erreichen kannst.»

«Das stimmt.» Agatha lächelte. «Heute Nacht werde ich zum ersten Mal seit vielen Wochen ruhig schlafen.» Sofort spürte Claire wieder die Schuld in sich nagen, aber Agatha sah mit einem Mal ganz energisch aus. «Und wo wir schon mal dabei sind: Wenn du hinausgehst, klingele bitte für mich», bat sie, richtete ihren Morgenmantel und deutete auf die Schelle an der Wand.

Überrascht sah Claire sie an. «Warum? Du bist doch schon für die Nacht fertig gemacht. Möchtest du noch etwas trinken?»

Agatha schüttelte den Kopf, und plötzlich stand Ärger in ihrem Blick. «Hulda hat sich für meinen Geschmack einmal zu viel in Sachen eingemischt, die sie nichts angehen. Es ist vielleicht ein bisschen spät dafür.» Sie fuhr sich durchs Haar und setzte sich gerader hin. «Aber ich habe jetzt ein Dienstmädchen zu feuern.»

2

Seine Hand zitterte. Es war nicht zu fassen, hier saß er, in seinem eigenen Haus, seinem eigenen Büro, unter dem Ölgemälde seines Großvaters, und seine Hand zitterte wie die eines kleinen Jungen.

Magnus starrte auf das Dokument vor sich. Dann hob er den Whiskey, der vor ihm stand, spülte ihn, ohne etwas zu schmecken, hinunter, stand auf und schüttete sich ein neues Glas ein. Nachdem er auch den zweiten hinuntergekippt hatte wie Wasser, knallte er das Glas auf den Tisch und fuhr sich mit beiden Händen durch die Haare, legte den Kopf in den Nacken. Den vorwurfsvollen Blick aus den ölfarbenen Augen seines Großvaters spürte er beinahe körperlich.

Zwischen den unterzeichnenden Patent-Inhabern ist nachfolgender Reederei-Kontrakt vollzogen worden:

§ 1 Die Kontrahenten und deren Rechtsnachfolger vereinigen sich zum Zwecke des gemeinschaftlichen Reedereibetriebes mit den folgenden Dampfschiffen: Annabella, Bianca, Diana, Portia, Viola, Hermia, Virgilia, Lavinia, Desdemona, Medea, Galant.

Hauptsächlich für eine Fahrt zwischen Hamburg und englischen, belgischen, norwegischen und russischen Häfen, doch soll eine anderweitige Verwendung der Schiffe, sowie eine Veränderung oder Vermehrung derselben nicht ausgeschlossen werden.

Es folgten etliche weitere Seiten mit juristischem Kauderwelsch, die er nicht beachtete. Alles, was er sah, war das Emblem oben auf der Seite. Vermutlich würde es ihm von nun an jede Nacht in seinen Albträumen erscheinen.

Ohne es zu merken, hatte er begonnen, mit den Fingern an seiner Oberlippe zu ziehen, und als es ihm jetzt bewusst wurde, wies er sich innerlich zurecht und nahm stattdessen den Brief aus Aarhus zur Hand, den er in den letzten Tagen wieder und wieder gelesen hatte.

Sie hatten schon wieder ein Schiff verloren. Auf der Reise von Hamburg aus war es in der Nähe seines Bestimmungshafens vom Eis eingeschlossen und schlicht zerdrückt worden. Der Kapitän hatte geschrieben, um sich zu erklären.

Und um Magnus zu ermahnen.

Mit zusammengepressten Kiefern überflog er den eilig verfassten Bericht. Durch *Collision mit dem Eise* habe das Schiff schon vor der Katastrophe Schaden genommen, der Backbord-Bug ein großes Loch bekommen, das die Mannschaft aber mit Segeltuch und Planken stützen und gut habe wieder abdichten können. Die Vorpiek hatte zwar geleckt, aber doch war hinter dem Collisionsschott noch alles dicht gewesen, der Dampfer war gut vorwärtsgekommen – bis er in das schwere Eis der Aarhusbucht gelangte. Sechs bis acht Zoll tief hatte die *Calabria* noch geschafft, als das Eis aber zwölf Zoll und stärker wurde, war sie stecken geblieben. Andere Schiffe – zum Glück nicht seine – waren in der von ihr gebahnten Rinne gefolgt und ebenfalls in Unglückslage geraten. Gesunken war allerdings nur die *Calabria*. Das Eis war von Norden herangedrängt und hatte den Dampfer zerquetscht. Kurz vor sechs am Morgen hatte er zu sinken begonnen, indem das Vorderende plötzlich einen Fuß wegsackte. Die Mannschaft hatte Boote zu Wasser gelassen und in aller Eile Instrumente und Teile der Effekten gerettet, sich dann selbst auf einem der anderen Schiffe in Sicherheit gebracht und zugesehen, wie der Dampfer mittendurch brach. Der Fockmast ging über Bord, fiel auf das Eis, und das ganze Vorderschiff verschwand, Mast und Gut mit sich ziehend. Die hintere Hälfte des Dampfers schwamm noch einige Stunden im Wasser und versank dann ebenfalls. Magnus sah es bildlich vor sich, so genau beschrieb der Kapitän die Katastrophe. Er schnaubte leise, als er zum letzten Teil des Briefes kam, in dem sich der Kapitän direkt an ihn wandte.

Das Eis hat diesen Winter somit wieder schwere Opfer gefordert. Soweit bis jetzt bekannt, sind vier Dampfer demselben erlegen, gar nicht zu reden von den vielen Schäden, welche an den anderen Dampfern durch das Eis verursacht worden sind. Und es fehlen noch andere Dampfer. Wer weiß, ob sich zu den obigen gesunkenen noch weitere hinzugesellen werden. Die Verluste dieses Winters sollten aber doch für Reeder, sowohl wie für Versicherer, eine ernste Warnung sein, und so sollte man doch endlich bei Dampfer-Reisen in für Treibeis bekannte Gewässer vorsichtiger vorgehen, als dies jetzt geschieht.

Magnus biss die Zähne so fest aufeinander, dass es leise knirschte und Schmerzwellen durch seinen Kiefer wallten.

Er hatte versagt.

Der Kapitän hätte es nicht deutlicher formulieren können. Reeder mussten genau solchen Unglücken mit Weitsicht vorbeugen, ihren Kapitänen sichere Routen vorlegen. Er schloss die Augen. So schlecht wie jetzt hatte die Reederei seit 96 nicht mehr dagestanden. Damals hatte die Pest in Ostindien die Schifffahrt fast vollständig lahmgelegt.

Aber das hier war nicht die Pest.

Das hier war er.

Er hatte so viele Fehlentscheidungen getroffen, dass er sie gar nicht mehr zählen konnte. Schiffe abgestoßen, die noch getaugt hätten, neue bauen lassen, die er sich nicht leisten konnte, zu viel gezahlt fürs Abwracken und zu wenig verlangt für Ladungen. Sein Vater hatte es geschafft, die Reederei sicher durch die wirtschaftlichen Schwierigkeiten der Neunzigerjahre zu steuern, das Geschäft mit den Niederlanden stetig angekurbelt.

Und was tat er?

Er versaute es.

Und natürlich stand schon jemand bereit, um sein Versagen zu vollenden. Albert Ballin hatte ihm des Öfteren das Angebot unterbreitet, die Reederei zu kaufen, aber er hatte es immer als lächerlich abgetan, war sehenden Auges in die Katastrophe geschlittert, ohne etwas zu unternehmen. Und nun? Nun lag es schwarz auf weiß vor ihm.

Er konnte es einfach nicht glauben.

Konnte der Mann denn den Hals nicht voll genug kriegen? Musste er sich nun wirklich auch noch seine Reederei einverleiben?

Erst im Herbst hatte er an einer Führung auf der Vulcan-Werft teilgenommen, auf der gerade der *Imperator* gebaut wurde. Ballin war größenwahnsinnig. Seit zwei Jahren forcierte er mit Unterstützung des Kaisers nun schon wieder einen Wandel im Schiffbau: den Bau von monströsen Luxusdampfern. Ballin hatte auch früher schon die größten Schiffe der Welt fertigen lassen, es gab nichts, wovor der Mann zurückschreckte, ihm hatte man die Doppelschrauben-Schnelldampfer zu verdanken, die Kreuzfahrten, die Zwischendecks, in denen die Auswanderer befördert wurden, die Ballinstadt und nun auch noch die riesigen Vierschrauben-Turbinenschiffe. Wer sollte da mithalten? Der *Imperator* war so gut wie fertig. Zweiundfünfzigtausend Bruttoregistertonnen, das musste man sich mal vorstellen. Und bei Blohm & Voss waren bereits die *Vaterland* und die *Bismarck* in Auftrag, die sogar mit noch mehr aufwarten konnten. Die Schiffe würden den Himmel verdunkeln. Natürlich musste jeder, der etwas auf sich hielt, bei der Jungfernfahrt dabei sein. Schon im letzten Jahr hatte Magnus für sich und Linda Fahrkarten gekauft, gute Miene zum bösen Spiel gemacht.

Welche Schmach es sein würde, diese Reise unter den jetzigen Umständen anzutreten.

Er hob den Blick und sah nach draußen. Plötzlich sehnte er sich nach jemandem, der ihm die Schultern rieb, der ihn umarmte und ihm sagte, dass alles nicht so schlimm war. Seltsamerweise sah er nicht Claires Gesicht vor sich. Sondern Lindas.

Er stand auf, ging ans Fenster, blickte in den langsam erwachenden Garten hinaus, ohne etwas wahrzunehmen.

In seiner Jugend hatte er noch davon geträumt, ein nicht jüdischer Rothschild zu werden. Die Hamburger Männer wuchsen mit der Mentalität auf, dass es die Familie nach vorne zu bringen galt. Aber leicht war das nicht. Viele scheiterten. Er hatte einmal gehört, dass es in Hamburg so viele Parvenü-Familien gab, die einen schnellen Aufstieg und dann zwei, drei Generationen später einen noch schnelleren Abstieg erlebten, weil der Lebenswandel zu luxuriös war und die Familien zu kinderreich. Wenn zu viele Söhne erbten, blieb für den einzelnen nicht genug, um standesgemäß zu agieren, man lebte über seine Verhältnisse, konnte das Vermögen nicht halten.

Wieder entfuhr ihm ein leises Schnauben. Nun, er hatte es ganz ohne Brüder und Miterben geschafft.

Wie wahrscheinlich alle Hamburger Söhne hatte er sich vorgestellt, einmal eines der Patrizierhäuser in Hamm zu besitzen, einen Märchenkönig-Palast, der seiner Träume würdig war. Nur hatte er irgendwann verstanden, dass man für solche Träume arbeiten musste. Hart arbeiten. Mit zwei Fingern fuhr er sich unter den Kragen, der ihm plötzlich viel zu eng schien. Was, wenn er die Villa verkaufen musste? Das Haus seiner Eltern?

Was hatte er geschafft im Leben? Kein Kind, eine zerrüttete Ehe, das Geschäft am Boden und einen öffentlichen Skandal am Hals.

Sein Großvater war einst noch selbst nach Singapur gereist, um dort Handelsbeziehungen zu erschließen, hatte siebenundvierzig Tage auf See verbracht, äquatorialem Klima, Tigern im Regenwald und Piraten auf dem Meer getrotzt.

Und er? Er war im Hamburger Junggesellendasein versumpft, hatte seine Blütejahre in einem Zustand der Dauertrunkenheit an sich vorbeigleiten lassen. Ein oder zwei verschwenderische Söhne hatte fast jeder erfolgreiche Hanseat, das gehörte schon beinahe zum Prestige. Aber der älteste musste sich zusammenreißen. Der einzige sowieso.

Er hatte das nie eingesehen. An den Wochenenden hatte er Töpfe gehoben, bis er nicht mehr geradeaus gucken konnte, und der Anfang der Woche verging dann mit Ausnüchtern. Das war bei jungen Männern seines Standes durchaus gesellschaftlich akzeptiert, allerdings nur bis zu einem gewissen Grad. Und nur bis zu einem gewissen Alter. Irgendwann hatte man die Hemdsärmel aufzukrempeln, dem Alkohol und den Huren abzuschwören – zumindest weitgehend – und in das Familiengewerbe einzusteigen.

Er drehte sich um und sah zu seinem Schreibtisch. Seine Gedanken rotierten auf der Suche nach einer Lösung, einem Ausweg.

Rechtlich gesehen unterlag Lindas in die Ehe eingebrachtes Vermögen seiner Verwaltung und Nutznießung, sie hatten kein ehevertraglich festgelegtes Vorbehaltungsgut. Aber wenn es um die Vermögenssubstanz ging, brauchte er ihre Einwilligung. Ihr Geld würde er ohne ihre Zustimmung also nicht nutzen können, wie er die Sache auch drehte und wendete.

Ein Blick auf die Uhr sagte ihm, dass er losmusste, sonntags ging er noch immer zum Lesezirkel. Vor einigen Jahren hatten Bekannte einen griechischen Club gegründet, in dem sie Homer lasen. Schon bei dem Gedanken daran, den anderen ins Gesicht sehen zu müssen, ihre Schwafeleien über Zornmotive und Enjambements anhören zu müssen, die ihn noch nie interessiert hatten und auch nie interessieren würden – er hatte es geschafft, drei Jahre in dem Club auszuhalten und nie auch nur eine Seite über Troja zu lesen –, machte ihn wahnsinnig. Seiner Meinung nach war Helena den ganzen Aufwand nicht wert gewesen. Das war alles, was er darüber wissen musste.

Keine Frau war einen solchen Aufwand wert.

Nicht einmal eine Frau wie Claire. Und er war sich ziemlich sicher, dass auch Helena nicht schöner gewesen sein konnte. Aber er musste hingehen, er brauchte die Beziehungen, er brauchte die Freundschaften. Ganz besonders jetzt.

Als er am Schreibtisch vorbeikam, fiel ihm wieder das

HAPAG-Emblem ins Auge, und er schluckte ein paarmal krampfhaft, viel zu schnell, hustete, weil ihm sein eigener Speichel im Hals stecken blieb.

Es gab keinen anderen Weg. Er musste seine Seele an Ballin verkaufen.

Oder eigentlich die Seelen seines Vaters und Großvaters.

Sie hatten einen familiären Rundbrief eingerichtet, der seit Jahren zwischen den Eltern, ihm und seinen Schwestern zirkulierte, und er stellte sich vor, wie er ihnen schrieb, unter die letzten fröhlichen Grußworte seiner Schwester eine kurze Nachricht setzte: *Reederei vor dem Aus. Verkaufe an Ballin. Verbleibe mit den besten Grüßen.*

Zähneknirschend löschte er das Licht. Scham war ein Gefühl, das er äußerst selten verspürte. Manchmal kamen Anflüge davon in ihm hoch, wenn er morgens die Reederei betrat, die Gespräche verstummten und sie ihn alle so ansahen und ihm mit ihren Blicken klarmachten, dass er ein Hochstapler war, der sich ins gemachte Nest gesetzt hatte. Aber als er jetzt unbewusst eine Hand auf den ziehenden Magen legte, war ihm insgeheim klar, dass die Scham ihn gerade von innen auffraß. So klischeehaft es sich anhörte, er sah förmlich vor sich, wie sein Großvater sich im Grabe drehte.

Magnus trat in den Flur und fluchte leise. Morgen früh würde er seinem Commis in der Reederei als Erstes Anweisung geben, Ballin zu antworten, dass er sich seinen Vorschlag in den Rachen stopfen sollte.

Noch war er nicht so weit. Er hatte noch ein Ass im Ärmel, eine letzte, vielleicht rettende Idee.

Sein Blick richtete sich nach innen, während die Gedanken, die in den letzten Monaten immer nur unkonkret und schemenhaft irgendwo in seinem Kopf herumgeschwommen waren, sich plötzlich verfestigten, zu einem Bild wurden.

Einem Plan.

Er wusste, wie schnell es an Bord zu Unfällen kommen konnte. In den Schiffsbäuchen entwickelten sich nicht selten extrem gefährliche Gase. Die Männer, die nach dem Öffnen der Luken als Erste hinuntersteigen mussten, gingen ein hohes Risiko ein. Feuchte, zellulosehaltige Ladung wie Getreide, Ölkuchen, Baumwolle, Jute, Papier oder Lumpen entwickelten unter bestimmten Bedingungen solche Mengen von Kohlenwasserstoffen und Kohlensäure, dass derjenige, der einen dieser Laderäume im ungelüfteten Zustand betrat, sofort ohnmächtig wurde oder sogar erstickte. Wenn dann auch noch Licht in solche Räume fiel, konnte es zu Explosionen und Feuern kommen. Waren Mais oder Getreide nicht vollkommen trocken, konnte sich die Temperatur während der Überfahrt auf über fünfzig Grad erhitzen. Und dass sich Kohlenladungen an Bord leicht entzündeten, war allgemein bekannt. Noch schlimmer war nur feuchte Baumwolle. Vor dem Entdecken des Feuerherdes machte sich die Gefahr oft durch einen starken Ammoniakgeruch bemerkbar. Doch wenn man eins und eins zusammenzählte, war es meist schon zu spät … Unzählige Schiffe hatten so ihr Ende auf dem Grund des Meeres gefunden.

Manche Schiffe, besonders kleine ohne Doppelboden, waren mit stehenden Ballastwassertanks ausgerüstet. Diese konnte man nur durch ein Mannloch von oben betreten, eine Öffnung, so klein, dass sich gerade so ein schmächtiger Arbeiter hindurchschieben konnte. Solche leeren Tanks enthielten nicht selten Abfälle, Matten, altes Tauwerk, Strohsäcke und Holzleisten, die man hineingeworfen hatte, um an Bord Platz zu sparen.

Und diese Abfälle machten die Luft explosiv. Anstelle von Sauerstoff entwickelten sich auch hier Kohlensäure und Kohlenwasserstoff.

Ballasttanks, Hinter- und Vorderpiektanks, Trinkwassertanks, sie alle bildeten eine potenzielle Gefahrenquelle an Bord. Es gab natürlich strikte Anweisung von der Seeberufsgenossenschaft, wie sie zu betreten waren. Man konnte eine Sicherheitslampe an einer Leine hineinlassen und warten, ob sie erlosch, man konnte mit einem Windsack lüften, eine Dampfpumpe hinablassen, heißes Wasser oder eine Pütze mit gelöschtem Kalk in den Tank eingießen. Aber er wusste genau, wie die meisten Seemänner tickten. Das Hinabwerfen von gelöschtem Kalk dauerte ewig, es sollte Kohlensäure absorbieren, wirbelte die Gase im Tank auf und spülte sie zum Mannloch hinaus. Eine Mühe, die sich niemand machte.

Meistens band man nur eine Leine um den Bauch des Mannes, der als Erster hinuntermusste, und wenn er kein Lebenszeichen mehr von sich gab, zog man ihn wieder rauf.

Es gab verschiedenste mehr als plausible Gründe, warum es an Bord zu einer Katastrophe kommen konnte. Und wenn das Schiff erst mal gesunken war und sicher auf dem Meeresboden lag, wer konnte dann schon sagen, ob sich Jute entzündet hatte oder irgendetwas anderes …

Magnus schloss die Tür seines Büros hinter sich und starrte einen Moment ins Nichts. Bei Naturgewalten zahlte die Versicherung meistens nicht. Aber in solchen Fällen … Er würde die *Galant* nehmen, sein bestes Schiff, modern, unglaublich teuer, schnell und sicher. Unwahrscheinlich, dass gerade ihr etwas passieren sollte. Aber die Versicherungssumme wäre um ein Vielfaches höher als bei anderen Schiffen.

Während er über den Flur lief und nach seinem Mantel brüllte, überschlugen sich seine Gedanken. Noch ist nicht aller Tage Abend, Ballin, dachte er. Noch nicht!

Das Mädchen reichte ihm Mantel und Hut, er trat vor den Spiegel und fuhr sich durch die Haare, die mal wieder in alle

Richtungen abstanden, weil er sie sich ständig raufte. Das Telefon klingelte, und sowohl er als auch sie zuckten zusammen.

«Ich mache schon!» Mit ungeduldigen Schritten ging er zum Apparat an der Wand und nahm den Hörer ab. «Ja?», bellte er, und die Dame vom Amt sagte in eingeschnapptem Ton, dass ihn ein gewisser Herr Dr. Bernd Schwab sprechen wolle. Irritiert verdrehte er die Augen. «Stellen Sie schon durch!»

Was konnte der jetzt wollen? Ihm wurde wieder schlecht, und er presste erneut die Hand auf den Magen. Wann war sein Leben bloß zu einem solchen Albtraum geworden?

«Hallo?», rief er, als es im Hörer knackte und die Verbindung da war.

«Claire ist wieder in Hamburg.» Dr. Schwab gab sich nicht mit einer Begrüßung ab. «Sie versteckt sich bei Quint Morris in der Ballinstadt. Ich dachte, das interessiert Sie vielleicht.»

Es rauschte, und die Verbindung war unterbrochen. Magnus starrte verdattert den Hörer an, dann hängte er ihn langsam wieder in die Gabel.

«Vergessen Sie nicht, Ihr Buch mitzunehmen!» Das Mädchen hielt ihm den Homer entgegen.

Einen Augenblick sah er sie verständnislos an, ihr unschuldiges Lächeln, dann schüttelte er den Kopf. Sein Leben würde nie wieder sein wie früher. Es war Zeit, sich das einzugestehen. «Werfen Sie es weg», sagte er mit rauer Stimme und zog den Mantel wieder aus. Müde fuhr er sich mit beiden Händen durchs Haar. «Ich brauche es nicht mehr.»

Leise klopfte Ava an die Zimmertür. Drinnen rührte sich nichts, und Claire trat neben sie und klopfte noch einmal, diesmal lauter. Als sie dann von der anderen Seite der Tür einen Laut hörte, drückte Ava die Klinke hinunter. Erwartungsvoll lächelnd traten sie nebeneinander ein – und schrien dann beide gleichzeitig auf.

Olgas Gesicht war so geschwollen, dass Ava erst nicht sicher war, wen sie vor sich hatte. Die Lippen sahen aus, als würden sie jeden Moment platzen, unter dem rechten Auge hatte sich ein schwarzer Bluterguss ausgebreitet, das linke war zugeschwollen.

«Oh Gott», murmelte Ava und trat langsam an das Bett heran. Claire sagte gar nichts, sie war stumm an der Tür stehen geblieben, der Schreck hatte ihre Züge eingefroren.

Seit Tagen war Olga nicht zur Arbeit erschienen, hatte nicht reagiert, wenn sie abends an ihre Tür klopften. Ava hatte geglaubt, sie mit einer Grippe vorzufinden. Was sie sah, traf sie so unerwartet, dass es ihr kurz die Sprache verschlug. «Was ist denn nur passiert?», flüsterte sie schließlich.

Claire schloss die Tür hinter sich und trat neben Ava ans Bett. «Wir haben dir Apfelsinen mitgebracht.» Sie legte den Beutel ans Fußende. «Und Honig. Wir dachten, du wärst erkältet.» Verständnislos schüttelte sie den Kopf. «Verdammt, Olga, wer hat dich bloß so zugerichtet?» Sie sah genauso entsetzt aus, wie Ava sich fühlte.

Olga betrachtete sie aus dem einen Auge heraus, mit dem sie noch sehen konnte. «Ihr hättet nicht herkommen müssen», murmelte sie.

Ava hatte Schwierigkeiten, sie zu verstehen. Sie setzte sich auf die Bettkante. Olga wohnte im selben Haus wie sie, zwei Flure weiter in einer Dachkammer, beinahe identisch mit der ihren, nur dass es hier noch eine kleine Waschecke gab, die durch eine Schiebetür vom Rest des Zimmers getrennt wurde.

«Ich … war zur falschen Zeit am falschen Ort.» Olga verzog kaum sichtbar das Gesicht. «Dumm von mir, abends noch alleine durch die Gängeviertel zu laufen. Dabei hatte ich nicht einmal Geld dabei.»

Ava und Claire tauschten bestürzt einen Blick. «Warst du bei der Polizei?» Claire griff Olgas Hand.

Olga schüttelte vorsichtig den Kopf. «Ich kann mich nicht mal an die Gesichter erinnern.» Sie musste ihnen die Betroffenheit ansehen, denn sie versuchte zu lächeln, zuckte aber zusammen, als ihre Lippe sich auseinanderzog. «So schlimm ist es nicht. Aber so kann ich ja nicht arbeiten. Ich dachte, ich schaffe es, ohne dass jemand etwas merkt.» Langsam richtete sie sich auf, und Ava sah ihr an, dass sie Schmerzen hatte. «Aber ich bin froh, dass ihr da seid. Es ist schrecklich, den ganzen Tag hier zu liegen und an die Decke zu starren.»

Claire sah Ava an, dann Olga. «Also, ich habe heute Abend nichts mehr vor. Wir leisten dir ein bisschen Gesellschaft.» Sie streifte die Schuhe ab und setzte sich ans Bettende.

Ava nickte und stand auf. «Ich mache uns Tee. Und später bringe ich dir meine Bücher. Dann kannst du dich ablenken.»

Olga blickte zu ihr auf, sie zögerte einen Moment. «Ich kann doch nicht lesen», sagte sie leise.

Ava hielt inne, doch bevor sie etwas erwidern konnte, fiel Claire ihr ins Wort: «Dann lesen wir dir eben vor.»

Sie saßen zusammen, während sich draußen vor den Fenstern die Nacht in die Ballinstadt schlich. Irgendwann schluckte Olga mit trockenem Hals und sah Ava an. «Du wolltest doch nach Amerika. Fährst du bald?»

Claire zuckte erschrocken zusammen, sie zog die Schultern hoch in Erwartung einer Antwort. Ava sah, wie sie ihre Nägel in die Bettdecke krallte. Dieses Thema hatten sie bislang beide beharrlich vermieden.

«Ich weiß es nicht», erwiderte sie langsam. Sie wich Olgas

und Claires Blicken aus und sah hinab auf ihre Fußspitzen. «Ich denke jeden Tag darüber nach. Manchmal entscheide ich Ja, manchmal Nein. Manchmal denke ich, vielleicht sollte ich wieder ins Alte Land gehen.»

«Ins Alte Land?» Erstaunt ließ Claire ihre Tasse sinken.

Ava nickte. «Ich kann ja nicht für immer hierbleiben», sagte sie leise. «Das hier ist doch … eine Zwischenstation.»

«Aber was willst du denn im Alten Land?», fragte Claire verständnislos.

Ava hob die Schultern. «Es ist die einzige Heimat, die ich je haben werde, also sollte ich vielleicht wieder … Ich weiß es ja auch nicht», murmelte sie und hörte dabei selbst, wie verloren sie klang. Sie hatte das Gefühl, dass alle ihre Träume und Hoffnungen sich auflösten, dass sie gar nicht mehr wusste, worauf ihr Leben eigentlich zulief.

Claire musterte sie unsicher. «Es ist schwer, einen Platz zu finden», sagte sie, und Ava und Olga nickten gleichzeitig.

«Ich wollte immer zurück.» Olga schloss kurz die Augen.

«Nach Galizien?», fragte Ava, und sie nickte stumm.

«Warum bist du nicht gegangen?»

«Nun …» Noch immer hatte Olga sichtlich Schwierigkeiten zu sprechen. Claire reichte ihr die Tasse, und sie trank einen kleinen Schluck. «Weil man dort nicht leben kann. Weil es nichts gibt», erklärte sie langsam. «Die letzte große Hungersnot hatten wir, als ich ein kleines Mädchen war. Hunderttausende sind gestorben. Aber auch jetzt ist die Lage wieder verheerend, ihr habt sicher bemerkt, dass immer mehr Menschen kommen.» Sie hob resigniert die Schultern. «Österreich-Ungarn hat kein Interesse an uns. Der Kaiser hat Galizien längst vergessen. So wie der Rest der Welt.»

Ava betrachtete ihr Profil. Olga lebte seit so vielen Jahren hier, dass sie beinahe perfekt Deutsch sprach. Und doch sagte sie «wir», wenn es um ihre Heimat ging, «uns», wenn sie über die Galizier redete.

«Es gibt kein gutes Land bei uns», murmelte Olga. «Viel zu viele Menschen, man lebt wie im Mittelalter, es gibt keine Geräte, um die Felder zu bestellen, keinen Strom, keine Lampen, keine Züge. Selbst einfachste Dinge wie Seife habe ich erst hier kennengelernt.» Sie schloss wieder die Augen, doch ihre Lippen bewegten sich weiter. «Es gibt so viele Krankheiten, aber keine Medizin, keine Ärzte wie hier, die sich auskennen. Im Winter hatten wir Kinder nur ein Paar warme Schuhe, das wir uns teilten. Die Menschen wissen nichts. Sie kennen die Welt nicht, wenn sie herkommen, erscheint ihnen alles hier wie ein Wunder.»

Ava war erstaunt, wie sehr Olgas Erzählung der von Quint glich.

«Meine ganze Kindheit haben mich die schlimmsten Geschichten begleitet: ganze Dörfer, die verhungerten. Mütter, die ihre eigenen Kinder aßen. Aber man zuckte nur mit den Schultern. Weil man wusste, dass es einen jederzeit selber treffen konnte. Weil man wusste, was Hunger mit einem macht.»

Ava wusste auch, was der Hunger anrichtete. Er konnte alles andere überlagern, so groß werden, dass sonst nichts mehr auf der Welt wichtig schien. Aber sie ahnte, dass auch der größte Hunger noch verschiedene Gesichter hatte. Und dass die Menschen in Olgas Heimat ihn vielleicht sogar noch besser kannten als sie.

«Wisst ihr, was das Seltsame ist?» Olga standen plötzlich Tränen in den Augen, und schnell griff Ava nach ihrer Hand.

Olga schien heute so anders als sonst, normalerweise war sie laut, sie fluchte, sie rauchte, sie lachte aus rauer Kehle, sie war gerecht und freundlich, aber hart, wenn nötig, immer stark und voller Kraft. Es erschreckte Ava, sie so zu sehen, und Claires Miene verriet, dass es ihr nicht anders erging.

«Ich träume jede Nacht von ihnen. Es war schrecklich, alles dort war schrecklich. Aber …» Sie stockte. «Ich wäre doch so gerne noch einmal zurückgegangen. Wir hatten einen Baum auf dem Platz neben der Kirche, eine Kastanie, die im Frühling so wild blühte. Am Backtag kamen alle zusammen und saßen um den Brunnen, auch wenn viele gar nichts zu backen hatten.» Wieder hielt sie kurz inne. «Ich dachte immer, es wäre noch Zeit.»

«Aber du wirst doch wieder gesund.» Erschrocken lehnte Claire sich vor und strich Olga über den Arm. «Natürlich kannst du zurückgehen.»

Olgas Lippen zuckten. Sie lächelte. Aber Ava sah etwas Dunkles in ihrem Blick. Etwas, das sie bis ins Mark erschreckte.

Olga hustete, und plötzlich waren ihre Lippen rot. Sie streckte sich nach einem Tuch auf dem Nachttisch und wischte sich die Lippen ab. «Ja», sagte sie und lächelte, ihre Wangen bebten. «Natürlich, du hast recht. Das kann ich.»

Mit einem Gefühl von innerer Kälte ging Claire wenig später zurück über den Hof. Einem Impuls folgend, drehte sie sich um und sah zum Haus zurück. Ava stand an ihrem Fenster und sah ihr nach. Als ihre Blicke sich trafen, hob sie die Hand. Claire winkte zurück und warf ihr eine Kusshand zu. Ihr Herz war schwer. Und an Avas Haltung sah sie, dass die Freundin fühlte wie sie.

Quint kniete vor dem Feuer, als sie hereinkam, und schichtete das Holz neu. «Alles in Ordnung?», fragte er, als er ihr Gesicht sah, den eisernen Kaminstab in der Hand, eine Spur Ruß auf der Nase.

Claire lächelte, ging auf ihn zu und wischte sie ab. «Nein», antwortete sie erschöpft. Dann ließ sie sich in den Sessel fallen und erzählte ihm von Olga.

«Galizien ist das schlimmste Beispiel für die Gnadenlosigkeit der Geschichte», sagte er, als sie fertig war. «Hinter dem Land liegt ein ganzes Jahrhundert Elend. Und niemanden interessiert es. Hunderttausende fliehen von dort. Wir sitzen hier und sehen dabei zu, wie sie gezwungen werden, ihre Heimat zu verlassen, wir verdienen sogar Geld daran. Habgier und Armut. Keine gute Mischung.»

«Und ... wird es drüben besser für sie?», fragte Claire, obwohl sie die Antwort bereits ahnte.

Quint blickte ins Feuer, und sie konnte ihm ansehen, dass er lieber nicht geantwortet hätte. «Vielleicht ist die Chance zu überleben höher», erwiderte er zögernd. «Aber in Amerika erwarten sie überfüllte Wohnblöcke, Betonwüsten, Ausländerhass ... Sie sprechen die Sprache nicht, haben nichts anzubieten außer ihrer Muskelkraft.» Er blinzelte müde. «Das Elend wird die meisten von ihnen auch dort wiederfinden. Es ist gut darin, sich an die zu heften, die ihm am wenigsten entgegenzusetzen haben.»

Sie musterte sein Gesicht. «Du weißt so viel», sagte sie, und er lächelte überrascht und ein wenig gequält.

«Man bekommt viel mit, über die Zeit.»

Quint lauschte seinen eigenen Worten nach. Im Alltag konnte er es immer wieder verdrängen, manchmal über Wochen. Konnte sich einreden, dass es egal war, was er tat. Dass er es nicht aufhalten konnte, doch nur mitlief mit dem großen Mühlrad der Geschichte, das sich unaufhaltsam drehte und alles und jeden zerquetschte, der sich ihm in den Weg zu stellen versuchte.

Aber er wusste, dass das nicht stimmte.

Jeder Mensch hatte eine Wahl. Wenn alle sich entschieden, an einem großen Unrecht nicht teilzuhaben, konnten sie diesem Unrecht die Macht nehmen. Wenn er die Einzelschicksale zu nah an sich heranließ, wurde ihm klar, wie sehr sie das Leid, das Elend, die Armut, die Unwissenheit der Menschen ausnutzten. Sie beschäftigten überall Auswanderungsagenten, vor allem im Osten, in Slowenien, Südrussland, Polen … Galizien. In besonders gebeutelten Gegenden waren die Menschen leichter zu überreden, ihre Heimat zu verlassen, und die Pogrome sorgten dafür, dass mehr und mehr Juden sich auf dem Kontinent nicht mehr sicher fühlten und über die Hafenstädte in die Neue Welt aufbrachen. Er erinnerte sich, wie Claire letztes Jahr vor ihm gesessen und ihm mit der Empörung der Unwissenden von der alleinreisenden jungen Mutter erzählt hatte. Wie wütend er geworden war … Auch damals hatte er schon gewusst, dass diese Wut eigentlich ihm selbst galt. Man konnte es alles nur ertragen, wenn man abstumpfte, wenn man wegschaute, sich verhärtete. Sie hatte versucht, ein Loch in seinen Panzer zu reißen. Claire hatte der Frau Geld gegeben. Es war einer der vielen kleinen Gründe, warum er sich in sie verliebt hatte. Natürlich wäre sie eher tot umgefallen, als es zuzugeben. Eine Claire Conrad, die selbstlos anderen half – das passte nicht in ihr Bild von sich. Die junge Mutter hatte gleich am nächsten Tag Verpflegung für die Reise dazugebucht. Es gab nur eine Möglichkeit, wie sie an das Geld gekommen sein konnte.

Langsam stand er auf, ging zum Fenster und blickte in den Hof. Die Schlafsäle waren noch erleuchtet, bald würden die Lichter für die Nachtruhe gelöscht werden. So viele Menschen träumten dort drinnen auf ihren Feldbetten von einem besseren Leben. So viele Hoffnungen wurden hier an jedem einzelnen Tag des Jahres durchgeschleust.

Und die allermeisten von ihnen würden auf der anderen Seite des Ozeans bitter, bitter enttäuscht werden.

«Hast du Hunger?» Claires Stimme riss ihn aus seinen Gedanken.

Erstaunt drehte er sich um. «Fragst du mich, ob ich uns etwas koche?»

Sie grinste schuldbewusst.

Wie um ein normales Ehepaar zu spielen, hatten sie es sich angewöhnt, zusammen zu Abend zu essen. Quint kochte, Claire deckte den Tisch und sah ihm ansonsten etwas hilflos bei der Arbeit zu, denn das was sie bisher auf dem Herd fabriziert hatte, konnte man nur mit viel gutem Willen als Nahrung bezeichnen.

Es war seltsam, ihr Zusammenleben. Von den Umständen gezwungen und doch getragen von ihrer gegenseitigen Zuneigung, die da war, er wusste es genau, auch von ihrer Seite, blieb so vieles unausgesprochen, dass sie sich ständig entschuldigten, sich gegenseitig auf die Zehen traten, umeinander herumschlichen, viel zu höflich in einer Situation, viel zu wütend und verletzt in anderen. Claire war ihm so dankbar für das, was er getan hatte, dass sie offenbar ihre Tage in dem Gefühl verbrachte, ihm ihre Schuldigkeit zurückzahlen zu müssen. Sie bemühte sich zu sehr, ihm entgegenzukommen, sodass er oft die Geduld verlor und sie anbrüllte, sie solle aufhören, eine Rolle zu spielen. «Ich habe das freiwillig gemacht, Claire», rief er, wenn er zur Tür hereinkam und sie alles aufgeräumt und geputzt hatte und ihn erwartungsvoll ansah. «Ich muss einen Ring tragen und bin abends nicht mehr allein in meiner Wohnung, dafür musst du nicht meine Sklavin spielen.»

«Ich will mich doch nur erkenntlich zeigen!», fauchte sie zurück, natürlich wütend, weil sie zwei Stunden auf den Knien herumgerutscht war und er so reagierte.

«Das will ich aber nicht! Ich will, dass du so bist wie immer. Nicht dieses höfliche, seltsame Wesen, das mir immer aus dem Weg geht und mir die Schuhe putzt.»

«Schön, dann mach deinen Kram eben alleine!», rief sie zurück und knallte die Schlafzimmertür hinter sich zu. Er wusste, dass sie sich wie eine Bürde fühlte, die ihm jemand aufgeladen hatte und die er nun nicht mehr loswurde. Was er nicht wusste, war, wie er ihr dieses Gefühl nehmen konnte.

Abends fragte sie ihn immer, was er noch zu tun hatte, und er schaffte es weder, zu seinem Vater zu gehen, noch, sich ordentlich ums Geschäft zu kümmern, weil sie nicht verstand, was man abends oder nachts arbeiten musste, wenn die Arbeit doch eigentlich getan sein sollte.

«Es ist eben sehr viel zu tun», erklärte er ausweichend, «du weißt doch, wir kommen kaum hinterher. Nachts kommen genauso Menschen an wie tagsüber.»

«Aber es ist doch alles geregelt, alles läuft in seinen Bahnen», bohrte sie mit einem Blick, der aus nichts als Misstrauen bestand. «Ich verstehe nicht, warum du keinen Feierabend machen kannst. Was arbeitest du abends? Für Magnus? Was tust du für ihn?»

Er hasste es, wenn sie Magnus' Namen erwähnte.

Er hasste es, dass sie sich kannten, dass er sie angefasst hatte.

Er hatte es nicht bedacht … Dass ihr Näherkommen auch bedeutete, dass sie Fragen stellen würde.

3

Claire war zurück.

Er hatte gewusst, dass sie wieder auftauchen würde. Dass es nur eine Frage der Zeit war, bis er sich mit ihr und all dem auseinandersetzen musste, was ihre Existenz für ihn bedeutete. Aber als er es hörte, traf es ihn dennoch wie ein Schlag. Sie war wieder in Hamburg. Ihm krabbelten Ameisen unter der Haut.

Sein Verhalten in New York war eine Panikreaktion gewesen. Der Brief hatte ihn komplett überfordert. Er konnte sich Claire nicht ans Bein binden. Es war das eine, eine heimliche kleine Affäre zu pflegen, die niemandem schadete. Aber dieser Brief war eine öffentliche Bekundung seines Ehebruchs gewesen, ein unwiderlegbarer Beweis. Claire fiel auf, sie fiel überall auf, blieb den Menschen im Gedächtnis. Seine Angestellten zu Hause hatte er im Griff, aber in New York sah die Sache ganz anders aus. Er konnte ja schlecht den Leuten vom Hotel sagen, niemand dürfe von ihr erfahren. Klatsch verbreitete sich schneller als die Pest. Allein auf seiner Etage hatten zwei Familien gewohnt, mit denen seine Eltern Verbindungen pflegten, man kannte sich in seiner Schicht eben, konnte kein Geschäft betreten, keinen Club, kein Restaurant, ohne vertraute Gesichter zu sehen. Die Elite war ein erlesener Kreis, und sosehr er das sonst schätzte, in einer Situation wie dieser war es fatal. Außerdem wäre es ein Schuldeingeständnis gewesen, Claire zu unterstützen.

Nun, da die Wogen sich geglättet, sich herausgestellt hatte, dass es zu keiner Anzeige gekommen war, Linda den Mund zu halten schien, sah alles natürlich wieder anders aus. Aber damals ... Er hatte geglaubt, einen Prozess am Hals zu haben. Kindsmord war keine Kleinigkeit, immer wieder standen Berichte in den Zeitungen über Frauen, die eine ungewollte Schwangerschaft mit eigenen Methoden beendet hatten und dafür lange Gefängnisstrafen bekamen. Wenn Dr. Schwab sich mit Linda gegen ihn verschworen hätte ... Nicht auszudenken.

Er verstand bis heute nicht, warum der Arzt schwieg, hatte er Claire und ihn doch eindeutig dabei belauscht, wie sie ein volles Schuldeingeständnis ablegten. Vielleicht hatte er Angst, selbst mit hineingezogen zu werden? Immerhin war er es gewesen, der ihm den Saft gegeben und die Anzeichen bei Linda übersehen hatte. Aber Dr. Schwab war so wütend gewesen, so entschlossen an diesem Abend ... Es blieb ein Rätsel.

Magnus hatte damals schlicht und einfach die rohe Angst gepackt. Jetzt bereute er natürlich, dass er einfach so abgehauen war. Es ließ ihn im denkbar schlechtesten Licht dastehen, niemand nahm ihm die Geschichte mit seinen dringenden Geschäften ab. Er hatte sowohl Claire als auch Linda verloren. Aber er hoffte, dass er zumindest bei einer von beiden noch eine Chance hatte. Wenn er es geschickt anstellte.

Claire hasste es, beim Baden zu helfen. Wie immer, wenn sie auf der unreinen Seite der Ballinstadt arbeitete, fühlte sie sich schmutzig. Gerade erst hatte es wieder einen Cholerafall gegeben. Ein russischer Auswanderer war an der Grenzkontrollstation vom Kreisarzt noch für gesund befunden worden und dann zusammengebrochen, kaum war er bei ihnen angekommen. Die Grenzen waren inzwischen wirklich sicher. Kam es vor, dass jemand sie zu umgehen wusste, gab es in der Nähe von Berlin in Ruhleben bei Spandau eine zweite Kontrolle, wo man Auswanderer sammelte, die sich den Inspektionen bis dahin entzogen hatten, und sie zwang, sich ärztlich untersuchen zu lassen. Aber ab und an schlüpfte eben doch jemand durch und gefährdete dann die ganze Stadt. Nun waren alle noch gründlicher als sonst, alles dauerte noch länger.

Wenn in der Nacht Menschen am Bahnhof der Ballinstadt ankamen, blieben sie in den Aufnahmeräumen von Haus eins, wo Personalien und Reiseroute aufgeschrieben und das Gepäck in Verwahrung genommen wurde. Es gab dort, auf der unreinen Seite, gesonderte Schlafräume, in denen das Licht so gut wie nie erlosch, immer kamen Züge an, immer mussten Dinge erledigt werden. Aber nachts wurde weder gebadet noch desinfiziert, und so konnten die Menschen, die außerhalb der Tagschichten ankamen, erst am nächsten Morgen hinüber auf die reine Seite der Stadt wechseln und ihre Schlafsäle beziehen.

Auf jeder Seite der Desinfektionsanstalt befanden sich Baderäume, links für Frauen, rechts für Männer. Die Männer hatten zwölf Brausebäder, unter denen in einer Stunde etwa hundertzwanzig Mann gewaschen werden konnten, bei den Frauen gab es sechs Brause- und vier Wannenbäder. Vor dem Bad gaben alle ihre Wertsachen bei einem Beamten ab und steckten ihre Kleidung in ein nummeriertes Netz. Die Nummer musste man behalten, damit man am Ende die richtigen

Sachen zurückbekam. Während die Ankömmlinge sich wuschen, wurden sie ärztlich untersucht.

«Haben Sie keine Angst», wiederholte Claire ununterbrochen, auf Deutsch, aber auch auf Polnisch und auf Jiddisch. Sie hatte die entsprechenden Sätze inzwischen auswendig gelernt. «Sie müssen sich einfach ganz normal waschen, so wie daheim. Auf der anderen Seite erhalten Sie alles zurück.»

Da das Desinfizieren der Kleidung länger dauerte als das Waschen und Untersuchen der Menschen, mussten sich alle nach dem Bad in eine Wolldecke wickeln, um in den beheizten Ankleideräumen zu warten. Natürlich fanden viele den Vorgang befremdlich. Im Laufe eines Tages kam es Dutzende Male vor, dass Frauen zu beschämt waren, sich vor aller Augen zu entblößen, Angst hatten vor den Ärzten und ihren Blicken oder ihre Sachen nicht hergeben wollten, aus Furcht, sie nie wiederzusehen.

Es war eine nicht enden wollende Geduldsprobe.

Claire lächelte stoisch und versuchte gleichzeitig, die Frauen zur Eile anzutreiben und ihnen zu versichern, dass keinerlei Gefahr drohte. Wenn sie sich auszogen, reichten Claire und ihre Kolleginnen die Netze mit der Kleidung durch eine Luke in der Wand zu anderen Mitarbeiterinnen hindurch, die sie zum Desinfizieren brachten. Erst wenn die Menschen wieder angezogen waren, erfolgte das Desinfizieren des Gepäcks. Und dann durften sie endlich auf die reine Seite und bekamen ihre Schlafsäle zugewiesen.

Wie immer am Badetag war sie in der Pause vollkommen durchnässt von den Dämpfen, ihre Haare kringelten sich in alle Richtungen, und sie fühlte sich so erschöpft, als könnte sie drei Tage durchschlafen.

«Ich hole uns Kaffee», rief sie Olga und Ava zu. Trotz der kalten Frühlingsluft verbrachten sie die Pausen draußen, waren froh um die frische Luft und darum, den Gerüchen und der Enge eine Weile zu entkommen. Mit brennenden Augen ging sie in Richtung Kantine, als sie plötzlich ihren Namen hörte.

Sie blinzelte gegen die Sonne, drehte sich um.

Und da stand er.

Magnus wirkte beinahe schüchtern. Ein großer Mann in dunklem Anzug, mit Weste und Hut. Stattlich, schön. Genau, wie sie ihn erinnerte.

«Claire.» Er trat lächelnd auf sie zu. «Ich habe dich so vermisst.» Plötzlich veränderte sich sein Gesicht, er runzelte die Stirn, musterte sie. «Was ist denn mit deinem Auge passiert, Herrgott? Das sieht ja furchtbar aus.» Er trat noch einen Schritt vor, griff sie beim Kinn und drehte ihren Kopf zur Seite.

Claire brauchte eine Schocksekunde, um zu reagieren. Dann riss sie sich los, holte aus und verpasste ihm eine schallende Ohrfeige.

Sein Kopf flog herum. Sie sah Unglauben in seinen Augen aufblitzen, Zorn. Aber bloß für eine Sekunde. Dann hatte er sich wieder gefangen.

«Das habe ich wohl verdient», knurrte er durch die Zähne, richtete sich die blonden Haare, die ihm in die Stirn geflogen waren, rieb sich das Kinn.

Seine Wange leuchtete rot.

Claire atmete schwer. «Dass du es wagst, hierherzukommen. Dass du es wagst, meinen Namen zu sagen, mich anzufassen. Als wäre nichts geschehen!» Die letzten Worte hatte sie geschrien, und er zuckte unwillkürlich zusammen. Köpfe drehten sich, Blicke blieben an ihnen haften. «Wer hat dich hier überhaupt reingelassen?», rief sie und sah sich um, gleichzeitig wütend und angstvoll. Nicht auszudenken, wenn

Quint ihn hier sah. Sie hatten sich gerade so gut in ihrem neuen Leben eingerichtet, doch jeder Windhauch konnte das anfällige Gleichgewicht wieder gefährden.

Magnus hob beide Hände, als hätte er Sorge, sie würde erneut auf ihn losgehen. «Claire, können wir bitte in Ruhe miteinander reden, wie zwei zivilisierte Menschen?» Er machte wieder einen kleinen Schritt auf sie zu.

Claire wich zurück. «Du musst gehen.»

Seine Stimme bekam jetzt etwas Drängendes. «Ich hatte doch keine Wahl, das musst du verstehen. Glaubst du denn nicht, dass es auch für mich grauenvoll war?»

«Geh bitte!», flehte sie nun fast, sie wollte sich umdrehen und weglaufen, aber er hielt sie fest.

«Wir müssen reden», sagte er entschlossen. «Ich gehe hier nicht weg, bevor ich mit dir gesprochen habe.»

Sie sah an seinem Blick, dass er es ernst meinte. Verzweifelt sah sie sich um. «Schön, ich gebe dir zehn Minuten», sagte sie schließlich und ging mit schnellen Schritten unter eine der Pavillonveranden, wo sie halbwegs vor Blicken geschützt waren. Er folgte ihr und kam ihr so nahe, dass sie zurückwich.

Doch hinter ihr war die Wand.

«Magnus!», sagte sie warnend, und er blieb stehen, aber so dicht bei ihr, dass sie die Wärme spürte, die sein Körper ausstrahlte.

«Claire», begann er leise, und ihr Name war wie Honig auf seiner Zunge. «Claire, ich dachte doch, dass man uns beide anklagen würde. Dass sie uns den Tod von …» Er brach ab. «Den Tod des Kindes anlasten würde. Ich konnte nicht anders, als dich zu verleugnen.»

Sie sah ihn einen Wimpernschlag lang regungslos an. «Warum?», fragte sie und war über sich selbst erstaunt. Weshalb sprach sie überhaupt mit ihm?

«Na, weil …», begann er, schüttelte den Kopf, als wüsste er nicht, ob er das wirklich erklären musste. «Ich bin verheiratet, Claire.» Er redete mit ihr, als wäre sie begriffsstutzig.

Und vermutlich war sie das. War es die ganze Zeit gewesen. Begriffsstutzig, blind und dumm.

«Ich dachte, dass du mir hilfst.» Sie sprach so ruhig sie konnte. «Dass du verstehen würdest, in welcher Lage ich war, und einmal nicht nur an dich selber denkst.»

«Aber ich wusste doch gar nicht …»

«Er wollte mich entmündigen lassen!», brüllte sie, die Wut in ihr schwappte plötzlich über, und Magnus zuckte erschrocken zusammen. «Er denkt, ich bin verrückt. Monatelang musste ich seine Untersuchungen über mich ergehen lassen, seine Fragen beantworten, seine Schwafeleien ertragen! Ich wusste nicht wohin, ich hatte niemanden mehr. Niemanden!»

«Nun», Magnus zögerte. «Du kannst auch wirklich sehr aufbrausend sein, wie man sieht.» Er lächelte, wie über einen Scherz, von dem er bereits selbst wusste, dass er nicht besonders gut ankommen würde.

«Du gibst ihm also recht, ja?», stieß sie fassungslos hervor.

«Dreh mir doch nicht alle Worte im Mund um, Herrgott», rief er. «Es war ja nur ein Scherz.»

Claire kämpfte vergeblich darum, die Wut niederzudrücken. Sie hatte nicht gedacht, dass er noch so viel in ihr auslösen würde. Es war, als hätte jemand in ein sterbendes Feuer gepustet und die Glut wieder zum Aufflammen gebracht.

«Du hast behauptet, du wüsstest nicht, wer ich bin!» Sie konnte ihre Stimme nicht mehr unter Kontrolle halten und wurde wieder laut. «Du hast mich verleugnet!»

«Claire, denk doch mal nach», sagte er sanft und versuchte, sie an den Handgelenken zu fassen. «Ich wusste doch, dass dir nichts passiert, dass sie dich einfach zurückschicken und sich auf dem Schiff um dich kümmern würden. Dass du eine überstürzte, impulsive Entscheidung getroffen hattest, wie es deine Art ist, und wir uns nicht noch tiefer hineinreiten durften. Wenn ich dich in New York empfangen hätte, es wäre das Ende meiner Ehe gewesen, das Ende für unser beider Ruf und …»

Unter Aufbietung all ihrer Kräfte bewahrte sie die Fassung, sah ihm in die Augen und sagte: «Tu uns beiden einen Gefallen, Magnus. Komm nie wieder her.»

Und unter seinem erstaunten Blick drehte sie sich um und schritt davon.

Als sie aus dem Schatten der Veranda trat, stand Quint vor ihr. Sein Blick traf sie wie ein Messerstich. Sie wollte sich erklären, doch da trat Magnus schon neben sie.

«Ah, Quint, gut, dass ich dich treffe. Können wir kurz sprechen, wo ich schon einmal hier bin?»

Quint sah sie nicht an, er reagierte nicht auf Magnus' Worte. Er drehte sich um und ging wortlos davon.

Claire stand einen Moment erstarrt da, dann rannte sie hinter ihm her. «Quint.» Sie versuchte, ihn am Arm zu fassen. «Ich wusste nicht, dass er kommt. Er war plötzlich einfach hier und …» Sie rang nach Atem.

Quint blieb stehen, blickte zurück zu Magnus, und es stand ein solcher Hass in seinen Augen, dass sie zusammenfuhr. «Du musst dich nicht rechtfertigen.» Seine Stimme klang so abweisend, dass sie unwillkürlich die Arme um sich schlang. «Du kannst sprechen, mit wem du willst, Claire. Du kannst tun, was auch immer du willst, mit wem du willst. Ich habe es dir schon tausendmal gesagt, ich bin mir vollkommen im Klaren darüber, dass unsere Ehe eine Scharade ist.» Er musterte sie. «Du bist mir keine Erklärung schuldig.»

«Aber ich will ja nicht!», rief sie, und er knurrte, dass sie leiser sein sollte, weil sich schon die Köpfe in ihre Richtung wandten. «Ich will ihn nicht sehen, ich will nicht mit ihm sprechen, er ist plötzlich einfach aufgetaucht.» Sie fasste ihn am Arm. «Glaubst du mir das?», fragte sie drängend und spürte ihr Herz bis zum Hals schlagen. Plötzlich war ihr nichts wichtiger auf der Welt.

Seine grünen Augen lagen auf ihrem Gesicht. Sie sah, dass er ihr glauben wollte. Und dass es ihm nicht gelang.

«Ich kann doch nichts dafür!», rief sie, und er schüttelte den Kopf.

«Claire, ich muss weiterarbeiten.»

4

Bist du sicher, dass das so gedacht ist?»

Claire saß auf ihrem Bett, Marie kniete vor ihr auf dem Boden und band ihr die Füße zusammen.

«So kann sie doch gar nicht laufen!» Ava stand mit der Schachtel in der Hand neben ihnen und sah kritisch auf Claire hinunter.

«Doch, doch.» Mit geröteten Wangen richtete Marie sich die Haube, die ihr in die Stirn gerutscht war. «Genau dafür sind die Bänder da.» Sie erhob sich und reichte Claire die Hand.

Ava gab ihr die andere, unsicher ließ sie sich von den beiden in den Stand ziehen und trippelte ein paar Schritte im Zimmer auf und ab.

«Ich weiß nicht … Das sieht doch wirklich zu seltsam aus, oder nicht?»

«Ich denke, du musst einfach üben», riet Ava ihr wenig überzeugt.

«Vielleicht, wenn du langsamere Schritte machst?» Zweifelnd legte Marie den Kopf schief. Dann begannen ihre Lippen plötzlich zu zittern, und sie schlug die Hände vors Gesicht.

«Was ist?», fragte Claire erschrocken und wäre beinahe hingefallen, als sie auf sie zutrat, um sie beim Arm zu fassen.

«Nichts, nichts.» Marie lächelte unter Tränen. «Ich hätte nur nicht gedacht, dass wir noch einmal hier zusammen Kleider anprobieren würden.»

Claire spürte bei diesen Worten einen bittersüßen Schmerz. «Ja», sagte sie und drückte Maries Hände. «Ich auch nicht.»

Langsam drehte sie sich vor dem Spiegel hin und her. Auch sie konnte nicht glauben, dass sie tatsächlich wieder in ihrem alten Zimmer stand und Kleider für die Hochzeit ihrer Mutter anprobierte. Es war, als hätte jemand mit den Fingern geschnipst, die Welt wäre kurz in ihre Einzelteile zersprungen und hätte sich dann wieder zusammengesetzt. Auf den ersten Blick schien alles wie immer, doch die Risse in der alten Ordnung waren spürbar, und einige Teile hatten ihren angestammten Platz nicht wiedergefunden, lagen zerstreut auf dem Teppich herum, kleine Stolperfallen, die wie Tretminen innerhalb von Sekunden alles zum Einsturz bringen konnten.

Die Kleider, die hinter ihr auf dem Bett ausgebreitet waren, hatte Claire im vergangenen Jahr aus Paris bestellt, als ihr Leben noch normal und die bevorstehende Hochzeit von Linda und Magnus alles gewesen war, was ihr auf der Seele lag.

Die Röcke wurden unterhalb der Knie durch eine Passe so eng zusammengehalten, dass allenfalls kleine Schritte möglich waren. Um zu verhindern, dass man versehentlich das Kleid zerriss, kam es mit Litzenbändern, die an den Fesseln befestigt wurden und die Füße zusammenbanden.

«Um Himmels willen, damit breche ich mir noch den Hals!», rief Claire jetzt, als sie schon wieder ins Straucheln geriet und Marie und Ava gleichzeitig vorsprangen, um sie festzuhalten. Doch als sie sich im Spiegel sah, konnte sie nicht anders, als bewundernd ihre Silhouette anzustarren.

«Umwerfend!», bestätigte Marie ihre Gedanken.

«Schön wie ein Gemälde!» Ava lächelte.

Claire runzelte die Stirn. Es ließ sich nicht leugnen, sie sah umwerfend aus. Aber es fühlte sich nicht umwerfend an. Auch ohne einen Blick in den Spiegel wusste sie doch, dass es nicht ihr Auge war, das sie störte. Das Kleid schien ihr wie ein Kostüm. Es passte nicht mehr zu der Frau, die sie jetzt war. Sie kam sich lächerlich vor.

Zart schimmerte das Unterkleid durch den Stoff. Das Ensemble bestand aus durchsichtigem Musselin, und es hatte eine mit Ranken bestickte Bordüre. Claire fuhr sich mit den Fingern über die Hüften. «Nun, es ist Poiret. Niemand macht schönere Kleider als er», sagte sie nachdenklich. «Oder teurere. Und ich muss ja auch nicht viel darin laufen …» Zweifelnd versuchte sie noch einmal, sich in dem Kleid zu bewegen, dann lachte sie schallend. «Ich sehe aus wie eine Gans. Er hat uns vom Korsett befreit und dafür unsere Füße gefesselt. So was kann sich nur ein Mann ausdenken. Ich ziehe es besser wieder aus.»

Die neueste Mode aus Paris sah vor, dass man die Taille nicht mehr einschnürte. Allerdings war sie so schmal geworden, und das Mieder des Kleides war so eng geknöpft, dass es optisch gar keinen großen Unterschied machte. Dennoch konnte sie viel freier atmen. Nach so langer Zeit in einfachen Kleidern, mit nichts als einem Schnürleibchen darunter, fand sie allein den Gedanken an ein Korsett abstoßend. Kurz hatte sie überlegt, ob sie sich vielleicht einen Hosenrock bestellen sollte. Das war in London und Paris gerade höchst angesagt, gleichzeitig verrucht und in aller Munde. Aber sie hatte so ein Gefühl, dass die konservativen Hanseaten für die Würdigung dieser Erfindung vielleicht etwas länger brauchen würden als die Londoner und Pariser. Und Agatha sowieso.

«Was für ein Monstrum.» Marie zog den zum Kostüm gehörenden Hut aus der Schachtel. Im Gegensatz zu den Kleidern, die immer schmaler und enger wurden, waren die Hüte nie größer gewesen. Sie hielt einen riesigen Promenadenhut in den Händen, mit lila eingefärbten Pleureusenfedern und einer Rosengirlande. «Hier ist sogar extra ein Bügel eingehängt, damit er dir nicht vom Kopf rutscht», bemerkte sie und duckte sich unter den Hut, um ihn von innen zu begutachten.

«Setz mal auf», sagte Claire. Marie stülpte sich das Ungetüm über den Kopf und trat neben sie vor den Spiegel. Alle drei prusteten gleichzeitig los. Zu ihrer Uniform sah der Hut einfach zu komisch aus. «Himmel …» Marie nahm ihn ab und reichte ihn an Ava weiter. «Da kriegt man ja sofort Kopfweh.»

Als der Hut Avas Kopf berührte, gaben Claire und Marie gleichzeitig einen erstaunten Laut von sich. «Ava!», flüsterte Claire. «Du siehst … Das ist … Er ist wie für dich gemacht.»

Ava drehte sich zum Spiegel. Sie sah sofort, was die beiden meinten. Der Hut verwandelte sie. Man konnte es nicht anders sagen, er ließ ihr Gesicht strenger und erwachsener erscheinen, und gleichzeitig verlieh er ihm etwas Edles, beinahe Erhabenes.

Sie sah aus wie eine Dame.

Im Spiegel trafen Avas Augen auf die von Claire. «Irgendwie erinnerst du mich an jemanden.» Claire legte den Kopf schief, musterte sie eingehend. «Aber ich weiß nicht, an wen.»

Ava betrachtete ihr Gesicht. Es war unglaublich, was ein Hut ausmachen konnte. Bilder zogen in rascher Folge vor ihrem inneren Auge vorbei, Bilder von einem anderen Leben, einem Leben, das nicht von Armut und Einsamkeit begleitet wurde, sondern von Fülle und Wärme.

Wer entscheidet, wo man landet, dachte sie, als sie der anderen Ava in die Augen blickte. Wer entscheidet, ob man reich geboren wird oder arm, ob man geliebt wird oder nicht. Sie sah sich selbst, in einem Zimmer wie diesem, mit einer Mutter wie Agatha, anstrengend, sicherlich, aber immer da, immer besorgt, immer interessiert. Immer voller Liebe. Wie musste es sein, sich mit Dingen wie Kleidern und Bällen zu beschäftigen, immer gutes Essen zu haben und Mädchen, die einem bei jedem Handgriff halfen. Und wenn sie ein solches Leben gehabt hätte, wäre sie dann der gleiche Mensch, der sie jetzt war?

Langsam nahm Ava den Hut wieder ab, konnte den Blick aber nicht von ihrem Spiegelbild lösen. Sie schluckte.

«Was ist? Woran denkst du?» Claire trat hinter Ava und schlang die Arme um sie, legte das Kinn auf ihre Schulter und lächelte sie im Spiegel an. «Daran, wie schön du aussiehst?»

Ava lachte auf. «Selbstverständlich. Woran sonst!», sagte sie und drückte Claires Hände.

«Das solltest du auch, denn es stimmt, du bist wunderschön. Kein Wunder, dass Will an nichts anderes denken kann als an dich.»

Ava blinzelte erschrocken. Plötzlich konnte sie ihren Anblick nicht länger ertragen.

Sie hatten noch immer nicht gesprochen. Er legte ihr noch immer Bücher vor die Tür. Sie nahm sie und las sie, verliebt in jedes Wort. Aber sie hatte sich nie bedankt, war nie auf ihn zugegangen. Und wenn Will wüsste, was sie getan hatte, würde er ihr ganz sicher keine Bücher mehr vor die Tür legen.

Wahrscheinlich würde er nie wieder auch nur ein Wort mit ihr wechseln.

Wie sollten sie zueinanderfinden, wenn alles mit einer Lüge begann?

«Du kannst den Hut behalten, ich schenke ihn dir.» Anscheinend hatte Claire ihren Stimmungswandel bemerkt und wollte davon ablenken, dass sie Wills Namen erwähnt und damit das Lachen aus Avas Gesicht gewischt hatte.

«Das ist lieb, aber wo soll ich ihn tragen?», wehrte Ava ab und versuchte ebenfalls, Will aus ihren Gedanken zu drängen. «Außerdem ist er viel zu pompös für mich.»

«Auf der Hochzeit natürlich!», rief Claire und drückte ihr energisch den Hut in die Hand. «Er ist perfekt für dich. Man kann gar nicht zu pompös sein, das wirst du schon noch lernen, je mehr, desto besser, sage ich immer.»

«Sie werden wunderschön aussehen – und den ganzen Tag Kopfschmerzen haben!» Marie lachte und nahm Ava den Hut wieder ab, um ihn in die Schachtel zurückzulegen.

Ja, Mode tut weh.» Claire hob den Rock, um sich das Band anzusehen, das ihre Knöchel zusammenhielt. Ihre Haut hatte sich bereits gerötet, wo es über die Knöchel rieb, sie würde sich blutig schaben, wenn sie es einen ganzen Abend trug. Aber ohne das Band vergaß sie sicher, dass sie keine großen Schritte machen konnte, und ruinierte das sündhaft teure Ensemble. «Nun, es ist eben ein Stehkleid. Ich hatte noch einen Hut mit Edelweißblüten bestellt, ist der nicht gekommen?» Fragend sah sie sich um.

«Doch, der ist in der anderen Schachtel.» Marie wühlte in den Sachen auf dem Bett. «Aber vielleicht sollten wir auf die Schneiderin warten. Wenn sie zum Anpassen für das Kleid der Madame kommt, kann sie mir zeigen, wie man diese Hüte richtig befestigt.»

«Sie kommt aber erst nächste Woche», widersprach Claire. Sie wollte auf keinen Fall so bald schon wieder herkommen müssen. Seit ihrer Begegnung mit Dr. Schwab fühlte sie sich im Haus nicht sicher. Sie war nur hier, weil sie von Marie wusste, dass er den ganzen Tag auf einem Kongress verweilen würde. «Lass uns noch die Kostüme anprobieren, ich hatte eins aus Voile und eins aus Foulard bestellt, und dazu die Tüllblusen. Vielleicht passt ja etwas davon auch Ava. Dass du auch so schrecklich groß sein musst», sie knuffte Ava spielerisch in die Seite. Sie hoffte, dass sie die Traurigkeit wieder aus ihrem Blick verscheuchen konnte. Will hatte viel zu viel Macht über Ava. Andererseits … Was konnte sie da schon groß reden?

In diesem Moment klopfte es.

«Ja?», rief Claire, und als ihre Mutter eintrat, die soeben aus der Mittagsruhe erwacht war, trippelte sie aufgeregt auf Agatha zu. «Mama, sieht das nicht einfach umwerfend aus?»

Am Blick ihrer Mutter erkannte sie, was sie sich selbst schon gedacht hatte: Das Kleid war den Schmerz wert.

«Mein Gott, Claire, du bist einfach eine solche Schönheit!» Bewundernd nahm Agatha ihre Hände und drehte sie hin und her. «Es ist wie für dich gemacht.»

Claire lächelte schmerzlich. Es war ihr, als spielte sie ein Theaterstück. Aber um keinen Preis der Welt wollte sie die gute Stimmung zerstören. «Nicht wahr?»

Agatha nickte, dann wanderte ihr Blick zu Ava weiter, die sich eben in einem der Sessel am Kamin niedergelassen hatte, nun aber aufstand und auf Agatha zuging, um sie zu begrüßen. «Ava, was für eine Überraschung.» Erstaunt stellte Claire fest, wie die Augen ihrer Mutter beim Anblick der Freundin aufleuchteten. «Wie schön, Sie zu sehen. Sie haben ja kaum noch Zeit für mich!»

«Ich dachte, jetzt, wo Claire wieder da ist …», begann Ava, aber Agatha unterbrach sie sofort.

«Aber ich bitte Sie, Sie sind hier immer willkommen. Immer. Ich freue mich doch, Sie zu sehen!»

Es war zu viel, zu herzlich für eine Frau, die sie kaum kannte. Stirnrunzelnd betrachtete Claire ihre Mutter. War sie so nett zu Ava, weil sie wusste, wie viel sie Claire bedeutete? Oder war sie wirklich so dankbar dafür, dass sie ihr in den Wochen von Claires Abwesenheit beigestanden hatte?

«Schau dir den Hut an, Mama.» Claire nahm die Schachtel und öffnete sie. «Er steht Ava ausgezeichnet.»

«Das kann ich mir vorstellen, mit den schönen grauen Augen und den Haaren!», sagte Agatha, und Claire sah, wie Ava unter dem Kompliment errötete.

«Ihr beide habt es leicht mit euren dunklen Haaren, das passt einfach zu allem. Ich muss immer genau aufpassen, welche Farben ich auswähle, sonst sehe ich aus wie ein blasses Mauerblümchen», flötete Claire. Sie spielte noch immer – aber sie wusste nicht, wie sie sich sonst verhalten sollte.

«Ach du …» Agatha winkte ungeduldig ab. «Was redest du nur wieder. Meine Güte! Der Hut ist ja ein regelrechtes Kunstwerk.» Andächtig nahm Agatha ihn aus der Schachtel. «Ich muss mir unbedingt auch etwas bei Poiret bestellen», sagte sie, ein wenig zu laut und ein wenig zu enthusiastisch. «So fein gearbeitet!»

Auch ihre Mutter spielte eine Rolle. Claire fragte sich, ob es jetzt immer so sein würde zwischen ihnen. Früher hatten sie sich angefaucht und beleidigt, aber wenigstens war es echt gewesen.

«Schick ihnen deine Farben, vielleicht hat er ja etwas Passendes in der neuen Kollektion. Am besten dunkle Pflaume», riet Claire ihr, «das bringt deine Augen so schön zum Leuchten. Ich war schon immer neidisch auf deine Augen.»

Claire merkte, wie Agatha bei dem Kompliment kurz erstarrte, als wagte sie nicht zu glauben, dass es ernst gemeint war. Claire spürte ein Ziehen in der Brust. Agatha war so einfach glücklich zu machen.

Und sie tat ihr so oft weh.

«Oh, ich weiß nicht. Seine Mode ist doch sehr jung. Nicht, dass ich mich am Ende lächerlich mache», murmelte Agatha jetzt und befühlte nachdenklich die Pleureusenfedern.

«Ach was!» Claire suchte auf dem Bett nach dem Modellkatalog. «Hier, sie haben sogar ein paar Fotografien abgedruckt. Sehen diese Probiermamsellen nicht fantastisch aus?»

Sie setzten sich zu dritt vor den Kamin und blätterten in den Modeheftchen. «Schau hier, diesen Mantel für die Oper», schlug Claire vor, und Agatha nickte zögernd.

«Ach, da gehe ich doch nicht mehr hin …», murmelte sie, und Claire biss sich auf die Lippen.

«Oh, Mama, schau, dieses Ensemble. Ach, wenn ich das doch für eure Hochzeit bestellt hätte, es würde so gut zum Anlass passen.»

Plötzlich huschte etwas über das Gesicht ihrer Mutter. Ein Hauch nur. Ein Schatten von einem Gedanken, der Agatha unbehaglich zu sein schien. Niemand sonst hätte es wahrgenommen, aber Claire bemerkte es sofort. «Was ist?», fragte sie alarmiert.

«Also.» Agatha konnte ihr nicht in die Augen blicken, und daran erkannte sie, dass es ernst war. «Claire. Wegen der Hochzeit.» Agatha fasste plötzlich ihre Hände und zog sie auf ihre Knie, strich sanft mit dem Daumen über ihre Haut. Unsicher flackerte ihr Blick eine Sekunde zu Ava hinüber.

«Bernd und ich haben gesprochen. Wie du weißt, wird es eine kleine, wenig zeremonielle Feier im engsten Kreise. Nach dem Artikel wollen wir keinerlei Aufmerksamkeit auf uns lenken. Außerdem, eine alte Witwe wie ich …»

Sie ahnte, vorauf ihre Mutter hinauswollte. Doch als Agatha es tatsächlich aussprach, war es, als hätte jemand einen Eimer Eiswasser über ihr ausgekippt.

«Bernd … Nach allem, was passiert ist. Er denkt, es wäre vielleicht besser, wenn …» Agatha atmete tief ein. «Wenn du der Feier fernbliebest.»

Claire brauchte einen Moment, um sich zu sammeln. Die alte Claire wäre jetzt aufgesprungen, hätte ihre Verletztheit in einer dramatischen Szene entladen, ihre Mutter angeschrien, wäre aus dem Zimmer gestampft und hätte die Tür hinter sich zugeknallt.

Aber die alte Claire war nicht mehr hier.

Sie hatte sich verändert. Und vielleicht hatte sie erst vor wenigen Minuten, als sie vor dem Spiegel stand, in diesem wunderschönen Kostüm, das wie angegossen saß und ihr doch einfach nicht mehr passte, verstanden, dass etwas in ihr stolz war auf diese Veränderung. Auch wenn es wehtat, so weh, dass ihr die Brust zu eng schien zum Atmen, antwortete sie ruhig: «Ich verstehe.»

Ava war vor Schreck wie erstarrt, ihr Blick huschte zwischen ihr und Agatha hin und her.

Agatha sah Claire angstvoll an, drückte ihre Hände. «Es geht ja nur um die Zeremonie, Claire, wir feiern natürlich unter uns, wir drei, wir vier. Ava, Sie sind natürlich auch herzlich eingeladen. Vielleicht können wir einen Ausflug machen. Ich dachte, möglicherweise ist es dir sogar lieber. Dann vermeidest du das ganze Getuschel. Und wenn du wirklich unbedingt dabei sein möchtest, dann werde ich noch einmal mit ihm …»

«Mama», unterbrach sie, und Agatha verstummte sofort. Claires Mund war staubtrocken. «Ich hatte eine Affäre mit einem verheirateten Mann. Ich habe damit den Ruf der Familie zerstört. Es hat keinen Sinn, es schönreden zu wollen. Es war meine Entscheidung, ich muss mit den Konsequenzen leben.»

Claire spürte einen tiefen Schmerz, der sich langsam aus der Mitte ihrer linken Brust durch ihren Körper fraß. Sie war immer Agathas oberste Priorität gewesen. Und es hatte sie wahnsinnig gemacht. Aber nun, da sie nicht mehr an erster Stelle stand, wollte etwas in ihr mit aller Macht, dass alles wieder so wurde wie früher.

Doch die Zeit ließ sich eben nicht zurückdrehen.

Mit einem Rascheln ihres Kleides erhob sie sich und entriss dabei Agatha ihre Hände. «Dann werden wir das alles hier mal wieder einpacken, was?», sagte sie mit falscher Fröhlichkeit. «Ava, du kannst den Pleureusenhut ja in der Ballinstadt tragen. Das würde die anderen jedenfalls schockieren, wenn du damit in den Speisesaal spazierst. Die reden immer noch darüber, wie ich damals mit dem Kirschhut ankam.»

«Claire!», sagte Ava leise.

Sie spürte, wie ihr Mund zu zittern begann. Claire Margarita Conrad, rief sie sich innerlich zur Ordnung. Du weinst jetzt verdammt noch mal nicht!

Agatha hatte sich halb erhoben, als wäre sie nicht sicher, ob sie Claire in die Arme nehmen sollte. Marie, die die ganze Zeit stumm neben dem Bett gestanden hatte, sah sie mit großen Augen an.

Claire brauchte ein paar Sekunden, in denen sie von den anderen abgewandt auf den Teppich starrte und sich sammelte. Als sie sich wieder umdrehte, lächelte sie. «Es ist alles in Ordnung. Wirklich!»

Agatha schien gleichzeitig erleichtert und betroffen, sie verfolgte jede von Claires Bewegungen mit den Augen und rieb die Finger gegeneinander.

«Wahrscheinlich müssen wir langsam aufbrechen, oder?», sagte Claire an Ava gewandt.

«Möchtest du nicht doch noch einmal darüber nachdenken, ob du vielleicht lieber wieder hier wohnen willst, mein Schatz?»

Claire schüttelte vehement den Kopf. «Ich bin verheiratet, wie sähe das denn aus?»

«Na, ich meine doch euch beide», rief Agatha, aber Claire lachte nur.

«Was wäre das für eine Farce. Quint und Dr. Schwab unter einem Dach!»

«Bernd, Claire. Du musst ihn Bernd nennen», rügte Agatha sie ungewohnt sanft. «Er ist bald dein Stiefvater.»

Claire schloss den Deckel der Hutschachtel mit einem Knall. Plötzlich war es mit ihrer Beherrschung vorbei. «Nein, das ist er nicht. Er wird dein Mann, und ich freue mich für euch.» Fast klang es ehrlich. «Aber er wird niemals mein Stiefvater sein.»

Agatha blinzelte. «Ich sage ja nicht, dass er deinen Vater ersetzen soll, Claire. Ich meinte doch nur … Nun … Ihr braucht sicher einfach ein wenig Zeit, um euch aneinander zu gewöhnen.»

Claire atmete tief ein und aus. «Ja», erwiderte sie gepresst. «Vielleicht, Mama. Vielleicht brauchen wir das.»

Als sich ein verzagtes Lächeln in Agathas Züge stahl, wusste sie, dass sie auch jetzt das Richtige gesagt hatte. Obwohl es sich anfühlte, als müsste sie sich übergeben.

Während der Rückfahrt brodelten Wut und Enttäuschung in ihr. Sie hatte wirklich geglaubt, dass sich vielleicht alles fügen würde. Aber wie sollte sie akzeptieren, dass er nun der wichtigste Mensch im Leben ihrer Mutter war, wenn sie ihn so sehr verachtete, dass sie nicht einmal seinen Vornamen aussprechen konnte?

«Du musst ja nicht mit ihm reden. Du und deine Mutter, ihr könnt doch eine ganz eigene Beziehung haben», versuchte Ava sie zu beruhigen. Sie musterte besorgt ihr Gesicht und ergriff ihre Hand, wie um sie spüren zu lassen, dass sie nicht allein war mit ihrer Trauer.

Claire war so dankbar, dass sie da war. Aber es half nichts, sie fühlte sich, als hätte ihr jemand den Hals zugeschnürt.

Sie verabschiedeten sich auf dem Hof voneinander, genau in der Mitte zwischen ihren beiden Wohnungen. Es war bereits dunkel, ein kühler Wind raschelte in den Baumkronen. Claire sah Ava nach, wie sie mit ihren langen Schritten davonging und im Haus verschwand.

Wie schön es ist, in all dem Chaos und dem Wirrwarr eine Freundin zu haben, dachte sie, und ihr Hals schwoll noch ein wenig mehr zu. Eine Freundin, die ihr einfach so verziehen hatte, der sie alles sagen konnte, bei der sie kein Theater spielen musste, die verstand, wie sie sich fühlte. Sie dachte an Elli und daran, dass sie sich kein einziges Mal gemeldet hatte in all der Zeit. An die Freundinnen aus dem Nähkreis, dem Tanzunterricht. Keine von ihnen war mehr da. Ava war wie ein zweites Zuhause für sie geworden.

Als sie sich umdrehte, kam ihr in der Dunkelheit eine Gestalt entgegen.

Erschrocken fuhr sie zurück. «Herrgott, was schleichen Sie denn hier herum?»

Will sah überrascht zu ihr auf. «Ich gehe nur …», setzte er an, brach dann aber ab. Er trug etwas unter dem Arm, und sein Blick huschte zu Avas Haus.

«Was, wollen Sie an ihrer Tür lauschen?», sagte Claire verächtlich.

Er riss erstaunt die Augen auf.

«Anklopfen tun Sie ja doch nicht. Sie tun nie irgendwas, es ist nicht zum Aushalten. Lassen Sie mich raten, Sie wollen ihr wieder eines Ihrer dämlichen Bücher auf die Schwelle legen.» Ihr ganzer aufgestauter Zorn brandete plötzlich über sie hinweg – und entlud sich mal wieder an der falschen Person. Andererseits konnte es vielleicht auch nicht schaden.

Er entgegnete nichts, sah sie erstaunt aus seinen schönen Augen an, und sie wusste, dass sie ihn ertappt hatte.

«Jetzt hören Sie mal», Claire baute sich vor ihm auf. Jetzt, wo sie in Fahrt war, konnte sie nichts mehr stoppen. «Ava hat genug durchgemacht in ihrem Leben. Sie wurde von ihrer Familie verlassen, zwei Mal, wenn man es genau nimmt.» Claire bohrte ihm einen Zeigefinger in die Brust. Sie wusste nicht, wo ihre Wut auf ihn plötzlich herkam, aber sie konnte es nicht ertragen, auch hier noch ein Spiel spielen zu müssen. «Sie braucht keine Menschen, denen sie nicht gut genug ist, die sich nicht für sie entscheiden. Verstehen Sie das? Sie halten sie doch nur hin. Wollen Sie das jetzt durchziehen, bis Ihre Kinder groß sind? Glauben Sie vielleicht, Ihre Frau merkt das nicht? Glauben Sie, die Kinder merken das nicht? Sie machen sich lächerlich, Wilhelm.» Vielleicht richtete sie gerade großen, großen Schaden an. Aber sie hatte ihm schon lange sagen wollen, was sie von seinem Duckmäuserverhalten hielt.

Und er war nun einmal zur falschen Zeit am falschen Ort aufgekreuzt.

Wilhelm sagte kein Wort, sah sie nur weiter mit leicht gerunzelter Stirn an, genau wie sein Bruder es immer tat, wenn sie eine Grenze überschritt.

Es machte sie nur noch wütender.

«Sie sind ein Feigling! Ein schrecklicher Feigling. Und nicht gut genug für sie.»

Irritiert dachte sie schon, er würde gar nicht reagieren. Dann nickte er. «Ich weiß», sagte er ruhig, drehte sich um und ging zurück in die Richtung, aus der er gekommen war.

Es fühlte sich an, als würde er ersticken. Mit großen Schritten lief er über den Hof auf sein Studio zu. Er hasste diese Frau, Gott, wie er sie hasste. Aber sie hatte recht, recht mit jedem grausamen Wort, das sie ihm entgegengeschleudert hatte.

Drinnen warf er die Tür hinter sich zu und blieb schwer atmend stehen, spürte sein Herz gegen die Rippen schlagen und versuchte vergeblich, seinen rasenden Puls zu beruhigen.

Sein Blick fiel auf das Bild von sich und seinem Vater, es stand auf dem Tisch gegen die Lampe gelehnt. Seit zwanzig Jahren schleppte er es überall mit hin. Als wäre es heute gewesen, erinnerte er sich an jenen Sommertag, und er war sich sicher, wenn es das Bild nicht gegeben hätte, der Tag wäre verschwunden wie so viele andere auch, verschmolzen mit der Masse an Erinnerungen. Will blickte auf dem Bild zu ihm auf, eine Mischung aus Erstaunen, Ehrfurcht und Freude im Gesicht. Sein Vater stand neben ihm, die Hand auf seine Schulter gestützt, den Mund geöffnet, sodass man beide Zahnreihen sah, den Blick voller Stolz auf Will gerichtet. «Mein kleiner Ontologe», hatte sein Vater ihn früher scherzhaft genannt, scherzhaft, und doch mit einem anklagenden Unterton. Will hatte damals nicht gewusst, was ein Ontologe war, aber heute staunte er manchmal, wie früh sein Vater sein wahres Wesen erkannt hatte.

Und wie hartnäckig er es immer noch verleugnete.

Von Zeit zu Zeit nahm Will die Fotografie in die Hand und fragte sich, wann sein Vater ihn das letzte Mal so angesehen hatte. Mit Sicherheit, bevor er Therese geheiratet hatte. Bestimmt auch, bevor er ihm verkündete, dass er nicht in seine Fußstapfen treten würde. Vielleicht bereits, bevor er nach seinem Abiturium beschloss, die Kunstgewerbeschule zu besuchen? Wann war der Stolz in den Augen seines Vaters erloschen?

Er gestand es sich in diesem Moment zum ersten Mal ein: Einer der Gründe, warum er nicht handelte, warum er erstarrt war in seiner Qual und zu keiner Entscheidung fähig, war sein Vater. Will war für ihn bereits eine Enttäuschung auf so vielen Ebenen, er war Fotograf geworden, ohne sich um Jorgs Meinung zu scheren, hatte den moralischen Helden gespielt und die Frau, die er zu lieben glaubte, gegen alle Konventionen geehelicht. Es wäre ein vollkommenes Eingeständnis seines Versagens und damit das Ende ihrer Vater-Sohn-Beziehung, da war er sich sicher, wenn er diese Entscheidung nun zurücknehmen würde.

5

Sie hatte lange überlegt, ob sie zur Polizei gehen sollte. In Hamburg durften Frauen ohne Grund kontrolliert werden, wenn sie einem Sittenbeamten verdächtig vorkamen. Sie wurden dann mit zur Wache genommen und untersucht. Sofern sie sich als sittsam erwiesen, wurden sie wieder entlassen. Dafür mussten sie eine Ehe vorweisen, eine Arbeit, die Bürgschaft ehrbarer Verwandtschaft. Sonst kamen sie in Haft.

Sie hatte ihre Arbeit. Aber würde das genügen? Niemand konnte für sie bürgen. Und sie war in der Vergangenheit, als sie noch nicht in den Hallen, sondern im Bordell gearbeitet hatte, mehrfach einfach mitgenommen worden, obwohl sie immer darauf geachtet hatte, unauffällig auszusehen, wenn sie hinausging. Sie war einem wohl einfach anzusehen, die Scham. Oder vielleicht war es auch die Art, krampfhaft auf den Boden zu blicken und ja nicht auffallen zu wollen, sobald man irgendwo einen Spitzhelm erspähte. Sie war voller Herablassung und Verachtung behandelt worden. Seit dieser Zeit hegte sie ein tiefes Misstrauen gegen die Polizei.

Es hatte sie allen Mut gekostet, den sie aufbringen konnte, heute hierherzukommen.

Der Beamte, der ihr gegenübersaß, hatte Ringe unter den Augen und trockene Lippen. Wiederholt fuhr er sich mit dem Handrücken über den Mund. Er sah müde aus, musterte ihr Gesicht, das noch immer die Spuren der Misshandlung zeigte, ohne jede Anteilnahme. Als sie ihm erzählte, aus welchem Grund sie gekommen war, reagierte er nicht.

«Sie stammen nicht aus dem deutschen Kaiserreich? Wo kommen Sie her?», fragte er stattdessen gelangweilt, mit einer Miene, als wollte er die Antwort gar nicht hören.

«Galizien», antwortete sie leise. «Aus einem kleinen Dorf.»

«Warum sind Sie nicht dort geblieben? Was hat Sie hergebracht?»

Olga sah ihn an. Sie erinnerte sich noch so gut an ihr Dorf. Und doch schien es ihr manchmal, als wären die Erinnerungen Traumfetzen, so wenig hatten sie mit ihrer Realität zu tun, so wenig hatte die Olga von damals mit der Olga von heute gemein. Es waren Bilder aus einem anderen Leben.

Eines Tages waren die Agenten aufgetaucht. Im Dorf hatten sie vorher nicht einmal gewusst, dass es ein Land namens Amerika gab. Olga hatte das Wort noch nie gehört. Bei ihnen dachte man nicht viel über die Welt da draußen nach, es gab zu viele Probleme direkt vor der Haustür. Man träumt nicht von einem besseren Dasein anderswo, wenn man genug mit dem Überleben im Hier und Jetzt zu tun hat, dachte sie. Für Träume hatten sie keine Energie.

Die Agenten hatten das geändert.

Sie hatten Bilder in die Köpfe der Menschen gepflanzt, Hoffnung geweckt, wo vorher nur Kummer war. Sie hatten den hungernden Menschen erzählt, dass in Amerika das Geld auf der Straße lag. Jeder konnte es sich holen, der nur bereit war, hart zu arbeiten.

Hart gearbeitet hatten sie alle. Schon immer. Bloß bekam

man bei ihnen nichts dafür, nichts als Hunger und Angst und noch mehr Hunger. Nicht wenige waren darum an der Neuen Welt interessiert, obwohl sie für die Fahrkarten alles verkaufen mussten, was sie besaßen. Und was für grauenvolle Methoden die Agenten einsetzten, um die Menschen reinzulegen. Jetzt, da Olga eine andere geworden war, da sie seit so vielen Jahren in Hamburg lebte, konnte sie sehen, wie ungebildet die Menschen in ihrer Heimat waren und wie blind sie das machte. Zu was für einer leichten Beute. Wenn man den Wolf nicht als Wolf erkennt, läuft man nicht vor ihm weg. Und Wölfe waren sie, allesamt. Hungrige Wölfe mit vor Gier verschleiertem Blick hatten sich eines Nachts ins Dorf geschlichen, mitten unter sie, und waren geblieben, bis sie bekommen hatten, was sie wollten. Die Agenten hatten sich in eine kleine Stube zwischen Rathaus und Kirche eingemietet und die Bewohner des Dorfes dort einzeln empfangen. Wenn sie dann vor ihnen saßen, Bauern, Tagelöhner, Mägde, allesamt mit diesem fragenden, hoffnungsvollen Blick, hatten sie so getan, als würden sie beim Fahrkartenverkauf mit einem Telegraphen direkt beim Kaiser von Amerika anrufen und fragen, ob noch Platz war für denjenigen, der auswandern wollte. Sie hatte es selbst erlebt, an der Seite ihres Großvaters, eines abgemagerten alten Mannes, der sein ganzes Leben gearbeitet hatte und dem nun die Hoffnung geschenkt wurde, auf seine alten Tage noch ein klein wenig Glück einheimsen zu können.

Nein, dachte Olga, als sie jetzt den Beamten ansah, wie er sich über die trockenen Lippen fuhr. Um Glück war es ihm nicht einmal gegangen, er hatte gar keinen Begriff von Glück. Einfach nur um ein Ende der ewigen Plackerei, des Hungers, der Schmerzen. Der Aussichtslosigkeit.

Der Telegraph war nichts weiter als ein Aufziehwecker gewesen, ein billiger Jahrmarkttrick. Olga hatte es damals selbst geglaubt, dass man so mit dem Kaiser reden konnte, und erst als sie Quint die Geschichte erzählte und er ihr klarmachte, dass es keine solchen Telegraphen gab und Amerika keinen Kaiser hatte, hatte sie begriffen, wie schändlich man die Leute reingelegt hatte. Die Leute hatten für diese Anrufe teuer bezahlen müssen, und für die Fahrkarten noch viel mehr. Es war schwer, sich vorzustellen, dass jemand auf solche Tricks hereinfiel. Aber eine arme, ungebildete, hungernde Landbevölkerung, der man das Blaue vom Himmel herunterlog, um die Fahrkarten zu verkaufen, war eben die leichteste Beute, die man sich denken konnte.

«Sie sind dann also auch gefahren?», fragte der Mann und stieß leise auf, trank einen Schluck Kaffee. «Sie wurden auch reingelegt? Warum sind Sie dann nicht in Amerika?»

Olga schluckte. «Nein», sagte sie und sah ihn an. «Meine Geschichte war ein bisschen anders.»

Sie erinnerte sich genau an die Augen. Plötzlich war sie im Dorf gewesen, die schöne Frau mit den großen, hellen Augen, war über den Markt spaziert, hatte mit den Menschen geredet. Olga sah sie noch genau vor sich, ihre Art, beim Reden die Hände in die Luft zu heben und zu gestikulieren. Ihr Lachen.

Sie hatte Olga erst am zweiten Tag angesprochen, ihr Komplimente für ihr schönes Haar gemacht. Olga bekam sonst nie Komplimente, für so etwas hatte man in ihrer Heimat weder Sinn noch Zeit. Die Worte der Fremden waren wie warmes Wasser, in das jemand sie eintauchte. Sie erinnerte sich, dass ihre hellen Augen niemals stillstanden, stets suchend umherirrten. Olga hatte seither, selbst hier in der Ballinstadt, oft gehört, dass die Frauen- und Mädchenhändler meist jüdische Männer seien, über das ganze Land hinweg organisierte Banden, die die Frauen entführten und nach Bombay, Rio de Janeiro oder Konstantinopel verschleppten.

Doch sie wusste es besser.

«Sie hat mir versprochen, dass ich Kindermädchen werden würde», erzählte sie leise. «Sie kenne eine Familie in Buenos Aires, zu der wollte sie mich bringen lassen.»

Der Beamte hob den Blick vom Papier und betrachtete sie, als müsste er abschätzen, ob jemand tatsächlich sie als Kindermädchen hätte haben wollen.

Damals sah ich noch anders aus, wollte Olga ihm entgegenschreien. Damals war ich jung und gesund und hatte schöne Haare, die in der Sonne glänzten wie roter Honig.

«Sie hat gesagt, dass sie gut bezahlen, und versprochen, mich bis zum Schiff zu begleiten, mir die Passage zu kaufen und mir einen Brief für die Vermittlung mitzugeben. Sie hat sogar das Geld für die Reise ausgelegt und mir ein neues Kleid gekauft. Alle im Dorf waren neidisch auf mich.»

Der Mann gähnte verstohlen und hob die Hand nur halbherzig vor die spröden Lippen, um es zu verdecken. Olga verstummte. Sie sah ihn an, aber er hob den Blick nicht vom Papier. «Weiter», sagte er, und sie hörte an seinem Tonfall, dass es ihm völlig egal war, was sie erzählte.

«Sie hat mich nach Hamburg gebracht.» Olga merkte, dass ihre Stimme zaghafter geworden war. «Und dann hat sie mir gesagt, dass ich ihr jetzt das Geld für die Zugfahrt und das Kleid schulde und es erst zurückverdienen muss, bevor ich auf das Schiff gehen kann.»

Endlich hob der Mann den Blick. Doch in seinen Augen sah sie nicht, was sie sich erhofft hatte. Im Gegenteil. «Und wie sollten Sie das anstellen?», fragte er, und Olga zuckte zusammen, so rau war sein Ton.

«Weil ich selbst nicht wusste, wie, habe ich sie um Hilfe gebeten. Und sie kannte nur eine Art, wie ungelernte Mädchen vom Land in der Stadt Geld verdienen können.»

Er lehnte sich zurück und verschränkte die Arme hinter dem Kopf. «Lassen Sie mich raten!» Ein abfälliges Grinsen breitete sich auf seinem Gesicht aus. «Sie sind ins Gewerbe eingestiegen?»

«Ich hatte keine Wahl», sagte sie, und jetzt war ihre Stimme wieder fest, obwohl sie die schweißnassen Hände am Stuhl festkrallte, als könnte sie sich damit vor den Blicken des Mannes schützen. «Und so habe ich ihn getroffen.»

«Er war also ein Kunde?»

Olga nickte.

«Warum haben Sie dann immer noch Kontakt? Das Ganze ist doch schon ewig her.»

Angst kroch in ihr hoch. Sie hatte nicht damit gerechnet, so viel reden, so viel erzählen zu müssen, hatte geglaubt, mit einem einfachen «Er hat mich fast zu Tode geprügelt» wäre alles gesagt. Aber der Beamte wollte Gründe hören, Zusammenhänge. Erklärungen. Und die konnte sie ihm nicht liefern, ohne zu verraten, warum ihr Gaumen brannte wie Feuer, warum sie kaum noch gerade sitzen konnte, warum sie es kaum hierher geschafft hatte. Er wusste es längst, sie sah es in seinem Blick.

«Nun …», sagte sie langsam. «Ich, wir haben zusammen gearbeitet und …»

Der Beamte legte seinen Stift beiseite und lehnte sich vor, die Ellenbogen auf die Schreibtischplatte gestützt. «Hören Sie, wir verschwenden hier nur unsere Zeit. Private Prostitution ist verboten, das wissen Sie sicherlich. Und dafür gibt es einen Grund. Sie sind nicht geschützt, wenn Sie niemandem unterstehen. Wenn einem Freier dann die Hand ausrutscht, wird es schnell gefährlich und …»

«Aber ich bin nicht … Er bezahlt mich ja nicht einmal.»

Er unterbrach sie mit einem Wedeln seiner Hand. «Sie können Anzeige erstatten wegen tätlichem Angriff, aber wenn dann rauskommt, dass Sie …»

Olga stand so schnell auf, dass der Stuhl über den Boden rutschte.

Er hob nur eine Augenbraue. «Anders überlegt?», fragte er schroff.

Als sie ihre Tasche nahm und rückwärts zur Tür ging, sagte er: «Vielleicht sollten Sie lieber wieder dahin gehen, wo Sie herkommen. Wir haben hier schon genug Scherereien ohne euch Huren aus dem Ausland, die die Männer mit ihren Krankheiten anstecken und sich nicht an die Regeln halten.»

Sie floh aus dem Gebäude, so schnell sie konnte, lief um die Hausecke und blieb mit keuchendem Atem stehen, lehnte sich an eine Wand. Und als die heißen Tränen über ihre Wangen liefen, dachte sie nur eines:

Sie hätte es wissen müssen.

Ewald wischte sich über den Mund. Gott, waren seine Lippen heute trocken. Mit der rechten Hand wühlte er in der Schreibtischschublade, bis er das Döschen Nivea-Creme fand. Er schraubte es auf und schmierte sich mit dem Zeigefinger etwas davon auf den Mund. War das anstrengend gewesen … Wie Zähne ziehen, die Frau hatte einfach den Mund nicht aufgekriegt. Er fragte sich, warum sie hergekommen war, wenn sie nicht reden wollte. Verdammte Zeitverschwendung. Schlecht gelaunt riss er das Blatt mit den wenigen Notizen, die er sich gemacht hatte, vom Block und knüllte es zusammen. In Hamburg gab es weit über viertausend Dirnen, und jeden Tag wurden es mehr, ständig musste man sich mit diesen Weibern abgeben. Obwohl es eigentlich verboten war, wurden fröhlich immer weiter Bordell-Konzessionen ausgeteilt. Prostituierte hatten in ihm schon immer Ärger geweckt, er konnte nicht genau sagen warum. Es lag nicht an einer grundsätzlichen Abneigung dem Gewerbe gegenüber, ganz gewiss nicht, wo sollte man schließlich hin, wenn die Ehefrau daheim sich benahm wie ein Stockfisch, aber sie lösten etwas in ihm aus, das er nur als tiefe Abneigung bezeichnen konnte. Wie eine Frau dazu kam, einen solchen Beruf zu ergreifen, würde er nie verstehen. Nun, es gab eben verschiedene Menschen auf der Welt. Er hatte mal irgendwo gelesen, dass man davon ausging, manche Frauen hätten eine Erbanlage, die sie dazu trieb. Das würde einiges erklären.

«Wie siehst du denn aus?» Plötzlich stand Roscher vor seinem Tisch und starrte auf seine Lippen.

Rasch wischte er mit dem Ärmel die Cremerückstände weg. «Nivea», brummte er.

«Was wollte sie?» Karl Roscher nickte mit dem Kinn in Richtung der Tür, durch die die Frau verschwunden war.

«Ehemalige Prostituierte. Will einen alten Freier wegen tätlichen Angriffs drankriegen. Hab ihr gesagt, wie hoch die Chancen stehen, dass sie damit durchkommt, und sie ist beleidigt abgerauscht.»

Roscher betrachtete ihn. «Hm», sagte er, und Ewald hatte wie so oft unter Roschers strengem Blick das Gefühl, er stünde vor seinem Vater und habe gerade eine Dummheit begangen, von der er selbst noch nichts wusste, über die er aber gleich aufgeklärt werden würde. «Wann hat der Mann die Körperverletzung begangen?»

Ewald zuckte mit den Schultern. «Man sieht es noch, kann also nicht lange her sein.»

Roscher neigte den Kopf zur Seite. «Und warum soll es ihr dann nicht möglich sein, ihn anzuzeigen?»

«Kann sie ja. Aber da sie immer noch mit ihm verkehrt, obwohl sie nach eigenen Angaben schon ewig nicht mehr im Gewerbe ist, habe ich sie darauf hingewiesen, dass private Prostitution untersagt ist und sie sich selber in die Scheiße reitet, wenn sie …»

Roscher hob die Hand, und Ewald verstummte auf der Stelle. Sein Chef sah aus, als wollte er etwas sagen, er öffnete den Mund, schloss dann einen Moment die Augen und schüttelte den Kopf. «Komm in mein Büro. Kurt soll dich hier ersetzen.»

«Aber ich bin doch heute am Empfang …»

«Sofort!», brüllte Roscher, der sich schon abgewandt hatte. Ewald hörte gerade noch, wie er brummte: «Da kannst du jedenfalls weniger Schaden anrichten als hier», und er spürte, wie seine Ohren heiß wurden.

Er nahm seine Jacke und stand auf. Scheiß-Weiber, dachte er und steckte die Cremedose in die Tasche. Bringen doch nichts als Ärger.

Er lief hinter Roscher her und wusste schon, dass ihm jetzt Aktenkram aufgeladen werden würde. Sein Chef sprach selten aus, wenn ihm etwas nicht passte. Aber man bekam es immer zu spüren.

Als hätte er seine Gedanken gelesen, deutete Roscher in seinem Büro auf einen Stapel Akten, der sich auf einem Tisch neben dem Bücherregal türmte und drohte, jeden Moment auf den Boden zu rutschen und ein riesiges Chaos anzurichten. «Sortieren!», bellte er. «Und zwar so, dass ich wiederfinde, was ich brauche.»

Ewald überlegte kurz, ob er es wagen konnte zu protestieren. Aber die Miene seines Chefs machte ihm klar, dass er sich gerade auf sehr dünnem Eis bewegte.

Er hob die oberste Akte hoch und klappte sie auf, las mit gerunzelter Stirn, um herauszufinden, in welchen Schrank sie wohl gehörte, bis ein lautes Rauschen ertönte und dann ein Knall, und als er langsam die Akte sinken ließ, war der Tisch vor ihm leer und der Boden ein heilloses Durcheinander.

«Scheiße», fluchte er leise.

Vom Schreibtisch kam kein Ton. Doch er konnte die Welle der Verachtung, die ihm entgegenbrandete, geradezu auf der Haut spüren. Er zog die Hose hoch, kniete sich hin und begann, alles wieder einzusammeln.

Plötzlich stutzte er, zog etwas unter den Akten hervor, ein zerknicktes Blatt Papier mit einem attraktiven Gesicht, umrahmt von einem wilden dunklen Bart und ungekämmten Haaren, mit intensiven Augen, die ihn aus dem Papier heraus zu mustern schienen. «Den kenne ich!»

Roscher hob den Blick. «Wen?», fragte er abwesend, und Ewald hob das Phantombild in die Höhe.

Roschers Augen wurden von einer Sekunde auf die andere hellwach. «Ach ja?»

Ewald nickte. «Und ob. Mit dem hab ich geredet, kurz bevor ich im Fleet gelandet bin.»

Der Frühling stand in voller Blüte. Ava ließ morgens als Erstes die Schweine und Hühner, für die sie wieder die Verantwortung übernommen hatte, in das Freigehege hinaus. Wenn das Wetter es zuließ, brachten die Frauen Fruchtmus und Brötchen mit nach draußen und frühstückten auf den Bänken vor dem Personalraum. Ava hatte eine Tasse Kaffee vor sich und den Geruch von nasser Wiese in der Nase, als plötzlich Wilhelm vor ihr stand. An seiner Seite ein blauer Kinderwagen.

Sie erhob sich so schnell, dass sie beinahe die Tasse umgestoßen hätte.

«Ava.» Er lächelte.

«Wilhelm», erwiderte sie.

Einen Moment sahen sie sich an.

«Würden Sie ein paar Schritte mit mir gehen?», fragte er, völlig unvermittelt. «Sobald Sie fertig sind, natürlich», fügte er hinzu und warf rasch einen Blick auf die anderen Frauen, die sofort verstummt waren und der Unterhaltung mit neugierigen Blicken folgten.

«Sicher», erwiderte Ava überrumpelt. «Ich bin fertig.»

«Ich bringe deine Sachen hinein, geh nur», bedeutete Claire ihr mit vielsagendem Blick.

Schweigend liefen sie ein paar Schritte nebeneinanderher, bis er irgendwann stehen blieb und sie ansah. «Das ist meine Tochter. Rosa», sagte er, ohne den Blick von ihr zu nehmen. Er schluckte. «Ich wollte Ihnen erklären, warum ich nie etwas unternommen habe. Warum ich … nicht gehen kann.»

Sie hatten nie über das gesprochen, was zwischen ihnen gewesen war. Nie ein Wort gesagt dazu, was hätte sein können. Es hatte sich alles in ihren Blicken abgespielt, in Gesten, Lächeln, in besonderer Aufmerksamkeit und der Wärme, die sich in ihre Stimmen stahl, wenn sie miteinander sprachen. Absolut nichts war jemals zwischen ihnen geschehen. Dass er es einfach so aussprach, die unsichtbare Mauer, die sie aufgebaut hatten, mit einem einzigen Satz einriss, war ein solcher Schock, kam so unerwartet, dass sie nichts erwidern konnte. Die letzten Monate hatte sie sich eingeredet, alles sei nur Einbildung gewesen, dass ein Mann wie Wilhelm, ein schöner, gebildeter Mann aus guter Familie sich niemals ernsthaft für eine Frau wie sie interessieren würde. Dass sie alles hineingelesen, sich lächerlich gemacht hatte mit ihren kindischen Fantasien.

Aber eigentlich hatte sie es doch gewusst.

Wilhelm betrachtete Rosa. «Therese ist mit den anderen Kindern und Quint unterwegs zum Spielplatz. Ich hatte schon lange versprochen, ihnen zu zeigen, wo ich jetzt arbeite», sagte er. Er beugte sich hinunter, um Rosa aus dem Wagen zu heben.

Sie war zart wie eine Elfe, mit wunderschönen, dunklen Augen und rosafarbener Haut.

«Oh», sagte Ava nur und fühlte, wie ganz von allein ein Lächeln über ihr Gesicht zog. «Darf ich sie halten?»

Wilhelm reichte ihr wortlos das kleine Mädchen, und es bestaunte Avas Gesicht mit riesigen Augen, quietschte und patschte ihr dann mit beiden Händen auf die Wangen. «Sie mag dich», sagte Wilhelm.

Ava wusste nicht, was sie erwidern sollte, es fiel ihr schwer, seinen Blick zu halten. Es war alles zu verworren, Quint, Wills Frau, seine Kinder …

«Es tut mir leid», sagte er, und jetzt sah sie ihn an.

Es fühlte sich an, als hätte ihr jemand ein Gewicht in den Magen gelegt.

«Dass ich es dir nie gesagt habe.»

«Ich verstehe es», antwortete sie nach einer Weile, während der sie Rosa betrachtet hatte. Und sie verstand es wirklich. Als sie Rosas kleines Gesicht sah, die runden Kinderaugen, die weichen Hände, verstand sie es.

Und plötzlich war es, als würde etwas in ihr einrasten. Etwas, das die ganze Zeit lang nicht richtig gepasst hatte und sich jetzt still und ganz und gar unscheinbar an seinen Platz fügte.

Es lag nicht an ihr.

Das war alles, was sie wissen musste.

«Würdest du morgen mit mir spazieren gehen?», fragte er, und sie sah genau, wie viel Überwindung ihn seine Worte kosteten. «Ich vermisse unsere Gespräche.»

Ava zögerte. Ganz gegen ihre Gewohnheit sprach ihr Mund, bevor ihr Kopf sich entschieden hatte, und erstaunt hörte sie zu: «Ich vermisse sie auch.»

Quint stöhnte leise. Er schmeckte den Traum noch auf der Zunge. Es war windig gewesen letzte Nacht. Und wenn der Wind wehte, klopfte in seinem Kopf jemand an ein Fenster. Plötzlich waren sie dann alle wieder da, ihre Namen, ihre Gerüche. Manchmal sogar ihre Stimmen. Ab und an wachte er auf, immer noch, nach so vielen Jahren, und konnte nicht glauben, dass er sie nie wieder hören würde. Dass es sie einfach nicht mehr gab, dass etwas wie das warme, sanfte Lachen seiner Mutter einfach aufgehört hatte zu existieren.

Irgendwann hatte er begriffen, dass sie nie verschwinden würden, dass sie überall warten würden, immer, wenn nachts die Balken knackten und das Feuer im Kamin niedergedrückt wurde. Die Toten blieben nicht da, wo man sie in die Erde ließ. Man nahm sie mit, wo auch immer man hinging. Und eigentlich war das etwas Tröstliches.

Er seufzte und schloss einen Moment die Augen.

Was er außerdem auf der Zunge schmeckte, waren die Reste des Rumgrogs vom vorigen Abend. Er hatte mit Hatt eine neue Route besprochen, eine Gegend, in die sie noch nicht vorgedrungen waren, und es war spät geworden. Er verzog das Gesicht, hätte am liebsten ausgespuckt.

Aber er war nicht allein.

Er drehte sich auf den Rücken, und Claire murrte leise im Halbschlaf, legte dann ihren Kopf auf seine Brust, und nach wenigen Sekunden hört er an ihrem Atem, dass sie wieder fest schlief. Es fühlte sich so gut an, ihre warme Haut zu spüren, dass er nicht aufstand, obwohl seine Blase sich meldete. Wie immer verstanden sie sich am besten, wenn sie nicht sprachen. Er liebte es, abends an ihrer Seite einzuschlafen, ihre Körper waren wie füreinander gemacht, er genoss alles an ihr, wie sie roch, wie sie sich anfühlte, wie ihr Atem klang, wenn er langsam ruhiger wurde.

Aber seit Magnus hier aufgetaucht war, hatte sich etwas verändert.

Quint war auf Abstand gegangen. Es tat zu weh. Am Ende würde er verlieren, das wusste er. Sie war immer besessen gewesen von Magnus, und wenn er sich ins Zeug legte, wenn er wirklich beginnen würde, für sie zu kämpfen, würde sie gehen. Magnus würde sie mit seinem Charme überrollen. Wenn Quint sein Herz nicht schützte, würde das fatal für ihn enden. Er glaubte ihr, dass sie Magnus dafür hasste, was er getan hatte, dass sie ihn nicht sehen wollte.

Er glaubte, dass sie es glaubte.

Aber Hass und Liebe schlossen sich gegenseitig nicht aus. Und Liebe gewann am Ende immer, oder nicht? Eigentlich war auch das etwas Tröstliches.

Nur eben nicht für ihn.

Quint verschränkte die Arme hinter dem Kopf, er bewegte sich vorsichtig, um sie nicht zu wecken, blickte aus dem Fenster in den Himmel, wo sich der Rauch aus dem Schornstein vom Maschinen- und Kesselhaus in den fahlen Morgen kräuselte. In seinem Kopf war es wie Watte, wie dicker, zäher Nebel. Ein Gedanke jedoch nahm in dem weißen Dunst immer schärfere Konturen an: Er war so lange nicht bei seinem Vater gewesen. Seit der Hochzeit nicht. Wochen und Wochen. Er verzog das Gesicht. Vielleicht sollte er heute Abend einfach gehen. Aber wie konnte er ihm ins Gesicht sehen, nachdem …

Es klingelte an der Tür, und ein Ruck fuhr durch ihn hindurch. Niemand hier klingelte, alle wussten, ab wann man ihn im Büro fand, und alle anderen kamen direkt die Treppe hoch und klopften. Claire war nicht aufgewacht, er schob sie vorsichtig von sich, und sie zog im Schlaf die Brauen zusammen. Er streckte den Zeigefinger aus und strich über den wütenden kleinen Kreis über ihrer Nase, und sie entspannte sich sofort, glitt wieder in tieferen Schlaf hinüber.

Leise schwang er die Beine über die Bettkante und griff nach seiner Hose. Auf einem Bein hüpfte er zum Fenster, und während er den Gürtel schloss, versuchte er zu sehen, wer unten stand. Aber er konnte nur einen Hut ausmachen. Will war es nicht, dann hätte er seine langen Haare darunter gesehen. Er huschte die Treppe hinunter, und als er wenig später mit nacktem Oberkörper und verschlafenen Augen öffnete, kam ihm der Mann, dem er entgegenblinzelte, nur vage bekannt vor.

«Guten Tag.» Der distinguierte ältere Herr hatte einen kleinen Schnauzer mit gezwirbelten Enden und trug einen blauen Hut, den er jetzt lüpfte. «Karl Roscher, wir wurden uns schon einmal vorgestellt, aber das ist ewig her, fürchte ich.»

Quint schüttelte die Pranke, die der Mann ihm entgegenstreckte. Jetzt wusste er genau, wen er da vor sich hatte. Sein Magen machte einen kleinen Hüpfer. Hamburgs Polizeichef höchstpersönlich. Der Mann, für den Will seit Jahren Phantombilder zeichnete.

«Ich wusste, Sie kommen mir bekannt vor.» Er setzte das charmanteste Lächeln auf, das er mit seinem dröhnenden Kopf zustande brachte. «Verzeihen Sie meinen Aufzug, ich bin gerade erst aufgestanden.»

«Nicht doch, nicht doch. Ich überfalle Sie hier ja geradezu. Ich dachte, wenn ich früh komme, störe ich vielleicht den Ablauf nicht.»

Roscher sah so freundlich aus, so voll und ganz unalarmiert, dass Quint sich sofort entspannte. «Worum geht es?» Er hörte ein Geräusch über sich in der Wohnung. «Ich würde Sie ja hereinbitten, aber meine Frau … Es ist noch früh.»

«Nicht nötig.» Roscher winkte ab. «Ich ermittle in einem großen Fall und hätte gerne Ihre Expertise. Wahrscheinlich können Sie mir gar nicht weiterhelfen, ich klappere nur alle Möglichkeiten ab. Wenn Sie mir für ein paar Fragen zur Verfügung stehen würden?»

Quint runzelte die Stirn. Seine Fingernägel gruben sich in das Holz der Tür. «Jederzeit», erwiderte er freundlich. «Ich ziehe mich nur kurz an.»

Roscher lächelte charmant. «Ich warte hier unten, keine Eile.»

An der Wand im Büro hing das Plakat, für das Ava Will Modell gestanden hatte – die weinende junge Frau im Arbeitskleid, die das Gesicht in den Händen verbarg. Roscher blieb davor stehen und betrachtete es nachdenklich. «Das Nationalkomitee zur internationalen Bekämpfung des Mädchenhandels», murmelte er mit ernster Miene. «Der Frauenhandel ist ein großes Problem.»

Quint nickte. «Ein sehr großes. Wir sehen die Folgen jeden Tag. Junge, alleinreisende Frauen, von denen wir genau wissen, welchem Schicksal sie entgegenfahren. Und die wir doch nicht aufhalten können. Wenn ich wüsste, was man dagegen tun kann, ich würde keine Sekunde zögern.» Er meinte jedes Wort ehrlich. Mit dieser Seite des Auswanderergeschäftes hatte er nie etwas zu tun gehabt. Es war eine Grenze, die er nicht überschreiten würde, für kein Geld der Welt.

Roscher schlenderte im Raum umher, schaute auf die vielen Karten mit den Seerouten, die Mitarbeiterpläne, die Schiffskarten.

«Ich auch nicht», murmelte Roscher, wie zu sich selbst. «Aber wie soll man der Sache Herr werden.» Er warf Quint einen Blick zu. «Noch größer ist nur der Betrug im Fahrkartenwesen.»

Quint hatte es kommen sehen, und obwohl es sich anfühlte wie ein Fausthieb in den Magen, blieb er vollkommen ruhig. «Es ufert immer weiter aus», antwortete er nickend.

«Sie haben also eine Vorstellung davon, womit wir es zu tun haben?», fragte Roscher.

Quint bejahte erneut. «Natürlich», erwiderte er ruhig. «Wir wissen hier genau über die Gesetzeslage Bescheid. Und wir wissen, dass jede Reederei der Stadt sie umgeht, dass sie noch immer Auswanderungsagenten in aller Herren Länder beschäftigen, Hunderte, vielleicht Tausende.» Er setzte sich und bot Roscher ebenfalls einen Stuhl an. Ihm war vollkommen klar, dass er gerade geprüft wurde. «Einfache Bauern und Landarbeiter aus den Tiefen der Slowakei, des Memellands, aus Oberschlesien, Ostpreußen, den unzähligen entlegenen Randgebieten Österreich-Ungarns, wie wir sie hier jeden Tag sehen … Sie müssen erst auf die Idee gebracht werden, dass man seine Heimat, das Land, in das man hineingeboren wurde, das alles ist, was man kennt, auch verlassen kann. Dass es woanders vielleicht besser ist.» Herrgott, wer wusste das besser als er. Inzwischen reichte ihr Netzwerk bis über die russischen Grenzen, bis in die einsamsten Karpatentäler.

Roscher setzte sich und nickte bedächtig. «Die Konkurrenz wird immer größer, die Methoden werden ausgefeilter. Wir haben es mittlerweile mit skrupellosestem Betrug zu tun. Beim Fahrkartenkauf wird den Menschen versichert, dass alle Kosten bis zur Überfahrt gedeckt seien, Quartier im Hafen, die Fahrt nach Hamburg, für alles wäre gesorgt. Einmal hier, weiß niemand, wovon die Leute sprechen. Oftmals haben sie nicht einmal Fahrkarten erworben, sondern nur kreativ bedruckte Zettel, auf denen irgendwo ein Schiff abgebildet ist. Dass nicht wenige der Betrogenen Analphabeten sind, ist da natürlich hilfreich.»

Quint verzog das Gesicht. «Grauenvoll», sagte er leise. Es war noch schlimmer, noch verabscheuungswürdiger als das, was seine Agenten taten. Und doch wusste er, dass es in den Augen seines Gegenübers kaum einen Unterschied machen würde.

Roscher musterte ihn. «In der Tat», stimmte er Quint zu. «Grauenvoll. Und sehr schwer umzusetzen. Jedenfalls in diesem großen Stil.»

«Das kann ich mir vorstellen.»

«Dazu braucht es jemanden, der die Sprachen kennt, die Gegenden, die Schiffsrouten, die Kontore hier in der Stadt, jemanden, der organisieren kann, der Weitsicht hat und das nötige Kleingeld, um so etwas aufzuziehen.»

Quint lehnte sich im Stuhl zurück. «Nur eine Handvoll Männer kämen infrage.»

Roscher zwirbelte langsam seinen kleinen Kaiserbart. «Ganz richtig. Nur eine Handvoll. Kennen Sie zufällig jemanden, auf den diese Beschreibung passt?»

Quint schwitzte so sehr, dass er sicher war, gleich am Stuhl kleben zu bleiben. «Ich kenne ein paar, die alles mitbringen, was Sie gerade aufgezählt haben», sagte er, und Roschers Blick, der eben noch im Raum umhergewandert war, richtete sich auf ihn. Er zögerte. «Jedoch niemanden mit der ebenfalls notwendigen Skrupellosigkeit.»

Roscher schien seinen Worten einen Moment nachzulauschen. «Ja», sagte er dann. «Die gehört ebenfalls dazu. Skrupellosigkeit. Und Geschick. Sehr viel Geschick.» Er seufzte tief. «Ich sage Ihnen, manchmal ist es, als würde man eine Schlange im hohen Gras jagen.»

Quint lächelte. «Ein passendes Bild.»

Roscher erhob sich. «Nun, ich will Sie nicht weiter aufhalten. Wenn Sie gestatten, sehe ich mich ein bisschen um, wo ich schon vor Ort bin. Befrage die Menschen … auch wenn es natürlich nichts bringen wird.»

«Selbstverständlich. Wenn Sie möchten, stelle ich Ihnen einen Dolmetscher zur Verfügung. Die meisten Bewohner hier stammen ja aus dem Ausland.»

Roscher nickte wieder, und sein Blick blieb eine Sekunde zu lange auf Quints Gesicht hängen. «Sehr gerne», erwiderte er. «Zu aufmerksam von Ihnen.»

6

Früher waren die Litzer den ganzen Tag durch die Stadt gelaufen, besonders durch die Hafenviertel. Sie hatten versucht, Leute aus dem Ausland aufzusammeln, die auf eigene Faust nach Hamburg gekommen waren, weil sie auf ein Schiff wollten, aber noch keine Fahrkarte besaßen. Oder Menschen aus dem deutschen Kaiserreich, die wegwollten, aber nicht wegdurften. Die Männer lotsten sie unter großen Versprechungen in ihr Kontor und drehten ihnen die Überfahrt zu überhöhten Preisen an.

Das war nun nicht mehr möglich, die Kontrollen an den Außengrenzen des Kaiserreichs waren mit den Jahren so gut geworden, dass niemand mehr durchkam. Dieser Tage arbeiteten ihre Leute praktisch ausschließlich mit Vertretern im Ausland. Hier in Hamburg war bloß die Zentrale, die Druckmaschine, der Rumpf, von dem aus sich die langen Arme ihres Geschäfts in die Welt erstreckten. Oder, um bei Roschers Bild zu bleiben: der Kopf der Schlange.

Quint war so gut wie nie im Kontor. Es gab für ihn nichts zu tun dort, die Wege waren eingespielt, die Kontakte geschmiert. Alles, was mit dem Vertrieb zu tun hatte, übernahm

Hatt, und sie trafen sich immer auf neutralem Boden. Es war das wichtigste Gebot: Die Gesichter der oberen Glieder aus der Kette mussten unsichtbar bleiben. Spätestens nach der Sache mit dem Steckbrief im letzten Jahr hatte er verstanden, dass man gar nicht vorsichtig genug sein konnte. Aber er musste die Leute im Kontor warnen.

Und er durfte keine Zeit verlieren.

Quint schlängelte sich durch die Gassen der Altstadt, überquerte Brücken und Fleete, bis er das Schild über der Tür erblickte. Als er eintrat, sahen ihn die Männer hinter dem Tresen erschrocken an.

«Alles, was verdächtig sein kann, muss weg, und zwar sofort», sagte er ohne Einleitung zu dem Kontoristen, den er ins Hinterzimmer gezerrt hatte, wo sie die Fahrkarten druckten.

In knappen Worten erklärte er, was passiert war. Quint hatte es in seinem Blick gesehen: Roscher wusste Bescheid. Er hatte nur noch nicht genug Beweise. Aber er hatte den Kopf der Schlange gefunden. Nun wartete er bloß noch auf den richtigen Augenblick, um zuzuschnappen.

«Alles. Bis auf Weiteres. Wir ziehen um. Heute schafft ihr erst mal das Zeug in den Keller, ich kümmere mich um neue Verkaufsräume, und ihr werdet von mir hören. Sofort!», brüllte er, weil der Mann nur dastand und ihn anstarrte, und der zuckte zusammen und begann, Papier zusammenzuraffen.

Als Quint wieder in den Verkaufsraum trat, blickte er in ein Paar vertraute Augen, die absolut nicht hier sein sollten.

Verblüfft blieb er stehen. Sie war hochgefahren und starrte ihn an, ebenso schockiert wie er. Vor ihr auf dem Tisch lag ein dickes Bündel Geldscheine.

«Therese?»

Einen Moment schien sie nicht zu wissen, wohin mit sich. Dann glitt ein unechtes Lächeln über ihre Züge. «Quint, was machst du denn hier? Wie schön, dich zu sehen!» Neben ihr strahlte ihn Rosa aus dem Kinderwagen heraus an.

Er beugte sich zu seiner Nichte hinunter, streckte ihr die Hand hin, und sie griff zwei seiner Finger und versuchte sofort, hineinzubeißen.

Irritiert blickte Therese auf die Tür hinter der Theke, aus der er eben gekommen war. «Bist du … beruflich hier?»

Er räusperte sich, richtete sich wieder auf, ließ Rosa aber die Finger. «Genau, es gab ein paar Probleme mit Überbuchungen, doppelt belegte Betten sind kein Spaß, wenn man zehn Tage im Zwischendeck aushalten muss!» Er lachte falsch auf. «Ich wollte den Herren hier mal ein bisschen auf die Finger klopfen.» Damit schlug er zweimal mit den Knöcheln auf den Tresen.

Der Mann hinter dem Schalter zuckte indigniert mit den Mundwinkeln.

«Und du?», fragte er, jetzt wieder entspannter. Sicher war seine Lüge überzeugend genug gewesen. Sie hatte keine Ahnung, was er in der Ballinstadt wirklich tat, über ihr Gesicht glitt jedes Mal ein Schleier des Desinteresses, sobald von seiner Arbeit die Rede war. «Warum bist du … wollt ihr verreisen?» Will hatte nichts Derartiges erwähnt. «Ich kann euch doch helfen, ich kenne die besten Schiffe, und …»

Unvermittelt stopfte Therese das Geld zurück in ihre Brieftasche, fasste ihn am Arm und zog ihn samt Kinderwagen nach draußen. «Kann ich dich kurz unter vier Augen sprechen?», fragte sie schrill, und verwundert ließ er sich mitziehen. Er hatte nichts dagegen, das Kontor so schnell wie möglich wieder zu verlassen.

«Hör mal. Will weiß nichts davon.» Mit unruhigen Händen

strich sie sich die Haare aus der Stirn, nachdem sie vor die Tür getreten waren. «Er darf es auch nicht erfahren. Es ist … für eine Freundin von mir.» Therese stockte, sie schien zu überlegen, was sie ihm sagen konnte. «Ihr Mann schlägt sie», stieß sie schließlich hervor. «Sie will weg. Zu Verwandten nach Illinois. Ich … kaufe ihr die Fahrkarte. Sie kann es einfach nicht aushalten, die Schmach, weißt du.»

Erstaunt sah er sie an. «Herrje, das tut mir leid», murmelte er, verstand aber nach wie vor nicht, warum sie so aufgelöst schien. «Aber warum darf Will nichts …», begann er, doch sie schüttelte den Kopf.

Einen Moment zögerte sie, ihr Blick glitt über die Menschen in der Gasse am Nikolaifleet, als suchte sie in dem Gewimmel nach einer Antwort. «Ich habe ihr das Geld gegeben», wisperte sie dann und sah sich um, scheinbar aus Angst, dass jemand sie hören könnte.

«Oh!» Er hob die Augenbrauen. «Aber wo hast du denn das ganze Geld her?» Jetzt verstand er überhaupt nichts mehr.

Zerknirscht sah sie auf ihre Schuhe.

Und plötzlich verstand er.

«Um Himmels willen, Therese», murmelte er. «Du weiß doch, wie er ist.»

«Ich zahle es ja zurück!», rief sie. «Mareike gibt es mir wieder, sobald sie kann, und dann kriegt Jorg es zurück, und niemand wird jemals …»

«Das glaubst du doch wohl selber nicht.» Quint schüttelte den Kopf. «Er kann nie im Leben seinen Mund halten, wenn es um so was geht, irgendwann wird er es ausplappern und Will unter die Nase reiben. Und dann ist die Hölle los.» Langsam dämmerte ihm ein Verdacht. «Es ist eine riesige Summe, Therese. Nicht für Jorg und Kaisa, aber dass er dir das einfach so gibt …» Er stutzte, musterte sie. In ihrem schuldbewusst gesenkten Blick und der Art, wie sie die Lippen gleichzeitig spitzte und aufeinanderpresste, fand er seine Antwort. «Du hast dir schon öfter Geld von ihm geliehen.» Er hatte ins Schwarze getroffen, er sah es an ihrem flackernden Blick. «Oh Gott», murmelte er. «Wenn Will das erfährt …»

«Bitte, sag es ihm nicht!» Flehend drückte sie seinen Arm, ihre Nägel bohrten sich in seine Haut. «Das würde unsere Ehe nicht überstehen. Er ist ohnehin so distanziert in letzter Zeit, so schrecklich kalt. Ich bin mir manchmal sicher …» Sie brach ab. «Bitte, sag es ihm nicht!»

Nun war es an ihm, schuldbewusst zu Boden zu blicken. Er wusste genau, warum sein Bruder kalt und distanziert war. «Natürlich nicht», murmelte er. «Das ist eure Sache.»

Sie schloss erleichtert die Augen, dann nickte sie.

«Aber sie soll nicht die *Georgia* nehmen, die ist ein Rattenloch.» Quint hatte den Namen des Schiffes eben im Vorbeigehen auf den Papieren gesehen. «Wenn es vom Datum her irgendwie passt, dann besorg ihr Karten für die *Galant*, sie ist eins von Magnus' Schiffen und auf dem neuesten Stand der Technik.» Er warf einen Blick hinter sich auf das Kontor. «Sag ihnen, ich habe dich geschickt, und sie machen dir einen guten Preis.»

Sie drückte seine Hände. «Danke, Quint. Du warst schon immer einer von den Guten.»

Mit einem gequälten Lächeln sah er auf – und erkannte seinen Fehler. Roscher kam um die Ecke, dicht gefolgt von einem anderen Mann. Als Quint dessen Gesicht erblickte, rutschte ihm das Herz in die Hose. Das letzte Mal, als sie sich begegnet waren, hatte Hatt ihm kurz danach eins übergezogen und ihn ins Fleet geworfen. Hatt trug die goldene Omega-Uhr, die er als Vorwand entwendet hatte, jeden Tag ums Handgelenk.

Quints Lächeln fiel in sich zusammen. Wie hatte er nur so dumm sein können.

Er hatte sie direkt hierhergeführt.

«Herr Morris, welch ein Zufall.» Roscher trat auf ihn zu, sein Gesicht eine ausdruckslose Maske.

Und dann geschah zum dritten Mal an diesem Tag etwas vollkommen Unerwartetes.

Therese, die sich einen Moment abgewandt und zu Rosa gebeugt hatte, richtete sich auf, und ihr Blick weitete sich. «Karl, ja was machst du denn hier?» Freudig lächelnd trat sie auf Roscher zu und hauchte ihm einen Kuss auf die Wange. «Wir haben uns ja ewig nicht gesehen, wie geht es Edeltraud?»

Roscher war sichtlich verblüfft, er blinzelte, schien nicht zu wissen, wie er mit dieser Wendung der Dinge umgehen sollte. «Therese, ich hatte nicht erwartet, dich hier … doch, doch, ihr geht es gut, bestens.»

Quint und der andere Mann musterten sich schweigend. Er war in einiger Entfernung stehen geblieben, seine Augen bohrten sich geradezu in ihn hinein. Er wusste genau, wer Quint war. Seine Kiefer mahlten, als könnte er sich nur mit Mühe davon abhalten, auf ihn loszugehen. Quint nickte ihm zu. Der Mann spuckte als Antwort auf den Boden.

Unbehaglich sah Therese sich um. «Ich muss Fahrkarten erwerben», erklärte sie Roscher. «Für eine Bekannte. Keine schöne Geschichte», sie wedelte mit ihrem Handschuh. «Ich erzähle es euch irgendwann in Ruhe, sie will fort, weil ihr Mann … Nun, sagen wir, es wird auf eine Scheidung hinauslaufen.» Sie flüsterte das Wort hinter vorgehaltener Hand. «Du weißt ja, wie es ist, niemand hier wird mehr mit ihr sprechen, deswegen will sie zu Verwandten nach Illinois. Sie kann dort als Schneiderin arbeiten. Kalte Scheidung nennt man das wohl, habe ich gehört. Anscheinend machen das jetzt viele so. Man spart sich den Papierkram.»

Roscher nickte verwirrt und warf Quint einen Blick zu. Der stand lächelnd neben Therese und streckte erneut seine Hand zu Rosa in den Wagen, damit sie an seinen Fingern ziehen konnte.

«Zum Glück kennt mein Schwager sich in dem Geschäft so gut aus. Er hat mich beraten.»

Therese wusste nicht, welchen Gefallen sie ihm tat.

«Beinahe hätte ich ein marodes Schiff gebucht, das hätte ich mir ein Leben lang anhören dürfen. Danke, Quint, für deine Hilfe!» Sie lächelte ihn an, aber es war mehr als deutlich, dass sie wollte, dass er ging.

Diesen Gefallen tat er ihr nur zu gerne. «Jederzeit», sagte er und küsste sie zum Abschied auf die Wange. «Denk daran, die *Galant*.» An Roscher gewandt fügte er hinzu: «Es gibt himmelweite Unterschiede zwischen den Schiffen, man muss wissen, wo man kauft. Sonst endet man auf einem schimmeligen Strohsack und bei zehn Tagen Thunfischeintopf. Manchmal verkaufen die Halsabschneider ein Bett dreifach, und man muss in Schichten schlafen. Das muss nun wirklich nicht sein.» Er winkte Rosa zum Abschied zu, und sie strampelte freudig. «Und Sie?», fragte er. «So ein Zufall, dass wir uns gleich zweimal innerhalb weniger Tage sehen. Wollen Sie hier auch Fahrkarten erwerben? Eine gute Wahl, das Kontor ist eines der besten, hier achtet man genau auf die Schiffe und haftet für Schäden am Gepäck. Wenn Sie möchten, begleite ich Sie hinein, dann macht man Ihnen einen guten Preis.»

Roscher sah ihn an. Es stand ihm auf die Stirn geschrieben, dass er nicht wusste, was er von der Situation halten sollte. Sein Blick huschte zu Therese, die sich gerade leise gurrend mit Rosa beschäftigte.

«Nein, danke. Wir sind wegen der Ermittlungen hier», sagte er langsam.

«Verstehe. Nun, irgendwo muss man anfangen.» Seine Fäuste, die er in den Taschen geballt hatte, entspannten sich ein wenig. «Auch wenn wir seit Jahren mit diesem Büro ein gutes Verhältnis pflegen. Aber man kann nie wissen, was der Blick hinter die Kulissen offenbart, nicht?»

Roscher zupfte sich am Bart. «Ganz recht», murmelte er und musterte ihn durchdringend.

«Nun, wunderbar, ich empfehle mich. Du kommst zurecht, Therese?», fragte er ohne jede Eile, auch wenn er innerlich vor Anspannung fast platzte.

Sie lächelte zerstreut. «Natürlich, ich danke dir, Quint.» Dann nahm sie Roscher beim Arm. «Kommt doch mal wieder zum Essen, du und Edeltraud. Nächsten Samstag vielleicht? Gundel macht herrliche Koteletts, du wirst hingerissen sein.»

«Gerne, gerne.» Roscher lächelte zögerlich und sah Quint über die Schulter nach, der ihnen winkte und mit großen Schritten davonging.

Der andere Mann, der etwas abseits geblieben war und noch immer nicht zu erkennen gegeben hatte, dass sie sich kannten, starrte ihn mit schmalen Augen an. Quint tippte sich an den Hut und verschwand in der nächsten Gasse.

Kaum war er um die Ecke gebogen, lehnte er sich gegen eine Mauer. Vor Erleichterung musste er laut lachen. Gott, er schwitzte am ganzen Körper, sein Herz raste. Aber er war davongekommen. Sie hatten nichts in der Hand. Therese hatte ihn gerettet.

Doch er wusste, diese Schlacht war noch lange nicht geschlagen.

Nationalliberal? Ich denke kaum.» Claire rollte mit den Augen. «Was weiß ich, konservativ wird er wohl nicht sein», flüsterte sie und gab ihrer Großmutter ein Zeichen, sie solle leiser sprechen.

Quint war noch auf der Terrasse und ließ sich gerade halb lachend, halb fluchend von Laetitias Hund Mimi das Hosenbein zerreißen. Die beiden Frauen hatten sich drinnen am gedeckten Tisch niedergelassen und beobachteten ihn durch die Scheibe. Nach ihrer Ankunft im Kloster hatten sie als Erstes zusammen den erwachenden Garten bewundert, Claire so angespannt wie selten zuvor, Quint überraschend gelöst, Laetitia seltsam höflich und mit etwas zu lauter und zu hoher Stimme, die durchblicken ließ, dass keineswegs alles so normal war, wie es ihr lieb gewesen wäre.

Als die Einladung ihrer Großmutter ins Haus geflattert war, hatte Claire es kaum glauben können. Aber irgendwann musste es wohl passieren, dachte sie. Irgendwann musste sie sich ihr stellen. Laetitias Verhalten ließ Claire vermuten, dass Agatha zuvor ein strenges Wort mit ihr geredet hatte. Natürlich wusste ihre Großmutter nichts von den Umständen der Hochzeit, und dass Quint der Ziehsohn einer der reichsten Familien der Stadt war, milderte sicherlich ihren Zorn, weder gefragt noch informiert oder gar eingeladen worden zu sein. Dass sie über ihren Schatten gesprungen war und sich selbst um eine Zusammenkunft bemüht hatte, rechnete Claire ihr hoch an. Sie hatte lange überlegt, ob sie fahren sollten. Doch sie konnte Laetitias Einladung ja schlecht ausschlagen.

Also hatten sie und Quint entschieden, gemeinsam gute Miene zum bösen Spiel zu machen. «Was soll sie schon tun?» Quint hatte gelacht, als Claire ihm von der Einladung erzählte, und sie hatte nur schnauben können.

«Du kennst sie nicht.»

«Wir müssen den Schein einer echten Ehe aufrechterhalten», hatte er erwidert. «Dazu gehören solche Besuche. Es macht mir nichts aus, ich werde sie schon um den Finger wickeln.»

Claire war innerlich erstarrt, wie immer, wenn er betonte, dass die Ehe nur zum Schein sei. Sie verstand selbst nicht, warum es sie schmerzte, schließlich war es eine Tatsache. Aber vielleicht hatte sie doch gehofft, dass die Dinge sich entwickeln würden zwischen ihnen, dass sie in solcher Harmonie zusammenleben könnten, dass er es eines Tages einfach nicht mehr erwähnte. Dass aus der gespielten Liebe eine echte werden würde.

Hatte sie das gehofft?

Sie wusste es nicht.

Aber es war auch egal, denn er hörte nicht auf, es zu betonen. Im Gegenteil. Er wurde nicht müde, hervorzuheben, dass er keinerlei Ansprüche an sie stelle, dass sie sich nicht wie eine Ehefrau verhalten müsse. Manchmal dachte sie, es wäre ihr zum Gefallen. Dann wieder dachte sie, dass er es tat, damit *sie* keine Ansprüche erhob.

Sie mochten sich, das war offensichtlich. Sie kamen gut miteinander aus, sie schliefen im selben Bett, sie lachten viel, sie stritten viel. Aber sie redeten nie über ihre Gefühle.

Natürlich galt eine von Laetitias ersten Fragen seiner politischen Einstellung. Der streng gelebte Protestantismus von Claires Großmutter stand für sie nie im Widerspruch zu den imperialistischen Zielen des Palastes, für sie war jeder ein Verräter, der das kaiserliche Programm nicht bedingungslos unterstützte.

«In der sozialen Frage wäre er sicherlich nicht mit dir auf

einer Linie, ansonsten würdet ihr euch aber bestimmt gut verstehen, er ist sehr meinungsstark, das magst du doch», flüsterte Claire jetzt.

Laetitia kräuselte einen Mundwinkel. «Sprich lauter!», wies sie ihre Enkelin an, obwohl sie zweifellos jedes Wort verstanden hatte, und zeigte mahnend auf ihre Hörmuschel. «Das kommt auf die Meinung an», sagte sie dann. «Ich sehe beim besten Willen nicht ein, warum wir höhere Steuern zahlen sollten, nur damit den Mittellosen mehr Geld geschenkt werden kann. Und ich wage zu bezweifeln, dass er meinen Standpunkt ändern könnte.»

«Großmutter!», zischte Claire mahnend. Sie hatte ja gewusst, dass das nicht gut gehen konnte.

«Ich sage doch gar nichts!», erwiderte Laetitia mit einem Glimmen in den Augen. «Dabei könnte ich so vieles sagen …»

Laetitia hatte den Skandal-Artikel in der Zeitung bisher weder erwähnt noch irgendwie durchblicken lassen, dass sie davon wusste. Aber natürlich war es nur eine Frage der Zeit gewesen.

Claire hielt den Atem an, doch Quint rettete sie, indem er hereinkam, Mimi unter den Arm geklemmt, die versuchte, ihm den Bart abzulecken. «Mimis Herz hat er anscheinend erweicht», flüsterte Claire, während Heide, Laetitias Stubenmädchen, Quint den Hund abnahm und ihm zeigte, wo er sich die Hände waschen konnte.

«Mimi war schon immer ein opportunistisches Miststück.» Laetitia blieb unbeeindruckt.

Doch Claire bildete sich ein, den Hauch eines Lächelns um ihre Mundwinkel spielen zu sehen.

«Dann waren Sie doch sicherlich bei der Taufe des *Imperator*?» Laetitia war ein Muster von Höflichkeit, reichte Sahnetorte und Mürbekekse, forderte Quint zweimal auf, sich nachzunehmen, redete wie ein Wasserfall über dieses und jenes. Aber Claire wusste, dass es irgendwann einen Knall geben würde. Sie hörte es an der Art, wie Laetitia ihre Wortenden unecht in die Länge zog, sie sah es an der Weise, wie sie beim Lächeln die Zähne zeigte. «Wie gerne hätte ich es selbst erlebt. Ich war natürlich eingeladen, aber mein gesundheitlicher Zustand erlaubt mir solche Extravaganzen nicht mehr. Stundenlang im Hafen herumzustehen ist mir nicht vergönnt. Haben Sie auch Fahrkarten erworben? Claire, ihr könntet doch eure Hochzeitsreise auf diesem Schiff unternehmen, wäre das nicht etwas?»

«Über meine Leiche», murmelte Quint in seine Tasse.

«Wie bitte?» Laetitias linke Augenbraue schoss in die Höhe.

Claire umklammerte ihre Kuchengabel.

«Eine ausgezeichnete Idee. Aber leider werde ich nicht freibekommen.»

«Zu schade. Arbeit ist nicht alles, mein Lieber. Ihre Frau sollte jetzt Ihre oberste Priorität sein.»

Quint warf Claire einen Blick zu, und ihr Nacken prickelte wie unter einem kühlen Windhauch.

«Nun, es wird Zeit, dass sie den *Imperator* vom Stapel lassen, meinen Sie nicht?», fuhr Laetitia fort, als er nicht reagierte. «Nach der Blamage mit der *Titanic* werden die Briten sehen, wie man ein Schiff baut.»

Claire gab einen erstickten Laut von sich. Sie hob ihr Glas, aber als sie merkte, wie ihre Hand zitterte, stellte sie es sofort wieder ab. Himmel, das hier würde nicht gut enden.

«Ich würde den Tod von eintausendfünfhundert Menschen nicht als Blamage bezeichnen, sondern als eine Tragödie», sagte er ruhig.

«Die Briten haben ihr Flaggschiff verloren, ihre unsinkbare

Weltneuheit, mit der sie vorher so widerlich geprahlt haben. Natürlich ist es eine Blamage», erwiderte Laetitia. «Und für die Menschen an Bord und ihre Familien selbstverständlich eine Tragödie», fügte sie hinzu, ebenso ruhig wie er, und Claires Rücken, der sich schmerzhaft versteift hatte, entspannte sich wieder ein wenig. «Eine Tragödie, ausgelöst vom Größenwahn der Briten.»

«Das mag sein. Auch wenn ich hinzufügen würde, dass unser Kaiser sein Bestes gegeben hat, um diesen Größenwahn zu fördern.»

Laetitias Augen wurden schmal. Ihre Hand schloss sich um den Stiel ihres Kristallglases, hob es aber nicht an. «Wie genau meinen Sie das, mein Lieber? Was hat unser Kaiser mit dem Versagen der Briten zu tun? Man sagt, die See war beim Untergang ruhig wie ein Binnengewässer. Nicht der kleinste Wind. Trotzdem haben sie es geschafft, das Schiff auf den Meeresboden zu befördern.» Sie gab ein abfälliges Schnauben von sich. «Das muss man sich mal vorstellen, stümperhafter geht es nicht. Sie wollten sich das Blaue Band holen und haben dafür alles riskiert.»

Unter dem Tisch verpasste Claire Quint einen warnenden Tritt, doch er drückte zur Antwort beruhigend ihr Knie.

«Das Blaue Band hätten sie sich niemals holen können, und das wussten sie auch, dafür war die *Titanic* gar nicht ausgerüstet», antwortete er freundlich. «Das ist ein Gerücht.»

Laetitia warf Claire einen empörten Blick zu, der eindeutig sagte: Hörst du diesen Unsinn?

«Was ist das Blaue Band?», fragte Claire und wünschte sich sehnlichst, Mimi würde auf den Teppich pinkeln oder sonst irgendetwas tun, um Laetitias Aufmerksamkeit vom Thema abzulenken. Aber wenn man den Köter einmal brauchte, schlief er seelenruhig auf seinem Samtkissen.

«Die Auszeichnung für die schnellste Atlantiküberquerung», erklärte Quint, ohne sie anzusehen.

«Gerücht hin oder her, sie wollten zu viel und haben verloren. Peinlich, das Schiff auch noch *Titanic* zu nennen, da war es ja geradezu eine selbsterfüllende Prophezeiung.» Laetitia lachte so trocken, dass es mehr wie ein Hüsteln klang.

«Wie meinst du das?» Claire bemühte sich krampfhaft um einen heiteren Ton.

Doch sie erhielt einen strafenden Blick. «Die Titanen haben den Kampf gegen die Olympier verloren und wurden in den Tartaros gestürzt, Claire. Der Strafort der Unterwelt, der in der tiefsten Region des Hades liegt. Was du wüsstest, wenn du im Unterricht besser aufgepasst hättest.»

Wider Willen entfuhr Claire ein abfälliges Schnauben. «Und was genau hätte mir das gebracht?»

«Zum Beispiel könntest du mir in dieser lächerlichen Konversation beipflichten, anstatt nur dumme Fragen zu stellen», schnauzte Laetitia, und Claire machte eine wegwerfende Geste mit der Hand.

Doch sie konnte nicht umhin, Laetitia bewundernd zu mustern. Sie hatte nicht gewusst, wie politisch interessiert und belesen ihre Großmutter war. Vor Gesellschaft hätte sie diese Seite niemals gezeigt, aber Quint schien etwas in ihr herauszufordern, das sie alle Vorsicht und Konventionen in den Wind schlagen ließ. Leider war das kein Zeichen von Achtung, sondern – Claire war sich ziemlich sicher – das genaue Gegenteil.

«Nun erklären Sie sich aber, mein Lieber.» Der Ton, in dem ihre Großmutter sprach, verhieß nichts Gutes. «Wie meinen Sie das, unser Kaiser sei mitschuldig an der Katastrophe? Was hat Wilhelm mit dem Versagen der Briten zu tun?»

Falls es Quint unbehaglich war, von Laetitia in die Mangel genommen zu werden, ließ er es sich nicht anmerken. «Ich meinte ganz einfach, dass sich die deutsch-britischen Beziehungen durch das von Wilhelm unterstützte, ja, ich würde sagen, *herausgeforderte* Wettrüsten der letzten Jahre extrem verschlechtert haben.» Noch immer sprach er in jenem seltsam freundlichen Ton, der nicht zum Inhalt der Unterhaltung passte. «Augenzeugenberichten zufolge ist die *Titanic* viel zu schnell gefahren, damit haben Sie vollkommen recht.» Er lächelte galant. «Und es kann durchaus sein, dass der Kapitän einen neuen Rekord aufstellen wollte, auch wenn es ihm dabei sicher nicht um das Blaue Band ging. Ich denke aber, man muss dieses fahrlässige Verhalten nicht als das eines einzelnen Mannes bewerten, sondern es in den Gesamtzusammenhang der Dinge einordnen.»

Laetitia legte den Kopf schief. «Und der wäre?»

«Albert Ballin hat schon vor Jahren versucht, dem Konkurrenzkampf auf der Nord-Atlantik-Route Einhalt zu gebieten. Wie Sie vielleicht wissen, hat er ein Abkommen vorgeschlagen, damit beide Länder aufhören können, sich gegenseitig zu überbieten, indem sie immer größenwahnsinnigere Schiffe bauen.»

«Und die Briten haben ihm ins Gesicht gelacht.»

Claire ließ erstaunt die Gabel sinken, die sie gerade zum Mund gehoben hatte. Woher wusste Laetitia diese Dinge?

«Sehr richtig. Genau wie unser Kaiser.»

«Wilhelm hat eben keinen Grund gesehen, sich zu verstecken. Der Kaiser will viel für unser Land.»

«Der Kaiser will viel für sich selbst. Und für die Weltgeltung Deutschlands. Das Schiff heißt *Imperator. Der* Imperator. Ein männliches Schiff … Hat man so etwas schon gehört? Wie könnten die Briten bei einem solchen Namen nicht davon ausgehen, dass wir einen Herrschaftsanspruch zur See wollen?»

«Selbstverständlich wollen wir den», rief Laetitia. «Wer, wenn nicht wir?»

Quint atmete tief ein, schien sich innerlich zu befehlen, ruhig zu bleiben. «Das Meer gehört allen.»

«Das Meer gehört dem, der es sich nimmt.»

«Die Deutschen haben schon genug genommen, finden Sie nicht?»

Claires Augen wanderten mit jedem über den Tisch gespienen Satz hin und her wie bei einem Tennis-Match.

«Ich habe den *Imperator* auf der Werft gesehen. Er ist ein Ungetüm. Der Adler am Bug hat eine Breite von sechzehn Metern. Er trägt die Kaiserkrone auf dem Kopf. Ich könnte mir vorstellen, dass Ballin auf diese … nun, nennen wir es mal freundlich ‹Zurschaustellung imperialer Hybris› gerne verzichtet hätte.»

«Sie nennen es Hybris, ich nenne es Nationalstolz. Verdienten Nationalstolz.»

«Womit genau verdient?» Quint schob den Teller zur Seite, stützte die Ellbogen auf den Tisch und das Kinn auf die Hände, sah Laetitia an, als wartete er gespannt auf ihre Antwort. Sein Ton hätte nicht freundlicher sein können. Sein Kiefer nicht verkrampfter.

«Nun, wir haben unseren Platz an der Sonne gefunden, würde ich meinen, oder etwa nicht?» Laetitias linke Augenbraue war so weit hochgezogen, dass sie ihr fast aus dem Gesicht fiel.

Mit verschränkten Armen lehnte Quint sich zurück, eine Geste, die bei Tisch ganz und gar nicht schicklich war. Claire kam es vor, als balancierten sie auf der Schneide eines sehr scharf gewetzten Messers. Es lief sogar noch schlimmer, als sie befürchtet hatte.

«Meiner Meinung nach fahren wir seit vielen Jahren ein

Schiff ohne Lotsen. Und ich glaube, dass Wilhelm mehr will als den berühmten Platz an der Sonne.»

«Was soll das nun wieder bedeuten?»

«Bismarck wollte Frieden. Wilhelm will Krieg.»

«Also, ich bitte Sie.» Laetitias flache Hand ging wie der Hammer eines Richters aufs Tischtuch nieder.

«Wir haben bereits das Zarenreich und unseren Erbfeind Frankreich gegen uns, nun auch noch Großbritannien», presste Quint durch die Zähne, immer noch ruhig, immer noch höflich, doch es war nicht zu übersehen, wie er langsam die Geduld verlor. «Die Flottenpolitik hat zu massiver Rivalität geführt. Wir haben nur noch Österreich Ungarn im Rücken. Dass das nicht viel wert ist, muss ich Ihnen sicher nicht erklären. Ein Szenario, das Bismarck immer verhindern wollte. Außerdem haben wir schon Krieg. Wir hatten die letzten Jahre über *immer* Krieg.»

«Wovon faseln Sie denn da?» Aufgebracht schloss Laetitia eine Hand um Claires Arm, wie um sie in ihre Empörung mit einzubeziehen. Leider wusste Claire bei keinem von beiden, wovon er sprach, und konnte daher auch keine Partei ergreifen. Besiegt hob sie die Hände.

«Ich rede von Deutsch-Westafrika. Von dem Vernichtungsfeldzug, den wir dort geführt haben. Von den mehr als siebzigtausend toten Einheimischen, von denen man inzwischen spricht. Von Ostafrika, wo wir die Menschen gezwungen haben, unter den grausamsten Bedingungen Baumwolle anzubauen, und ihren Protest nicht hören wollten. Mehr als dreihunderttausend Tote, sagt man.»

«In Hamburg hat nie ein einziges Sklavenschiff angelegt», zischte Laetitia.

«Dafür leben hier Sklavenhändler», gab Quint wie aus der Pistole geschossen zurück.

«Was meinst du?», fragte Claire überrascht, obwohl sie sich geschworen hatte, sich nicht einzumischen. «Wir haben doch hier in Hamburg mit Sklaven nichts zu tun.»

Er drehte den Kopf und sah sie an, sein Blick dunkel. «Ja, was denkst du denn, wird in unserer wundervollen neuen Speicherstadt gespeichert?», blaffte er, und sie zuckte erschrocken zusammen.

«Nun, ich … vor allem Kaffee und …», erwiderte Claire und brach ab. Woher sollte sie das wissen?

«Kaffee!» Er lächelte, ohne den Blick von ihr zu nehmen, aber es war kein fröhliches Lächeln. «Und wo kommt der her?» Er benahm sich überheblich, und sie sah, dass er es merkte und trotzdem nicht anders konnte.

«Aus Afrika natürlich!» Wollte er sie für dumm verkaufen? «Und du kannst auch in normalem Ton mit mir reden.»

Sein Blick flackerte kurz, aber als er weitersprach, klang er nicht weniger scharf. «Richtig. Aus den deutschen Kolonien. Unserem ‹Platz an der Sonne›, wie unser ehemaliger Reichskanzler es so poetisch ausdrückte.»

«Also sagen Sie, dass es nicht rechtens ist, was in Afrika geschieht?», fragte Laetitia aufgeregt. «Dass wir uns etwas nehmen, das wir uns nicht nehmen dürften?»

Quint lachte auf. «Aber auf keinen Fall. Die deutsche Hegemonie darf man natürlich nicht infrage stellen, das wäre ja geradezu blasphemisch.» Er zerknäulte seine Serviette in der Hand und knurrte: «Niemals würde ich auf eine solche Idee kommen.»

Mit ausgetrocknetem Mund trank Claire einen Schluck Limonade. Sie wusste nicht, was Hegemonie war, und es interessierte sie auch nicht. Sie wusste nur, dass Quint ihre Großmutter absichtlich provozierte, und das musste nun wirklich nicht sein.

«Ich gehe davon aus, dass der Kaiser weiß, was er tut», entgegnete Laetitia mit so hoher Stimme, dass Claire sicher war, gleich eines der Gläser zerspringen zu sehen. «Es heißt doch, dass wir Siedlungsgebiete brauchen, um die Massenabwanderung in die USA zu stoppen. Das müssten Sie doch am besten wissen.»

«Lasst uns doch jetzt bitte über etwas anderes reden», rief Claire entnervt. Sie wollte gerade drohen, dass sie aufstehen und gehen würde, wenn die beiden weiter über Politik stritten, da war aus der Küche plötzlich ein lauter Knall zu hören.

«Gott, Heide will mal wieder das Haus abfackeln. Entschuldigt mich.» Laetitia erhob sich, so würdevoll es ihre alten Knochen zuließen, und verließ mit geradem Rücken den Raum. Ihr Hals war feuerrot.

Heide kann sich warm anziehen, dachte Claire. «Bist du wahnsinnig geworden?», flüsterte sie und drehte sich mit zornsprühenden Augen zu Quint um, sobald Laetitia außer Sicht war.

Langsam wandte er den Kopf und sah sie an. Ein triumphierendes Lächeln umspielte seinen Mund. «Sie mag mich.»

«Ich mag ihn», verkündete Laetitia kühl, als sie sich wenig später verabschiedeten. Quint war bereits zur Droschke vorausgegangen, um das Gebäck zu verstauen, das Heide ihnen mitgegeben hatte, und Laetitia hielt Claire am Arm zurück.

«Wie bitte?» Claire klappte der Mund auf.

«Seine politischen Ansichten sind natürlich vollkommen fehlgeleitet. Aber er denkt für sich selbst. Das findet man nicht oft.» Laetitia kniff Claire in den Oberarm. «Was fürs Auge ist er auch. Abgesehen von dem scheußlichen Aufzug. Aber ich verstehe, warum er dir gefällt. Ein Automobil wollt ihr euch nicht leisten?»

Laetitia entließ sie mit einem Funkeln im Blick, augenscheinlich hatte sie an dem kleinen Schlagabtausch tatsächlich Gefallen gefunden.

Kopfschüttelnd verabschiedete Claire sich von ihr. Auch die eigene Großmutter konnte man anscheinend noch völlig neu kennenlernen.

Als sie den Weg hinunterlief, Quint vor sich, ihre Großmutter hinter sich, überkam sie plötzlich ein seltsames Gefühl der Leichtigkeit. Der Flieder stand in voller Pracht, die Sonne schien, und einen Moment lang dachte sie, dass vielleicht doch alles gut werden würde. Laetitia hatte sie nicht enterbt, ihre Mutter und Dr. Schwab würden heiraten, Claire würde sich an ihn gewöhnen, Ava und Will würden zueinanderfinden, Kinder bekommen und in Hamburg bleiben. Und sie und Quint würden ihren Stolz und ihre Verletzungen vergessen, und alle wären eine große, glückliche Familie.

Ja, dachte sie selbstironisch, als der Kutscher die Tür hinter ihr zuschlug. Genau so würde es kommen.

Weil es das Schicksal ja bisher auch so gut mit ihnen gemeint hatte.

7

Vor ihrer Ehe hatte Claire noch nie richtig gekocht. Es verblüffte sie jeden Tag aufs Neue, wie schwierig es war. Auch in all den Wochen fern der Heimat hatte sie es vermeiden können. Auf dem Schiff hatte es Bohnensuppe gegeben, Kartoffeln und zermatschten Thunfisch; im Krankenhaus immerhin etwas genießbareren, aber immer noch scheußlichen Eintopf und ab und zu sogar Pudding. Sie hatte in ihrem Leben noch nie ihr Essen selbst zubereiten müssen, nicht einmal in der Küche der Ballinstadt, wo sie immer nur für einen einzigen Schritt zuständig gewesen war, nicht aber für einen vollständigen Ablauf. Sie konnte Fleisch schneiden, sie konnte Erbsen pulen, sie konnte Gemüse waschen und Brot mit der Handkurbel zerteilen. Aber sie hatte keine Ahnung, wie lange Kartoffeln kochen mussten, bis sie gar waren, welche Gewürze man verwendete, um sie schmackhaft zu machen. Sie hatte nicht einmal eine Vorstellung davon, wie man aus Mehl ein Brot herstellte, und schon gar nicht, wie man eine Soße anrührte oder Fleisch nach etwas schmecken ließ. Wenn sie an die herrlichen Gerichte dachte, die Henriette Tag für Tag in der Villa serviert hatte, schüttelte sie manchmal ungläubig den Kopf und fragte sich, wie man nur so viel Geschmack in eine Speise bekam.

Die Wohnung war anders, wenn er da war. Alles war anders, wenn Quint da war. Wenn er nicht zu Hause war, vermisste sie ihn wahnsinnig, schlich von Fenster zu Fenster und starrte hinunter in den Hof, um zu sehen, wann er zurückkam. Sie verstand nicht, warum er oft abends so lange ausblieb, und hatte Angst, dass es an ihr lag, dass sie ihm auf die Nerven ging, dass die Wohnung ihm zu eng wurde.

Obwohl er es stets energisch zurückwies, hatte sie das Gefühl, sich ihre Anwesenheit verdienen zu müssen. Sie konnte einfach nicht anders. «Lass das doch», sagte er entnervt, wenn sie nach dem Essen begann, aufzuräumen und den Boden zu fegen. «Du musst das wirklich nicht machen», wenn sie wieder eine Mahlzeit zubereitet hatte und sie beide vor dem halb verkohlten Ergebnis saßen und so taten, als könnte man es essen.

Seit Magnus in die Ballinstadt gekommen war, hatte Quint sich verändert. Er war höflich und freundlich zu ihr, aber er ging ihr aus dem Weg, sie spürte es. Er hatte sich verschlossen. Auf ihre Fragen gab er Antwort, stellte jedoch selbst nie welche, musterte sie manchmal verstohlen, wenn er glaubte, sie merke es nicht, und sah dann weg, sobald sie den Blick hob.

Sie war gekränkt, weil er ihr nicht glaubte, und konnte es gleichzeitig verstehen. Wenn sie ihn fragte, was er für Magnus arbeitete, antwortete er ausweichend. «Ich kenne eben die Schiffe, die Routen. Ich helfe ihm aus, ich berate die Reederei. Aber eigentlich arbeite ich für die HAPAG, also muss es unter dem Radar bleiben. Vielleicht würde gar niemand Anstoß daran nehmen, aber wir hängen es nicht an die große Glocke, verstehst du?»

Trotz seiner Erklärungen schien ihr, dass das nicht alles

war. Manchmal kam sie herein, wenn er arbeitete, und er schob rasch etwas unter einen Stapel Papiere. Abends räumte er seine Sachen sorgfältig weg, verschloss sie im Schrank, und sie wusste nicht, ob er ihr damit einen Gefallen tun wollte oder ob er etwas verheimlichte. Nur war das Vertrauen zwischen ihnen so zerrüttet, dass sie wohl kaum auf eine ehrliche Antwort hoffen konnte.

Deswegen fragte sie nicht.

Manchmal fühlte es sich an, als wäre er ein Fremder. Manchmal, als würden sie sich schon immer kennen. Sie schliefen miteinander, Nacht für Nacht. Sie sprachen nie darüber. Sie tranken morgens zusammen Kaffee, und sie aßen zusammen zu Abend, sie redeten über die Auswandererstadt, über Ava und Will oder ihre Mutter, über das Wetter. Niemals über sich oder die Zukunft.

Sie verliebte sich mit jedem Tag mehr. Und jeden Abend, wenn sie zu Bett ging, wog der Druck auf ihrer Brust ein klein wenig schwerer als am Tag zuvor. Weil sie einfach nicht wusste, wie das alles gut enden sollte.

Als es klopfte, hatte Claire gerade die Bettdecken aus dem Fenster gehängt, wie sie es von Marie kannte, und den Läufer ausgeklopft. Sie hasste Hausarbeit und würde sie immer hassen, es gab nichts Langweiligeres und Stumpferes, doch sie würde sich nicht von ihm nachsagen lassen, dass sie ihm auf der Tasche gelegen oder ihn ausgenutzt hätte. Natürlich wusste sie genau, dass er das niemals sagen würde. Aber ihr Stolz ließ es nicht anders zu.

Das Geräusch verhallte in der Wohnung. Sie hob die Brauen, warf den Läufer wieder auf seinen Platz vor dem Bett und ging dann hustend zur Tür. Anscheinend hatte sie nicht so viel Staub herausgeklopft wie gedacht.

Sie öffnete – und da stand sie.

Claire wich zurück, Linda sah sie an, ohne zu lächeln. «Hallo, Claire.»

«Hier lebst du jetzt also.»

Linda trug ein bodenlanges Kostüm in blassem Lila, mit einer pfirsichfarbenen Rose im Ausschnitt, und einen runden Hut auf der Flechtfrisur. Vor den einfachen Möbeln wirkte sie wie ein Pfau im Hühnerstall. Claire hatte eine Schürze über das Kleid gebunden und sich die Haare im Nacken zu einer Schnecke aufgerollt. Verunsichert fuhr sie sich über das Gesicht, sie spürte den Staub noch in der Nase kitzeln, sicher saß er ihr auch in den Haaren und auf den Wangen. Nun, dachte sie resigniert, wenn Linda der Pfau im Hühnerstall ist, dann bin ich wohl unweigerlich das Huhn.

Linda schaute sich in der kleinen Wohnung um, und mit einem Mal sah Claire alles mit ihren Augen. Im Vergleich zu ihrer alten Kammer im Nebengebäude war es hier geräumig und hell. Trotzdem war die Wohnung klein und eng, mit zusammengewürfelten Möbeln und dem Geruch von Bratfett in den Vorhängen.

«Ja», sagte Claire. «Hier lebe ich. Es ist die Wohnung meines Mannes.»

Linda nickte mit unbeweglicher Miene. «Ich habe davon gehört.»

Claire wusste nicht, was sie tun sollte. «Möchtest du einen Kaffee? Oder einen Tee?», fragte sie absurderweise, und absurderweise nickte Linda.

«Tee, bitte», sagte sie, und mit großen Augen bot Claire ihr einen Stuhl an und ging zum Herd, um Wasser warm zu machen. Sie ärgerte sich, dass sie zuerst das Schlafzimmer sauber gemacht hatte, auf dem Tisch standen noch die Tassen vom Morgen, und der Flieder in der Vase war halb verwelkt.

Während der schrecklich langen zehn Minuten, die Claire brauchte, um den Tee zuzubereiten, sprachen sie kein einziges Wort. Linda beobachtete jede ihrer Bewegungen, und Claire fühlte sich, als müsste sie eine Prüfung bestehen.

Als sie fertig war, setzte sie sich Linda gegenüber und verschränkte die Hände auf dem Tischtuch. Es kostete sie alle Kraft, der ehemaligen Freundin ins Gesicht zu sehen.

«Ich komme gleich zur Sache.» Linda nahm vorsichtig die Tasse und führte sie zum Mund.

Claire sah, dass sie einen kleinen Sprung hatte, und fluchte innerlich einen von Olgas polnischen Flüchen.

«Magnus», sagte Linda, und Claire zuckte so heftig zusammen, dass sie mit der Hand gegen ihre volle Tasse stieß und der Tee auf die Tischdecke schwappte, wo er sich in das weiße Leinen grub. «Du weißt sicher, dass wir uns scheiden lassen?»

Claire nickte stumm.

«Gut. Deshalb bin ich aber nicht hier.» In Lindas Stimme lag keinerlei Emotion, sie hörte sich an, als wäre ihr alles vollkommen gleichgültig. Sie trank einen Schluck. «Er hat die Reederei heruntergewirtschaftet. Das Lebenswerk seines Vaters. Nur ein paar Jahre hat er gebraucht. Es ist nichts mehr zu retten.»

Claire holte erschreckt Luft. «Was?», fragte sie bestürzt.

Linda nickte, als hätte sie eben erzählt, dass ihr Milch im Tee besser schmeckte als Sahne. «Ja. Es ist schockierend. Er hat mich bloß wegen der Mine geheiratet. Jetzt ist es natürlich sonnenklar. Als ich meinem Vater alles erzählt habe, hat er mir gesagt, wie viel sie wert ist, wie viel sie in der Zukunft einbringen kann. Ich habe mich ja nie um irgendwas gekümmert, nie richtig zugehört. Dabei ist es wichtig. Dass man zuhört. Dass man aufmerksam ist.» Sie sah Claire über ihre Tasse hinweg an und trank erneut einen Schluck. Der Blick aus ihren hellblauen Augen so wissend, so kalt, dass Claire von Kopf bis Fuß ein Schauer überlief. «Sonst steht man am Ende da und ist die Dumme.» Lindas Lippen zuckten. «Aber wem erzähle ich das.» Ihr Blick schweifte über das verschlissene Sofa, den verrußten Kamin. «Nun, wo war ich. Ach so, ja. Die Reederei. Sie geht unter. Mein Vater hat sich erkundigt, einen privaten Ermittler eingeschaltet.» Mit dem Nagel des Zeigefingers fuhr Linda langsam eine Bügelfalte im Stoff der Tischdecke nach. «Tatsächlich kann niemand sich erklären, wieso Magnus noch Geld hat. Eigentlich müsste er bereits bis zum Hals in Schulden stecken.»

Claire merkte, dass ihr die Teetasse auf den Knien langsam umkippte, und richtete sie rasch auf, bevor sie schon wieder überschwappte. «Was willst du mir damit sagen?», fragte sie. *Warum bist du hier*?, wollte sie rufen, aber sie tat es nicht.

«Nun ja.» Linda legte den Kopf schief, sah sie an. «Ich weiß, woher es kommt. Ich weiß fast alles.» Linda lächelte zum ersten Mal, seit sie zur Tür hereingekommen war. Doch es war ein Lächeln ohne jede Freude. «Du solltest nicht glauben, was man alles herausfinden kann, wenn man nachts nicht schläft und Zeit hat zu wühlen und wenn man tagsüber vor Schmerzen weder sitzen noch liegen kann und Zeit hat zu lauschen.»

Als Claire verstand, was Linda ihr sagen wollte, überlief sie ein kalter Schauer. Sie meinte doch nicht etwa … «Du …», stotterte sie, und Linda nickte.

«Ich habe es schon vorher gewusst. Nicht von Anfang an, aber früh genug. Ich bin nicht so dumm, wie ich wirken mag, weißt du?»

Claire war außerstande zu antworten. «Ich … es …», stammelte sie.

Mit einem leisen Klirren stellte Linda ihre Tasse ab. «Spar

es dir», sagte sie. «Ich will es nicht hören. Ich weiß, dass du Gefühle für ihn hattest. Die ganze Zeit habe ich dich verflucht, dich gehasst, aber manchmal denke ich, vielleicht war ich in dem Stück auch die Böse.» Sie hob den Blick. «Ganz sicher war ich die Dumme.»

Claire räusperte sich, ihr Hals war wie zugeschnürt. Sie konnte nicht glauben, wie sehr Linda sich verändert hatte. Sie wirkte so erwachsen und entschlossen. Sogar ihre Stimme klang anders, ruhig und selbstsicher. Außerdem kam sie ihr heute so schön vor, sie strahlte eine solche Kraft aus, dass Claire sich fragte, ob man Menschen ihre inneren Veränderungen auch äußerlich ansah, ob jeder, der für sich einstand, sich seinen Wahrheiten stellte, egal wie grausam oder entwürdigend sie sein mochten, automatisch schön war.

«Du fragst dich sicher, warum ich hier bin?»

Claire nickte stumm, zu mehr war sie nicht in der Lage.

«Jedenfalls ganz sicher nicht, um unsere Freundschaft zu retten. Das Schiff ist abgefahren, würde ich sagen.» Sie gluckste leise. «Ich habe nicht nur euch gehört. Wie gesagt, mir war immerzu langweilig, alles tat weh. Also bin ich umhergegeistert.»

Linda hatte zarte lila Schatten unter den Augen, und so schön sie Claire erschien, so traurig sah sie auch aus. Ob man so etwas je überwinden kann, überlegte Claire. Den Tod des eigenen Kindes. Oder ob man diesen Schmerz für immer in Lindas Blick sehen würde.

«Ich glaube, ich habe es mir angewöhnt, als du ins Haus kamst und anfingst, mit meinem Mann das Bett zu teilen.»

Claire merkte, dass sie die Hände ins Tischtuch gekrallt hatte. Als Lindas Blick darauf fiel, ließ sie es rasch los. Linda lächelte dünn, und Claire spürte die Scham in Wellen ihr Rückgrat hinabwogen.

«Wahrscheinlich hast du inzwischen auch begriffen, wie er wirklich ist.»

Wann war diese Frau so kalt geworden? Claire stand auf, ging zur Kommode, zog die Schublade auf und nahm Quints Zigaretten heraus. Sie wollte eigentlich aufhören, mochte es nicht, wie ihr Mund morgens schmeckte, wie der Husten manchmal in ihrer Lunge rasselte – aber wenn es einen passenden Moment dafür gab, dann jetzt. «Möchtest du auch?», fragte sie, während sie sich wieder hinsetzte.

Linda schüttelte stumm den Kopf und beobachtete, wie Claire mit leicht zitternden Händen das Streichholz anriss. «Was ist passiert in Amerika?», fragte sie.

Claire nahm einen tiefen Zug und wedelte den Rauch weg. Eine Sekunde schloss sie die Augen. «Er hat getan, als wüsste er nicht, wer ich bin», antwortete sie dann. Es war grausam, es auszusprechen, es selbst zu hören. Es tat weh. Immer noch. «Ich hatte ihm geschrieben und ihn um Hilfe gebeten, von Ellis Island aus. Wegen meines Auges wurde ich nicht von der Insel gelassen.»

Ohne eine Regung betrachtete Linda Claires Auge, musterte ihr immer noch geschwollenes Lid, die gekrümmten Wimpern. Claire hielt es aus, hielt ihrem Blick stand. Linda ließ sich nicht anmerken, was sie dachte oder ob sie es vorher schon gesehen hatte. «Und dann?»

«Hat er geantwortet, dass er nicht weiß, wer ich sein soll, und mir leider nicht helfen kann», erwiderte Claire knapp.

Lindas Mundwinkel zuckten. Claire gönnte ihr den Triumph. Er war alles, was sie als Wiedergutmachung anzubieten hatte.

«Und dann haben sie dich zurückgeschickt.»

Claire nickte. «Und hier bin ich jetzt.» Sie breitete die Arme aus, die brennende Zigarette zwischen den Fingern. An ihrem eigenen Tonfall hörte sie, dass sie es selbst noch nicht richtig fassen konnte. «Wie du siehst, hast du also am Ende doch gewonnen.»

«Denkst du?», fragte Linda scharf, und Claire biss sich auf die Lippen.

«Nun, es könnte schlimmer sein, oder nicht?», sagte Linda nach einer Weile, ihre Stimme nun noch kühler als zuvor. «Immerhin hast du sehr schnell jemanden gefunden, der dich auffängt.»

Plötzlich fühlte Claire sich unendlich müde. «Es ist nicht …» Sie schüttelte den Kopf. «Es ist nicht, wie es aussieht», murmelte sie dann. Sie sehnte sich nach einer Tasse schwarzen, dampfenden Kaffees.

«Was ist es dann?» Linda musterte sie regungslos.

Claire fragte sich, ob sie es wagen konnte. Ob sie ihr alles erzählen sollte.

Aber wozu. Sie würden nie wieder Freundinnen sein.

«Es ist kompliziert», erwiderte sie und zog an der Zigarette.

Linda wandte sich ab und sah aus dem Fenster. «Das ist es immer», sagte sie schlicht.

Claire wartete, dass sie endlich erklären würde, warum sie hier war.

Mit den Fingerspitzen schob Linda den Henkel der Tasse in die richtige Position, dann hob sie den Blick. «Ich will mit den Informationen, die ich habe, an die Öffentlichkeit gehen.» Sie hielt inne, drehte die Tasse noch ein wenig weiter. «Das Problem ist nur, dass es dabei auch um jemanden geht, den du kennst.»

Claire beobachtete, wie Linda die Tasse schob. «Um wen?», fragte sie leise, obwohl sie es ahnte.

Obwohl alles in ihr zu zittern begann.

Linda sah sich in der kleinen Wohnung um, betrachtete den einfachen Teppich, die Küchenschränke, den schmucklosen Kaminsims, und Claire konnte beim besten Willen nicht einschätzen, was in ihr vorging. «Um deinen Mann», antwortete sie, und jetzt bohrten ihre Augen sich in die von Claire. «Um Quint.»

Dann erzählte sie ihr alles, was sie wusste.

Claire hörte ihr zu, sie verstand jedes Wort, aber sie konnte es nicht begreifen. Es konnte nicht sein, Quint war nicht wie Magnus, er war ein Mann mit Integrität, mit Werten, er würde niemals …

Linda stand auf. «Ich werde nichts unternehmen ohne deine Einwilligung, Claire», schloss sie mit einem seltsamen Lächeln, und vollkommen erstaunt sah Claire ihr zu, wie sie ihre Tasche nahm und langsam die Handschuhe überstülpte, jeden Finger einzeln nachzog und dann den Blick hob, um sie anzusehen. «Es liegt an dir, zu entscheiden, was passieren wird.» Ihre Stimme war wie Seide.

Und Claire verstand, was sie tat. Es war Lindas ganz eigene Form der Rache.

«Kontaktiere mich, wenn du eine Antwort hast. Ich gebe dir zwei Wochen Zeit.»

Ohne ein weiteres Wort oder eine Verabschiedung ging sie und ließ Claire sprachlos am Tisch zurück, die Augen dunkel vor Schreck, die brennende Zigarette noch in der Hand.

Claire lief die Auffahrt zur Villa auf der Uhlenhorst hinauf. Noch nie zuvor war sie zu Fuß hergekommen, es war warm, und sie schwitzte. «Wozu braucht jemand einen so großen

Garten?», murmelte sie wütend und trat absichtlich auf einen blühenden Löwenzahn. Es fühlte sich gut an.

Der Balkon oben war leer, natürlich war er leer, aber kurz sah sie das Traumbild von damals aufblitzen, sie, in einem bunten Morgenmantel, mit Magnus am Frühstückstisch, singende Vögel, eine schillernde Blase aus Möglichkeiten, die sie beide umgab. Sie schnaubte abfällig, als die Blase vor ihren Augen zerplatzte und nur noch die leeren Fenster auf sie herunterstarrten.

Wie unerträglich dumm sie doch gewesen war.

Werktags war Magnus meist in der Reederei, und sie wusste, dass er samstags gerne segelte, dennoch hoffte sie, dass sie ihn antreffen würde. Sicher würde er nach dem öffentlichen Skandal versuchen, nicht allzu sehr das Bild eines unbekümmerten Lebemanns abzugeben.

Sie fand ihn bei den Pferden. Das Mädchen, das sie zu ihm führte, musterte ihr einfaches Kleid mit unverhohlener Genugtuung.

Gerade tastete er zusammen mit seinem Stallmeister die Flanke eines glänzenden Hannoveraners ab, und als sie hereinkam, sah er erstaunt auf. Ohne ein Wort führte er sie in die Sattelkammer, die so groß war wie Quints gesamte Wohnung, und schob die Tür hinter ihnen zu.

«Was, ohne schöne Kleider und Juwelen bin ich nicht gut genug fürs Haus?», fragte sie, weil sie genau wusste, dass ihm das missfallen würde – wie alle Männer bildete er sich moralische Überlegenheit ein, wenn es ihm gerade passte –, und wie erwartet zogen sich seine Augenbrauen vor Ärger zusammen.

«Red keinen Schwachsinn.»

Wenn Claire eine Chance haben wollte, die Wahrheit zu erfahren, musste sie sich bei ihm einschmeicheln. Aber es war unglaublich schwer. Viel schwerer, als sie erwartet hatte. Sie trat auf ihn zu, und erstaunt machte er einen Schritt rückwärts. Sein Blick war das pure Misstrauen.

«Was willst du hier?»

«Ich wollte mit dir sprechen», begann sie, stockte, weil sie nicht wusste, wie sie weitermachen sollte. «Linda war bei mir.»

«Was?» Seine Augen weiteten sich. «Warum?»

Claire hob die Schultern. «Es war so seltsam. Sie hat sich so verändert, es kam mir vor, als stünde ein ganz neuer Mensch vor mir.»

«Ich weiß.» Er nickte. «Mit mir ist sie auch so. Was wollte sie?», drängte er. «Hat sie etwas über mich gesagt?»

Er macht sich tatsächlich noch Hoffnungen, dachte Claire. Nicht zu fassen. «Sie hat erzählt, dass sie dich belauscht hat», sagte sie. «Dass sie uns belauscht hat. Dass sie Dinge über dich weiß, die dir große Probleme bereiten könnten.»

Seine Augen wurden schmal. «Dinge?»

Claire war unsicher, wie sie vorgehen sollte. «Ich wollte dich warnen», startete sie einen Versuch. «Sie hat etwas davon gefaselt, dass du mit Quint Geschäfte machst, die nicht ans Tageslicht kommen sollten, und dass sie alles darüber weiß.»

Sein Gesichtsausdruck gab ihr die Bestätigung, deretwegen sie gekommen war. Er wurde aschfahl. Nach einer Schrecksekunde lachte er auf. «So ein Unsinn.» Er fuhr sich mit beiden Händen durchs Haar, sein Blick flackerte, sie konnte förmlich dabei zusehen, wie seine Gedanken hin und her schossen.

Claire schüttelte den Kopf. «Es klang ziemlich konkret, Magnus.»

Jetzt rieb er mit den Händen über den Mund, starrte sie an, als wäre er nicht sicher, was er sagen sollte – was er sagen konnte.

«Hör mal, mir ist vollkommen egal, was du machst und wie du dein Geld verdienst», sagte sie, und das stimmte sogar. «Aber falls Quint involviert ist, muss ich es wissen.»

«Ach, und warum?», fragte er irritiert.

Sie zögerte. Aber es gab keinen Weg daran vorbei. «Weil ich … ihn geheiratet habe», antwortete sie.

Die Verwirrung stand so deutlich in seinem Blick, dass sie beinahe gelacht hätte. «Wie bitte?», flüsterte er.

Plötzlich packte er sie am Arm und zog ihre Hand zu sich heran. Es tat weh, und sie versuchte, sie ihm zu entziehen, aber er hielt sie fest, betrachtete den Ring mit versteinerter Miene. Dann ließ er sie so abrupt los, dass sie nach hinten stolperte.

«Würdest du mir das vielleicht erklären?» Jetzt war er sichtlich wütend. Es war eine Demütigung zu viel für sein stets so allseits umschnurrtes Gemüt.

«Keine Sorge», erwiderte sie. «Er liebt mich nicht. Wir lassen uns scheiden, sobald sich die Wogen geglättet haben. Es war nur eine Formsache. Er hasst die Ehe.»

Es tat weh, es auszusprechen.

Magnus kniff die Augen zusammen, legte die Hände an die Schläfen, als hätte er Kopfschmerzen. «Ich komme nicht mehr mit», sagte er scharf. «Warum genau heiratest du, nur um die Ehe dann wieder aufzulösen?»

«Nun, wenn mich der Mann, der mich angeblich liebt, nicht heiratet, muss es eben ein anderer tun, oder nicht?», erwiderte sie höhnisch. «Außerdem hast du doch selber gesagt, dass es bei der Ehe nicht um Liebe geht.» Als er nur den Kopf schüttelte, fügte sie hinzu: «Ich musste heiraten. Damit Dr. Schwab im Falle einer Entmündigung nicht die Vormundschaft übernehmen kann.»

Er blinzelte. «Das ist doch Irrsinn.» Unsicher lachte er.

«Das ist es keineswegs», erwiderte Claire, obwohl es sich, wenn sie es selbst so ausgesprochen hörte, wirklich anhörte wie Irrsinn. «Es war sogar die einzige Lösung. Ich bin ihm sehr dankbar dafür.»

Magnus war offensichtlich zu perplex, um etwas zu erwidern. «Claire», brachte er schließlich hervor. «Ich kann nicht glauben, dass das nötig war. Warum bist du denn nicht …», setzte er an, brach dann aber mit erschrockener Miene ab.

«Was?», bohrte sie. «Zu dir gekommen? Um dich um Hilfe anzuflehen?» Sie verzog den Mund. «Was für eine gute Idee. Warum bin ich darauf nur nicht früher gekommen? Ach, warte. Das bin ich doch!» Mit einem gespielten Lachen schlug sie sich gegen die Stirn. «Und du hast so getan, als würdest du mich nicht kennen.»

«Ich werde das nicht noch einmal durchkauen», sagte er entschieden, und die Glut in ihr flammte wieder auf, rot und gleißend.

«Ja, das wäre ungemütlich für dich.»

Demonstrativ verschränkte er die Arme vor der Brust.

«Er weiß nicht, dass ich hier bin …» Claire beobachtete sein Gesicht.

Und da war sie, sichtbar wie eine Rose im Schnee.

Genugtuung.

«Und ich wäre dir sehr verbunden, wenn du es ihm auch nicht sagst.»

Er nickte langsam, musterte sie, als sähe er sie zum ersten Mal. «Schläfst du mit ihm?», fragte er dann wie aus dem Nichts.

Sie war auf die Frage vorbereitet. Jemand wie Magnus konnte gar nicht anders, als sie zu stellen. «Natürlich schlafe ich mit ihm», erwiderte sie, ohne den Blick zu senken. «Er ist mein Ehemann.»

Sein Gesicht zog sich zusammen. Aber sie spürte, dass sie nicht so vorsichtig mit ihm sein musste, wie sie anfangs gedacht hatte. Er war jetzt allein, er war gedemütigt, öffentlich an den Pranger gestellt, verunsichert und wütend. Er würde sie nicht davonjagen, er brauchte jemanden, an dem er sich reiben konnte, jemanden, an dem er seine Gefühle austoben konnte, jemanden, der ihm zuhörte.

«Also, sagst du es mir jetzt?»

«Was?» In seiner Wut schien er kurz vergessen zu haben, dass sie überhaupt hier war.

«Ob es stimmt.»

Er machte eine wegwerfende Handbewegung, aber dann legte sich ein triumphierendes Grinsen über seine Züge. «Er ist meine rechte Hand. Er organisiert das Geschäft.» Magnus genoss es sichtlich, zu beobachten, was diese Information bei ihr auslöste. «Niemand kennt die Schiffe, die Kapitäne und die Routen so wie er, niemand hat seinen Einblick, seine Verbindungen.»

«Und es ist alles … Betrug?», flüsterte sie. «Linda hatte recht mit allem?»

«Quatsch.» Ungeduldig winkte er ab. «Sie weiß gar nichts. Ja, im Fahrkartengeschäft läuft nicht immer alles ganz koscher, dafür ist es zu weit verzweigt, zu schwer zu kontrollieren. Aber was sie da behauptet, ist einfach …»

«Warum sollte sie lügen?»

«Warum sollte sie die Wahrheit sagen?», schnappte er. «Sie will mich ruinieren, das hat man doch an dem Artikel gesehen, sie geht über Leichen, um sich zu rächen. Nun erfindet sie eben Geschichten, um mich noch tiefer reinzureiten. Wir verkaufen Fahrkarten, Claire. Das ist keine Sünde.»

Sie überlegte, ob sie ihm sagen sollte, dass Linda nicht für den Artikel verantwortlich war. Aber es schien ihr besser, ihm nicht zu viel zu verraten. «Warum will sie dann Quint mit hineinziehen?»

«Vielleicht deinetwegen?», fauchte er. «Wie es aussieht, hat sie ja von eurer absurden Zweckehe gehört.»

Claire erwiderte nichts, musterte ihn nur abschätzig.

«Du solltest gehen. Es haben dich schon genug Leute hier gesehen. Wenn ich meine Ehe retten will, dann darf ich mir keinen Fehler mehr erlauben», murmelte er.

«Deine Ehe ist nicht zu retten. Linda hasst dich.» Sie griff in die Tasche und holte ihre Zigaretten heraus.

«Rauchende Frauen sind vulgär», schnappte Magnus.

«In diesem Fall ganz sicher», erwiderte Claire ungerührt.

Ein kurzes Lächeln zuckte um seine Mundwinkel. «Du bist einfach …» Er brach ab.

«Was?», fragte sie und blies den Rauch aus. «Was bin ich?»

Wenn sie je einen Beweis gebraucht hatte, dass Dr. Schwab sich irrte und sie ihre Impulse durchaus kontrollieren konnte, dann bekam sie ihn heute. Sein überhebliches Grinsen ließ kleine Stromschauer ihre Handgelenke hinabfahren.

«Wunderschön», sagte er leise, und plötzlich bekam sein Blick etwas Dunkles, beinahe Gieriges.

«Neulich hast du noch gesagt, mein Auge sieht furchtbar aus!»

Er schüttelte ärgerlich den Kopf. «Das Auge. Nicht du.» Er näherte sich ihr, seine Hände suchten nach den ihren. «Gehen wir ins Haus?», fragte er leise.

Claire sah ihn an. Diesen schönen Mann, den sie einmal zu lieben geglaubt hatte. Sie fand alles an ihm abstoßend. Langsam schüttelte sie den Kopf. «Ich muss zurück.»

8

Sie hatte sich nach Lindas Besuch einfach davongestohlen, ohne Erklärung, ohne Nachricht. Als sie wiederkam, wartete er schon, ungeduldig, angespannt, als wüsste er, dass etwas nicht stimmte. Er arbeitete noch, hatte seine Papiere aus dem Büro mitgenommen und auf dem ganzen Tisch ausgebreitet, und zum ersten Mal hätte sie gerne einen Blick darauf geworfen.

«Wo warst du?», fragte er, sobald sie hereinkam.

Sie war so durcheinander, dass sie sofort auf seinen etwas zu scharfen Ton reagierte. «Kann ich vielleicht erst mal meinen Hut ablegen? Muss ich dir jetzt über jede Minute meines Lebens Rechenschaft ablegen?»

Erstaunt sah er sie an. «Was ist denn mit dir los?»

Erst erwiderte sie nichts, sie wusste es ja selbst nicht genau. «Ich kann es nur nicht leiden, wenn du dich wie ein kontrollierender Ehemann aufführst», murmelte sie dann und knöpfte ihre Stiefel auf. «Darf ich dich daran erinnern, dass das alles hier nur gespielt ist?»

Mit ungläubigem Blick stand er auf und kam langsam auf sie zu. «Danke, das ist nicht nötig. Ich bin mir dessen vollkommen bewusst», sagte er, betonte dabei jedes Wort. «Gespielt, um dir zu helfen!»

«Jaja, ich weiß. Du hast es oft genug gesagt, dass es dir nichts bedeutet und du die Ehe absurd findest. Es ist mir vollkommen klar», erwiderte sie. Sie wusste, dass sie sich lächerlich machte, ihre Gefühle entluden sich in diesem falschen Streit. Aber einmal in Fahrt, konnte sie nicht aufhören. «Keine Sorge, bald bist du mich schon wieder los.»

Er sah sie an. «Claire», sagte er, beinahe sanft.

«Was?», fauchte sie.

Er schüttelte den Kopf. «Du willst es unbedingt hören, oder?»

Sie kniete auf dem Boden und versuchte wütend, ihre Schuhe aufzubekommen, nun hob sie erstaunt den Kopf.

Er kam auf sie zu, sah sie an, sein Blick so traurig, dass sie unwillkürlich schlucken musste. «Claire», sagte er noch einmal. «Ich habe mir die verdammte Zeitung gekauft.» Seine Stimme war rau vor unterdrücktem Zorn. «Drei Mal.» Er fasste sie an den Schultern, zog sie hoch und schüttelte sie, sanft und dennoch fest, seine Finger umschlossen ihre Arme, als wollte er seine Gefühle in sie hineindrücken. «Weil ich verdammt noch mal nicht wusste, ob ich dich jemals wiedersehen würde.» Er hielt inne, schien nach Worten zu suchen. «Ich dachte, wenn ich das Bild verliere, dann gibt es keine Möglichkeit mehr … dann … würde ich irgendwann vergessen, wie du aussiehst …»

«Ich …», krächzte Claire, brach dann ab. Warum konnte sie nie sagen, was sie sagen wollte, warum gelang ihr das immer nur, wenn sie wütend war? Sie wusste sehr wohl, dass er ihr gerade auf seine Weise seine Gefühle für sie gestand.

Es war zu überwältigend. Und wie immer, wenn sie sich überfordert fühlte, machte sie den Moment kaputt.

«Ich war bei Magnus», sagte sie. Und sie sah, wie er innerlich zusammenfuhr, wie sich sofort eine Mauer in ihm aufbaute. Warum hatte sie das gesagt? Warum hatte sie das verdammt noch mal gesagt. Gerade jetzt.

Er erwiderte nichts, blickte sie nur an, nickte langsam, als hätte sich seine schlimmste Befürchtung bestätigt. Er sah so verletzt aus, dass sie schnell hinzufügte: «Linda war hier. Sie hat … etwas erzählt. Ich wollte wissen, ob es stimmt.»

«Tatsächlich.» Nun klang er müde. «Was?»

Claire setzte sich an den Tisch, und nach kurzem Zögern setzte er sich ihr gegenüber. Dann erzählte sie mit ruhiger Stimme, was Linda behauptet hatte.

Während sie sprach, sah Quint auf seine Hände. Sie waren ihr gleich aufgefallen, damals, erinnerte sie sich. Braun gebrannt und schwielig, die Hände von jemandem, der viel arbeitete. Sie hätte jetzt gerne nach ihnen gegriffen, aber sie traute sich nicht.

Als sie fertig war, seufzte er tief. «Warum bist du denn nicht erst zu mir gekommen?» Noch immer sah er sie nicht an. Sie war sich sicher, dass er es jetzt abstreiten, ihr erklären würde, warum es Unsinn war, was Linda alles falsch verstanden und was es mit der ganzen Sache wirklich auf sich hatte. Doch als er endlich den Blick hob, erkannte sie in seinen Augen das Gegenteil.

Sie schüttelte den Kopf. «Aber warum? Du? Du bist doch … Ich verstehe das nicht.» Sie bekam es nicht zusammen, das Bild, das sie von ihm hatte, und das, was er allem Anschein nach war. Ein Lügner. Ein Betrüger.

Ein Krimineller.

Lange erwiderte er nichts, sah sie nur weiter an. «Manchmal verstehe ich es selbst nicht», sagte er dann, so gebrochen, dass sie bereute, überhaupt etwas gesagt zu haben.

War es das wert, fragte sie sich. Musste ich das wirklich wissen?

Er räusperte sich. «Ich würde es dir gerne erklären, so gut ich kann. Aber dafür muss ich dir etwas zeigen.»

Die Flut spülte gegen die Hauswände. Aber das war auch besser so, er konnte sie ja schließlich nicht durch den Schlamm waten lassen. Für zwei Münzen mieteten sie am Nikolaifleet eine Jolle, und er ruderte mit kräftigen Schlägen das Fleet entlang. Während der gesamten Fahrt in die Stadt hatte sie so gut wie nichts gesagt, ihn nur immer wieder von der Seite gemustert, als fragte sie sich, wer er eigentlich war.

Er konnte es verstehen.

Eigentlich fühlte er sich beinahe erleichtert, dass das Versteckspiel endlich ein Ende hatte. Andererseits fragte er sich, ob er sie nun verloren hatte.

An der halb verfallenen Treppe legte er an und half ihr aus dem Boot. Unsicher sah sie sich um. «Was machen wir hier?», flüsterte sie, und für eine Schrecksekunde fragte er sich, ob sie Angst vor ihm hatte. Ob ihr womöglich durch den Kopf schoss, sie könnte zu einer Gefahr für ihn geworden sein. Gott, er betete, dass es nicht so war. Aber sie war freiwillig mitgegangen, und sie machte keinerlei Anstalten umzukehren.

«Kannst du hier kurz warten?», bat er sie. «Ich möchte erst allein reingehen.»

Sie nickte.

«Alles in Ordnung mit dir?», fragte er, immer noch voll Angst, sie könnte all dies hier falsch verstehen, und sie lächelte zaghaft.

«Etwas verwirrt», antwortete sie. «Aber ja, alles in Ordnung.»

«Ich erkläre es dir gleich.» Im Licht des Tages sah man den Schleier vor ihrem Auge kaum, ihr Blick war so honiggolden, so hell und intensiv, wie er ihn selten gesehen hatte. «Du hast keine Angst, oder?»

Erstaunt lachte sie auf. «Warum, sollte ich?»

Das beruhigte ihn. Er hätte es nicht ertragen, wenn sie sich bei ihm nicht sicher fühlte. «Nein. Natürlich nicht. Ich hole dich gleich.»

Er war seit Wochen nicht mehr bei ihm gewesen. Seit der Hochzeit. Er hatte es einfach nicht über sich gebracht, den Gedanken an seinen Vater verdrängt, den immer stärkeren Druck in seiner Magengegend, das Schuldgefühl, das in ihm gärte, ignoriert, so gut er konnte.

«Hallo?», rief er, während er sich in den niedrigen Eingang bückte und sich dabei wieder einmal fragte, was hier früher wohl gelagert worden war. Langsam ging er durch den dunklen Speicherraum.

Der alte Mann lag, wie fast immer, wenn Quint herkam, auf der Pritsche in der Ecke.

Aber dieses Mal stimmte etwas nicht. Er wusste es, als er noch meterweit entfernt war, erkannte es an der Körperhaltung, obwohl sein Kopf sich weigerte, es zu begreifen.

Nein, dachte er. Nein, bitte nicht.

Tot sah sein Vater völlig anders aus. Dem zerfurchten Gesicht fehlte das Misstrauen, dem Blick der Irrsinn, der sich in den letzten Jahren hineingestohlen hatte. Erstaunen lag in seinen Zügen, als könnte er es nicht fassen, dass die endlosen elenden Jahre einfach so zu Ende gegangen waren.

Dass all die Quälerei tatsächlich vorbei sein sollte.

Die Wangen waren bereits eingefallen, und nun bemerkte er auch den Geruch, den er vorher dem verfaulenden Müll zugeschrieben hatte.

Quint stand da, bewegungslos, und fragte sich, was das jetzt für ihn bedeutete. Was er fühlen sollte.

Was er fühlte.

Langsam sank er in die Knie, setzte sich auf den Boden. Immer noch war da diese Fassungslosigkeit, und gleichzeitig eine seltsame Ruhe, die nicht zu dem Moment passte.

Er fragte sich, ob sein Vater an ihn gedacht hatte in den letzten Wochen. Ob er hier gesessen und auf ihn gewartet hatte. Seltsamerweise spürte Quint keine Trauer. Er spürte Erleichterung. Eine Erleichterung, die so groß war, dass sie gleich darauf von einem Schwall von Schuld verdrängt wurde. Er hockte hier und war froh, dass sein Vater endlich tot war. Aber als er an den Mann dachte, der vor dem rostigen Spiegel im Flur seinen Bart gezwirbelt, der jeden Morgen um fünf die Tiere gefüttert, der mit seiner Frau auf der Bank vor der Küche gesessen und den Lämmern zugesehen, der seinen Söhnen stockend Max und Moritz vorgelesen hatte, das einzige Buch, das sie jemals besessen hatten, da wurde ihm wieder klar, dass sein Vater schon lange tot war. Irgendwann in den letzten zwanzig Jahren hatte er sich heimlich davongeschlichen und eine Hülle zurückgelassen, die vom Müll lebte.

Er schloss die Augen. Endlich war diese große Bürde vorbei.

Quint stand auf und sah sich um, suchte mit zitternden Händen nach etwas, das er als Erinnerung mitnehmen konnte. Doch es gab nichts. Von seinem Vater existierte keine einzige Fotografie, von niemandem aus seiner Familie, sein

Vater besaß keine persönlichen Gegenstände außer Müll und Lumpen. Quint stieß mit dem Schuh gegen ein schmutziges Bündel am Fuß des Lagers, und etwas kullerte heraus. Stirnrunzelnd bückte er sich. Es dauerte eine Weile, bis er verstand, was die kleinen weißen Gegenstände vor ihm auf dem Boden waren.

Seine Schnappsteine.

Die kleinen Knochen vom Schwein, mit denen er als Kind gespielt hatte, auf die er so stolz gewesen war.

Wieder sank er zu Boden, blieb auf dem kalten Stein sitzen und starrte ins Leere.

Und dann kam die Trauer.

Sie nahm ihm den Atem, zerdrückte ihm die Brust, zerquetschte sein Herz.

Seine Schnappsteine.

Sein Vater hatte sie all die Jahre aufbewahrt.

Plötzlich war sie da, kniete neben ihm und hielt ihn fest. Er hatte nicht einmal gemerkt, dass er schluchzte, weinte wie ein Kind, wie der kleine Junge, der er in diesem Moment war, der vor seinem toten Vater kniete und nicht fassen konnte, dass er nun wirklich keine Familie mehr hatte, dass der letzte Mensch, der sich an seine Mutter erinnerte, an seine Brüder, an Tünn und die Großmutter, an dieses vollkommen andere Leben – dass es doch einmal gegeben hatte, oder nicht? –, nun fort war. Dass er nie mehr wiederkehren würde. Dass er keinen Vater mehr hatte, niemanden, der wirklich zu ihm gehörte. Dass er versagt hatte, als Sohn, als Mensch, seinen Vater allein hatte sterben lassen, in Kälte und Schmutz, in dem Wissen, dass Quint sich für ihn schämte, sich von ihm abgewandt hatte. Wie viel hatte er wohl bereits vergessen? Wie viel von ihren Leben war für immer verschwunden. Sie waren jetzt nur noch ein leiser werdendes Echo, das in seinen Gedanken widerhallte.

«Oh Gott, was ist denn?», flüsterte Claire.

Dann erst sah sie den Leichnam und gab einen erschrockenen Laut von sich. Aber sie lief nicht weg, hielt ihn fest, ohne etwas zu sagen, ohne Fragen zu stellen, und er weinte und weinte, und wenn sein Blick über ihre Schulter auf das eingefallene, erstaunte Gesicht des alten Mannes fiel, weinte er noch mehr, die Tränen wollten gar nicht mehr versiegen, sein Körper zuckte unkontrolliert, es war, als würden all die Scham, all die Schuld, all die Wut und die Trauer und die Sorge auf einmal aus ihm herausgewaschen. Er hatte nicht gewusst, wie schwer das alles noch wog, verstand erst jetzt, wie sehr es ihn festgehalten hatte.

Irgendwann wurde er ruhiger, löste sich von ihr, wischte sich das Gesicht mit den Ärmeln ab. Er hatte sie noch nie auf dem Boden sitzen sehen, aber jetzt kniete sie wie selbstverständlich neben ihm im Schmutz, betrachtete betroffen sein Gesicht, hielt mit beiden Händen seinen Arm, wartete stumm darauf, dass er wieder sprechen konnte.

«Das ist … mein Vater», sagte er mit rauer Stimme.

Sie drehte den Kopf und musterte die wachsweißen Wangen, die nach oben gedrehten Hände. «Ich habe es mir gedacht», erwiderte sie. «Er sieht aus wie du.»

Sie blieben neben der Matratze sitzen, bis er sich gefasst hatte. «Erzähl es mir», bat Claire ihn irgendwann. «Erzähl mir von euch.»

Erst wusste er nicht, wie. Aber dann fanden die Worte ihren Weg aus seinem Mund. Sie hielt immer noch seinen Arm umfasst, als hätte sie nie etwas anderes getan, drückte ihn leicht, während er sprach. Es war eine so kleine Geste.

Aber von ihr bedeutete sie alles.

Er erzählte, was er auch schon Ava erzählt hatte, von der Armut, dem Hunger. Und dann sprach er einfach weiter. Von der Großmutter und dem Jahr ohne Sommer, von Tünn und dem Wolf, von seiner Mutter und ihrem traurigen Lächeln, von den runden Schuhen auf der Matte neben der Tür, von seinen Brüdern, die nicht mehr wiedergekommen waren, von der großen Liebe seiner Eltern, die am Ende alles so viel schwerer gemacht hatte.

Sie unterbrach ihn kein einziges Mal, betrachtete seinen Vater, als würde sie versuchen, sich alles genau vorzustellen.

Je länger er redete, desto mehr spürte er, wie diese seltsame Totenwache, die sie hier abhielten, etwas in ihm veränderte. Es wurde leichter, je mehr er erzählte. Sie würdigten ein letztes Mal den Mann, der sein Vater früher gewesen war. Das war alles, was er noch für ihn tun konnte.

Irgendwann beugte Quint sich vor und schloss seinem Vater die Augen. Er nahm den kleinen Beutel mit den Schnappsteinen, sammelte die herausgefallenen Knöchelchen ein, stemmte sich in die Höhe und reichte Claire eine Hand, um sie ebenfalls hochzuziehen.

«Was machen wir jetzt mit ihm?», fragte Claire.

Dass sie «wir» sagte, brach ihm fast das Herz. Es hörte sich an, als gehörten sie wirklich zusammen. Dabei wusste er, dass sie sich in ihrer merkwürdigen Zweckehe gefangen fühlte, dass sie ihm hinterherräumte und für ihn putzte, weil sie meinte, in seiner Schuld zu stehen. Dass sie es nicht erwarten konnte, wieder frei zu sein. Eine Frau wie sie in seiner kleinen Wohnung, in einem Leben wie diesem … Sie musste es so sehr hassen.

«Ich lasse ihn zurückbringen. Er gehört zu meiner Mutter. Das ist der einzige Ort, wo er sein sollte. Dann kann ich mein vieles Geld endlich einmal für etwas Sinnvolles nutzen.»

Sie nickte. «Wie schön», sagte sie leise.

Erstaunt dachte er, dass es stimmte. In all dem Elend und dem Schmerz hatte sein Vater etwas gehabt, das nur sehr wenigen Menschen vergönnt war: eine große Liebe, die die Zeit und den Tod überdauerte und an der er immer festgehalten hatte.

Als sie wieder in das kleine Boot stiegen und er sein verquollenes Gesicht in die Sonne hielt, das Fleet roch, die Möwen hörte, da dachte er an seine Großmutter und die weite Flur, auf der sich irgendwann alle trafen. Er hoffte, dass es stimmte. Er hoffte, dass sein Vater jetzt endlich dort war, bei ihnen, wo er hingehörte.

Dann sah er Claire an, die ihm mit nachdenklicher Miene gegenübersaß und auf das flimmernde Wasser blickte, und dachte, dass auch er da war, wo er hingehörte. Er konnte nur hoffen und beten, dass sie es irgendwann genauso sah.

Du musst es mir nicht erklären!» Claire hatte ihn entschieden unterbrochen. «Ich will es nicht hören.»

Als sie in seine Wohnung gekommen waren, hatte er sich wie erschlagen gefühlt, war ins Bett gefallen und hatte den Rest des Tages wie im Koma geschlafen.

Irgendwann war er davon aufgewacht, dass sie neben ihm ins Bett glitt. Als er sich erstaunt blinzelnd aufrichtete, sah er, dass es bereits tiefe Nacht war.

«Wie spät ist es?», murmelte er und zog sie an sich, drückte seine Nase in ihr warmes Haar. Er fühlte sich wahnsinnig erschöpft, aber auf eine seltsame Weise ruhig. Als hätte er einen anstrengenden Kampf hinter sich.

«Spät!», wisperte sie. «Ich war noch bei Ava.»

Sie liebten sich auf eine neue, vertrautere Weise, ruhig und gleichzeitig intensiv, als hätte dieser Tag nicht nur sein Leben verändert, sondern auch ihres, als hätte die Chemie zwischen ihnen sich auf unsichtbare Weise verschoben. Es gab ihm die Kraft, die er brauchte, um zu sprechen. Sie hatte nicht mehr danach gefragt, die ganze Sache mit Magnus mit keinem Wort mehr erwähnt, aber natürlich stand es noch zwischen ihnen.

«Es gibt keine Entschuldigung», begann er irgendwann, als sie nebeneinanderlagen und nur ihr Atem die Stille durchbrach. «Ich habe einfach angefangen und …»

Aber sie richtete sich ruckartig auf. «Ich will es nicht hören!», unterbrach sie ihn.

Quint erschrak. Er war sich so sicher gewesen, dass auch sie es fühlte, diese tiefe Verbundenheit, diese Ruhe, die sie in ihm auslöste. Er hatte so sehr gehofft, dass sie es irgendwie verstehen würde.

«Aber …», begann er, doch sie raffte die Decke um sich, kniete sich vor ihn hin und schüttelte den Kopf.

«Ich will es nicht hören», wiederholte sie, dieses Mal leiser. «Ich muss es nicht hören. Wir alle tun manchmal Dinge, die man nicht entschuldigen kann. Schau mich doch an. Ich bin die Letzte, die andere verurteilen darf.»

Er wollte etwas erwidern, aber sie küsste ihn und schnitt ihm erneut das Wort ab. «Nein!», sagte sie entschieden, sobald ihre Lippen sich von seinen lösten. Es war so dunkel im Zimmer, dass er ihr Gesicht kaum erkennen konnte, trotzdem sah er, wie sie jetzt lächelte. Und dann sagte sie das Einzige, was er wirklich hören musste: «Ich weiß, wer du bist.» Sie legte sich wieder hin, drückte sich an ihn und zog die Decke über sich.

Er konnte nichts sagen, sein Hals war wie zugeschnürt. Stumm starrte er in die Schatten unter den Dachbalken und fühlte, wie sich sein Innerstes ganz langsam neu zusammensetzte.

«Du weißt, dass ich dich liebe, oder?» Es war einfach aus ihm herausgekommen. Ihr Atem war bereits ruhiger geworden, sie war im Begriff, wieder einzuschlafen, neben ihm einzuschlafen, da, wo sie hingehörte, und plötzlich war es das Einzige, was noch zu sagen blieb.

Er spürte, wie sie erstarrte. Sie drehte den Kopf, küsste seinen Arm, kurz, aber sanft. «Weiß ich das?», fragte sie leise.

«Ja, das weißt du.»

TEIL 5

1912
Auswandererstadt der HAPAG,
Hamburg

1

Ava wachte auf, sah das Primelgelb und wusste, dass etwas passieren würde. Irgendetwas stimmte nicht, es war, als schmeckte die Luft anders, als hätte sich etwas verschoben, etwas, das immer an einem ganz bestimmten Platz gewesen war. Mit vor Müdigkeit schwerem Kopf stand sie auf, kleidete sich an. Als sie die Treppe hinunterging und auf den Hof trat, wusste sie es plötzlich. Kleinste Puzzleteile fügten sich in ihrem Kopf zu einem großen Ganzen zusammen, und sie verstand. Langsam ging sie zu einer Bank in der Nähe und setzte sich.

«Oh», sagte sie leise, und ihre Hände begannen zu zittern. «Oh Gott. Es darf nicht sein.»

Ihr erster Gedanke galt ihm. In der Mittagspause würde sie wieder mit Will spazieren gehen. Vorsichtig, immer mit einem gewissen Abstand zwischen ihnen, liefen sie jeden Tag geradeaus am Zollkanal entlang, bis es Zeit war, umzukehren. Ava hatte inzwischen verstanden, dass man etwas von sich preisgeben musste, wenn man Menschen näherkommen wollte. Er hörte ihr zu, verurteilte sie nicht, sah sie nicht merkwürdig an, stellte nur ab und zu Fragen, die es leichter machten und nicht schwerer. Sie trafen sich nie drinnen, vielleicht, weil sie wussten, dass die Gefahr zu groß war, dass sonst etwas geschehen würde, was nicht rückgängig zu machen war. Sie wusste, dass er sich genauso auf ihre Treffen freute wie sie, vielleicht sogar noch mehr. Er wartete immer schon, wenn sie auf den Hof kam, und das Lächeln, das sein Gesicht überzog, sobald er sie sah, ließ jeden Tag etwas tief in ihr erbeben. Noch nie hatte jemand sie so angesehen. Noch nie hatte sich jemand so darüber gefreut, dass sie existierte.

Aber heute legte allein der Gedanke an ihn sich wie Eis um ihre Brust.

Therese fühlte sich, als gehörte ihr Magen nicht mehr zu ihrem Körper. Immer wieder hielt sie inne und presste beide Hände auf den Bauch. Sie hatte seit zwei Tagen so gut wie nichts gegessen und auch kein Verlangen danach, aber Durst hatte sie, schrecklichen, unlöschbaren Durst. Schon zum dritten Mal in der letzten Stunde goss sie sich Tee nach und stürzte ihn hinunter. Sie hatte Gundel freigegeben für den Tag, damit sie ihnen nicht dazwischenfunkte, aber jede Minute erwartete sie, sie trotzdem auf der Schwelle zu sehen. Gundel hatte kein eigenes Leben, eine alte Jungfer ohne große Verwandtschaft, sie klebte geradezu an ihrer Familie. Therese hatte lange überlegt, sie einzuweihen. Doch die Gefahr, dass Gundel sich verplapperte, war zu groß gewesen.

Therese befühlte ihre Stirn. Vielleicht hatte sie Fieber, so seltsam fühlte sie sich. Heute war der wichtigste Tag in ihrem Leben, der schrecklichste und gleichzeitig der aufregendste.

Halb erwartete sie, dass er nicht kommen würde. Die Taschen für die Kinder hatte sie bereits gepackt, außerdem einen Koffer mit Dingen, an denen sie besonders hing, Schmuck ihrer Mutter, ein Porträt ihrer Schwester, Briefe, ihr Taufkleid, eine kleine Vase, die sie zur Konfirmation bekommen hatte. Nun warf sie noch ihre Garderobe in den großen Koffer. Er hatte gesagt, sie könne alles mitnehmen, was sie wollte, und müsse sich darum keine Gedanken machen. Aber sie brauchte nicht viel. Sie wollte so wenig wie möglich aus ihrem alten Leben mitschleppen. Was sollte sie auch groß einpacken, das angeschlagene Porzellan oder das Bild von Will, wie der Kaiser in Stellingen die Affen fütterte? Ihre alten, hässlichen Möbel ließ sie nur zu gerne zurück.

Endlich hörte sie den Motor, und ihr entfuhr ein Stoßseufzer der Erleichterung. Er war hier. Er war wirklich gekommen.

Sie würden es tun.

Sie flog die Treppe hinunter, stieß die Haustür auf und lief ihm entgegen. Langsam, schwerfällig stieg er aus dem Automobil, stützte sich dabei auf seinen Stock, den er aber sofort auf die Rückbank warf, sobald er sie bemerkte. Als Jorg sie sah, veränderte sich sein ganzes Gesicht. Er strahlte und öffnete die Arme, damit sie sich hineinfallen lassen konnte. Sie sah das Entsetzen in den Augen des Fahrers, den Unglauben. Aber ab heute mussten sie nicht mehr vorsichtig sein.

Ab heute war alles egal.

«Bist du fertig?», fragte er in ihren Nacken.

«So gut wie, ja», erwiderte sie leise.

Er hätte sie gerne geküsst, das wusste sie, doch das ging zu weit, sogar für sie, man küsste sich nicht in der Öffentlichkeit. Zumindest hier nicht. Vielleicht würde es bald schon anders sein.

«Hast du auch wirklich alles geregelt?», fragte sie und fasste seine Hände. Das war die größte Angst, die sie umtrieb: dass sie all das tat, alles verließ, alles aufgab für ein besseres Leben, um dann festzustellen, dass er nicht richtig geplant hatte.

«Selbstverständlich», antwortete er lachend. «Glaubst du, ich überlasse auch nur eine Kleinigkeit dem Zufall? Kennst du mich so schlecht?»

Sie schüttelte den Kopf. «Nein, natürlich nicht», hauchte sie und sah ihn verliebt an. Wenigstens hoffte sie das.

«Es ist alles geregelt. Kaisa behält das Haus und den Teil des Vermögens, der ihr zusteht, außerdem das Landgut in Hamm und das Haus auf Helgoland. Sie kann sich nicht beschweren.»

Therese traute sich nicht, nach Quint und Wilhelm zu fragen. «Und du bist dir auch wirklich sicher?», fragte sie zum tausendsten Mal.

Er lächelte. «Natürlich», sagte er liebevoll. «Will wird kommen und uns besuchen, da bin ich mir sicher, er wird die Kinder sehen wollen, egal wie sehr er mich hasst, also werde ich ihn nie ganz verlieren. Ich sage nicht, dass es einfach ist. In meinem ganzen Leben habe ich mir noch nie eine Entscheidung so schwer gemacht.» Er stockte, und seine wässrigen Augen verloren sich in ihren. «Gleichzeitig war ich noch nie so glücklich.»

Sie spürte den giftigen Stachel, den seine Worte in ihr hinterließen. Er liebte sie wirklich. Und sie konnte es kaum ertragen, dass er sie anfasste. Nun küsste sie ihn doch, auf die Wange, sanft und langsam, weil sie plötzlich Angst bekam, er würde ihr ihre Gedanken ansehen und es doch merken. Dass alles nur gespielt war.

Er drückte ihre Hände zurück, betrachtete dann das Haus. Sein Kiefer zuckte. «Es war nie gut genug für euch.» Verachtung lag in seiner Stimme. «Ich habe zwei Kutschen bestellt, die eure Sachen holen, sie werden gleich eintreffen.»

Sie nickte. «Es steht alles im Flur bereit. Holen wir die Kinder.»

Ich muss mit dir reden.»

Claire nickte überrascht, aber ihr Lächeln fiel in sich zusammen, als sie Avas Gesicht sah. «Ist alles in Ordnung?», fragte sie erschrocken und fasste nach Avas Arm. Die Freundin wirkte, als hätte sie einen Geist gesehen.

Ava öffnete den Mund, um etwas zu sagen, aber im selben Moment wurde sie von Kessie angeraunzt, dass sie gefälligst schneller machen sollte. Sie arbeiteten beim Desinfizieren auf der reinen Seite und holten die gesäuberten Kleidungsstücke aus dem Schimmel'schen Apparat heraus, und wie immer war die Arbeit zu viel für die wenigen Hände.

«Später», flüsterte sie und ging mit einem Blick davon, der Claire Gänsehaut verursachte.

Stirnrunzelnd sah sie Ava nach. Warum nur hatte sie das Gefühl, dass heute noch etwas passieren würde?

Er stand da wie immer, wartete auf sie. Sie ging auf ihn zu, langsam, gefasst, obwohl in ihr nichts mehr war, wie es sein sollte. Er musste es ihr ansehen, denn sein Lächeln verschwand, und er streckte die Hände nach ihren aus.

«Ava», sagte er erschrocken, «was ist los?»

Sie fühlte die Tränen erst, als sie schon über ihre Wangen liefen. «Ich kann heute nicht mitkommen», sagte sie.

Erstaunt öffnete er den Mund.

«Ich werde nicht bleiben, Will. Ich werde gehen, schon sehr bald.»

Er trat einen Schritt zurück. In aller Schärfe erkannte er, wie naiv er gewesen war. Er hatte geglaubt, es hinge allein von seiner Entscheidung ab und sie wartete nur darauf, dass er endlich die Wahrheit erkennen und die Augen öffnen, seine Feigheit überwinden würde.

Als er ihren Blick sah, von Tränen verschleiert und dennoch entschlossen, da wusste er, dass sie ihre Entscheidung getroffen hatte.

Sie würde gehen. Er würde bleiben, und sein altes Leben würde sich anfühlen wie ein Schuh, der ihm nicht mehr passte. Wie sollte er die Tage überstehen, ohne die Aussicht, sie zu sehen, ihr Lachen zu hören, ihre Fragen zu beantworten? Ein Hamburg ohne Ava war für ihn unvorstellbar geworden.

Fieberhaft ging er in Gedanken die Möglichkeiten durch. Er konnte sie besuchen, Dienstreisen vortäuschen. Er konnte mit ihr gehen, sie begleiten auf dieser aussichtslosen, vollkommen irrsinnigen Suche nach Menschen, die ganz sicher nicht mehr lebten, oder wenn sie noch lebten, es nicht wert waren, dass sie so viel Zeit und Kraft auf sie verschwendete. Ihm war klar, dass Ava nicht nur ihre Eltern suchte, sondern vor allem sich selbst, einen Platz, an den sie gehörte, ihre Identität. Es schien in sie eingepflanzt wie eine unsichtbare Landkarte, ein Kompass.

Vielleicht konnte er an ihrer Seite sein, wenn sie endlich verstand, dass es nichts zu finden gab. Oder wenn sie es nie verstand und immer so rastlos blieb wie jetzt … Vielleicht wäre es genug, bei ihr zu sein. In diesem Moment, in dem er verstand, dass sie gehen würde und nichts und niemand sie aufhalten konnte, auch er nicht, reichte es ihm. Nie wieder von ihr zu hören, würde er nicht ertragen.

«Ava», begann er, doch sie schüttelte den Kopf.

«Ich muss erst mit Claire sprechen», sagte sie. «Ich habe … heute etwas Wichtiges verstanden. Würdest du auf mich warten? Es ist wirklich dringend. Ich komme am Abend in dein Studio, dann erkläre ich dir alles.»

Er nickte. «Natürlich», sagte er leise. «Natürlich warte ich auf dich.»

Den ganzen Tag fühlte Claire sich seltsam. In der Mittagspause hatte sie keine Gelegenheit, mit Ava zu reden. Es war so viel zu tun, dass sie den dritten Desinfizierapparat anstellen mussten und daher in Schichten Pause machten.

«Geht es dir gut?», fragte Olga, als sie abends zusammen über den Hof gingen.

Claire schüttelte den Kopf. Es kam ihr vor, als würde die Luft um sie herum summen. Sie blickte in den Himmel. Am Horizont ballten sich über Mühlenwärder dunkle Wolken zusammen, aber bei ihnen war die Luft ruhig und der Himmel rosa.

«Ich glaube, ein Sturm kommt», antwortete sie leise und zog an ihrer Zigarette.

Olga verzog verwundert das Gesicht, nahm ebenfalls einen tiefen Zug und trat ihre Zigarette dann auf dem Boden aus. «Du spinnst ja», sagte sie achselzuckend. «Die Amseln singen doch. Da kommt kein Sturm.»

Als sie die Treppe zu ihrer Wohnung hinaufstieg, saß Ava auf der obersten Stufe und sah zu ihr herunter. Claire hielt mitten im Schritt inne, ging dann langsamer, bis ihre Gesichter auf einer Höhe waren. Ava wirkte, als wäre sie gerade aus einem Traum erwacht, aber es war kein guter Traum, das sagten Claire die Schatten auf ihrem Gesicht. Claire war ihr so nah, dass sie die Wärme spürte, die ihr Körper ausstrahlte. Ava zog sich hoch, dann gingen sie hintereinander in die Wohnung.

«Also, was ist los?» Claire bedeutete ihr, sich auf einen der Küchenstühle zu setzen. «Du machst mir Angst!»

Ava schien so verstört, dass Claire es kaum aushielt. Und plötzlich wusste sie, was die Freundin ihr sagen würde.

Sie wird gehen, durchfuhr es Claire. Sie hat sich entschieden, sie wird weggehen, ganz bald schon.

«Ich bin schwanger», sagte Ava.

Claire hatte das Gefühl, jemand hätte alle Geräusche um sie mit einem Tuch überdeckt.

«Was?», wisperte sie. «Aber ich … Von Wilhelm? Oh, aber Ava. Warum hast du mir denn nichts erzählt?»

Ava sah auf ihre Hände, ihre Wangen zuckten unkontrolliert. Dann hob sie den Blick, und als ihre Augen sich trafen, spürte Claire, wie etwas in ihr riss.

«Von Quint», sagte Ava, so leise, dass es kaum zu hören war.

Claire sank auf das Sofa, tastete nach dem Stoff, als wäre sie sich nicht sicher, ihn unter ihren Händen zu finden, weil doch nichts mehr so war, wie es sein sollte, weil die Welt doch gerade gezeigt hatte, dass sie vollkommen unberechenbar, vollkommen verrückt, vollkommen aus den Fugen geraten war. Sie starrte Ava an, und es schien ihr, als würde sie alles an ihr, die Wimpern, die Lippen, die Art, wie sich ihre Wangen bewegten, wenn sie sprach, zum ersten Mal sehen. Es konnte nicht stimmen.

Es konnte einfach nicht sein.

Ava hatte genau gesehen, wie weh es ihr tat. Sie hatte schon vorher gewusst, was sie anrichten würde, wenn sie es ihr erzählte. Trotzdem hatte sie die Worte sagen müssen. Nie würde sie vergessen, wie Claires Gesicht sich veränderte, als wäre in ihrem Inneren eine Tür zugefallen. Sie ging zu ihr, sank vor ihr in die Knie, griff nach ihren eiskalten Händen.

Claires honigfarbener Blick verlor sich in ihrem, aber es war, als würde sie sie gar nicht richtig sehen.

«Es war nur einmal, Claire, nur ein einziges Mal», sagte sie, so eindringlich sie konnte. Sie wusste genau, wie viel von diesem Gespräch abhing, dass alles, was sie jetzt sagte oder nicht sagte, über ihre Zukunft entscheiden konnte. Darüber, ob sie noch eine Freundin haben würde oder nicht. Eine Freundin, die für sie zur Familie geworden war.

«Als du fort warst … Er hat sich solche Sorgen um dich gemacht, wir beide haben uns solche Sorgen gemacht. Ich war allein, Wilhelm war weg, du warst weg … Es war ein Fehler, es war einfach …»

Claire schüttelte voller Unglauben den Kopf. «Er hat nie etwas gesagt», murmelte sie schließlich. «Er hat nicht einen Ton gesagt, die ganze Zeit.»

«Weil es nichts bedeutet hat.» Ava drückte ihre Hände, versuchte verzweifelt, eine Verbindung zwischen ihnen herzustellen, aber Claires Finger lagen wie tot zwischen den ihren. «Wir wollten dir nicht wehtun.»

«Weiß er es schon?», fragte Claire tonlos, ohne sie anzusehen.

Ava schüttelte den Kopf. «Ich habe es selbst erst heute Morgen begriffen. Ich habe es einfach nicht sehen wollen … Dabei bin ich schon so weit.»

Plötzlich stand Claire ruckartig auf, und Ava wäre beinahe nach hinten gefallen. Sie rappelte sich auf, wollte wieder nach Claire greifen, sie festhalten, aber sie war zu schnell.

«Ich muss alleine sein!» Ohne Ava anzusehen, öffnete sie die Tür zum Schlafzimmer, ging hinein und knallte sie so schnell hinter sich zu, dass Ava gar keine Chance hatte zu reagieren.

Mit erhobener Hand stand sie da, doch es war zu spät.

Die Tür war zu.

Jedes Mal, wenn er sie sah, war es ihm, als würde jemand mit den Fingern ein Spinnennetz zerreißen. Kaum spürbar. Und doch erschauderte der ganze Körper. Er hatte noch nie etwas Vergleichbares erlebt. Will wollte alles wissen. Was sie aß, mit wem sie redete, worüber sie nachdachte. Besonders, worüber sie nachdachte.

Er wollte wissen, wie ihre Stimme klang, wenn sie morgens aufwachte. Er war eifersüchtig, wenn er sah, wie sie mit Claire zusammen lachte.

Eifersüchtig.

Er.

Vor ein paar Monaten hatte er nicht einmal gewusst, dass er zu dieser Empfindung fähig war.

Er wollte mit ihr nach Italien reisen. Sie betrachten, wenn sie im Pantheon stand und das Gesicht zur Decke hob, ihren Blick sehen, wenn er über den Hügel des Palatin schweifte, die Unglaublichkeit der Domus Augustana in sich aufnahm. Er wollte mit ihr die Alhambra anschauen, die Sagrada Família, die Eremitage in St. Petersburg. Er wollte alles, was er bereits kannte und liebte, mit ihren Augen sehen, und alles, was er noch nicht kannte, mit ihr gemeinsam erleben und zu einer Erinnerung werden lassen. Zum ersten Mal in seinem Leben wünschte er sich Geld – für eine Frau, der Besitz nichts bedeutete. Er wollte das beste Essen vor ihr aufbauen und dann stumm daneben sitzen und zusehen, wie sich die verschiedenen Geschmäcker auf ihrem Gesicht spiegelten.

Er hatte den Verstand verloren. Auf die beste Art, die es gab. Er wusste das, machte sich nichts vor. Aber dass er es wusste, bedeutete nicht, dass er es ändern konnte. Die Intensität seiner Gefühle erschlug ihn jeden Tag aufs Neue. Und jeden Tag aufs Neue dachte er, dass es nun sicher vorbei sei, dass der Wahnsinn, der ihn befallen hatte, abflauen und der Nebel in seinem Kopf sich lichten würde. Aber das geschah nicht. Im Gegenteil, es wurde schlimmer. Vielleicht gab es doch Menschen, die einfach füreinander bestimmt waren, die etwas in sich trugen, das sich gegenseitig anzog.

Er wartete in seinem Studio, hatte sich den ganzen Tag auf nichts konzentrieren können, war wieder und wieder die Möglichkeiten durchgegangen, in der Mittagspause allein am Zollkanal entlanggelaufen, die Brust so eng, als wäre sie umschlossen von einem Eisenkäfig.

Als sie eintrat, hegte er einen winzigen Moment die Hoffnung, alles hätte sich geändert und es wäre nur eine verzweifelte Laune gewesen.

Doch dann sah er ihr Gesicht.

Jedes Mal, wenn sie ihn sah, war es ihr, als zerrisse jemand mit den Fingern ein Spinnennetz. Kaum spürbar. Und doch erschauderte der ganze Körper.

Als sie eintrat, schaute er ihr so hoffnungsvoll entgegen, dass sie es kaum ertragen konnte. Sie schaffte es nicht, seinen Blick zu halten, sah auf ihre Schuhe.

«Ava», sagte er und trat auf sie zu, versuchte wieder, ihre Hände zu greifen. «Ich weiß nicht, warum du gerade jetzt unbedingt wegwillst, aber ich …»

«Du verstehst nicht», unterbrach ihn Ava.

Noch immer konnte sie ihn nicht ansehen. Sie musste es aussprechen, aber wie sagte man etwas, das alles verändern, einem alles wegnehmen würde?

«Ich bin schwanger», flüsterte sie. Und dann, nachdem sie seinen Schock beinahe körperlich fühlte, nachdem alles an ihm sich versteift hatte, fügte sie hinzu: «Von deinem Bruder.»

Sie hatte ihn allein gelassen. Er hatte darum gebeten, ihm war anzusehen gewesen, dass er kaum wusste, wohin mit sich und seinen Gedanken, und so war sie seiner Bitte nachgekommen.

Ava stieg langsam die Treppe zu Quints Wohnung hinauf, betrat das dunkle Esszimmer, setzte sich an den Tisch und wartete. Sie hätte nicht sagen können, wie lange sie so dasaß, draußen wurde es dunkel, und aus dem Schlafzimmer drang kein Geräusch.

Sie wollte Claire die Zeit geben, die sie brauchte. Unablässig horchte sie in sich hinein, ob sie schon etwas fühlte, presste eine Hand auf die Stelle, wo sie das Kind vermutete. Sie hatte es nicht gemerkt, hatte gedacht, dass sie zum ersten Mal in ihrem Leben ein wenig Fett ansetzte, weil sie endlich genug aß, weil sich endlich alles ein wenig entspannte. Wie kann man es nicht fühlen, dachte sie voller Angst. Bin ich eine so schlechte Mutter, dass ich mein Kind nicht einmal bemerke. Ihre Blutung war schon immer unregelmäßig gekommen, oftmals viele Monate nicht. Aber sie hätte es doch trotzdem verstehen müssen.

«Es geht nicht, ich kann das nicht», murmelte sie, aber ihr Flüstern verhallte ungehört in der Dunkelheit.

Irgendwann hielt sie es nicht mehr aus. Langsam stand sie auf und ging auf die Tür zu, drückte die Klinke hinunter.

Claire stand am offenen Fenster, eine schwarze Silhouette gegen den grauen Nachthimmel. Es war jetzt vollkommen dunkel in der Wohnung, nur das Glimmen ihrer Zigarette war zu erkennen, ein tanzender Lichtpunkt im dunklen Meer der Gefühle, das Ava entgegenbrandete.

Sie musste gehört haben, dass Ava hereinkam, die Tür knarzte, der Boden ebenso, man konnte sich hier nicht leise bewegen, aber sie machte keinerlei Anstalten, sich umzudrehen oder auf ihre Anwesenheit zu reagieren.

Zögernd stand Ava da, die Hände in den Rock gekrallt. Sie atmete mehrmals tief ein und aus, ließ den Stoff los und ging langsam auf Claire zu. Dicht hinter ihr blieb sie stehen, wartete.

Eine Weile war es still. Sie wusste nicht, wie sie die Distanz überwinden sollte, die zwischen ihnen angewachsen war.

«Wir müssen die Wäsche noch reinholen», sagte Claire plötzlich, und ihre Stimme hallte seltsam konturlos durch den Raum.

«Claire», sagte Ava bittend.

Von einer Sekunde auf die andere erhob sich draußen ein Rascheln in den Büschen und Bäumen. Es war, als würde der Hof zum Leben erwachen, irgendwo knallte eine Tür, etwas schepperte laut, Stimmen riefen durcheinander.

Dann begann es zu regnen.

Claire rührte sich nicht. Obwohl die Tropfen sie treffen mussten, hob sie nur ein wenig die Schultern an. «Zu spät», sagte sie leise und zog an der Zigarette.

Ava trat neben sie und spürte nun ebenfalls den kalten Regen auf der Haut. Als sie Claire ansah, deren Blick sich in der Nacht verlor, wusste sie, dass sie recht hatte.

Es war zu spät.

Der Sturm war bereits da.

2

Als er zurückkam, spätabends, wie so oft, sah sie sich unfähig, mit ihm zu sprechen. Sie war bereits umgezogen für die Nacht, lief seit Stunden in der dunklen Wohnung umher, die Hände in die Seiten gestützt, weil ihr Magen so schmerzte und es ihr schien, als müsste sie ihren Körper aufrecht halten, da er es alleine nicht schaffte. Sie hörte ihn auf der Treppe, und obwohl sie sich in den letzten Stunden ununterbrochen Verwünschungen ausgemalt hatte, die sie ihm entgegenschleudern wollte, floh sie jetzt vor dem Klang seiner Schritte ins Schlafzimmer. Dort legte sie sich ins Bett und tat, als würde sie schlafen.

Ihr pochte das Blut so laut in den Ohren, dass sie sicher war, er müsste es hören. Als er hereinkam, versuchte sie, ruhig zu atmen, lag stocksteif da und presste die Augen zu.

Leise zog er sich aus und legte sich neben sie. Sie spürte die Wärme, die von ihm ausging, und ein Teil von ihr wollte sich zu ihm umdrehen und vergessen, dass das alles jemals geschehen war. Doch sie bewegte sich nicht.

Quint roch nach Ruß und ein wenig nach Schweiß, rutschte nah an sie heran, eine Hand legte sich auf ihre Taille, sie spürte seinen Atem am Hals. Einen Moment zögerte er, schien zu hoffen, dass sie aufwachte. Dann fühlte sie seinen Mund auf ihrer Haut, eine Sekunde nur, und er drehte sich um und schlief nach wenigen Minuten ein.

Claire öffnete die Augen und starrte in die Dunkelheit. Sie hatte Gänsehaut am ganzen Körper.

Zwei Stunden lag sie neben ihm und spürte, wie die Welt, die sie sich in den letzten Monaten aufgebaut hatten, die Welt voller Möglichkeiten, mit jedem Atemzug, der in sie herein- und aus ihr hinausströmte, ein klein wenig mehr in sich zusammenfiel.

Irgendwann, als sie sicher war, dass er fest schlief, stand sie auf, packte so leise sie konnte ein paar Sachen in eine Tasche. Am Küchentisch blieb sie stehen.

Nie wieder, egal wie wütend du bist.

Seine Worte hallten in ihrem Kopf nach. Sie sollte ihm eine Nachricht hinterlassen, er wusste ja von nichts, wusste nicht einmal, dass er Vater wurde.

Dass ihr gemeinsames Leben vorbei war.

Sie nahm einen Stift zur Hand, drehte sich zur Anrichte, wo wie immer Papiere und Zeitungen durcheinander lagen. Dann stockte sie. Legte den Stift wieder weg. Was hätte sie schreiben sollen? Du bekommst ein Kind mit einer anderen Frau, deswegen gehe ich zu meiner Mutter zurück? Sie schnaubte leise.

Claire spürte ein Brennen in der Kehle, ihr Körper fühlte sich kraftlos an. Sie drehte sich um und schaute zur geschlossenen Schlafzimmertür, schluckte ein paarmal heftig, weil sie plötzlich das Gefühl hatte, ein Stein hätte sich in ihrem Hals verkantet.

Dann drehte sie sich um und ging aus dem Haus.

Die Räder knirschten über den Kies. Claire stieg aus der Droschke und schlug die Tür zu. Dunkel und still lag die Villa vor ihr im Mondlicht. Sie war froh, nur die kleine Tasche dabeizuhaben, sie keuchte immer noch, jeder Knochen im Leib tat ihr weh. Zu so später Stunde hatte sie draußen auf der Veddel natürlich kein Gespann bekommen, erst in der Stadt, in der Nähe eines Theaters doch noch eines gefunden, aber da war sie schon vollkommen erschöpft und halb durchgefroren gewesen. Mit zusammengepressten Zähnen reichte sie dem Mann auf dem Bock die horrende Summe, die er für die späte Fahrt verlangte, und drehte sich ohne ein Wort des Dankes um. Er fuhr los, ebenfalls wortlos, und sie klammerte die Hände um den Griff der Tasche, starrte stumm an der Fassade empor. Wolken zogen am Mond vorbei, so eilig, als müssten sie ein wichtiges Ziel erreichen. Der Sturm war vorbei, aber überall auf dem hellen Kies des Hofes lagen Äste und Laub verteilt, es roch nach Schwefel, nach Regen auf Steinen, und im Stall hörte sie die Pferde schnauben. Langsam stieg sie die Freitreppe hinauf.

Sie musste fünf Minuten sturmklingeln, bis sich im Haus etwas regte. Endlich gingen in der Halle Lichter an, und eilige Schritte näherten sich. Unruhig trat Claire von einem Fuß auf den anderen.

Als die Tür geöffnet wurde, sagte sie: «Ist Magnus da? Ich muss ihn dringend sprechen.»

Das Mädchen führte sie in sein Büro. «Im Salon hatten wir heute nicht eingeheizt, er nutzt ihn nicht, wenn er alleine ist», erklärte sie kurz angebunden. «Bitte, setzen Sie sich. Ich gehe ihn … wecken.»

Der Raum war dunkel, aber warm, das Feuer im Kamin glomm noch vor sich hin. Anscheinend hatte er bis spät in die Nacht gearbeitet. Das Mädchen knipste zwei Lampen an und verschwand dann, das Gesicht unter der Nachthaube müde und grimmig.

Verdutzt sah Claire sich um. Zwei große Schrankkoffer standen aufgeklappt neben dem Schreibtisch, beide randvoll mit Büchern und Unterlagen. Langsam ging sie näher. Erst jetzt fiel ihr auf, dass der Raum seltsam leer und gleichzeitig ungewohnt unordentlich wirkte.

Noch bevor sie einen klaren Gedanken fassen konnte, öffnete sich die Tür. Sicher hatte er ihr Klingeln ebenfalls gehört und war bereits wach gewesen.

Magnus hatte einen schwarzen Morgenmantel über sein Nachthemd geworfen, sein Haar war platt gedrückt von der Mütze, die er im Bett trug und offenbar hastig abgenommen hatte. Trotzdem sah er gut aus. Er sah immer gut aus. Das war ja das Problem.

«Um Gottes willen, was ist jetzt schon wieder passiert?» Mit ungehaltener Miene trat er auf sie zu. «Hat er dich geschlagen? Bist du davongelaufen?»

«Was ist das hier?» Claire deutete auf die Koffer.

Magnus' Blick flackerte. «Ich schaffe Ordnung», erwiderte er brüsk.

«Mit Koffern?» Eine schleichende Ahnung, dass hier etwas ganz und gar nicht stimmte, kroch durch ihre Venen.

«Das dumme Huhn hätte dich in den Salon führen sollen.» Ärgerlich schüttelte Magnus den Kopf. Er trat einen Schritt näher, und sie roch, dass er getrunken hatte. «Kannst du jetzt aufhören, dich in meine Angelegenheiten einzumischen, und mir sagen, warum du hier bist?»

Plötzlich fiel ihr Blick auf den Schreibtisch. Er war so gut wie leer, ungewöhnlich für Magnus' Verhältnisse. Doch in der Mitte lagen Papiere. Claire trat stirnrunzelnd darauf zu. Sie sah aus den Augenwinkeln, dass er eine ruckartige Bewegung machte, als wollte er sie aufhalten, dann aber innehielt. Sie nahm die beiden Blätter in die Höhe und betrachtete sie. «Was ist das?», fragte sie alarmiert.

Er zögerte. «Fahrkarten», sagte er dann. «Für den *Imperator*. Ich habe sie schon letztes Jahr gekauft. Er … läuft morgen aus. Hast du nichts davon gehört, die ganze Stadt spricht davon.»

«Doch sicher, es hat mich nur nicht geschert», erwiderte sie wahrheitsgemäß. «Schiffe interessieren mich einen feuchten Kehricht.»

Er lachte leise. Und als sie sich in die Augen sahen, war plötzlich wieder etwas von der alten Glut da, die immer zwischen ihnen geschwelt hatte.

Er musterte sie. «Warum bist du hier?», fragte er erneut, und jetzt lachte er nicht mehr.

Betont ruhig nahm Claire Magnus' Zigarettenetui vom Schreibtisch, klappte es auf und zog eine Zigarette heraus. «Weil», sagte sie ruhig, zündete sie an und wedelte das Streichholz mit der Hand aus. «Mein Mann ein Kind mit einer anderen Frau bekommt.»

Dass sie sich äußerlich so gefasst gab, half etwas dabei, den gleißenden Schmerz zu überdecken.

Magnus' Augen wurden rund. «Was?», fragte er und lachte ungläubig. «Quint?»

«Ich habe es vor ein paar Stunden erfahren. Sie ist meine beste Freundin. Meine einzige Freundin», fügte sie hinzu, und das auszusprechen tat fast genauso weh.

«Ich glaube, ich kenne sie. Groß, dunkle Haare, attraktiv, rauchige Stimme?»

Claire nickte. «Ja, sie. Also musste ich weg.»

«Und da kommst du zu mir …», sagte er langsam. Er ging zum Schrank und schenkte sich einen Whiskey ein, drehte das Glas in den Händen, starrte die bernsteinfarbene Flüssigkeit an, als enthielte sie die Lösung zu einem Rätsel. Ihr bot er nichts an. Als er den Blick wieder hob, stand eindeutig Triumph in seinen Augen.

«Wohin besser als zu dem einzigen Menschen, der in dieser Stadt noch mehr verachtet wird als ich», erwiderte sie und sah, dass es ihn ärgerte. Unruhig begann sie, im Zimmer auf und ab zu laufen, sie zog an der Zigarette, musste husten und blieb wieder stehen. «Diese Fahrkarten», sagte sie heiser und stieß den Rauch durch die Nase aus. «Sie haben nicht zufällig etwas mit diesen Koffern zu tun? Und mit diesem …», sie hob die Arme, «… Chaos hier?»

Er zuckte die Achseln. Trank einen Schluck, schüttete sich nach. «Wie gesagt, ich hatte sie schon letztes Jahr gekauft, für Linda und mich.» Seine Miene verhärtete sich. «Bevor du mein Leben zerstört hast.»

«Ich?», rief sie und drückte energisch die angefangene Zigarette im Ascher aus. «*Ich* habe dein Leben zerstört?»

Er sah sie an, ein bitteres Grinsen im Gesicht. «War ein Scherz», sagte er, leerte das Glas in einem Zug und knallte es auf den Kaminsims.

«Ach ja?» Claire spürte ein Beben in sich aufsteigen. «Nun, deine Scherze waren noch nie lustig.»

Er lachte höhnisch, aber natürlich traf es seine Eitelkeit. Warum hatte sie früher nicht gesehen, wie leicht er zu verletzen war? Männer mit großem Ego waren immer leicht zu verletzen, wenn man wusste, wo man sie treffen konnte.

«Und was ist bitte schön mit meinem Leben? Hast du auch nur eine Sekunde innegehalten und dir angeschaut, was das alles mit *mir* gemacht hat?» Natürlich hatte er das nicht. Er badete in seinem Selbstmitleid und sah dabei nur sich selbst.

«Dein Leben war doch vorher schon verpfuscht.» Sie hörte an der Art, wie die Wörter aus seinem Mund kamen, dass er nun wirklich betrunken war. Kein Wunder, er kippte den Whiskey ja herunter wie Wasser. «Dr. Schwab hätte dich in eine Anstalt gesperrt, wenn du nicht abgehauen wärst, du hysterisches Stück. Also hör auf, hier rumzukeifen, und schieb das nicht mir in die Schuhe. Wahrscheinlich hat es dich am Ende sogar aus der Scheiße gezogen.»

«Wie hast du mich gerade genannt?», fragte sie leise.

«Hysterisches Stück», wiederholte er genüsslich, denn auch er wusste, wie er sie am besten treffen konnte, und es war ihm anzusehen, dass er es ihr heimzahlen wollte. «Er hatte schon recht, du bist nicht normal, ich kenne keine Frau, die so rumkeift, solche Launen …»

«Er hat mit dir über mich gesprochen?», fuhr sie ihn an.

«Ich habe ihn gefragt.» Wieder zuckte Magnus mit den Achseln, und Claire musste an sich halten, um sich nicht auf ihn zu stürzen.

«Es ist doch egal!», brüllte er plötzlich, und sie wich erschrocken zurück. «Es ist alles egal!»

«Was ist los mit dir?», rief sie.

«Du verstehst es nicht.» Er ließ sich schwer auf einen der Sessel fallen. «Du verstehst es einfach nicht.» Magnus legte den Kopf in den Nacken, fuhr sich mit beiden Händen durch die Haare. «Ich bin vernichtet», murmelte er leise. «Der Skandal hat mir den Rest gegeben. *Du* hast mir den Rest gegeben.» Er lachte verbittert. «Es haben sich zwei Investoren zurückgezogen. Gleichzeitig mit dem Verlust der *Calabria*, das konnten wir nicht verkraften.»

Claire hatte keine Ahnung, wovon er sprach. «Was redest du denn?», fauchte sie entnervt.

Plötzlich stand er auf, kam mit schnellen Schritten auf sie zu. «Claire», sagte er, und sie wollte noch weiter zurückweichen, aber er packte sie an den Schultern. «Komm mit mir.»

Er trat noch näher, und plötzlich war sie sich sicher, dass er sie küssen würde. «Komm mit mir nach Amerika.»

Claire meinte, sich verhört zu haben. «Was?», keuchte sie.

«Das wolltest du doch, das war doch von Anfang an dein Ziel. Wir beide in New York, nur du und ich für den Rest unseres Lebens.» Etwas hatte sich in seinen Blick geschoben, seine Augen wirkten auf einmal seltsam glasig, eigenartig entrückt. «Wir können drüben heiraten, niemanden schert es, dass wir schon verheiratet sind. Ich lasse die Fahrkarte umbuchen, du kommst mit mir, und wir beginnen von vorne, gehen irgendwohin, wo man uns niemals finden wird.»

An seiner Miene sah Claire, dass er es vollkommen ernst meinte. «Du bist wahnsinnig», flüsterte sie.

Bei ihren Worten zogen sich seine Brauen zusammen, irritiert sah er aus, verwirrt beinahe.

«Wovon willst du denn drüben überhaupt leben? Wovon willst du die Schulden bezahlen?»

«Oh das. Dafür ist gesorgt.» Er lächelte plötzlich. Und etwas in seinem Lächeln ließ ihren Nacken kribbeln. «Ich hatte eine Idee, die für unser Startkapital sorgen wird.»

«Was für eine Idee?»

Lauernd musterte er sie. «Nun, wenn es einen Menschen auf der Welt gibt, dem ich es erzählen kann, dann bist das wohl du»

Und als er weitersprach, stand sie sprachlos da, sah zu, wie sich seine Lippen bewegten und fragte sich, was sie jemals in diesem Mann gesehen hatte. Wie hatte sie nicht erkennen können, was er wirklich war?

«Warum erzählst du mir das?», flüsterte sie entsetzt. «Warum denkst du auch nur eine Sekunde, dass ich dich nicht verraten werde? Bist du irrsinnig? Hunderte Menschen werden sterben.»

Er machte eine abschätzige Bewegung mit der Hand. «Die haben doch Rettungsboote an Bord. Die *Galant* ist hochmodern und bestens ausgerüstet. Ein Fehler wie bei der *Titanic* wird bei uns nicht passieren. Der Sprengstoff wird nur ein Loch in den Bug reißen, und dann haben sie alle Zeit der Welt, sich in Sicherheit zu bringen, bevor sie sinken. Ich bin vielleicht dämlich, aber ich bin kein Mörder, Claire.»

Wieder flackerte sein Blick. Sie dachte an das seltsame Gespräch, das sie damals belauscht hatte, das Gespräch zwischen ihm und Quint, von dem sie glaubte, sie hätte etwas vollkommen missverstanden. Plötzlich war sie nicht mehr sicher.

«Du bist durchgedreht», wisperte Claire. «Vollkommen durchgedreht.»

Das Grinsen in seinem Gesicht fror ein. Und sie begriff, dass er seinen Plan mit ihr geteilt hatte, weil er stolz auf sich war. Weil er der Versuchung nicht widerstehen konnte, jemandem von seiner genialen Idee zu erzählen.

Weil er Bewunderung von ihr erwartet hatte.

Er stand vor ihr, sein Blick erforschte ihr Gesicht. Und was er dort fand, ließ ihn wohl verstehen, dass er sie falsch eingeschätzt hatte.

Sie fuhr herum, wollte aus dem Zimmer stürzen, doch seine Hand schoss vor und packte sie am Haar, seine andere Hand schloss sich um ihren Hals.

«Hiergeblieben», zischte er in ihr Ohr, und sie roch den Whiskey. Er drückte so fest zu, dass sie kaum mehr Luft bekam. «Du wirst niemandem etwas erzählen. Kein einziges Wort wird aus deinem süßen kleinen Mund kommen. Und weißt du auch warum?»

Claire gab einen erstickten Laut von sich, versuchte sich loszureißen, doch er hielt sie mit eiserner Hand fest.

«Weil dein Mann genauso tief drinsteckt wie ich.»

Mit einem Ruck ließ er sie los, und sie stolperte ein paar Schritte nach vorne. Als sie sich umdrehte und nach Atem rang, beide Hände um den pulsierenden Hals gelegt, lächelte er triumphierend.

Schwer atmend stand sie da, starrte ihn an und versuchte zu begreifen, was hier gerade geschah. Alles in ihr schrie danach, dass sie wegrennen sollte. Aber sie musste es einfach wissen. «Quint würde niemals … Er würde niemals Sprengstoff in ein … Das würde er niemals tun», krächzte sie.

Magnus schnaubte ungeduldig. «Nein. Das würde er nicht», sagte er abfällig. «In allem, was wir in den letzten Jahren mit den Menschen getrieben haben, hat er immer versucht, verzweifelt an einem Rest seiner lächerlichen Würde festzuhalten, und nie gemerkt, dass es die schon längst nicht mehr gab.» Er lachte auf. «Das hier ist ganz allein mein Werk. Trotzdem geht er mit hoch, falls jemand auf die Idee kommen sollte, mich zu verraten.» Sein Grinsen war abscheulich. Claire hielt sich die schmerzende Kehle, beobachtete ihn wie ein Raubtier, das sie nicht durch eine zu schnelle Bewegung auf sich aufmerksam machen durfte. «Hier kann ich schließlich nicht bleiben, dafür hat meine verdammte Frau ja wunderbar gesorgt. Ein wenig auch ich selbst.»

Wieder lachte er, ein Lachen so voller Hass, dass sie sich unwillkürlich fragte, wie viel davon ihm selbst galt. Sie hatte ihn immer als schillernde Gestalt wahrgenommen, als einen Mann, den nichts erschüttern konnte, der seinen Platz in dieser Gesellschaft, in dieser Welt besaß und darum über jeden Zweifel und jede Unsicherheit erhaben war. Nun sah sie in aller Klarheit, was sie beinahe gegen Quint eingetauscht hätte.

«Ich habe wirklich keinen Sinn fürs Geschäft, mein Vater hatte recht», murmelte Magnus. «Zu dumm nur, dass er es mir trotzdem anvertraut hat.» Plötzlich veränderte sich sein

Blick, fokussierte sich wieder auf sie. «Also», sagte er. «Entscheide dich.»

Er war irre. Er hatte den Verstand verloren. Sie sah es jetzt ganz deutlich. Natürlich war er auch sturzbetrunken, aber der Alkohol hatte diese Dinge nicht ausgelöst, er holte sie nur an die Oberfläche. Vielleicht war es eine Kombination aus allem. Die Trauer um sein Kind, die Scham wegen seiner gescheiterten Ehe, seines Ansehens und die Angst vor der Bedrohung seiner Existenz. Etwas an ihm war nicht, wie es sein sollte, etwas war falsch, ganz und gar falsch.

Fieberhaft überlegte sie, wie sie aus der Situation herauskommen konnte.

Mit roten Augen suchte er in ihrem Gesicht nach einer Reaktion.

Und plötzlich wusste sie es.

Wenn sie in einer Sache, einer einzigen Sache gut war, dann darin, Männern etwas vorzuspielen.

«Aber du … du wolltest sie und nicht mich …», sagte sie mit kratziger Stimme, probierte aus, wie es klingen sollte. «Du wolltest immer nur sie.» Es fiel ihr nicht schwer, ihre Augen zum Schimmern zu bringen, die Stimme ihre alte Tonlage einnehmen zu lassen, die sie immer benutzt hatte, wenn sie etwas bekommen wollte. «Ich bin nicht dein Ersatzstück.»

Sie sah sofort, dass es wirkte.

«Ich wollte immer dich, das habe ich dir schon tausendmal gesagt», brüllte er wütend. «Wie oft soll ich es noch erklären! Was brauchst du denn noch, damit du mir glaubst. Ich habe wegen dir meine Ehe ruiniert, Herrgott!»

Seine Wut machte ihr Angst, aber sie zeigte ihr auch, dass er ihr jedes Wort abnahm. Er glaubte tatsächlich, dass es ihr egal war, was er vorhatte, dass sie ernsthaft in Erwägung zog, mit ihm zu gehen. Quint für ihn zu verlassen.

Sie wandte den Blick ab und fuhr sich mit den Fingern über die Wangen, schüttelte voll gekränktem Stolz den Kopf. «Ich soll mit einer Fahrkarte fahren, auf der *ihr* Name steht?», spie sie dann hervor. «Wo du doch weißt, was ihr mir angetan habt, als ihr …» Sie brach ab, wandte das Gesicht zum Fenster. Sie sah ihr verzerrtes Spiegelbild in der Scheibe. Claire durchzuckte der Gedanke, dass sie gerade eine alte Version ihrer selbst spielte, und Scham mischte sich zu dem Triumph, der sie überkommen hatte, als sie merkte, wie leicht es war, ihn zu täuschen.

Doch es wirkte wie ein Zauber.

«Claire», begann er, seine Stimme wurde wieder weich und schmeichelnd. Er trat zu ihr, schlang die Arme um sie, begann, ihren Hals, den er eben noch gewürgt hatte, mit Küssen zu bedecken.

Es kostete sie alle Kraft, ihn nicht von sich zu stoßen.

«Claire, ich war so töricht, ich hätte niemals … Wie konnte ich so dumm sein? Ich wusste schon am Altar, dass es ein Fehler war, als ich dich dort unten stehen sah. Aber siehst du denn nicht, was für eine Fügung es ist? Du kannst hier nicht bleiben, deine Ehe ist vorbei, gesellschaftlich bist du ruiniert, nun hast du niemanden mehr, willst du bei deiner Mutter und Dr. Schwab unterkriechen wie ein kleines Kind?»

Die Tatsache, dass dieser Teil der ganzen Farce der Wahrheit entsprach, drehte ihr den Magen um. Mit einem Mal begriff sie mit voller Wucht das Ausmaß all der Veränderungen, die geschehen waren und noch geschehen würden. Sie weinte jetzt wirklich, schluchzte auf, presste sich die Hände vor den Mund, um es zu ersticken. Aber natürlich verstand er nicht, warum.

«Wir gehen zusammen weg, ich kaufe dir alles, was du immer wolltest», flüsterte er ihr ins Ohr, seine Hand glitt ihren Rücken hinab und er presste sie an sich. «Du und Quint, das war von Anfang an verrückt, wir sind füreinander gemacht. Du und ich, Claire … Wir sind aus dem gleichen Holz.»

Sie wollte ihm das Gesicht zerkratzen, ihn anschreien, dass er sie nicht anfassen sollte, dass sie nicht war wie er und es niemals sein würde, dass er es nicht wert war, den Boden zu küssen, auf dem Quint ging, egal wie sehr sie die Sache mit Ava verletzte.

Doch sie tat es nicht.

Dies war der Moment, in dem sie einmal in ihrem Leben, ein einziges Mal nur, nicht an sich denken durfte.

Sie drehte sich um, hob den Kopf, schloss die Augen und küsste Magnus.

Er umfasste ihr Gesicht mit beiden Händen, sie verschmolzen miteinander, und sie schmeckte nicht nur den Whiskey, sondern auch ihre salzigen Tränen. Nach einer Ewigkeit löste er sich von ihr und sah sie schwer atmend an. «Also kommst du mit?», fragte er, und es lag so viel Hoffnung in seinen Augen.

Die Erkenntnis, wie einsam er war, traf sie wie ein Schlag. Die Erkenntnis, dass er sie brauchte. Es war ein seltsames Gefühl der Überlegenheit.

«Ich muss … mich aber von meiner Mutter verabschieden», improvisierte sie, und er schüttelte den Kopf.

«Du hast nichts begriffen», rief er, plötzlich wieder wütend, und packte sie beim Kinn. «Niemand darf etwas wissen, sonst ahnen sie doch, dass etwas nicht stimmt. Offiziell bin ich nur auf einer kurzen Geschäftsreise, aber du kannst doch nicht mit einem fremden Mann verreisen. Denk doch nach, Claire.» Seine Finger bohrten sich in ihre Haut, er rüttelte ihren Kopf hin und her.

Sie entriss sich ihm und funkelte ihn wütend an. Ihr Kiefer pochte.

Als er ihren Blick sah, beschwichtigte er sofort wieder. «Du kannst dich nicht verabschieden. Aber du kannst Agatha morgen noch einmal sehen, das Schiff läuft nicht vor dem Nachmittag aus.»

«Aber meine Sachen, ich habe doch gar nichts gepackt …», rief Claire und schüttelte den Kopf. Es ging zu schnell, viel zu schnell.

«Wir kaufen dort alles neu. Linda hat noch Kleider hier, die nimmst du mit. Wir müssen jetzt an uns denken. Das kannst du doch sonst so gut.»

Sie hätte ihm gerne wieder eine Ohrfeige verpasst. Aber sie schluckte die Wut herunter, die in ihrem Hals saß wie ein heißer Klumpen. «Gut. Gut, du hast recht», sagte sie leise. «Es ist nur alles … so viel auf einmal.»

Er nickte. «Ich weiß.» Dann küsste er sie wieder. «Wir sollten schlafen gehen», murmelte er an ihren Lippen. «Morgen können wir alles in Ruhe besprechen.»

Claire war wie betäubt. Wie kann an einem einzigen Tag so viel passieren, dachte sie, als sie ihn widerwillig an sich drückte.

Sie ließ sich mitziehen, die Treppe hinauf und in das Schlafzimmer am anderen Ende des Flurs, das er jetzt bewohnte. Sie ließ es zu, dass er ihr das Kleid abstreifte. Dass er ihren Körper mit Küssen bedeckte, dass er in sie eindrang und mit ihr schlief, obwohl ihr Körper nicht bereit war, obwohl es wehtat, obwohl sie sich nichts sehnlicher wünschte, als wegzulaufen und ihn nie wiedersehen zu müssen.

Die ganze Zeit überschlugen sich ihre Gedanken in wilder Panik.

Er hatte in seinem Studio gesessen, bis die Kirchturmuhr Mitternacht schlug. Will schloss die Augen. Verdammt, dachte er. Therese würde toben, er war einfach nicht nach Hause gekommen. Zum ersten Mal. Hatte sich nicht gemeldet, kein Zeichen von sich gegeben. Es wunderte ihn etwas, dass sie nicht im Büro angerufen und nach ihm gefragt hatte, dass sie sich anscheinend gar keine Sorgen machte. Aber eigentlich war es ihm egal. Im Grunde war er sich im Klaren darüber, dass sie die ganze Zeit etwas geahnt haben musste. Vielleicht traut sie sich nicht nachzufragen, dachte er jetzt und fühlte nun doch einen Anflug von Schuld. Vielleicht will sie es gar nicht so genau wissen.

Er erhob sich vom Boden, wo er gesessen hatte, an die Tür gelehnt, in einer Art Halbschlaf, und fuhr sich mit den Händen über das Gesicht. Ja, so war es sicher, er kannte sie, kannte sie in- und auswendig. Genau wie sie ihn. Natürlich wusste sie Bescheid. Er hatte es nur nicht wahrhaben wollen.

Im Dunkeln nahm Will seine Tasche und die Jacke und trat auf den Hof hinaus. Er fühlte sich, als hätte ihm jemand Gewichte an die Füße gehängt, jeder Schritt war schwer.

Er mochte es, wie vorhersehbar Therese für ihn war, kannte jede ihrer Gesichtsregungen, jede gehobene Augenbraue, jeden verkniffenen Mundwinkel. Bis zu ihrem kleinen Geständnis neulich hatte sie ihn nie überrascht, und bisher hatte er das zu schätzen gewusst. Sie war verlässlich, und es war ein Zeichen davon, wie nah sie sich einmal gewesen waren.

Sie würde ihn leiden lassen, weil er nicht nach Hause gekommen war. Und zwar gehörig. Er sah es schon vor sich, wahrscheinlich würde sie mehrere Tage nicht mit ihm sprechen und ihm die ganze Zeit vorwurfsvolle Blicke zuwerfen, irgendwann würde er sich entschuldigen, sie zur Wiedergutmachung in ein Restaurant einladen, und dann würde sie behaupten, dass sie nichts zum Anziehen hätte, und ein neuer Streit würde losbrechen, viel zu bissig für den Anlass, und so würde es weitergehen und weiter und weiter bis ans Ende ihrer Tage. Weil er nicht den Mut hatte, etwas zu ändern.

Weil Claire Conrad recht hatte: Er war ein elender Feigling.

Normalerweise nahm er die Bahn nach Hause, aber er wollte den Moment hinauszögern, in dem er das Haus betrat, den vertrauten Geruch einatmete und in dem das Wissen, dass es kein anderes Leben für ihn geben würde als dieses, dass all seine Hoffnungen und Träume sich zerschlagen hatten, in ihm einrastete.

Über eine Stunde brauchte er für den Weg, und als er schließlich am Tor ankam, war sein Kopf vor Erschöpfung leer und seine Beine waren so müde, dass er überlegte, ob er überhaupt ins Bett gehen oder sich einfach aufs Sofa werfen sollte. Was machte es schließlich für einen Unterschied.

Das Haus lag dunkel und still da. Er spürte einen solchen Widerwillen, es zu betreten, dass es ihm beinahe die Tränen in die Augen trieb. Er konnte einfach nicht fassen, was passiert war. Noch nie in seinem Leben hatte er sich so verraten gefühlt. Sein eigener Bruder … Es saugte alle Energie aus ihm heraus.

Im Flur machte er das Licht an und ließ seine Jacke auf die kleine Bank fallen, stellte seine Tasche daneben und hängte den Hut an den Ständer. Dann fiel ihm auf, dass die Garderobe seltsam leer war. Anscheinend hatte Therese die Winterjacken der Kinder weggeräumt. Nun, es war auch warm gewesen in den letzten Tagen, der Sommer war nicht mehr weit. Er stutzte, als er sah, dass nur zwei Paar Schuhe im Flur standen. Etwas in ihm begann zu pochen. Ein dumpfes, alarmierendes Pochen. Aber erst, als er in die Küche trat, das vertraute Aroma von Sauerkraut einatmete und den Umschlag sah, der auf dem Tisch lag, verstand er, dass wirklich etwas nicht stimmte.

Sein Name stand auf dem Couvert.

Als er mit leicht zitternder Hand das Papier herauszog, versuchte er, nicht auf sein Herz zu hören, das plötzlich wummerte und wummerte und jeden Gedanken übertönte.

Er las, aber er konnte nicht begreifen.

Es war so vollkommen absurd, dass nicht einmal die Möglichkeit zu ihm durchdrang, dass es sich um etwas anderes als einen schlechten Scherz handeln könnte. Mit einem Ruck stand er auf und lief die Treppe hinauf. Und erst als er in die Zimmer kam, eine Tür nach der anderen aufriss und ihm die Leere entgegenschlug, als er die geöffneten Schranktüren sah, den kleinen Strumpf von Rosa, der mitten auf dem Teppich lag, da wusste er, dass es stimmte, und er sank in die Knie, weil seine Beine plötzlich unter ihm nachgaben.

Sie waren fort.

Seine Familie war fort.

Die Frau von achtzehn Jahren wird willig die gelehrige Gattin eines Mannes von achtundzwanzig oder dreißig Jahren sein … Sie will mit ihm, durch ihn wiedergeboren werden. Dem Mann obliegt es, seine Frau – die auch sein Kind ist – umzubilden, neuzugestalten und zu schaffen: Ihr einziges Glück ist der Gedanke, dass sie von nun an in seiner Hand ist.

Kaisa schlug das Buch zu.

Ihre Wangen glühten. Durch den Mann wiedergeboren werden? Ihr einziges Glück? Gerade so konnte sie ein abfälliges Schnauben unterdrücken. Sie war jedenfalls keineswegs durch ihren Mann wiedergeboren worden. Jeden einzelnen Tag wünschte sie sich in ihr Elternhaus zurück, zu ihren Schwestern, in die unbeschwerten Tage ihrer Jugend und

Kindheit, als sie sich noch auf ihre Zukunft gefreut hatte. Kaisa besaß alles, was man sich nur wünschen konnte. Und doch hockte sie beinahe jeden Abend am Fenster, starrte in die dunkle Stadt, die ihr palastartiges Haus umgab, und fühlte eine pulsierende Leere in sich, eine stumme Verzweiflung. Sie legte den Ratgeber, den Jorg ihr zum Geburtstag geschenkt hatte, auf den Nachttisch und nahm sich vor, ihn bei nächster Gelegenheit in den Müll zu werfen.

Stirnrunzelnd lauschte sie in die Stille des Hauses. Jorg blieb des Öfteren lange im Klub, normalerweise heiligte sie diese Abende. Aber dass er so spät zurückkehrte, war ungewöhnlich, er war schließlich nicht mehr der Jüngste, und wenn er schlecht schlief, hatte er am nächsten Tag mit Sodbrennen zu kämpfen. Sie seufzte und blickte auf seine leere Bettseite. Wenn sie jetzt das Licht löschte, würde er garantiert in wenigen Minuten ankommen und sie wieder aufwecken, ihr von seinem Abend erzählen wollen und sie mit seinem Tabakatem küssen. Doch sie war zu müde, um noch länger wach zu bleiben.

Seufzend stand sie auf und zog die Vorhänge zu, registrierte dabei, dass sie Durst hatte, und blickte zur Klingel an der Wand. Aber es war zu spät, die Mädchen schliefen bereits, und in der Küche war sicher auch niemand mehr. Kurzerhand nahm sie ihren Morgenmantel vom Stuhl neben dem Kamin und warf ihn über das Nachthemd, zog nach kurzem Überlegen ihre seidene Haube noch einmal von den für die Nacht eingedrehten Haaren und lief in ihren bestickten Hausschuhen über die dicken Teppiche nach unten.

In der Küche roch es nach warmer Schokolade und Nelken, und sie seufzte genussvoll. Vielleicht würde sie auch noch eine Kleinigkeit essen. Ohne Licht zu machen, tappte sie zur Anrichte und fuhr plötzlich herum, als sie hinter sich ein Geräusch wahrnahm. Fahrig suchte sie nach dem Licht, ihr Herz wummerte.

«Line!», rief sie erleichtert aus, «herrje, hast du mich erschreckt, was sitzt du denn hier in der dunklen Küche?»

Erst jetzt sah sie, dass Line weinte. Ihr Gesicht war verquollen, die Wangen aufgedunsen. «Madame», stotterte ihre in die Jahre gekommene Hausdame und sah sie erschrocken an. «Ich wusste nicht, bitte verzeihen Sie!»

Line wollte aufspringen, aber Kaisa winkte ab. Sie setzte sich neben sie und legte eine Hand auf ihren Arm. Mit einem Mal musste sie daran denken, wie sie früher immer zusammengesessen hatten, als Quint zu ihnen gekommen war und Line sich wie sie so sehr in ihn verliebt hatte, in diesen dürren, blassen Jungen mit den grünen Augen und dem riesigen Herzen. Damals war das Haus noch voller Leben gewesen. «Was ist denn nur los?», fragte sie atemlos.

Line hatte eine Tasse Tee vor sich stehen und einen leeren Teller mit Krümeln. Ihre Hand umklammerte etwas.

Einen Umschlag.

Jetzt weinte Line so heftig, dass sie nicht reden konnte, sie schlug die Hände vors Gesicht, und ihr ganzer Körper zitterte.

«Was hast du denn?», rief Kaisa. «Line, was immer es ist, wir werden eine Lösung finden! Ist etwas mit deiner Mutter?» Lines Mutter war über neunzig und ein wandelndes Wunder an Lebenskraft.

Line schüttelte den Kopf, eine Hand vor den Mund gepresst. «Sie verstehen nicht, es ist nicht … Oh, Frau Svarts, ich wollte es Ihnen ja geben. Aber ich konnte einfach nicht. Ich konnte nicht …» Mit zitternden Händen reichte sie ihr den Umschlag. «Wir haben es alle gewusst», flüsterte sie. «Aber dass er so etwas tun würde … damit konnte doch niemand rechnen. Ich hätte es Ihnen sagen müssen, aber … Ich hatte

Angst, dass er mich rauswirft. Wo soll ich denn dann hin? Ich hab doch meine Mutter, um die ich mich kümmern muss.»

Kaisa nahm das Couvert und zog den Brief hervor. Die Handschrift ihres Mannes war gestochen scharf, neigte sich leicht nach rechts.

Sie las, aber sie konnte nicht begreifen.

Es war so vollkommen absurd, dass nicht einmal die Möglichkeit zu ihr durchdrang, dass es sich um etwas anderes als einen schlechten Scherz handeln könnte. Erst als sie Line ansah, ihr tief betroffenes, schamerfülltes Gesicht, wurde ihr klar, dass es stimmen musste. Dass es kein Scherz war. Dass Jorg nicht im Klub war.

Sondern auf einem Schiff nach Amerika.

Mit ihrer Schwiegertochter.

«Frau Svarts, es tut mir so unendlich leid.» Schluchzend griff Line ihren Arm.

In der erschütterten Miene ihrer Hausdame, in ihren riesigen, entsetzt blickenden Augen konnte Kaisa genau ablesen, was sie dachte: Kaisa würde geächtet werden. Sie würde nie wieder Fuß fassen können in den Kreisen, in denen sie verkehrte. Wenn es ihr auch niemand ins Gesicht sagen würde, man würde über sie lachen, sie verspotten, sie mitleidig behandeln wie eine Aussätzige. Und das alles, obwohl sie nichts getan hatte. Aber der Betrug ihres Mannes würde ihr angelastet werden, sie hatte ihn nicht glücklich gemacht, ihn nicht ausreichend versorgt, war ihren Pflichten als Ehefrau nicht nachgekommen.

Kaisa spürte ein Zittern in sich aufsteigen. Ein Beben, so tief, so erschütternd, dass sie das Gefühl hatte, das Haus um sie herum würde mit ihr wackeln. Sie schlug die Hände vors Gesicht und weinte so heftig, dass ihr ganzer Körper von Krämpfen geschüttelt wurde.

Kaisa weinte und weinte, sie konnte gar nicht mehr aufhören, es war, als entlüde sich all der Schmerz, all das unterdrückte Leid der letzten Jahre und Jahrzehnte, das sich Tag für Tag in sie hineingefressen hatte, mit einem Schlag. Laute, kehlige Schluchzer drangen aus ihrem Hals. Sie hielt die Hände vors Gesicht gepresst, damit Line es nicht sah.

Damit Line nicht merkte, dass sie vor Freude weinte.

Sie konnte es nicht glauben, konnte die Erleichterung nicht fassen, die sie überflutete, die ein unsichtbares Gewicht von ihr wusch, von dem sie nicht gewusst hatte, wie schwer es wog.

Ihr Mann hatte geschafft, wozu sie ihr Leben lang zu schwach gewesen war.

Er hatte sie befreit.

3

Claire lag neben Magnus und pustete sich eine Strähne aus der Stirn. So oft hatte sie schon an denselben hässlichen Betthimmel geblickt. Es war unwirklich, wieder hier zu sein. Es war unwirklich, dass Linda fort war. Der unruhige Poltergeist über ihren Köpfen hatte das Haus verlassen. Trotzdem war sie noch da, in ihrem Kopf. Würde es auf eine Weise wahrscheinlich immer sein.

Vor den Fenstern kroch der erste Nebel über die Wiesen, sie hörte eine Amsel singen, aber es war noch früh, sicher kaum fünf Uhr, und das Haus noch durchdrungen von der Stille der Nacht. Schlaflos lauschte Claire auf ihren eigenen Herzschlag, ging die Möglichkeiten durch, die ihr blieben. Sie musste verhindern, dass dieses Unglück passierte. Aber wenn sie Magnus verriet, verriet sie auch Quint. Die ganze Nacht hatte sie an die Decke gestarrt und fieberhaft überlegt.

Schließlich wusste sie, was sie tun musste. Es gab keinen anderen Weg.

Im ersten Morgengrauen stand sie auf, schlüpfte nackt, wie sie war, aus dem Bett. Das Laken raschelte leise, als sie es zu Boden fallen ließ. Magnus schlief wie ein Stein, alle viere von sich gestreckt, röchelte im Traum. Sie streifte sich das Kleid über, mit dem ihr nun niemand mehr helfen musste, weil Arbeiterinnen sich selbst ankleideten, und blieb kurz reglos vor dem Bett stehen. Dann schlich sie hinaus auf den Flur.

Behutsam drückte Claire die Tür zum Ehezimmer auf. Es roch abgestanden und fremd, nach dem Leben anderer Menschen. Hier drinnen war aufgeräumt worden, nichts deutete mehr auf das Blutbad hin, das sich einige Wochen zuvor ereignet hatte.

Sie wurde nervös. Dieser Teil des Plans war nicht zentral, er sollte ihr nur Zeit verschaffen. Wenn er schiefging, konnte der Rest trotzdem noch funktionieren. Doch es wäre besser, wenn sie fand, wonach sie suchte.

Hastig, aber dennoch so leise wie möglich zog sie Schublade für Schublade auf, öffnete die Nachtschränke und suchte mit fliegenden Fingern zwischen Lindas Parfums und Cremes auf der Konsole. Dann ging sie ins Bad en suite. Und unter dem marmornen Waschtisch fand sie sie schließlich.

Die kleine braune Flasche.

Zufrieden erhob sie sich und hielt sie ins Dämmerlicht. Das Fläschchen war immer noch halb voll. Claire ließ es in ihrem Rock verschwinden, dann schlüpfte sie wieder aus dem Schlafzimmer auf den Gang und lief die große Treppe hinunter.

Im Salon bediente sie so lange die Schelle an der Wand, bis das Dienstmädchen angerannt kam, unfrisiert, mit Schlafhaube auf dem Kopf und einer Strickjacke über dem Nachthemd. Als sie Claire sah, wurden ihre Augen schmal vor Zorn. «Ja bitte», schnappte sie so feindselig, wie es gerade noch im Rahmen des Duldbaren war.

«Machen Sie einen Kaffee für Herrn Godebrink», wies

Claire sie an. «Stark. Aber ohne Zucker. Er hat heute Morgen schlimme Kopfschmerzen.»

Das Mädchen zog die Augenbrauen zusammen. «Er trinkt ihn immer mit …»

«Habe ich Sie gebeten, mir Ihre Meinung mitzuteilen?», fauchte Claire, und sie klappte den Mund wieder zu. «Ein bisschen dalli, er wartet.»

Sobald die junge Frau in der Küche verschwunden war, ging Claire in Magnus' Büro. Die Karten lagen noch immer auf dem Schreibtisch, daneben die Pässe. Sie raffte beides an sich, schob es in den Ausschnitt ihres Kleides und eilte wieder zur Halle, wo sie das Mädchen abfing.

«Ich bringe den Kaffee selbst nach oben», sagte sie. «Er ist sehr müde und möchte heute lange schlafen, er hat mich angewiesen, Ihnen zu sagen, dass das Personal leise sein soll.»

Das Mädchen sah sie nur an. Sie hatte kleine lila Schatten unter den Augen.

Claire nahm ihr das Tablett aus den Händen, und als sie sah, dass doch eine Zuckerdose neben dem Kaffee stand, blaffte sie: «Ich habe gesagt, kein Zucker!» Langsam nahm das Mädchen die Dose herunter.

Claire war bereits zwei Stufen gegangen, da ertönte plötzlich die Stimme des Mädchens hinter ihr: «Ich habe Sie absichtlich in sein Büro geführt.»

Langsam drehte Claire sich wieder um. «Wie bitte?»

Das Mädchen stand da, die Nachthaube schief auf dem Kopf, die Augen klein vor Müdigkeit, und sah sie unverwandt an, einen seltsam trotzigen Ausdruck im Gesicht. Obwohl sie vor Ärger die Stirn in Falten gelegt hatte, war ihr Tonfall ganz ruhig. «Der Salon war wirklich kalt. Aber ob Sie frieren, schert mich nicht.»

Claire zog scharf die Luft ein.

«Ich wollte, dass Sie es sehen. Ich wollte, dass Sie sehen, dass er sich schon wieder einfach aus dem Staub machen will.»

Claire stand bewegungslos da, versuchte zu verstehen. «Sie wussten, was er vorhat?»

«Er hat mich gefragt, ob ich mit ihm gehen will.»

Ihr fiel beinahe das Tablett aus den Händen. «Er hat … was?», krächzte Claire. Sie verstand, was das bedeutete, aber ihr Gehirn weigerte sich, es zuzulassen. «Sie … und er?»

Das Mädchen nickte ohne die Spur eines Lächelns. «Manchmal. Wenn er sich einsam fühlt.» Sie verzog das Gesicht. «Ich bin ihm egal, er wollte nur nicht alleine sein», sagte sie dann. «Er ist kein guter Mensch. Vielleicht haben Sie das ja inzwischen selbst verstanden.» Sie drehte sich um, aber bevor sie ging, sagte sie über die Schulter: «Sie sollten vorsichtig sein.»

Mit jeder Stufe, die sie erklomm, hämmerte ihr Herz wilder. Du dreckiger, widerlicher Mistkerl, dachte Claire, als sie das Zimmer betrat und ihn dort liegen sah, wie sie ihn verlassen hatte. Wie viele Frauen hattest du noch in deinem Bett?

Gab es überhaupt irgendjemanden auf der Welt, der ihm etwas bedeutete?

Sie stellte das Tablett auf dem Nachtschrank ab, goss ihm eine Tasse ein, nahm die kleine Flasche aus der Rocktasche und gab zwei große Löffel davon in den Kaffee. Dann, nach kurzem Überlegen, fügte sie einen weiteren hinzu, gefüllt bis zum Rand. Sie rührte um. Es roch süß und ein wenig bitter. Sie konnte nur beten, dass er nichts merkte.

Claire streifte ihr Kleid wieder von den Schultern und warf es so auf den Boden, dass die Fahrkarten und Pässe unter dem Stoff nicht zu sehen waren. Sie krabbelte ins Bett und stieß ihn unsanft mit dem Fuß an. Er gab ein leises Grunzen von sich und begann, sich zu rekeln.

Magnus schmatzte und öffnete die Augen. Sie waren blutunterlaufen. Sofort verzog er das Gesicht. «Verdammt, mein Kopf.»

Claire lächelte verführerisch, setzte sich nackt wie sie war vor ihn und hielt ihm den Kaffee hin. «Ich weiß, du hast gestern etwas zu viel getrunken. Darum habe ich ihn extra stark aufbrühen lassen.»

Magnus richtete sich auf. «Wie spät ist es?», fragte er mit belegter Stimme.

«Noch früh, ich konnte nicht mehr schlafen, ich bin zu aufgeregt und muss doch noch so viel tun, Lindas Kleider packen, meine Mutter noch einmal sehen …» Sie lächelte entschuldigend, und als er den Kaffee nahm, sichtlich verwirrt und erst halb wach, beugte sie sich zum Nachttisch und schüttete sich ebenfalls eine Tasse ein.

Er trank einen Schluck und verzog das Gesicht.

«Was ist?», fragte sie und trank ebenfalls.

«Nichts, ich habe nur einen grauenvollen Geschmack im Mund.»

Claire nickte mitleidig. «Das kann ich mir vorstellen.»

Magnus nahm zwei weitere Schlucke. Dann sah er sie an. «Hast du etwa so das Mädchen empfangen?», fragte er, und seine Augen blieben an ihren Brüsten hängen.

Claire warf ihm einen katzenhaften Blick zu. «Ich habe mir deinen Morgenmantel übergezogen. Sie wissen ohnehin, was los ist, wozu noch die Scharade aufrecht halten. Und heute Abend sind wir weg.»

Er lächelte. «Dann hast du deine Meinung nicht geändert?»

«Nein, du?», fragte sie und tat erschrocken. «Sag nicht, du hast das alles nur gesagt, weil du betrunken warst», rief sie, und er schloss entnervt die Augen.

«Jetzt schrei doch nicht gleich wieder, natürlich habe ich das nicht nur so gesagt.»

«Gut.» Claire lächelte wieder, drehte sich mit dem Kaffee in der Hand um und schmiegte sich an seine Brust. Er hielt sie mit einem Arm fest, hob mit dem anderen die Tasse an. «Dieser Kaffee schmeckt komisch», brummte er.

«Das ist dein Mund.» Claire lachte und hoffte, dass er den schrillen Ton in ihrer Stimme nicht wahrnahm. «Oder vielleicht hat das Mädchen ihn auch absichtlich verdorben, weil ich sie so früh schon bemüht habe.»

Er murmelte etwas, und da sie sah, dass seine Tasse schon beinahe leer war, strich sie mit den Fingern über seinen Oberschenkel. «Ich weiß, wir haben heute viel vor», sagte sie leise und drückte sich an ihn. «Aber vielleicht können wir noch ein paar Minuten entspannen, bevor der ganze Wirbel losgeht.»

Sofort reagierte er, stellte die Tasse weg und begann, ihren Hals zu küssen und ihre Brüste zu streicheln.

Sie leerte ihren eigenen Kaffee mit einem großen Zug, ließ die Tasse über die Bettkante auf den Teppich fallen, drehte sich zu ihm um und schlang die Arme um seinen Hals. Sein Mund schmeckte scheußlich.

Aber zehn Minuten später war er auf ihr eingeschlafen.

Claire schlängelte sich unter Magnus hervor, schlüpfte in ihr Kleid, zog die Decke über ihn und Sekunden später die Tür hinter sich zu.

«Er will auf keinen Fall geweckt werden», sagte sie, während das Mädchen ihr die Tür aufhielt.

«Natürlich», erwiderte diese kalt.

Claire war schon auf der Freitreppe, als sie stehen blieb. Sie wandte sich um und sah das Dienstmädchen an. «Danke», sagte sie.

Die junge Frau nickte kaum merklich. Dann zog sie die Tür hinter ihr zu.

Karl Roscher lief die Stufen zur Wache hinauf und bog in den Flur seiner Abteilung. In der Hand trug er eine Tüte mit noch warmen Franzbrötchen für Erika, die am Vortag mal wieder Überstunden für ihn geschoben hatte. In der anderen hielt er den Regenschirm, den Edeltraud ihm aufgenötigt hatte. Die Brötchen dufteten himmlisch, aber sein Magen machte schon wieder seltsame Sachen. Roscher kam direkt aus einem Bordell an der Reeperbahn. Ein Mädchen war aufgeknüpft gefunden worden, eine Russin, kaum vierzehn Jahre alt. Er ging von Selbstmord aus, doch sie würden den Fall gründlich untersuchen. Und wenn so ein junges Mädchen sich umbrachte, weil jemand sie gezwungen hatte, ihren Körper und ihre Seele zu verkaufen, war das in seinen Augen ohnehin Mord und nichts anderes.

Es war kaum sechs Uhr morgens, aber er wollte den Bericht direkt zu Protokoll geben, es war immer besser, das so schnell wie möglich zu erledigen, und er hätte jetzt ohnehin nicht schlafen können. Er stellte den Schirm in den Ständer, tatsächlich hatte es ein wenig getröpfelt, in Hamburg kam man eben um Regen nicht herum. Gedankenverloren wischte er sich mit der freien Hand über die Jacke, als sein Blick von etwas abgelenkt wurde und er abrupt stehen blieb.

Vor seinem Büro saß eine Frau.

Sie war sehr schön und auffallend blass, hielt den Rücken so gerade, dass es schmerzhaft aussah. Die Hände lagen gefaltet im Schoß, und sie starrte mit glasigem Blick an die Wand. Als er näher kam und sich räusperte, bewegte sie sich kaum, drehte nur den Kopf in seine Richtung. Er konnte schon riechen, dass sie Ärger brachte, solche Frauen auf einer Polizeiwache bedeuteten niemals etwas Gutes. Karl seufzte innerlich und verabschiedete sich von dem Kaffee, auf den er sich schon gefreut hatte.

Himmel, dachte er, was ein Blick. Sie durchbohrt einen ja geradezu mit den Augen.

Guten Tag!» Claire stand auf. «Karl Roscher? Man hat mir am Empfang gesagt, ich solle zu Ihnen gehen.»

Innerlich wappnete sie sich für das, was sie nun tun würde. Dann sprach sie es aus.

«Ich möchte eine Anzeige gegen Herrn Magnus Godebrink aufgeben.»

Der Mann starrte sie verblüfft an. «Und Sie sind?»

Nun zögerte sie doch. Aber nur einen Augenblick. Es gab keinen Grund, ihren Namen nicht zu nennen. «Ich bin Claire Morris.»

Etwas in seinem Blick veränderte sich. Er schien erstaunt. Erschrocken fragte sie sich, ob er Quint vielleicht kannte? Aber dann sagte er nur: «Kommen Sie herein.»

Claire erzählte ihm alles, was sie über Magnus wusste in einem ruhigen, beinahe monoton wirkenden Monolog. Als wäre es etwas, das jemand anderes erlebt hätte.

«Woher wissen Sie das alles?», fragte Roscher, nachdem sie geendet hatte, und sah sie durchdringend an.

«Er hat es mir gesagt.»

«Das ist mir klar. Aber warum?»

Claire senkte einen Moment den Blick auf ihre Finger. «Weil er dachte, dass es mir egal wäre. Weil er wollte, dass ich mit ihm gehe, wenn er sich absetzt.»

«Sich absetzt?» Alarmiert richtete Roscher sich auf.

Sie nickte. «Er will nach Amerika fliehen. Dort ein neues Leben anfangen.»

Roscher musterte sie, dann machte er sich eine Notiz. «Sie hatten also eine Affäre?»

«Bevor ich verheiratet war», erwiderte Claire rasch.

Er fragte nicht, was sie dann soeben in der Nacht bei Magnus gewollt habe, warf ihr nur einen Blick zu, der reichte, um ihre Wangen zum Glühen zu bringen.

«Wo befindet Godebrink sich in diesem Moment?» Mit einem Mal hatte seine Stimme etwas Drängendes angenommen.

«Er schläft», erwiderte Claire. «In seinem Haus. Ich habe ihm Opium in den Kaffee getan», fügte sie hinzu. «Er wird so schnell nicht aufwachen.»

«Sie haben … *was*?» Roscher wirkte leicht fassungslos.

Claire zuckte mit den Achseln. «Was hätte ich sonst tun sollen?»

«Sie … natürlich», murmelte er und zwirbelte mit einer Hand seinen kleinen Kaiserbart. «Ihr Mann weiß von nichts?»

Sie schüttelte den Kopf. «Er hat nicht die geringste Ahnung. Wir … hatten gestern einen Streit.»

Roscher trommelte mit seinem Stift auf den Tisch und sah sie wieder prüfend an, so lange, dass ihr ganz unbehaglich zumute wurde. «Ihr Name ist Claire Morris, sagten Sie?», fragte er.

Plötzlich wurde ihr kalt. «Ja», erwiderte sie leise. «Warum?»

Langsam stand Roscher auf. Er ging zu einem Schrank und zog etwas heraus. Ein großes Blatt Papier. Als er es ihr hinhielt, war es ihr unmöglich, ihren neutralen Gesichtsausdruck zu halten.

«Das hier ist Ihr Mann?»

Quints Blick bohrte sich in sie hinein. Sie konnte keinen Muskel bewegen. Er weiß es schon, dachte sie. Er wusste es die ganze Zeit.

Sie hatte gehofft, noch Zeit zu haben. Zeit, um ihren Plan umzusetzen. Nun sah sie dabei zu, wie ihr diese Zeit wie Sand durch die Finger rann.

Sie hob den Blick. «Sie wissen es also.»

Er war erstaunt über ihre Reaktion, sie sah es an seiner Miene. Einen Moment zögerte er, dann legte er das Phantombild vor ihr auf den Tisch und setzte sich wieder. «Ich weiß, dass er im Geschäft mit den Auswanderungsagenten steckt. Ich weiß nur nicht genau wie.»

Claire nickte. Ihre Gedanken rasten. Aber es blieb nur ein Weg.

«Frau Morris», Roscher verschränkte die Arme vor der Brust. «Ihnen war nicht klar, dass ich Ihrem Mann bereits auf der Spur bin, richtig?»

«Nein, das wusste ich nicht», antwortete sie ruhig. «Aber ich wusste, dass eine Verhaftung von Magnus Godebrink auch seine Verhaftung nach sich ziehen wird. Magnus wird versuchen, meinem Mann so viel wie möglich anzuhängen, um seinen Kopf aus der Schlinge zu ziehen. Das hat er mir bereits gesagt.»

«Trotzdem haben Sie ihn angezeigt.»

Sie faltete die Hände auf dem Tisch, blickte ihm gefasst entgegen. Diese Frage hatte sie erwartet. «Mein Mann», erklärte sie tonlos, «bekommt ein Kind mit meiner besten Freundin.»

Roschers Augen weiteten sich erstaunt.

«Quint Morris ist ein Betrüger, ein Hochstapler und ein Lügner. Die Menschen auf dem Schiff würden sterben, wenn ich nicht hier wäre.» Sie hielt inne. «Das ist er nicht wert», flüsterte sie.

Er glaubte ihr. Sie sah es in seinem Blick.

«Godebrink ist daheim?»

Claire nickte wieder.

«Und Ihr Mann?»

Sie zögerte. «Ich war heute Nacht nicht bei ihm. Aber ich nehme an, dass er ebenfalls zu Hause ist.»

Roscher wiegte langsam den Kopf. «Gut, das ist gut», murmelte er. «Dann können wir erst Godebrink dingfest machen.» An sie gewandt fügte er hinzu: «Wir sind gerade etwas unterbesetzt.» Er deutete mit dem Blick auf den verlassenen Flur. «Sie hatten Glück, dass ich so früh hier war. Ab jetzt darf nichts schiefgehen, ich brauche für die Aktion meine besten Männer. Nicht, dass er uns entwischt.» Er lehnte sich im Stuhl zurück.

Ihr Herz pochte zum Zerspringen. Genau darauf hatte sie gehofft.

Plötzlich stand Roscher auf. «Ich werde meinen Assistenten wecken, auf die Uhlenhorst fahren und Godebrink persönlich festnehmen.» Er sah sie an. «Sie bleiben solange hier.»

Der Schreck fuhr ihr durch den ganzen Körper. «Aber ... warum?», hauchte sie erstaunt.

«Nun, Frau Morris, nehmen Sie es mir nicht übel. Ich darf nicht riskieren, dass Sie nach Hause fahren und Ihren Mann vielleicht doch warnen.»

Verzweiflung schoss durch sie hindurch. Es würde noch alles daran scheitern, dass sie hier festsaß.

Es durfte einfach nicht.

«Herr Roscher.» Sie erhob sich ebenfalls. «Ich habe soeben meinen Mann verraten. Glauben Sie wirklich, ich renne jetzt in die Ballinstadt und warne ihn? Ich wusste, dass eine Anzeige gegen Magnus Godebrink unweigerlich auch zu meinem Mann führen würde. Ich habe meine Aussage gemacht und nichts mehr hinzuzufügen. Falls Sie mich noch brauchen, können Sie mich jederzeit kontaktieren. Aber jetzt ist mir kalt, ich habe noch nichts gegessen, eine grauenvolle Nacht hinter und sicherlich einen ebenso grauenvollen Tag vor mir. Ich werde ganz sicher nicht stundenlang in Ihrem zugigen Büro sitzen und auf Sie warten.»

Er musterte sie schweigend. Claire hielt seinem Blick stand. Roscher tippte zweimal mit dem Zeigefinger auf seinen Notizblock, als würde er intensiv nachdenken. Dann nickte er schließlich. «Gut. Wo wollen Sie hin? Ich lasse Sie fahren. Sie sollten an einem sicheren Ort unterkommen.»

Claire schlug das Herz bis zum Hals. Er durfte ihr nicht ansehen, wie erleichtert sie war. «Bringen Sie mich nach Hause», erwiderte sie kühl. «Zu meiner Mutter.»

Sie schlich um den Rosenbusch und klopfte an die kleine Tür. Es roch bereits nach Kaffee und Zimt, ungeduldig trommelte sie mit den Fingern gegen das Glas. Als niemand kam, hämmerte sie dagegen. Irgendwann tauchten Maries erschrockene Augen auf der anderen Seite auf. Sobald sie den Riegel zurückgeschoben hatte, drückte Claire sich ins Haus.

«Schläft Mama noch?», wisperte sie, und Marie nickte verwirrt.

«Ja, aber Claire, was …?»

«Ich brauche ein paar Sachen aus meinem Zimmer.» Sie lief an ihr vorbei, nahm der verdutzten Henriette ein warmes Zimtbrötchen vom Backblech, stopfte es sich in den Mund und stieß die Tür zur Halle auf. «Sie darf es nicht wissen, ich sage es ihr später.»

«Claire, warte, du …»

«Ich weiß, wie das aussieht, aber es geht nicht anders. Es sind immer noch meine Sachen, ich stehle ja nichts.»

«Du verstehst nicht.» Aufgescheucht lief Marie ihr hinterher. «Er ist hier.»

«Was?» Claire fuhr herum. «Er schläft hier? Schon wieder?»

Marie nickte. «Beinahe jede Nacht momentan. Er hat sich in dem kleinen Salon im ersten Stock einquartiert.»

Claire brauchte einen Moment, um diese Information zu

verdauen. Mit einem Schlag schien sich die Atmosphäre im Haus zu verändern. «Gut, dann muss ich eben noch leiser sein.»

«Soll ich dir helfen?» Marie folgte ihr bis zur Treppe. «Er steht immer sehr früh auf», warnte sie mit einem Blick in Richtung Obergeschoss.

So leise und so schnell sie konnte, lief Claire die Stufen hinauf, Marie dicht hinter sich. Das obere Stockwerk lag noch still da, die aufgehende Sonne warf schräge Strahlen auf die Teppiche.

In ihrem Zimmer angekommen atmete sie auf. «Ich brauche Wintersachen», sagte sie entschieden. «Hol ein paar Taschen und Koffer, und dann gib unten Bescheid, dass sie die Kutsche anspannen lassen sollen.»

«Aber was ist denn nur passiert?», rief Marie. «Wo willst du denn hin? Claire, du kannst nicht … Deine Mutter verkraftet das nicht noch einmal.»

Claire schüttelte den Kopf. «Ich habe jetzt keine Zeit, es zu erklären. Aber ich verspreche dir, dass ich nie wieder irgendwohin gehe, wo ihr mich nicht erreichen könnt. Vertraust du mir?», fragte Claire eindringlich, und nachdem Marie sie einen Moment mit schimmernden Augen gemustert hatte, nickte sie.

Dankbar drückte Claire ihre Hände. «Wir müssen uns beeilen. Wintersachen, mein Schmuck, ein paar Alltagskleider, ein Mantel.»

Marie huschte gehorsam ins Ankleidezimmer und holte Taschen und einen kleinen Koffer aus dem Schrank. «Den hattest du letztes Mal mit auf Sylt, er hat eine gute Größe und …»

«Sehr gut», unterbrach Claire sie hastig. «Nun geh und sag Bescheid, dass die Kutsche vorfahren soll. Und sei leise, um Himmels willen.»

Marie sah aus, als kämpfte sie mit sich selbst. Mit geballten Fäusten stand sie da, und auf ihrem Gesicht spiegelten sich die verschiedensten Emotionen. Aber schließlich drehte sie sich um und lief aus dem Zimmer.

Claire öffnete eine Tasche und warf hastig etwas Wäsche hinein, Strümpfe und einen Muff, sie zog ihre guten Stiefel aus dem Schrank und stopfte sie in den Koffer, dann ging sie zur Kommode, zog die oberste Schublade heraus, nahm ihre Ohrringe und …

«Was geht hier vor?»

Die Stimme zerschnitt die Stille so unerwartet, dass sie aufschrie und die Ohrringe auf den Teppich fallen ließ. Sie kullerten unter die Kommode.

Claire fuhr herum. Dr. Schwab trug ein weißes Nachthemd und seine Schlafmütze, er stierte sie ungläubig aus verquollenen Augen an. Sein Schnauzbart hing ihm schief im Gesicht. «Was tun Sie da?»

«Ich … hole nur ein paar meiner Sachen.» Claire versuchte, sich wieder zu fangen. «Was schleichen Sie sich so an, haben Sie noch nie etwas von Anklopfen gehört?»

Er schnaubte leise durch die Nase. «In einer Woche gehört dieses Haus mir, dann sind Sie diejenige, die anklopfen muss.» Er nahm die Augen keine Sekunde von ihr.

Claire konnte es nicht fassen. Sie presste die Zähne aufeinander. «Noch ist es das Haus meiner Mutter», knurrte sie, ebenso leise und ebenso kalt wie er. «Also verlassen Sie sofort mein Zimmer, bevor ich schreie.»

Er lächelte. «Schreien Sie nur. Das wird alles, was ich immer über Sie gesagt habe, untermauern.»

Sein Blick fiel auf den Schmuck unter der Kommode. Dann sah er durch die Tür des Ankleidezimmers auf die offenen Koffer und Taschen.

«Sie schleichen sich also im Morgengrauen ins Haus Ihrer Mutter und bestehlen sie», stellte er fest, und es schwang etwas beinahe Zufriedenes in seiner Stimme mit.

«Ich nehme nur, was mir gehört.»

«Nichts in diesem Haus gehört Ihnen.»

«Natürlich tut es das.» Claire biss sich auf die Lippen. Sie hatte gefaucht wie eine wütende Katze. Dabei hatte sie sich so fest vorgenommen, vor ihm nie wieder die Fassung zu verlieren, nie wieder die Stimme zu erheben, ihm nie wieder einen Anlass zu geben, ihre geistige Gesundheit infrage zu stellen. Sie holte tief Luft. «Dies sind meine Kleider, es ist der Schmuck, den mir meine Großmutter geschenkt hat. Wollen Sie vielleicht meine Winterstiefel auf dem Markt verhökern, oder warum genau gestehen Sie mir nicht zu, dass ich meine eigenen Sachen aus meinem eigenen Zimmer hole?»

«Wenn Sie sich so sicher sind, dass Sie ein Recht darauf haben, diese Sachen zu nehmen, warum kommen Sie nicht tagsüber wie jeder normale Mensch?» Ein triumphierendes Lächeln zuckte um seinen Mund. Langsam ging er in ihre Ankleide. «Winterstiefel? Ein Muff?», fragte er und kniete sich vor die Tasche. Als er sich wieder erhob, sah er aus, als hätte er Schmerzen.

Claire durchzuckte der Gedanke, dass er zu alt war für ihre Mutter, zu alt, um noch einmal zu heiraten. Er hatte einen seltsamen Furunkel zwischen den Augenbrauen, und er roch so modrig, dass sie ein Würgen unterdrücken musste. Dass ihre Mutter mit ihm das Bett teilen würde … Es war nicht vorstellbar.

«Was haben Sie vor?», fragte er lauernd und trat einen Schritt auf sie zu.

«Nichts.» Claire schüttelte ärgerlich den Kopf. «Ich hole nur ein paar Sachen.»

«Sie wollen durchbrennen. Mit einem anderen Mann.»

Claire erschrak bis ins Mark.

«Ich kenne Sie, Claire.» Er kam weiter auf sie zu. «Ich kenne Sie viel zu gut. Sie können das Leben, das Sie nun haben, nicht ertragen. Und allein haben Sie nichts, kein Geld, keine Mittel, um welches zu verdienen. Es muss ein Mann dahinterstecken. Ihre Hochzeit mit Quint Morris war eine törichte, überstürzte Dummheit, die Sie in ein Leben in Armut verbannt. Das haben Sie nun erkannt, und wie immer schert es Sie nicht, was Sie anderen antun. Sie holen sich einfach, was Sie wollen.»

Claire schluckte hart.

«Sie würden Ihre Mutter tatsächlich noch einmal verlassen.» Sein anklagender Zeigefinger hing zwischen ihnen in der Luft. «Sie noch einmal diese Angst ausstehen lassen.»

«Sie wissen nicht, wovon Sie sprechen», rief Claire. Ihr lief die Zeit davon. Verzweifelt dachte sie darüber nach, wie sie ihn aus ihrem Zimmer hinausbekommen sollte. «Dr. Schwab», sagte sie eindringlich und bemühte sich um einen gefassten Tonfall. Aber es half nichts, die Anspannung der letzten Stunden holte sie ein, sie zitterte. Und man hörte es. «Ich bin eine erwachsene, verheiratete Frau. Ich raube nicht meine Mutter aus, ich suche nur aus meinem alten Mädchenzimmer ein paar Kleider heraus. Ich verstehe weder, woran Sie Anstoß nehmen, noch, was Sie das angehen sollte.»

Sie merkte, dass ihre Worte nicht bei ihm ankamen. Er musterte ihr Gesicht so eindringlich, dass ihr ein Schauer den Nacken hinabfuhr. Plötzlich stand er vor ihr und fasste sie am Kinn. «Dieser Stümper von Arzt», sagte er leise und drehte ihren Kopf, um ihr Auge anzuschauen.

Claire war so entsetzt von der Berührung, dass sie einfror, keinen Muskel mehr bewegen konnte.

«Was hat er Ihnen nur angetan, Ihrem schönen Gesicht.»

Er war viel zu nah.

Ihr Herz klopfte zum Zerspringen, seine Finger gruben sich in ihr Kinn, genau dort, wo Magnus sie gestern gepackt hatte. Sie wollte schreien, nach ihrer Mutter rufen, aber Agatha durfte sich auf keinen Fall aufregen. Und Claire hätte in diesem Moment auch gar keinen Laut herausgebracht.

Plötzlich veränderte sich sein Blick, wurde weicher und gleichzeitig eindringlicher. Als er weitersprach, war seine Stimme sanft.

«Claire, ich weiß, dass Sie ein Dasein fristen, dem Sie entkommen wollen. Ich …» Er stockte, ließ ihr Kinn los, nahm stattdessen mit beiden Händen die ihren und umklammerte sie.

Sie wollte sich losreißen, zog einem Impuls folgend die Arme nach hinten, doch er hielt sie fest. Ihr wurde klar, dass er vielleicht anfing, gebrechlich zu werden, trotzdem war er mit Sicherheit viel stärker als sie. «Claire, ich …. Ich habe es damals angeboten, um Ihnen zu helfen, aber ich meine es ernst.» Er brach ab, öffnete den Mund, schloss ihn wieder. Sie hatte ihn noch nie so gesehen, er schien ihr mit einem Mal vollkommen verändert. «Es ist noch nicht zu spät, noch haben wir Zeit. Ich …» Er brach ab. «Ich möchte Sie heiraten.»

Claire hörte ihren Pulsschlag in den Ohren. Weil sie nicht anders konnte, lachte sie laut auf. «Aber was reden Sie denn nur?», rief sie schrill, als habe er einen schlechten Scherz gemacht. Sie wusste nicht, wie sie reagieren sollte, und sie wollte nicht wahrhaben, was hier gerade geschah.

Sein seltsam verschleierter Gesichtsausdruck blieb. «Wir können zusammen weggehen. Wohin auch immer Sie wollen. Ans Meer, nach Italien, in die Berge.»

Er meinte es ernst. Er meinte es wirklich ernst.

«Aber Sie sagen doch, dass ich krank bin», rief sie. «Wie können Sie mich da heiraten wollen?»

«Weil Sie ein Leben leben, das Sie krank macht, voll unerfüllter Sehnsüchte», beschwörend drückte er ihre Hände noch fester. «Aber ich kann Ihnen helfen! Ich kann Sie heilen, Claire!»

Sie konnte ihm nicht entkommen, er hielt seine Finger mit den ihren verschlungen, und sosehr sie auch zog, er schien es nicht einmal zu bemerken.

«Lassen Sie mich los», krächzte sie, viel zu leise, zu unsicher. «Lassen Sie mich sofort los!»

«Lassen Sie mich Ihnen helfen.» Er kam so nah mit seinem Gesicht an sie heran, dass sein Geruch sie umhüllte und sie wieder einen aufsteigenden Würgereiz unterdrücken musste. Sie hasste diesen Mann so sehr, mit jeder Faser ihres Seins. Claire spürte Tränen in sich aufsteigen, Tränen der Wut und der Überforderung. Dass er sie festhielt und einfach nicht gehen ließ, egal wie sehr sie protestierte und sich unter seinem Griff wand, war eine grausam entwürdigende Erfahrung. «Wenn Sie mit mir gehen, werde ich Ihnen die Welt zu Füßen legen. Ich habe Geld, Claire, ich kann Ihnen jeden Wunsch erfüllen.»

Plötzlich packte er sie im Nacken und presste seinen Mund auf ihren.

Claire gab einen erstickten Laut von sich, sie hob beide Hände und drückte gegen seine Schultern, so fest sie konnte, aber sein Griff war wie ein Schraubstock.

Er ließ von ihr ab, hielt sie aber immer noch fest, sodass ihre Lippen nur Millimeter von seinen entfernt waren. Sein keuchender Atem vermischte sich mit ihrem, und sie glaubte, jeden Moment würden ihr die Sinne schwinden.

Claire war zu entsetzt, um zu schreien, zu entsetzt, um zu

begreifen, was gerade passiert war. Mit aufgerissenen Augen stand sie da, und in ihrem Kopf hämmerte nur ein Gedanke: Es darf nicht sein. Es darf einfach nicht wirklich passiert sein.

Sie wollte schreien. Aber sie konnte nicht.

Jemand anderes schrie.

Jemand, der in der Tür stand und alles gesehen hatte.

Dr. Schwab ließ sie los und fuhr herum. Claire taumelte zurück, stieß mit der Hüfte schmerzhaft gegen die kaputte Anrichte, sodass sich eine Scherbe aus dem zerschmetterten Spiegel löste und herunterfiel. Sie schlug im selben Moment klirrend auf dem Parkett auf und zerbarst in tausend kleine Scherben, als Agatha im Türrahmen lautlos in sich zusammensank.

4

Die Wolken sahen aus wie ein graues Meer. Olga stand am offenen Fenster, in ihrem Zimmerchen mit dem Frankfurter Bad, schaute in den Wirbel des Himmels und rauchte. Der leichte Regen ließ den Flieder besonders duften, gleichzeitig roch es nach Staub und nassem Stein. Die Luft flirrte, und das Gewitter hing noch über der Stadt. Hinter ihr stand ihre Tasche, diese kleine Tasche, mit allem, was sie besaß, was sie in den letzten zwanzig Jahren erworben hatte. Ihre Hand zitterte. Sie dachte an die Menschen, die sie hier kannte, die wenigen Menschen, die sie ihre Freunde nennen konnte. Wenn man immer arbeitete, war es schwer, Kontakte zu pflegen, wenn man sich für seine Vergangenheit schämte, umso mehr.

Sie dachte an ihre Heimat.

Olga konnte sich nicht erinnern, ob sie damals auch schon Träume gehabt hatte, aber sie glaubte es nicht.

Für Träume brauchte man Hoffnung.

Oft war sie hier durch die Straßen gelaufen und hatte gedacht, dass in Hamburg sogar die Ärmsten der Armen noch mehr besaßen als die Menschen in ihrem Dorf. Und doch war es die einzige Heimat, die sie je gekannt hatte. Erst in Hamburg hatte sie gelernt, dass das Elend in Galizien über seine Grenzen hinaus bekannt war. In Habsburg war es sogar sprichwörtlich geworden: «Galizische Zustände» waren Zustände, die schlimmer nicht sein konnten. Damals hatte sie geglaubt, dass es allen Menschen so ging. Dass so das Leben war. Es gab nur das, was das spärliche Land hergab, Milchsuppe, Hafermus, Gerstengrütze, Kartoffeln. Im Winter nicht einmal mehr Milch, weil zu wenig Futter da war und die Kühe nicht mehr gemolken werden konnten. Es gab keine Industrie, viel zu hohe Steuern, die Bevölkerung war im vergangenen Jahrhundert so rasant gewachsen, dass das ohnehin knappe Land nicht reichte, um alle zu ernähren. Die Lebenserwartung lag bei siebenundzwanzig Jahren.

Kein Wunder, dass so viele ausgewandert waren und sich immer noch Menschen auf den Weg machten. Ganze Dörfer der Bukowina und Galiziens waren gemeinsam aufgebrochen, sie sah diese Menschen jeden Tag, und sie konnte es ihnen nicht verübeln. Ein Land, das seine Leute nicht ernähren konnte, musste sie eben ziehen lassen. Sie wusste, dass die meisten Menschen aus ihrer Heimat gar keine Vorstellung davon hatten, was Auswandern bedeutete. Sie machten sich auf und hatten keine Ahnung, was sie erwartete. Ihr selbst war es genauso ergangen. Als sie ihre Heimat verließ, hatte sie keine Idee gehabt, wie groß Galizien war, wie groß Deutschland, und wo man beides auf einer Karte fand. Amerika war nur ein Wort gewesen, ein Name, sie hatte nicht einmal gewusst, ob es sich um ein Land, eine Stadt oder ein Gebiet handelte, geschweige denn, wie man dort hinkam und wie weit weg es war.

Sie rauchte zu Ende, wischte die Küchenzeile sauber, obwohl sie das schon am Vorabend getan hatte, zog das Bett ab, ging ein letztes Mal die Treppe hinunter, um den Kohleneimer zu leeren, und dann nahm sie ihre Schürze ab, faltete sie zweimal und legte sie auf den Tisch. Sie holte ihren Hut aus dem Schrank, ihren einzigen halbwegs passablen Hut mit dem kleinen Loch im Band und setzte ihn auf. Als sie in den rostigen Spiegel neben der Tür blickte, dachte sie, dass sie anders aussah. Es hatte sich bereits in ihre Züge hineingeschlichen.

Oder vielleicht war es die Angst, die ihren Blick dunkler färbte.

Es tat weh, die Tür hinter sich zu schließen. Es tat weh, ein letztes Mal die knarzende Treppe hinunterzusteigen, an den Türen ihrer Kolleginnen vorbei. Aber sie musste gehen. Sehr bald würde sie nicht mehr arbeiten können. Vorher musste sie es nach Hause schaffen.

Mama!» Mit zwei Schritten war Claire bei Agatha und fiel neben ihr auf die Knie.

Ihre Mutter war totenblass, die Augen zuckten hinter den geschlossenen Lidern, ihr Atem ging flach und keuchend, sie hatte eine Hand auf ihr Herz gedrückt, das Gesicht vor Schmerz zusammengezogen.

«Oh Gott, Mama», wisperte Claire. Sie wusste nicht, was sie tun sollte, saß einen peinigenden Moment hilflos da und presste die Hände gegen die Wangen.

Als sie sich umdrehte und sah, dass Dr. Schwab immer noch hinter ihr im Zimmer stand, bewegungslos wie eine Statue, offensichtlich zu schockiert, um die Situation richtig zu erfassen, schrie sie ihn an: «So tun Sie doch etwas!».

Claire starrte ihn fassungslos an, und als er sich nicht rührte, stand sie auf, ging auf ihn zu, packte ihn an beiden Schultern und schüttelte ihn so fest, dass sein Kopf vor und zurück flog. Es kostete sie alle Selbstbeherrschung, ihm keine schallende Ohrfeige zu verpassen. Aber sogar jetzt, in dieser absurdesten aller Situationen hatte sie Angst vor ihm. Im letzten Jahr hatte sie verstanden, dass sie in einer Welt lebte, in der Männer über alles bestimmen konnten. Sogar darüber, ob sie krank war oder nicht. Es war eine Welt, die ihre Meinung weder hören wollte, noch sie respektierte, wenn sie sie trotzdem kundtat, und in der jedes Wort, jede falsche Geste gefährlich werden konnte. Eine Welt, in der sie keinerlei Macht hatte, außer ihrer Selbstbeherrschung.

Deswegen schlug sie ihn nicht.

Er war wie weggetreten, stierte mit glasigem Blick auf Agatha.

Claire rüttelte ihn. «Tun Sie etwas. Dr. Schwab! Kümmern Sie sich um sie!»

Es war, als würde er aus einer Trance erwachen. «Ja», sagte er mit belegter Stimme. «Ja, richtig, richtig.» Er räusperte sich, dann ging er zu Agatha, viel zu langsam, als wäre er gar nicht richtig anwesend, und kniete sich neben sie.

Er fühlte ihren Puls, zog ihre Augenlider nach oben. Claire stand daneben, die Hand auf den Mund gepresst, und betete, dass ihre Mutter wieder aufwachen würde, dass es nur der Schock war, nur ein kleiner Schwindel.

«Es ist ihr Herz. Es hat nicht genügend Kraft, um zu pumpen. Sie hat einen Schock. Wir müssen Sie sofort ins Krankenhaus bringen», erklärte Dr. Schwab mit seltsam hölzerner Stimme. «Ich werde in Eppendorf anrufen. Ihr Puls geht sehr schnell, schieben Sie etwas unter ihren Oberkörper.» Er sagte es ohne jede Sprachmelodie, als wüsste sein Kopf die richtigen Worte, verstünde jedoch nicht, was sie bedeuteten.

Mit offenem Mund sah Claire zu, wie er sich schwerfällig erhob und mit geradem Rücken durch den Flur davonschritt.

«Beeilen Sie sich», schrie sie ihm hinterher, aber sie konnte nicht sagen, ob er sie überhaupt hörte.

Claire fiel wieder neben Agatha auf den Boden und nahm ihre Hände. Ihre Mutter sah aus, als hätte sie Schmerzen, und als Claire ihr über die Stirn strich, war ihre weiße Haut kühl. Offenbar bekam sie nicht gut Luft, sie röchelte leise beim Ein- und Ausatmen.

Plötzlich flatterten Agathas Lider, und sie öffnete die Augen. «Claire», murmelte sie und sah sie verständnislos an.

«Mama, du musst ruhig liegen.» Claire hastete in ihr Zimmer, nahm ein Kissen vom Bett und schob es Agatha unter den Rücken.

«Was ist passiert?» Agatha starrte an die Decke, als fragte sie sich, was sie da oben über ihrem Kopf machte.

«Du bist ohnmächtig geworden. Ein Schock. Dr. Schwab ruft im Krankenhaus an, sie werden ganz schnell jemanden schicken.» Beruhigend strich Claire ihrer Mutter eine verschwitzte Haarsträhne aus dem Gesicht.

Ungeduldig blickte sie den Gang hinunter. Warum dauerte das so lange? Er musste doch nur schnell anrufen. Warum war er noch nicht zurück?

Draußen hatte sich der Himmel verfinstert, anscheinend zog ein Gewitter auf, die Bäume vor dem Fenster bogen sich. Claire dachte an Quint und Ava, an Magnus in der Villa. Daran, dass sie keine Zeit hatte. Dass jede Sekunde zählte.

Sie stand auf und lief ans Treppengeländer. «Wo bleiben Sie denn?», brüllte sie in die Halle hinunter.

Niemand antwortete ihr.

Draußen grollte der erste Donner.

In der Stadt angekommen, ging Olga nicht zum Bahnhof, sondern schlug einen Weg ein, den sie nur ein einziges Mal in ihrem Leben gegangen war. Wind war aufgekommen, er zerrte an ihren Haaren, sie stemmte sich gegen die Böen, zog mit einer Hand ihren Mantel fester um sich und umklammerte mit der anderen die Tasche. Die Bäume bogen sich, irgendwo am Horizont grollte der Donner.

Der Glockenton verhallte im Inneren des Hauses. Das Mädchen, das ihr nach einer halben Ewigkeit öffnete, sah sie voller Erstaunen an, es war viel zu früh für Besuch, außerdem trug sie immer noch die Spuren im Gesicht.

«Ist er hier?», fragte sie ohne Begrüßung. Sie musste nicht erklären, wen sie meinte.

«Ja, aber es ist gerade keine gute …»

«Es geht ganz schnell. Und es ist sehr dringend», unterbrach sie, und das Mädchen nickte nur und eilte mit blassem Gesicht davon.

Sie blieb in der offenen Tür stehen, weigerte sich, auch nur einen Fuß in die Halle zu setzen.

Etwas stimmte nicht mit ihm, er wirkte seltsam weggetreten, war bleich, und gleichzeitig hatten seine Wangen hektische rote Flecken. Doch als Dr. Schwab sie sah, wurde sein Blick wieder klarer, Schreck und Wut spiegelten sich in seinem Gesicht. Sie sprach, bevor er den Mund öffnen konnte.

«Ich habe Syphilis», sagte sie.

Nur diese drei Worte.

Und dann sah sie dabei zu, wie sie bei ihm einschlugen. Wie die Erkenntnis seine Augen erreichte, seinen Mund, der leicht nach unten sackte, seine Wangen, die vor Schock und Unglauben zuckten. Sie zeigte auf den roten Knoten zwischen seinen Augenbrauen, der in den letzten Monaten nicht abgeheilt, sondern nur noch dicker geworden war, und an dem er es eigentlich hätte erkennen müssen. «Und du auch.»

Olga drehte sich um und ging die Einfahrt hinab, langsam,

weil es der Schmerz in ihren Beinen nicht anders zuließ. Als sie auf die Straße trat und die blühende Kastanie vor den dunklen Wolken sah, den Blick zum Himmel richtete und die Tränen fortwischte, die ihr plötzlich über die Wangen liefen, dachte sie, dass sie jetzt endlich nach Hause gehen würde. Eine seltsame Ruhe ergriff sie. Wenn man sie dort nicht mehr wollte, vielleicht nicht einmal mehr erkannte, wenn niemand mehr da war, wenn sie ihr ansahen, was sie war, was sie getan hatte – dann wäre es nicht weiter schlimm.

Denn sie würde nach Hause gehen, um zu sterben.

Claire tigerte auf und ab. «Was dauert das bloß so lange?», flüsterte sie, mit einem unruhigen Blick auf das weiße Gesicht ihrer Mutter. Eben hatte es geklingelt, und sie fragte sich voller Panik, ob es bereits das Krankenhaus war, aber so schnell konnte es doch nicht gehen.

Plötzlich hörte sie draußen ein Pferd wiehern.

«Was zur Hölle», stieß sie hervor und rannte zum Fenster. Als sie in den Hof schaute, drang ein ersticktes Keuchen aus ihrer Kehle. Dr. Schwab donnerte in der Kutsche die Einfahrt hinab.

«Nein», hauchte sie und presste die Hände gegen das Glas. «Wo will er hin? Er kann doch nicht … Er kann doch nicht einfach …»

Sie rannte auf den Gang und brüllte nach Marie, immer wieder rief sie ihren Namen, während sie den Flur entlanghastete und zur Treppe lief. Dort kam Marie ihr bereits mit angstvoller Miene entgegen. «Claire, Dr. Schwab … Was ist denn …»

«Hat er im Krankenhaus angerufen?», rief Claire und eilte an ihr vorbei. «Hat er angerufen?»

«Ich … Nein, er hat niemanden angerufen», stotterte Marie. «Er war im Büro und hat dort herumgewühlt, dann war eine Frau an der Tür, eine Kollegin von dir, sie hat geklingelt und mit ihm gesprochen, dann ist er an mir vorbeigerannt, hat sich seine Tasche und den Mantel gegriffen und ist nach draußen zur Kutsche. Was ist denn nur los?»

«Wir müssen das Krankenhaus anrufen, Mama hatte einen Herzanfall.» Sie lief zum Telefon in der Halle und ignorierte Maries entsetztes Keuchen. «Geh zu ihr und bring ihr eine Decke, sie liegt auf dem Boden. Ich kann nicht fassen, dass er einfach weggefahren ist, ich kann es nicht fassen», murmelte sie, während sie den Mann von der Durchstellungszentrale anfauchte, er solle sich gefälligst beeilen.

Nachdem sie endlich im Krankenhaus jemanden erreicht und den Weg erklärt hatte, lief sie mit hämmerndem Herzen wieder nach oben, an den fragenden Augen der Angestellten vorbei, die in der Halle standen und nicht wussten, wohin mit sich.

Ein Blick auf die große Uhr über dem Kamin ließ ihr kleine Schockwellen über die Arme laufen. Ich kann es noch schaffen, dachte sie immer wieder. Ich kann es noch schaffen.

Marie kniete bei Agatha und hielt ihr die Hände.

«Lauf bitte nach draußen auf die Straße, wenn du die Krankenkutsche siehst, winkst du», wies Claire sie an, und Marie nickte und hastete davon.

Agatha war wach, doch ihre Augenlider flatterten. Sie hielt eine Hand ans Herz gepresst, und es schien, als müsste sie all ihre Kraft darauf verwenden, genug Luft in die Lungen zu saugen. Es war schrecklich mitanzuhören, wie sie mit ihrem Atem kämpfte.

«Claire», sagte sie leise und sah sie an. «Claire, ich sterbe.»

«Aber Mama.» Claire schluchzte auf, doch sie wusste, dass sie stark sein musste. Ihre Mutter brauchte sie jetzt, sie hatte so viel geschafft, also würde sie das auch schaffen. Obwohl sie sich am liebsten auf den Boden neben sie gelegt und geweint hätte wie ein kleines Kind, sagte sie ruhig: «Mama. Du hast nur eine kleine Schwäche.» Sie zwang sich zu einem Lächeln und nahm Agathas Hand.

Sie war verschwitzt und zugleich eiskalt.

Claire betete, dass der Kutscher sich beeilte.

Agatha schloss die Augen, und als sie sie wieder öffnete, sah Claire, dass sie weinte. «Ich muss dir doch noch so viel sagen.»

Claire spürte, wie auch ihr eine Träne über die Nase lief, und hastig wischte sie sie weg. «Du hast alle Zeit der Welt, um mir zu sagen, was du mir sagen willst», erwiderte sie, beinahe etwas ruppig. Noch nie in ihrem Leben hatte sie solche Angst gehabt.

Agatha schüttelte den Kopf. «Ava, sie … Ich wollte dir … Ich muss …»

Claire runzelte die Stirn. Allem Anschein nach war ihre Mutter nicht ganz bei sich.

Agatha versuchte, sich aufzusetzen. «Ich muss dir etwas …»

«Mama, bleib liegen», rief Claire erschrocken und drückte sie wieder auf das Kissen.

Agatha schüttelte den Kopf, und mit einem Mal stand Angst in ihrem Blick. «Claire, hör mir zu», keuchte sie, und Claire nickte.

«Ich höre ja, ich höre, aber du darfst dich nicht bewegen.»

«Du musst in mein Zimmer gehen. In meinem Nachtschrank ist mein Schreibkästchen.»

«Mama, das ist doch jetzt …»

«Du musst es lesen.» Agatha griff nach Claires Arm und bohrte die Finger in sie hinein. «Es ist wichtig, Claire, ihr müsst es wissen, wenn ich nicht mehr bin.»

Agatha ließ den Kopf auf das Kissen sinken und schloss die Augen. Tränen strömten zu beiden Seiten ihr Gesicht hinab. Sie hielt noch immer Claires Arm umschlungen. «Ich wollte es dir nie sagen», flüsterte sie schwach. «Ich hätte es dir nie gesagt. Damit du mich nicht hasst. Aber jetzt, da ich sie gefunden habe …» Agatha schluchzte leise. «Es verändert alles.»

Plötzlich gab ihre Mutter einen erstickten Laut von sich und griff sich an den Hals.

Claire schrie auf, doch im selben Moment hörte sie unten in der Halle Männerstimmen. «Sie sind da, Mama, die Rettungsleute sind da», rief sie.

Aber Agatha hörte sie nicht mehr. Ihre Finger lösten sich von Claires Arm, und ihr Kopf rollte kraftlos zur Seite.

Claire kam erst wieder richtig zu sich, als der Sanitäter die Türen der Droschke hinter ihrer Mutter zuschlug und ihr den Einstieg verweigerte. «Es tut mir leid, wir haben nicht genug Platz.»

«Aber sie ist meine Mutter», brauste Claire auf, doch er schüttelte nur den Kopf. «Wir müssen vielleicht schon während der Fahrt lebenserhaltende Maßnahmen durchführen, niemand darf mit hinein.»

Das Herz voll Angst, stand Claire mit Marie und Henriette zusammen vor dem Haus im Nieselregen und sah ihnen nach, wie sie davondonnerten. Dann fuhr sie mit einem Ruck herum.

«Ruf mir eine Benzinkutsche», rief sie Marie zu. «Ich fahre ihnen hinterher.»

In der Halle warf sie erneut einen Blick auf die große Standuhr. «Es ist immer noch Zeit, immer noch genug Zeit», murmelte sie, um sich selbst Mut zu machen. Dabei hatte sie keine Ahnung, ob das stimmte. Es war nicht einmal acht Uhr morgens. Dabei fühlte sie sich, als wäre sie seit zwei Wochen auf den Beinen.

Mehrere Stufen auf einmal nehmend lief sie die Treppe hinauf, rannte in ihr Zimmer, raffte alles zusammen, was sie auf die Schnelle sah, und stopfte es in Taschen und Koffer, warf zu guter Letzt noch ihr Schmuckkästchen hinein und eilte mit dem Gepäck wieder in die Halle.

«Der Wagen kommt in zehn Minuten», rief Marie. «Aber wofür brauchst du denn …»

«In meinem Zimmer stehen noch zwei Taschen, lauf und hol sie», befahl Claire, keuchend unter der Last des schweren Gepäcks.

Marie schüttelte den Kopf, lief aber gehorsam die Treppe hinauf, und Claire nahm sich vor, dass sie Marie, wenn das alles hier vorbei und überstanden war und sie dann noch lebte, für alles entlohnen würde, was sie jemals für sie oder ihre Mutter getan hatte.

Dann rannte sie selbst wieder die Treppe hoch.

Im Zimmer ihrer Mutter blieb sie stehen.

Etwas stimmte nicht.

Langsam ging sie zum Bett, und als ihr klar wurde, was sie so irritierte, hob sie die Hände an den Hals. Plötzlich überkam sie das Gefühl, sich übergeben zu müssen.

Er hatte hier geschlafen.

Vor den Dienstboten hatte er vielleicht so getan, als würde er im Gästezimmer nächtigen, doch er hatte ganz eindeutig hier geschlafen. Auf dem Nachtschrank ihres Vaters lag ein Buch über Hysterie, daneben eine Flasche Odol-Mundwasser. Außerdem war das Bettzeug auf beiden Seiten zerwühlt, und über dem Stuhl hing eine Herrenhausjacke aus rotem Samt.

Die Jacke ihres Vaters.

Claire presste ihre Lippen mit den Fingern zusammen, um

nicht zu schreien. Der Gedanke, dass ihre Mutter mit ihm … Nein, sie konnte das nicht zu Ende denken, sie konnte es einfach nicht. Sie musste sich jetzt auf das konzentrieren, was vor ihr lag. Es würde schwer genug werden, auch ohne das hier.

Sie lief zu Agathas Nachtschrank, wo seit jeher ein Marlitt-Roman und eine Dose Promonta-Pastillen neben dem Lebertran lagen, kniete sich hin und zog den Korrespondenzkasten heraus, den Agatha ebenfalls schon benutzte, seit Claire ein kleines Mädchen war. Mit fliegenden Fingern öffnete sie ihn.

In den obersten Fächern lagen Briefe und Karten, die Agatha noch beantworten wollte, Claire las einen Absender nach dem anderen und schleuderte die Post neben sich auf den Boden. Das war nicht, was sie suchte. Plötzlich stutzte sie, als sie merkte, dass das Innenfach, welches Kiele und Stifte hielt, locker saß. Sie hob es an und zog ein dickes Couvert heraus. Es stand nur ein Wort darauf.

Claire.

Plötzlich hatte sie Angst.

Claire hielt den Umschlag in den Händen und spürte, wie ihr Herzschlag ihren ganzen Körper auszufüllen schien. Was konnte es sein, was hatte ihre Mutter da nur aufgeschrieben?

Sie trat ans Fenster, damit sie die Droschke nicht verpassen konnte, setzte sich in den Alkoven und starrte auf ihren Namen. Agathas Handschrift hatte große Schnörkel, ganz anders als ihre eigene, die sich durch kleine und eher gedrungene Buchstaben auszeichnete.

Claire schluckte.

Dann öffnete sie den Brief.

Ein Mädchen verliebte sich in einen Mann, in den es sich nicht verlieben durfte. Und er verliebte sich in sie.
So beginnt die Geschichte.

Ihre Augen flogen über die Zeilen, ihre Stirn zog sich zusammen, ihre Lippen murmelten die Worte mit. Sie las hastig, immer schneller, blätterte Seite um Seite um. Eine Ahnung begann, in ihr zu wachsen. Sie spürte, wie ihr Atem flacher wurde, je mehr sie las, gefangen von den Worten auf dem Papier. «Das kann nicht sein, es ist nicht … Es kann nicht sie sein», flüsterte sie. Als sie die letzte Seite umschlug, musste sie sich zwingen, weiterzulesen.

Denn etwas in ihr wusste bereits alles.

Etwas in ihr hatte die Puzzleteile schon zusammengefügt.

Nachdem sie die letzten Worte gelesen hatte und ihr eigener Name ihr vom Papier entgegensprang, schloss sie die Augen. In ihren Ohren toste ein Rauschen, wie Baumwipfel, die im Wind wogten.

Nichts ergab mehr Sinn.

Und gleichzeitig ergab alles zum ersten Mal überhaupt Sinn.

Claire schmeckte ihre eigenen Tränen auf den Lippen und wischte sie mit zitternden Händen fort. In diesem Moment krachte ein gewaltiger Donner über das Haus, und als sie mit einem gequälten Stöhnen die Augen öffnete, fuhr draußen die Benzinkutsche vor.

Claire stand mit einem Ruck auf. Etwas fiel aus dem Umschlag und landete vor ihr auf dem Boden. Sie bückte sich, nahm es hoch, hielt es ins Licht, und als sie sah, was es war, als ihre Augen verstanden und dann ihr Kopf verstand und dann ihr Herz und Agathas Worte von vorhin in ihr widerhallten, war es, als hätte ihr jemand eine Tür geöffnet.

Sie hatte geglaubt, nun alles zu wissen.

Aber das hatte nicht gestimmt.

«Oh», sagte sie nur. Zu mehr war sie nicht in der Lage. «Oh. Deswegen.»

5

Sie lud ihr Gepäck in das Automobil, und es fuhr los. Claire fühlte sich von allem seltsam entrückt. Ihre Gedanken wirbelten umher, doch in ihrem Herzen herrschte eine nie gekannte Leere.

Ohne etwas zu sehen, starrte sie nach draußen, wo die Allee an ihr vorbeirauschte. Sie hatte Agatha immer als schwach wahrgenommen. Ihre Mutter war stets besorgt, ihre großen runden Augen schauten fragend in die Welt, als wollte sie sagen: Ich? Aber nein, das kann ich nun wirklich nicht! Sie war der festen Überzeugung, dass Frauen vor allem Rauen, Schwierigen und Anstrengenden beschützt werden sollten. Und Claires Vater hatte sie natürlich darin bestärkt, sodass sie vollkommen an ihre absolute Hilflosigkeit in dieser Welt glaubte. Dabei war sie genauso temperamentvoll wie Claire, und wenn sie etwas wirklich wollte, bekam sie es auch. «Reiß dich einfach mal ein bisschen zusammen!», hätte Claire manchmal schreien wollen, wenn ihre Mutter wieder jammerte und jammerte, aber sie hatte instinktiv gewusst, dass es nichts bringen würde. Agatha würde nicht einmal verstehen, was sie von ihr wollte. Sie war, wie sie war.

Das hatte Claire zumindest geglaubt.

Zum ersten Mal in ihrem Leben verstand sie nun, dass ihre Mutter einmal eine junge Frau gewesen war. Eine junge Frau wie sie selbst, voller Hoffnungen und Träume. Eine junge Frau, die mit der Agatha, die sie kannte, unendlich viel gemeinsam hatte. Und die doch Welten von ihr trennten.

Eine junge Frau, die schwanger und ganz alleine alles hinter sich gelassen hatte und in ein anderes Leben aufgebrochen war.

Claire verstand in diesem Moment, dass man niemals wirklich war, sondern immer nur wurde. Dass man sich ein Leben lang veränderte. Dass man gleichzeitig stark und schwach sein konnte.

Und dass ihre Mutter ihr Bestes gegeben hatte.

Ihre Mutter.

Die gar nicht ihre Mutter war.

Agatha war wach, Claire durfte sogar zu ihr. Sie hatte schon befürchtet, dass ihre Mutter nicht mehr lebte, und ihr Herz hämmerte, als sie vorsichtig die Tür zum Krankenzimmer öffnete.

Sie sah viel zu klein aus in dem großen Bett. Immer wieder blinzelte sie, öffnete die Augen, als hätte sie Angst, dass die Welt sich während ihrer Abwesenheit auflösen würde.

Irgendwann wurde ihr Blick klar. «Hast du es gelesen?», flüsterte sie, sobald sie Claires Gesicht wahrnahm, das sich über sie beugte. «Hast du das Bild gesehen?» Agathas Stimme war nur ein Hauch, sie sah Claire mit so angstvollem Blick an, dass es kaum zu ertragen war. Claire wusste genau, was der Blick ihrer Mutter in sich trug. Es war die Sorge, ihre Tochter zu verlieren.

Claire nickte nur. Sie konnte nichts sagen. Ihr Leben war

soeben einmal vom Kopf auf die Füße gestellt worden. Alles, was sie zu sein geglaubt hatte, war nicht wahr.

«Das ist er?», fragte sie. «Das ist mein Vater?»

Agatha nickte.

«Martin hat es nicht ausgehalten. Jetzt siehst du aus wie er, aber als Kind warst du ganz Katharina. Mit jedem Tag wurde es mehr», flüsterte sie. «Er konnte es nicht ertragen, zu wissen, dass wir jetzt sein Leben sein sollten. Irgendwann ist er gegangen. Er wollte Arbeit finden in den Bergwerken von Pennsylvania. Anfangs hat er noch geschrieben, aber bald kam kein Lebenszeichen mehr von ihm. Ich habe mich erkundigt, aber man sagte mir, dass die Namen der Männer dort nicht registrierte wurden, sie bekamen nur Nummern. Weil es zu viele waren. Seine Nummer hat er mir nie geschrieben. Ich weiß nicht, ob er noch lebt, Claire.» Agatha schloss die Augen. «Aber ich habe nie wieder etwas von ihm gehört.»

«Mein Vater wollte mich also nicht», sagte sie so leise, dass sie selbst nicht sicher war, ob sie es wirklich ausgesprochen hatte.

Es war ein Gefühl, als würde ihr das Herz zugedrückt.

Agatha öffnete die Augen. «Dein Vater», sagte sie, und plötzlich war ihre Stimme scharf, schneidend beinahe. «Dein Vater, Claire, hieß Heinrich Conrad. Er hat dich vom ersten Tag an vergöttert. Du warst die Liebe seines Lebens.» Sie stockte, plötzlich überwältigt von Emotionen. «Du weißt nicht, wie viel Glück wir hatten, ihn zu finden.»

Claire blickte stumm auf das Bild in ihrer Hand. Der Mann auf dem Bild sah aus wie sie.

«Papa hat alles gewusst?», fragte sie, die Stimme rau und zitternd zugleich.

«Natürlich.» Agatha nickte mit geschlossenen Augen. «Und er hat es sein ganzes Leben lang niemandem gesagt. Das ist auch eine Form von Liebe, Claire.» Sie starrte jetzt an die Decke, und während sie weitersprach, war es, als würde sie mehr mit sich selbst reden als mit ihr. «Er und ich, wir haben nie richtig zusammengepasst. Manchmal denke ich, das war die größte Sünde meines Lebens. Nicht dass ich dich und die ganze Welt belogen habe, nicht dass ich schwanger wurde, bevor ich verheiratet war, nicht dass ich das Kind einer anderen Frau an meiner Brust großgezogen habe. Ich habe ihm etwas vorgespielt. Diesem guten, liebevollen Mann. Und mir auch. Um uns ein besseres Leben zu ermöglichen. Aber es war … nicht alles war gespielt.» Ein gequältes Geräusch drang aus ihrer Kehle. «Ich habe ihn nicht geliebt, wie eine Frau ihren Mann lieben sollte, aber ich habe ihn trotzdem geliebt. Auf eine Art. Ich habe es geliebt, wie sehr er dich geliebt hat. Ich habe es geliebt, was für ein guter Mensch er war, ein fröhlicher, liebenswürdiger Mensch. Ich hätte ihn so gerne geliebt, Claire.»

Agatha liefen jetzt wieder Tränen über die Wangen. Sie machte keine Anstalten, sie aufzuhalten.

«Und – Ava …?», fragte Claire, nachdem sie lange Zeit schweigend an der Bettkante ihrer Mutter gesessen hatte.

Denn nun wollte sie alles hören. Ihre Mutter war nicht ihre Mutter. Ihre Mutter war tot, ihr Vater hatte sie im Stich gelassen, alles, was immer felsenfest und unumstößlich gewesen war, war eine Lüge. Und Ava war …

Plötzlich ging die Tür auf, und ein Arzt kam herein. «Ich muss Sie leider hinausbegleiten», sagte er. «Wir müssen Ihre Mutter noch weiteren Untersuchungen unterziehen.»

«Aber ich …», protestierte Claire erschrocken. Sie hatte ja das Wichtigste noch gar nicht gefragt.

Doch der Arzt schüttelte unnachgiebig den Kopf. «Sofort», befahl er streng, und Claire sah Agatha unsicher an.

«Ich muss gehen. Ich … ich komme später wieder.»

Sie wäre gerne noch geblieben. Aber eigentlich war es egal. Sie wusste es ohnehin.

Agatha erwiderte nichts, sah ihr mit schimmernden Augen nach.

Draußen im Gang lehnte Claire sich gegen die Wand und atmete keuchend ein und aus, bis wieder etwas mehr Luft in ihre Lungen zu dringen schien.

Eine Schwester kam vorbei und griff nach ihrem Arm. «Geht es Ihnen nicht gut? Soll ich einen Arzt holen?»

Claire schüttelte den Kopf und strich sich ein paar verklebte Haarsträhnen aus der Stirn. Ihr war eiskalt, und trotzdem schwitzte sie. «Ich habe nur eben erfahren, dass mein Leben eine Lüge ist», murmelte sie mit einem schmerzerfüllten Lächeln. «Es geht gleich wieder.»

Sie flüchtete aus dem Krankenhaus und stieg wieder in den Wagen. «Du schaffst das. Claire Margarita Conrad, du schaffst das, du hast schon ganz anderes geschafft, also stell dich jetzt nicht so an», wisperte sie und presste ihre Nägel so hart in die Unterarme, dass sie es kaum aushielt. Natürlich stimmte das nicht, sie hatte noch nie etwas Vergleichbares erlebt. Trotzdem half es ein wenig.

Sie lehnte sich vor und klopfte gegen die Scheibe. «Sie haben nicht zufällig einen Stift?»

Claire hatte nicht damit gerechnet, die beiden zusammen anzutreffen. Als sie hereinwirbelte, ohne zu klopfen, stand Ava am Fenster, eine Tasse mit beiden Händen umklammert. Quint saß am Tisch. Beide drehten sich gleichzeitig um, beide hatten denselben erschrockenen Ausdruck im Gesicht, beide musterten sie einen Moment, als wüssten sie nicht, ob sie gefährlich war, als wäre sie eine Bombe, die jeden Moment hochgehen könnte. «Claire», sagten sie, wie aus einem Mund.

Sie blieb in der Tür stehen. «Ich muss mit euch sprechen.» Ihre Stimme hörte sich fremd an, klar und hoch, fest und erwachsen. Sie erkannte sie nicht. «Es ist etwas passiert.»

Quint runzelte die Stirn. Er stand auf, kam auf sie zu, aber Claire trat einen Schritt zurück. Sie sah, wie sehr es ihn verletzte.

Aber es musste sein.

«Es ist sehr wichtig. Und es kann nicht warten.»

Die beiden wechselten einen Blick, und sie versuchte, sich nicht vorzustellen, wie sie miteinander schliefen, aber es gelang ihr nicht. Am liebsten wäre sie aus dem Zimmer gerannt.

«Ich … war heute Nacht bei Magnus.»

Quint sah aus, als hätte sie ihn geschlagen. Er starrte sie mit so ungläubigem Blick an, dass es ihr körperlich wehtat. Gleichzeitig machte es sie wütend. Er hatte kein Recht darauf, sie so anzusehen.

«Ich wusste nicht, wohin.» Es klang abweisender, als sie es beabsichtigt hatte. «Ich musste mit jemandem reden.»

«Claire …», begann Ava und warf Quint einen unsicheren Blick zu, aber Claire ließ sie nicht aussprechen.

«Bitte, ihr müsst mir jetzt zuhören, ich habe nicht viel Zeit. *Ihr* habt nicht viel Zeit.»

In knappen Worten umriss sie, was am Vorabend passiert war, ließ dabei aber aus, wie nah sie Magnus an sich herangelassen hatte. Vermutlich wussten die beiden es ohnehin. Ihrem Gesicht hatte man schließlich schon immer alles angesehen, was sie gerne verborgen hätte.

Claire hatte sich verändert. Ava hatte sie zuletzt am Tag zuvor gesehen, aber sie hatte sich verändert, sie konnte nicht genau sagen, was es war, der Blick, die Stimme, etwas war anders. Sie sah so erwachsen aus. So gefasst. Gleichzeitig verstört. Sie begriff erst, was Claire ihnen zu erklären versuchte, als sie etwas aus ihrer Tasche zog und es ihnen reichte. Quint und Ava blickten gleichzeitig auf das Emblem der HAPAG.

Fahrkarten, wurde es Ava schlagartig bewusst. Es waren Fahrkarten nach Amerika.

«Aber, ich verstehe nicht?», stammelte sie, und sie sah an Quints Miene, dass er es genauso wenig begriff.

«Ich …» Claire holte tief Luft. Sie schloss einen Moment die Augen, als würde das, was sie als Nächstes sagen wollte, ihr körperliche Schmerzen bereiten. «Ich war eben auf der Stadthausbrücke und habe ihnen alles über Magnus erzählt. Und auch über dich.»

Quint wich von einer Sekunde auf die andere alle Farbe aus dem Gesicht. Er starrte Claire an, als sähe er sie zum ersten Mal.

«Es gab keinen anderen Weg. Ich musste es tun. Magnus plant, ein Schiff zu versenken, um die Versicherung zu kassieren. Er hat Sprengstoff platziert. Das Schiff ist bereits ausgelaufen.»

Ava sah in Quints Gesicht ihr eigenes Entsetzen gespiegelt.

«Was?», flüsterte er. «Er hat was getan?»

«Ich konnte es ebenso wenig glauben», erwiderte Claire kopfschüttelnd. «Er ist verrückt. Es ging um jede Minute, verstehst du?», fragte sie, beinahe flehentlich. «Sie müssen das Schiff anfunken, ich musste es doch sagen. Und er … der Polizeibeamte. Er wusste, wer du bist. Er hatte eine Zeichnung von dir. Ich konnte doch nicht ahnen, dass er die Verbindung so schnell ziehen würde.»

Quint bewegte keinen Muskel.

«Es ist nur eine Frage der Zeit, bis sie ihn auf der Uhlenhorst aufgreifen», erklärte Claire hastig. «Er schläft seinen Rausch aus, aber sobald er wieder klar im Kopf ist, wird er ihnen von dir erzählen, er wird begreifen, was ich getan habe, und sich rächen. Er wird auf dich schieben, was er nur kann. Ich weiß nicht, wie viel Zeit wir haben, Quint», sagte sie leise. Ihr Gesicht wirkte so gequält, dass Ava sie kaum anschauen konnte. «Wenn man Magnus all das nachweisen kann, wird er lebenslang hinter Gitter kommen», flüsterte sie. «Und das wirst du auch, wenn sie herausfinden, was ihr getan habt. Aber ich musste es tun. Ich musste euch verraten.»

Quint stand unter Schock, Ava sah es ihm an.

Claire drückte ihm die Fahrkarten gegen die Brust. Er nahm sie entgegen, als begriffe er noch immer nicht, was sie vorhatte.

«Das Schiff geht heute Nachmittag. Ihr müsst fahren», sagte Claire. «Quint, du musst fahren. Und Ava, du musst ihn begleiten. Damit euer Kind eine Familie hat. Ich habe es mir genau überlegt. Wenn ihr mit den falschen Fahrkarten an Bord geht, werden sie viel länger brauchen, um euch zu finden, niemand vermutet ja etwas, sie werden nur nach euren Namen suchen, nicht nach Linda und Magnus, und wenn sie die Passagierlisten durchgehen, werden sie viel später erst auch nach Magnus schauen.» Claire brach ab, und als sie weitersprach, sah Ava, wie schwer es ihr fiel, die Worte zu sagen. «Ihr habt dann Zeit, euch in Amerika abzusetzen und ein neues Leben anzufangen.»

Stumm standen sie da. Es war, als wäre die Luft im Raum zu dick zum Atmen.

Schließlich schien Quint aus seiner Trance zu erwachen. Er fuhr sich mit der Hand über die Stirn, schloss einen Moment die Augen. «Sie hat recht», sagte er dann. «Sie hat recht, ich muss sofort weg. Ich muss fahren.»

Er drehte sich zu Ava und sah sie an. Plötzlich wurde ihr schwindelig.

«Möchtest …», er brach ab, und es war ihm anzusehen, wie schwer es ihm fiel, weiterzusprechen, wie verwirrt er war. «Wenn du mitkommst, verspreche ich dir, dass es dir und dem Kind an nichts fehlen wird.»

Sie konnte sehen, wie Claire die Hände in die Falten ihres Rockes grub. Trotzdem lächelte sie, ihre Mundwinkel zuckten. Sie nickte bekräftigend. «Du wolltest immer hier weg.» Tränen standen jetzt in ihren Augen. «Und wenn du hierbleibst, hat dein Kind keine Familie.»

Es ging zu schnell, war zu viel, zu erschütternd. Aber ihre Entscheidung war klar, sie musste nicht nachdenken.

Natürlich würde sie gehen.

Sie hatte immer gehen wollen.

Und welche Alternative blieb ihr schon.

«Komm doch mit uns, Claire.» Verzweifelt versuchte sie, nach ihrer Hand zu greifen.

Doch Claire trat rasch einen Schritt zurück, schüttelte den Kopf. «Meine Mutter hatte einen Herzanfall», sagte sie, und Ava schlug erschrocken eine Hand vor den Mund. «Heute Morgen. Ich muss bei ihr bleiben. Sie hat doch nur mich.»

Quint betrachtete Claire regungslos, ohne etwas zu sagen. Die Fassungslosigkeit stand ihm noch immer ins Gesicht geschrieben.

Plötzlich fiel Ava etwas ein. «Aber … Linda ist blond», rief sie. «Wie soll das gehen, es stehen ja ganz falsche Angaben in meinem Pass.»

«Mach dir darüber keine Gedanken.» Quint war so weiß im Gesicht, wie sie ihn noch nie gesehen hatte. «Ich kann das regeln», sagte er. «Das ist das kleinste Problem. Ich kenne so gut wie jeden im Hafen. Und wen ich nicht kenne, den kann ich bestechen.»

«Ihr müsst sofort gehen.» Claire weinte jetzt, ihre Brust hob und senkte sich stoßweise. Es war schrecklich, sie so zu sehen. Ava fühlte sich wie betäubt, gleichzeitig kribbelte ihr ganzer Körper. «Ich habe dir ein paar Sachen von mir gepackt, aber ich werde Geld schicken, sobald ich kann und …»

«Geld spielt keine Rolle», unterbrach Quint sie.

Claire nickte. «Ich verstehe nicht, wie ich mich so in ihm irren konnte», flüsterte sie dann und sah Quint an.

«Du warst verliebt», erwiderte er leise. «Man sieht die Menschen, die man liebt, nicht so, wie sie sind, sondern so, wie man sie sehen will.»

Ava beobachtete die beiden, und es schien ihr, die Luft im Raum würde flimmern, so viele Emotionen flogen zwischen ihnen hin und her, so viel Ungesagtes lag in ihren Blicken.

«Es tut mir so leid», sagte Claire tonlos.

Quints Wangen zuckten. «Das muss es nicht», erwiderte er ruhig. «Du hast das Richtige getan.»

6

Quint warf ein paar Sachen in einen Seesack, Ava rannte hinüber in ihr Zimmer und kam nur zehn Minuten später mit der Tasche und dem Koffer wieder, die Claire ihr damals gestohlen hatte. «Mehr habe ich nicht», sagte sie und rang sich ein schiefes Lächeln ab.

Claire wollte, dass Quint sich gut überlegte, was er mitnahm, aber er war plötzlich getrieben von dem Gedanken, es könne alles schneller gehen, als sie dachten, immer wieder sah er aus dem Fenster, und seine verstörte Miene verriet, wie groß seine Angst war, gleich den Kommissar und seine Schergen auf der Schwelle zu sehen.

Mit nur zwei Taschen, einem Seesack und einem Koffer verließen sie wenig später das Haus.

«Ich muss es ihm doch sagen», Ava blieb stehen und sah zu Wills Dunkelkammer hinüber. Sie wirkte, als würde etwas sie innerlich zerreißen.

Quint nickte. «Wir müssen uns beeilen!»

Sie lief los, Quint und Claire folgten ihr, aber sie kam schon wieder zur Tür heraus, als sie dort eintrafen. «Er ist nicht da.»

«Wir haben keine Zeit», drängte Quint. «Es ist ja nicht für immer, wir schreiben ihm, wir können … irgendwann wiederkommen. Du kannst wiederkommen …», stotterte er, als er sah, wie ihr Gesicht sich schmerzlich zusammenzog.

Claire fasste sie am Arm. «Ich erkläre ihm alles. Das verspreche ich», sagte sie eindringlich.

Und Ava nickte schließlich. Was sollte sie auch tun.

Sie lief so schnell sie konnte hinter Claire und Quint her, und als sie durch die Empfangshalle hastete, hallte nur ein Gedanke durch ihren Kopf: Sie hatten sich nicht einmal geküsst. In all der Zeit, nicht einmal.

Das Automobil wartete vor den Toren der Ballinstadt. Quint bellte dem Fahrer etwas zu, und sie donnerten los. Die ganze Fahrt über hielt Claire Quints Hand in der ihren. Ihr Blick aber ruhte auf Ava, und sie sah in ihren Augen die gleiche Angst, die auch in ihr brodelte.

Der Weg zum Hafen war verstopft mit Kutschen und Wagen. Halb Hamburg war da, um den *Imperator* auf hohe See zu verabschieden. Es war ein Jahrhundertereignis, das größte Schiff der deutschen Flotte, der ganzen Welt. Wer nicht selbst mitfuhr, wollte zumindest beim Auslaufen zusehen.

Bevor sie ausstiegen, hielt Claire Ava am Arm zurück. «Ich habe dir einen Brief geschrieben.» Sie reichte ihr einen Umschlag. «Kannst du mir versprechen, dass du ihn erst öffnest, wenn ihr angekommen seid?»

«Aber …», stammelte Ava, doch Claire fauchte: «Versprich es, oder du bekommst ihn nicht.»

«Gut, ich verspreche es», sagte sie verwirrt.

Claire nickte und reichte ihn ihr.

Sie stiegen aus und Ava blieb vor ihr stehen. «Ich kann nicht auf dieses Schiff gehen, ohne zu wissen, ob du mir verzeihst.

Du musst mir versprechen, dass du … dass du in meinem Leben bleiben wirst.»

Claires Gesicht wurde weich. Langsam schüttelte sie den Kopf. Dann trat sie auf sie zu und zog sie in ihre Arme, drückte sie so fest an sich, dass Ava einen erschrockenen Laut ausstieß.

«Immer!», flüsterte sie.

Sie konnte sich nicht von ihm verabschieden. Es ging einfach nicht. Aber natürlich musste sie, natürlich führte kein Weg daran vorbei.

Sie hatte ihm bereits gesagt, wie leid es ihr tat, sie hatte ihm bereits gesagt, dass sie Magnus nicht wollte, hatte sich bereits bedankt für alles, was er getan hatte. Es gab nur eine Sache, die sie ihm die ganze Zeit nicht hatte sagen können.

Und plötzlich war es trotz allem leicht.

«Du weißt, dass ich dich liebe», sagte sie, etwas zu schroff, und ein Lächeln zuckte über sein Gesicht.

«Weiß ich das?», fragte er leise.

Sie nickte. «Ja, das weißt du!», erwiderte sie entschieden. «Das wusstest du die ganze Zeit.» Sie weinte jetzt wieder, konnte einfach nicht anders. «Und ich wusste es auch. Ich konnte es nur nicht sagen. Weil ich …»

«… zu stur war», beendete er den Satz, als sie es selbst nicht hinbekam.

Sie lachte und weinte gleichzeitig. «Weil ich zu viel Angst hatte», sagte sie, und sein Lächeln wurde warm.

Er sah sie an, und es war so viel Angst in seinem Blick und gleichzeitig auch so viel mehr.

«Claire», sagte er leise. Er trat auf sie zu und zog sie an sich, legte einen Moment seine Stirn an ihre.

Sie küsste ihn zweimal, schnell, weil sie es sonst nicht schaffen würde, drehte sich mit einem letzten Blick auf Ava um und verschwand in der Menge.

Morbus veneris. Die Krankheit der Liebesgöttin. Ein trockenes Lachen entrang sich seiner Kehle, es klang mehr wie ein Schluchzer.

Dabei hatte er in seinem Leben nur eine Frau wirklich geliebt.

Er spürte die kleinen Knoten in seinen Lenden sogar jetzt, beim einfachen Sitzen. Sie taten nicht weh, doch sie waren da, quälten ihn allein durch ihre Anwesenheit. Weil er jetzt wusste, was sie bedeuteten.

Wie hatte er nur so blind sein können. Er war oft müde in letzter Zeit, litt unter Muskelschmerzen, Schwindelanfällen und Nervenschwäche. Und mit Schrecken dachte er an die Zeit zurück, als er vor vielen Jahren diesen Hautausschlag gehabt hatte, an Rücken und Bauch, Handflächen und Fußsohlen, der nicht juckte, der ihn aber dennoch wahnsinnig machte. Aber er hatte es nicht sehen wollen, hatte die Augen vor der Wahrheit verschlossen. Als der Ausschlag wieder weggegangen war, hatte er ihn vergessen, hatte einfach nicht mehr darüber nachgedacht.

Dabei wusste er es doch. Er wusste, was es bedeutete.

Das zweite Stadium war vorbei.

Das dritte würde folgen.

Nun, er hatte viele, viele Jahre gelebt, ohne auch nur den Hauch eines Anzeichens. Es war leicht gewesen, es zu vergessen, leicht sogar, vor sich selbst so zu tun, als wäre es nie geschehen.

Doch nun ließ es sich nicht länger ignorieren. Dr. Schwab fuhr mit dem Zeigefinger der linken Hand an die gerötete Schwellung zwischen seinen Augenbrauen, wo ein weiterer

Knoten saß, der einzige, den man bisher von außen sehen konnte.

Manchmal rauschte es in seinen Ohren. Und manchmal hörte er Stimmen, die da nicht sein sollten.

Er wusste, dass die Krankheit im letzten Stadium zu irren Zuständen und Wahn führen konnte, wenn sie die Nerven befiel und neurologische Störungen auslöste. Sie ließen den Patienten als sabbernden Idioten zurück oder als schreienden Irren, der Dinge sah und hörte, die es nicht gab.

Wenn dieses Stadium einmal erreicht war, führte die Krankheit fast unweigerlich zum Tod.

Und der war dann eine Erlösung.

Er krallte die Hände um den Stock, den er in letzter Zeit oft zum Gehen benutzte, und spürte, wie die Droschke bei jedem Ruckeln, jedem Stein, über den sie fuhr, die kleinen Knoten bewegte, die unter seinen Armen und in den Lenden gewachsen waren. Er spürte etwas auf seiner Wange, und als er die Hand hob, war er überrascht, sie nass zu finden. Er weinte.

Sein Gesicht war tränenüberströmt.

Er hatte nichts bei sich, er war noch im Nachthemd. Die Fahrt nach Riedstadt würde bis zum nächsten Tag dauern. Er hatte gelesen, dass bei Syphilis Sitzbäder Erleichterung verschaffen konnten, vielleicht auch Kaltwasserkuren. Sie experimentierten dort mit neuartigen Verfahren.

Tief in seinem Inneren war ihm klar, dass ihm nichts mehr helfen konnte. Sie konnten die Krankheit vielleicht noch ein wenig hinauszögern. Konnten ihm das Ende ein wenig angenehmer machen.

Aber seine Zeit war abgelaufen.

Sie war nicht zurück ins Krankenhaus gefahren. Sie konnte einfach nicht.

«Hast du es gewusst?», fragte sie, nachdem sie im Klosterwall sturmgeklingelt hatte und nun einer überraschten Laetitia gegenübersaß, die bereits angekleidet und frisiert war – jedoch noch nicht gepudert –, und die sich keineswegs darüber freute, so früh und in solch unwürdigem Zustand von ihrer Enkelin überrascht zu werden. «Habt ihr darüber gesprochen, damals auf der Terrasse?»

Laetitia beobachtete mit verkniffenem Mund, wie Heide Kaffee einschenkte, und bedeutete Claire, sie solle still sein. In Anwesenheit der Dienstboten wurden Angelegenheiten wie diese nicht besprochen. Claire wusste das natürlich, aber sie hatte keine Geduld mehr, hatte es satt, sich zu fühlen wie ein dunkles Geheimnis, über das man nicht reden durfte.

Es kostete sie alle Kraft zu warten. Laetitia verfolgte mit ihren Habichtaugen, wie Heide einen Schuss Sahne in die Tassen gab, die Löffel auf den Untertassen mit einem Tuch in die richtige Position schob. Obwohl ihre Großmutter schon immer dafür bekannt gewesen war, die Dienstboten auf Schritt und Tritt zu kontrollieren, hatte Claire das Gefühl, dass sie ihre Konfrontation an diesem Tag absichtlich hinauszögerte.

Es war, als hätte jemand die Zeit langsamer gedreht. Heide servierte so gemächlich, als hätte jemand sie in klebrigen Honig getaucht, deutete dann endlich einen Knicks an und verließ den Raum.

Laetitia sah noch immer auf ihre Tasse. Endlich hob sie den Blick. «Also ist es wahr?»

Claire holte scharf Luft. «Du wusstest es? Du wusstest es die ganze Zeit?»

Laetitia straffte den Rücken. «Ich wusste gar nichts», sagte sie würdevoll. «Ich habe es mir zusammengereimt. Ich bin schließlich nicht von gestern.» Sie spitzte die Lippen. «Die Zeit hat nicht gepasst. Nichts hat gepasst, weder deine Mutter noch das Märchen von der blitzhaften Liebe, das sie uns unterjubeln wollten. Es ging alles viel zu schnell. Du konntest gar nicht seine Tochter sein. Außerdem siehst du einfach nicht aus wie eine Conrad. So schön sind wir nicht in dieser Familie.» Laetitia deutete mit dem Kinn in Richtung der Ahnenporträts über dem Kamin. «Sie hat dich deinem Vater untergeschoben. Er wusste es natürlich, so viel habe ich aus seinem Gedruckse heraushören können. Sie hat ihn bezirzt, seine Gutmütigkeit ausgenutzt.»

Die dampfenden Tassen standen unberührt vor ihnen, keine von beiden hatte einen Schluck getrunken.

«Du weißt also, dass ich nicht Papas Kind bin.» Quälende Tränen krochen in ihr hoch.

Laetitia gab Zucker in ihren Kaffee, klimperte laut mit dem Löffel. «Wie gesagt, bis gerade eben wusste ich gar nichts. Hat sie es also endlich zugegeben?»

Claire nickte. «Und weißt du auch, dass ich nicht Mamas Tochter bin?»

Laetitias Gesichtszüge entgleisten ihr. «Wie bitte?», rief sie. «Sprich lauter, sonst muss ich meine Muschel nehmen.»

«Du hast schon richtig gehört», presste Claire hervor. «Weißt du, dass ich auch nicht Mamas Tochter bin? Sie hat mich nach meiner Geburt angenommen. Ihr eigenes Kind ist zu früh geboren worden. Bei der Überfahrt, in einem Sturm. Ein Junge. Er hat es nicht geschafft. Sie brauchten eine Amme für mich, denn meine Mutter …» Sie stockte. «Meine Mutter ist bei meiner Geburt gestorben.»

Laetitias gesamte Mimik veränderte sich, ihre blauen Augen weiteten sich, vor Erstaunen klappte ihr der Mund auf. Langsam lehnte sie sich in ihrem Polstersessel zurück, starrte Claire an, als sähe sie sie zum ersten Mal – was, wenn man es genau nahm, ja auch gewissermaßen so war.

«Mama hat geholfen. Und dann bin ich bei ihr geblieben.» Claire blickte in ihren Kaffee. «Ich gehöre nicht zu eurer Familie», sagte sie leise. «Meine Mutter ist schon ewig tot, mein Vater hat sich davongemacht, als ich noch ein Säugling war. Ich bin …», sie stockte. «Ich weiß nicht, wer ich bin. Ich weiß nur, dass du nicht meine Großmutter bist.»

Claire hatte sich wahnsinnig vor diesem Moment gefürchtet. Blut und Familie bedeuteten ihrer Großmutter alles.

Laetitia hob die Tasse, spreizte den Finger ab, führte sie zum Mund, ohne dabei den Oberkörper auch nur einen Millimeter vorzubeugen, trank und stellte die Tasse wieder hin, so leise, dass man es kaum hörte, mit dem Henkel in der exakt korrekten Position. «Was ich weiß», sagte sie, das Gesicht so undurchdringlich wie eh und je, die Stimme streng, «ist, dass mein Sohn dich geliebt hat wie sonst nichts auf der Welt. Du warst sein Ein und Alles, Claire. Er war nie so glücklich wie nach eurer Rückkehr.» In ihren Augen stand nun eindeutig Wut. «Natürlich bin ich deine Großmutter.» Sie schlug mit der flachen Hand auf das Tischtuch. «Red nicht so einen Unsinn. Und natürlich ist Agatha deine Mutter. Was soll sie denn sonst sein?» Laetitia wedelte mit den Fingern, als würde sie eine Fliege verscheuchen. «Sie hat ihr ganzes Leben hingegeben, um dich großzuziehen, willst du ihr das absprechen? Mutter wird man nicht nur durch eine Geburt, Claire. Sei nicht so selbstsüchtig.»

Vollkommen verblüfft ließ nun Claire sich im Stuhl zurücksinken. Mit allem hatte sie gerechnet, aber nicht damit.

Sie spürte die Tränen im Hals, bevor sie ihre Augen erreichten. «Aber ich, du sagst doch immer …», flüsterte sie erstickt, doch Laetitia schlug erneut die Hand mit dem schweren Smaragdring auf den Tisch. «Schluss mit dem Unfug. Was mich betrifft, hat sich an unserer Situation nicht das Geringste geändert. Außer deinen Haaren, und dazu kann ich nur sagen: Gott sei Dank. Was hat dich nur geritten, sie zu färben, wir sind hier nicht in Paris, Claire.» Ihr Tonfall hatte nichts von seiner Strenge eingebüßt, aber plötzlich lächelte sie, und Claire sah, dass auch sie schlucken musste. «Wir essen jetzt Spritzgebäck.» Nun war Laetitias Stimme doch belegt. «Und ich will keine Träne sehen, weinen bekommt dir nicht, du wirst dann so aufgedunsen, wie deine Mutter. Bei mir ist es egal, ich sehe ohnehin immer aus wie ein Truthahn.»

Wie dumm ich gewesen bin, dachte Claire. Natürlich war Laetitia ihre Großmutter. Und natürlich war Agatha ihre Mutter.

Sie waren es und würden es immer sein.

Bis sie beide die Tränen weggeblinzelt und die Rührung heruntergeschluckt hatten, dauerte es eine Weile. Schweigend rührten sie in ihren Tassen und vermieden es, einander anzusehen. Doch zum ersten Mal seit Wochen verspürte Claire so etwas wie Ruhe in sich. Sie fühlte, dass sie gerade etwas geschenkt bekommen hatte, das ihr niemand jemals würde nehmen können.

Claire erreichte Agathas Zimmertür genau in dem Moment, als der Arzt heraustrat. Er erblickte sie, und seine Pupillen weiteten sich. Kaum merklich, doch sie sah es sofort.

Es schien fast, als hätte er gehofft, sie nicht hier zu sehen.

«Frau Morris. Gut, dass Sie wieder da sind. Kann ich kurz mit Ihnen sprechen?»

Sofort krampfte ihr Magen. Sie nickte beklommen, und er führte sie am Arm in einen kleinen Alkoven im Flur, wo eine Bank stand, und bedeutete ihr, sich zu setzen. «Es tut mir sehr leid», begann er und vermied ihren Blick.

Claire krallte ihre Hände so fest ineinander, dass es wehtat. «Was?», hauchte sie.

«Ihre Mutter …» Er räusperte sich, suchte etwas in seinen Unterlagen. Auf seinen Wangen bildeten sich zwei kleine rote Kreise. «Ihre Mutter hatte nicht nur einen Herzanfall», sagte er und sah sie endlich an. «Sie hat auch Syphilis im Anfangsstadium.»

«Wie bitte?», fragte sie entgeistert. «Aber woher soll meine Mutter denn …»

Plötzlich wurde es ihr klar, und eine Schockwelle durchfuhr sie. «Er …», flüsterte sie. «Er hat sie angesteckt.»

Der Arzt nickte, obwohl er gar nicht wissen konnte, von wem sie sprach. «Leider eine besonders aggressive Form, wie wir annehmen müssen. Man kann von dieser Krankheit ein halbes Leben nichts bemerken, sie kann aber auch innerhalb kürzester Zeit zu Symptomen führen, wie es bei Ihrer Mutter der Fall ist. Ein geschwächtes System wie das ihre … Nun, da hat die Krankheit leichte Hand.»

In Claires Ohren begann es zu rauschen. Sie stand auf, ging ein paar Schritte, kam dann wieder zurück.

«Sie hatte eine kleine Entzündung im Mund, das kann ein Zeichen sein, und wir sind der Sache nachgegangen. Zum Glück gibt es seit einigen Jahren ein Verfahren, um die Krankheit bereits in einem frühen Stadium zu erkennen. In ihrem Gesamtzustand … Da kommt eines zum anderen. Wir geben ihr Salvarsan, ein neuartiges Mittel, das erst seit zwei Jahren auf dem Markt ist. Es enthält Arsphenamin, auch Arsen genannt, und hat leider starke Nebenwirkungen. Eine scheußliche Krankheit, ursprünglich übrigens aus Amerika zu uns eingeschleppt, durch Seefahrer, wie man annimmt.»

Er stockte wieder, presste kurz die Lippen aufeinander, und als er weitersprach, wusste sie schon, was er sagen würde, und sie wich zurück, bis sie an die Wand hinter sich stieß, und schlug die Hände vor den Mund.

«Es tut mir leid, so offen mit Ihnen sein zu müssen, Frau Morris.» Er sah sie nicht an. «Ich fürchte, Ihre Mutter hat nicht mehr lange zu leben.»

7

Ich hatte nie zuvor gesehen, wie Wasser mit dem Horizont verschmolz.

Seit Sonnenaufgang stand ich an Deck, in meinem neuen Kleid, den Hut mit den Kirschen auf dem Kopf, und sah dem Meer beim Aufwachen zu. Voller Bewunderung beobachtete ich, wie der Himmel und die Farbe des Wassers sich von Minute zu Minute veränderten, sich niemals mit den Augen festhalten ließen, ständig zu etwas Neuem zerflossen.

Es war anders, als ich es mir vorgestellt hatte. Schöner.

«All dieses Wasser», murmelte ich. «Wo kommt es nur her?»

Er trat hinter mich, und einen Moment wollte ich mich gegen ihn lehnen. Wir gehörten nun zusammen, irgendwie. In unserem neuen Leben würden wir erst aushandeln müssen, was wir füreinander sein konnten.

«Ich habe mal gehört, dass es noch von der Sintflut stammen soll.» Quint lächelte. «Aber das ist natürlich Unsinn. Ich glaube, meine Großmutter hat es mir erzählt.»

Ava dachte an den Mann, der ihr erklärt hatte, dass es unzählige verschiedene Realitäten gab, die alle nebeneinander existierten. Und dass sie davon abhingen, wer sie betrachtete.

Sie ertappte sich dabei, dass sie die Hände auf den Bauch gepresst hielt, als wollte sie das Kind beschützen. Sie hatte immer solche Angst davor gehabt, Mutter zu werden. Hatte immer noch Angst. Gleichzeitig fühlte sie, dass dieses Kind das Wertvollste war, das es für sie geben konnte.

«Es wird alles gut werden», sagte sie, denn plötzlich war sie ganz sicher, dass das stimmte. «Es wird alles gut werden, ich fühle es.»

Sie sah, wie ihre Worte ihn beruhigten, wie die Anspannung aus seinen grünen Augen wich.

«Land, Land in Sicht!» Das Nebelhorn tutete, und ein Summen schwoll an, die Menschen rannten an Deck und betrachteten die schmale dunkle Linie, die am Horizont aufgetaucht war.

«Wir sind da», flüsterte Ava. Sie konnte es nicht glauben, konnte nicht glauben, dass sie es wirklich geschafft hatte. Nach so vielen Jahren war sie endlich hier.

Sie wartete, bis sie die Umrisse der ersten Häuser sehen konnte, dann ging sie an der jubelnden Menge vorbei, die Einzige, die sich gegen den Strom bewegte, und verschwand im Inneren des Schiffes, stieg die vielen Stufen zu ihrer Kaisersuite empor und nahm den Umschlag, der seit zehn Tagen auf ihrem Nachtschränkchen lag und den sie seitdem unzählige Male hochgenommen und betastet hatte.

Sie trat auf den Balkon hinaus. Mit Blick auf die Neue Welt, mit Blick auf ihr neues Leben, das vor ihr lag zwischen den Häuserschluchten von New York, zog sie ein Bündel heraus, viele handbeschriebene Seiten, zusammengehalten mit einem Band. Claires Brief lag obenauf.

Meine Ava,

bestimmt denkst du in diesem Moment an den Brief, den ich dir damals schrieb, als ich mit deinem Namen, deinem Geld, deinen Kleidern fortging und alles zerstörte, all deine Hoffnungen und deine Träume.

Ich konnte es dir nicht früher sagen. Du musstest fahren. Er kann nicht ohne sein Kind sein, er kann nicht noch einmal alles verlieren. Und hier gibt es nichts für euch. Drüben könnt ihr neu anfangen. Du wirst endlich herausfinden, wer du bist, wer du sein willst. Was du gleich lesen wirst, habe ich heute erst erfahren. Mama wusste es schon lange – seit dem Tag, an dem du ins Haus gekommen bist. Es ist ja auch offensichtlich. Du siehst genauso aus wie sie.

Sie begriff nicht. Mit gerunzelter Stirn zog Ava die Seiten heraus, die unter Claires Brief lagen.

Ein Mädchen verliebte sich in einen Mann, in den sie sich nicht verlieben durfte. Und er verliebte sich in sie. So beginnt die Geschichte.

Etwas fiel aus dem Umschlag und segelte lautlos zu Boden. Ava bückte sich. Und als sie es aufhob, spürte sie, wie die Welt innerhalb eines Herzschlags zerschellte und sich in ihr neu wieder zusammensetzte. «Es kann nicht sein», flüsterte sie und griff Halt suchend nach einer Stuhllehne.

Ein Mann und eine Frau standen vor einem Haus. Eine Gardine wehte im Wind. Kurz hob Ava den Blick. Sie war sich sicher, einen Hauch von frischem Brot zu riechen.

Der Mann hatte helle Augen und einen starren Ausdruck im Gesicht. Die Frau war sehr groß und sehr schön. Strähnen ihres dunklen Haares hatten sich aus der Frisur gelöst und wehten ihr um die Stirn. Sie war unverkennbar schwanger. In ihren Armen saß ein Mädchen.

Und Ava erinnerte sich.

Es war, als hätte jemand in ihrem Inneren eine Tür geöffnet.

Ava erinnerte sich an diese beiden Menschen. Sie erinnerte sich an das kleine Mädchen, das lächelnd zu seiner Mutter aufsah.

Mit zitternder Hand drehte sie das Bild um. In verblasster Schrift stand dort ein Datum, das viele, viele Jahre zurücklag. Darunter drei Worte.

Drei Worte, die alles bedeuteten.

Ava.
Mein Glück.

Als der Schleier vor ihren Augen es zuließ, las sie den Brief. Und als Ava begriff, was Claire für sie getan hatte, sank sie in einen Stuhl und starrte ins Nichts, sah weder das Meer noch die Stadt noch Liberty Island, das zu ihrer Rechten auf sie zukam.

Sie hatte eine Schwester.

Claire war ihre Schwester.

8

«Erzähl mir von ihr.»

Claire saß an Agathas Bett, wie sie es die ganze letzte Woche getan hatte. Sie war ihrer Mutter nicht von der Seite gewichen, hatte im Krankenhaus übernachtet, sich von Marie Kleider und Essen bringen lassen.

Agatha schien verwirrt, und kurz hatte Claire Angst, sie würde gar nicht antworten. Sie war in den letzten Tagen so schwach geworden, dass sie kaum noch die Augen öffnete, kaum noch sprach. Doch heute hatte sie einen klaren Moment, und Claire wusste, dass ihr nicht mehr viel Zeit blieb, um die Dinge zu erfahren, die sie unbedingt erfahren musste.

Schon hellte Agathas Blick sich auf. «Katharina hatte immer Hunger», murmelte sie und lächelte, tief versunken in Erinnerungen. «Immer haben wir übers Essen geredet. Und sie hatte so lustige Gedanken. Darüber, wo das Meer herkommt und wohin der Wind geht. Ich fand sie ein wenig … ich weiß nicht, ausgefallen. Besonders. Sie konnte sehr wütend werden, aber die meiste Zeit war sie ruhig und freundlich. Sie war sehr schön und sehr … warm. Ja, warm ist das richtige Wort. Sie sah aus wie Ava.»

Claire zuckte zusammen, und rasch fügte Agatha hinzu: «Aber sie sah auch aus wie du, Claire. Sie hatte Avas Augen und ihr Haar, aber wenn sie lachte, sah sie aus wie du. Sie waren Verdienstemigranten, Martin und Katharina, wollten sich in Amerika eine Heimat schaffen und Ava nachholen, sobald sie sicher waren, dass sie dort Fuß fassen konnten. Und natürlich hatten sie recht damit, wir haben ja am eigenen Leib erfahren, wie gefährlich die Überfahrt war. Nur konnte ja keiner damit rechnen …»

Agatha betrachtete ihre Tochter, ihre schöne, eigensinnige, anstrengende, wunderbare Tochter, über deren Gesicht die Emotionen zogen wie Wind über die Oberfläche eines Sees. Sie erinnerte sich plötzlich, wie sie Claire als kleines Kind auf den Bauch geküsst hatte, bis sie vor Wonne kreischte. Wie sie später, in der ersten Zeit, in der alles ganz und gar unmöglich schien, Kleider aus alten Flicken für sie genäht hatte, und wie ihre Brüste irgendwann einfach keine Milch mehr hergaben, wahrscheinlich, weil sie nichts aß und so dünn geworden war, dass sie sich im Spiegel kaum noch erkannte. Wie sie vor Verzweiflung manchmal in ihr Kissen geschrien hatte, das modrige, klamme Kissen, das nach Schimmel und Schweiß stank. Wie Claire vor Hunger brüllte und sie ihr Milchsuppe kochte, dünn wie Wasser, wie sie stahl und bettelte, alles, um dieses Kind am Leben zu halten.

Sie erinnerte sich, wie sie manchmal nicht mehr daran dachte, dass Claire eigentlich ein Junge hätte sein sollen.

Wie sie es in der nicht enden wollenden Sorge des Alltags einfach vergaß. Und wie ihr dann mit einem Knall der Schuld wieder einfiel, dass ihr Sohn tot war. Im Ozean, irgendwo da draußen, in diesem riesigen, unendlichen Wasser. Das kleine Geisterkind, das in ihren Träumen vor ihr davonlief. Der Gedanke, dass Katharina bei ihm war, hatte sie immer getröstet. Dass sie auf bizarre Weise die Kinder getauscht hatten und Katharina sich im Totenreich um ihren Sohn sorgte, so wie sie alles dafür gab, dass es Claire gut ging. Sie wusste, dass sie diesem kleinen, zänkischen, temperamentvollen Mädchen ihr Leben verdankte. Ohne sie hätte sie es nicht geschafft. Sie hatte ihr Halt gegeben, einen Sinn.

«Als ich verstand, dass Heinrich mich liebte, dass er dich liebte, uns bei sich haben wollte … Ich kann es nicht beschreiben, für mich fühlte es sich an, als wäre endlich jemand da, der bereit war, all diese niederdrückenden Sorgen mit mir zu teilen. Du weißt nicht, was es bedeutet, kein Geld zu haben, Claire. Oder vielleicht weißt du es jetzt.»

«Und der Vater deines Kindes?», fragte Claire mit brüchiger Stimme.

Agatha wusste nicht, ob sie es aussprechen konnte. Das war die einzige Sache, die sie noch nie jemandem erzählt hatte. Aber nun war auch das egal.

«Er hat sich nie wieder bei mir gemeldet», flüsterte sie, nachdem sie einen Moment in sich hineingelauscht hatte, als wäre sie nicht sicher, ob ihr Körper es verkraften könnte, wenn sie diese Wahrheit nach so vielen Jahrzehnten des Schweigens laut aussprach. «Ich habe ihm geschrieben, wann immer ich das Geld für Papier und Porto aufbringen konnte. Er hat nie geantwortet. Nicht ein einziges Mal.»

Claire schüttelte den Kopf, Mitleid stand in ihren Augen. Man sah es nicht oft in ihrem Gesicht, und Agatha dachte flüchtig, dass es sie so viel schöner machte, wenn sie nicht mit sich selbst beschäftigt war.

«Irgendwann habe ich verstanden, dass er nie vorhatte, nachzukommen. Er wollte uns loswerden. Nun, er hat es geschafft. Später, als wir am Central Park wohnten, habe ich mir oft vorgestellt, wie ich ins Dorf gerauscht komme, in diesen herrlichen Kleidern, die dein Vater mir kaufte und die mehr kosteten, als ich es mir jemals in meinem Leben hätte vorstellen können, wie ich dich vorzeige, die wunderschöne kleine Puppe, die du warst, und ihm dann, wenn er dachte, du seist sein Kind, ins Gesicht schleudere, dass er unseren Sohn getötet hat. Dass es die alte Agatha nicht mehr gab. Dass ich etwas Besseres geworden war, einen Mann gefunden hatte, dem er niemals das Wasser würde reichen können. Aber natürlich habe ich das nie getan.» Agatha stockte, und ihre Augenlider flatterten. «Es war nur ein dummer Traum.»

Claire war bei Agatha, als sie starb. Sie saß an ihrem Bett und hielt ihre Hand, als ihr Atem langsamer wurde und sich eine seltsame Ruhe über ihr Gesicht legte. Claires Herz verkrampfte sich, sie war sicher, dass es nun geschehen war.

Doch Agatha holte noch einmal tief Luft und öffnete die Augen. «Wo ist Ava?», flüsterte sie mit trockenen Lippen.

Obwohl ihr ganzes Gesicht zitterte, lächelte Claire. «Sie ist doch in Amerika. Wo sie immer hinwollte. Ich habe es dir erzählt, es geht ihr gut, Mama.»

«Gut, das ist gut», murmelte Agatha. Ihre Mundwinkel zuckten. «Ich hätte sie gerne noch einmal gesehen.»

Claires Herz tat so weh, dass sie eine Hand gegen ihre Brust presste. «Das wirst du ganz sicher irgendwann, Mama», murmelte sie.

Agatha nickte und lächelte, schloss die Augen. Ihr Atem wurde ruhiger.

Sie träumte wieder vom Meer. Immer zog es sich durch die Ränder ihres Bewusstseins, wie ein Lied, das einem nicht aus dem Kopf geht. Agatha lief suchend über das Schiff, tastete sich durch die Finsternis. Und plötzlich sah sie ihn. Ihr kleines Geisterkind. Er lief vor ihr her, aber sie bekam ihn einfach nicht zu fassen. Sie streckte die Arme aus und stolperte hinter ihm her, und als sie ihre Schritte beschleunigte und voller Verzweiflung seinen Namen rief, wie sie es seit Jahren in ihren Träumen tat, jede Nacht, trat Ava aus der Dunkelheit auf sie zu, und ihre grauen Augen leuchteten warm.

«Da bist du ja», sagte Agatha. Dann sah sie, dass es nicht Ava, sondern Katharina war. Sie hielt etwas in den Händen. Ein Bündel, ein Kind, einen Jungen, einen kleinen Engel. Drei Monate vor seiner Zeit geboren und noch am selben Tag wieder gestorben. Als das Schiff, das Meer und Katharina wieder in der Dunkelheit versanken, reichte sie Agatha ihren Sohn.

Und endlich fielen alle Teile in ihrem Leben an ihren Platz.

Claire stand in der großen Halle der Villa und lauschte in die Leere, die ihre Mutter hinterlassen hatte. Das Haus war ein anderes geworden. Die Atmosphäre hatte sich geändert. Als hätte jemand alles hier seines Zwecks enthoben. Die dicken Teppiche, die vielen Zierpflanzen und Vasen schienen sie allesamt zu fragen, was sie hier verloren hatten. Trotz ihrer Trauer, die tiefer ging, als sie es je für möglich gehalten hätte, war Claire beinahe etwas feierlich zumute. Dieser seltsame Schwebezustand, in dem plötzlich nichts mehr zählte. All die Menschen mit ihren Problemen, ihren Anmaßungen und Sorgen. Es war egal. Alles war egal. Ihre Mutter war tot. Sie hatte keine Mutter mehr.

Nichts anderes war mehr wichtig.

Ich habe keine Mutter mehr. Der Gedanke hallte in ihrem Kopf nach, wie ein Echo, das sich im Kreis drehte. Ich habe keine Mutter mehr, dachte sie, als sie langsam die Treppe zu ihrem Zimmer hinaufstieg, um im Schrank nach einem schwarzen Kleid zu suchen.

Ich habe keine Mutter mehr, dachte sie, als sie im Frühstückszimmer den Katalog des Bestatters durchging und dabei auf das Ticken der Uhr lauschte.

Ich werde nie wieder mit ihr am Tisch sitzen, dachte sie, als sie beim Abendessen stundenlang auf ihren vollen Teller starrte. Sie würde nie wieder «Mama» zu jemandem sagen. Niemand würde sich mehr dafür interessieren, ob sie genug aß, wie die Haut an ihrem Kinn aussah, ob sie gut geschlafen oder ein neues Kleid aus Paris bestellt hatte. Zumindest nicht so wie früher. Nicht, wie Agatha es getan hatte.

Wie nur eine Mutter es tat.

Die Villa fühlte sich fremd an. Und Claire begriff, dass Agatha ihr Zuhause gewesen war.

Sie stand im Türrahmen und betrachtete ihr altes Zimmer. Die Spiegelscherben in der Konsole, in denen die Blätter der Kastanie flimmerten, die vielen Ratgeber in den Regalen, die Cremes gegen ihre Pusteln auf der Anrichte. Am Schrank hing noch immer ihr Badekostüm für Sylt. Das Sonnenlicht warf schräge Streifen auf den Teppich, und sie atmete tief ein, um noch ein letztes Mal den Geruch wahrzunehmen, den Geruch ihres Zimmers, von dem sie nicht gewusst hatte, dass er existierte.

Aber er war nicht mehr da.

ALTES LAND

1963

Sie schloss das Gartentörchen hinter sich und ließ den Schlüssel wieder in die Tasche ihres Kleides fallen. Ärgerlich betrachtete sie die Flecken auf der zarten Schweizer Spitze, doch dann musste sie schmunzeln. Wer zog auch Weiß an, wenn er zu einem verfallenen Moorhof fuhr? Sie hatte schon immer ein Händchen für unpassende Kleidung gehabt. Einen Moment dachte sie an einen Hut mit kleinen Kirschen, an einen Tag, der der Anfang für so vieles gewesen war. So lange war es her. Und schien doch nur ein Augenblick.

Wie schnell ein Leben vorbei sein konnte.

«Und, hast du gefunden, was du suchst?» Kat warf ihr einen Seitenblick zu. «Du siehst müde aus, Mama.»

Claire zog die Tür des Wagens hinter sich zu und schloss kurz die Augen. «Ich bin alt. Da ist man immer müde», erwiderte sie ruppig.

Katharina startete den Motor. «Du bist genauso zickig wie immer, erzähl mir doch nichts», sagte sie, leise lachend, während sie den Wagen über den holprigen Weg lenkte.

«Im Ernst. Warum wolltest du unbedingt hierherkommen?», fragte sie nach einer Weile, in der Claire nur stumm aus dem Fenster gesehen hatte. «Ausgerechnet jetzt, wo sie gestorben ist.»

«Ich weiß es nicht», antwortete Claire leise, und ihre Hand suchte den Schlüssel in ihrer Tasche. Sie dachte daran, wie sie schon einmal einen Schlüssel umklammert hatte, der eigentlich ihrer Schwester gehörte. Auf dem Deck eines Ozeandampfers. Der kalte Nordwind hatte wie ein wütender Geist an ihren Haaren gerissen, ihre Gedanken waren umhergeschwirrt wie das dunkle, aufgewühlte Wasser der Elbe, und sie hatte gewusst, dass sie nie wieder würde gutmachen können, was sie soeben getan hatte.

«Vielleicht wollte ich einfach Abschied von ihr nehmen», sagte sie schließlich. «Oder noch etwas mehr über sie herausfinden.»

«Warum ausgerechnet hier? Ausgerechnet jetzt?» Katharina hatte nicht nur Claires honigfarbene Augen und ihre Zigarettensucht geerbt, sondern auch ihre Ungeduld. «Sie hat doch hier nur als Kind gelebt.»

«Es war ihre Heimat», gab Claire kopfschüttelnd zurück. «Sie hat es erst später begriffen, wie tief sie an diesem Ort verwurzelt war, auch wenn sie damals immer von hier fortwollte. Was glaubst du, warum sie hier beerdigt werden wollte, obwohl sie ihr halbes Leben in den Staaten verbracht hat?»

«Ehrlich gesagt hat das wohl keiner von uns verstanden.» Kat runzelte die Stirn. «Haben ihre Eltern sie hier nicht abgeladen und sind dann einfach verschwunden?»

«Unsere Mutter war gestorben», erwiderte Claire scharf. «Sie konnte sie nicht mehr holen. Und unser Vater … Nun, du kennst die Geschichte.»

«Ich weiß», sagte Katharina nur. «Sie hat oft vom Moor gesprochen», murmelte sie dann, und ihr Gesicht war nachdenklicher geworden. «Es muss früher so anders ausgesehen haben hier.»

«Ja», sagte Claire, und Avas Stimme geisterte durch ihren Kopf.

Ich habe erst zu spät verstanden, was ich dort alles liebe. Die krummen Kiefern, den Geruch der Kühe am Morgen. Die weißen Spuren, die die Gänse im Schnee hinterlassen.

«Ich glaube, so richtig verstanden hat sie es selbst nie.» Claire betrachtete die Giebelschwäne eines Hofes, an dem sie vorbeifuhren.

«Aber die Menschen hier … Sie waren doch gar nicht ihre Familie.»

«Das stimmt nicht.» Claire dachte an die Großmutter, an das Märchenbuch in der Stube, an Elsas blonde Haare, die im Wind wehten. Ava hatte in den letzten Jahren so oft von ihnen gesprochen, dass Claire manchmal glaubte, sie selbst gekannt zu haben.

«Was stimmt dann?», fragte Kat, und Claire hörte an ihrem Tonfall, dass sie ausnahmsweise wirklich wissen wollte, was sie zu sagen hatte.

Sie zögerte lange. Schließlich hatte sie viele Jahre genau über diese Frage nachgedacht. Was eine Familie ausmachte. «Dass man durch ein unsichtbares Netz zusammengehalten wird», sagte sie. «Ob man will oder nicht. Man sucht es sich nicht aus. Aber es ist immer da. Und manchmal», sagte sie und spürte selbst, wie sich ihre Miene bei diesen Worten veränderte, «manchmal bedeutet es nichts. Rein gar nichts.»

Sie dachte an Agatha und spürte den scharfen Schmerz des Vermissens. Sie war nun schon so lange tot, dass Claire sich manchmal ohne die Hilfe eines Fotos kaum mehr an ihr Gesicht erinnern konnte. Aber was sie nie vergaß, war das Gefühl. Sie hatte sich immer wertvoll gefühlt bei ihrer Mutter. Nie wieder hatte jemand in ihr das gesehen, was Agatha gesehen hatte, und sie hatte erst nach ihrem Tod verstanden, dass es das war, was eine Mutter ausmachte.

Claire seufzte leise und kämpfte gegen die Tränen, die nun doch noch kamen. Warum nur verstand man die wirklich wichtigen Dinge immer erst zu spät?

Eine Weile fuhren sie schweigend an Apfelwiesen und Marschgräben vorbei, an Windmühlen und Hannoveranern, über ihnen der weite blaue Himmel. Claire kurbelte das Fenster herunter, und der ganz besondere Geruch nach Sommer im Alten Land wehte zu ihnen herein. Die Wolken schwammen in einem blauen Ozean über ihrem Kopf.

«Fahren wir noch zu Papa?» Kat trommelte mit den Fingern auf das Lenkrad, und Claire wusste, dass sie sich eine Zigarette anzünden würde, sobald sie den Motor abstellte. Man gab seinen Kindern eben nicht nur Gutes weiter.

«Ja», sagte sie nach kurzem Zögern. Warum nicht. Es schien ihr passend für diesen Tag.

Als sie über den Friedhof liefen, blieben sie plötzlich stehen. Eine Frau kniete vor Quints Grab. Ihr dunkles, grau meliertes Haar fiel ihr offen über den Rücken, und Claires Herz setzte einen Schlag lang aus. Doch dann drehte Elsa sich um, und der Geist, der über dem Moment geschwebt hatte, verschwand.

Katharina ging auf ihre Halbschwester zu, und die beiden schlossen sich in die Arme.

«Ich wollte Papa ein paar Blumen bringen, bevor ich zurückfliege.» Elsa lag der amerikanische Akzent schwer auf der Zunge, die großen grünen Augen waren verschleiert vor Tränen. Aber sie lächelte, als sie auch Claire umarmte und fest an sich drückte. Dann trat sie wieder zu Kat neben das Grab und legte einen Arm um sie.

Claire sah die beiden, wie sie eng umschlungen dastanden, Cousinen, Schwestern, Freundinnen, sie dachte an Will, der daheim auf seine Tochter wartete, die auch die Tochter seines Bruders war, und da wusste sie, dass Ava am Ende gefunden hatte, wonach sie ihr Leben lang suchte. Das machte den Schmerz ein wenig leichter.

Langsam trat sie an Quints Grab, beugte sich vor und strich mit den Fingerspitzen über den Stein, den sie wegen seiner besonderen Maserung ausgesucht hatten.

Um etwas verlieren zu können, musste es einem erst geschenkt worden sein.

Wenn sie in ihrem Leben eine Sache rechtzeitig verstanden hatte, dann diese. Quint und sie hatten viele wunderbare Jahre geschenkt bekommen, nachdem sie ihren Stolz heruntergeschluckt hatte und ihm hinterhergefahren war. Zuerst in Amerika und dann später, als es wieder sicher für ihn und Elsa bereits erwachsen war, in Hamburg.

«Ich komme bald wieder», flüsterte sie. «Aber das weißt du ja.»

Und als sie sich umdrehte, eine alte Frau in einem weißen Spitzenkleid, der Blick aus den hellen Honigaugen noch immer wach und streng, das Gesicht noch immer schön, war es nicht schlimm, zu gehen.

Denn langsam war sie nicht mehr so wichtig, die Zeit. Im Alter wurde alles eine weite Flur. Die Toten waren da, genau wie die Lebenden. Manchmal sah sie ihre Mutter im Traum. Manchmal hörte sie Avas Lachen im Wind. Manchmal wusste sie nicht mehr genau, wen sie wann gekannt hatte.

Doch wenn sie die Augen schloss, waren sie alle da.

Liebe Leserinnen, liebe Leser,

ich freue mich sehr, dass Sie Ava und Claire auf ihrem langen Weg zu sich selbst und zueinander begleitet haben. Mir hat das Schreiben des Zweiteilers *Das Tor zur Welt* wahnsinnigen Spaß gemacht, und ich habe unfassbar viel gelernt. Ich bin dankbar für jeden von Ihnen, der nun das Ergebnis von beinahe zwei Jahren Arbeit in den Händen hält und mit mir teilt.

Obwohl mir gründliche Recherche und faktische Genauigkeit in meinen Büchern sehr wichtig sind, habe ich auch in diesem Roman zugunsten des Lesegenusses und der Dramaturgie ab und an die Zeit in die Hände genommen und mit ihr gespielt.

Zum Beispiel rollte das erste Maybach-Automobil erst einige Jahre später als von mir geschildert durch Hamburg.

Gustav Roscher, der wirkliche Polizeichef von Hamburg, bekleidete seine Position seit dem 1. Februar 1900. Im Jahr 1912 wurde das Amt des Polizeidirektors in Polizeipräsident umbenannt – diese Beförderung verdankte Roscher allerdings seinen bisherigen Erfolgen bei der Verbrechensbekämpfung und nicht, weil er etwa Magnus Godebrinks und Quints Litzer-Netzwerk ausgehoben oder einen Sprengstoffanschlag auf ein Auswandererschiff vereitelt hätte. Um die Jahrhundertwende war die Hafenmetropole Hamburg ein unsicheres Pflaster, ständig hingen Steckbriefe mit 1000, 2000 oder 3000 Mark Belohnung zur Erfassung von Mördern oder Totschlägern an den Litfaßsäulen. Eine Fotografie des erschossenen Brautpaars, deren Tod Roscher im Buch mit der Unterstützung seiner Untergebenen untersucht, ist in dem Magazin *Unser Hamburg. Fotos erzählen Stadtgeschichte(n)* (Jg. 02/2019) zu sehen. Ein bizarrer Anblick, der sich nicht so leicht aus dem Gedächtnis vertreiben lässt.

Der Passagierdampfer *Imperator* hatte zwar tatsächlich seinen Stapellauf im Mai 1912, nur wenige Wochen nach dem Untergang der *Titanic*; die Jungfernfahrt fand jedoch erst deutlich nach Avas und Quints überstürzter Überfahrt im Mai 1913 statt. Es war aber ein so beeindruckendes Schiff, mit einer so besonderen Architektur und Geschichte, dass ich die beiden unbedingt auf diesem Ozeanriesen in ihr neues Leben schicken wollte. Seinerzeit war der *Imperator* das größte Passagierschiff der Welt, ein schwimmendes Grand-Hotel, der deutsche Nationalstolz, erbaut im Auftrag von Albert Ballin. Das beeindruckende Lebenswerk dieses einflussreichen und charismatischen Mannes begleitet meine Erzählung von Seite zu Seite. Wenn man über Hamburg und die Geschichte der Auswanderung schreiben will, kommt man an Albert Ballin – Erbauer der Auswandererstadt, Erfinder der Zwischenpassagierdecks und Generaldirektor der HAPAG – nicht vorbei.

Auch wenn einige Ereignisse in meinen Romanen aberwitzig erscheinen mögen: Vieles habe ich mir gar nicht selbst ausgedacht, sondern es entstammt der Zeit selbst, zum Beispiel die «kalte Scheidung». Vor meiner Recherche war mir der Begriff völlig unbekannt. Aber während der großen Auswanderungswellen entgingen nicht wenige der demütigenden und so gut wie unmöglichen Prozedur einer offiziellen Scheidung, indem sie dorthin auswanderten, wo es niemanden interessierte, ob sie in der Alten Welt vielleicht schon gebunden waren. Besonders fasziniert hat mich die Fotografie von Johanna Schlitte aus dem Jahr 1889 mit ihren sechs Kindern Alwin, Karl, Paul, Max, Martha und Else in dem Buch *Auswandererhafen Hamburg* von Jörg Berlin und Matthias Schmoock. 1896 verließ sie ihren Mann, den Hamburger Fotografen Ernst Heinrich Alfred Schlitte, aus heute unbekanntem Grund in Richtung Amerika. Zwei der Kinder ließ sie bei ihrem Mann zurück. Wie mag es zu dieser unumkehrbaren Entscheidung gekommen sein, und wie hat sie sich allein mit vier Kindern in der neuen Heimat wohl durchgeschlagen?

Auch Magnus' kaltblütig vorbereiteter Anschlag auf die *Galant* hat ein historisches Vorbild. Im Jahr 1875 plante der Attentäter William King Thomas, mit richtigem Namen Keith Alexander, einen Anschlag auf das Auswandererschiff *Mosel*, das 576 Auswanderer von Bremerhaven nach Amerika bringen sollte. Er hatte deklariert, ein doppelwandiges Fass enthalte Eisenteile im Wert von 15 000 Talern; diese Summe wollte er im Falle des Verlusts einstreichen. In Wirklichkeit enthielt das Fass jedoch 13 Zentner Dynamit, die zehn Tage nach der Abfahrt der *Mosel* durch ein geräuschlos laufendes Uhrwerk zur Explosion gebracht werden sollten. Das Attentat scheiterte: Beim Beladen rutschte die sperrige Fracht aus dem Halterungsseil des Ladekrans, fiel auf den Kai und explodierte. 83 Menschen starben und mehr als 200 wurden verletzt. Noch heute erinnert eine Gedenktafel in Bremerhaven an diese «Thomas-Katastrophe».

Aber sogar Wendungen, von denen ich glaubte, ich *hätte*

sie mir ausgedacht, gab es wirklich! Nachdem eine Freundin *Das Tor zur Welt. Träume* gelesen hatte, berichtete sie mir, genau so ein Fahrkartenraub wie Claires habe sich in der Familie ihres Mannes ereignet. Dessen Opa, der inzwischen bereits verstorben ist, wollte nach Amerika auswandern – doch sein Bruder, der ihm so ähnlich sah, dass es nicht weiter auffiel, stahl ihm das Ticket. Ist es nicht unglaublich, dass das Leben spannender ist als alles, was man sich nur ausdenken kann?

In *Das Tor zur Welt* wollte ich nicht nur Avas und Claires Geschichte erzählen, sondern auch ein Buch über die Entwicklung der Auswanderung schreiben, ohne eine Auswanderung selbst zu schildern – mich stattdessen auf die Hoffnungen und Träume konzentrieren, die die Menschen um die Jahrhundertwende dazu bewogen, diese folgenschwere Entscheidung zu treffen. Wer bin ich, wenn ich meine Wurzeln und meine Vergangenheit hinter mir lasse? Und was geschieht, wenn sich die Annahmen über die eigene Identität als falsch herausstellen?

Ich hoffe, dass Ihnen diese Reise in unsere Vergangenheit gefallen hat: dass Sie sich gut unterhalten fühlten. Dass Sie viel noch Unbekanntes über unsere gar nicht so weit entfernte Vergangenheit erfahren haben. Dass *Das Tor zur Welt* einen Nerv getroffen hat und Sie etwas Bleibendes für sich daraus mitnehmen.

Herzlich
Ihre Miriam Georg

Danksagung

Wie immer waren auch an der Entstehung dieser beiden Bücher unzählige Menschen beteiligt. Dass nur mein Name auf dem Umschlag steht, obwohl es Avas und Claires Geschichte ohne diese Menschen nicht gäbe, ist eigentlich nicht richtig, deswegen müssen sie unbedingt zumindest an dieser Stelle sehr, sehr dankend erwähnt werden. Allen voran meine wahnsinnig engagierte, aufmerksame und kreative Lektorin Iris Homann, die von der ersten Minute an am Entstehungsprozess beteiligt war und bis zur letzten alles gegeben hat, um diese Bücher rund zu machen. Meine Agentin Dorothee Schmidt, ebenfalls von Anfang an bei allem mit dabei, immer voller inspirierender Ideen und immer da, wenn ich Hilfe oder Aufmunterung brauchte. Meine tolle Redakteurin Hanne Reinhardt, die mit zielsicherem Feingefühl genau weiß, wo sie eingreifen muss, um meine Sätze besser (oder überhaupt erst gut) zu machen, und dem Text immer noch einen ganz besonderen Glanz verleiht, den es ohne sie nicht gäbe. Das Team vom Rowohlt Verlag, das so geschlossen hinter meinen Büchern steht, wie man es sich nur wünschen kann, und alles gibt, um sie unter die Leserschaft zu bringen.

Immer wieder bin ich gerührt und überrascht, wie viele Menschen mir E-Mails oder Mitteilungen auf Instagram schreiben, mit mir ihre Leseeindrücke teilen und mir Mut zusprechen. Ich danke Ihnen von Herzen! Und ich freue mich über jede einzelne Nachricht von Ihnen.

Natürlich gilt größter Dank auch meiner Familie und meinen Freund*innen, die mich zum Erscheinen meiner Bücher mit Überraschungspartys, Buchtorten, Videobotschaften und allen möglichen tollen Dingen überschütten und mich so sehr unterstützen, dass ich manchmal einfach sprachlos bin. Ihr seid die Besten, und ohne Eure Begeisterung wäre das alles nur halb so schön.

Danke, danke, danke auch an meine Mutter und Rebekka Frank für ihr detektivisch gründliches und unschätzbar hilfreiches Testlesen.

Meinen Schwestern, denen diese Bücher (aus offensichtlichem Grund) gewidmet sind, möchte ich sagen: Es ist jeden Tag ein Geschenk, dass es euch gibt. Ohne euch wäre ich nicht ich.

Verwendete Fremdtexte

S. 48: Josef Breuer, zit. nach: Simone Hess: Entkörperungen – Suchbewegungen zur (Wieder-)Aneignung von Körperlichkeit. Eine biographische Analyse. Springer Fachmedien, Wiesbaden 2002, S. 101

S. 81: Oswald Schroeder: Quer durch Amerika. Mit Camera und Feder quer durch die Welt. Leipzig, Wanderer-Verlag 1906

S. 141 ff.: Hans-Dieter Arntz: Naturkatastrophen und Notstände in der Eifel. In: Eifeljahrbuch 1986, Eifelverein e. V., Düren 1986, S. 123–127, https://www.hans-dieter-arntz.de/naturkatastrophen.html

S. 208 f.: Olaf Wunder, Thomas Hirschbiegel: Als der Schutzmann noch blauen Rock und Pickelhaube trug. Verbrechen und Verbrechensbekämpfung im Kaiserreich. In: Unser Hamburg. Fotos erzählen Stadtgeschichte(n), Jg. 02/2019. Hamburger Morgenpost, Hamburg 2019, Abb. S. 49

S. 130, 388 ff.: Literarisches Bureau der Hamburg-Amerika-Linie, Hamburg: Turbinen-Schnelldampfer Imperator. Hamburg-Amerika-Linie. Broschüre zur Indienststellung des Dampfers Imperator, unter Mitarbeit von Julius Gipkens,

Berlin-Schöneberg, und der Kunstanstalt H. G. Rahtgens, Lübeck. Hamburg, Mai 2013

S. 346: Dr. R. Boxberger (Hg.): Lessings Werke. Siebenter Teil. Recensionen. Vorreden. Wörterbuch zu Logau. Litteraturbriefe. Verlag von W. Spemann, Berlin und Stuttgart, o. J., S. 293

S. 408 f.: Günter Häntzschel (Hg.): Bildung und Kultur bürgerlicher Frauen 1850–1918. Eine Quellendokumentation aus Anstandsbüchern und Lebenshilfen für Mädchen und Frauen als Beitrag zur weiblichen literarischen Sozialisation. Max Niemeyer Verlag, Tübingen 1986, S. 25

S. 245 f.: Dr. B. Nocht: Vorlesungen für Schiffsärzte der Handelsmarine über Schiffshygiene, Schiffs- und Tropenkrankheiten. Verlag von Georg Thieme, Leipzig 1906, S. 7

S. 421 f., 423: Maria Möring: A. Kirsten, Hamburg. Wirtschaftsgeschichtliche Forschungsstelle e. V. (Hg.), Hamburg 1952, S. 178, 179

S. 563: Jules Michelet: Die Liebe. Tredition Classics, Hamburg 2012, Kap. VIII

Bildnachweis

S. 650: Küche in der Auswandererstadt der Hamburg-Amerika-Linie HAPAG. Foto von Johann Hamann, 1899 – Artokoloro/Alamy Stock Foto

S. 651: Ausfahrt des damals größten Schiffes der Welt aus dem Hamburger Hafen: der Ozeandampfer *Imperator* der Hamburg-Amerika-Linie. Foto von 1913 – ullstein bild/Imagno

S. 652: Der aus Bronze gefertigte Adler am Bug des *Imperator*: mit einer Flügelspannweite von 16 Metern, unter den Krallen die Weltkugel mit der Aufschrift *Mein Feld ist die Welt*. Foto von 1913 – Topical Press Agency/Getty Image

S. 653: Passagiere im Schwimmbad an Bord des Ozeandampfers *Imperator* – BTEU-Gerfototek/Alamy Stock Foto

IMPERATOR

Weitere Titel

Die Hamburger Auswandererstadt

Das Tor zur Welt: Träume

Das Tor zur Welt: Hoffnung

Das Tor zur Welt: 2in1 Bundle

Die Nordwind-Saga

Im Nordwind

Im Nordlicht

Eine hanseatische Familiensaga

Elbleuchten

Elbstürme